PRIX DU MEILLEUR POLAR DES LECTEURS DE POINTS

Les éditions POINTS organisent chaque année le Prix du Meilleur Polar des lecteurs de POINTS. Pour connaître les lauréats passés et les candidats à venir, rendez-vous sur

wwww.meilleurpolar.com

W0296337

Né en 1962 à Toulouse, cinéphile et globe-trotter, initié aux arts martiaux, parolier de blues et bassiste rock à ses heures, Philip Le Roy vit à Vence. Il s'est imposé en tant qu'auteur de thriller avec *Le Dernier Testament*, première aventure de Nathan Love, et Grand Prix de littérature policière en 2005. *La Dernière Frontière*, après *La Dernière Arme*, est la troisième aventure de Nathan Love.

DU MÊME AUTEUR

Pour adultes seulement
« Points Thriller », n° P1603

Le Dernier Testament
Au diable vauvert, 2005
et « Points Thriller », n° P1477

La Dernière Arme
Au diable vauvert, 2007
et « Points Thriller », n° P1839

Léviatown
Baleine, 2007

Couverture dangereuse
Au diable vauvert, 2008
et « Points Thriller », n° P2270

Evana 4
Au diable vauvert, 2009
et « Le Livre de poche Thriller », n° 31849

Philip Le Roy

LA DERNIÈRE FRONTIÈRE

ROMAN

Au diable vauvert

TEXTE INTÉGRAL

ISBN 978-2-7578-2148-0
(ISBN 978-2-84626-241-5, 1re publication)

© Éditions Au diable vauvert, 2010

Le Code de la propriété intellectuelle interdit les copies ou reproductions destinées à une utilisation collective. Toute représentation ou reproduction intégrale ou partielle faite par quelque procédé que ce soit, sans le consentement de l'auteur ou de ses ayants cause, est illicite et constitue une contrefaçon sanctionnée par les articles L. 335-2 et suivants du Code de la propriété intellectuelle.

Note de l'auteur

La race humaine a complexifié le monde au-delà de tout entendement. La réalité se confond avec la fiction. Les guerres ressemblent à des jeux vidéo. Les médias nous racontent des histoires. Une poignée de personnes détient un pouvoir qui a dépassé celui de Dieu, les shamans ont cédé la place aux scientifiques, le reste de la population est réduit à des comportements stéréotypés. Les dons naturels de l'homo sapiens sont remplacés par des facultés artificielles, comme la télépathie téléphonique, le déplacement motorisé, l'ubiquité en réseau, la pyrokinésie par satellite, l'orientation GPS, la cognition électronique, la voyance télévisuelle, l'invincibilité bactériologique, la santé en mode chimique ou la pensée assistée par ordinateur. L'homme moderne n'utilise plus qu'une infime partie de ses capacités mentales et physiques.

À partir d'un tel constat est née l'idée de ce roman. Il propose d'ouvrir les yeux, d'activer les neurones et d'y prendre du plaisir.

Les hommes ont toujours pensé
qu'il suffisait de voir pour croire.
Jusqu'à aujourd'hui.

Première partie

L'illusion commence dans les yeux de celui qui regarde

1

Soudés par la peur, les quatre membres de la famille Hinckley n'entendaient qu'un seul bruit : le ronflement mécanique du groupe électrogène qui alimentait le mobile home et rappelait à ses occupants qu'ils étaient loin de la civilisation.

Un point de lumière bourdonnant dans le désert.

La nuit était tombée depuis deux heures sur Snake Valley, Utah. Deux heures que Margene, Frank et leurs deux enfants étaient claquemurés dans la cuisine, autour de la table en Formica sur laquelle refroidissait un poulet aux légumes à peine entamé. Immobile sur sa chaise, Frank serrait le canon de son fusil.

La peur n'a pas d'odeur, ni de goût. Il lui arrive de prendre forme sous nos yeux, mais c'est au son qu'elle se manifeste le plus fréquemment. Dans le noir, dans notre dos, dans la pièce d'à côté, dehors.

L'ouïe a une fonction d'alerte.

Doux ronronnement du générateur. Pas de cri de bête, ni de circulation automobile. En dehors des Hinckley, la vie se résumait ici à la compagnie silencieuse des serpents et des scorpions. Même le vent s'était tu, paralysant l'éolienne qui ne pompait plus d'eau.

La peur avait le champ libre pour se manifester.

Un sifflement rauque les fit sursauter. Liam, douze ans, cherchait son souffle. Il saisit son inhalateur et pulvérisa de la Ventoline dans ses bronches. Sa gêne pulmonaire avait augmenté la tension d'un cran. Frank Hinckley toussa à son tour. La suffocation de Liam semblait contagieuse. Mae sanglota. Sa mère la prit dans ses bras.

– Chut ! souffla Frank.

Une veuve noire se faufila entre leurs pieds et disparut sous le vaisselier. Tout le monde ignora l'araignée venimeuse, presque rassurante comparée à la menace qui les entourait.

– Chut !

Un lointain cliquetis se rapprochait du mobile home.

Frank rechargea son fusil en écho.

– Ce n'est qu'une enfant, dit Margene.

– Tais-toi.

Le cliquetis hoquetait, tout à côté.

Mae fondit en larmes.

– Taisez-vous, nom de Dieu ! gueula Frank.

Il se leva brusquement en direction de la fenêtre. Un chuintement pas naturel fit caqueter les poules dans l'enclos. Toujours ces bruits mécaniques qui annonçaient « l'apparition ».

L'angoisse précédait la panique.

Frank épaula et tira dans le noir, à l'aveuglette. Les trois coups de feu déchirèrent le voile de pénombre. Les détonations résonnèrent en fracas dans le mobile home. Les douilles roulèrent sous le buffet vers la veuve noire.

– Qu'est-ce que tu fabriques, Frank ?

Sans répondre à son épouse, il rechargea son arme.

– Tu as vu quelque chose ?

– La ferme !

Le ronronnement du générateur s'imposa à nouveau. Frank perçut un grincement familier et des geignements étouffés. À l'opposé de l'endroit qu'il avait canardé.

– Elle essaye de rentrer par-derrière.

Il se rua dans le couloir pour gagner l'extrémité du mobile home. La poignée rouillée remonta lentement vers sa position initiale. Il avait vu juste. « On » cherchait à entrer. « On » émettait d'étranges grésillements.

Là, juste derrière la porte.

Frank Hinckley tira à travers le battant. Le plomb troua le contreplaqué avant d'être avalé par le désert. Il se risqua dehors, tira dans le vide, hurla comme un forcené. « Qu'est-ce que vous nous voulez à la fin ? » Il balaya les abords de l'habitation avec la lampe torche scotchée au canon de son fusil. Le sang pulsait contre ses tempes, la sueur brouillait sa vue. Bon sang, qu'est-ce que foutait Billy Bear ? L'Indien avait promis à Margene de venir.

Frank regagna l'intérieur avec le sentiment d'avoir chassé provisoirement la menace.

En posant le pied sur le seuil, il la vit.

Elle lui tournait le dos, plantée au milieu de la cuisine, dans sa robe à fleurs et ses petits souliers vernis. Margene, Mae et Liam étaient recroquevillés au pied du vaisselier, paralysés par l'effroi. L'intruse se retourna. Frank recula par réflexe, par répulsion. Il restait une cartouche dans le fusil. Il arma. La fillette claudiqua vers lui, elle produisait cet étrange cliquetis doublé d'un geignement guttural. Il tira. Elle cria en se réfugiant dans la salle de bains. Il la tenait. La pièce n'avait pas de fenêtre. Frank avança et enfonça la porte qui ne résista pas à son assaut dopé d'adrénaline. Le panneau valdingua contre la cloison de la salle de bains vide. La fillette avait disparu. Il ne restait de son passage qu'une odeur de brûlé.

2

Le Cherokee 4 × 4 roulait dans un no man's land poissé d'obscurité. Les feux du véhicule n'éclairaient que de l'asphalte craquelé et des terres arides. Le groupe punk-rock navajo Blackfire animait l'habitacle en stéréo.

Turn out the lights.

– Je crois qu'on est perdus, avoua Billy derrière son volant.

Il ne voyait rien à part la lumière de ses phares.

– Faut pas compter sur quelqu'un pour nous indiquer le chemin, confirma Lillie.

– Margene m'a dit de continuer tout droit après Trout Creek et de quitter la route au niveau de l'épave d'un pick-up Ford peint en rouge.

– On n'a pas vu d'épave.

– On n'a rien vu du tout.

Une ornière les fit sauter dans l'habitacle et se demander une fois encore ce qu'ils étaient venus faire dans cette galère. Ils avaient quitté la réserve navajo dans l'après-midi et roulaient depuis des heures.

– Quelle idée de venir se terrer dans ce coin ?

– C'est pas un coin, Lillie, c'est un désert de 400 km de long.

– Frank Hinckley est mormon, c'est ça ?

– Yep, et ça répond à ta question précédente.

– Ce n'était pas vraiment une question.

– Ben Wazzie n'a pas apprécié que sa fille Margene convole avec un mormon. Idem du côté de la famille de Frank Hinckley qui s'est opposée à ce que leur fils épouse une squaw.

– D'où le choix de s'installer ici.

– Au fin fond de l'Utah, le plus loin possible de Salt Lake City et de Mexican Hat où vivent les deux familles.

– Cela ne facilite pas notre tâche.

Leur tâche était de se rendre chez les Hinckley.

Billy Bear était *hataalii*[1]. À travers des rituels précis, il soignait ceux qui, par leur attitude, avaient rompu avec l'état d'*hozho*, de beauté, d'équilibre et donc de santé. Les cérémonies de guérison duraient de deux à neuf nuits et pouvaient comprendre l'élaboration d'une centaine de peintures de sables, selon la gravité de la maladie. Lillie Swan, elle, était chargée d'ausculter le patient pour prescrire la voie la plus appropriée à la reconquête de l'équilibre. Bear et Swan, l'ours et le cygne, formaient une équipe réputée dans la réserve navajo pour avoir guéri maints maux de tête, infections, troubles gastro-intestinaux ou respiratoires, cécités ou démences.

Une semaine plus tôt, Billy Bear avait reçu un appel au secours de la jeune Indienne. Elle lui avait téléphoné d'une cabine de Trout Creek. Margene Hinckley était terrorisée, elle avait parlé de fantômes, des propos décousus, parasités par une mauvaise ligne. Billy Bear ne pouvait pas se dégager tout de suite car deux cérémonies étaient en cours. Cela lui avait donné le temps de réfléchir au cas de la famille Hinckley.

L'*hataalii* avait fini par se rendre sur place, par amitié pour Ben Wazzie et par compassion pour Margene qui avait rompu avec l'état de santé. Il pouvait l'aider à rétablir le lien et à réintroduire de la beauté en elle. En présence de phénomènes surnaturels, la Voie de la nuit semblait a priori la plus indiquée. Il y avait aussi la Voie du fantôme, pour combattre les maladies provoquées par des sorcières ou des spectres. Ou bien la Voie de l'ennemi, contre les maux causés par des fantômes de non-Navajo. Lillie saurait effectuer le bon diagnostic et lui dire quel traitement appliquer. À condition qu'ils trouvent la maison des Hinckley.

1. Homme-médecine chez les Navajo.

– Là ! s'exclama Lillie.

Billy freina. Sa passagère désignait une carcasse de camionnette qui rougeoyait dans ses phares. Elle baissa le son de la radio, comme si le silence pouvait aider à mieux voir. Billy bifurqua sur la droite et emprunta ce qui devait jadis ressembler à une piste. Impossible de se repérer. Il maugréa.

– Qu'est-ce qu'elle a dit après ? demanda Lillie.

– De rouler jusqu'à ce qu'on aperçoive une éolienne.

– Je comprends pourquoi elle t'a demandé de venir avant la tombée de la nuit.

– Ce n'est pas ma faute si on a mis tout ce temps pour arriver jusqu'ici.

– C'est la faute du paysage.

– Il n'y a pas de paysage.

– Chut, la terre t'entend.

– *Je suis allé au bout de la terre*, fredonna Billy.

– *Je suis allé au bout des eaux*, continua Lillie sur le même air.

Ils entonnèrent à l'unisson ce chant traditionnel navajo destiné au dieu de la Petite Guerre :

« Je suis allé au bout du ciel,
Je suis allé au bout des montagnes,
Je n'ai trouvé personne qui ne soit mon ami »

– Je commence à regretter de m'être embarqué dans cette histoire, dit Billy.

– Tu vas aider une famille.

– Pas la mienne en tout cas.

– Rassure-toi, ta femme est heureuse de ne pas t'avoir sur le dos pendant quelques jours.

– Qu'est-ce qui te fait dire ça ?

– Je suis une femme.

– Tu n'es pas mariée.

– Je mets autant de temps à trouver un homme que toi ton chemin.

Une silhouette chétive apparut dans les phares. Billy tordit le volant, écrasa les freins, enroba son embardée d'un nuage de poussière.

– C'était quoi ? bredouilla Lillie qui avait pris un teint de cendre et tentait de recouvrer ses esprits.

– Je sais pas.

– Tu crois que c'était… ?

– Un enfant ? Non.

– On aurait dit qu'elle… enfin que c'était en train de…

Billy manœuvra pour éclairer la trajectoire qu'il venait d'emprunter. Il ne vit que des particules de sable en suspension.

– Qu'est-ce qu'on fait ?

Lillie ne répondit rien. Billy enclencha la première et reprit son chemin. Il était déboussolé mais dans la bonne direction. L'apparition fantomatique devait avoir un lien avec le problème des Hinckley.

Quelque chose se dressa à nouveau sur leur trajet. Quelque chose de très haut cette fois, une masse sombre et filiforme. L'éolienne. Un mobile home était stationné à une centaine de mètres, de la lumière filtrait à travers les stores. Billy klaxonna.

– Arrête ton cirque, fit Lillie, les enfants doivent dormir.

– Ça fait des jours qu'ils ne dorment plus.

Billy se gara devant le porche et regarda sa passagère.

– C'est même pour ça qu'on est là, dit-il en coupant le contact.

Lillie descendit et le suivit comme une ombre jusqu'au mobile home. Billy frappa à la porte, plusieurs fois, sans réponse.

– Bizarre. L'intérieur est tout éclairé.

Il tourna la poignée. La serrure était verrouillée.

– Attends-moi là.

– Pas question.

– Qu'est-ce qui t'arrive ?

– J'ai peur.

Elle était contaminée.

– Comment je vais m'en sortir, si tu me lâches avant de commencer ?

– Je suis désolée. J'ai encore l'image de cette… chose…

– Reste derrière moi.

Ils firent le tour du mobile home. La porte de derrière était éventrée. Un trou de chevrotine tirée de l'intérieur. Billy passa son bras à travers et actionna le loquet.

– Stop ! l'arrêta Lillie.

– Quoi ?

– Écoute.

– J'entends rien.

– Justement. Le générateur électrique. Il ne fonctionne pas.

– Et alors ?

– Comment t'expliques toute cette lumière à l'intérieur ?

– Des lampes à pétrole, peut-être.

– Qui éclairent autant ?

– On va tout de suite en avoir le cœur net.

Billy entra. Lillie dans son dos. Ce qu'ils virent, à ce moment-là, était au-delà de tout ce qu'ils auraient pu imaginer.

Au-delà de toutes les peurs.

Deuxième partie

Un moustique est aussi Bouddha

3

Ses adversaires invisibles fondaient sur lui à la vitesse de son ombre projetée par un rayon de lune. Chaque coup qu'il portait les renvoyait au néant de la nuit. Nathan, son regard nyctalope empreint de détermination, fixait les yeux de l'ennemi, anticipait les changements de direction, orientait les attaques. Poings serrés, jambes légères, coudes aiguisés, sabrages tranchants, blocages d'acier, *kiaï* [1] puissants jaillissaient de mouvements amples et souples, enchaînés avec rapidité et harmonie. Il calligraphiait sa chorégraphie sur la plage, ancrant dans le sable une succession de positions basses et stables. Il multipliait les accélérations, sa respiration réglée sur une gestuelle aussi précise qu'énergique. Il n'était pas loin de porter l'estocade lorsqu'il distingua, parmi les assaillants, une silhouette immobile, éburnéenne, sous de longs cheveux de jais. Il l'occulta, balança un coup de pied retourné et expulsa un opposant d'un double coup de poing. La silhouette, de plus en plus présente, entamait le calme et la sérénité qui menaient à la victoire. Le corps de Nathan manqua soudain d'oxygène. Il réalisa qu'il était en apnée

1. Cri exprimant la brusque libération de l'énergie fondamentale.

et que son dernier coup de pied s'était limité à un lever de jambe. Il cessa son combat imaginaire, concéda la victoire à ses rivaux virtuels et s'élança vers celle qui venait de désintégrer son *quyen* [1]. Sa cible recula et trébucha, la cheville prise dans un des trous laissés par les pêcheurs qui creusaient la plage en quête de vers. Nathan bondit sur elle et la plaqua au sol.

– Aïe ! Qu'est-ce qui te prend ? demanda Carla, paralysée.

– Tu m'as déconcentré.

– Un peu trop facilement. Tu n'es pas un maître.

– Cheng Wu l'était pourtant.

– Qui ?

– Un grand maître du wu wei.

– Quel rapport ?

– Mérites-tu que je te raconte son histoire ?

– Je t'ai vaincu, tu es mon obligé.

– Dans cette position ?

Le regard qu'elle lui lança valait facilement un ippon.

– D'accord, je me rends.

Il relâcha son étreinte mais resta sur elle.

– Cheng Wu pratiquait son art quotidiennement depuis quarante ans dans les monts Wudang, lorsqu'un jour l'apparition d'une belle jeune femme l'empêcha de terminer ses exercices.

– Ça, c'est moi.

– Face à sa fureur, elle recula et tomba de la falaise. Cheng Wu sauta dans le vide pour la sauver. C'est ainsi que le guerrier parfait entra dans l'immortalité, emmené au ciel par des dragons porteurs de chance et vénéré depuis comme un dieu.

– Tu parles sérieusement ?

1. Techniques martiales codifiées sous forme d'enchaînements. Les quyens sont au viet vo dao ce que les katas sont au karaté.

– Toujours, quand il s'agit de légendes.

– Tu aurais sauté dans le vide pour moi ?

– J'ai fait pire, j'ai sauté en enfer.

– C'est vrai. Tu es mon guerrier parfait.Elle grimaça.

– Tu t'es fait mal ?

– J'ai failli me fouler la cheville et j'ai atterri sur un morceau de corail. Sinon, ça va.

Le récent passage d'un cyclone avait ébréché la barrière qui entourait l'île, rejetant sur la plage des éclats de coraux.

– Tourne-toi, dit-il en lui ôtant son sari.

Il aperçut une petite entaille entre ses omoplates et posa un baiser sur la petite écorchure.

– Nathan, non !

Carla s'était tordue, comme électrisée. Nathan la rassura :

– Tu ne saignes pas.

– Je ne veux pas risquer de te contaminer.

– Il n'y a pas de plaie.

Elle attira sa bouche contre la sienne et l'embrassa.

– Par la salive, tu ne risques rien, murmura-t-elle en reprenant le souffle et la parole qui allaient toujours de pair chez l'Italienne.

Nathan passa la main sur sa peau blanche, pas encore abîmée par la maladie qui menait une guerre larvée.

– Cette armure douce et tiède est une protection contre le virus, dit-il.

– Alors il te faut en prendre soin, comme une fiole qui contiendrait un poison.

– Mets-toi en position.

– Quelle position ?

– Zazen[1]. Pourquoi, tu pensais à autre chose ?

Guidée par Nathan, elle s'assit nue sur son sari et croisa les jambes en lotus. Il lui cala les pieds sur les cuisses,

1. Méditation assise.

pressant les mêmes points d'acupuncture que ceux du samouraï qui serre les flancs de sa monture pour stimuler les centres d'énergie. Nathan posa la main sur la cinquième vertèbre pour lui indiquer à quel niveau basculer son bassin. Carla se cambra et redressa le dos. Il lui effleura le menton pour qu'elle le baisse et lui donna un baiser dans la nuque pour qu'elle la raidisse. Il lui massa légèrement le ventre afin de la détendre, fit glisser les mains sur son buste pour la balancer doucement de gauche à droite jusqu'à ce qu'elle trouve l'équilibre parfait. Carla posa ensuite sa main gauche dans la droite, paumes vers le ciel, contre l'abdomen, pouces en contact. Nathan polit ses épaules qui s'affaissèrent. Elle refoula les pensées, surtout celles liées à la souffrance, et se concentra sur sa respiration. Branché sur l'énergie du cosmos, son corps se tonifia. Son système nerveux se rééquilibra. La vie universelle pénétrait en elle naturellement. Ni tension ni relâchement, retour à la condition normale des muscles.

Cette pratique régulière, sous l'étroite supervision de Nathan, permettait à Carla d'exercer un contrôle sur son système neurovégétatif, impossible à diriger par la seule volonté. Autonome, ce système commandant le métabolisme, les glandes endocrines, la température, la digestion, le sommeil, les émotions, peut être régulé par zazen jusqu'à atteindre une harmonie. C'est ce que tentait de réaliser Carla en complément d'une hygiène de vie stricte et d'une trithérapie dont les effets n'étaient que partiels et entraînaient d'autres désordres. Grâce à zazen, elle avait appris à contrôler son corps. Celui-ci n'appartenait plus seulement aux médecins. En revenant aux conditions normales de l'être, elle parvenait à calmer le bouleversement biologique de son organisme fragilisé par une immunité déficiente. Elle mettait son cortex en veille, réactivait son cerveau primitif, sombrait dans un état de bien-être. Elle engrangeait de l'énergie, stabilisait son fonctionnement hormonal, oxygénait ses cellules, sécrétait de la norépinéphrine en abondance, freinait la production d'acide lactique. Elle éloignait la douleur au terme de longues expirations, ne pensait plus, ne souffrait plus. Vide total. Comme si elle était morte. Comme si Nathan lui avait ouvert son cercueil. Car plus rien n'importait face à la mort, pas même le virus.

Pendant ces moments-là, elle n'était plus malade.

4

Nathan voulut méditer à côté de Carla, mais les pensées affluèrent. Au lieu de les laisser passer toutes, il s'accrocha à quelques émanations de son subconscient. Il préféra au vide cet infinitésimal instant de sa vie sur une immense plage déserte, entre Le Morne et Flic en Flac. Cette formation mentale en fit surgir d'autres, qui l'amenèrent à considérer son existence pleine de bruit et de fureur, de silence et de sagesse, de beauté et de laideur, de lumière et de nuit, de marginalité et de missions plus ou moins officielles. Après avoir quadrillé le monde dans la peau d'un profiler chevronné, s'être retiré en ermite pendant trois ans à la mort de son épouse, avoir rempilé deux fois malgré lui, il s'était posé à l'écart du monde avec sa « tribu » : sa sœur Shannen mariée à Shivaji, Jessica et Tommy sauvés de la maltraitance, Carla et sa fille Léa arrachées à un réseau de prostitution dans les Balkans. Un mélange de nationalités, de cultures, de traumatismes.

Ils s'étaient d'abord établis au Sri Lanka mais le tsunami, la guérilla et le terrorisme les avaient chassés vers une île plus pacifique de l'océan Indien.

L'île Maurice.

Une république indépendante, un jardin d'eden où cohabitent hindous, chrétiens, musulmans, Indiens, Créoles, Chinois… Idéal pour installer leur melting-pot. Un ami de Shivaji habitait l'île et leur avait trouvé une maison à louer sur un bout de plage. Isolée. Délabrée. Ils s'y étaient entassés à sept pour 3 000 roupies mauriciennes par mois. Ils avaient retapé la masure et l'animaient depuis.

Nathan prit de la distance avec ces pensées liées à son passé récent et entra en méditation pour saisir la simultanéité de tout ce qui a été, est, sera. Considérer le temps comme une illusion et le monde comme une chose parfaite. Il vit Melany dans sa robe de mariée, Melany dans une mare de sang, beaucoup de gens mourir sous ses assauts, Carla dans ses bras, un dauphin à l'aileron duquel il se cramponnait. Des bribes de son avenir se mêlèrent au défilement d'images qui appartenaient au tout. Elles contenaient du malheur qui contrebalançait le bonheur présent. Il n'éprouva pas le besoin de s'y attacher, lorsqu'il perçut des pas d'intrus.

Non virtuels cette fois.

5

Nathan les identifia et les dénombra avant même qu'ils ne se montrent. Il dissocia une allure rapide et légère, une progression lourde et chaotique, une démarche nonchalante. Ils étaient trois. Trois enfants qui avaient guidé son choix de s'installer sur l'île Maurice où les établissements scolaires dispensaient des cours en français et en anglais. Léa était entrée au lycée de Tamarin. Jessy avait endossé le costume bleu des écolières du CM2, mais la petite surdouée s'ennuyait à l'école. Quant à son frère autiste, il l'attendait toute la journée : à vingt ans, Tommy ne communiquait qu'avec elle. Shannen avait essayé d'initier une relation. Il avait réagi deux ou trois fois, mais la persévérance de la sœur de Nathan était moins grande que la distance entre notre monde et celui de Tommy.

Une giclée de sable marqua l'arrivée de la cohorte sans perturber la méditation de Carla.

– Qu'est-ce qui vous arrive, les filles ? demanda Nathan en jetant le sari sur la nudité de sa compagne.

– Tommy n'est pas une fille, répliqua Jessy.

– Oui, mais il ne m'entend pas.

Le gaillard de deux mètres se balançait sur ses pieds en contemplant la lune.

– 1203 ! s'exclama-t-il.

– C'est le nombre d'étoiles dans le ciel, expliqua Jessy.

Tommy comptait tout. Surtout les secondes. Mais sur Maurice, le temps ne défilait pas comme ailleurs. Il ne revêtait pas l'importance de celui qui cadençait le quotidien des Occidentaux. Ici, les journées étaient ponctuées par le lever du soleil, son coucher et le feuilleton brésilien de 18 h 30. Alors, faute de secondes à compter, Tommy recensait les étoiles et les coquillages.

– Pourquoi vous ne dormez pas ? demanda Nathan.

– J'ai fait un cauchemar, dit Jessy.

– C'est Jessy qui m'a réveillée, dit Léa.

– En fait c'est Tommy qui a fait le cauchemar. Moi, je me suis retrouvée dedans.

– Elle a crié comme une dingue, confirma Léa. Quand je l'ai vue courir dehors avec Tommy à ses basques, j'ai essayé de les rattraper. Bon sang, qu'est-ce qui t'a pris, Jessy ?

Léa était aussi volubile que sa mère, même au saut du lit.

– Tout était noir et pointu dans le rêve de Tommy.

– Il a dû rêver d'oursins, se moqua Léa.

– On peut se baigner ?

– Maintenant ?

– Sinon, je demanderais pas.

– Alerte dans le monde du silence ! prophétisa Léa en bâillant.

– Il est préférable de laisser les murènes tranquilles et de te reposer, Jessy. Demain je vous emmène voir les dauphins. Vous aurez besoin de toutes vos forces.

– Qu'est-ce que c'est que ces monstres ?

Carla avait quitté sa posture d'éveil pour se raccorder à la réalité.

– Ils vont aller se recoucher gentiment sans faire de victimes. Et sans réveiller Shannen et Shivaji.

– Tommy, arrête de te dandiner comme ça ! gronda Carla.

– Il a envie de faire pipi, dit Jessy.

– Emmène-le aux toilettes et tant que vous y serez, profitez-en pour aller dormir, dit Carla.

– Okaayye, grommela Jessy.

Elle n'acceptait les consignes que lorsqu'elles étaient justifiées. La perspective de se retrouver nez à nez avec une murène était une bonne raison pour ne pas insister. Meilleure que ne l'était la nécessité de prendre des forces pour le lendemain. Léa rabattit donc facilement la troupe vers la maison en demandant à Jessy si elle connaissait la différence entre un caniche et un pitbull quand ils lui pissent dessus. Nathan n'entendit pas la réponse. Il la chercha donc auprès de Carla.

– Le pitbull, tu le laisses finir, dit-elle.

Carla se retourna sur le ventre et retrouva sa nudité.

– Tu veux dormir sur la plage ? demanda-t-il.

– Et toi ?

– C'est un luxe qu'on peut s'offrir, loin des ronflements de Tommy.

– Tu ne regrettes pas le temps où tu étais seul ?

– Je le suis toujours. Et je ne le suis pas.

– Arrête ton charabia.

– Tu sens l'unité qui nous entoure ?

Nathan savait que la sagesse, à la différence du savoir, ne se transmettait pas. Une joue posée sur ses bras repliés en guise d'oreiller, Carla le fixait. Deux grands yeux noirs braqués sur lui.

– Apprends-moi, chuchota-t-elle.

Il fit glisser ses doigts sur ses courbes.

– Imagine ta vie comme un tout, au présent.

Moue dubitative.

– Prends la Rivière Noire qui coule près d'ici. Est-ce une source, un courant, une cataracte, une embouchure, un nuage, une averse… ?

– C'est tout ça en même temps.

– Nos vies sont pareilles.

Carla ne s'habituait pas à la forme de pensée de Nathan. Elle contourna donc le raisonnement.

– Je voulais juste savoir si la partie de ta vie qui se déroule avec moi, peu importe qu'elle se situe au niveau du nuage ou de l'embouchure, si ça t'est plus agréable que lorsque tu vivais seul, sans les contraintes et sans les ronflements de Tommy.

– Les Indiens disent que, sans sa famille, un homme est plus insignifiant qu'un moustique… comme celui qui vient de se poser sur tes fesses.

– Aïe !

La claque transforma l'insecte en un minuscule svastika tatoué sur sa peau.

– Tu t'en prends aux animaux maintenant ?

– Il a eu une belle mort.

– T'appelles ça une belle mort ?
– J'aimerais bien mourir au même endroit que lui.
Elle lui sourit, mais son sourire se mua en grimace.
Carla s'agenouilla et se mit à vomir.

Troisième partie

Dans le dos du soldat,
il y a la liberté

6

Jorge courait. Sous la pluie. Sur place. Derrière lui, un policier essayait de dormir, recroquevillé sur une paillasse sale. Devant lui, un ancien candidat à la vice-présidence jouait avec un ver de terre.

– Tu nous éclabousses, dit Manuel, son voisin de droite, un industriel.

– Et alors ? T'es déjà complètement trempé.

Jorge ralentit le trépignement censé le maintenir en forme et finit par s'asseoir au milieu des douze prisonniers. Comme Manuel, il était un « monétaire », un otage libérable contre de l'argent, à la différence des « échangeables » qui se négociaient contre des prisonniers ou des concessions avec les autorités colombiennes. Cela faisait des semaines que Jorge préparait son évasion du camp mobile des FARC. Il était prêt, psychologiquement et physiquement. Mais pas Manuel, qui avait des arguments de son côté :

– D'abord, tu dois franchir les barbelés, ensuite passer la trentaine de gardes et là tu as fait le plus facile, après tu dois sortir de la jungle.

– Tu préfères moisir encore des années dans 20 m² de boue ?

– Ma famille finira par payer la rançon.

Jorge, lui, ne voulait plus attendre. Marre de bouffer du riz, de se laver sous la pluie ou dans la rivière, d'écouter la même FM grésiller dans son oreille, de lire le même livre détrempé, de jouer avec les cancrelats. Marre des levées de camp intempestives et des longues marches pour ne pas être repéré. Marre de ne rien foutre pendant que sa station de radio périclitait à Bogotá.

Dans la nuit, que personne ne vit tomber à cause de l'obscurité qui régnait dans la jungle plafonnée de nuages noirs, les guérilleros enchaînèrent certains otages, dont le policier qui était parvenu à s'endormir derrière Jorge. Un traitement réservé aux flics et aux militaires. Des rations de riz et de poulet frit furent distribuées. Jorge avala sa pitance et s'allongea sur la toile de jute qui lui servait de matelas. Il s'endormit en rêvant d'évasion et de bain chaud, se réveilla en sursaut sous un grondement de fin du monde. Un orage inondait le camp. Un éclair lézarda le ciel et foudroya la canopée. À moitié engourdi, Jorge ne sut pas tout de suite si ce qu'il vit était réel ou pas. Il se frotta les yeux et attendit l'éclair suivant. Deux minutes plus tard, la nuit s'embrasa. Son regard traversa le rideau de pluie qui s'abattait sur la jungle pour distinguer des silhouettes transparentes aux reflets d'acier et aux contours humains dessinés par le ruissellement de l'eau sur leurs épaules. En écho à la détonation du ciel, elles se mirent à cracher du feu. Les geôliers n'eurent pas le temps d'armer leurs kalachnikovs ni de réaliser ce qui se passait, ils furent démembrés, éventrés, carbonisés, désintégrés. Des coups sporadiques figurèrent la réplique des FARC, étriquée face au déchaînement des éléments et à la puissance surnaturelle qui dévastaient le campement.

L'entité tentaculaire sinua autour des détenus avant de mordre dans les barbelés enguirlandés de lambeaux de boyaux, d'éclats de crânes et de chairs calcinées. Le camp se vida dans la gueule de l'inconnu. Jorge saisit

Manuel et l'entraîna avec lui en suivant le mouvement. Happés par la force féroce qui ne révélait ses écailles qu'à la lueur des éclairs, les prisonniers s'engagèrent dans une course à travers la jungle. Sans comprendre ce qui était en train de les sortir de là ni où ils allaient, ils savaient qu'ils quittaient un enfer et que leur destination ne pouvait être pire qu'ici. Entraîné et galvanisé par cette sensation de liberté à laquelle il aspirait depuis des mois, Jorge avait pris la tête des évadés. Il collait au train d'une silhouette massive qui apparaissait et disparaissait devant lui en crépitant. La voie avait été ouverte à coups de machette et de crachements de feu, facilitant une progression rapide.

Combien de temps coururent-ils ? Tout ce que savait Jorge, c'était qu'il faisait encore nuit lorsqu'ils débouchèrent dans une clairière balayée par de violentes bourrasques. Trois hélicoptères, aussi noirs que les cumulus qui se vidaient sur eux, bourdonnaient, prêts à décoller. Les otages se courbèrent sous les pales pour être répartis entre les appareils qui rejoignirent bientôt les nuages.

Blotti dans un coin de carlingue, Jorge jeta un œil à son ami Manuel, hébété et déboussolé mais plein d'espoir. À leurs pieds, étendu sur le sol, saignait un fantôme.

7

Nader lâcha l'embrayage et accéléra, asphyxiant les deux hommes en djellaba qui poussaient la Lada. Ils saluèrent les pétarades vite absorbées par le vacarme de Bagdad déjà saturée d'explosions, de sirènes et de vrombissements. Concentré sur sa conduite, le jeune Bagdadien enclencha la troisième et s'engagea dans la petite artère qui le menait sur la berge du Tigre. La circulation y était fluide depuis que le poste de contrôle avait été supprimé. Il allait bifurquer sur le pont de Sinak lorsque la Lada renâcla, toussota, cala à nouveau. Nader s'énerva sur le démarreur, en vain. La sueur perlait sur son front en fusion. L'appel du muezzin en partie couvert par le passage d'un hélicoptère à basse altitude lui signifia qu'il était 18 h 30. Il lui restait une demi-heure avant le couvre-feu. Putain de bagnole ! Impossible de passer les vitesses sans qu'elle s'essouffle. Il chercha le point mort en martyrisant la boîte et se servit de la légère pente pour reculer jusqu'à un garage. En bas, Nader serra le frein à main qui ne serrait plus grand-chose et sauta du véhicule. Une jeune femme, qui avait troqué l'abbaya contre une salopette crasseuse trop grande, l'informa que le garage était fermé. Nader bredouilla :

– Trouvez-moi quelqu'un pour réparer ça, vite !

– On est fermés, répéta-t-elle.

Il se tapa la cuisse du poing, trépigna, changea de ton :

– S'il vous plaît, jetez un œil sur le moteur.

La jeune femme s'essuya les mains avec un chiffon sale.

– Papa !

Du fond d'un fauteuil roulant monté sur deux roues de mobylette, les restes d'un être humain amputé d'un bras et de deux jambes répondirent par un grognement.

– C'est pour une urgence, cria-t-elle.

– On n'est pas un hôpital.

– Je le sais, que tu tiens pas un hôpital, vieillard !

– Il vaut mieux que vous alliez ailleurs, conseilla la fille.

– Ailleurs ? Mais comment ? Je suis en panne.

– Qu'est-ce qu'elle a ta voiture ? demanda le vieux.

– Si je le savais, je ne serais pas en train de vous supplier.

– Hein ? C'est quoi comme modèle ?

– J'en sais rien, c'est une merde.

– Hein ? Elle est à toi au moins ?

– Tu m'accuses de l'avoir volée, vieille carcasse ?

– Tu te prends pour qui, morveux ?

– C'est une question de vie ou de mort, hurla Nader.

– Alors va mourir, beugla le garagiste.

– Votre voiture n'avance plus du tout ? s'immisça la fille qui voyait la situation s'envenimer.

– Dès que je lâche l'accélérateur, le moteur s'arrête. Après, impossible de redémarrer. Si je veux garder le moteur en marche, je dois appuyer sur la pédale comme un malade.

La jeune femme se tourna vers le mécanicien mutilé qui remplaçait à lui seul un long discours sur les ravages de la guerre et du terrorisme.

– Il m'apprend la mécanique. Il est la tête, je suis les bras. Je peux peut-être vous dépanner.

Elle se rapprocha de son père pour lui présenter le problème.

– Qu'est-ce que vous complotez ? se méfia Nader.

– Il faut vérifier les bougies et les câbles d'allumage, marmonna le vieux en l'ignorant.

Sa fille alla soulever le capot, arracha les capuchons et dévissa les bougies qu'elle revint lui montrer.

– Elles sont plus vieilles que moi, commenta-t-il.

– Les capuchons, ils sont complètement cuits aussi.

– Il faut tout changer, Oum. Qu'il nous laisse son auto, on s'en occupera demain.

– J'peux pas, dit Nader qui s'était avancé pour s'assurer qu'on ne manigançait rien contre lui. J'ai un rendez-vous important.

– Le couvre-feu est dans dix minutes, mon gars.

– C'est pas loin.

– Alors vas-y à pied.

– J'peux pas, j'ai des affaires importantes à livrer.

– J'ai brossé les bougies, dit Oum. C'est toujours ça.

– Mets aussi de la graisse sur les capuchons. Ça lui permettra au moins de terminer sa course.

– Allah vous le revaudra.

– Laisse Allah en dehors de la mécanique.

Installée au volant de la Lada, Oum parvint à démarrer. Elle referma le capot, fière de sa prouesse. Ce fut seulement à cet instant que Nader remarqua qu'une femme très belle se cachait sous les taches de cambouis et la salopette souillée. Ce qui accentua sa moue méprisante. Ce n'était pas un métier pour une fille.

– Je vous dois combien ? demanda-t-il au père.

– Hein ? File si t'es pressé. Tu nous paieras plus tard.

Nader décanilla dans un nuage de pollution.

– Drôle de type, fit le vieux.

– Il voulait absolument faire sa livraison.

– Je me demande bien pourquoi.

– Il trimballait un truc important…

– Au point de nous insulter et de risquer de se faire arrêter ?

Oum blêmit et se figea.

– Qu'est-ce qui t'arrive ?

Poursuivie par les appels de l'infirme, elle courut dans le sillage pestilentiel de son dernier client. Nader roulait sur le pont qui enjambait le Tigre. Il gagna la berge occidentale du fleuve et fonça sur un barrage. Une balle creva le pare-brise, traversa l'habitacle et fit éclater la lunette arrière. Une rafale déchiqueta les pneus. Nader braqua sur la droite dans Salihya, le regard rivé sur les soixante-douze vierges du paradis. La salve suivante fit éclater son crâne. Les mains agrippées au volant, le jeune homme s'affala contre le klaxon. Lancée à vive allure, la Lada ne dévia plus de sa trajectoire matérialisée par deux rails d'étincelles crachées par les jantes. Le véhicule s'écrasa contre un portail en fer qui se refermait sur une Mercedes blindée. Le fracas de la ferraille précéda une déflagration qui pulvérisa la Lada et propulsa la berline contre une paire de palmiers desséchés.

Oum arriva essoufflée sur les lieux de l'attentat. Son pressentiment était le bon : le « truc important » que Nader transportait était une bombe. Plus tendu qu'une courroie de transmission et plus pressé qu'un pilote de course, son client était un kamikaze. L'idée avait surgi dans l'esprit de Oum quelques instants après qu'elle lui avait gracieusement permis d'accomplir son acte destructeur.

Cherchant des rescapés, elle avança vers les palmiers en feu, au milieu des décombres incandescents et de la fumée nauséabonde. Des morceaux d'êtres humains, éjectés de l'enchevêtrement d'acier, finissaient de se consumer sur la pelouse pelée. La jeune mécanicienne constata qu'il y avait un troisième véhicule sur les lieux : une grosse Jeep retournée sur le toit, les roues en train de flamber. Un cadavre de soldat américain désarticulé gisait à quelques mètres sur le gazon jaune. Oum détourna son regard vers une ombre, celle d'une forme vivante, cachée dans un angle de l'immense mur d'enceinte censé protéger la propriété.

– *Sayid ?* lança-t-elle.

Il fallait bien l'appeler par un nom. Elle avait choisi « Monsieur » car elle supposait que c'était le collègue du corps disloqué. Les soldats américains ne se déplaçaient jamais seuls dans Bagdad.

– *Sayid ?*

Aucune réponse. Elle contourna le militaire par la droite pour bénéficier d'une meilleure vue. L'homme était de dos, ramassé sur lui-même, comme un immense scolopendre. De la fumée s'élevait de ses épaules épluchées et démesurément larges. La jeune femme s'approcha, hésitante. Les sirènes hurlaient dans le quartier qui en avait vu d'autres. Bientôt les soldats et la police seraient sur les lieux. Oum tendit timidement le bras et posa la main sur le rescapé qui dégageait une forte odeur de brûlé. La raison lui dictait de s'en aller pour ne pas avoir affaire aux forces de l'ordre qui ne s'embarrasseraient pas de conjectures et feraient d'elle une complice du kamikaze.

– *Sayid ?*

Le soldat se retourna enfin. La jeune fille s'immobilisa. Quelque chose la retenait sur place. Plus que le réflexe de porter secours à un blessé, plus qu'une curiosité morbide, c'était la peur, paralysante.

Quatrième partie

Un cyclone ne s'annonce pas avec un ciel bleu

8

Deux lampes à pétrole éclairaient les visages des sept membres de la tribu. Au menu : samoussas, soumok, ti puri, riz, fruits. La table bancale avait été déplacée sur la plage qui faisait office de salle à manger, sauf les jours de pluie.

– Demain la mer devrait être calme, dit Shivaji à Nathan. On va pouvoir sortir le catamaran.

– Sommes-nous à un jour près ?

– Je te rappelle que notre permis de résident dépend du chiffre d'affaires de l'entreprise.

– Je connais les règles.

Comment adhérer à des règles qui imposaient aux individus d'être rentables pour avoir le droit de demeurer quelque part ?

– Les connaître ne suffit pas, il faut être motivé pour parvenir à notre objectif.

– Devenir un parvenu n'est pas une motivation.

– Mais qu'est-ce qui te motive, Nathan ? Il y a quatre ans, tu débarques chez nous avec deux gosses paumés que tu nous demandes d'élever, tu disparais sans donner signe de vie pendant deux ans, puis tu te ramènes avec Carla et Léa. Tu pars, tu reviens, tu repars, tu restes, on ne sait jamais avec toi. T'es capable de nous lâcher du jour au lendemain, de tout nous laisser sur les bras. C'est ça que j'entends par manque de motivation.

Shivaji était attaché aux choses, aux êtres, à son ego, à ses pensées, à ses désirs, au lendemain, à l'ailleurs.

– La finalité est dans le cosmos. C'est là que je puise l'énergie.

– Encore tes conneries d'arts martiaux ! Si au moins ça nous apportait quelque chose. Tu ne fais même pas payer les cours que tu donnes aux jeunes sur la plage. On se demande en quel honneur d'ailleurs.

– Parce que mon enseignement n'a pas de prix.

Shannen s'en mêla :

– Au cas où tu l'aurais oublié, sans Nathan on n'en serait pas là.

Son frère avait beaucoup investi dans l'entreprise grâce à la vente de sa maison dans l'État de Washington. Une partie de la somme leur avait permis de s'installer sur l'île Maurice, d'acheter un catamaran et un van qui promenaient les touristes. Cela devait leur assurer les revenus nécessaires pour avoir le droit d'y résider. Nathan avait offert le reste à ses parents pour qu'ils profitent de leur retraite.

Carla bouillait d'intervenir, mais Nathan avait posé une main sur sa cuisse pour lui signifier de rester neutre.

– On a combien de réservations ? se contenta-t-elle de demander.

– Trois, répondit Shivaji.

– C'est pas ça qui va changer les choses.

Dans leur entreprise, baptisée Paradise Tours, Carla était chargée de barrer le catamaran, puisqu'elle possédait un permis bateau. Elle l'avait passé à l'époque où elle était mariée à Étienne Chaumont, un explorateur français qu'elle accompagnait parfois sur des expéditions et qui avait péri au cours de l'une d'elles en Alaska. Shivaji conduisait le van, Shannen assurait la gestion et prospectait la clientèle des hôtels, Nathan assistait Carla. Le fameux objectif évoqué par Shivaji était trois millions de roupies de chiffre d'affaires annuel.

– Il faudrait étendre nos activités à la plongée sous-marine, déclara ce dernier.

– Sans moi, dit Shannen.

– Avec tes aptitudes, Nathan, tu pourrais donner des cours d'apnée.

– Vous savez pourquoi les plongeurs se jettent toujours en arrière et jamais en avant ? demanda Léa.

– Non, fit Jessy, soudain intéressée.

– Parce que, sinon, ils tomberaient dans le bateau.

Shannen éclata de rire, Nathan adressa un clin d'œil à Léa pour la remercier d'avoir détourné la conversation.

– Gnaaaaaaaaaaann !

Tommy venait d'avaler un piment. Deuxième diversion.

– Donne-lui une crêpe, conseilla Nathan. Ça étouffera le feu.

Le téléphone mobile de Shannen se mit à sonner.

– Les affaires reprennent, claironna Léa qui ne ratait rien du spectacle.

– Gnaaaaaaan ! fit Tommy en balançant le portable d'un revers de la main.

Tommy détestait les téléphones cellulaires.

Shannen alla ramasser l'appareil dans le sable, prit la communication et revint vers Nathan.

– C'est pour toi.

– Pour moi ?

Personne ne savait où il se trouvait, ni même s'il était vivant. À part ses parents.

– C'est papa, dit-elle.

9

– Il est arrivé quelque chose ? fit Shannen après que Nathan eut raccroché.

– Rien aux parents.

– Qu'est-ce que papa te voulait ?

– Tu te souviens de Billy Bear et de Lillie Swan ?

– Évidemment. Billy a chanté le rituel de bénédiction pour mon entrée dans l'adolescence. Et Lillie m'a guérie une fois d'une morsure de crotale.

– Ça fait mal une morsure de crotale ? demanda Jessy.

– Plutôt, oui.

– C'est mortel ? demanda Léa.

– Un Indien n'en meurt que s'il a offensé ses ancêtres. En revanche, un Blanc en mourra même s'il est soigné.

Shannen s'inquiéta de savoir pourquoi Nathan lui parlait de Billy et de Lillie.

– Ils ont disparu.

– Comment ça ?

– Il y a un mois, ils sont partis pratiquer une cérémonie de guérison dans le comté de Millard, en Utah. Depuis, ils n'ont plus donné signe de vie.

– Dans le comté de Millard ? Pourquoi si loin ?

– La fille de Ben Wazzie, un ami de Billy, s'est installée là-bas après avoir épousé un mormon. D'après papa, elle aurait demandé l'aide de Billy pour chasser un esprit.

– C'est quoi cette histoire ?

– Je l'ignore.

– Papa t'a appelé juste pour te dire ça ?

– Pour me dire aussi que le shérif qui s'est rendu sur place n'a rien trouvé.

– Il n'a pas trouvé quoi, des esprits ?

– La fille de Ben Wazzie. Ni elle, ni sa famille, ni sa maison, ni son poulailler… comme s'ils n'avaient jamais existé.

– Qu'est-ce que papa te voulait ?

– La police et le FBI n'ont aucune piste.

– Qu'est-ce que papa te voulait ? insista Shannen.

– On peut faire disparaître une personne, voire une famille, mais tous leurs biens…

– Que voulait Sam ? demanda Carla.

– Que je retrouve Billy et Lillie.

– Pourquoi toi ?

– Papa a une haute opinion de son fils, dit Shannen. Il croit que Nathan est capable de retrouver n'importe qui sur la planète.

– Il n'a pas tort, acquiesça Carla.

– Il n'est plus aussi bon qu'avant.

– Qu'est-ce qui te fait dire ça ?

– Il est amoureux de toi. Ça lui a fait perdre beaucoup de ses capacités.

– Qu'est-ce qui lui prend à ton père de vouloir t'impliquer à nouveau dans une enquête ? s'étonna Carla.

– Tu lui as répondu quoi ? s'inquiéta Shannen.

– Que je ne suis plus aussi bon qu'avant.

Cinquième partie

Un Indien mange une fraise en Antarctique

10

Le catamaran remontait le vent dans la passe en direction du large, au-delà de la barrière de corail qui traçait une ligne d'écume dans l'océan. Les coques coupèrent la route à un groupe de dauphins, sous les regards ébahis des touristes que Carla et Nathan avaient embarqués. Deux d'entre eux, équipés de masque et de palmes, se jetèrent à l'eau en quête d'un contact éphémère avec les mammifères.

Toucher à la beauté du monde.

Nathan avait l'habitude de plonger en apnée et de s'accrocher à leur nageoire caudale, expériences fusionnelles dont il s'enivrait comme d'autres le font dans des manèges à sensations fortes.

Aujourd'hui, il s'agissait de balader six Anglais et deux Afrikaners. Outre Nathan, un Mauricien prénommé Rajesh assurait l'intendance. Cela se résumait à aligner des poissons sur le barbecue du bateau, servir les boissons à volonté, placer des CD dans la minichaîne, mouiller près de l'île au Bénitier. Le site était idéal pour un après-midi de plongée libre ou une séance de bronzage sur le pont.

Deux Anglaises transformées en grillades minaudaient devant Nathan. Elles essayaient de deviner sa nationalité. Le sang navajo et japonais qui coulait dans ses veines le faisait souvent passer pour un Mauricien auprès des étrangers. Ce qu'il ne cherchait pas à démentir. Carla rappliqua pour tempérer l'offensive de séduction menée par les jeunes femmes émoustillées devant la beauté de « l'indigène » qui ne portait qu'un bermuda élimé et deux bracelets colorés, un vert acheté au marché par Léa, un jaune fabriqué par Jessy.

Nathan leur souriait, mais son regard était vague. Carla connaissait trop bien cette expression qui trahissait chez lui un manque d'écoute. Il conversait tout en pensant à autre chose. Elle s'assit à ses côtés, rassurée par le peu d'effet qu'exerçaient sur lui les charmes des deux Spice Girls.

– Qu'est-ce qu'on peut faire le soir pour s'éclater ? demanda celle qui s'appelait Keyra.

Son bikini était plus petit que les lunettes de soleil Dolce & Gabbana qui lui mangeaient le visage, ses cheveux étaient courts et peroxydés, ses ongles de pieds vernis en noir, une salamandre tatouée sur l'aine semblait s'échapper de sa culotte.

– S'asseoir sur la plage et regarder la Voie lactée, suggéra Nathan. On la distingue nettement car il y a peu de lumière sur l'île et pas de pollution.

– Je veux dire un endroit branché avec des gens et des néons, quoi.

– Et de la musique ajouta son amie, prénommée Jenny et trouée comme une passoire par une constellation de piercings.

– Vous logez où ?

– À Grand Bay. L'hôtel Trou aux Biches.

– Il y a *Divali* à Triolet, c'est la fête des lumières.

– Allez au Bob Marley à Grand Bay, proposa Carla qui voyait que Nathan ne s'en sortirait pas. C'est une boîte qui joue du seggae.

– C'est quoi ça ?

– Un mélange de sega et de reggae. L'ambiance est bonne et la chanteuse assure bien.

– Ça a l'air cool, dit Jenny, contrariée par l'intervention de Carla.

– Vous faites quoi vous, le soir ? demanda Keyra à Nathan.

– Je deviens sourd.

Un silence illustra la réponse sibylline, brisé par le hurlement d'un passager qui venait de plonger de façon aussi acrobatique que tapageuse pour attirer l'attention sur lui. Mission accomplie, les deux poupées britanniques se précipitèrent à la poupe en pouffant.

– Ça va ? demanda Carla à Nathan.

– Oui.

– Tu n'as pas l'air d'être avec nous.

– Je suis ici et ailleurs.

– Tu sembles surtout ailleurs.

– Tu l'as déjà dit.

– On dirait que tu t'ennuies quand les gens te parlent.

– Au contraire, je fais la connaissance de toutes sortes de personnes venues de différents pays et que je vois pour la dernière fois.

– Ça ne te gonfle pas trop ce boulot ?

– Ce n'est pas important.

– Quand même, tu es mon assistant. Ce n'est pas rien.

– Un travail n'est pas ce qui va donner un sens à ma vie.

– Quoi alors ?

– Mon intimité avec toi.

Carla ne se faisait pas à l'idée qu'un type aussi détaché que Nathan soit autant attaché à elle. Elle se serra contre lui, comme s'ils avaient été deux touristes en voyage de noces, et souda un baiser dans le creux de son épaule tiède.

Nathan n'aimait pas les gens, pas plus qu'il ne les haïssait. Les rapports sociaux étaient sans valeur à ses yeux.

Ce qui ne l'avait pas empêché jadis de percer le secret de la haine en se mesurant à Sly Berg, l'assassin de son épouse. Quant à l'amour, il en avait pénétré les mystères grâce à Melany et à Carla. À la mort de la première, il s'était coupé de tout pendant trois ans d'ascèse auxquels un cacique du FBI avait mis un terme en le forçant à rempiler. C'était au cours de cette mission qu'il avait fait la connaissance de Carla. Quel que soit son travail, traquer des criminels ou accompagner des touristes, ce n'était pour lui qu'un jeu dont il apprenait rapidement les règles en toute indifférence. Sa sœur et son beau-frère qui cherchaient à s'en sortir après avoir tout perdu dans un tsunami, Jessy et Tommy qui méritaient un meilleur avenir que celui promis par leur naissance, faisaient partie d'un contrat social qu'il pouvait rompre à tout moment. Il était dans le rôle du joueur assis à une table de poker où la mise se limitait à des allumettes. Il n'avait rien à perdre en se retirant. Pourtant, il ne le faisait pas. Pour une seule raison : Carla. Elle était peu à peu devenue l'enjeu de la partie. La seule chose qu'il désirait et dont il avait peur d'être dépossédé. Elle était l'unique lien qui le retenait à la table de poker. C'est-à-dire à la société des hommes.

– À quoi penses-tu ? demanda-t-elle.

Elle se décolla de son épaule pour le regarder.

– À une quinte flush royale.

– À quoi ?

– La plus forte main au poker.

– Tu veux proposer un poker aux Anglaises ?

– Paradise Tours pourrait organiser ça pour ses clients.

– J'en parlerai à Shivaji.

– Il ne dira pas non.

– Tu ne l'aimes pas trop, hein ?

– Détrompe-toi, mes sentiments à son égard ne sont pas différents de ceux que j'éprouve pour nos passagers.

– C'est le mari de Shannen quand même.

– C'est elle qui l'a choisi. Pas moi.

– Il est jaloux de l'amour qu'elle éprouve pour toi.

– Il est aveugle. Shivaji est marié à l'une des plus belles femmes du monde et il ne pense qu'à son travail.

– Il veut juste qu'on s'en sorte.

– En faisant de son travail une religion ?

– Et ton vrai travail, il ne te manque pas ? L'action, le FBI, les psychopathes, les missions planétaires ?

– Autant que l'armée chinoise à un moine tibétain.

Cela faisait plus deux semaines que Sam l'avait appelé pour réclamer son aide.

Ils profitèrent encore un peu de leur molle immobilité et de la lumière brûlante qui donnait de la transparence au lagon. Puis ils rentrèrent sur les tempos sélectionnés par Rajesh, surnommé DJ Rajee.

Une silhouette se dressait au bout de la jetée. Shannen les attendait. Elle n'aurait pas dû être là. Elle avait les yeux rouges et une mauvaise nouvelle à leur annoncer.

Mais ça, Nathan le savait déjà.

11

Sur les conseils de Nathan, Carla redressa la nuque, relâcha les épaules et colla la langue contre le palais. Elle expulsa les nausées et dissipa les douleurs musculaires au terme d'un effort de concentration.

– De quoi souffre-t-elle ? demanda une hôtesse inquiète.

– Mal de l'air, mentit Nathan.

Carla parvint enfin à régler sa respiration et son débit sanguin. Ses yeux étaient mi-clos, son regard posé sur le petit écran noir encastré dans le dossier devant elle. Nathan lui massa les avant-bras ainsi que la nuque, insista sur le point situé sous le cervelet droit, ce qui abaissa peu à peu la tension nerveuse. Il la poussa peu à peu vers un sommeil paisible.

Ils avaient quitté Mahebourg la veille à 22 h 30 dans la précipitation, abandonnant les enfants et Paradise Tours à la charge de Shannen et d'un Shivaji inquiet pour son entreprise. Carla accompagnait Nathan car elle pouvait encore moins se séparer de lui que de sa trousse de médicaments.

Peu avant l'atterrissage, les hôtesses distribuèrent des formulaires d'entrée aux États-Unis. Depuis la présidence d'Obama, les visiteurs séropositifs n'étaient plus refoulés à la frontière.

– Je suis désolée, chéri.

Carla avait émergé de son demi-sommeil. Son visage encore épargné par la maladie était éclairé par la lumière du hublot.

– J'aurais dû te laisser partir sans moi, dit Nathan.

– Quoi ?

– Ce n'est pas ce que tu allais dire ?

– Si. On dirait que je suis condamnée à te suivre comme ton ombre.

– Condamnée ? Merci.

– Ce sont les conditions de ce voyage qui me font dire ça.

Carla avait raison. Ils quittaient une île paradisiaque pour un monde où l'on torturait des enfants, où l'on violait des femmes, où l'on tuait en série, où l'on ritualisait le meurtre, où la fin justifiait les moyens au nom de l'État, de Dieu ou du Capital. Ils retournaient dans une société où la mort était lucrative, où elle faisait vivre la plupart des corps de métiers et tourner le système à plein régime.

Ils se posèrent à 12 h 30 comme prévu, après vingt-deux heures de vol et une escale à Paris.

Un douanier s'intéressa au sac de Carla. Elle avait pris la précaution de changer le conditionnement de ses médicaments qui trahissaient sa séropositivité.

– Qu'est-ce que vous avez ? demanda le fonctionnaire, soupçonneux comme le lui imposait sa formation.

– Un cancer, déclara-t-elle.

La réponse sembla suffire au cerbère qui examina encore une fois les étiquettes collées sur les flacons avant de les laisser passer.

Kyoko les attendait dans le hall d'arrivée, silhouette frêle et statique au milieu de la foule bourdonnante. Elle s'anima lorsqu'elle aperçut son fils et Carla. Elle les accueillit avec des effusions qui débordaient de sa nature asiatique plus encline à la réserve.

– Vous avez des nouvelles ? demanda Carla.

– Non, ma chérie.

Ils gagnèrent le parking de l'aéroport. Kyoko s'était américanisée mais elle avait gardé de son Japon natal cette façon de marcher, à petits pas. Une allure renforcée par son âge.

– Raconte-moi tout, Maman.

– Tu connais ton père.

– Ce n'est pas suffisant.

– Il a longuement hésité avant de t'appeler le mois dernier. S'il l'a fait, c'est qu'il n'avait pas d'autre choix.

– Qu'est-ce qui lui a pris ?

– Il s'est pris pour toi. Comme tu ne pouvais pas te lancer à la recherche de Billy Bear et de Lillie Swan, il l'a fait lui-même. Il était disponible.

– Il ne l'aurait pas été si je ne vous avais pas donné de l'argent.

– Et il n'aurait pas disparu… et tu ne serais pas là… Ne remets pas en question le passé, mon fils. Ton argent lui a permis de prendre sa retraite. Peindre le Golden Gate à cent mètres au-dessus de la mer, ce n'était plus de son âge. Il est heureux comme tout dans son atelier. Ne regrette rien.

– Quand est-il parti ?

– Il y a vingt jours. Il est passé par la Réserve. Il m'a appelée de là-bas. Puis, il est allé en Utah, là où Billy et Lillie s'étaient rendus. C'est à partir de ce moment-là que je n'ai plus eu de nouvelles.

– Que disent les Fédéraux ?

Ils montèrent dans la vieille Mazda de Kyoko.

– Je suis allée à l'agence de San Francisco. Ils ont ouvert une enquête mais ils ne savent rien.

– Dépose-moi.

– Maintenant ?

– On a déjà pris trop de retard.

12

Kyoko fila sur la *freeway* en direction du centre-ville et sortit sur Golden Gate Avenue. Nathan reconnut les voûtes de travertin de la cathédrale Sainte-Marie unies comme deux mains jointes vers le ciel à soixante mètres de hauteur. Il eut un pincement au cœur en revoyant le dôme néoclassique monumental de l'hôtel de ville, encore plus haut que celui du Capitole à Washington. C'était là qu'il s'était marié avec Melany. Le Civic Center était situé juste à côté des pagodes, des jardins et des maisons de thé de Japan Town. S'il poussait plus au nord sur Van Ness, il tombait sur le quartier de Russian Hill dominant la baie, qu'il habitait autrefois, avant le drame, avant la fin de sa première vie. Les souvenirs affluaient dans son esprit, trois ans de vie en compagnie de Melany, assassinée alors qu'elle était enceinte. Il revenait dans la ville de son passé. Ses parents s'y étaient installés après avoir quitté la réserve navajo. Sam voulait offrir à Kyoko un cadre de vie moins rude que le désert de l'Arizona. Ils s'étaient trouvé une maison à louer au nord de la ville. Nathan y avait fini son adolescence avant de suivre des études de psychologie à Berkeley et d'être admis à l'Academy Group Inc. en Virginie, une firme spécialisée dans l'étude des comportements déviants et œuvrant en étroite collaboration avec le FBI. Il avait vite été repéré par Lance Maxwell, le numéro deux du Bureau fédéral, à cause de ses facultés exceptionnelles. Une longue collaboration en avait découlé, au cours de laquelle Nathan avait intégré une petite unité de cracks, la DPU8, créée pour traquer les psychopathes dangereux et résoudre les enquêtes insolubles. Aujourd'hui l'unité était dissoute, Lance Maxwell était mort en mission et les huit membres de la DPU8 enfermés dans un asile ou un cercueil. À l'exception de Nathan.

Il reconnut le bâtiment fédéral, au 450 Golden Gate Avenue.

– On t'attend là ? demanda Kyoko garée en double file.

– Carla doit se reposer. Allez à la maison. Je vous rejoindrai.

– On peut attendre, chéri, dit Carla.

– Je prendrai un taxi.

– Nathan, c'est…

– Chut !

Il posa ses lèvres sur les siennes et disparut derrière un mur de piétons. Le regard de Carla s'attarda sur la façade de l'immeuble. Nathan était reparti pour une nouvelle enquête. Ce qu'elle redoutait depuis qu'ils avaient choisi de vivre ensemble se produisait sous ses yeux. Le pire était à venir.

13

L'ascenseur ouvrit ses portes au treizième étage. Épinglé d'un badge « visiteur » qu'il avait obtenu à l'accueil du rez-de-chaussée, Nathan se présenta devant un flic qui faisait office de chien de garde derrière une vitre blindée. L'agent Royden, qui avait reçu Kyoko au sujet de la disparition de son mari, était absent.

– Il est en mission, confirma le flic dont les moustaches avaient la taille et la couleur d'un balai-brosse.

– C'est ce qu'on m'a dit à l'accueil.

– L'agent Meeks va vous recevoir à sa place.

Le moustachu déclencha l'ouverture des portes. Nathan se retrouva dans un vestibule. Dave Meeks se pointa au bout de quelques minutes, attiré par l'appât que Nathan avait lancé à l'accueil. Il ne devait pas être vieux dans le métier, mais il était déjà chauve.

– On m'a dit que vous aviez des éléments à nous communiquer sur les disparitions de Snake Valley.

– Puis-je voir le directeur de l'agence ?

– Écoutez, monsieur… monsieur… ?

– Love.

– Monsieur Love, si vous me dites ce que vous savez, je transmettrai les informations.

– Transmettez-lui seulement que je suis là.

– L'agent spécial Stanshaw est en réunion et ne peut pas vous recevoir maintenant.

– Sauf si vous lui donnez mon nom.

– Qui êtes-vous pour… ?

– On vous l'a déjà dit deux fois.

– Votre nom ne me dit rien.

– Signe flagrant d'incompétence. Si Ted Bundy franchissait le seuil de cette agence et demandait à être entendu, vous lui demanderiez qui il est ?

– Ted Bundy est mort.

– Pas moi.

– Vous êtes recherché par le FBI ?

– On peut dire ça comme ça.

Meeks s'éclipsa derrière une double porte à ouverture automatique et réapparut dix minutes plus tard.

– Suivez-moi.

Ce devait être la première fois de sa carrière que l'agent Meeks donnait un ordre. Nathan se laissa guider par une odeur de transpiration mal camouflée sous un déodorant boisé, sillonna entre des box, des fax et des photocopieurs jusqu'à un bureau au bout du couloir. Les effluves chargés se mêlèrent à une fragrance plus subtile. Des accords de chèvrefeuille, de freesia et de vanille émanaient de la femme devant laquelle Meeks se fit tout petit. Elle était vêtue d'un tailleur anthracite et d'un chemisier blanc déboutonné au col. Des chaussures de marque, une bague sertie de diamants, la photo d'une fillette et l'absence d'alliance dénotaient une vie aisée de divorcée bénéficiant d'une coquette pension alimentaire. Assis devant elle, deux agents fixaient Nathan.

– Agent spécial Connie B. Stanshaw, le salua-t-elle en lui tendant une main hésitante et fine.

Elle pria ses collègues de vaquer à leurs missions, renvoya Meeks à son sudoku et invita Nathan à prendre place dans un fauteuil. En un clin d'œil, il vit qu'il avait affaire à une G-Woman[1] plus soucieuse de son standing et de son image que des investigations sur le terrain. Outre les chaussures inadéquates à la traque, il y avait le mobilier cossu et la décoration personnalisée qui évoquaient davantage l'intérieur luxueux d'une villa de Belvedere Island que le bureau fonctionnel d'un agent spécial sur la brèche.

1. G-Men (ou G-Women) est le surnom donné aux agents fédéraux (G pour gouvernement).

– Nathan Love, dit-elle comme si elle essayait de mettre un nom sur une hallucination.

Un G-Angel passa au-dessus d'eux.

– Qu'est-ce que vous… ? Comment… Ici ? Je ne sais même pas quoi vous poser comme question.

– Tant mieux, cela nous fera gagner du temps. J'en ai une, très précise : où est mon père ?

– Je vous croyais mort.

– C'est souvent ce qu'on pense à mon sujet.

– Il faut que je prévienne Washington.

– Accordez-moi d'abord quelques secondes.

– Vous êtes venu enquêter ?

– Cela va faire trois semaines que Sam Love a disparu. Le FBI n'ignore pas qu'il est mon père. Ce lien de parenté vous a poussé à y voir un lien avec mes anciennes activités au Bureau. Vous avez fouillé mon passé et mis pas mal de gens sur le coup. Impossible que vous n'ayez rien trouvé depuis tout ce temps.

– Vous savez que vous êtes une célébrité au FBI ?

– C'est ce que je suis en train de vous expliquer.

– Vous cherchez à rempiler ?

– Vous ne m'écoutez pas.

– Vous, vous allez m'écouter. Vous avez été un crack, autrefois, pas de doute là-dessus. Le protégé de Lance Maxwell, aussi. Donc intouchable. Mais depuis la mort tragique de votre femme et votre retraite anticipée, vous avez tout fait de travers. Votre come-back, il y a quatre ans, a semé une pagaille pas possible : deux missions qui ont mal tourné, des dizaines de morts aux quatre coins du monde dont celle de Maxwell et des brouilles diplomatiques avec un tas de pays. Si on n'avait pas cru à votre mort, vous seriez aujourd'hui la bête noire de toutes les agences de sécurité américaines. Vous croyiez sincèrement qu'il vous suffisait de rappliquer avec un look de surfer qui aurait perdu sa planche pour qu'on vous accueille en fanfare et qu'on vous refile des tuyaux comme au bon vieux temps ?

– Oui.

– Qu'est-ce qui vous le fait croire ?

– Vous.

– Moi ?

– Soit je tombais sur un chef d'agence en fin de course, soit sur quelqu'un qui avait encore quelque chose à prouver.

– Et vous me rangez dans la seconde catégorie ?

– Dans celle des femmes qui ont envie qu'on les prenne pour Clarice Starling.

– Vous divaguez.

– Vous avez besoin de moi. Je connais les victimes et je suis le plus qualifié pour me mettre à la place de celui qui est responsable de leur disparition. Je retrouverai mon père, vous le savez. Il y aura des dommages collatéraux, mais vous pourrez me les mettre sur le dos sans que cela entache votre réputation. Vous n'avez rien à perdre, tout à gagner.

– Clarice Starling, hein ? Ça date un peu votre référence.

– J'irai sur le terrain pour vous. Vous n'aurez pas besoin de changer de chaussures.

– Pourquoi n'allez-vous pas voir notre agence à Provo ? Ils sont chargés de l'affaire.

– Vous avez récupéré le dossier car il contient le nom de Love et l'affaire dépasse largement les compétences d'une petite antenne comme celle de Provo.

– Comment je justifie votre collaboration auprès de ma direction ?

– C'est vous la direction. Washington est à deux fuseaux horaires d'ici. Cela vous laisse une marge de manœuvre confortable. Dois-je répondre encore à des questions dont vous connaissez déjà les réponses ?

Le G-Angel effectua un nouveau passage. Plus lentement, cette fois.

– Au siège, s'ils apprennent que je vous ai communiqué des informations, je risque ma place, finit-elle par dire.

– Comme vous devez le savoir, ceux qui collaborent avec moi ne risquent pas leur place, mais leur vie.

– C'est censé m'encourager ?

– C'est censé vous aider à prendre une décision.

– Inutile de vous démener, elle est déjà prise.

– Je me suis trompé sur votre compte. Désolé de vous avoir fait perdre votre temps.

Nathan se leva et se dirigea vers la porte.

– Attendez ! Ma décision est d'accepter votre proposition.

– J'avais cru comprendre le contraire.

– Cela me fait douter de votre faculté d'empathie.

– Vous êtes une femme plus complexe que je ne l'avais cru.

– Je n'ai pas grand-chose à vous dire sur la disparition de votre père. Et le peu que je sais va vous sembler… anormal.

– C'est ma spécialité.

– Je sais.

– Je vous écoute.

– À une condition.

– Laquelle ?

– Ne me comparez plus à Clarice Starling.

Il faillit lui demander si c'était plus grave que de le comparer à un surfer sans sa planche mais il estima que cela ne servirait pas ses objectifs. Car non seulement l'agent spécial Connie B. Stanshaw ne cessait de le dévorer des yeux, mais elle mangeait déjà dans sa main.

14

– Cette affaire a commencé par l'intervention de deux sorciers navajo.

Connie B. Stanshaw avait saisi un dossier aussi mince qu'un programme politique. Il était à portée de sa main, ce qui signifiait qu'elle l'avait récemment consulté.

– Des hataalii, rectifia Nathan.

– Si vous préférez.

– La notion de « sorcier » est tendancieuse.

– À la demande d'une certaine Margene Hinckley, les deux *hatali*…

– *Hataalii.*

– Les deux *hataalii*, Billy Bear et Lillie Swan, se sont rendus chez les Hinckley, dans le désert de l'Utah. À Snake Valley exactement, dans le comté de Millard. Vous connaissez ?

– Non, et vous ?

– Je me suis rendue sur place, si c'est ce que vous voulez savoir. Que du désert et des serpents à sonnette. D'ailleurs tout s'appelle « Snake » là-bas, la vallée, les montagnes… s'il y avait eu un cours d'eau, ils l'auraient appelé Snake River. Bref un endroit aussi aride que la planète Mars, peuplé par quelques mormons polygames, des excentriques en rupture de ban et des férus d'ascétisme. Ça vous plairait. Le comté de Millard enregistre 0,73 habitant/km^2. Voilà pour la scène du crime dont la superficie est estimée à 17 000 km^2. Quant aux faits, ils ne sont pas banals non plus. Avant de se rendre sur place, Billy Bear a confié à son entourage que Margene Hinckley avait fait appel à lui pour les débarrasser d'un esprit qui hantait leur mobile home.

Elle fit une pause pour étudier la réaction de Nathan. Faute d'en lire une, elle demanda :

– Vous croyez aux fantômes, Nathan ?

– Nous croyons à nos propres fantômes, pas à ceux des autres.

– En tout cas, les Hinckley y croyaient dur comme fer, car d'après Billy Bear, Margene Hinckley était terrorisée.

– Qu'est devenu Billy ?

– Vous le connaissiez ?

– Comme mon père.

– Personne ne l'a jamais revu, et son assistante non plus. En quoi consistait exactement leur travail ?

– Vous ne vous êtes pas renseigné sur le rôle d'un *hataalii* ?

– Nous avons interrogé des gens à Mexican Hat et dans la réserve. Mais j'aimerais avoir votre point de vue.

– Il rétablit un équilibre qui n'existe plus chez le patient. En ce qui concerne Margene Hinckley, il s'agissait de lui montrer que son fantôme n'était qu'une projection de son esprit.

– Comment expliquer que toute la famille Hinckley ait eu la même projection ?

– La folie est contagieuse. La peur aussi.

– Cela n'explique pas ce que sont devenus les quatre membres de la famille, les deux guérisseurs et votre père, qui était allé faire on ne sait quoi.

– Billy et lui sont très liés.

– Votre père est venu voir l'agent Royden en lui déclarant, selon ses propres termes, que le shérif du comté de Millard aurait été incapable de retrouver le soleil après toute une nuit passée à le chercher.

Nathan reconnut la verve de son père.

– Manifestement, dit-il, il n'était pas non plus satisfait de vos services, il m'a appelé pour que je retrouve Billy et Lillie.

– Quand vous a-t-il appelé ?

– Il y a trois semaines.

– Que lui avez-vous dit ?

– De laisser faire les enquêteurs.

– Sage conseil. Depuis, vous avez changé d'avis.

– Depuis, mon père a disparu.

– Comme les autres.

– Vous avez mis les moyens pour le retrouver ?

– J'ai envoyé deux de mes hommes sur place, quitte à vexer les agents de Provo. Ils ont ratissé le secteur, sans jamais trouver la ferme des Hinckley.

– Un mobile home, ça se déplace.

– Et un poulailler, un potager, une citerne, des dépendances, une éolienne, un groupe électrogène… ? On n'a rien trouvé, pas la moindre trace de leur campement. Au point de se demander s'ils ont vraiment habité là. Vous savez quoi ? On a surnommé la zone le « Triangle du Serpent », en référence au « Triangle des Bermudes ». Ce qui y entre n'en ressort jamais.

– Vous ne savez rien de plus que moi, constata Nathan.

– Si.

– Quoi ?

Elle prit le dossier, se leva et contourna le bureau pour se rapprocher de lui. L'occasion de le bombarder de phéromones aromatisées au Guerlain. Elle se pencha pour lui poser le dossier ouvert sur les genoux. Il remarqua qu'elle avait défait un bouton supplémentaire de son chemisier, découvrant des dessous de soie blanche qui tranchaient sur sa peau mate et noire. Elle avait ce côté séduisant des femmes raffinées qui ne révèlent que peu à peu leur sex-appeal pour mieux attiser la libido de l'homme qu'elles veulent séduire. Le contraire de Carla, en quelque sorte, dont la féminité sautait à la vue de tous ceux qu'elle croisait. Nathan passa brutalement du bustier vallonné à la vue aérienne d'un désert aussi plat et uni qu'une moquette. Connie B. Stanshaw retira la photo attachée avec un trombone pour en faire apparaître une autre. Elle représentait les toits d'un campement composé d'un mobile home, deux appentis, un potager, une basse-cour, un véhicule, une éolienne. Il y avait également une tache grise que Nathan ne parvenait pas à définir.

– Un trampoline, dit Connie qui ne le lâchait pas des yeux. D'après nos estimations, il fait 10 m de diamètre.

– La ferme des Hinckley ?

– En fonction de nos calculs et des différents témoignages que nous avons recueillis, nous avons cerné la zone dans laquelle les Hinckley se seraient établis. Nous avons ensuite comparé l'image satellite de cette zone avec une autre datant d'une semaine avant la disparition des Hinckley. Vous avez devant vous deux clichés du même endroit à quinze jours d'intervalle. Entre-temps, le baraquement a disparu.

– Vous avez d'autres photos ?

– On a déjà de la chance d'avoir celles-ci.

– De la chance ?

– Snake Valley n'est pas loin de la base militaire de Dugway. L'armée estime nous avoir fait une fleur en nous communiquant ces deux clichés. Elle ne nous en fera pas d'autres.

– Pourquoi cette fleur ?

– Pour les besoins de l'enquête.

– L'armée se contrefout de la disparition d'une poignée de mormons et de Navajo.

– Mon père est colonel dans la sixième armée. Il a des relations.

– Colonel à la base militaire de Presidio ?

– Oui.

Nathan examina attentivement l'image sur laquelle figurait la ferme des Hinckley. On pouvait distinguer certains détails, comme un étendage couvert de linge ou un enfant en train de faire du vélo.

– Il ne reste absolument rien des Hinckley, dit Stanshaw.

– Vous prétendiez disposer d'une information que je n'ai pas.

– Comme je vous l'ai dit, nous avons passé la zone au peigne fin. On a relevé la présence d'un champ électromagnétique légèrement supérieur à la normale. Les équipes scientifiques ont carotté le sol à plusieurs endroits. Les échantillons ont été envoyés à Washington puis à la NASA.

– À la NASA ?

– C'est là qu'intervient l'aspect anormal auquel je faisais allusion. Dans certains prélèvements, on a découvert des traces d'une matière qu'on ne trouve pas sur Terre.

Nathan leva le regard sur elle. L'agent Stanshaw était debout devant lui. Ses fesses et ses mains prenaient appui sur le bureau. Sa position échancrait un peu plus son chemisier sur le bustier carmin. Connie prenait des précautions pour délivrer son information. Comme Nathan ne lui posait pas de question, elle enchaîna :

– D'après la NASA, ce serait de l'hydrogène métallique.

– De l'hydrogène métallique, ça existe ?

– Pas sur Terre.

– Où ?

– Sur Jupiter.

15

Installé à l'arrière d'un taxi, Nathan traversa le Golden Gate Bridge, l'ancien lieu de travail de son père qui avait passé sa vie à le repeindre. Deux mille sept cents mètres d'acier rouges projetés avec grâce sur une baie mythique, permettant de relier San Francisco à la péninsule de Marin. Le chef indien miwok, dont la tribu avait repoussé l'envahisseur espagnol, avait donné son nom au comté et à cette presqu'île qui protégeait la baie de l'océan.

La radio diffusait un tube de Madonna.

Four minutes to change the world.

Est-ce que le monde avait besoin d'être changé ? Pourquoi ? Pour mieux l'adapter à l'homme ? Dieu aurait-il mal fait son boulot ? La nature était-elle hostile par essence ? Est-ce qu'on ne prenait pas le problème à l'envers ? L'être humain était-il la chose la plus précieuse sur cette planète ? Plus précieuse qu'un ours polaire, un bois de rose d'Amazonie, une mer d'Asie centrale ? La réponse était simple, mais personne ne voulait la voir.

À la sortie de Sausalito, le chauffeur quitta l'US 101 en direction de l'océan et changea de fréquence.

– Ça vous va ?

Parlait-il de la direction ou de la station de radio qui alignait un flot d'informations ?

– Oui.

Les morts se comptaient par dizaines de milliers en Birmanie et en Chine, respectivement victimes d'un cyclone et d'un tremblement de terre.

– Quelle catastrophe, commenta le chauffeur à l'affût d'un dialogue.

Il était chinois, donc concerné par les évènements.

– C'est comme si les éléments s'étaient mis du côté des Tibétains, ajouta-t-il. La main de Dieu a frappé.

– L'arbre ne choisit pas le pendu.

– Quoi ?

– La nature est neutre.

Ils traversèrent une zone vierge de toute construction qui déployait des montagnes, des collines et des forêts de séquoias en bord de mer. C'était sur cette terre, dominée par le mont Tamalpais dont les courbes féminines lui avaient valu le surnom de « jeune Indienne endormie », que Nathan avait acheté une maison à ses parents, une bâtisse en bois nichée à l'ombre des arbres géants, au milieu des érables, des sapins, des chênes, des écureuils, des chipmunks, des daims. À l'époque, Nathan était payé une fortune pour chaque mission que lui confiait le FBI.

Aujourd'hui, il quémandait les informations.

Le véhicule prit la direction de Rodeo Lagoon. Nathan eut un pincement au cœur. Son père ne serait pas là pour l'accueillir.

Il repensa à ce que lui avait dit l'agent Stanshaw sur l'hydrogène métallique. Cette matière n'existait que sur Jupiter et sur des exoplanètes. Sous une pression de 4 millions d'atmosphères et à une température de 11000 °C, l'hydrogène liquide y devenait métallique, créant un puissant champ magnétique et formant un manteau de chaleur autour du noyau de Jupiter. Des scientifiques avaient réussi à produire cette matière sur Terre, pendant une durée infinitésimale, en soumettant de l'hydrogène liquide à d'immenses pressions. Les recherches portaient désormais sur le moyen de le maintenir dans cet état pour tirer profit de ses propriétés supraconductrices et hautement énergétiques.

Le taxi s'enfonça un peu plus dans la forêt. Nathan guida le chauffeur jusqu'à une allée de lauriers et de sapins de Douglas qui menait à un pavillon isolé.

Deux laboratoires avaient réussi à produire de l'hydrogène métallique durant une microseconde. Le Lawrence Livermore National Laboratory, en Californie, et le Commissariat à l'énergie atomique, en France. C'était dans un de ces endroits que Nathan pourrait obtenir des réponses. Mais il n'avait pas encore les questions. Il fallait d'abord se rendre sur la scène du crime. Comme pour n'importe quelle enquête.

– 51 dollars, dit le taxi.

Kyoko vint à sa rencontre. Carla dormait à l'étage.

16

Kyoko avait préparé du tonkatsu, porc pané servi avec une salade de chou finement hachée et arrosé d'une sauce forte. Carla descendit pour dîner. Elle semblait reposée.

– Tu as appris des choses ? demanda-t-elle.

– Ils ont trouvé un indice.

– Lequel ?

– Des échantillons d'hydrogène métallique.

– Et ça mène où ?

– À Jupiter. C'est l'endroit le plus proche où on peut en trouver.

– C'est une blague ?

– En matière de blagues, le FBI est moins doué que Léa.

– Qu'est-ce qu'ils en déduisent ?

– Ils se moquent de la déduction.

– Tu veux dire qu'ils ont classé le dossier ?

– La directrice de l'agence l'a ressorti juste avant que j'arrive, pour me faire croire que l'enquête était en cours. Et elle a essayé de m'aveugler en me sortant une histoire qui mêle le surnaturel à la science-fiction.

– Pourquoi ?

– Pour ne pas attirer mon attention sur les raisons qui les poussent à fermer les yeux sur cette affaire. Le FBI préfère me voir collaborer pour mieux me contrôler.

– Que comptes-tu faire ?

– Partir dès que possible pour Snake Valley.

– Je m'en occupe.

17

Millard. L'un des vingt-neuf comtés de l'Utah. Aride, brûlé par le soleil, habité par des serpents à sonnette, des scorpions et quelques individus coriaces. Aucun touriste.

Au volant de son véhicule de location, Nathan entra dans Fillmore, siège du comté. Deux heures qu'il traversait des paysages vides. À ses côtés, Carla somnolait. Avec son sens aigu de l'organisation, elle avait réservé deux allers et retours San Francisco-Salt Lake City et une voiture de location.

Nathan se gara en face du bureau du shérif. En poussant la porte étoilée, il fit sursauter une vieille femme à grosses lunettes qui lisait un journal de l'autre côté du comptoir. Elle l'accueillit comme un intrus :

– Que faites-vous là ?

– Je suis venu voir le shérif Joe Bullworth.

– Le shérif est en rendez-vous.

Nathan n'avait pas de plaque du FBI à lui flanquer sous le nez. Il employa donc d'autres arguments :

– Vous l'avez déjà rencontré ?

Carla écarquilla les yeux. La vieille aussi, ce qui lui donna un air de chouette derrière ses culs-de-bouteille.

– Je le rencontre tous les matins de la semaine depuis trente-six ans.

– Je parlais du pape.

– Je n'ai pas eu cet honneur. Sa Sainteté n'est pas venue jusque chez nous quand elle nous a rendu visite au printemps dernier.

Carla réalisa que la vieille lisait le *Wanderer*, un journal catholique qui relatait les dernières déclarations de Benoît XVI.

– J'ai fait sa connaissance au cours d'une de mes enquêtes, dit Nathan.

– Vous avez rencontré Benoît XVI ?

– À l'époque où il n'était pas encore pape. Savez-vous ce qu'il m'a confié ? Mais promettez-moi que cela restera entre nous.

– Je vous le jure.

– Il ne faut pas jurer.

– Pardonnez-moi. Je ne sais plus ce que je dis.

– Il m'a avoué que son meilleur allié était notre président, toujours prêt à lever la plus puissante armée du monde au nom de Dieu et des chrétiens.

– Nous sommes le bras droit du Seigneur.

– Je suis mandaté par ce bras droit pour partager des informations avec le shérif Bullworth.

– Joe est au Ranch.

– Quel ranch ?

– Il n'y en a qu'un. C'est le premier restaurant en sortant à gauche.

– Merci Miss… ?

– Miss Hollington.

– Enchanté. Moi, c'est Nathan.

– Et moi, Doris.

L'indication de Doris les mena à un steak house, baptisé le Ranch, qui sentait le cuir et la grillade. Ici on ne perdait rien du bœuf, jusqu'aux cornes qui décoraient les murs.

– Tu t'es fait une amie, dit Carla.

– J'en aurai besoin. Mon père n'avait pas une bonne opinion du shérif.

18

Nathan visa l'étoile qui reluisait sur une chemise en flanelle, au-dessus d'un T-bone et d'une montagne de frites. Il demanda à celui qui portait l'insigne s'il pouvait s'asseoir à sa table. Plus que l'âge de la retraite, c'était le poids d'un taureau que le patron de Doris avait dépassé. Il allait envoyer paître Nathan lorsque ses yeux enfoncés dans la graisse jaillirent de leurs petites orbites pour se poser sur Carla. Son regard l'ausculta des pieds à la tête en insistant sur les formes de son corps qu'épousaient un jean et un débardeur à l'effigie du Hard Rock Café de Paris. La bouche pleine, il fit un signe de la main en direction des chaises.

– Voulez quoi ?

– Je suis mandaté par le FBI pour enquêter sur les disparitions de Snake Valley.

– J'vous souhaite bien de la chance.

– Pourquoi ?

– Pourquoi ? Parce que, rien que pour trouver la scène du crime, vous allez tourner.

– Je comptais sur vous pour m'y emmener.

Le shérif Joe Bullworth déglutit, planta le coude sur la table, pointa la fourchette sur son front ruisselant et sortit sa meilleure tirade de la journée :

– Y a pas écrit « taxi », que je sache.

– Non, mais il y a écrit « shérif » sur votre poitrine.

– Z'êtes un p'tit malin, vous, hein ?

– Je vous l'ai dit, je suis du FBI.

– C'est pas les planqués de Washington qui vont m'expliquer mon métier, okay ? On n'a pas eu besoin de vous pour arrêter Arthur Bishop, que je sache.

– Vous avez arrêté un suspect ?

– Plus qu'un suspect. Le tueur pédophile, exécuté par injection en 1988. Il était du coin.

– C'était il y a plus de vingt ans.

– J'étais déjà en place.

Nathan faisait face à un incompétent doublé d'un crétin. Difficile de tirer quelque chose de ce genre très répandu chez l'espèce humaine. Du regard, il passa le relais à Carla.

– Sur l'affaire des disparitions, vous avez été aussi efficace ? demanda-t-elle.

– On peut pas gagner à tous les coups.

– Comment ça, vous avez cessé d'enquêter ?

– On a d'autres chats à fouetter.

– Vous avez donc besoin du FBI.

– Et vous, vous avez la langue bien pendue, ma cocotte. Je vous préviens, c'est pas un endroit pour vous, ici.

– De quel endroit parlez-vous ? Celui où les porcs bouffent du bœuf ?

Ça lui avait échappé. Les antirétroviraux, associés au caractère volcanique de Carla, n'étaient pas du meilleur effet sur son humeur.

– Putain, réagit Bullworth, vous allez les chercher où vos agents au FBI ? Chez Elite ou chez Pizza Hut ?

– On se débrouillera, éluda Nathan en se levant.

Il prit le bras de Carla dans lequel il sentait passer l'adrénaline et tourna le dos au shérif.

– C'est ça, allez ratisser le désert avec l'argent des contribuables. J'vous en foutrai moi du…

Le reste de la phrase se perdit dans le brouhaha et les bruits de friture sur lesquels Nathan referma la porte.

– Je suis désolée, je n'aurais pas dû m'énerver.

– Il nous reste Doris.

19

La secrétaire du shérif ôta ses lunettes et les salua d'un grand sourire.

– Joe nous a dit de tout voir avec vous, le temps qu'il finisse son repas.

– Voir quoi ? fit la vieille.

– Le dossier sur les disparitions de Snake Valley.

Les locaux étaient déserts à l'heure du déjeuner. Pas un adjoint dans les parages. Doris les mena au bureau de Bullworth. Un rapide examen de la pièce apprit à Nathan que le shérif était veuf, sans enfant, évangéliste, adepte du bowling et des jeux de hasard. Autant d'informations sans intérêt. La seule chose utile était la chemise cartonnée que Doris Hollington ouvrait devant eux.

– Je vous laisse consulter, je ne dois pas m'éloigner trop longtemps du téléphone, vous comprenez ?

– On ne sait jamais, dit Nathan.

Le dossier contenait à peu près les mêmes informations sur la famille Hinckley que celles fournies par Stanshaw. En revanche, pas de photo satellite ni d'allusion à la présence d'hydrogène métallique sur les lieux. Le FBI n'avait pas transmis les données au shérif.

– Tu veux que je fasse des photocopies ? chuchota Carla.

La chemise contenait quelques dépositions. Pour combler le vide de ses investigations, Bullworth était allé interroger Ron Frost, un journaliste du *Daily Herald* à Provo qui avait écrit un article sur les disparitions. C'était lui qui avait inventé le terme de « Snake Triangle » illustrant l'hypothèse d'un phénomène surnaturel. Il y avait également le témoignage de Stan Steel, un marginal schizophrène qui avait aperçu des ovnis dans le ciel de Snake Valley. Nathan comprit pourquoi le shérif n'était pas enclin à communiquer. Il avait peur de passer pour un illuminé.

Il tendit à Carla une copie de carte topographique sur laquelle on avait indiqué au feutre rouge l'emplacement du campement des Hinckley.

– Si tu arrives à faire celle-là, c'est bien. Pendant ce temps, je vais parler à Doris.

L'employée était absorbée par la lecture de son journal.

– On a fini, dit-il.

Elle tressaillit comme s'il l'avait réveillée.

– Je peux vous poser une dernière question ?

– C'est mon devoir de vous écouter.

– Vous souvenez-vous de Sam Love ?

– Sam Love… Sam Love, scanda-t-elle à la manière d'un mantra destiné à lui ouvrir les portes de sa mémoire.

– Il est venu vous voir le mois dernier pour vous demander des informations sur les disparitions de Snake Valley.

– Cela me revient maintenant. Un Indien…

– C'est ça.

– Il harcelait Joe pour qu'on intensifie les recherches. Mais nos suppléants avaient déjà fouillé toute la zone. Que voulez-vous de plus ?

– Retrouver les victimes, dit Carla en les rejoignant.

– Si c'était aussi simple, ma belle…

– On ne serait pas là, compléta Nathan. Une dernière chose : Sam Love vous a-t-il recontactés par la suite ?

– Une fois.

– Que voulait-il ?

– Il téléphonait d'une cabine qui fonctionnait mal. Mais Joe n'a pas voulu le prendre.

– A-t-il dit pourquoi il appelait ? demanda Carla.

– Il a parlé de ciel, mais je n'ai pas bien compris, la ligne était mauvaise. Et puis vous savez, avec les Indiens il est toujours question de ciel ou de terre.

– Il y a l'eau aussi, dit Nathan.

– Pas beaucoup dans la région.

– Merci pour votre collaboration, Doris.

Ils remontèrent dans la Chrysler de location et filèrent en direction du sud. Avant d'aller étudier Snake Valley, Nathan voulait compléter le profil des victimes.

20

Ils roulèrent vers le sud de l'Utah. Le paysage semblait prendre forme, il contrastait avec l'aridité et la platitude qu'ils laissaient derrière eux. Des siècles d'érosion et un Colorado assisté de ses affluents y avaient modelé les blocs de grès, découpé la roche, poli les pierres, éventré la terre et fait naître une multitude de sites mythiques.

À cheval sur la frontière avec l'Arizona s'étendait Navajoland, terre des cent cinquante mille Navajo. La plupart des Indiens vivaient de l'élevage, de l'artisanat et des allocations gouvernementales. Les autres possédaient leurs propres ranchs ou travaillaient dans les villes, comme les parents de Nathan.

Ils entrèrent dans la réserve par Page, entre le lac Powell et le Grand Canyon, puis filèrent en direction de Kayenta.

– C'est ici que tu es né ? demanda Carla qui connaissait la réponse.

– Je n'y suis pas revenu depuis mes études.

– Jamais ?

– J'avais construit autre chose ailleurs.

– Cela n'empêche pas de renouer avec ses racines.

Celles de Carla remontaient au village de Palazzolo Acreide en Sicile. Elle en avait été bannie par sa famille après avoir été engrossée par un Napolitain de passage. Longtemps après, elle y était retournée avec Nathan.

– Les racines sont pour les arbres.

Le sanctuaire de ses origines semblait le laisser indifférent. Carla lui en fit la remarque.

– J'appartiens à la Terre, répondit-il, pas à une terre.

Ils longèrent la rive droite de la rivière San Juan, dépassèrent Kayenta et arrivèrent enfin à Mexican Hat. Le village devait son nom au rocher plat posé en équilibre sur un piton. De loin, il évoquait un sombrero. C'était là que vivaient Billy Bear et Lillie Swan.

Ils empruntèrent une piste qui contournait le sombrero et descendait à la rivière. La San Juan était un ruban bleu ourlé de deux traits verts par une bande d'arbres. Le reste n'était que minéral. La Chrysler qui avait perdu sa couleur trouva son chemin jusqu'à un bosquet qui abritait une bâtisse en bois. Ils furent accueillis par Jaimie Bear. L'épouse de Billy possédait ce genre de visage serein sur lequel les malheurs ne semblent pas avoir de prise. Elle ne reconnut pas Nathan tout de suite.

– Par tous les Êtres sacrés, la beauté est revenue, dit-elle enfin.

– Jaimie, je te présente Carla.

– Elle est belle comme le soleil.

Ils entrèrent dans la maison de bois, passant de la lumière à la pénombre.

– Comment vas-tu, Jaimie ? demanda Nathan à leur hôte qui servait du café.

– Comme une épouse dont le mari a disparu.

– Je suis revenu pour retrouver Billy, ainsi que Sam et Lillie.

– Je lui avais dit de ne pas aller là-bas. C'était trop loin. En plus, il n'a aucun sens de l'orientation.

– Mais Lillie, oui, si je me souviens bien.

Jaimie confirma d'un hochement de tête.

– J'imagine dans quel état doit être la pauvre Kyoko.

– Dans le même état que toi.

– Le clan s'est réuni pour organiser une expédition là-bas.

– Inutile de perdre d'autres membres de la communauté.

– Que comptes-tu faire ?

– Il faut que tu me dises tout ce que tu sais, Jaimie.

L'Indienne évoqua le coup de fil de Margene Hinckley, sa requête et la décision de Billy d'aller lui porter secours avec Lillie.

– Comment réagit Ben Wazzie ? demanda Nathan.

– Après ce mariage avec un mormon, Ben avait à moitié perdu sa fille. Il semblerait qu'il refuse de la perdre totalement. C'est à son instigation que le clan s'est réuni.

– Après son départ, Billy t'a contactée ?

– La dernière fois que je lui ai parlé, c'est quand il est monté dans sa voiture.

La voix de Jaimie chevrota. Elle se racla la gorge pour dissimuler son émotion.

– Et mon père, il est venu vous voir ?

– Comme toi, il y a trois semaines environ, pour poser des questions. Il a passé la nuit à la maison, à l'aurore il est parti en direction de cette satanée vallée, il m'a appelée de là-bas et s'est volatilisé à son tour.

– Pourquoi t'a-t-il appelée ?

– Pour que je lui donne le numéro de téléphone de Russel.

– Russel ?

– Russel Scott. Le fils de Ela et Jim. Il a grandi depuis ton départ. Il balade les touristes en hélicoptère au-dessus du Grand Canyon. Ça se fait beaucoup aujourd'hui.

– Que lui voulait papa ?

– Qu'il le rejoigne en Utah le plus rapidement possible.

– Pourquoi lui ?

– Je n'en sais rien.

– Il avait trouvé quelque chose ?

– Il n'a pas dit. Russel lui a expliqué que son appareil était cloué au sol à cause d'un problème mécanique. Ton père lui aurait raccroché au nez. C'est tout ce que je sais.

– Merci Jaimie.

– Tu ne veux pas passer la nuit ici ?

– Il faut que j'aille parler à Ben Wazzie et à Russel Scott.

– Après tu reviens ici. Je vais préparer des petits pains frits. Tu les aimais bien, mes petits pains frits, n'est-ce pas ?

– Tu as une bonne mémoire, Jaimie.

– Et toi tu as une amie fatiguée. Vous allez passer la nuit ici et vous reprendrez la route demain.

21

Russel Scott venait d'atterrir au milieu d'un nuage de sable. Il avait effectué son dernier tour, le plus beau de la journée. À cette heure, le canyon captait les couleurs du soleil couchant comme une toile attire la peinture de l'artiste. Russel libéra trois touristes français enchantés et marcha vers le couple qui l'attendait en marge de la piste aménagée devant les bureaux de Canyon Fly.

La dernière fois que Nathan avait vu Russel, ce dernier avait des culottes courtes, les genoux éraflés et la morve au nez. Depuis, il avait acquis la carrure d'un ours, une casquette à l'effigie de Jet Ranger et une paire de lunettes noires. Nathan se présenta, mais Russel, de cinq ans son cadet, ne se souvenait pas de lui, bien qu'il eût entendu parler du fils de Sam Love.

– Quelle histoire, fit Russel au terme des présentations.

– Mon père t'a appelé juste avant de disparaître.

– Il voulait que je le rejoigne à Snake Valley.

– Pourquoi toi ?

– Ça paraissait urgent. En hélico, j'y aurais été en moins de deux heures. Le problème, c'est que ma turbine avait lâché.

– Que t'a-t-il dit ?

– Rien. Quand je lui ai annoncé que mon appareil était cloué au sol, ça a coupé.

– C'est tout ?

– C'est tout.

– Il avait l'air comment au téléphone ?

– Inquiet, en colère…

– Inquiet ou en colère ?

– Difficile à dire. La ligne était mauvaise.

– Qu'avez-vous fait ? intervint Carla.

– Comment ça ?

– Vous n'avez rien fait ?

– Attendez, moi je le connaissais pas plus que ça. Qu'est-ce que vous vouliez que je fasse ?

– Chercher à savoir ce qu'il voulait. Il avait besoin d'aide, manifestement. D'une aide urgente.

– Ouais, ben moi, j'avais besoin d'une turbine neuve. Ça tombait mal.

– Y seriez-vous allé de toute façon ? Vous venez d'avouer que vous le connaissiez à peine.

– Oh là ! Vous insinuez quoi, là ?

– La non-assistance à personne en danger, là.

– Merde, Nathan, elle me cherche ou quoi ?

– C'est Sam Love que je cherche, rectifia Carla.

Russel fit un pas en avant.

– Vous allez me foutre le camp d'ici, tous les deux.

– Russel, est-ce que vous êtes en colère ou inquiet ? demanda Nathan.

– Pourquoi je serais inquiet ?

– Vous êtes donc en colère.

– Barrez-vous.

– Au téléphone, mon père était-il dans le même état que le vôtre en ce moment ? Répondez. Après, on s'en va.

– Non, il n'était pas dans cet état.

– La colère fait froncer les sourcils, serrer les lèvres et couper court à la conversation. Si mon père n'était pas en colère, pourquoi vous aurait-il raccroché au nez ?

– La communication a été coupée alors ?

– Ou bien mon père a raccroché parce qu'il a été contraint de le faire.

22

Jaimie fit traîner ses mocassins en daim jusqu'à Carla. Elle lui posa une couverture sur les épaules et s'assit à côté d'elle.

– Merci Jaimie.

Carla était fatiguée. Après le dîner, quand elle avait pris ses médicaments, une brusque lassitude l'avait clouée sous la véranda. Nathan était allé demander au conseil tribal de ne pas se mêler des recherches. Trop de personnes avaient disparu pour en envoyer d'autres dans le « Snake Triangle ».

– Ça va aller, ma belle ? demanda Jaimie.

– Ma fille me manque.

Carla lui avait téléphoné. C'était le matin là-bas. Léa s'apprêtait à partir pour le lycée. Elle avait rassuré sa mère autant qu'il lui était possible. Shannen avait pris le combiné pour avoir des nouvelles. À son tour, Carla l'avait tranquillisée en lui confirmant que Nathan était le plus qualifié pour retrouver leur père.

– Quel âge a ta fille ? demanda Jaimie.

– Seize ans.

– Bientôt une femme. Qui fera des ravages si elle ressemble à sa mère.

– C'est gentil ce que vous dites, Jaimie.

L'Indienne posa sa main sur le front brûlant de Carla.

– Je vais te préparer une tisane à base de plantes et de couleurs.

– De couleurs ?

– Secret de fabrication.

La San Juan murmurait derrière les arbres. Quelques coyotes hurlaient à la lune cachée derrière un nuage en forme de tête de martre. Dans l'obscurité, la roche écoutait. Jaimie revint avec un bol plein d'une potion qui fit grimacer Carla.

– Bois tout. Aie confiance.

Puis elle se mit à murmurer « Par bonheur, je recouvre la santé. Par bonheur, mon calme intérieur revient. Par bonheur, ma tête s'apaise » jusqu'à ce que Carla ait tout ingéré.

– Tu es une femme-médecin ? demanda Carla en s'essuyant les commissures.

– Pas du tout. Je m'occupe de la maison, de la famille, des finances et du cheptel. Je siège aussi au conseil tribal. Et c'est bien assez. Mais j'ai vu faire Billy de nombreuses fois.

– Comment se fait-il que tu n'aies pas accompagné Nathan au conseil de ce soir ?

– La justice et la sécurité sont le domaine des hommes. Nous, les femmes, on nous a laissé l'éducation et la santé, le plus important à mon avis.

Un hurlement déchira soudain la nuit. Des échos sporadiques, inconnus, presque humains, étaient répercutés par les parois du canyon. Carla frissonna en même temps que les arbres. Elle crut identifier des pas.

– Tu devrais aller dormir, conseilla Jaimie.

– C'est ce que je dis tous les soirs à Léa.

– Et elle n'écoute pas.

– Pas plus que moi. Je préfère attendre Nathan.

– C'est une chance pour lui de t'avoir rencontrée. Tu es une femme qui contient de l'énergie, malgré le mal dont tu souffres.

– Je me sens comme un boulet pour lui.

– Pas un boulet, un socle qui assure son équilibre.

– Nathan est un solitaire. Il se débrouillerait mieux sans moi.

– Après la mort de sa femme, excuse-moi d'en parler, Nathan est devenu sec, vide, seul. Je vais te dire une chose, ma belle, ce ne sont pas les hommes, mais les femmes qui font preuve d'autonomie. Et je suis bien placée pour en parler. Quand les Blancs ont anéanti notre monde, exterminé nos bisons, réduit nos hommes à l'inaction et à l'alcoolisme, volé nos terres, que restait-il ? Nous, les Indiennes. Nous avons maintenu la cohésion des clans et des familles. Nous avons toujours été autonomes, beaucoup plus que les femmes blanches. Quand les hommes partaient à la chasse, pendant des mois il fallait élever, nourrir, soigner sa famille, gérer le clan, assurer le quotidien dans des conditions difficiles. Tu n'es pas une Indienne, Carla, mais tu es ce genre de femme. Je me trompe ?

– La vie m'a appris à subsister.

– Nous avons appris à vivre dans le désert. C'est de là qu'on tire notre force.

Carla ressentit l'espace infini de liberté qui s'étendait autour d'elle. Sa force, elle la tirait des champs de sa Sicile, des contrées inexplorées où elle accompagnait son défunt mari, des territoires dangereux qu'elle avait foulés avec Nathan.

– Quand on a souffert, on sait faire face.

Elles évoquèrent leur passé à tour de rôle, en débordant sur celui des Anciens. Quitte à contrarier sa nature volubile, Carla incita Jaimie à lui raconter l'histoire de son peuple, parce que cela la captivait, mais aussi parce que cela l'aidait à oublier le présent et à affronter son destin.

Deux phares percèrent l'obscurité. Nathan était de retour, au volant de la camionnette de Jaimie. Il se gara derrière la maison et rejoignit les deux femmes.

– Qu'a dit le clan ? demanda Jaimie.
– Ils me confient la mission de retrouver les disparus.
– Ils ne pouvaient pas prendre meilleure décision.

23

Un craquement la réveilla. Le son ressemblait à celui que fait la glace quand elle se fissure à la chaleur. Carla se redressa dans le lit. Elle était seule dans la chambre que leur avait préparée Jaimie. Sa montre indiquait 3 h 30, où était Nathan ? Ses vêtements étaient posés sur la chaise. Il faisait anormalement froid. Elle s'enroula dans le drap. Un nouveau craquement la pétrifia. Il venait de l'extérieur. La vitre était couverte de buée…

– Maman !

– Léa ? s'exclama Carla par réflexe, même si elle savait que ce ne pouvait pas être sa fille.

– Maman !

La voix émanait du sol. Sous le lit. Carla se pencha, elle ne vit rien. Elle alluma la lampe de chevet, la posa par terre, se baissa à nouveau. Ses cheveux touchèrent le sol avant que ses yeux ne parviennent au niveau du sommier. Il y avait une présence là-dessous. Quelque chose de difforme, coincé entre le plancher et les lattes. Carla plissa les paupières avant de réaliser qu'il s'agissait d'un vieux tapis hâtivement roulé. Elle releva la tête.

– Maman !

Léa se tenait debout au pied du lit, dans une chemise de nuit blanche tachée de sang. Elle pointait l'index vers sa mère. Ses pupilles étaient noires, tout comme sa bouche grande ouverte.

– Maman, tu m'as laissée.

Une lumière aveuglante et assourdissante pulvérisa Léa. Carla écarquilla les yeux face à une semi-remorque qui fonçait sur elle en klaxonnant. L'avertisseur du camion venait de l'arracher à son cauchemar. Elle était sur le siège passager incliné d'une voiture. Au volant, Nathan se concentrait sur sa conduite pour ne pas percuter le camion. Les pneus labourèrent le bas-côté, le routier pressé les croisa. L'appel d'air fit louvoyer légèrement la Chrysler. Nathan regagna la chaussée étroite.

– C'était quoi ?

– Un chauffard, la rassura Nathan.

– Où est-ce qu'on est ?

Son esprit errait entre la chambre à coucher de Mexican Hat et la berline en route vers le nord de l'Utah.

– On a passé Partown.

Ils n'étaient donc plus très loin de Snake Valley.

– J'ai dormi tout ce temps ?

– Le breuvage de Jaimie t'a plongée dans un long sommeil. Tu dormais tellement bien ce matin que j'ai dû t'habiller et te porter jusqu'à la voiture.

– Qu'est-ce que c'est ? demanda-t-elle en palpant le collier qu'elle portait.

Elle baissa le miroir de courtoisie.

– Il a été fabriqué au début du XIXe siècle par des orfèvres navajo. Il est en argent et en turquoises.

– D'où sort-il ?

– Le conseil tribal voulait participer financièrement aux investigations. J'ai passé un marché avec eux : ce collier.

– Il est magnifique.

– Il protège des mauvais esprits.

– Il doit avoir une valeur inestimable.

– Billy Bear a lui aussi beaucoup de valeur pour le clan. Il est leur *hataalii*.

Elle admira le bijou et colla un long baiser dans le cou de Nathan, ce qui perturba sa conduite plus que ne l'avait fait la semi-remorque.

– Je t'aime, chuchota-t-elle.

– Tu as faim ?

– Non, je suis barbouillée.

– Il va pourtant falloir que tu manges pour prendre tes médicaments.

– Qu'est-ce qu'il y avait dans la tisane ?

– Un truc qui va traquer les mauvais souvenirs pour les évacuer de ton esprit.

– Pour la traque, c'est réussi.

– Ce n'est pas fini. Tu devrais faire encore deux ou trois cauchemars.

– Super.

– Tu as rêvé de quoi ?

– De Léa. Elle m'accusait de l'avoir laissée.

Nathan entra dans Trout Creek, la dernière ville avant Snake Valley.

– J'aurais dû l'emmener, dit Carla.

– Cela n'a rien à voir. Léa a vécu une terrible épreuve dont tu te sens responsable. Quand tu seras débarrassée du sentiment de culpabilité qui n'est qu'une illusion, qui te ronge et pollue ta relation avec elle, tu iras mieux. Et elle aussi.

– Une tisane peut me débarrasser de ça ?

– Si tu en as la volonté.

Nathan s'arrêta dans une station-service qui faisait hôtel, snack et épicerie. Après avoir rempli le réservoir de la Chrysler, ils s'installèrent au bar. C'était l'heure pour Carla de prendre ses comprimés de midi. Au terme d'un rapide examen de la salle, Nathan sut qui les renseignerait et qui poserait problème. Un vieil Indien édenté s'ennuyait devant une assiette de haricots rouges et un barbu roux dévorait un poulet frites. Derrière le comptoir, un type dont la tête était trop grosse pour sa carrure ne quittait pas Carla des yeux.

– Beau collier, dit-il.

– Il protège des emmerdeurs.

– C'est pour moi que vous dites ça ?

– Je ne vous connais pas assez.

Il haussa les épaules et posa deux mains poilues sur le zinc en attendant la commande.

– Où sont les toilettes ? lui demanda Carla.

– Au fond à droite.

Il la regarda s'éloigner comme si elle partait avec la caisse.

– Elle a la langue bien pendue, votre copine.

– Elle a soif.

– C'est pas une raison.

– On peut manger ?

– Vous voulez quoi ?

Nathan commanda des œufs, de l'eau, du café. Grosse Tête transmit ses ordres par un passe-plat de la taille d'une fenêtre.

– Je cherche la route pour aller chez les Hinckley.

– Les Hinckley ?

Les deux clients levèrent les yeux.

– Marge et Frank Hinckley, précisa Nathan.

– Pourquoi ça ?

Nathan fit planer un silence, interrompu par une question qui fusa dans son dos :

– Vous êtes du service des eaux ?

C'était Barbe Rousse qui avait parlé. Celui dont Nathan redoutait la présence. Un mormon, propriétaire du pick-up avec deux cuisinières dans la benne, en pleine halte gastronomique sur le chemin qui le ramenait à son harem. Le polygame n'avait sûrement aucune envie qu'on vienne fourrer son nez dans les affaires de sa communauté.

– Non, répondit Nathan.

– Alors vous êtes qui ?

– Un ami. Je connais très bien Ben Wazzie, le père de Margene.

– Les Hinckley se sont volatilisés, pfffuit !

Barbe Rousse mima le mouvement d'une baguette magique avec sa cuisse de poulet et ajouta d'une voix aux inflexions tranchantes :

– Y a rien à voir. Vous pouvez retourner d'où vous venez.

– Que s'est-il passé ?

Échange d'œillades sur fond d'odeur de friture émanant des cuisines.

– Ils ont plié bagage, dit le barbu qui posa son verre vide sur la table et un regard intimidant sur Grosse Tête.

– Pour aller où ?

– Si vous êtes un ami, ils ont dû vous le dire. S'ils ne l'ont pas fait, c'est qu'ils ne souhaitaient pas le faire.

Nathan décida de le laisser finir son repas, avec l'espoir que l'Indien édenté ne partirait pas. Carla rappliqua.

– Ça va ? lui demanda Nathan.

– Un peu mieux.

Ils mangèrent sur le zinc. Barbe Rousse régla l'addition et s'en alla sans leur jeter un regard. Nathan fit un signe à Grosse Tête qui se rinçait l'œil sur le pendentif de Carla et se pencha vers lui.

– Qui est le vieil homme, là-bas ?

– Pourquoi ça ?

De toute évidence, il fallait en passer par le « pourquoi ça ? » pour obtenir un renseignement.

– Il me semble l'avoir déjà rencontré.

– C'est un vieux fou… (s'adressant au client en question) Ça va aller, Jim ?

L'Indien capta la question et opina en silence.

– Qu'est-ce qu'il boit ?

– Pourquoi ça ?

– Je lui offre un verre de ce qu'il a l'habitude de commander ici.

Nathan quitta son siège pour aller le rejoindre.

– Mais… ?

– Je peux avoir un autre verre d'eau ? intervint Carla en tripotant son collier.

Nathan demanda au vieil homme la permission de s'asseoir à sa table. L'Indien était aussi ridé qu'un sharpei, sa peau cuivrée était nécrosée par endroits et il portait une moumoute.

– Vous connaissez le client qui vient de partir ?

– Tom Parker. Il a son campement à Ever Green dans Snake Valley.

– C'est quoi son problème ?

Nathan se moquait du problème de Tom Parker. Il improvisait seulement une dérivation par un tiers pour obtenir des réponses.

– Il a peur.

– De qui ? De la police ? Des journalistes ?

– Vous n'y êtes pas du tout.

– Parker n'a pas l'air d'un couard.

– Ça dépend de la menace.

– Une menace pour les mormons ?

– Pour tous ceux qui ont élu domicile à Snake Valley.

– De quoi parlez-vous ?

Le vieil homme se gratta une croûte au front, avec pour effet de dévoiler une plaie purulente et de décentrer son postiche.

– Les Hinckley ne sont pas les seuls à avoir disparu. Un peu plus au nord, à l'est d'Ever Green, il y avait un autre campement. Never Green qu'ils l'appelaient, parce qu'il y a rien qui pousse là-bas, sauf les marginaux. Ils se sont volatilisés eux aussi.

– Vous avez une idée de ce qui s'est passé ?
– Plus qu'une idée.
Nathan laissa s'égrener quelques secondes de suspense.
– Qui est derrière tout ça ?
L'Indien lui adressa un sourire incongru et plein de courants d'air.
– Vous avez du tabac ?
– Je ne fume pas.
– Vous avez tort, le tabac rend plus sage.
– De quoi Parker a peur ?
– Parker a raison.
– À propos de quoi ?
– Retournez d'où vous venez.
– Merci du conseil.
Nathan regagna le comptoir où le tenancier minaudait devant Carla à s'en déformer le visage. Il acheta un paquet de cigarettes et un briquet puis retourna s'asseoir en face de l'Indien.
– C'est tout ce que j'ai trouvé.
Le vieux décacheta le blister et sortit une cigarette qu'il cala entre deux dents. Il l'alluma au milieu d'un faciès aussi croûté que radieux.
– Merci.
Nathan le laissa fumer, sans le presser.
– C'était quoi votre question? demanda l'Indien sur un ton qui laissait penser qu'il ne lui en accordait qu'une seule.
– Quelle est l'origine de la menace qui plane sur Snake Valley ?
– Vous avez mal formulé votre question. C'est Snake Valley la menace. Et puis, il ne s'agit pas d'une menace mais d'une catastrophe, aussi réelle que vous et moi.
– De quoi parlez-vous ?
– De quelque chose d'immense et d'innommable.

24

La Chrysler climatisée indiquait une température de 46 °C à l'extérieur. Le soleil écrasait un paysage déjà plat jusqu'à la chaîne de montagnes qui surlignait l'horizon. Des logements en bois et du bétail, dont le nombre de têtes dépassait de loin celui des habitants, étaient parsemés aux quatre coins de la fournaise. Un vieux les regarda passer.

Le plan du shérif en main, Carla guidait Nathan. Ils suivirent une route non carrossable qui se confondit rapidement avec le désert. Plus de buissons ni de genévriers pour baliser l'itinéraire. Ils ralentirent à la vue d'une carcasse de voiture. Elle était mentionnée sur le plan. Nathan mit son compteur kilométrique à zéro et continua tout droit sur ce qu'il estimait être une ancienne piste. La minéralité du décor l'emportait sur le végétal et l'animal. De la terre, des cailloux et des buissons secs à perte de vue. Ils franchirent le lit de ce qui avait été autrefois une rivière et se dirigèrent vers l'ouest. Nathan s'arrêta au bout d'un quart d'heure.

– Qu'est-ce qu'il y a ? demanda Carla.

– Regarde autour de toi.

– Je ne vois rien.

– C'est ici que vivaient les Hinckley.

Carla jeta un œil sur le plan.

– On a fait combien de kilomètres depuis l'épave ?

– Seize.

– Ça semble correspondre.

Il coupa le contact. En ouvrant les portières, ils furent brûlés par l'air. Carla posa un pied sur le sol lézardé.

– Bienvenue chez les Hinckley, dit-elle.

– D'après le plan, on a les pieds dans leur basse-cour.

Rien n'indiquait que le terrain accueillait encore une ferme quelques semaines auparavant. Le sol était fendu par le soleil qui œuvrait dans le désert depuis des millénaires.

– Prends le volant et suis-moi en voiture.

– Tu fais quoi ?

– Ce qu'on fait toujours sur une scène de crime.

Il lui tourna le dos et avança sous la chape incandescente.

Pour venir jusqu'ici, il fallait posséder un moyen de locomotion et une bonne connaissance des lieux. En chemin, on croisait quelques baraquements disséminés. Or aucun témoin n'avait remarqué quoi que ce soit. Une famille dans un mobile home, trimballant une pompe éolienne, des poules, un trampoline, un groupe électrogène, pouvait difficilement avoir quitté les lieux sans se faire remarquer. Quant à la voie aérienne, quel aéronef pouvait transporter un tel baraquement ?

Nathan marcha en fondant au soleil. La sueur ruisselait sous sa chemise trempée, la chaleur traversait ses semelles, la réverbération l'aveuglait. Carla le suivait à distance pour ne pas perturber son analyse du terrain. Le mapping[1] effectué par Nathan allait dans le sens des conclusions du journaliste Ron Frost et de sa théorie sur un nouveau Triangle des Bermudes « avalant » tout ce qui entrait dans son périmètre. Si l'on écartait cette hypothèse, que Nathan jugeait fantaisiste, il fallait considérer un mode opératoire très sophistiqué nécessitant des moyens gigantesques mais permis par l'absence totale de témoins.

Avant de se pencher sur le « comment », il fallait se poser les bonnes questions, celles qui commençaient par « pourquoi ». Pourquoi effacer toute trace des Hinckley

1. Technique consistant à envisager toutes les possibilités qui s'offrent aux criminels pour arriver sur les lieux de leur crime.

et de ceux qui étaient venus leur porter secours ? Pourquoi y mettre éventuellement d'énormes moyens ?

Nathan ressentait un champ électromagnétique dont l'intensité était supérieure à la moyenne. Elle variait selon les endroits. Était-ce un reliquat de ce qui s'était déroulé ici ?

Ses chaussures ne foulaient aucune terre récemment remuée ni aucune trace de présence humaine. Rien, sauf une surface craquelée. Bientôt, il ne vit plus que ça. Des fissures larges comme la main, une désolation lunaire, le désert qui semblait se replier sur lui comme les pans d'une boîte prête à l'enfermer.

Nathan perçut la chaleur du radiateur de la Chrysler au-dessus de lui. Comme s'il avait plongé la tête dans un grille-pain. De l'eau coula dans sa gorge et sur son front. Carla lui parlait. Il réalisa qu'il avait perdu connaissance pendant quelques secondes. Il se releva lentement, aidé par la jeune femme, et s'installa dans l'habitacle climatisé.

– Tou es fou Nathan !

Quand elle était en colère, l'accent italien changeait les mots dans sa bouche. Nathan détestait la colère, mais il aimait l'accent italien.

– Tout concorde avec le rapport du FBI, dit-il. Ils n'ont pas menti.

– Tu as eu une insolation.

– Les fédéraux sont face à quelque chose qui les dépasse.

– On peut s'en aller ?

– Pourquoi ici ?

– Nathan ?

– Pourquoi les Hinckley ?

– Tu peux me répondre ?

– Est-ce le lieu ou l'identité des victimes qui est à l'origine ?

– Nathan ?
– Quoi ?
– On y va ?
– Roule lentement.
– Dans quelle direction ?
– Tout droit.
– Pour aller où ?
– Si seulement je le savais.
– On devrait quitter cet endroit, insista Carla.
– Je n'ai rien trouvé de plus que ce qu'il y a dans le dossier du FBI.
– Alors, c'est qu'il n'y a rien.
– Va tout droit s'il te plaît.

Il se concentra sur l'itinéraire, guettant un indice qui ne venait pas. Quelque chose qui aurait échappé au FBI. Son père avait vu quelque chose. Lorsqu'il s'était rendu sur place, il avait téléphoné au shérif en parlant du ciel. Il avait demandé à Russel Scott de le rejoindre en hélicoptère. Sam semblait privilégier la voie des airs. Le danger venait de là. Nathan colla son front à la vitre et leva les yeux. Que déceler dans cette purée hyaline, à part des mirages ?

Ils roulèrent en direction des Snake Mountains, sans rencontrer autre chose que des boules de buissons secs. Le véhicule piqua soudain du nez. Carla s'arrêta.

– Encore une rivière asséchée.

Nathan descendit du véhicule.

– On dirait la même que tout à l'heure, dit Carla dans son dos.

Accroupi dans le petit ravin, Nathan prélevait des échantillons de terre, les reniflait, les goûtait, les laissait filer entre les doigts. Il alla chercher un triangle de signalisation dans le coffre de la Chrysler, le posa en évidence sur le bord du fossé et remonta dans le véhicule. Carla reprit le volant.

– Suivons le lit de cette rivière, dit-il.

– Pourquoi ?

– C'est la seule empreinte que nous avons trouvée.

– Et le triangle ?

– C'est pour vérifier quelque chose.

– Quoi ?

– Tu peux rouler plus vite.

– J'aimerais comprendre ce que tu as en tête.

– Je ne suis pas sûr qu'il s'agisse d'un ancien cours d'eau.

– À quoi tu penses ?

– On va d'abord vérifier jusqu'où ça va.

Ils longèrent le lit asséché pendant plus d'une heure au cours de laquelle ils échangèrent peu de mots. Carla était concentrée sur sa conduite. Elle soulevait un nuage de poussière qui lui pompa le réservoir de lave-glace.

Soudain elle freina. Le triangle de signalisation était devant eux. D'après le compteur, ils avaient effectué soixante-quinze kilomètres.

– Merde ! Comment… ?

– Tu connais beaucoup de cours d'eau qui s'écoulent en circuit fermé ?

– Qu'est-ce que c'est ?

– Mon père n'a pas appelé Russel Scott parce qu'il était pressé qu'on vienne le chercher, mais parce qu'il avait besoin de son appareil. Il voulait avoir un point de vue aérien.

– Un point de vue sur cette fosse ?

– La seule trace laissée sur la scène du crime est tellement gigantesque que personne ne l'a vue. À part mon père.

– Qu'est-ce que ça représente, à ton avis ?

– Tu as déjà entendu parler des *crop circles* ?

25

De Fillmore, l'hélicoptère gagna rapidement Snake Valley. Le pilote s'était étonné de la destination choisie par le couple. Les parcs nationaux étaient plus prisés que ce coin de désert où il n'y avait rien à voir à part des lacs asséchés et des terres arides sans relief. Vu du ciel, le paysage ressemblait à un immense parchemin.

Nathan pointa son doigt en direction du sol.

Un parchemin sur lequel était écrit quelque chose.

– Vous savez ce que c'est ? demanda Carla.

– Une ancienne rivière, répondit le pilote avec certitude.

– À quelle altitude pouvez-vous monter ? demanda Nathan.

– 6 000 mètres.

– Allez-y !

Le pilote s'exécuta. Le lit tari du cours d'eau se courba, s'arrondit au fur et à mesure qu'ils prenaient de la hauteur, jusqu'à former un cercle parfait.

– Merde ! On dirait un…

– Un *crop circle*, compléta Carla.

Le *crop circle* avait tout du « *circle* » mais rien du « *crop* »[1]. Il formait un « O » parfait.

– Regarde, il y a des petits cratères, montra Nathan.

À l'intérieur du cercle apparaissaient quatre cavités rassemblées vers le centre, comme un tir groupé. Carla en distingua une cinquième sur la circonférence.

– C'est comme si on avait dessiné une cible géante dans le désert et qu'on avait tiré dessus cinq fois, dit-

1. Crop circle ou agroglyphe : cercle de récolte. Il s'agit de motifs géométriques apparaissant soudain dans les champs de blé ou de maïs par flexion des épis. Les premiers ont été signalés dans la campagne anglaise à la fin des années 1970. Plusieurs théories tentent d'expliquer leur origine : canular, phénomène naturel ou manifestation extraterrestre.

elle… Un des impacts a failli être dehors… Il faudrait vérifier si on n'a pas enregistré une série d'explosions dans les environs…

Carla parlait beaucoup, mais Nathan aimait sa faconde, son timbre de voix, sa musicalité, sa richesse syntaxique. Il la poussait au brainstorming, utile à l'élaboration d'hypothèses auxquelles il n'aurait pas pensé. Elle n'avait pas la formation ni l'expérience d'une enquêtrice, mais elle compensait par son esprit logique. Pas étonnant que son défunt mari s'appuyât sur elle pour organiser ses expéditions et en narrer les péripéties.

– Le cercle est simple, mais il possède les caractéristiques du *crop circle*, conclut Nathan.

– Comme sa forme géométrique ?

– La présence d'une radioactivité supérieure à la moyenne, sa taille et la perfection de sa réalisation qui nécessitent un matériel spécial. Et l'absence de témoins.

– Mais c'est la première fois qu'on trouve un *crop circle* dans le désert.

– C'est surtout sa dimension qui le distingue des autres. En général, ils font quelques dizaines de mètres, pas soixante-quinze kilomètres.

– Notre empreinte a la taille d'une ville.

– C'est pour cette raison que personne ne l'avait vue.

26

– Vous êtes venu ici pour vous payer des têtes de péquenots ?

L'agent spécial Bates s'enfonça dans son fauteuil et posa les mains sur sa nuque, dévoilant deux auréoles de transpiration au niveau des aisselles.

– Je n'aurais pas fait tout ce chemin pour ça.

Assis dans le bureau du directeur de l'antenne du FBI à Provo, Nathan laissait l'agent spécial Tim Bates donner libre cours à ses humeurs. Carla se reposait dans un motel de la ville, il avait un peu de temps devant lui.

– Qu'est-ce que vous insinuez ? demanda Bates en basculant vers l'avant et en plantant ses coudes sur le bureau.

– Que le jeu n'en vaudrait pas la chandelle.

– Je ne comprends rien à ce que vous dites.

– Moi aussi, je m'y perds. Il faut pourtant que j'envoie un rapport. Le Bureau de San Francisco attend mes conclusions avec impatience.

Nathan avait truffé sa phrase de mots censés déclencher chez Bates une sonnette d'alarme nécessitant une réaction plus coopérative.

– Vous y croyez, vous, à cette histoire d'agrogryphe ? railla le flic.

– Agroglyphe.

– Peu importe, je me comprends.

– Il existe, on ne peut le nier. C'est son origine qui est mystérieuse.

– Manquerait plus que les extraterrestres se mettent à nous tirer dessus !

– On n'en est pas encore là.

– On en est où alors ?

– On a relevé une empreinte sur le site. Il s'agit de l'analyser pour en tirer des conclusions.

– Qu'attendez-vous de nous ?

– Je viens de vous le dire.

– Votre aglogryphe s'étend sur une superficie qui fait quatre fois celle de cette ville. Vous voulez qu'on l'analyse comment ?

– Pouvez-vous appeler Connie Stanshaw ?

– Quoi, maintenant ?

Nathan jeta un œil sur l'horloge encadrée par des photos de mustangs. Il était 16 h 30.

– Vous préférez que je repasse dans une heure ?

– Non, autant se débarrasser de ça tout de suite.

Connie B. Stanshaw répondit au bout de deux sonneries. Devant les explications incompréhensibles de Bates, elle demanda à parler à Nathan qui lui résuma la situation plus clairement.

– Ce serait bien de comparer les vues satellite du site avant et après la disparition des Hinckley, dit-il en conclusion.

– Nous avons déjà les photos.

– Il les faudrait à une échelle plus petite. Pour savoir si la disparition des Hinckley a un lien avec l'apparition de l'agroglyphe.

– Vous savez combien il est difficile d'obtenir ce que vous demandez.

– Si c'était simple, je ne ferais pas appel à vous.

– La flatterie ne marche pas avec moi, Nathan.

Silence à l'autre bout de la ligne.

– Je vais voir ce que je peux faire.

– Je vous repasse l'agent Bates.

– Nathan ?

– Oui ?

– Je vois que vous n'avez pas chômé. Félicitations. Mais faites attention.

– À quoi ?

– Au cours des dernières semaines, sept personnes ont disparu dans le « Snake Triangle »

27

Provo était une ville agréable, reposante après la rigueur du désert. Posée près d'un lac, cernée par les montagnes et colorée d'orchidées, elle attirait plus que des mormons. Nathan quitta la North University Avenue et tourna le dos au mont Tomagonos en direction du motel Super 8.

Il gara la Chrysler devant la chambre 6. La clef se fraya discrètement un chemin dans la serrure. Nathan l'avait gardée avec lui pour ne pas être obligé de réveiller Carla. La poignée émit un léger bruit de ressort. La porte s'ouvrit sur la pénombre et le silence. La télévision était éteinte. Le lit vide. Aucune lumière sous la porte de la salle de bains. Carla n'était pas là. Comment avait-elle pu sortir sans la clef ?

Il avança d'un pas. Un de trop. Deux mains saisirent son cou pour l'étrangler. Il tordit un doigt de l'agresseur, lui leva le bras se glissa dessous et projeta. En entendant « aïe », il reconnut la voix de Carla. Il alluma. Elle était en travers du lit et se tenait l'index.

– Ça va ?

– Tu as failli me casser le doigt.

– À quoi tu joues ?

– Il y a quelqu'un dans la salle de bains.

Nathan s'avança dans la chambre.

– Un bruit m'a réveillée. J'ai vu la porte de la salle de bains s'ouvrir et se refermer.

– Tu as rêvé.

– Je sais faire la différence entre le rêve et la réalité. Je te dis que quelqu'un est entré là-dedans. J'ai cru que c'était toi, mais tu ne répondais pas.

– Tu n'es pas allée voir ?

– Je suis paralysée de trouille. J'essayais de reprendre mon calme quand tu es entré comme un voleur…

Nathan lui demanda de faire silence. Il distingua cinq sons différents. Un léger grattement sous la tapisserie, un grésillement au-dessus de sa tête, un gargouillement étouffé, un souffle rauque et un bruit étrange : un cafard, une ampoule défectueuse, une canalisation en train d'évacuer de l'eau usée, une ventilation vétuste. Restait le bruit étrange. Il provenait de la salle de bains. Difficile à décrire. Une sorte de hoquet spongieux. Nathan colla son oreille à la cloison. Le hoquet cessa pour faire place à des chuchotements.

Il surgit dans la salle de bains, prêt à faire face à un ennemi.

Personne.

Une main se posa sur son épaule.

– C'était quoi ? demanda Carla blottie dans son dos.

Il examina chaque recoin de la pièce dépourvue d'autre ouverture. Il repéra la ventilation asthmatique et fit couler l'eau dans la baignoire. La bonde avala le liquide dans un long borborygme. Il se retourna vers Carla pétrifiée.

– C'est toi qui viens d'allumer la télé ? demanda-t-il.

Quelqu'un jouait du violon dans la chambre.

– Non.

Ils se précipitèrent. À l'écran, une aveugle jouait du violon.

– Que se passe-t-il, Nathan ?

Il n'avait pas de réponse.

– Qui se trouvait là ?

– Il faudrait d'abord savoir si c'était un être humain.

28

Les locaux du *Daily Herald* se vidaient. C'était l'heure de la fermeture. Carla demanda à rencontrer Ron Frost, au prétexte d'informations sur les disparitions de Snake Valley. Elle avait eu l'idée d'interroger le journaliste qui avait écrit sur le sujet. Nathan n'était pas favorable à cette démarche. Il n'avait jamais eu de bonnes relations avec une profession qui confondait rapporteurs et reporters.

Ron Frost était pigiste. C'était dire le peu d'importance que l'on accordait à la disparition des Hinckley. Une assistante de rédaction du *Daily Herald* leur donna son numéro. Frost leur fixa rendez-vous dans un pub de Provo une demi-heure plus tard. Il ne devait pas être submergé par le boulot.

Un type enveloppé les attendait à une table du bistrot. Son verre de bière était presque vide.

– Vous prenez quelque chose ?

– Un Coca et un jus d'orange.

– J'aurais dû vous donner rendez-vous au McDo.

– J'ai arrêté de boire, dit Carla.

– Et moi je n'ai pas commencé, ajouta Nathan.

– Ouaouh, un vrai tandem de choc.

– Et vous, vous êtes un vrai journaliste ? demanda Carla.

Frost se redressa sur sa chaise et effaça son air badin. Il avait la trentaine, une paire de cernes et l'air de sortir d'un lit dans lequel il aurait dormi tout habillé.

– Tout dépend de ce que vous appelez un vrai journaliste.

– Quelqu'un qui mène des investigations, dit Nathan.

– « Snake Triangle », c'est de moi, j'ai couvert cette affaire et à côté, le Watergate c'est un fait divers. Ça répond à votre question ?

– Vous pouvez remplacer « Triangle » par « Circle » désormais.

– Qu'avez-vous à m'apprendre ?

– Qu'est-ce que vous savez ?

– Comment ça ?

– Dites-nous d'abord ce que vous avez découvert pour qu'on ne perde pas de temps à vous raconter ce que vous savez déjà, dit Carla.

– Tout est dans mon article.

– On n'était pas là quand il a été publié.

Frost leur fit un résumé de sa prose. Rien de plus que ce qu'il avait déclaré au shérif Bullworth.

– Vous n'avez pas couvert les autres disparitions ? demanda Nathan.

– Je manque d'éléments. Les flics n'ont rien laissé filtrer.

Nathan lui parla de Billy, de Lillie et de son père.

– Merde, c'est une affaire personnelle.

– Dites-nous quelque chose qu'on ignore.

– Vous êtes venus m'interroger ou me faire des révélations ?

– Les deux, dit Carla.

– J'ai proposé un autre papier au journal. Ils l'ont refusé. Trop fantaisiste.

– Il parlait de quoi ce papier ?

– Il reposait sur le témoignage de Stan Steel, un marginal psychotique qui vit dans une cabane en tôle du côté de Snake Valley. Il roulait à moto le soir où c'est arrivé.

– Où quoi est arrivé ?

– Le soir de la disparition des Hinckley, il a vu un ovni atterrir dans la zone. Le problème, c'est que Steel n'est pas un témoin crédible aux yeux de l'establishment. Si vous voulez, je peux vous le présenter.

– On veut bien, dit Nathan.

– Et votre révélation, c'était quoi ?

– Si votre témoin a vu une soucoupe volante, nous avons trouvé son empreinte.

29

– C'est quoi votre secret ?

Installé sur la banquette arrière de la Chrysler à côté d'un pack de bières, Ron Frost s'adressait à la passagère assise à l'avant. Nathan conduisait.

– À propos de quoi ? demanda Carla.

– Vous vous en sortez bien pour une ancienne alcoolique.

– D'où tirez-vous cette information ?

– Vous avez dit que vous aviez arrêté de boire.

– C'est vrai.

– Les stigmates de la boisson glissent sur vous comme un savon dans un lavabo.

– Vous avez l'art de parler aux filles.

– *Vous êtes un enchantement, une fée vêtue d'un mouvement doux comme le sommeil, ellipse de toutes les joies, somme de toutes les larmes.*

– Je préfère ça.

– Dylan Thomas. Il a aussi déclaré *J'ai bu dix-huit whiskies, je pense que c'est un record.* Prenez à droite.

– Pour répondre à votre question, mon secret, c'est lui, dit Carla en désignant du pouce le conducteur.

La Chrysler quitta la voie carrossable, soulevant une poussière qui supprimait toute visibilité.

– Vous pouvez y aller sans crainte, encouragea Frost. Vous ne risquez pas de vous foutre contre quelque chose. Il n'y a rien.

Les essuie-glaces barbouillaient le pare-brise de larges traînées de terre mêlée au liquide de nettoyage, les amortisseurs avalaient les ornières, les pneumatiques faisaient crépiter les broussailles. Ils roulèrent ainsi pendant dix minutes interminables.

– Il va falloir ralentir maintenant, avertit Frost. On ne devrait pas tarder à voir apparaître le palais des mille et une nuits.

Une cabane en tôles miroitait sous le soleil couchant.

– Comment peut-on décider de vivre là ? demanda Carla.

– C'est parfois la vie qui vous y pousse.

Nathan gara son nuage de poussière devant le tas de tôles. Stan Steel était agenouillé devant le moteur d'une vieille VMAX. Il portait un bandana et des fringues en jean qui n'avaient jamais vu de lessive. Il ne leva pas la tête, comme s'il était habitué aux visites. Frost s'avança vers lui avec le pack de bières.

– J'ai deux personnes qui aimeraient entendre ce que vous avez vu.

– Ils n'ont qu'à lire votre papier.

– Il n'a pas été publié.

– Pourquoi, c'était mal écrit ?

– Le *Daily* ne croyait pas un mot de votre témoignage.

– Qu'ils aillent se faire foutre.

– C'est ce que je leur ai dit avec un peu plus de diplomatie. Mais là, j'ai deux personnes qui sont prêtes à vous croire.

Frost s'effaça devant Carla pour inciter Steel à reluquer autre chose que ses soupapes. Tentative réussie, le motard s'intéressa soudain à la vue en contre-plongée d'une brune bien foutue qui fondait au soleil dans un débardeur collé à sa peau.

– Un problème ? demanda Carla.

– Vous vous y connaissez ?

– J'ai des notions.

– Elle s'est arrêtée d'un coup, comme une panne d'essence. Je rentrais de Salt Lake City sous la pluie. Un putain d'orage. La bécane m'a lâché sur les derniers miles. J'ai dû la pousser jusqu'ici.

Carla se pencha, lui flanqua ses cheveux sur la figure et plongea ses doigts sous le réservoir.

– Il y a un clapet à billes dans le circuit d'essence, devant la batterie. Quand on roule trop longtemps sous la pluie, il prend l'humidité et se bloque. Il faut tapoter pour faire redescendre la bille. Là, voilà. Essayez de démarrer.

La VMAX toussota et démarra à la troisième tentative.

– Merci. À qui ai-je l'honneur ?

– Carla.

– On pourrait peut-être aller vider les bouteilles à l'ombre, suggéra Frost qui se desséchait à vue d'œil.

Carla se releva, chancela et s'écroula dans les bras de Stan Steel.

30

La fraîcheur fut la première sensation agréable qu'elle perçut. La deuxième fut celle des doigts qui massaient son visage. La troisième fut la voix de Nathan. Elle ouvrit les yeux.

– Comment te sens-tu ?

– Vidée.

Elle était allongée sur un lit, dans une chambre climatisée.

– Où sommes-nous ?

– Tourne-toi sur le ventre.

Il la massa lentement pour faire circuler l'énergie dans son corps, pressa entre les omoplates et au bas des reins, tapota du poing les zones qui pouvaient lui redonner du tonus.

– Des gens de Trout Creek nous ont gentiment accueillis chez eux. On ne pouvait pas rester chez Stan Steel, sa cabane était une étuve. Il faut te reposer.

– On n'est pas venus ici pour ça.

– J'ignorais que tu t'y connaissais en mécanique.

– J'ai connu un gars qui avait une VMAX.

– En tout cas, tu as deux fans. Ron Frost et Stan Steel font le pied de grue à côté en attendant d'avoir de tes nouvelles.

– Au moins, si tu me quittes, je ne me retrouverai pas seule.

– Reste encore un peu au frais. Je vais les rassurer.

– Nathan ?

– Oui ?

– Je suis désolée.

– Cesse d'être désolée. Grâce à toi, on a multiplié les effectifs par deux.

Elle le regarda sans comprendre.

– Steel et Frost veulent nous aider à retrouver mon père.

Dans le salon, Stan et Ron sifflaient leurs bières au goulot en compagnie de leur hôte, un gros barbu qui se prénommait Jack et semblait échappé de ZZ Top. Nathan les informa sur l'état de santé de Carla.

– Elle se dépense trop, conclut Frost.

– Vos amis m'ont dit que vous enquêtez sur les disparus de Snake Valley, lança Jack à Nathan.

– On les recherche. Pour cela, on a besoin de savoir ce qui s'est réellement passé là-bas.

– Il paraît que la zone est devenue dangereuse.

– Qu'avez-vous vu exactement ? demanda Nathan en se tournant vers Steel.

– Des choses bizarres.

Stan Steel était fébrilement introverti, sa voix incertaine, ses traits fins, rongés par une barbe sophistiquée de plusieurs jours et de longs cheveux couleur sable. Le développement arriva après une longue goulée de bière.

– Une nuit que je rentrais chez moi, je me suis retrouvé le guidon face à un… vaisseau spatial… ça ressemblait à… une fête foraine. Ça clignotait de partout et ça faisait un boucan du diable.

– Vous avez vu des extraterrestres ? s'écria Jack.

– Non. J'ai tellement flippé que j'ai fait demi-tour sans comprendre. C'est plus tard que j'ai appris que des gens du coin avaient disparu. Vous connaissez la suite.

– Comment ça se fait que je n'ai jamais entendu parler de cette histoire ? s'étonna Jack.

– C'est-à-dire que M. Steel n'est pas un témoin très crédible, expliqua Ron Frost. Marginal, casier judiciaire pas tout à fait vierge, consommateur de rhum et de substances diverses, séjour en institution psychiatrique. Les journaux n'ont pas cru à son témoignage.

– Et la police ?

– Je préfère éviter, dit Steel.

Tous les regards se braquèrent soudain dans le dos de Nathan. Carla venait d'apparaître dans l'encadrement de la porte.

– On y va ? demanda-t-elle.

31

– Qu'est-ce vous pensez de tout ça ? demanda Frost.

Au volant de la Chrysler qui les ramenait à Provo à travers la nuit, Nathan essayait d'ajuster quelques pièces du puzzle. Des pièces improbables qui, mises ensemble, révélaient des disparitions successives à l'intérieur d'un gigantesque cercle de vingt-cinq kilomètres de diamètre tracé dans le sol par une soucoupe volante qui avait laissé comme seule indice une matière qu'on ne trouvait que sur Jupiter. On nageait dans la science-fiction. Sans compter l'intrusion au motel de mystérieux visiteurs capables de s'évader par des canalisations. Il était temps de mettre une explication plus plausible sur ces phénomènes.

– Avez-vous déjà entendu parler de l'hydrogène métallique ?

Sixième partie

L'impossible précède le possible

32

Le Lawrence Livermore National Laboratory s'étendait sur 2,5 km². Un quadrilatère de matière grise à l'est de Livermore, Californie. Grâce à l'intervention de Connie B. Stanshaw et au terme de quelques formalités, Nathan et Carla décrochèrent leur badge de visiteur.

Le couple avait dormi la veille au motel Super 8 de Provo sans être dérangé par de nouveaux intrus. Levés à l'aurore, ils avaient pris un avion à Salt Lake City pour Oakland. Un véhicule de location leur avait permis de parcourir la trentaine de miles qui les séparaient du LLNL.

– Tu tiens le rythme ? s'enquit Nathan.

– Ne t'inquiète pas.

Ils marchaient droit sur les bâtiments de la division Sherwood consacrée au programme de fusion magnétique. Un employé du site chargé de la sécurité et freiné par son embonpoint les guidait.

Comme le laboratoire de Los Alamos, le LLNL développait les armes nucléaires. À la fin de la guerre froide, son champ d'application s'était élargi aux nouvelles sources d'énergie, à la science environnementale et à la bio-médecine. Plus de trois mille cinq cents scientifiques, ingénieurs et techniciens travaillaient sur le site. C'était là aussi que l'on avait produit, pendant un temps infinitésimal, de l'hydrogène métallique.

Le guide essoufflé les fit accéder à un édifice de trois étages et les laissa pénétrer dans le bureau de Cherryl Fox, directrice de la division Science et Technologie. Lors du serrage de main, froid et impersonnel, Nathan remarqua qu'elle ne portait ni alliance ni vernis à ongles. Sa morphologie, sa tenue vestimentaire et l'aménagement fonctionnel de son environnement laissaient transparaître une absence de fantaisie, une intelligence aiguë et une vie exclusivement professionnelle. Il la remercia de les recevoir si rapidement.

– Que me vaut la visite de deux représentants fédéraux ?

Connie B. Stanshaw avait bien fait les choses en les présentant tous les deux comme des envoyés du bureau de San Francisco. Nathan essaya d'être concis :

– Un échantillon d'hydrogène métallique a été trouvé sur les lieux d'une disparition. Le LLNL est le seul laboratoire à en avoir produit. Nous sommes donc venus vous demander la liste des employés qui ont participé à cette expérience.

– Il y a deux affirmations dans votre requête. La première est impossible, la seconde est fausse. Quant à la liste que vous me demandez, elle va être très courte.

– Vous pouvez m'en dire plus sur l'hydrogène métallique ?

– Il vous faudrait d'abord suivre quatre années d'étude.

– Nous les avons déjà. Elles nous permettent de coffrer ceux qui font obstacle à la justice.

Fox encaissa la réplique sans sourciller.

– Vous est-il possible de nous expliquer ça simplement ? enchaîna Carla.

Fox lui lança un air dubitatif mâtiné de dédain, comme si elle devait s'apprêter à donner un cours de physique quantique à Miss Monde. Nathan apprécia la manœuvre de sa partenaire, pour une fois tempérante.

– En vous décoinçant un peu, je suis sûre que vous allez y arriver, ajouta-t-elle.

La pondération de l'Italienne n'avait pas duré plus de vingt secondes. Fox perdit de son arrogance et se rapprocha de son bureau pour reprendre le contrôle de la situation. Le meilleur moyen d'y parvenir était de les entraîner sur son domaine :

– Il y a une douzaine d'années, nos chercheurs ont réussi une expérience de production d'hydrogène métallique pendant une microseconde, à une température se chiffrant en milliers de degrés et sous une pression de plusieurs millions d'atmosphères. En dehors de ces conditions, qui, vous l'imaginez bien, ne sont pas celles qu'on trouve sur Terre, l'hydrogène revient à son état initial.

– Et depuis cette expérience ? demanda Nathan.

– Les recherches portent sur la création d'hydrogène métallique métastable, c'est-à-dire qui ne reviendrait pas à son état normal lors de la décompression.

– À quoi servirait la production d'une telle matière ?

Fox les fixa de ses petits yeux perçants, laissant planer un silence qui annonçait une information lourde de sens.

– À beaucoup de choses. Au-delà du fait que cette forme d'hydrogène est un supraconducteur, elle pourrait servir à fabriquer des véhicules très légers à haute efficacité énergétique et être en plus utilisée comme carburant. Un carburant propre, puisque le produit de la combustion serait de l'eau, et fournissant une énergie considérable, cinq fois supérieure au mélange hydrogène et oxygène liquides consommé par la navette spatiale.

– Une énergie aux ressources inépuisables, donc.

– L'hydrogène est l'élément le plus répandu dans l'Univers. Même si la Terre ne possède aucun gisement, les molécules d'eau recèlent des réserves quasiment intarissables.

– Cela ferait juste monter le prix de l'eau, commenta Carla.

– On n'en est pas là, contra sèchement Fox.

– Une météorite pourrait-elle être tombée sur Terre et avoir laissé ces traces d'hydrogène métallique ? demanda Carla.

Cherryl Fox ne put s'empêcher de sourire. Ça ne lui allait pas du tout.

– Pour trouver des traces d'hydrogène métallique, il faut aller bien au-delà de la ceinture d'astéroïdes… sur Jupiter… qui n'est qu'une boule de gaz. Avec différentes couches. Plus on s'enfonce vers son noyau, plus la densité, la pression, la température, les turbulences augmentent. À la surface, il peut faire – 230 °C. À une centaine de kilomètres de profondeur, ça monte à 20 °C. Vers 25 000 km de profondeur, la pression atteint 4 millions d'atmosphères et la température 11 000 °C. C'est là que l'hydrogène devient métallique. C'est un métal liquide constitué de protons ionisés et d'électrons. Ce manteau d'hydrogène métallique créé le champ magnétique de Jupiter et libère de la chaleur. On peut parler alors de planète liquide. Il n'existe rien de solide. Donc aucun risque d'être bombardé par un aérolithe. De même qu'il est impossible d'importer l'hydrogène métallique de Jupiter, puisque je vous rappelle qu'en dehors de ces conditions atmosphériques et climatiques, cet élément perd ses propriétés métalliques.

– Merci pour ce petit cours, dit Carla.

– Vous avez dit que ma seconde affirmation était fausse, continua Nathan. Cela signifie-t-il que d'autres laboratoires que celui-ci ont produit de l'hydrogène métallique ?

– Oui, un.

– Lequel ?

– Le centre de recherches du Commissariat de l'énergie atomique de Cadarache, dans le sud de la France. Ce sera tout ? Excusez-moi, j'ai beaucoup de travail.

– Il ne vous reste plus qu'à répondre à ma question principale.

– Ah oui ! Les noms de ceux qui ont participé aux recherches sur l'hydrogène métallique.

– Vous m'avez dit que la liste était courte.

– Mettez Lew Wang dessus. C'était le directeur du Projet Sherwood. Il a délaissé le programme de fusion magnétique pour développer à notre insu des travaux sur l'hydrogène métallique métastable.

– À votre insu ? Comment est-ce possible ?

– Compte tenu de leurs orientations militaires, les recherches sont entourées du plus grand secret, même à l'intérieur d'un laboratoire. J'ajouterai que Wang, en plus d'être un physicien remarquable, était un grand manipulateur.

– Que s'est-il passé quand vous avez réalisé qu'il vous manipulait ?

– J'en ai référé au directeur et nous avons considéré tous les deux que les travaux menés par Wang n'étaient pas à l'ordre du jour.

– Vous l'avez licencié ?

– Dites plutôt qu'il s'est volatilisé. Du jour au lendemain, il n'a plus donné signe de vie.

– Ses travaux ont-ils abouti à quelque chose ?

– Nous l'ignorons…

Elle s'interrompit. Nathan laissa se développer l'hésitation pour que celle-ci se transforme en déclaration :

– … Wang a disparu avec les résultats de ses recherches. Je compte sur vous pour garder cette information secrète.

– Pourquoi ?

– Vous n'avez jamais entendu parler des scandales qui ont secoué le laboratoire de Los Alamos ?

– Non.

– Qu'est-ce que vous apprenez au FBI ?

– Les méthodes d'interrogatoire.

Elle esquissa un quart de sourire.

– Deux directeurs et leurs adjoints ont démissionné en 2003 et en 2005, à la suite d'accusations de vol de données. Nous préférons épargner au LLNL ce genre de publicité.

– Pourquoi en parler maintenant ?

– Je pense que vous avez eu le temps d'établir mon profil, agent Love, depuis que vous êtes entré dans cette pièce. L'inverse est également vrai et je sais que vous n'êtes pas comme cet agent fédéral qui est venu il y a quelques semaines me poser des questions dont il ne comprenait pas tous les mots.

Son regard oscilla entre Carla et Nathan.

– J'ignore qui vous êtes exactement, mais vous n'êtes pas des agents ordinaires. Vous auriez fini par découvrir l'existence de Lew Wang, je me trompe ?

– Pas plus que je ne me suis trompé sur la supériorité de votre intelligence.

– Je vous demande une faveur. Si vous mettez la main sur lui, j'aimerais récupérer les données de ses travaux.

– Avez-vous une idée de l'endroit où il est allé ?

– Non.

– Vous devez bien posséder des informations sur Wang.

– Ma secrétaire vous donnera tout ce dont nous disposons sur lui.

– Une dernière question, intervint Carla.

Cherryl Fox manifesta un signe d'impatience.

– Vous avez déclaré que les travaux sur l'hydrogène métallique métastable n'étaient pas à l'ordre du jour. Pourquoi, alors que les applications d'une telle découverte seraient mirifiques ?

– « Mirifique » ne fait pas partie de notre jargon.

– Ne jouez pas sur les mots si votre temps est compté.

– L'établissement d'un projet nécessite un protocole. Cela requiert du temps et de nombreuses autorisations administratives que nous n'avons pas obtenues. Lew Wang était pressé. C'est pourquoi il s'est servi du Projet Sherwood comme couverture.

– Il roulait pour qui à votre avis ?

– Pour nous, croyait-on. Il y a un an, nous avons compris que ce n'était pas le cas. Dieu sait ce qu'il a découvert et ce qu'il est allé en faire.

– « Dieu » fait partie de votre jargon ? demanda Nathan.

– Cela fait longtemps que nous l'avons surpassé ici.

33

– Quelle conne ! s'exclama Carla en gagnant la sortie. Elle m'a énervée, avec son « Mirifique ne fait pas partie de notre jargon ».

Ils étaient escortés par le même gardien qu'à l'aller. La secrétaire de Cherryl Fox leur avait remis les informations disponibles sur Lew Wang. Physicien nucléaire sino-américain âgé de 48 ans, diplômé de l'université de Stanford, distingué de la National Medal of Science, il avait travaillé pour plusieurs centres de recherches scientifiques américains, dont le laboratoire de Los Alamos, avant d'intégrer celui de Livermore il y a cinq ans. Sans attache familiale, très discret, il avait présenté lors de ses tests de recrutement au LLNL une personnalité égocentrique, solitaire, coléreuse. Sa thèse de doctorat portait sur *L'utilisation comparée des radiations nucléaires et électromagnétiques*. Ainsi se résumait le CV de cet électron libre qui consacrait sa vie à la science. Une vie qui avait pris un tournant inattendu avec sa brusque disparition.

– Oui, mais ton « mirifique » m'a mis sur la voie, dit Nathan.

– Comment ça ?

– Tu connais Arthur C. Clarke ?

– L'écrivain ?

– J'ai fait sa connaissance lorsque j'étais au Sri Lanka. Il avait établi trois lois. L'une d'elles stipulait que toute technologie suffisamment avancée était indiscernable de la magie.

– Donc mirifique.

– On nage en pleine magie depuis le début de cette affaire, mais ce que nous prenons pour de la magie est peut-être de la technologie avancée.

– Il faut suivre la piste scientifique.

– Exactement.

– Ça nous mène où ?

– En France

34

La VMAX filait dans la nuit sur Weiss Highway. Les flics étaient rares dans Snake Valley, même après les disparitions survenues au cours des deux derniers mois. Stan Steel fit monter l'aiguille du compteur à 200 km/h. Grâce à Carla qui avait posé ses mains délicates sur le moteur, il avait retrouvé l'ivresse de la vitesse. Il s'était attribué un rôle dans la vie qui donnait de l'allure à sa marginalité, à ses larcins, à sa schizo-phrénie aussi. Celui de Robin des Bois. À la différence qu'il chevauchait 400 chevaux et non un seul dans une forêt totalement défrichée. Sa technique était simple : il se servait là où il y avait du pognon, chez les mormons, dans les voitures de location stationnées à l'entrée des parcs nationaux, dans les maisons qui transpiraient le luxe. Le fruit de ses rapines servait à mettre de l'essence dans le réservoir et des tapas dans son estomac. Le reste, quand il y en avait, il le distribuait aux plus nécessiteux que lui, un Indien exproprié, un vieux sans allocations de retraite, une pute courant après le client ou un invalide de guerre sans indemnité.

Persuadé d'avoir semé les chuchotements et les ombres qui l'espionnaient dans ses délires, Stan bifurqua à droite, quitta la route et ralentit son allure. Sous son blouson, le butin du jour commençait à peser. Le phare buta sur sa masure en tôles. Il n'avait pas besoin de plus. Une maison cossue lui aurait donné envie de se cambrioler lui-même. Il coupa le contact, posa le pied à terre et entra dans son antre en baissant le zip de son cuir. Tout en sifflotant l'air de *Kill Bill*, il étala le contenu de son sac sur un tapis navajo qui lui servait de couchette : bijoux, dollars, livres anglaises, yens, euros, iPod, passeports, téléphones mobiles, lecteur DVD portable. Il avait rapiné dans un motel de Salt Lake City. Six chambres au total.

Il saisit le Wild Turkey qui servait à fêter les bonnes prises et but au goulot. Il évalua le montant des vols à deux ou trois mille dollars, tendit à nouveau le bras pour se servir une rasade. À la place de la bouteille, il sentit un mollet. Il sursauta et se retourna, la pénombre se transforma en boucan. Grisé par sa course à moto et par son cambriolage, il n'avait pas réalisé qu'ils étaient deux dans la cabane. L'intrus se rua dehors en shootant dans les gamelles et les bouteilles, imité par Stan qui s'immobilisa sur le seuil.

– Où tu te caches ? hurla-t-il.

Ses hallucinations reprenaient. Il fit le tour de sa propriété, ce qui ne prit que quelques secondes. Un rire d'enfant attira son attention.

– Tu n'existes pas !

– Hi ! hi hi hi hi !

Stan enfourcha sa moto, mit le contact et braqua son phare en direction du ricanement. Une silhouette chétive et furtive s'échappa dans la nuit avec un bruit mécanique.

– C'est quoi ce bordel ?

Il orienta son guidon dans toutes les directions mais n'éclaira que du désert. Le ricanement provenait de plusieurs endroits à la fois, comme si la fillette était partout. Stan coupa le moteur et se concentra pour essayer de récupérer un état mental normal. Le ricanement s'éloigna. Une voix grave et métallique s'adressa à lui dans une langue inconnue. Il ralluma le phare mais ne vit rien. Steel se précipita dans sa cabane et rassembla son butin. Le sol vibra, le toit fut arraché, le jour se leva au milieu de la nuit, une lumière aveuglante. Il ne percevait que du fracas et de la chaleur. Son instinct de survie lui dicta de fuir au plus vite les quatre murs de tôle encore debout. Il chercha sa moto mais la phosphorescence aspira l'engin dans un vacarme de tôle froissée. Puis ce fut le tour de sa maison. Stan courut comme jamais, plus vite que lorsqu'il avait été pris en chasse par les flics après un vol qui avait mal tourné. Il courut en sachant qu'il n'aurait pas la force de tenir jusqu'à ce qu'il trouve du secours. Il courut sans se retourner car tout ce qu'il possédait venait d'être arraché à la surface de la Terre.

35

Le nez dans un verre de gin, Ron Frost surfait sur Internet en quête d'informations. Le problème était qu'il ne savait pas quoi chercher. Nathan Love l'avait appelé avant de prendre l'avion pour la France, il privilégiait la piste scientifique et reliait les disparitions de Snake

Valley à la découverte d'hydrogène métallique métastable.

Le journaliste croisa les mots clés « Disparitions », « Snake Valley », « Utah », « OVNI », « Hydrogène métallique », « Jupiter », « Indiens » ou « aliens », ingrédients propres à un film d'horreur ou de SF. Il tomba sur le nom du milliardaire aventurier Steve Fossett, mystérieusement disparu après avoir décollé du Nevada à bord de son monomoteur en septembre 2007. Il n'avait jamais été retrouvé. Happé par le Snake Circle ?

Frost étendit ses recherches à l'environnement de Snake Valley. Love avait préconisé de voir grand, global, général. Le site avait la taille d'une ville, les victimes se volatilisaient avec tous leurs biens et les indices provenaient d'une autre planète. Il fallait donc s'intéresser aux suspects d'envergure.

Au nord de Snake Valley proliféraient les installations à hauts risques conçues pour recueillir tous les déchets chimiques dangereux du pays : usine de retraitement, centre d'enfouissement, incinérateurs. Frost répertoria également un dépôt chimique militaire, une usine de magnésium dont les émanations empoisonnaient l'air de la région, trois champs de tir pour avions de chasse F-16 et bombardiers B-52, une base et un centre d'essais militaires. Cette zone dantesque enclavait la réserve indienne de Skull Valley. Les Indiens Goshute ne devaient pas miser cher sur leur avenir.

Frost remplit son verre vide et s'intéressa au centre d'essais. De toutes les installations mortellement menaçantes éparpillées dans le désert du Grand Lac Salé, celle de Dugway, baptisée Dugway Proving Ground ou DPG, était la plus proche de Snake Valley. Une grosse verrue sur la face de l'Utah. Ou plutôt un angiome plus vaste que le Rhode Island. Ron Frost se frotta les mains. Il avait dégotté un suspect dont la taille dépassait celle d'un État américain.

Dugway Proving Ground avait pour mission d'expérimenter les systèmes de défense chimique et bactériologique et de tester la résistance des matériaux aux attaques NBC, nucléaires, bactériologiques ou chimiques. Bref un méga labo à ciel ouvert.

Frost consigna tout ce qu'il pouvait trouver sur Dugway :

« … L'ONG Sunshine Project a révélé l'existence de contrats entre DPG et des sociétés produisant l'anthrax et le bacille du charbon… »

« … Selon le *Deseret Morning News* de Salt Lake City daté du 5 juin 1994, l'armée a libéré dans l'atmosphère de l'Utah plus de 225 000 kg de neurotoxiques mortels au cours de décennies de tests secrets d'armes chimiques menés à Dugway Proving Ground… »

« … Des documents du Pentagone comptabilisent 1 635 essais d'agents neurotoxiques entre 1951 et 1969, année où l'armée a abandonné l'utilisation en plein air d'agents neurotoxiques actifs après avoir accidentellement gazé 6 400 moutons à Skull Valley, hâtivement enterrés par les soldats à la limite de la réserve… »

« … Un rapport de l'armée russe mentionne une énorme explosion détectée par un satellite le 6 août 2007 sur le terrain d'essais de Dugway Proving Ground, correspondant à un tremblement de terre de magnitude 3,9. Selon les Russes, il s'agirait d'un essai de la technologie Divine Strake, méga bombe conventionnelle de 700 t de nitrate d'ammonium… »

Ron Frost se versa une tasse de café réchauffé au micro-ondes. Il fallait creuser le sujet.

« … James R. Myles, commandant de l'armée des États-Unis, confirme les projets d'expansion de la base de Dugway… »

– Ils vont se payer l'Utah, pensa-t-il à voix haute.

« … Le 15 octobre 1991, le plus violent rayon cosmique jamais enregistré a été observé par le détecteur Fly's Eye installé à Dugway Proving Ground. La source de cet intense rayon cosmique n'a pas été identifiée. Il s'agirait de particules traversant l'espace et porteuses d'énergie inimaginable, à tel point que l'on a été obligé d'inventer le zetta-électronvolt (mille milliards de milliards) pour quantifier cette énergie. Le Fly's Eye a été conçu pour identifier ces mystérieuses zetta-machines, comme les appellent les physiciens et les cosmologistes… »

Frost exécuta des copier-coller pour constituer un dossier destiné à Love. Il but son café tiède et fut attiré par une nouvelle occurrence :

« … La Zone 51[1], trop médiatique, a forcé l'armée américaine à déplacer une grande partie de ses activités ultra secrètes à Dugway Proving Ground dans l'Utah… »

« … Dans un article du *Deseret Morning News*, le président des Observateurs d'ovnis de l'Utah a déclaré que de nombreux ovnis ont été aperçus aux alentours de Dugway… »

En résumé, Dugway était un fantasme pour les paranos, les conspirationnistes, les ufologistes, les physiciens, les cosmologistes, les écologistes, les analystes militaires, les scénaristes de films catastrophes, c'est-à-dire beaucoup de monde. Mais quelle réalité se cachait derrière ?

Dugway Proving Ground avait les attributs d'un suspect. Des centaines d'essais avaient pollué une bonne partie de l'Utah que DPG essayait d'ailleurs d'acquérir pour s'épargner les décontaminations. Ces essais, qui se poursuivaient, pouvaient-ils avoir touché une frange de la population de Snake Valley, obligeant les militaires à effacer toute trace des tests ?

1. Située dans le Nevada, la Zone 51 est une base militaire secrète testant des appareils expérimentaux et soupçonnée par le milieu ufologiste de collusion avec des extraterrestres.

Parallèlement, DPG s'intéressait à la vie extraterrestre et aux « zetta-machines » porteuses d'énergie considérable. Là encore, cela collait bien avec les indices découverts sur la scène du crime. L'hydrogène métallique avait-il un rapport avec les rayons cosmiques ou une vie extraterrestre ?

Pour approfondir la question, il fallait questionner des gens : un soldat de Dugway, le journaliste chargé du dossier au *Deseret Morning News*, des Indiens Goshute de Skull Valley, le président des Observateurs d'ovnis de l'Utah. Des physiciens aussi, car Frost n'y comprenait pas grand-chose. Ses études littéraires ne lui permettaient pas de faire le tri entre le Fly's Eye, l'hydrogène métallique, les rayons cosmiques, les agents neurotoxiques VX, GA ou GB et les zetta-machins-choses.

Il enregistra sa compilation d'extraits d'articles, ajouta sa conclusion et envoya le dossier à l'adresse e-mail que Nathan lui avait donnée.

Des mots de Walt Whitman lui virent à l'esprit.

Tu n'accepteras plus rien de seconde ou de troisième main, ne verras plus à travers les yeux des morts, ne te nourriras plus des spectres dans les livres, ne regarderas pas non plus à travers mes yeux, ni ne prendras de moi. Tu écouteras de tous les côtés et filtreras de toi-même… [1]

Frost perçut des susurrements.

– Y a quelqu'un ?

La question se perdit dans l'obscurité de l'appartement. Troublé par l'alcool et les visions apocalyptiques issues de sa recherche sur Internet, Frost abandonna son ordinateur, les tripes nouées et l'oreille tendue vers l'entrée d'où provenaient des murmures. Il alluma le couloir. Personne. Son appréhension se mua en peur. Il ne voyait rien, pourtant les chuchotements étaient de plus en

1. *Feuilles d'herbe* (1855)..

plus audibles. On parlait autour de lui, sans qu'il parvienne à localiser l'origine, ni à identifier la langue. Ne sachant où aller, il se réfugia dans la cuisine. Le robinet de l'évier était ouvert. Il le ferma sans chercher à savoir pourquoi il coulait et voulut s'armer. Un parapluie, ce fut tout ce qu'il trouva. Il traversa le hall à pas lents vers les chuchotis, en brandissant son arme de pacotille. Depuis le seuil du salon, il lui sembla qu'il y avait foule. Ses yeux glissèrent sur cette vision quand son attention fut vampirisée par ce qui venait de surgir au bout du couloir.

Un cri rauque, intestinal, bestial.

L'effroi contracta la main de Frost sur le mécanisme d'ouverture du parapluie, transformant son épée en un bouclier de toile qui l'empêcha d'identifier la silhouette massive qui fonçait sur lui. Des coups dans la porte d'entrée lui rappelèrent qu'il lui restait cette issue pour fuir le danger qui avait investi son appartement. Encore fallait-il que celui qui tambourinait ne soit pas avec ceux qui avaient pris possession des lieux. Coincé entre le mouvement bruissant des visiteurs réunis dans son salon et les froissements du nylon qui le séparait de son agresseur, Frost lâcha le manche du parapluie, ouvrit violemment la porte d'entrée, percuta une forme sur le paillasson et dévala l'escalier. Des geignements étouffés et des bruits de pas dégringolèrent derrière lui. Lorsqu'il déboula sur le trottoir, la rue était déserte. À 2 heures du matin, rien d'étonnant. Il sprinta vers sa voiture garée sur le parking, tortura sa serrure, planta sa clef dans le démarreur et fila en trombe. Dans le rétroviseur, quelqu'un gesticulait à ses trousses. Frost accéléra en bénissant le vendeur de voitures qui l'avait presque forcé à faire l'acquisition de cette vieille Subaru.

36

Stan Steel ne respirait plus mais il marchait encore, il espérait arrêter quelqu'un sur la route qu'il avait rejointe en courant. Il rêvait d'un véhicule banal avec quatre roues, un volant et une radio diffusant de la musique country, conduit par un type ordinaire. C'était la première fois de sa vie que Stan Steel aspirait à la normalité. Titubant sur le bas-côté, il se surprit à s'imaginer vautré dans un divan devant une télé payée à crédit, une bière dans une main et la cuisse d'une épouse fidèle dans l'autre. Pas besoin qu'elle soit aussi canon que la fille qui lui avait réparé sa VMAX. Et pas grave si la télé diffusait de la merde. L'idée, c'était d'être peinard un moment, les deux pieds dans la norme.

Un camion, tonnant et lumineux, occupa soudain tout l'espace. Steel se planta au milieu de la route, bras levés. Les freins et les pneus du semi-remorque crissèrent. Steel s'écarta à temps de la trajectoire et s'accrocha à la poignée de la portière.

– Merci, dit-il en prenant place à côté du chauffeur médusé.

– Vous êtes suicidaire ou quoi ?

L'habitacle empestait les pieds et les dessous de bras, mais il y régnait un climat de sécurité.

– J'ai été agressé par des… on m'a chouravé ma maison et ma moto et je cherche à gagner la civilisation.

– Votre maison ?

– Peu importe où vous allez. J'y vais moi aussi.

– Dites, vous allez bien ?

– Est-ce que j'ai l'air d'aller bien ?

– J'ai rencontré tellement de tarés dans ma vie que des fois je me demande si le fou c'est pas moi.

– Démarrez, s'il vous plaît, on philosophera en roulant.

– Je vous dépose où ?

– Provo, c'est sur votre chemin ?

– Je vais à Salt Lake City, je dois charger à la première heure demain matin.

– Je descends à Provo. C'est sympa.

– La country music ne vous gêne pas ? demanda le chauffeur en reluquant le t-shirt de son passager à l'effigie d'Iron Maiden.

– J'ai jamais autant aimé ça de ma vie !

Steel ne parvenait pas à trouver son calme. Il était à la fois agité et épuisé.

– Vous n'avez rien remarqué de bizarre sur la route ? demanda-t-il.

– À part vous, non.

– Il a fallu que ça me tombe dessus.

– De quoi vous parlez ?

– Laissez tomber, personne ne voudra me croire. Je vous laisse écouter votre musique.

Willie Nelson chantait *Highwayman* à la radio.

– C'est quoi la chose dont vous dites que personne ne croira qu'elle est vraie ?

Stan lui fit répéter sa phrase bizarrement tournée. Une idée stupide lui traversa l'esprit. Et si ce type était un des leurs ?

– Ceux qui m'ont dépouillé, ils venaient d'ailleurs.

– D'ailleurs de l'Utah ?

– D'ailleurs de la Terre.

– Eh ben, je veux bien vous croire.

– C'est vrai ?

– Sûr que je vous crois que personne croira ce que vous croyez.

Stan Steel abandonna cette discussion qui ne l'aiderait pas à y voir clair. Il tenta de faire le tri entre ses délires et la réalité, sans y parvenir.

Il descendit comme prévu à Provo, non loin d'Oak Street où habitait Ron Frost, la seule personne susceptible d'accorder du crédit à son témoignage. En traversant le parking devant l'immeuble du journaliste, il vit des silhouettes s'agiter autour d'une vieille Subaru, qui disparurent à son approche comme des fantômes. L'adrénaline lui fit accélérer le pas vers le hall, ouvert. Il appela l'ascenseur et monta au cinquième, appuya sur la sonnette, entendit des voix. Il y avait de l'activité dans l'appartement, à moins que tout ne se passât dans sa tête. Il cogna à la porte, elle s'ouvrit sur un Frost paniqué qui le percuta de plein fouet et s'engouffra dans la cage d'escalier. Steel récupéra son équilibre et se retrouva face à des dizaines d'yeux qui le fixaient dans la pénombre. Il fit volte-face et se rua dans le sillage de Frost. La Subaru du journaliste louvoyait sur le parking.

– Frost ! cria-t-il en courant après le véhicule.

À bout de forces, il ralentit son allure et vit les feux arrière se déliter dans la nuit. Il se plia en deux, essayant de reprendre son souffle et un semblant de raison. Frost aussi avait été attaqué. Les silhouettes qui besognaient autour de sa Subaru avaient-elles saboté son véhicule ? Placé une bombe ? Un émetteur radio ?

Steel expira un bon coup et reprit sa course, s'attendant à être témoin d'une explosion ou d'un accident. Quand il déboucha sur l'avenue comme un dératé, il vit la seule chose à laquelle il ne s'était pas attendu. Les feux de position de la Subaru s'étaient transformés en pleins phares qui lui fonçaient droit dessus.

Septième partie

Le murmure de la forêt est une multitude de cris

37

Nathan avait enterré cinq sacs dans cinq cimetières à travers le monde. Trois aux États-Unis, un en Europe et un en Asie. Chacun d'eux contenait un faux passeport et dix mille dollars. Ces secrètes « funérailles » dataient de sa collaboration avec le FBI qui n'avait pas toujours la possibilité de couvrir les exactions de son pion sur l'échiquier planétaire du mal. Alors Nathan avait conclu un pacte qui lui garantissait cinq identités différentes et du liquide pour s'en sortir en cas de coup dur. Il avait déjà exhumé un de ces jokers au cours de sa dernière enquête. Il en avait déterré un second deux jours plus tôt dans un cimetière de la réserve navajo. Love ne voulait pas qu'on suive sa trace en dehors des USA et il avait besoin de l'argent qu'il n'avait pas accepté du conseil tribal.

Son billet d'avion était au nom de Sean Black, le reste de l'argent devait lui permettre de tenir quelques jours. Quelques jours seulement car ses enquêtes coûtaient toujours très cher. Deux billets San Francisco-Marseille, des vêtements à l'aéroport et la location d'une Citroën C6 avaient bien entamé ses liquidités.

– Pourquoi une si grosse voiture ? demanda Carla.

– Parce qu'elle a l'allure d'une voiture officielle et qu'on a besoin de paraître importants pour ouvrir les portes qui nous mènent à Lew Wang.

Il préféra taire qu'il voulait garantir à Carla le meilleur confort possible.

La C6 filait sur l'autoroute A51, sur un air de Bach diffusé par les huit enceintes intégrées dans l'habitacle.

Ils sortirent de l'A51 en direction de Saint-Paul-lès-Durance. La commune était devenue le chef-lieu de l'atome depuis que le Commissariat à l'énergie atomique s'y était implanté. Jadis célèbre pour ses châteaux et ses plantations, le village l'était aujourd'hui pour ses surgénérateurs Phœnix et ses propulseurs nucléaires. Les quelques centaines d'habitants avaient été envahis par une armée de cinq mille ingénieurs, techniciens et ouvriers du CEA, les châteaux transformés en mairie ou en hôtellerie, et le creusement d'un canal EDF avait fini de défigurer la commune réduite à une sorte de presqu'île intérieure.

Carla avait réservé une chambre dans une auberge qui leur permit de se laver et de ressembler à des agents fédéraux.

– C'est la première fois que je te vois en costume, dit-elle.

Une pensée lui traversa l'esprit en le découvrant aussi élégant. Une pensée qu'elle refoula car elle la jugea inopportune.

– Ai-je l'air de quelqu'un d'important ?

S'il savait à quel point il était important pour elle.

Elle chancela, blêmit, sentit monter la nausée et alla vomir dans les toilettes. Nathan l'aida à rejoindre le lit.

– Je vais y aller seul.

– Arrête tes bêtises. Tu ne parles pas français.

– J'ai fait des progrès à tes côtés.

– As-tu le niveau pour soutenir une conversation sur

les effets de la fusion thermonucléaire contrôlée ? l'interrogea-t-elle en français.

– Quoi ?

– Tu vois, tu as besoin de moi.

Il regarda sa montre. Bientôt midi, l'heure de la médication de Carla. Il appela la réception et commanda un déjeuner.

– Je te retarde avec cette…

Il lui verrouilla la bouche avec son index et posa ses lèvres pour y apporter de la douceur. Il lui saisit ensuite la main afin de lui faire sentir les battements de son cœur qui se prolongèrent dans son poignet. Elle ne devait pas perdre cette mesure battue au rythme des pulsations du monde.

– Tout se fait au moment juste, chuchota-t-il.

Il se leva pour ouvrir la fenêtre. Les feuilles d'un platane filtraient la chaleur et la lumière. Elles diffusèrent dans la chambre un damier de fraîcheur frissonnant au moindre souffle de vent. Nathan revint s'asseoir près de Carla, lui ôta son chemisier et les bretelles de son soutien-gorge, massa ses épaules, son dos, la plante de ses pieds. Il évacua la fatigue et la nervosité. Son regard croisa ses grands yeux noirs. Leurs lèvres se retrouvèrent et leurs mains s'immiscèrent sous leurs vêtements déboutonnés, froissés, jetés à terre. Carla étouffa les gémissements que déclenchaient les doigts de Nathan entre ses cuisses. Il sentit l'excitation bouillonner en elle, remplaça son majeur par la langue, puisa plus de plaisir encore. Carla se cambra sous la jouissance, bomba les seins en offrande à des mains invisibles, se tordit dans les draps. Elle saisit la tête de Nathan, ramena sa bouche contre la sienne et l'accueillit entre ses cuisses en criant son nom. Le plafond tournait, les murs bougeaient, le lit tanguait. Elle passa au-dessus de lui, à califourchon, cheveux défaits, la peau ruisselante. Nathan perdit contact avec la réalité, sentit qu'il était dans la bouche de Carla. Au bord de la jouissance, il l'attira à lui, roula sur elle et entra dans son ventre tiède. Ils unirent leurs orgasmes dans deux longs râles venus des profondeurs de leurs entrailles. Ils restèrent soudés tendrement pendant que le murmure du platane les poussait à la sieste. En absence de sang menstruel, le risque de contagion pour Nathan était de 0,3 %. Il avait déjà pris des risques plus élevés pour bien moins que ça.

38

Le pied sur l'accélérateur, Ron Frost lançait sa Subaru en direction de Stan Steel. À quelques mètres seulement de sa cible, il effectua un tête-à-queue dans le caniveau.

– Montez !

Steel s'exécuta et le bombarda d'une question :

– Vous jouez à quoi, bordel ?

Frost passa la première pour repartir dans le sens opposé, guidé par le trottoir qui venait de lui rogner deux enjoliveurs.

– Ils veulent ma peau.

– Qui ça « Ils » ?

– J'en sais rien. Ils étaient au moins une douzaine dans mon salon. Je ne sais même pas comment ils sont entrés.

– Ils ont trafiqué votre bagnole.

– Comment ça ?

– Ceux dont vous parlez. Ils étaient trois autour de votre tacot. C'était sûrement pas pour le voler.

– Vous croyez qu'ils ont placé une bombe ?

– Normalement, ça pète quand on met le contact.

– L'explosion peut aussi se déclencher à distance.

Frost se gara et coupa le moteur.

– Il vaut mieux descendre.

Steel serra le bras de Frost.

– Là, devant.

Ils marchaient vers eux, en formation carrée sur le trottoir. Ils étaient une quinzaine. Leur allure était raide, figée, pourtant ils se rapprochaient.

– C'est eux, ils étaient chez moi ! Comment ils peuvent se trouver là ?

L'un d'eux leva le bras pour le pointer sur Steel et Frost et la formation accéléra la cadence. Les deux hommes restèrent dans la Subaru qui leur parut soudain moins dangereuse que la menace extérieure. Frost démarra, fit crisser ce qui restait de gomme sur ses pneus et fonça droit devant. Le mystérieux aréopage s'ouvrit en deux pour laisser passer la voiture. Ron Frost roula sans regarder derrière lui, contrairement à son passager. Steel remarqua qu'ils portaient tous les mêmes costumes. Leurs têtes vibraient de droite à gauche. Mais ce ne fut pas tellement ça qui le glaça.

– Ils… Ils…

– Quoi ? fit Frost en bifurquant dans une rue qui les éloignait du centre.

– Ils… ils n'ont pas de visage.

39

On frappa à la porte.

Nathan bondit du lit et alla ouvrir avant de réaliser qu'il était nu. L'employée de l'hôtel piqua un fard, détourna le regard, posa son plateau sur le bureau de la chambre, renversa une lampe. Nathan lui laissa vingt euros pour s'excuser de l'avoir embarrassée. Elle bredouilla quelque chose qu'il ne comprit pas et se retira à reculons.

– Tu en profites dès que j'ai le dos tourné, fit Carla.

– Qu'est-ce qu'elle a dit ?

– Je ne te le dirai pas, ça te rendrait trop sûr de toi.

– Tu as l'air d'aller mieux.

Ils se restaurèrent, passèrent dans la salle de bains, enfilèrent leurs vêtements froissés et sautèrent dans la C6.

Le CEA de Cadarache était le plus important centre de recherches et de développement technologique en Europe dans le domaine de la production d'énergie nucléaire. Le site accueillait aussi le projet ITER (*International Thermonuclear Experimental Reactor*), le plus ambitieux programme de recherche scientifique mondial, doté d'un financement international.

Nathan freina devant la barrière rouge et blanche qui entravait l'accès. Carla expliqua au vigile que, dans le cadre d'une enquête sur des vols de secrets scientifiques menée conjointement par Interpol et le FBI, ils souhaitaient s'entretenir avec le directeur du centre. À l'appui de sa requête, Nathan brandit une carte du FBI au nom de Sean Black.

– M. Duval peut-il nous recevoir ? demanda-t-il en français.

Il avait appris cette phrase par cœur. Le garde téléphona à son supérieur qui rappliqua au bout de cinq minutes. Nathan s'exprima en anglais pour embrouiller le chef de la sécurité qui examinait sa carte du FBI.

– C'est bon, finit-il par lâcher.

La barrière se leva. Ils roulèrent jusqu'à un bâtiment convexe en verre. Une collaboratrice leur annonça que le directeur du centre était en déplacement. Le sous-directeur, en revanche, Ernest Walanski, était présent. Il reçut le couple d'enquêteurs dans son bureau après avoir demandé à sa secrétaire qu'on ne les dérange pas. Nathan sentit que Carla n'était pas à l'aise. Il prit donc l'entretien en mains.

– Parlez-vous anglais, Monsieur Walanski ?

Le sous-directeur était un homme hautain, comme la plupart des scientifiques de haut niveau quand ils ont affaire à des béotiens.

– Sans problème. Qu'est-ce que c'est que cette histoire de vols de secrets scientifiques ?

– Nous sommes à la recherche de Lew Wang.

Walanski marqua un silence. Ses cheveux grisonnaient sur un visage de vieux beau, sec et froid. Des yeux clairs pétillaient sur une peau tannée par le soleil du Sud.

– Le Pr Wang ne travaille plus ici.

– Lew Wang a la réputation de démissionner en emportant des secrets scientifiques.

– Vous insinuez qu'il nous a dérobé des informations ?

– C'est à vous de nous le dire.

– En quoi cela concerne-t-il le FBI ?

– Avant de venir ici, Wang travaillait au Lawrence Livermore National Laboratory en Californie. Il a détourné un programme du laboratoire au profit de ses propres recherches sur la production d'hydrogène métallique.

– Ses recherches ont-elles abouti ?

– Quand je serai en face de lui, je ne manquerai pas de le lui demander.

– Sur quel projet travaillait Wang à Cadarache ? demanda Carla.

Walanski tourna vers elle un visage enjôleur, ce qui ne manqua pas d'agacer Carla.

– Connaissez-vous ITER ?

– Oui.

– Wang y a contribué. À Cadarache, son obsession

n'était pas l'hydrogène métallique, mais la fusion nucléaire.

– Pouvez-vous nous éclairer un peu ?

– L'union de deux noyaux atomiques légers tels que le deutérium et le tritium déclenche une réaction nucléaire qui se traduit par un énorme dégagement d'énergie.

– Pourquoi axer vos recherches sur la fusion ?

– À masse de combustible égal, la fusion dégage plus d'énergie et génère moins de déchets radioactifs que la fission. Et les océans contiennent du deutérium à profusion.

– Des applications industrielles ?

– Seulement militaires. La bombe H, ça vous dit quelque chose ?

H comme hydrogène. On y revenait toujours.

– Le deutérium et le tritium ont un rapport avec l'hydrogène ?

– Ce sont des isotopes d'hydrogène.

Carla, qui avait consulté le site du CEA, intervint :

– Est-il vrai que le centre de Cadarache s'implique dans la recherche sur la production d'hydrogène à partir d'énergie nucléaire ?

– Exact.

– Pourquoi l'hydrogène ?

– Parce que c'est le principal fournisseur d'énergie du futur. Malheureusement, si l'hydrogène est l'élément le plus répandu dans l'Univers, la Terre n'en possède aucun gisement. C'est pourquoi nous axons les recherches sur une production en masse. Cela passe par la maîtrise de procédés nécessitant des températures élevées qui ne peuvent être obtenues que dans des réacteurs nucléaires de quatrième génération.

– Retrouve-t-on le phénomène de la fusion dans la nature ? demanda Nathan.

Walanski se gaussa :

– Bien sûr que non. Cela nécessiterait des conditions extrêmes que nous n'avons pas sur Terre…

– Et sur une autre planète ?

– Où voulez-vous en venir ?

– Répondez s'il vous plaît, le plus simplement possible, nous verrons où cela mène.

– La fusion nucléaire est à l'œuvre dans le soleil et dans la plupart des étoiles, constitués en majorité d'hydrogène. L'énergie qu'ils produisent provient des réactions de fusion thermonucléaires de cet hydrogène.

– C'est ce que vous essayez de recréer sur Terre avec ITER ?

– Depuis les années 1930, on essaye de reproduire la réaction thermonucléaire du soleil à l'intérieur d'une sorte de marmite. On place la matière sous des conditions extrêmes et on l'isole par confinement magnétique. À Cadarache, nous avons créé la nôtre, le Tore Supra, dans les années 1980.

– Et demain l'ITER.

– Une marmite géante de 12,4 m de diamètre, fermée par des supraconducteurs.

– Des supraconducteurs ?

– Sur les autres marmites, les bobines de cuivre chauffaient beaucoup trop au passage des courants électriques destinés à créer le champ magnétique de confinement. D'où les systèmes constitués de supraconducteurs.

– L'hydrogène métallique est bien un supraconducteur ?

– En théorie, mais il est impossible de maintenir l'hydrogène sous forme métallique. En tout cas sur Terre.

– À moins de créer des conditions extrêmes.

– Impossible.

– Quand un savant distingué mais vieillissant estime que quelque chose est possible, il a presque certainement raison. Mais lorsqu'il déclare que quelque chose est impossible, il a probablement tort. C'est l'une des trois lois d'Arthur C. Clarke.

– Nous sommes en prise avec le réel, loin des élucubrations de la science-fiction.

– Vous croyez ? Je vais vous raconter une histoire : « Paris, 31 mars 2334. Dans une allée du musée des Technologies primitives, un garçon s'arrête, fasciné par l'étrange machine qu'il a devant lui. Il s'agit de l'ITER, l'ancêtre de la centrale électrique qu'il observe tous les jours depuis sa fenêtre, hypnotisé par le ballet des navettes cargos en provenance de la Lune et des mines d'hélium 3. De la fin du programme d'ITER, vers 2040, jusqu'au XXIVe siècle, quelques générations de chercheurs devraient avoir réglé tous les défis scientifiques et techniques de la fusion contrôlée sur Terre. »

– Belle histoire.

– Nous l'avons trouvée sur le site du CEA.

– Elle vous a marqués.

– J'ai une bonne mémoire.

– C'est de la communication. Si vous ne communiquez pas avec des histoires, vous ne communiquez rien. Les faits parlent, les histoires font vendre.

– Qu'avez-vous à vendre ?

– L'adhésion au projet ITER.

– Qu'est devenu Lew Wang, monsieur Walanski ?

– Il a quitté la région.

– A-t-il emporté des données confidentielles ?

– En tant que responsable du programme, il avait accès à toutes celles qu'il voulait. Mais il a signé un contrat de confidentialité.

– Pourquoi a-t-il démissionné ?

– Incompatibilité d'humeur avec les autres ingénieurs du projet.

– Une idée de l'endroit où il est allé ?

– Il ne m'a pas envoyé de carte postale.

– Êtes-vous suffisamment intime pour recevoir une carte postale ?

– Non.

– Serait-il possible de rencontrer quelqu'un qui le soit ?

– Si vous enquêtez sur Lew Wang, vous avez dû constater que c'était un solitaire. Il ne fréquentait personne à part ses collaborateurs.

– Pouvons-nous interroger le plus proche d'entre eux ?

Walanski décrocha son téléphone à contrecœur et convoqua dans son bureau le directeur des ressources humaines.

Un grand type aux yeux globuleux et à la poignée de main molle débarqua dans le bureau avec la fiche de Wang. Nathan la consulta et la fit photocopier bien qu'il fût persuadé que la plupart des informations consignées étaient fausses.

– Son seul collaborateur direct était André Fleuris, déclara le DRH. Vous ne pourrez le voir que demain. Il rentre de Londres avec une délégation de scientifiques pour assister à la soirée de gala qui se tient au château de Cadarache.

– Une soirée de gala ?

– À l'occasion du *Workshop on Nuclear Data Evolution for Reaction Application* que nous organisons au château.

– Pouvons-nous le rencontrer à ce moment-là ?

Walanski demanda à sa secrétaire qu'une invitation leur soit remise.

– J'aurai ainsi le plaisir de vous revoir demain soir, les salua Walanski en gratifiant Carla de son plus beau sourire.

40

– Cette conversation avec Walanski m'a donné la migraine, avoua Carla. Pour résoudre une enquête aujourd'hui, il faut avoir étudié à Polytechnique.

Elle était assise devant une assiette de farcis provençaux cuisinée par le chef d'un petit restaurant. Après leur visite au CEA, ils avaient roulé en direction de la mer. Carla avait téléphoné à sa fille qui lui avait assuré que tout allait bien.

– Qu'as-tu retiré de cet entretien au CEA ? demanda-t-elle.

Ils n'en avaient pas encore parlé, pour laisser décanter la masse d'informations qu'ils avaient engrangées.

– Wang cherche à créer une nouvelle source d'énergie, dans un but civil ou militaire.

– Un nouveau carburant ou une nouvelle bombe.

– À Livermore, il a axé ses travaux sur l'hydrogène métallique. À Cadarache, il a œuvré sur l'élaboration d'un programme de fusion thermonucléaire. Dans les deux cas, il aurait disparu après avoir emporté les données.

– Pour les revendre ?

– Je ne crois pas. Il doit être difficile de négocier des informations que seul le détenteur semble pouvoir exploiter.

– Wang aurait l'idée de les exploiter lui-même ? Pour en faire quoi ?

– Au LLNL, il a essayé de recréer l'énergie produite par Jupiter. Au CEA, celle du soleil. Ce type a une tendance à se prendre pour Dieu. Il en a même copié la désincarnation : il n'existe aucune trace, aucune photo de lui. La seule personne qui me relie à mon père est un homme insaisissable dont j'ignore les mobiles.

41

– Je laisse tomber. Je me casse dans un autre État démarrer une nouvelle vie, changer de métier, fonder une famille…

La déclaration de Frost se termina sur le tintement d'un verre qu'il reposait sur la table au milieu d'autres verres vides. Le reste du son était fourni par The Animals.

– T'es fou, mec. Tu tiens un sujet en or. Un truc à décrocher le Pulitzer.

Frost se leva d'un trait pour empoigner l'encolure du t-shirt de Stan Steel.

– T'as pas l'air de comprendre, cette nuit j'ai eu les foies comme jamais.

Il lâcha prise et retomba sur la banquette. Steel argumenta :

– Avant de signer le plan femme-gosses-crédits-maison-télé-bagnole-bricolage-clébard-boulot, tu devrais penser que c'est peut-être à ça qu'on veut te pousser : à ce que tu lâches l'affaire !

Frost voulut commander un sixième whisky.

– Toi, ça t'incite pas à faire tes valises ?

– D'abord, j'ai pas de valise, ensuite ces enculés m'ont tout piqué. Donc j'ai pas le choix. Je veux récupérer ma VMAX, mec. Et c'est pas sur la police que je vais pouvoir compter.

– *Je n'ai nulle part où aller. Je piloterai toute la nuit.*

– Quoi ?

– C'est de Richard Brautigan. *The Nature Poem.* Il compare la lune à Hamlet qui roulerait en moto sur une route d'ombre.

– Faut que t'arrêtes la boisson, mec.

– Il est passé où l'autre zouave avec sa gueule de con ?

– Qui ?

– Le barman.

– C'est un nouveau, faut pas lui en vouloir.

Frost héla comme un ivrogne.

– Ils sont passés où, tous ? fit Steel en se levant.

Frost l'imita de façon approximative.

La plupart des lumières s'étaient éteintes comme si le bar allait fermer. Steel regarda sa montre. Frost pivota sur lui-même et plissa les paupières. La horde en costumes qu'ils avaient semée à Provo se tenait immobile à l'entrée. L'enseigne au néon grésillait au-dessus de leurs têtes. Leurs traits n'avaient rien d'humain. Steel battit en retraite, renversa des chaises sur son trajet et fonça vers la porte de service, talonné par Frost qui tira le loquet derrière lui. Le barman était en train de ranger des casiers de bouteilles.

– Hey mec, on peut sortir par l'arrière ?

L'employé se retourna en hurlant comme pour alerter les autres. Steel lui balança un coup de bouteille de scotch arrachée à une caisse. Une porte claqua. Frost venait de trouver la sortie. Il lui emboîta le pas dans une petite cour. Steel connaissait bien le quartier, il y avait cambriolé quelques maisons. Il prit la tête et décanilla en direction d'une ruelle entre deux immeubles. C'était le chemin le plus court vers la rue principale. Un endroit où l'on pouvait rencontrer des êtres humains même à 3 heures du matin. Ils déboulèrent au milieu de la chaussée et se jetèrent sur un 4 × 4 qui pila pour ne pas leur rouler dessus.

– On a été agressés, dit Steel. Laissez-nous monter.

– Vous allez où ?

Frost avait à l'esprit une seule personne qui pouvait lui ouvrir la porte au milieu de la nuit à Salt Lake City. En espérant que celle-ci serait là et ne les accueillerait pas en hurlant comme une bête sauvage.

42

– Tu la connais bien ? demanda Steel alors qu'ils montaient les marches d'un immeuble sordide.

Éclairés par des ampoules nues, les murs se lézardaient et s'effritaient en attendant de tomber.

– J'ai couché avec elle, répondit Frost.

– Tu la connais bien alors.

– C'est une prostituée.

Ils arrivèrent sur le palier du troisième. Frost frappa à la porte qui ne mentionnait aucun nom. Ils entendirent du bruit à l'intérieur. Des gémissements, un cri…

– On va la déranger, là, elle bosse, dit Steel.

– C'est bon, le client vient de conclure.

– Tu connais personne d'autre ?

– Si, mon ex-femme, mais je la dérangeais déjà quand on était mariés. Alors je ne t'explique pas si je vais sonner chez elle maintenant.

Deux minutes plus tard, un type sortit de l'appartement avec l'air d'avoir volé quelque chose. Il disparut dans la cage d'escalier. Stan et Ron se retrouvèrent face à une blonde plus maquillée qu'habillée.

– Ron, qu'est-ce que tu fous là ?

La question lui était venue en voyant Steel à ses côtés.

– Salut Shelly, tu peux nous héberger pour la nuit ?

– Qu'est-ce qui t'arrive ?

Frost réalisa qu'il n'avait aucune explication crédible à lui donner.

– C'est trop compliqué à t'expliquer.

– Dis, ce serait pas un truc tordu que t'essaierais de me faire faire avec ton copain ?

– On n'a aucun endroit où aller, dit Steel.

– C'est pas un hôtel ici, c'est mon lieu de travail.

– On se fera tout petits.

– On peut entrer ? insista Steel, qui transpirait l'angoisse.

– Okay, mais il faut tout me raconter.

Pendant que Shelly effectuait un brin de toilette, Ron lui raconta ses péripéties.

– Tu ne serais pas en train de me faire marcher, par hasard ?

– J'ai une tête à blaguer ?

Vêtue d'une serviette éponge, elle alluma une cigarette et s'assit sur le lit en remontant ses genoux sous le menton.

– Non, en effet, souffla-t-elle au milieu d'un nuage de fumée.

– J'ai dû me barrer de chez moi presque à poil, avoua Ron.

– C'est ce qui t'a fait penser à te réfugier chez moi ?

– Tu es la seule personne en qui j'ai confiance.

– Arrête les flatteries, c'est pas ça qui paye le loyer.

– Je te revaudrai ça, Shelly.

– Qu'est-ce que t'attends de moi au juste ?

– Une planque pour la nuit.

Shelly tendit le bras vers la table de chevet, ouvrit le tiroir et sortit un trousseau de clefs relié à une peluche rose.

– La clef de chez moi, dit-elle en séparant l'une d'elles. 1407 Lexington Avenue. Le frigo est vide mais j'ai le câble et un sofa confortable. J'espère que je n'aurai pas à le regretter.

– T'es une chic fille, Shelly.

– Merci Shelly, ajouta Steel.

– Je rentrerai vers 6 heures.

– Pas de problème.

– Manquerait plus qu'il y ait un problème.

Frost s'arrêta devant la porte.

– Shelly, je viens de penser à un truc.

– Je ne vais sûrement pas tarder à savoir ce que c'est.

– Est-ce que dans ta clientèle, tu as des militaires de Dugway Proving Ground ?

– Quelques-uns, pourquoi ?

– Tu dois en voir un bientôt ?

– Demain soir. Un colonel, je crois.

– Il est marié ?

– Comme la plupart de mes clients, sinon ils ne viendraient pas me voir.

– Je suis divorcé, je te signale.

– Tu ne l'étais pas quand tu es venu la première fois.

– Tu pourrais me rendre un service ?

– T'appelles ça comment, prêter sa maison ?

– Un deuxième service, alors.

– Je suppose que ça ne va rien me rapporter, à part un paquet d'emmerdes.

– Il faudrait que je pose quelques questions à ton colonel.

– Tu peux pas le faire ailleurs ?

– À poil, un soldat a moins d'aplomb. Surtout lorsqu'il vient de tromper sa femme.

– Tu veux le faire chanter ?

– Lui faciliter les réponses.

– Tu te fous de moi ? Je perds mon client, là.

– Moi, c'est la vie que je risque de perdre.

– T'exagères pas un peu ?

– Je te trouverai d'autres clients. Je suis journaliste, je connais du monde.

Elle tira sur sa cigarette pour se donner le temps de réfléchir.

– Tu l'interrogeras après qu'il m'a payé.

– T'es vraiment géniale, Shelly.

– Maintenant filez, j'attends quelqu'un.

Frost et Steel marchèrent jusqu'à Lexington.

– Sympa cette fille, fit Steel.

– Un bon coup, je te garantis.

– Je ne parlerais pas d'elle comme ça. Elle vient quand même de nous filer ses clefs.

– Tu sais que cette nana, c'est mon meilleur indic ? Tu n'imagines pas la variété de gens auxquels une pute est sexuellement liée. Elle m'a branché plusieurs fois sur des sources qui m'ont permis d'écrire de bons papiers.

– Et toi, tu fais quoi pour elle ?

– Hein ?

– Tu fais quoi pour lui rendre service ? Me dis pas que ça va toujours dans le même sens.

– Ben, déjà je suis un client régulier, et puis…

– Et puis ?

– Oh ! Tu me fais chier. Si tu as des scrupules, tu peux toujours dormir à l'Armée du Salut.

– On dirait que tu as décidé de reprendre l'affaire.

– J'ai eu un moment de flottement, mais ne crois pas que je vais cracher sur le reportage de ma vie.

Ils arrivèrent devant une belle maison entourée d'un jardin entretenu avec soin.

– Putain, ça rapporte, les passes, nota Steel.

Frost introduisit la clef sans y croire, en se disant que Shelly s'était foutue d'eux. La porte s'ouvrit. L'intérieur était décoré avec goût, confortable. Steel s'affala sur le canapé. Frost repéra un ordinateur avec une connexion ADSL.

– Ce n'est pas en se vautrant dans le canapé qu'on comprendra ce qui nous arrive.

– Tu cherches quoi ?

– Les coordonnées des Observateurs d'ovnis de l'Utah.

43

La représentation de l'UUFOO[1] occupait un petit local qui avait l'allure d'une permanence électorale. Un type abandonna son PC pour accueillir Frost et Steel.

Lorsqu'elle était rentrée chez elle à l'aube, Shelly avait trouvé le journaliste endormi sur le clavier de son ordinateur et son copain ronflant sur le sofa. Elle était allée se coucher sans les réveiller. Frost avait sonné le tocsin vers 10 heures du matin avec l'adresse de l'UUFOO en poche.

– Vous venez pour un témoignage ? demanda l'observateur d'ovnis, un nommé John Gavin, la soixantaine, cheveux gris, yeux gris, chemise grise.

– En quelque sorte.

La taille du local ne reflétait pas l'importance de l'association qui disposait d'un énorme site Internet où étaient recensés les phénomènes attestant une présence extraterrestre en Utah. À grand renfort de rapports, photos, vidéos, fournis par des amateurs ou par les enquêteurs de l'association, le site accumulait les preuves et ne laissait plus aucune part au doute. Non seulement les extraterrestres existaient, mais il y avait eu des contacts que le gouvernement américain s'obs-tinait à cacher à la population. La base militaire de Dugway faisait l'objet de toutes les suspicions de la part de l'UUFOO.

– Qu'avez-vous vu ?

– Nous n'avons pas seulement vu. Nous sommes entrés en contact.

La grise mine de John Gavin s'empourpra. Il marqua une hésitation et arbora l'expression du gosse prêt à croire au Père Noël devant les cadeaux entreposés au pied du sapin.

1. *Utah UFO Observers* pour Observateurs d'OVNIS de l'Utah.

– Je vous rassure tout de suite, dit Frost, je suis journaliste et je n'ai pas l'habitude de raconter des conneries.

Frost broda un résumé à Gavin qui prenait des notes avec la fébrilité d'un élève du premier rang. Frost n'omit rien : les disparitions de Snake Valley, l'apparition d'un gigantesque *crop circle*, la mystérieuse lumière qui avait avalé la cabane et la moto de Steel, les étranges visiteurs sans visage qui les avaient suivis de Provo jusqu'à Salt Lake City.

Sans faire de commentaire, Gavin décrocha son téléphone.

– Dave ? C'est John. On est tombé sur quelque chose… Oui, je crois… Journaliste… D'accord. À tout de suite.

Gavin pria Frost et Steel de le suivre. Ils montèrent dans une vieille Ford Galaxy et roulèrent en direction de la banlieue chic de Salt Lake City. Ils franchirent un portail qui interrompait une haie de bougainvilliers et se retrouvèrent devant une villa victorienne construite autour d'un patio dans lequel résonnait le clapotis cristallin d'une fontaine. Une domestique mexicaine les conduisit auprès de Dave Rosenfeld, propriétaire des lieux et président de l'UUFOO. L'homme avait la carrure d'un boxeur et le visage d'un savant fou dont le cerveau en ébullition aurait servi de terreau aux cheveux hirsutes dressés sur son crâne. Drôle de mélange. Rosenfeld les reçut dans le patio et leur fit servir des rafraîchissements.

Frost répéta à leur hôte ce qu'il avait déclaré à Gavin, pendant que Steel analysait les systèmes d'alarme et évaluait ce qu'il pourrait dérober dans une telle demeure à l'occasion d'une deuxième visite.

– Ils ont fini par sortir, s'exclama Dave Rosenfeld au terme du récit.

– De qui parlez-vous ?

– Des extraterrestres. Vous avez pu prendre des photos ?

– On n'a pas eu la tête à ça.

– C'est ennuyeux.

– Quand vous découvrez en pleine nuit quinze types défigurés qui occupent votre séjour, les prendre en photo n'est pas la première chose qui vous vient à l'esprit.

– Pouvez-vous les décrire en dehors de leurs visages lisses et épileptiques ?

– Ils ont notre corpulence, ils portent des costumes sombre et ils se déplacent en groupe, soit lentement, soit rapidement.

– Ils ont essayé de communiquer ?

– Ils émettent une sorte de brame.

– Juste avant d'attaquer, précisa Steel.

– Quand vous dites « ils ont fini par sortir », à quoi faites-vous référence ?

– À Dugway Proving Ground. C'est là qu'ont été transférées les activités secrètes de la Zone 51 et la Roswell Army Air Field.

– Roswell ?

– Vous en avez sûrement déjà entendu parler.

– C'était une supercherie. Cela a été démontré.

– Par l'armée en effet, qui a aligné les communiqués contradictoires pour expliquer le crash de Roswell. Depuis les années 50, le gouvernement exerce une omerta sur les extraterrestres en décrédibilisant les témoignages, en maintenant le secret militaire sur les rapports émis par des pilotes d'avions ou des astronautes, en classant top secret les contacts établis avec d'autres civilisations.

Stan Steel repéra un tableau qui semblait avoir de la valeur.

– Pourquoi le gouvernement chercherait-il à nous cacher la vérité ?

– Pour nous empêcher de rêver et d'avoir d'autres références que celles imposées par ceux qui nous dirigent. Mais il y a un espoir, car les gens croient aux ovnis et sont persuadés qu'il existe une vie extraterrestre. Savez-vous que, malgré la vaste campagne de désinformation menée par l'armée, 85 % des Américains sont convaincus qu'il s'est passé quelque chose à Roswell et qu'on cherche à nous le cacher ?

– Avez-vous une idée de ce qui se trame à DPG ?

– Outre des tests officiels d'appareils expérimentaux, la base mène des études sur des aéronefs de technologie non terrienne et développe des armes à énergie nucléaire, en collaboration avec des intelligences extraterrestres. Cette collaboration, d'abord accidentelle à la suite du crash d'un appareil venu d'une autre planète, s'est développée autour de projets technologiques. Elle pourrait conduire à l'émergence d'une puissance mondiale sans précédent.

– On croirait de la science-fiction.

– On dirait un Warhol.

Rosenfeld suivit le regard de Steel qui fixait la peinture derrière lui. Elle représentait entre autres motifs un portrait de Kennedy et un astronaute.

– Non, c'est un Rauschenberg.

– Ça rapporte tant que ça, observateur d'ovnis ?

– Ce n'est pas mon métier.

Frost fit signe à Steel de se taire. Rosenfeld recolla au sujet :

– Je vous invite à vous rendre sur l'un de nos postes de guet installés à proximité de Dugway. Vous y constaterez l'activité qui règne dans le ciel au-dessus de la base.

– Digne d'un aéroport, ajouta Gavin.

– Le premier spatioport aménagé sur Terre.

Frost se remémora les photos prises au-dessus de la zone et qui fleurissaient sur le site de l'UUFOO. Sans compter les vidéos sur Dailymotion et YouTube.

– Les agroglyphes aussi sont une manifestation des extraterrestres ?

– À votre avis. Croyez-vous sérieusement que ce soit l'œuvre de fermiers farceurs ?

– Celui qu'on a découvert à Snake Valley est tellement gigantesque que personne ne l'avait remarqué. Même pas vous.

– Je vais envoyer des enquêteurs de l'UUFOO sur place. Tu t'en charges, John ?

– Je m'en occupe tout de suite, dit celui-ci en s'éloignant avec un portable collé à l'oreille.

Les gars de l'UUFOO prenaient l'affaire au sérieux.

– Sur chaque agroglyphe, reprit Rosenfeld, on a toujours relevé des isotopes radioactifs rares. Les plantes tressées ou couchées dans les champs ont subi des modifications structurelles profondes. Quant aux motifs, d'une complexité et d'une exécution hors de notre portée, ils sont en constante évolution. Il ne faut pas être un grand expert pour en conclure que ni l'homme ni la nature ne peuvent être à l'origine des cinq mille *crop circles* répertoriés à travers le monde.

– Pouvez-vous nous débarrasser de la horde qui est après nous ?

– Je peux lever un groupe de vingt personnes. Mais je compte sur vous pour nous donner la une de votre journal.

– Si on serre une bande d'extraterrestres en plein de cœur de Salt Lake City, je n'aurai aucun mal à vous obtenir la une des journaux.

44

Le château de Cadarache comprenait plusieurs bâtiments du XIIIe siècle habillés de lierre et groupés autour d'un jardin paysager méditerranéen. Nathan inséra la C6 dans la file qui serpentait jusqu'au perron où un service de voituriers accueillait les invités, entre un cyprès effilé et un vieil olivier. La soirée de gala attirait le gotha scientifique, économique et politique du monde entier. Ernest Walanski se détacha de son épouse pour se précipiter vers Carla tandis que Nathan cédait sa place au voiturier. Le numéro 2 de Cadarache ne put s'empêcher d'exprimer son admiration.

Nathan calma l'ardeur de Walanski en lui demandant si André Fleuris était arrivé. L'ancien collaborateur de Wang avait du retard, ce qui permit à Nathan de faire la connaissance du président du CEA, du maire de la commune, du préfet et d'un paquet de caciques endimanchés, attirés comme des nucléons par sa cavalière. La mystification fonctionnait à merveille. Merveille était le mot. Carla portait à même la peau une robe rouge en soie échancrée dans le dos jusqu'aux fesses et des escarpins assortis qui allongeaient encore ses jambes. Seul le collier navajo qu'elle n'avait pas voulu ôter détonnait sur l'ensemble. Sa beauté faisait oublier la raison de sa présence et surtout rendait son compagnon invisible.

Nathan promena son regard sur les convives et sélectionna une petite femme accrochée à son verre pour se donner une contenance. Elle était chinoise, vêtue d'une robe qui lui allait comme une blouse de laborantine à un top model, dotée d'un charme discret. L'approche se fit en douceur et en chinois.

– Vous êtes une scientifique de haut niveau, attaqua Nathan.

– Vous parlez mandarin ?

– Comme un milliard et demi de personnes.

– À qui ai-je l'honneur ?

– David Hambling, du *New Scientist*.

– Anglais alors ?

– Je travaille pour l'édition américaine du magazine.

– Qu'est-ce qui vous fait dire que je suis une scientifique de haut niveau ?

Il n'allait pas lui avouer que c'était son apparence.

– La façon dont vous observez l'ascension des bulles dans le liquide, avec l'air de résoudre l'équation qui relie leur libération à la pression énorme qu'elles ont exercée sur le bouchon pour s'échapper.

– Une pression qui peut égaler six fois celle de l'atmosphère.

– Vous voyez, vous étiez en train de calculer. J'avais raison.

Ils portèrent un toast à la bombe CO2, plus festive que les bombes A ou H.

– Vous êtes venu faire un article sur le workshop ?

– Plutôt sur les concepteurs d'ITER.

– Ah.

Elle semblait déçue.

– Je n'en fais pas partie.

Ce fut au tour de Nathan d'être contrarié. Mauvaise pioche.

– Vous ne m'avez pas dit votre nom.

– Iris Moon, du département Biologie végétale et microbiologie.

– Joli nom.

– Jolie fonction surtout.

– J'aurais aimé rencontrer Lew Wang.

– Lew Wang, oui, bien sûr, mais il ne travaille plus ici.

– Vous le connaissez ?

Elle hésita. C'était de bon augure. Nathan était enfin tombé sur quelqu'un qui avait rencontré Wang.

– On s'est croisés plusieurs fois à la cafétéria.

– Un personnage, ce Wang.

– C'est vrai.

– Il paraît qu'il a un sale caractère.

– Il était très nerveux.

L'utilisation de l'imparfait confirma à Nathan que Wang ne faisait plus partie des fréquentations de la scientifique.

– Ça lui a joué des tours, avança-t-il pour creuser le sujet.

– Il faisait des cures pour ça… de la méditation aussi.

– Des retraites dans un monastère ?

– Il ne m'a pas dit.

Pour réaliser son travail d'empathie, Nathan devait établir un profil de Wang à partir des éléments distillés par les rares personnes qui l'avaient côtoyé. Il entraîna Iris sur la terrasse du château afin de l'isoler des invités qui butinaient et bourdonnaient autour du buffet.

– Comment peut-on le contacter ?

– Je l'ignore.

– Vous ne trouvez pas étrange que Lew Wang soit aussi difficile à rencontrer ?

– Il est effroyablement intelligent et donc difficile à comprendre.

– Effroyablement ?

– C'est l'homme le plus brillant que j'ai connu, et j'en côtoie un grand nombre dans mon métier. Wang est une source d'illumination qui nous renvoie à notre propre médiocrité.

– Des responsables de laboratoires m'ont confié qu'il serait parti en subtilisant des données scientifiques.

– C'est ce que disent tous les labos quand ils perdent un précieux collaborateur. Wang n'a pas besoin de voler les données scientifiques, elles sortent de son cerveau.

Miss Moon avait une haute opinion du suspect.

– Il doit bien avoir des défauts, non ? demanda Nathan qui commençait à être à court de questions stupides.

– Il s'emportait à la moindre contrariété. Comme je vous l'ai dit, il était d'un caractère plutôt colérique et anxieux.

« Colérique et anxieux » pouvaient être les euphémismes de « violent et paranoïaque ».

– Cette violence s'est-elle manifestée contre vous ?

– Je n'ai pas parlé de violence.

– Lui est-il arrivé de s'emporter contre vous ?

– Pourquoi cette question ?

– Vous m'avez l'air si douce que je me demande comment peut se comporter un collègue colérique à vos côtés.

– Il s'est emporté une seule fois devant moi.

– À quel sujet ?

– Un truc idiot. À propos de corrida. J'ai eu le tort de lui dire un jour que c'était de la barbarie. Il m'a traitée d'inculte.

– La méditation, la corrida… vous abordiez tous les sujets.

– Il parlait de tout. Sauf de lui-même.

– Que mangeait-il ?

– Vous croyez que cela peut intéresser le *New Scientist* ?

– Nous sommes ce que nous mangeons, n'est-ce pas ?

– Lew Wang critiquait la cantine du CEA. Il n'y retrouvait pas les saveurs méditerranéennes qu'il aimait.

Si Moon et Wang se fréquentaient à la cafétéria, ils devaient parler cuisine, sujet n°1 des conversations de table.

– Ses plats préférés ?

Elle fronça les sourcils au-dessus du verre dans lequel elle avait plongé ses lèvres délicates.

– La charcuterie, les poivrons à l'huile d'olive, la soupe aux amandes… Les gâteaux arabes aussi.

– Et la cuisine chinoise ?

Iris porta à nouveau sa coupe à ses lèvres. On aurait dit qu'elle pesait ses phrases pour en vérifier la fiabilité. Une caractéristique rare chez l'être humain.

– À part ses traits, Wang n'avait rien d'un Chinois. On aurait dit qu'il cherchait à se démarquer de son pays.

– Comment s'habillait-il ?

Elle le regarda comme s'il lui avait demandé d'ôter sa robe.

– J'essaye de cerner le personnage, se justifia Nathan.

– Il portait des vêtements de marque. Je ne connais pas grand-chose en mode, mais il était habillé comme…

– … un riche.

– On peut dire ça comme ça.

– Pratiquait-il un sport ?

Elle allait répondre qu'elle n'en savait rien lorsqu'elle se souvint d'une anecdote. Wang était revenu d'un week-end d'hiver avec un sévère coup de soleil au visage et une marque de lunettes ridicule autour des yeux.

– Il faisait du ski ?

– Quand je lui ai demandé où il s'était fait cette marque, il m'a affirmé avoir passé le week-end à Super Sauze, une station de sports d'hiver proche d'ici. Je ne sais pas pourquoi, il m'a menti.

– Qu'est-ce qui vous fait dire ça ?

– Un collègue dans mon service était à Sauze ce week-end-là. Il y faisait un temps horrible.

– Pourquoi a-t-il menti ?

– Pour éviter de se livrer, probablement.

– Parmi tous les sujets que vous abordiez, y en a-t-il un qui lui tenait à cœur plus que les autres ?

– La science. Il considérait le pouvoir de la science comme supérieur à tous les autres. Il disait qu'elle seule peut à la fois détruire la planète et la sauver, que notre avenir dépend uniquement d'elle.

Nathan était en train d'ébaucher le profil de Lew Wang, lorsqu'il décela une présence dans son dos. Un individu plus bouclé qu'un mouton, plus rose qu'un cochon et plus raide qu'une oie brisa leur intimité sur la terrasse. Iris fit les présentations. L'intrus s'appelait Pierre Laborde, il travaillait sur les essais de composants photovoltaïques. La conversation passa du mandarin à l'anglais et gagna en tension.

– *New Scientist* ? bombarda-t-il Nathan d'un air suspicieux.

– L'édition américaine. Je prépare un dossier sur ITER.

– Il aurait aimé interviewer Lew Wang, dit Iris.

– Lew Wang est un mystère plus profond que le réacteur d'ITER, dit Nathan.

– Vous devriez savoir qu'il n'accorde jamais d'interview.

– C'est pourquoi je me suis déplacé sur son lieu de travail pour y interroger ses anciens collègues.

– Vous faites dans les people maintenant, au *New Scientist* ? clama une voix inconnue derrière lui.

Un nouvel endimanché venait manifester sa méfiance à l'égard de Nathan derrière une paire de lunettes et une barbe noire posées sur un visage rond et couperosé.

– Pouvez-vous nous montrer votre carte de presse ?

– Je la porte rarement sur un smoking.

– Quel était votre dernier article ?

– Pourquoi ces questions ?

– Pour savoir si vous êtes un journaliste scientifique ou un imposteur.

– Un imposteur ?

– Un fouille-merde antinucléaire ou un activiste de Greenpeace.

Iris Moon expliqua à Nathan que les employés du CEA étaient un peu sous pression ces derniers temps à cause des opposants au projet ITER. Des écologistes, des physiciens dont quelques prix Nobel, des journalistes, des politiciens dénonçaient son inefficacité, les risques d'accident, la production de déchets radioactifs et la prolifération de tritium.

– Avez-vous entendu parler du MEDUSA ? demanda Nathan.

– De quoi ? fit Laborde.

– Le Mob Excess Deterrent Using Silent Audio. C'est le sujet de mon dernier article. La compagnie américaine Sierra Nevada Corporation a mis au point un pistolet qui émet une onde de choc dans le cerveau de la cible et provoque son immobilisation. Il est destiné à des applications militaires et aux contrôles des mouvements de foule par la police. Si vous voulez en savoir plus, achetez le dernier numéro du *New Scientist*.

– Excusez-nous, mais comme vous le disait Iris, nous sommes devenus très méfiants à l'égard des étrangers qui rôdent autour de Cadarache.

– À votre place, je réagirais pareil. Est-ce qu'André Fleuris est arrivé ?

– Je ne l'ai pas encore vu, fit le barbu qui s'éloigna pour passer une communication téléphonique.

– Il me semble l'avoir aperçu en train de serrer la main du maire, dit le bouclé.

– Pouvez-vous me le présenter ?

Escorté par Laborde, Nathan abandonna les convives pour partir à la recherche du plus proche collaborateur de Wang. En traversant la salle de réception, il aperçut Carla entourée d'une cour de galants. Son charme permettrait-il de leur extorquer des informations ?

– Là-bas, avec les cheveux blancs, il téléphone, indiqua Laborde.

André Fleuris se dirigeait vers un endroit calme où il pourrait converser tranquille. C'est ce que voyait Laborde.

Nathan, lui, voyait qu'André Fleuris était en train de s'enfuir.

45

Les phares de la Jeep Cherokee arrosèrent une grosse antenne dressée sur le bord de la piste.

– Un détecteur chimique, commenta Dave Rosenfeld.

Sur la banquette arrière, Frost et Steel écoutaient les explications du président de l'Utah UFO Observers. Au volant, Troy, membre du mouvement, collait à la piste qui menait à Dugway Proving Ground.

– Une alarme retentit si elle décèle un agent chimique répandu dans l'air à la suite d'un accident dans la zone d'essais. Ils ont placardé un panneau contre le vandalisme, car ce matériel est censé nous protéger.

Frost se retourna sur l'antenne gobée par la nuit.

– Ils en ont posé un peu partout dans le coin, dit Troy.

– Vous en avez déjà vu se déclencher ? demanda Steel.

– Le problème, dit Rosenfeld, c'est que si vous entendez l'alarme, vous êtes déjà en train de respirer le gaz mortel.

– En fait, ça vous annonce que vous allez mourir, conclut Troy.

Les deux compères de l'UUFOO avaient embarqué Frost et Steel pour une nuit des étoiles un peu spéciale dans le désert. Ils devaient rejoindre d'autres sympathisants au poste d'observation établi au sud de Tooele, à proximité du centre d'essais militaires de Dugway. Le coffre du véhicule était rempli de matériel d'observation, caméras, appareils photo, jumelles, lunette astronomique, détecteurs de radiations, d'ondes magnétiques ou d'ultrasons. Il contenait aussi des packs de bière, des donuts, des couvertures, des sacs de couchage.

Troy quitta soudain la piste, sans que l'on sache à quoi il se repérait. Quelques kilomètres plus loin, il s'aligna sur trois véhicules et une moto garés devant un campement d'une douzaine de personnes. Il y avait de la musique pop, de la nourriture et du café dans des thermos. Quelques-uns avaient apporté leur chaise pliante. Il faisait un froid de canard. Aussi froid qu'il faisait chaud dans la journée.

– Manque plus que le feu de camp et le joint qui tourne, commenta Stan.

– Inutile de fumer avec ce que vous allez voir. Quant au feu de camp, on préfère éviter. Ça attirerait l'attention des militaires.

– Et ça nuirait à la vision nocturne, dit Ryan qui s'était levé le premier, avec deux tasses de café à offrir.

Dave fit les présentations. Ryan était chef de rayon dans un magasin de bricolage, féru d'astronomie. Selon lui, l'endroit était idéal pour observer le ciel, sans la pollution lumineuse des villes.

– La Voie lactée y est d'une beauté à couper le souffle.

Dave Rosenfeld avait averti les membres locaux de l'UUFOO qu'il serait accompagné de deux personnes ayant eu l'expérience d'un « contact ». Aussi, les questions fusèrent dès leur arrivée. Le témoignage de Frost et de Steel confirmait la thèse que les extraterrestres avaient débarqué en Utah et à Dugway en particulier. Il dévoilait aussi leurs intentions belliqueuses.

– On n'assistera pas forcément à quelque chose de spectaculaire cette nuit, dit Dave, mais au moins on aura un beau ciel.

Une étoile filante illustra son propos.

– Vous êtes allés sur le *crop circle* de Teton ? demanda Nancy, une femme énorme qui veillait à ce que chacun ait quelque chose à manger.

Stan et Ron firent signe que non au-dessus des tasses fumantes qu'ils serraient entre leurs mains pour se réchauffer.

– Une formation de sept cercles et cinq disques découverte en 2002 dans le champ de blé de la ferme des

Parker, près de Teton, dans l'Idaho, dit Alan, le mari de Nancy. Réalisée dans la nuit en moins de six heures. On est allés sur place. Impressionnant. Un truc comme ça, c'est pas humain.

Tous surenchérirent avec l'anecdote qui les avait poussés à croire et à s'engager dans la recherche de la vérité. Installés sur des couvertures ou des chaises pliantes, ils écoutèrent un cours d'astronomie dispensé par Ryan. La voûte céleste était une vraie passoire trouée de constellations, d'amas d'étoiles, de planètes.

– Vous savez, dit Dave à Ron, il arrive souvent qu'on reparte bredouille. Le trafic aérien au-dessus de DPG n'est pas réglé comme celui de LAX[1].

– Qu'entendez-vous par « trafic » ?

– DPG a aménagé un spatioport secret qui permet l'atterrissage et le décollage des aéronefs extraterrestres. Par mesure de sécurité, ils n'ont pas instauré de lignes régulières que nous pourrions facilement repérer.

Frost regarda les autres visages pour vérifier si on n'était pas en train de se payer sa tête.

– Et… à quoi ça ressemble un aéronef extraterrestre ?

– Ils se déplacent trop vite pour qu'on en ait une idée. Tout ce qu'on peut voir, ce sont les traînées qu'ils laissent dans leurs sillages.

– Comme des étoiles filantes ?

– Je vois où vous voulez en venir. Mais je vous laisse découvrir la différence par vous-même. Si vous avez de la chance.

Stan avait une forte envie de fumer, mais il semblait être tombé sur un lobby antitabac. Jusqu'à ce qu'il repère une fille qui en grillait une, à l'écart. Elle était adossée à l'un des véhicules.

– Je peux vous en prendre une ?

1. LAX : *Los Angeles International Airport.*

– Servez-vous.

Il chercha en vain un paquet de clopes et se demanda ce qu'il devait faire.

– Là, dans ma poche, dit-elle.

Il palpa son blouson pour en ressortir un paquet de Winston, en prit une et replongea la main pour chercher un briquet. Il laissa la flamme brûler plus longtemps que la normale afin de voir plus clairement à qui il s'était adressé. Elle avait la trentaine, un beau visage et un corps de garçon.

– Allez-y mollo sur le Zippo, c'est pas une lampe à pétrole.

– Désolé.

Il fit claquer le briquet et le remit là où il l'avait trouvé. Ils s'échangèrent deux politesses dans lesquelles ils casèrent leurs prénoms.

– Qu'est-ce que vous faites ici, Rochelle ?

– La même chose que vous.

– Je suis venu récupérer ma bécane.

– Quoi, les extraterrestres vous l'ont fauchée ?

– Une VMAX. Je m'y étais attaché.

– Sacrée moto en effet. Moi j'ai une Ducati.

– La ST2 qui est là ?

– Ouais. Débridée.

Stan s'approcha de l'engin avec un pincement au cœur.

– Le seul bien auquel je tenais, ils me l'ont pris.

– Pareil pour moi.

– Qu'est-ce qu'ils vous ont volé ?

– Mon mari.

– Merde.

Il y avait de la compassion dans son « merde », mais aussi une pointe de contrariété. Rochelle était mariée.

– Comme vous dites !

Elle lui raconta comment son mari avait disparu dans la lumière alors qu'ils faisaient hurler leurs cylindrées sur le Lac Salé. Des flics narquois avaient reçu la déposition de Rochelle et clos l'enquête deux semaines plus tard.

– Depuis, j'ai été approchée par les gars de l'UUFOO qui sont devenus comme ma famille. J'espère qu'un jour on mettra la main sur ces enfoirés d'aliens.

– Qu'est-ce qui vous fait penser que les enfoirés en question sont des extraterrestres ?

– On faisait la course avec Ben. Sans déc', le compteur indiquait 280 km/h. Ben me devançait d'une trentaine de mètres quand je l'ai vu se volatiliser sous mes yeux, comme s'il avait été aspiré par le ciel.

Un brouhaha interrompit soudain leur tête-à-tête. Le ciel au-dessus de Dugway était zébré de courbes lumineuses. On aurait dit qu'un disque géant, matérialisé par des sillons bleus, jaunes, rouges, verts, tournait à une vitesse folle et à la verticale, en passant par la base militaire qui brillait de mille feux. Le phénomène ne produisit aucun bruit et dura deux minutes cinquante-huit, d'après Troy.

– C'était quoi ? demanda Steel.

– Vous avez de la chance, se contenta de dire Dave.

– Là ! hurla Troy en pointant le doigt au-delà de ses jumelles à vision nocturne.

L'effervescence se produisit autour des trois paires de jumelles disponibles.

Leurs instruments nocturnes leur montraient l'image verdâtre d'une colonne de camions noirs qui roulaient dans le désert à vive allure, tous feux éteints.

– Ils se dirigent vers la base, dit Rosenfeld.

Branle-bas de combat, ils sautèrent dans leurs véhicules et démarrèrent comme au départ d'une course, Rosenfeld en tête.

– Où est passé Stan ? demanda Frost qui avait pris place à ses côtés.

– Sur la moto de Rochelle.

Ils piquèrent à travers le désert pour couper la route au mystérieux convoi. Frost était aussi excité que s'ils s'étaient lancés à l'assaut d'un troupeau de rhinocéros en pleine savane.

Alors qu'ils s'approchaient de DPG, un Humvee[1] équipé d'un projecteur vint à leur rencontre. Il transportait quatre militaires prêts à tirer.

– Dugway est encore mieux gardé qu'un pénitencier, constata Frost.

– Ouais, dit Dave, sauf qu'ici, les prisonniers sont à l'extérieur.

Un sous-officier posa un pied à terre, ôta le cran de sécurité, fit cliqueter la culasse d'un M16 et hurla :

– Faites demi-tour. Cette zone est strictement interdite.

– On a repéré des lumières étranges dans le coin.

– Cette zone est strictement interdite, dégagez !

Le soldat épaula son M16.

– Vous allez tirer sur un journaliste ? s'exclama Frost.

– Cette zone est strictement interdite.

Il s'exprimait comme une machine. Frost se demanda au bout de combien d'avertissements il avait pour consigne de faire feu.

Rosenfeld fit marche arrière et s'engagea sur la piste par laquelle le convoi des trois semi-remorques allait arriver. Les observateurs roulèrent pendant vingt bonnes minutes avant d'être forcés de reconnaître que les trois mastodontes avaient disparu dans la nature.

1. *High Mobility Multipurpose Wheeled Vehicule* : véhicule de transport léger de l'armée américaine ayant remplacé la Jeep.

46

Nathan bouscula deux smokings et trois coupes de champagne pour revenir vers Carla afin de lui murmurer une instruction à l'oreille :

– Trouve le numéro de portable de Fleuris et appelle-le.

– Je lui dis quoi ?

– Ce que tu veux.

– Mais… ?

Nathan était déjà sur le perron qui dominait une vaste cour. L'éclairage était fourni par des projecteurs nichés dans les frondaisons et encastrés dans les façades. Fleuris avait disparu. Deux bâtiments jouxtaient le corps principal de la propriété dans lequel se déroulait la soirée de gala. Entre les deux édifices, une allée menait au parking. Impossible d'effectuer un sprint sur cette distance en si peu de temps.

Il restait donc la tour à droite ou l'annexe à gauche.

Fleuris était un scientifique. Priorité à la logique et au rationnel. Le centre des décisions se trouvait dans l'hémisphère gauche de son cerveau, forcément plus développé. Peu probable qu'il ait donné le relais décisionnaire à l'hémisphère droit, siège de l'intuition et des émotions. L'orientation dans l'espace s'était opérée de façon intentionnelle et contrôlée, à l'opposé de son hémisphère directeur. À droite.

La tour, donc.

Nathan s'y engouffra et se figea au milieu d'un hall carré plongé dans la pénombre. L'ouïe et le flair prirent le relais de la vue. Une eau de toilette musquée et un bruit de clefs au-dessus de sa tête le guidèrent dans l'escalier en pierre qu'il grimpa à la vitesse d'un courant d'air. L'odeur du fugitif disparaissait au-delà du troisième étage. Il redescendit quelques marches pour se retrouver face à deux portes verrouillées.

Fleuris disposait d'un passe.

Nathan colla sa joue aux poignées. L'une d'elles était légèrement tiède et humide. Il recula, respira profondément sans quitter le battant des yeux et s'élança en poussant un *kiaï*. Par ce cri, puisé au plus profond de son être, il projeta son souffle, son énergie interne, son attention, son mental. Sa jambe tendue fendit l'air.

La porte explosa sous le choc. L'onde se prolongea dans la pièce et fendilla une vitre. Nathan acheva son saut dans une rangée de chaises et récupéra son équilibre face à une salle de conférence vide. Une ombre glissa derrière l'estrade et se fondit dans un coin d'obscurité. Vidé par l'effort, Nathan perdit quelques secondes. Une issue donnait sur une terrasse maçonnée surplombant le toit du bâtiment principal. Au péril de sa vie, Fleuris venait de sauter. Il courait sur le faîtage. D'une souplesse féline, Nathan n'eut pas de mal à le rattraper. Poussé à prendre des risques, Fleuris dégringola les tuiles romanes, se raccrocha à la gouttière, bascula sur un mur crénelé, s'agrippa au lierre et se lâcha dans un épais massif.

Nathan le suivit. Il devait l'arrêter avant qu'il ne se tue.

Le scientifique alerta un agent de sécurité, désigna Nathan du doigt et reprit sa course en direction de l'annexe. Le vigile dégaina une arme. La situation se compliquait.

Priorité au déplacement, à la posture, à l'esprit calme, à la précision des mouvements. S'adapter à la situation. Avancer les bras en l'air, sortir de l'axe, détourner l'attention de l'adversaire vers les mains levées, décaler la jambe vers l'extérieur.

Un coup de pied retourné éjecta le revolver. Nathan ramena sa jambe. Son pied prit appui sur le sol pour repartir droit devant. Coup de pied sauté dans le plexus, le vigile s'écroula, KO.

L'annexe abritait une exposition sur ITER. L'endroit était désert. Au milieu des maquettes, des photos et des matériels présentés derrière des vitrines comme autant de promesses d'un avenir meilleur, Nathan chercha Fleuris. La salle était immense, modulée en plusieurs parties par des panneaux de verre, et ne possédait qu'une seule issue. Il ferma la porte derrière lui, poussa une table massive contre les battants et quadrilla l'espace. Nathan entendit soudain une mélodie numérique.

Un téléphone.

Juste derrière lui.

Par réflexe, il se baissa sous une pulvérisation de gaz lacrymo-gène. Quelques gouttes d'o-chlorobenzylidène-malononi-trile l'atteignirent au visage et suffirent à l'aveugler. Le temps qu'il récupère la vue, Fleuris avait décampé.

Il se rua dehors et étudia la configuration des lieux à travers une buée de larmes. L'ultime échappatoire pour Fleuris était sa voiture. Le parking était occupé par une soixantaine de véhicules. Nathan interrogea un voiturier dans un mauvais français. L'employé n'avait vu personne. Nathan gagna le centre du parking et monta sur une Porsche Cayenne. Accroupi, les yeux douloureux, il misait tout sur l'ouïe.

– Monsieur, descendez de cette voiture s'il vous plaît.

Nathan cligna ses yeux rouges et posa l'index sur les lèvres pour signifier au voiturier de se taire. Il détecta le son d'un démarreur et s'élança en direction du vrombissement. Tous feux éteints, une 607 jaillit de sa place, éborgna sa voisine, projeta une rafale de gravillons et força le passage dans un crissement de tôle. Nathan atterrit sur le capot et bombarda un coup de pied latéral en plein centre du pare-brise qui explosa sur les genoux de Fleuris. Le Français pila. Catapulté à terre, Nathan s'écarta pour éviter d'être percuté par la 607. Il gagna sa voiture en bousculant le voiturier médusé. Les clefs étaient dessus. Il fonça sans réfléchir.

Une ligne droite tracée au cordeau dans la campagne permettait de rejoindre la D952. Nathan repéra les feux arrière de la 607 qui tournait à droite en direction de Saint-Paul-lès-Durance. Pour réduire la distance, il bifurqua entre deux platanes et traversa un champ en diagonale, pied au plancher. La Citroën dansa sur la terre labourée, perdit de la vitesse, emboutit la clôture et déboula sur la départementale avec un amas de grillage. Fleuris filait devant lui. Nathan coupa un rond-point, laissant sur la chaussée plusieurs mètres de treillage.

Les deux voitures avaient à peu près la même puissance, la différence se faisait sur le pilotage et la prise de risques. Fleuris dépassait les 180 km/h, de la folie sur un tel axe et avec un pare-brise défoncé.

Nathan ne cherchait pas à aller plus vite. Juste ne pas perdre de vue les feux de la 607. Au rond-point suivant, la Peugeot tourna à droite pour longer l'immense bassin d'éclusées de Cadarache. Fleuris cherchait à gagner l'A51. Sa logique mathématique l'incitait à filer sur une droite tracée à la règle plutôt que s'aventurer dans un labyrinthe de routes et de rues dessinées à main levée. Nathan espérait le rattraper au péage mais la 607 était équipée d'une balise qui la fit passer sans s'arrêter. Il fonça sous une barrière en train de se baisser derrière un break. Le toit de la C6 crissa sous la barre de métal. Nathan donna un coup de volant pour éviter la voiture devant lui et s'élança sur la voie de gauche, abandonnant dans son sillage une alarme assourdissante. Le fugitif conduisait pied au plancher, il dépassait à présent les 240 km/h. Nathan se régla sur lui.

Ils filaient en direction d'Aix-en-Provence. Pourquoi l'ancien collaborateur de Lew Wang risquait-il sa vie pour se soustraire aux questions ? Qui l'avait prévenu qu'on allait l'interroger ? Un des invités de la soirée de gala l'avait mis en garde. Nathan se rappela que le barbu avait saisi son téléphone mobile après qu'il avait prononcé le nom de Fleuris.

Un péage était annoncé à quelques kilomètres. Nathan comptait sur le ralentissement de la 607 pour l'intercepter. Il fallait le faire maintenant avant que l'intervention de la police ne complique la situation. Fleuris arriva sur le péage du Pertuis trop rapidement. Sa voiture enfonça la barrière automatique. Nathan lui emboutit l'arrière. La 607 louvoya, heurta la glissière de sécurité, dévia de guingois contre un autocar, freina en travers de la chaussée. Nathan la tamponna et la fit pirouetter à contresens. Tenace, Fleuris accéléra, écrasa les freins, se retrouva dans le bon sens. Nathan enclencha la marche arrière et visa la calandre de la Peugeot qui venait vers lui. Les véhicules émergeant du péage empêchaient la 607 de se rabattre sur le côté. La C6 la percuta de plein fouet et la souleva. L'airbag éclata à la figure de Fleuris. Nathan s'éjecta de son véhicule, arracha le scientifique à son siège et le jeta à ses côtés dans la C6. Un employé de l'autoroute et des automobilistes rappliquaient vers l'accident. Nathan décanilla dans un bruit de ferraille.

– Où est Lew Wang ?

C'était la seule question qui l'intéressait. La plus facile aussi à formuler en français. Encore sonné par la collision, Fleuris semblait chercher ses mots.

– Où est Lew Wang ? répéta Nathan.

Il gagnait de la vitesse.

– Où est Lew Wang ?

Inlassablement, la même question. Et le même mutisme chez son passager. On n'entendait que le moteur poussé à fond et la tôle déchiquetée. Nathan jeta un œil sur le scientifique. Fleuris avait peur. Une peur indicible, irraisonnée, qui l'avait métamorphosé, dopé, poussé à prendre des risques inconsidérés. Mais ce n'était pas Nathan qui inspirait cette peur. C'était quelque chose de plus profond, de plus tangible que la crainte d'un interrogatoire. Quelque chose de plus présent aussi.

– De quoi avez-vous peur ?

– Plus vite, commanda Fleuris.

– Quoi ?

– On ne va pas assez vite.

Nathan s'exprima en anglais.

– De quoi avez-vous peur ?

– Vous allez trop lentement, insista Fleuris dans un anglais académique.

– Qui fuyez-vous ?

Nathan réalisa qu'il s'était inséré dans une chasse à l'homme commencée avant lui. Il zigzagua entre les véhicules sur les deux voies. Un radar automatique le flasha.

– C'est Lew Wang qui vous terrorise ?

– Vous ne pouvez rien pour moi.

Il fallait changer de technique. Nathan freina brusquement et s'immobilisa sur la bande d'arrêt d'urgence au bout d'une longue empreinte de pneumatiques.

– Qu'est-ce que vous faites ?

– Descendez.

– Quoi ?… Je croyais que vous étiez de mon côté.

– C'est pour ça que vous m'avez aspergé de lacrymogène ?

– J'ai eu peur.

– Peur de qui ?

– Eux.

– Vous ne me servez à rien. Dégagez.

– Vous voulez quoi ?

– Savoir où se trouve Lew Wang.

– Je ne sais pas.

Nathan sortit et contourna la C6 pour en extraire le Français. Ils se retrouvèrent sur la bande d'arrêt d'urgence fouettée par les appels d'air de la circulation.

– La durée de vie moyenne pour un piéton sur le bord de l'autoroute est d'un quart d'heure. Cela nous laisse un moment pour discuter.

Fleuris fit un écart. Une berline le happa et traîna son corps sur une centaine de mètres. Le conducteur s'arrêta en travers de la voie et descendit pour se précipiter auprès de la victime. Nathan les rejoignit en courant. Fleuris avait perdu une jambe et saignait abondamment. Il bougeait encore les lèvres. Nathan approcha son oreille.

– Sierra Nevada.

47

Tooele, Utah. Petite bourgade tranquille, célèbre pour son dépôt d'armes chimiques et biologiques et son incinérateur de déchets militaires. À mi-chemin entre Dugway Proving Ground et Salt Lake City.

C'était au Saturn, un snack-bar de Tooele ouvert 24 heures sur 24, que Stan Steel, Ron Frost, Dave Rosenfeld, Troy Ballantine et Rochelle Wesley avaient fait halte. Le reste de l'équipe de l'UUFOO s'était essaimé vers leurs foyers respectifs. Dave et Ron monopolisaient la conversation, faisant le bilan de leur expédition dans le désert, échafaudant des hypothèses, tirant des plans sur la comète, buvant de la bière. La nuit avait été mouvementée. Stan s'intéressait plus à Rochelle qu'au débat, Troy fixait étrangement les vitres du snack-bar.

– Depuis que j'ai fondé l'UUFOO, je n'ai jamais vu ça, déclara Dave.

– Qu'est-ce qu'on a vu ? demanda Frost dont le métier était de mettre des mots sur ce qu'il voyait.

– Vous vous posez encore la question ?

– Ils arrivent en masse, lâcha Troy, livide.

– On n'a jamais vu une telle affluence sur le spatioport de Dugway, confirma Dave. Vous avez été témoins comme nous.

– On a assisté à un festival de pyrotechnie. Cela ne signifie pas forcément que les extraterrestres nous envahissent.

– Vous croyez que le Directory of Science & Technology de la CIA et l'Air Force Research Laboratory ont réquisitionné 320 km^2 pour tirer des feux d'artifice ?

– Entre un feu de Bengale et une invasion extraterrestre, il y a peut-être autre chose.

– Il vous faut quoi comme preuve ? Ça fait des années qu'on attendait d'assister à ça. On a vu les aéronefs rejoindre la base, on a vu un convoi de semi-remorques se volatiliser sous nos yeux, sans oublier que vous êtes entrés en contact.

– Il me faut des éléments tangibles pour convaincre un journal de faire la une sur une invasion extraterrestre. Ce ne sont pas quelques photos et témoignages d'une poignée de doux rêveurs qui vont être déterminants.

– Je ne suis pas un doux rêveur, l'ami, je suis un homme d'affaires et je vis dans une baraque à deux millions de dollars.

– Vous faites quoi ? demanda Stan à Rochelle assise à côté de lui.

– Je bois une bière.

– Dans la vie, je veux dire.

– Caissière au Wal-Mart de Sandy.

– Vous habitez à Sandy ?

– Bonne déduction. Et vous ?

– Nulle part.

– Ouaouh.

– C'est ce que je vous ai dit. « Ils » m'ont tout piqué.

– Vous dormez où ?

– Je m'arrange avec Ron.

Troy avait toujours le regard rivé sur la vitre du snack.

– Il faut que je creuse le sujet, dit Ron à Dave. Que je questionne un militaire de Dugway.

– Ils sont muets comme des tombes ces gars. On n'a jamais rien pu en tirer.

– J'ai un plan pour en faire parler un. J'irai aussi interroger les Indiens Goshute. Ils sont au premier rang.

– Inutile.

– Pourquoi ? Les Indiens ne croient pas aux extraterrestres ?

– Je vais vous expliquer une chose. Avant que l'homme blanc ne débarque dans le coin avec ses usines et ses bases militaires, les Goshute vivaient dans des maisons construites en terre et en perches de saule. Ils chassaient le petit gibier dans les montagnes, cultivaient des oignons, des carottes et des pommes de terre. Notre civilisation a transformé leur paradis en poubelle. Après avoir été spoliés et parqués, ils ont été encerclés par six installations civiles et militaires qui peuvent leur péter à la gueule à tout moment. Alors oui, les Goshute vous parleront, mais des cent mille personnes qui risquent d'être décimées au moindre accident, ou des igloos renfermant des déchets nucléaires qui se sont mis à pulluler autour des cheminées réduisant en fumée toxique la moitié des armes chimiques américaines destinées à la destruction. Ils vous parleront de l'expérimentation des bombes, des gaz et des armes bactériologiques qui ont apporté le botulisme, la peste bubonique, l'anthrax, la leucémie, le cancer. Ils vous parleront des quatre-vingt-cinq tonnes d'acide chlorhydrique répandues dans l'air chaque jour par l'usine MagCorp. Mais si vous les questionnez sur les extraterrestres, ils vous répondront que vous vous êtes trompé de combat.

– Vous auriez dû rejoindre les rangs de Greenpeace, dit Ron.

– J'ai une théorie sur tout ça.

– Laquelle ?

– Cette pollution à grande échelle, c'est l'écran de fumée idéal pour masquer les activités extraterrestres du gouvernement. Pendant que les médias et les ONG braquent leurs projecteurs sur la fumée, on ne voit pas ce qu'il y a derrière.

– Je vais quand même aller interroger le chef de la tribu des Goshute.

– Si vous avez envie de perdre votre temps.

– Au moins pour vérifier qu'on ne se trompe pas de fumée.

– Comment ça ?

– Et si l'écran de fumée, c'était les extraterrestres ? Pendant qu'on chasse les petits hommes verts, personne ne voit les trous qu'on fait dans la planète Terre.

– Les extraterrestres existent, soutint Dave.

– Je viens d'en voir passer deux, confirma Troy.

48

À l'allure de Nathan, Carla comprit que la course-poursuite s'était mal terminée. Elle était en compagnie d'Ernest Walanski, de son épouse et d'un homme que Nathan ne connaissait pas. La table, sur laquelle il ne restait que des tasses, avait été désertée par les autres convives.

– Vous avez failli rater le café, Monsieur Black, persifla Walanski à l'apparition de Nathan.

– Ou faudrait-il dire M. Hambling ? ajouta l'inconnu.

L'homme était distingué, raide, il arborait une moustache parfaite et une coupe en brosse. Un flic ou un militaire.

– Peu importe le nom, dit Nathan.

– En revanche votre fonction exacte nous importe, dit Walanski. Agent fédéral du gouvernement américain ? Journaliste au *New Scientist* ? Nous ne savons plus très bien. Sans la présence de votre charmante amie ou collègue, nous aurions déjà appelé la police.

Donc le moustachu n'en était pas membre. Certainement un militaire.

Nathan prit place à la table.

– Ma fonction consiste à tout mettre en œuvre pour retrouver Lew Wang.

– En quoi cet homme vous intéresse-t-il ? demanda l'inconnu.

– En quoi la réponse à cette question vous concerne-t-elle ?

– Commandant Lagarde, détaché du ministère de la Défense auprès du Projet ITER. Le Pr Wang a participé à l'élaboration de ce programme. Vous voyez le rapport, maintenant ?

Dans quelques heures, tout le monde serait au courant de la mort de Fleuris. Nathan n'avait plus beaucoup de temps pour quitter le pays. Jadis maître dans l'art de passer inaperçu, il avait complètement raté son coup cette fois. Il se leva, s'excusa et prit la main de Carla.

– Où allez-vous ?

– Nous rentrons nous coucher.

– Vous comptez vous en tirer comme ça ? fit Lagarde en se dressant comme si le chef des armées avait fait son entrée.

– Vous comptez me retenir par la force ?

Hésitant, le commandant chercha un appui chez Walanski. Mais le numéro 2 du centre avait été amadoué par Carla, qui les salua et s'éclipsa au bras de son partenaire.

– Bon sang, Nathan, qu'est-ce que tu fabriques ?

En guise de réponse, il lui ouvrit la portière gondolée de la C6.

– Elle roule encore ?

– Qu'as-tu appris sur Wang ?

Il démarra sous les yeux du commandant Lagarde.

– Wang est quelqu'un de très discret, dit Carla.

– C'est tout ?

– Il est riche, il aime le luxe, il a la réputation de faire des caprices de star. D'après le DRH de Cadarache, il avait toujours l'air d'être de passage. Il vivait à l'hôtel.

– Lequel ?

– Personne n'a su me dire.

– Wang se planque dans la sierra Nevada, en Andalousie.

Nonobstant une origine chinoise et une nationalité américaine, le scientifique avait des goûts marqués pour la corrida, la cuisine méditerranéenne et la pâtisserie morisque. Il était espagnol dans le sang, dans les tripes et probablement dans le cœur.

– Il faut réserver deux billets d'avion pour Grenade.

– Je m'en occupe.

– On doit aussi changer d'hôtel. Prendre le même que celui de Wang.

Nathan longea la voie ferrée et freina devant un Best Western. Aucune trace d'un séjour de Wang. Le réceptionniste les aiguilla sur un quatre étoiles en direction d'Aix-en-Provence. Le Castel de Cézanne.

Au terme d'une rapide recherche, la réception confirma que Wang avait occupé l'une des suites. Elle était libre, Nathan décida d'y passer la nuit.

Ils se retrouvèrent dans une chambre luxueuse aux murs frottés de nacre et décorés de copies de Cézanne.

Le mobilier et la décoration avaient été soigneusement pensés et dessinés. Carla s'allongea sur le lit king size, là où Lew Wang avait dormi pendant plusieurs mois. Elle avait l'air fatigué.

Nathan entreprit une séance d'acupuncture digitale qui permettrait à sa compagne de tenir le coup. Il s'imprégnerait ensuite du lieu pour esquisser une direction à suivre.

49

Shelly repoussa le gradé qui venait de lancer un ultime assaut dans la position du missionnaire. La prostituée croisa les jambes, quitta le lit et buta sur deux énergumènes planqués dans l'obscurité de la salle de bains.

Ron et Stan.

Le premier tenait à la main une caméra numérique, le second un sac en plastique. Ron lança :

– On aimerait vous poser quelques questions, colonel ! Après, vous pourrez repartir, avec vos vêtements et une carte mémoire en prime.

– Shelly ? hurla-t-il.

Elle lui envoya le son de la douche en guise de réponse.

– Qu'est-ce que vous voulez ?

Stan alla ouvrir la fenêtre. Avec la rapidité d'un prestidigitateur, il s'empara des fringues posées sur le dossier d'une chaise et les fourra dans un sac-poubelle. Le militaire bondit hors du lit. Stan eut juste le temps de brandir le paquet par la fenêtre.

– On se calme, dit-il en repoussant l'officier complètement nu.

– On se rassoit, ajouta Ron en écho. Sinon, mon partenaire lâche le sac et je continue de vous filmer jusqu'à ce que vous récupériez vos vêtements.

– Vos ébats extra-conjugaux et votre numéro d'exhibitionniste seront diffusés sur Internet, précisa Stan.

– Des copies seront envoyées à votre épouse, à votre hiérarchie, à vos hommes.

Le colonel s'enroula dans le drap tel un tribun trahi.

– On veut savoir ce que vous cachez à Dugway Proving Ground.

– Cela relève du secret défense.

– Nous aimerions être dans le secret.

– Nous testons les systèmes de défense et la résistance des matériaux aux attaques nucléaires, biologiques et chimiques.

– Ça, tout le monde le sait. On sait aussi qu'au cours des tests l'armée a déversé 225 tonnes de neurotoxiques dans l'atmosphère de l'Utah et que vous avez tellement salopé les environs que vous faites le forcing pour racheter les terres voisines, ce qui vous éviterait de nettoyer.

– Si vous savez déjà tout, à quoi bon… ?

– Êtes-vous en contact avec des extraterrestres ?

– Vous croyez sérieusement à ces histoires ? La Zone 51, Roswell, Dugway sont des lieux qui ont vu naître un folklore alimenté par les ufologues et les conspirationnistes.

– Vous n'avez jamais rien fait pour les détromper.

– Au moins, pendant qu'ils surveillent le ciel, ils nous foutent la paix.

– Et les zetta-machines, c'est du vent ?

– Jamais entendu parler.

Stan ramena son bras à l'intérieur. Sa main était vide.

– Oups, dit-il.

– Espèce de malade !

– On ira le ramasser tout à l'heure. Parlez-nous du Fly's Eye qui a été installé à Dugway pour détecter les rayons cosmiques.

– Le quoi ?

– On s'en va, dit Ron. Mes amitiés à votre femme et à vos hommes.

– Attendez.

Ron et Stan s'immobilisèrent devant la porte.

– Fly's Eye, vous avez dit ?

– Tout à fait.

Les épaules du colonel s'avachirent en signe de capitulation.

– Les scientifiques ont identifié dans l'espace de minuscules particules porteuses d'énergie colossale. Le Fly's Eye a été conçu pour remonter à leur source, savoir de quoi elles sont constituées et comment elles sont fabriquées. Ce sont ces zetta-particules que vous appelez probablement les zetta-machines.

– C'est amusant : sur le Fly's Eye et les zetta-machines, vous avez feint l'ignorance, alors que sur les extraterrestres et la contamination de la région, vous n'avez pas tiqué une seconde.

– Ça prouve quoi ?

– Je ne sais pas encore comment l'interpréter, mais je ne doute pas que ça servira.

– Et maintenant ?

– Shelly va vous faire un gros câlin pendant qu'on vous rapporte vos vêtements. Ensuite vous n'entendrez plus parler de nous.

50

Une nuit dans le lit de Wang permettrait-elle de recueillir des engrammes du Chinois insaisissable ? Récolter des reliquats de conscience et des traces biologiques nécessitait une transparence intérieure que Nathan avait entachée depuis qu'il ne vivait plus seul.

Cela dépendait aussi du nombre de personnes qui étaient passées après Wang et de l'efficacité de la femme de chambre.

La proximité de Carla troublait sa concentration. Dans ce monde capitonné, bétonné, moquetté, carrelé, climatisé, goudronné, carrossé, insonorisé, occupé par autant de choses mortes, Nathan éprouvait un irrésistible besoin d'être en relation avec un être aussi vivant que Carla. Il s'écarta d'elle à regret, s'allongea sur le drap froissé, vida ses poumons et son esprit, ralentit son rythme cardiaque, asphyxia son cerveau, sombra peu à peu dans une inconscience contrôlée qui grillait ses synapses et le poussait vers un terrain miné de souvenirs dont la plupart ne seraient pas liés à Lew Wang.

Le néocortex en veille, son cerveau limbique prit le relais. Commença alors la prospection du site hanté par des microscopiques poussières bioélectroniques, des empreintes de répétitions comportementales ou d'obsessions mentales laissées par les êtres vivants qui l'avaient marqué. Au-delà des pensées et des sens, Nathan entra en résonance avec la conscience cosmique qui régissait toutes les consciences.

Il devint poreux.

Son esprit se connecta inévitablement avec celui de Carla, proche de lui. Elle rêvait. Léa courait vers la mer poursuivie par un homme armé. Étienne était dans la glace, le visage calciné. Des nuages noirs glissaient en accéléré au-dessus de l'océan. Carla bougea dans son sommeil comme pour se débarrasser du cauchemar. Nathan perdit le contact et s'enfonça un peu plus dans ses méandres limbiques.

Des bribes de son propre passé affluèrent. Carla, Sylvie, Melany, Shannen, traversèrent ce paysage mental dont il refusa de faire partie. Il lutta pour se détacher, remonta à son enfance, ses séances d'initiation au chamanisme navajo et au shintoïsme japonais, sa mère et son père s'extasiant devant ses premiers pas en Arizona. Puis il se vit avant sa naissance.

La chambre d'hôtel, faite d'objets inanimés, lui donnait l'impression d'être une tombe. Toute trace de processus vivants participant à la finalité cosmique n'en était que plus détectable. Des indices sous-jacents le connectèrent à un écheveau d'autres consciences. Un cheveu long sur le double rideau, un ongle coupé incrusté dans la moquette, une tache de sperme sur le couvre-lit, une marque de sang sur le mur, un poil pubien sous la cuvette des WC, des millions d'acariens, une mouche, le propulsèrent dans un tourbillon de fragments de vie.

Ouverture et fermeture des rideaux, masturbation et copulation dans le lit, plateau de petit-déjeuner renversé, défécation, douche, dispute, une mouche sur une coupelle de confiture, une goutte de lait.

Un couple en crise avait fortement marqué son séjour ici.

Transferts de fluides, orgasmes, chasses d'eau, siphons...

Remonter plus loin dans le temps.

Suivre la mouche.

L'insecte sort d'un sac de sport. Anse tachée de sang. À l'intérieur un cadavre. Une autre mouche s'échappe. Sac de sport. Sac de mort. Une mouche se pose sur un tableau accroché au mur. Peinture mouvante. Portrait furtif. La mouche s'envole en même temps que le visage disparaît du cadre.

Ce n'était pas une peinture, c'était un reflet.

Un miroir.

Nathan fut secoué par une série de spasmes. Il était en apnée. Attiré vers les profondeurs, il cherchait l'embout d'une bouteille d'oxygène imaginaire. Une force le tira soudain vers la surface. Une bouffée d'air s'engouffra dans sa gorge et sa poitrine. Une bouche sur la sienne. Une atroce migraine. Il écarquilla les yeux sur Carla qui le ramenait à la vie.

– Tu avais dit que tu ne recommencerais plus ces exercices débiles !

Retour à la réalité.

– Ça va te bousiller le cerveau.

Ces expériences ne délivraient jamais de réponses claires. Les images eidétiques volées au passé faisaient planer des doutes, induisaient en erreur. Carla lui apporta un verre d'eau.

– J'ai vu Léa et Étienne, dit-il.

Elle comprit qu'il avait pénétré ses songes.

Nathan aperçut la mouche sur le mur, descendante de la première escouade de diptères qui avaient pondu sur un corps quelques heures après sa mort, dans un sac de sport trop petit pour contenir un homme ou une femme. Larve devenue adulte au bout de deux semaines, elle aurait squatté la suite calfeutrée de l'hôtel dont elle appréciait la fraîcheur et la pénombre après y avoir hiberné. Gavée des réserves accumulées pendant le stade larvaire, elle s'était nourrie d'une pomme jetée à la figure d'un mari pris pour cible par une épouse en colère. Le fruit avait atterri au-dessus de l'armoire et maintenu l'insecte adulte en vie, en complément des reliefs sucrés des petits déjeuners servis dans la chambre. Cette mouche, trait d'union temporel entre Wang et Nathan, avait guidé ce dernier vers un cadavre en putréfaction de la taille d'un sac de sport.

On frappa à la porte. Carla enfila un peignoir fourni gracieusement par l'hôtel et alla ouvrir.

– On m'a dit que vous vouliez me voir ?

La femme de chambre.

Nathan lui posa des questions par l'intermédiaire de Carla. Elle se souvenait du client asiatique, « très discret et très exigeant », qui avait occupé la suite. Nathan fixait l'aquarelle accrochée au mur en face de lui. C'était là, lors d'une séance de reviviscence, qu'il avait aperçu l'image de Wang. Il demanda à l'employée s'il n'y avait pas eu un miroir à cet endroit auparavant. Elle déclara que Wang avait accroché une photo sous verre à la place de l'aquarelle. Du verre, et non une glace ! Cela expliquait le flou du reflet dans sa vision. D'après la femme de chambre, la photo représentait un bonze dans sa traditionnelle robe vermeil.

– Elle dit qu'elle ne risque pas de l'oublier, ajouta Carla.

– Pourquoi ?

– À cause de la tête du moine.

– Qu'avait-elle de particulier ?

– Il n'avait pas de visage.

– Quoi ?

– Pas de trait. Comme si on les avait effacés.

C'est tout ce dont l'employée se souvenait.

– On est bien avancés, déplora Carla lorsqu'ils se retrouvèrent seuls.

– On sait où chercher Lew Wang.

– Où ça ?

– Un endroit de la sierra Nevada espagnole où l'on mange bien et où l'on rencontre des bonzes tibétains dont les traits s'effacent lorsqu'on les prend en photo. Ça devrait pouvoir se trouver.

51

Skull Valley. Huit mille hectares de terres arides occupées par une poignée d'Indiens Goshute, au nord de Dugway et de Snake Valley. Brûlé par le soleil et les gaz toxiques, le décor était minimaliste : des touffes d'épineux, une station-service à l'abandon, trois bisons efflanqués, autant de chiens errants, une voie ferrée rouillée, des panneaux *No Trespassing*.

Au volant de sa Subaru, Ron croisa un panneau rendu illisible par plusieurs volées de plomb. Sur le siège passager, Stan se réveillait en grognant.

– Bon sang, t'as fait quoi la nuit dernière ? demanda Ron.

– J'étais avec Rochelle. On a bavassé et froissé des boîtes de bière.

– Quoi, la fille qui cherche son mari ?

Un avion de chasse fissura le ciel au-dessus d'eux.

– Va falloir qu'on s'arrête, dit Stan, j'ai envie de pisser.

Le souvenir de la beuverie de la veille lui avait tapé sur la vessie.

– Là, ça te va ?

– On dirait qu'il y a quelqu'un.

Ron plissa les yeux derrière sa paire de lunettes de soleil enveloppantes à protection anti-UV indice 4.

– Où ça ?

– À deux cents mètres. Il vient vers nous.

– T'as une sacrée vue.

– Vire tes lunettes d'aveugle si tu veux voir quelque chose.

Poussé par la misère et la poussière, un Indien famélique courbait l'échine sous un baluchon en direction du nord. Ron freina à sa hauteur et il lui demanda s'il pouvait le déposer.

– Je ne vais pas là où vous allez, dit l'Indien.

Il avait un visage taillé au tomahawk, une toux grasse et une odeur de fauve.

– Comment savez-vous où on va ? Vous êtes shaman ?

– Il marche dans le sens opposé au nôtre, fit remarquer Stan.

– Vous allez crever sous ce cagnard, dit Ron sans se démonter. Vous ne rencontrerez rien avant une vingtaine de kilomètres.

– Je vous ai bien rencontrés.

– Vous avez soif ?

– Oui.

Enfin, il avait ferré l'Indien.

– Vous connaissez un bar dans le coin ?

Le Goshute éclata de rire.

– C'est une décharge nucléaire ici, pas une zone touristique.

– Il y a bien des gens qui y vivent.

– Pour combien de temps ?

– C'est ce qu'on cherche à savoir.

Ron expliqua qu'il était journaliste. L'Indien les aiguilla sur Maggie Blackbird. C'était la seule qui avait des choses à dire et pas de gros 4 × 4 garé devant son perron.

– Merci l'ami. Vous êtes sûr que vous ne voulez pas qu'on vous dépose ?

– Aussi sûr qu'on ne prend pas la même direction.

L'Indien les salua et reprit sa route.

– Je tiens plus, dit Stan en ouvrant la portière.

Il s'éloigna en direction d'un buisson d'épineux qu'il se mit à arroser en poussant un long soulagement.

– Pas pisser ! Dangereux ! l'interpella l'Indien qui s'était retourné.

– Pourquoi ? Radioactif ?

– Non, serpent à sonnette !

Stan fit un bond en arrière sans cesser d'uriner. L'Indien s'esclaffa et leur souhaita une bonne journée. Ron gloussait dans la voiture.

– Quel con, pesta Stan en se reboutonnant le jean mouillé.

Ils roulèrent sur plusieurs kilomètres, passèrent deux grosses maisons cossues assorties de rutilants véhicules tout-terrain, tombèrent sur une baraque chancelante. Un vieux pick-up était parqué dans la cour. Un chien pouilleux aboya à leur approche.

– Leon, la ferme !

La sommation immobilisa le clébard sans le faire taire et annonça l'apparition d'une femme vigoureuse au visage tavelé et au regard noir. Elle destina sa seconde réplique aux deux visiteurs qui avaient battu en retraite vers la Subaru.

– Vous êtes perdus ?

– Nous sommes journalistes.

– On a croisé un Indien qui nous a dit que vous aviez des choses à dire, ajouta Stan.

– Quel Indien ?

– Avec un baluchon. Je crois qu'il était en train de quitter la réserve.

Son visage se renfrogna. Elle semblait connaître le lascar. Et pas sous son meilleur jour.

– Que voulez-vous savoir ?

– On veut savoir ce qui se passe ici, dit Ron.

– Entrez.

52

Leon s'était tu. Des tonnes de glaçons fondaient dans les trois verres de limonade posés devant Maggie, Ron et Stan.

– Le printemps est venu, dit l'Indienne, la Terre a reçu les baisers du soleil et nous verrons bientôt les fruits de cet amour.

– C'est beau, dit Ron.

– C'est de Sitting Bull. Maintenant, remplacez respectivement les mots « printemps », « soleil » et « amour » par « nucléaire », « uranium » et « viol » et vous aurez la version Maggie Blackbird.

Elle leur parla de la société Private Fuel Storage qui s'apprêtait à déverser dans la réserve 40 000 tonnes de déchets hautement radioactifs en provenance de la centaine de centrales nucléaires du pays. Leon Wolfson, un ancien vigile Goshute élu à la tête de la tribu, avait passé un accord juteux avec PFS qui allait apporter la prospérité à la réserve. Cela comprenait une école, un hôpital, une maison de la culture, une caserne de pompiers.

– La vallée est complètement stérile, mais nous faisons partie de cette terre sacrée et elle fait partie de nous. Leon n'a pas le droit d'en faire la poubelle du diable.

– Le nom que vous avez donné à votre chien a un rapport avec lui ? demanda Stan.

– Leon Wolfson est pire qu'un chien.

– Comment peut-on l'approcher ?

– Il est tout le temps en déplacement. Rarement à la réserve. Plus difficile à rencontrer que le président des États-Unis.

– Croyez-vous qu'il ait été soudoyé par Private Fuel Storage ?

– Est-ce que mon chien a des puces ?

Ron Frost but trois gorgées de limonade pour bien assimiler la réponse.

– Où doivent être stockés les conteneurs de combustibles usés ?

– Ils seront entreposés à l'air libre sur des dalles de béton au milieu des champs de tir militaires et de zones d'essais des F-16 et des B-52. Vous voyez le tableau ?

Ron fixa Leon qui se grattait. Y avait-il un lien entre les extraterrestres, Dugway Proving Ground, Private Fuel Storage et le département à l'énergie chargé du développement d'un site de stockage pour les déchets de haute activité ?

– Savez-vous pendant combien de temps les déchets resteront radioactifs ? leur demanda Maggie.

Ron n'osa pas donner la réponse. Quant à Stan, il l'ignorait.

– Des millions d'années.

– Avez-vous noté des manifestations, disons, surnaturelles, ces derniers temps dans la réserve ? tenta Ron.

– Du genre ?

– Extraterrestres.

– Quoi ?

– Il se passe des trucs bizarres du côté de Dugway, expliqua Stan.

– Il y avait une forte activité, la nuit dernière, au-dessus de la base.

– Que cherchez-vous à me dire ?

Ron n'osa pas faire part à Maggie de la théorie extravagante qui venait de lui effleurer l'esprit. Pourtant, elle lui aurait fait voir l'avenir sous un meilleur jour. Mais il ne voulait pas passer pour un illuminé.

– Y a-t-il eu des disparitions énigmatiques dans la réserve ?

– Des disparitions, oui, mais pas énigmatiques.

– C'est-à-dire ?

– Il n'y a pas si longtemps, nous étions six cents Indiens Goshute. Nous ne sommes plus que vingt-cinq à nous accrocher à cette terre. Tous les autres sont partis à Salt Lake City ou dans d'autres réserves.

– Vingt-quatre, dit Stan.

– Pardon ?

– Vous avez encore perdu un membre de la tribu aujourd'hui. L'homme que nous avons rencontré.

– Il reviendra.

– Qu'en savez-vous ?

– C'est mon mari.

– Excusez-moi.

– On s'est disputés, avoua-t-elle. Sammy considère que la vallée est pestiférée. Je suis la seule de la tribu à n'avoir pas capitulé devant les dollars et à me battre pour garder cette terre sacrée. Mon Sammy m'a demandé de choisir entre lui et Skull Valley. Je ne lui en veux pas d'être parti.

Maggie Blackbird avait gardé le sang rebelle de ses ancêtres qui avaient refusé la colonisation mormone et l'autorité du gouvernement américain.

– C'est quoi cette histoire de disparitions énigmatiques ? demanda-t-elle.

– Des gens ont été brusquement effacés de Snake Valley, avec leur maison et tous leurs biens.

– On élimine les témoins gênants. Ce n'est pas nouveau.

– Témoins de quoi ?

– De la destruction irréversible de notre Terre.

Ron vida son verre et lui donna sa carte.

– S'il arrive quelque chose de mystérieux autour de vous, n'hésitez pas à me contacter.

– Je vais vous dire une chose, il n'y a aucun secret, il n'y a aucun mystère. Il y a seulement du bon sens. On l'oublie trop souvent de nos jours.

Ron rangea les deux dernières répliques de Maggie Blackbird dans un coin de sa tête en pensant qu'elles pourraient lui servir plus tard.

Les deux hommes remontèrent en voiture et démarrèrent avec la petite maison de bois dans le rétroviseur.

– Quelle merde, dit Stan. On n'arrive pas à rassembler les morceaux. T'as appris quelque chose, toi ?

– Il y a peut-être une façon de faire coller tout ça avec les extraterrestres.

– Laquelle ?

– Si je te disais que tous les déchets radioactifs du pays étaient acheminés jusqu'à Dugway afin d'être recyclés vers une autre planète, qu'est-ce que tu me répondrais ?

– Qu'on nage en pleine science-fiction.

– Le problème, c'est que je n'ai jamais cru à la science-fiction.

– Ni moi aux extraterrestres.

Huitième partie

Les nuages noirs sont plus terrifiants que la pluie

53

Au volant d'une Seat Ibiza, Nathan suivait les sinuosités de l'A348 en imaginant qu'il se déplaçait dans les méandres du cerveau de Lew Wang. Il avait projeté le paysage mental du savant sur le relief escarpé de la sierra Nevada.

La trame complexe de routes, pistes, voies secondaires intégrées au relief, entre littoral et sommets enneigés, figurait les ramifications synaptiques de Wang. Une terre de contrastes où l'Orient et l'Occident se tenaient la main. En étudiant la carte de plus près, Nathan s'était intéressé à une région de basse montagne : les Alpujarras. Un endroit qui fut longtemps isolé et caché, difficilement accessible. Déjà au XVIe siècle, les Maures s'y étaient réfugiés pour résister aux chrétiens. Idéal pour une planque.

La route des Alpujarras traversait une ribambelle de villages pittoresques, thermaux, tranquilles, culinaires, haut perchés, aux noms chantants, Lanjarón, Pampaneira, Bubión, Capileira, Trevélez. Des endroits qui attiraient des résidants aux origines les plus diverses, écrivains, curistes, hippies, gastronomes… et bouddhistes. Le chemin, aux airs initiatiques, menait à la connaissance, aux soins des maladies nerveuses, à une cuisine savoureuse, à la spiritualité tibétaine. Si l'on poursuivait un peu plus loin, on tombait sur la station de sports d'hiver Puerto de la Ragua, puis sur le désert de Tabernas où était basé l'observatoire de Calar Alto. Dans les Alpujarras, Wang avait tout sous la main. C'était là qu'il fallait le chercher.

Carla avait pris deux places sur un vol Marseille-Grenade et une voiture de location à l'arrivée. Dans un cybercafé de Grenade, ils avaient essayé d'entrer en contact avec Ron Frost. Le journaliste n'était pas joignable mais il avait détaillé sur la boîte électronique de Nathan le résultat de ses investigations, mêlant les Indiens Goshute, l'armée américaine, la CIA, le département à l'Énergie, le consortium Private Fuel Storage et… une race d'extraterrestres. Frost subodorait leur existence ainsi qu'une filière d'évacuation des déchets nucléaires vers les étoiles. Bien que conscient de l'incohérence de sa théorie, il avait l'intention de l'explorer jusqu'au bout. Il comptait se rendre au siège de Private Fuel Storage à Salt Lake City. Ce qui avait retenu l'attention de Nathan dans le message, c'était le « contact du troisième type » que Ron et Stan avaient eu avec des êtres sans visage. Comme le moine tibétain sur la photo accrochée au mur de la chambre de Lew Wang.

Nathan ne fit aucun commentaire sur l'analyse du journaliste. Confrontés à des phénomènes inexpliqués, les hommes s'en remettent souvent à des forces surnaturelles. Il avait simplement répondu qu'il était toujours sur la piste de Wang et que l'écart se resserrait. Un de ses collaborateurs à Cadarache était mort sous ses yeux, terrorisé. Avant de succomber, il avait orienté Nathan sur la sierra Nevada espagnole. Que cachait Lew Wang ? Aucune hypothèse n'était privilégiée, entre la création d'une nouvelle arme, d'une nouvelle énergie, d'un nouveau carburant, d'une nouvelle technologie… Il restait à espérer que les pistes poursuivies en Utah et en Europe se rejoindraient.

À Grenade, Nathan avait également appelé le Bureau de San Francisco. Connie B. Stanshaw ne possédait aucun élément nouveau. Malgré la distance, il avait décelé de l'hésitation dans sa voix.

Le paysage qui défilait devant la Seat leur aurait paru romantique en d'autres circonstances. Versants complantés de figuiers, d'orangers, d'amandiers, d'oliviers. Chapelet de villages blancs dégoulinant sur des cultures en terrasses. Petites maisons peintes à la chaux, aux formes cubiques et aux toits plats sur lesquels poussaient de longues cheminées tronconiques couvertes d'étranges chapeaux. Carla et Nathan avaient fait une halte à Lanjarón, bourg connu pour son jambon et pour ses eaux thermales soignant l'arthrite, les douleurs digestives et les problèmes nerveux. Ils avaient tenté leur chance au complexe balnéaire et dans les hôtels huppés. Aucune trace de Lew Wang.

Nathan jeta un œil sur sa passagère. Elle ne dormait pas.

– Quoi ? fit-elle.

Inutile de lui demander comment elle allait. Il ressentait ce qu'elle ressentait. Ils quittèrent l'A348 avant Orgiva pour une route encore plus étroite et sinueuse qui montait vers Bubión. L'horloge digitale de la Seat indiquait 17 h 54. Carla devait prendre ses médicaments. Nathan s'arrêta dans un restaurant à la sortie de Soportujar.

– Ça pouvait attendre, dit Carla.

– On n'est pas pressés.

Elle s'assit en face de lui à la terrasse de la petite auberge et avala sa dizaine de comprimés avec deux grands verres d'eau, sans cesser de le fixer.

– Que me vaut ce regard ?

– Tu parais si calme, si patient.

– Comme le tigre quand il chasse.

54

L'autoradio diffusait *Besos* de Canto del Loco. Des notes pop-rock sur une chaussée de plus en plus étroite, escarpée, tortueuse, cahoteuse. Ce n'était même plus une route mais une sente sans fin, une pente pointée vers les nuages. Aucun panneau n'indiquait que l'on était sur le chemin qui menait au Centre de retraite et d'enseignement du bouddhisme tibétain. S'y rendre nécessitait de l'attention et un bon sens de l'orientation. Il existait une vingtaine de ces centres en Espagne. Celui vers lequel Nathan se dirigeait était perché à 1 600 m d'altitude. Fondé en 1980, il avait été nommé Osel Ling, « lieu de la lumière claire », par le dalaï-lama.

La vue sur la sierra Nevada était quasiment aérienne, à hauteur des petits nuages bas qui s'effilochaient au contact des rayons de soleil horizontaux.

– Qu'est-ce que ce Wang serait venu fabriquer ici ? s'étonna Carla.

– Méditer, me cacher, m'élever.

Carla remarqua qu'il s'était exprimé à la première personne. Nathan était entré en empathie avec l'homme qu'il traquait.

Un panneau indiqua qu'ils étaient arrivés, que les visites se terminaient à 18 heures et que l'on devait laisser voiture et la parole à l'entrée du centre.

Ils continuèrent donc à pied sur un long chemin rocailleux, passèrent devant une roue des prières et un stûpa élevé dans un écrin naturel grandiose. On n'entendait que le bruit des cailloux roulant sous leurs semelles. Il était presque 20 heures.

– Tu veux vraiment passer la nuit ici ?

– Ça dépendra des réponses.

Les visiteurs avaient la possibilité de louer, pour une somme modique, l'une des cabanes disséminées dans le centre. On venait y goûter le calme, oublier ses soucis, lâcher prise. Tout le contraire de ce qui amenait Nathan. Le sentier s'achevait sur la cour d'une ancienne ferme andalouse. Le vent y caressait un immense gong et chatouillait une ribambelle de drapeaux de prières multicolores.

Ils allaient pénétrer dans le bâtiment lorsqu'un moine vint à leur rencontre, affublé de l'inévitable robe et de l'ineffaçable demi-sourire. Il se courba légèrement. Nathan joignit les mains pour le saluer et demanda à s'entretenir avec Malena Velasco, la directrice du centre.

– La voie est sous vos pieds, dit le moine

Il s'inclina à nouveau et réintégra la bâtisse.

– Tu peux traduire ? demanda Carla qui commençait à avoir froid.

– On a frappé à la bonne porte.

Nathan ôta son blouson pour lui couvrir les épaules. Le moine réapparut avec un refus qui n'avait pas entamé son sourire.

– Khado Sangmo est entrée en méditation, dit-il.

La directrice, dont il avait trouvé le nom sur un site web touristique, s'était donné un double nom tibétain.

– Quand pourrai-je lui parler ?

– À quel sujet ? Je peux peut-être vous aider.

– La lumière existe dans l'obscurité. Khado Sangmo est cette lumière.

Le moine fut surpris par Nathan qui lui parlait soudain sa langue.

– La méditation éclaire la voie, bredouilla-t-il.

– Surtout au coucher du soleil.

– À son lever aussi.

– Quand la lumière s'éteint, où va-t-elle ?

– Je vous demande pardon ?

– Quand Khado Sangmo cesse de méditer, que fait-elle ?

– Cela dépend.

– De quoi ?

– De son planning.

Nathan avança. Le moine recula.

– Allez lui lire que je suis dans son planning ce soir.

Le moine se décontenança. Il se tordit les doigts en se dandinant sur ses sandales. Nathan aussi avait changé d'attitude. Il dégageait de la nervosité. Ses yeux étaient plus noirs que les ténèbres, ses muscles contractés. Il était en train de perdre son sang-froid. Carla intervint :

– La voie dont vous parlez, cela fait un moment que nous sommes dessus. La fatigue, le stress et la fièvre qui nous habitent ne se dissiperont que lorsque nous aurons rencontré votre directrice.

L'homme s'inclina et se retira en gardant un œil sur Nathan.

– Qu'est-ce qui te prend ? chuchota Carla.

– Un courant d'air ne va pas m'arrêter dans mon élan.

– Laisse-toi porter par lui, il t'emmènera là où sont les réponses.

Il se tourna vers elle, étonné. Les rôles étaient inversés.

– 5 heures demain matin, c'est le plus tôt que je puisse vous proposer, dit le moine à son retour. Khado Sangmo s'entretiendra avec vous avant sa séance de méditation. Elle vous attendra dans le petit pré qui domine la vallée. Vous souhaitez passer la nuit ici ?

– Je peux vous poser une question d'abord ? demanda Nathan.

– Je vous écoute.

– Pouvez-vous me décrire Khado Sangmo physiquement ?

Le bonze afficha un air ahuri. Nathan développa :

– Tibétaine, espagnole, grosse, mince, petite, grande, belle, laide, jeune, vieille, avec un strabisme ?

– Je croyais que vous la connaissiez.

– Connaissez-vous Bouddha ?

Le bonze se racla la gorge et regretta d'être allé à la rencontre de cet étranger. Même son demi-sourire avait pris la forme d'une grimace.

– Khado Sangmo est espagnole, comme nous tous ici. Elle a quarante et un ans et sa beauté n'est pas seulement spirituelle.

– Que signifie Khado Sangmo ?

– Douceur féminine d'une fée.

– Nous passons la nuit ici, dit Nathan.

– Moi aussi j'ai une question, fit Carla. Vous avez du chauffage ?

– Nous avons des couvertures.

Muni d'une lampe torche, un membre de la communauté les guida jusqu'à leur cabanon. Il y en avait une trentaine. La plupart étaient vides.

– Avez-vous dîné ? demanda le moine.

– Oui, merci, dit Carla.

Il leur rappela les quelques règles du centre et prit congé.

La chambre était spartiate, mais suffisante pour y passer quelques heures allongé, les yeux fermés. Carla se blottit dans les bras de Nathan sous les couvertures et s'endormit avec une inquiétante poussée de fièvre.

55

La brume enveloppait un décor de nuit et de rosée. Une silhouette diaphane et immobile était posée sur un tapis d'herbe trempée. Nathan fendit ce paysage d'eau pour prendre place près d'elle. Khado Sangmo était assise en lotus sur un petit coussin.

– Êtes-vous celui par qui le trouble arrive ?

– C'est le trouble qui m'a poussé jusqu'ici.

– Vous avez fait peur à Tashi Namka hier soir.

– Tashi Namka aurait-il un ego ?

– Pardon ?

– Si l'ego existait, j'aurais peur.

– Qui dit cela ?

– Un pin isolé. Lorsque le vent arrive, ses feuilles chantent toutes seules.

Il tirait ses deux dernières répliques de *Roankyô*, écrit au XVIIe siècle par le moine zen et ancien samouraï Suzuki Shôsan. Brisant sa posture statique, Malena se tourna vers lui, révélant un beau visage sous un crâne rasé. Elle était vêtue de sa simple robe de bonzesse, mince protection contre la fraîcheur aurorale. Sa voix était douce, son regard soutenu, ses traits sereins. Il émanait d'elle féminité, douceur et bienveillance. Le rythme cardiaque de Nathan accéléra. Khado Sangmo était la pièce maîtresse du puzzle qu'il essayait de reconstituer autour de Lew Wang. Le chercheur avait succombé à son charme. Son attirance pour l'Espagne trouvait son origine chez Malena Velasco, une belle Andalouse qui se dissimulait derrière un nom tibétain. Restait à comprendre comment un être aussi pur pouvait fréquenter un type comme Lew Wang.

– Vous n'avez pas d'ego, mais vous avez un nom, dit-elle soudain.

– Ombre Blanche. Ce nom m'a été donné par les membres de ma tribu.

Elle le regarda, essayant de faire coller le nom au physique.

– Que voulez-vous ?

– Retrouver mon père.

– En quoi puis-je vous aider ?

– Je crois que vous connaissez une personne qui pourrait m'aider.

– Qui ?

– Lew Wang.

Un mutisme éloquent entama la contenance de Malena. Nathan misait sur le respect par la directrice d'Osel Ling de l'interdiction de mentir, l'une des règles fondamentales du centre. Elle allait donc tergiverser si elle voulait cacher sa relation avec Wang.

– Je ne connais personne de ce nom.

– Vous le connaissez peut-être sous le nom tibétain que vous lui avez donné.

– Quel est ce nom ?

– Avez-vous beaucoup de scientifiques américains d'origine chinoise dans vos relations intimes ?

– Les relations intimes sont interdites chez les moines bouddhistes.

Il devait employer moins de mots afin de ne pas lui donner l'opportunité de rebondir sur une vérité destinée à masquer un mensonge.

– Les sentiments aussi ?

– Par l'extinction des désirs, le samsara est vaincu.

– Je pense à la passion que Lew Wang éprouve à votre égard.

– C'est ce que cet homme vous a confié ?

– C'est le profil que j'en ai fait.

– Êtes-vous un policier ? Une sorte de profiler ?

– Je suis celui qui recherche son père.

– Vous êtes déterminé.

– Prêt à remuer les montagnes.

– Et à secouer quelques moines ?

– Je n'en ai touché aucun.

– Phuntsok Wangdu.

– Pardon ?

– C'est le nom tibétain de l'homme que vous recherchez. Il signifie « Prospérité » et « Acquérir du pouvoir ».

– Cet homme est sous votre influence ?

– Il m'aime.

– Quelle est la différence ?

– Quand on aime, on attend de la réciprocité.

– C'est le cas ?

– Je vous l'ai dit, les désirs et le plaisir des sens sont incompatibles avec le bouddhisme vajrayana.

– Où est Wang ?

– Il n'est pas ici. Il n'est jamais nulle part. Il se déplace tout le temps.

– Comment le contacter ?

– Je ne sais pas.

– Il se méfie de vous ?

– Il travaille sur un projet de sécurité nationale. Cela requiert de la discrétion de sa part.

– Quand l'avez-vous vu pour la dernière fois ?

– Il y a environ trois semaines.

– Où a-t-il séjourné ?

– Dans le bâtiment principal.

– Là où vous résidez ?

– Oui.

– A-t-il beaucoup de bagages ?

– Non.

– Un sac de sport ?

– Oui.

– Que contient-il ?

– Ses affaires de toilette, des vêtements… vous avez de drôles de questions.

– Que vient-il faire ici ?

– Méditer. Apaiser les tensions nerveuses qui l'habitent. Se plonger dans de longues réflexions.

– Et vous voir.

– Nous avons de grandes discussions.

– Sur quels sujets ?

– Tous les sujets sauf lui-même.

– Un homme amoureux est obligé de se livrer un peu.

– Phuntsok Wangdu est un homme brillant mais plein de contradictions.

– Vous en êtes l'illustration.

– Que voulez-vous dire ?

– Une adepte du bouddhisme tibétain fait tourner la tête à un Chinois qui invente des armes nucléaires, aime l'argent et la corrida, et se trimballe avec une photo de vous dont il a effacé le visage.

– Phuntsok Wangdu a retouché cette photo pour me montrer qu'il m'aime au-delà de mon physique. Je pense surtout que c'est pour des raisons de sécurité.

La façon dont elle prononçait Phuntsok Wangdu la trahissait.

– Qu'est-ce qui vous lie exactement à lui ?

– Nos longues conversations.

Nathan tournait en rond.

– Cela m'aiderait si vous me donniez des exemples de conversations que vous avez avec lui.

– Nous parlions de spiritualité, de pouvoir, d'argent, de science, du monde…

– Quelles parties du monde ?

– Le Tibet, la Chine, l'Espagne, l'Amérique…

– Le Tibet ?

– Il épouse la cause des Tibétains.

– Peu banal pour un Chinois.

– Phuntsok Wangdu est peu banal.

– Critique-t-il son pays d'origine ?

– Il ne le porte pas dans son cœur.

– Et l'Espagne ?

– Il en a adopté la culture.

– L'Amérique ?

– Ce pays lui donne les moyens…

– Les moyens de quoi ?

– Phuntsok Wangdu cache en lui un grand dessein.

– Citez-moi d'autres endroits du monde évoqués par lui.

– Je n'en sais rien. Que voulez-vous que je vous dise ?

– Le nom de l'endroit où il se trouve actuellement.

– Je vous ai dit que je l'ignorais.

– Avec ce que vous savez sur lui, je pourrais le découvrir.

– Vous êtes si perspicace que ça ?

– Ma perspicacité m'a mené jusqu'à vous.

Elle fixa l'horizon qui s'illuminait lentement.

– Donnez-moi des noms de pays, de lieux… S'il vous plaît.

– L'Irak, l'Afghanistan, le Kosovo, la Colombie, Madagascar, la Somalie, le Soudan…

– Des pays dangereux.

– Cela vous aide ?

– Oui.

Le grand dessein de Wang dont parlait Malena était peut-être lié à l'un de ces pays.

56

Marina Martin entra dans le Desert Tavern, comme on entre en campagne présidentielle. Elle portait un tailleur rouge assorti à des escarpins de marque, un chemisier blanc ouvert sur un collier de perles, un chignon impeccable et une paire de lunettes qui achevait de lui donner un air sévère sur un physique qui l'était beaucoup moins. Elle avait des faux airs de Sarah Palin.

Ron Frost se leva de table pour aller à sa rencontre. Il avait donné rendez-vous à Miss Martin dans ce pub du centre de Salt Lake City. Elle était l'unique personne joignable de Private Fuel Service. La société avait un site internet, un numéro de téléphone en 801, une boîte postale, mais aucune adresse officielle. Pour leur poser des questions, il fallait passer par le *media contact*, Marina Martin. Même le nom de la responsable des relations publiques sonnait faux. Ron la pria de s'asseoir, lui commanda un irish-coffee et reprit une bière.

– Alors, Monsieur Frost, quelles révélations avez-vous à me faire qui justifient que nous nous donnions rendez-vous dans cet endroit ?

– J'aime bien savoir à qui je m'adresse.

– La plupart de vos confrères se contentent du téléphone et des documents que nous leur envoyons.

– Je travaille différemment.

– J'ai vérifié. Vous n'êtes que pigiste.

– Quelque chose contre les pigistes ?

– Seulement contre les activistes qui se font passer pour des journalistes.

– C'est loin d'être mon cas.

– C'est pour ça que je suis là.

Il y avait une autre raison : Ron lui avait fait miroiter au téléphone une information censée avoir une grosse incidence sur l'avenir de Private Fuel Service.

Elle posa un dossier de presse estampillé PFS entre la tasse et le verre plein de mousse. La couverture présentait une photo de Skull Valley et annonçait la couleur : « Garantir un stockage sûr, propre et provisoire aux combustibles usagés des centrales nucléaires. »

C'était sur « provisoire » que tiquait Frost.

– Laissez tomber le discours officiel, attaqua-t-il sans ouvrir la pochette.

– Je n'ai rien de plus à vous dire que ce qu'il y a à l'intérieur, dit-elle en posant son index verni sur le papier glacé. Notre société est transparente.

Ron nota qu'elle ne portait pas d'alliance.

– Margene et Frank Hinckley étaient-ils des activistes ?

– Qui ?

– Lillie Swan et Billy Bear étaient-ils des témoins gênants ?

Elle fit une moue pour exprimer que c'était la première fois qu'elle entendait ces noms.

– Sam Love était-il un fouineur embarrassant ?

– Votre litanie va durer longtemps ?

– Ces personnes ont brusquement disparu dans Snake Valley avec leurs biens, leur voiture, leurs animaux, leur maison, sans laisser de trace.

– Vous vous trompez d'endroit, Monsieur Frost. C'est à Skull Valley que nous envisageons de stocker les déchets, pas à Snake Valley.

– Les deux sites ne sont séparés que par la base de Dugway Proving Ground.

– Quel rapport avec Private Fuel Storage ?

– J'y viens. Votre société et les Indiens Goshute de Skull Valley représentés par Leon Wolfson poursuivent le gouverneur de l'Utah et le département de l'Intérieur qui désapprouvent l'accord que vous avez passé avec le conseil tribal pour entreposer des déchets radioactifs sur leur territoire.

– Leon Wolfson est plein de sagesse.

– En ce qui le concerne, ce n'est pas la première qualité qui me vient à l'esprit.

– Il voit l'intérêt de son peuple.

– On discutera le sens du mot « intérêt » plus tard. Le problème, et c'est ce qui m'amène à vous, c'est que tout est bloqué en attendant un procès dont l'issue ne vous sera probablement pas favorable. Donc je me demandais quel était le plan B ?

– Le plan B ?

– L'existence de votre société ne repose que sur un accord passé avec Skull Valley Band of Goshute Indians. Sans cet accord, vous perdez les déchets nucléaires et les milliards, et vous mettez la clé sous la porte. Donc qu'avez-vous prévu pour contourner le problème ?

– D'abord, contrairement à ce que vous dites, le tribunal ne se prononcera pas forcément contre nous.

– Le gouverneur de l'Utah est un écologiste, il a été réélu sur un programme de lutte contre la pollution du désert du Grand Lac Salé. Cela ne vous a quand même pas échappé ?

– Le plan de substitution se décidera en temps voulu.

– Vous me prenez pour une poire ?

– Écoutez, Frost, vous commencez à m'agacer avec vos sous-entendus et vos raccourcis hasardeux. Je ne vois pas pourquoi je supporterais une minute de plus cet entretien, qui n'en est pas un d'ailleurs.

– Parce que je suis journaliste et que votre société n'a pas besoin d'une mauvaise publicité, surtout en ce moment.

Elle se rassit.

– Alors allez droit au fait et posez des questions auxquelles je peux répondre.

– Qu'allez-vous faire des 40 000 tonnes de déchets nucléaires qui vont vous rester sur les bras ?

– Ce ne sont pas les endroits qui manquent.

– Pas si la Cour américaine de justice rejette votre requête. La décision fera jurisprudence.

– Alors, il faudra que le gouvernement prenne ses responsabilités. Soit il cède du terrain, au sens propre comme au sens figuré, soit il ferme les cent quatre usines nucléaires du pays.

– La Snake Valley est sur votre liste ?

– Êtes-vous en train d'insinuer que PFS serait pour quelque chose dans la disparition des gens que vous avez mentionnés ?

– Je cherche à savoir où vous allez stocker vos merdes.

– Ce ne sont pas nos merdes, comme vous dites, mais les vôtres, celles de tous les Américains. Pensez-y la prochaine fois que vous appuierez sur un interrupteur ou que vous appellerez sur votre portable.

– Où les évacuer ? C'est ça qui m'intéresse. Donnez-moi un indice pour savoir si je suis sur la bonne piste.

– Quelle piste ?

– L'espace.

– Quoi ?

– Je pense à une évacuation spatiale des déchets.

– En orbite ? Sur la Lune ?

– À vous de m'aiguiller.

Elle regarda sa montre, signifiant qu'elle était pressée et qu'elle allait conclure l'entretien :

– Vous n'avez pas idée de la complexité et du coût de telles solutions. Je crois que vous vous êtes trompé d'interlocuteur, Monsieur Frost. C'est à Hollywood qu'il faut vous adresser pour ce genre d'élucubrations.

Elle se releva, décidée cette fois à prendre congé.

– Donnez-moi quelque chose, dit-il. Une info qui n'est pas dans le dossier de presse ou dans votre discours rodé.

– Il n'y a rien de plus.

– Si vous étiez en contact avec les extraterrestres, vous ne le signaleriez pas dans ce dossier.

– J'ai un nom : James Cameron. Allez l'interroger. Il vous en dira plus que moi.

– Dugway Proving Ground.

– Quoi Dugway Proving Ground ?

– Avez-vous passé un accord avec le centre d'essais militaires de Dugway ?

Irritée et déstabilisée par les questions fantaisistes de Frost, Marina Martin fit tomber son sac en enfilant son manteau. Le contenu se répandit sur le sol. Ron l'aida à ramasser des clefs, un bâton de rouge à lèvres, un stylo plume, des cartes de visite, un briquet et un préservatif qu'elle récupéra très vite en évitant le regard du journaliste.

Elle referma prestement son sac, passa la bride sur son épaule, hésita, se rassit et termina sa tasse de café pendant que Frost vidait son verre de bière.

– Nous sommes en pourparlers avec la base militaire pour étudier une solution de stockage adaptée, dit-elle. Les négociations sont classées top secret. J'ignore quelles solutions sont envisagées à ce jour. Mais si vous me promettez de ne pas évoquer cette information dans votre article, je vous réserve la primeur d'un éventuel accord entre Dugway Proving Ground et Private Fuel Service.

– Combien de temps à attendre ?

– Je l'ignore.

– J'ai vu que vous aviez des cartes de visite.

Elle rouvrit son sac, fouilla, lui en tendit une.

– Vous aviez déjà mes coordonnées.

– Vous pouvez m'écrire votre numéro de portable ? Je déteste les numéros en 801.

Elle griffonna sans sourciller un numéro et lui remit sa carte.

– J'espère qu'on se reverra très bientôt, dit-il en lui tendant la main.

Il la ramena très vite comme s'il s'était brûlé, recula de quelques pas, renversa sa chaise et se colla au mur, pétrifié.

57

Nathan collectait des informations à la manière d'un orpailleur, en séparant de la boue les rares paillettes qui pouvaient mener à Lew Wang.

– Miss Velasco t'a appris quelque chose ? demanda Carla.

Après son entretien avec Khado Sangmo, il l'avait trouvée fiévreuse sous son tas de couvertures, il lui avait consacré une séance de massage revigorant et ils avaient quitté Osel Ling de bonne heure. Le soleil mitraillait ses rayons à l'oblique sur le relief escarpé. Quelques oiseaux matinaux tissaient des fils invisibles dans ce champ de lumière.

– Il faut que je fasse le tri.

– Elle est jolie ?

– Oui.

– C'est tout ce que tu trouves à dire ?

Carla se forçait à dialoguer. C'était son moteur. Tant qu'elle parlait, elle était en vie. Ce matin, elle était de méchante humeur. Effets secondaires de la trithérapie et d'une mauvaise nuit.

– Tu quittes le lit pour rejoindre une autre femme et tu me sors qu'elle est jolie ? Excuse-moi d'insister, mais à part sa beauté, qu'est-ce que tu as retenu sur ta rencontre matinale avec elle dans un pré ?

– La difficulté de concilier le détachement imposé par sa retraite et les sentiments inspirés par le monde extérieur.

Carla tourna son visage fatigué vers lui. Elle comprit que l'empathie de Nathan à l'égard de Malena Velasco, tiraillée comme lui entre deux mondes, ne lui avait pas demandé beaucoup d'efforts.

– Elle éprouve des sentiments pour Lew Wang ?

– Elle ne l'avouera pas, mais elle ne peut le cacher.

– Un peu comme toi.

– Malena jongle avec ses contradictions. Elle est en perpétuelle dualité. Elle parle de longs discours avec Wang alors que le silence est de rigueur dans sa communauté. Elle contourne la vérité, sachant que le mensonge est proscrit dans sa religion. Sa double identité lui permet de composer avec ça.

– L'amour est le talon d'Achille des héros.

Ils se retrouvèrent soudain face à un mur noir et bruyant. Carla cria. Un van aussi large que la route avait surgi d'un virage. Nathan dévia de sa trajectoire pour éviter la collision. Les pneus mordirent dans le vide. Le reste de la gomme projeta une rafale de cailloux vers le précipice. Il rétrograda, écrasa l'accélérateur et braqua, en quête d'adhérence. Dressée sur un essieu, la Seat retomba sur la chaussée. Nathan propulsa le véhicule contre la paroi rocheuse pour l'immobiliser. Carla vomissait par la fenêtre. Lorsqu'elle rentra la tête, il fit craquer la marche arrière, écrasa l'accélérateur, tira le frein à main. La Seat virevolta et se retrouva dans le sens de la piste qui montait vers Osel Ling.

– Qu'est-ce que tu fais ?

– On est entrés en contact.

– Avec quoi ?

– On va bientôt le savoir.

Comme dans une course de rallye, la Seat enfila les virages en direction du sommet et du véhicule qui avait failli les envoyer dans le décor. La route n'allait pas plus loin que le monastère. Le mystérieux chauffard s'était donc engagé dans une impasse. Au détour d'une courbe, Nathan pila. À deux cents mètres devant eux, la calandre monstrueuse du Chevrolet Suburban noir leur faisait face.

– Détache ta ceinture, s'exclama Nathan en ralentissant.

– Quoi ?

– Descends !

Il l'éjecta de force du véhicule et enclencha la marche arrière. Le Suburban fonçait déjà vers lui comme une panthère. Il gagna de la vitesse et s'engagea à l'envers dans un virage. À la sortie de la courbe, il vit apparaître dans son rétroviseur la copie conforme du van qui l'avait pris pour cible. Parmi les options qui s'offraient à lui, aucune n'autorisait la fuite. Il n'avait qu'une seconde pour prendre sa décision, celle à laquelle les agresseurs devaient s'attendre le moins. Il freina, passa la première pour revenir se positionner dans le virage, stoppa et bondit sur le toit comme sur un trampoline. Arrachant à la montagne des crissements et des froissements, les deux Chevrolet prirent en étau la Seat qui se ratatina sous Nathan qui avait sauté au-dessus du carambolage. Dans le choc, les deux vans s'étaient déportés. Celui qui venait de l'arrière broutait à flanc de rocher, l'autre avait une roue qui patinait dans le vide. Nathan passa sur le toit de celui qui était soudé à la colline et déversait trois baraqués en armes. Ils se bousculèrent dans l'étroit espace délimité par le van et le ravin. Nathan se jeta sur eux, bras et jambes pliés pour former un boulet. Au contact, deux coups de coude écrasèrent deux casquettes et ses pieds propulsèrent un plexus dans le vide. Un quatrième homme était resté au volant, il entamait une manœuvre de repli. Nathan s'agrippa au toit du van et balança ses jambes sur la tempe du conducteur dont le crâne alla fendre la vitre opposée.

Les balles sifflèrent au-dessus de sa tête. L'équipe en amont le canardait, à l'abri de leur véhicule, entre Carla et lui. Nathan arracha comme du chiendent le chauffeur sonné et prit sa place. Première. Accélération. Le V8 ronfla, les roues motrices creusèrent deux ornières dans la piste, les trois tonnes de tôle encornèrent la Seat qui poussa l'autre Suburban vers le précipice. Il fit bramer les 320 chevaux sous ses pieds. Deux hommes sautèrent avant que le van ne bascule dans le vide dans un fracas métallique. Les tirs convergèrent vers Nathan. Une bourrasque de verre Securit envahit l'habitacle. Il fit marche arrière, se décrocha de la Seat qui resta en suspension au-dessus du ravin et recula jusqu'à ce qu'il soit hors de vue des deux agresseurs encore debout.

Les hommes progressaient par bonds, en se couvrant à tour de rôle. L'un rasait la colline. L'autre, un peu en retrait, contourna la Seat et s'agenouilla en épaulant son arme. Son équipier de tête mit en joue le Suburban immobilisé. D'un signe de la main il commanda à son binôme d'avancer. L'index sur la détente, ils avancèrent, chacun d'un côté de la route, sans cesser de braquer le véhicule vide.

– On ne bouge plus ! *No movais* !

Les deux hommes se retournèrent. Nathan leur ordonna de jeter leurs armes dans le ravin. Ils s'exécutèrent avant de comprendre que leur cible les avait contournés par la colline.

Nathan considéra les types dans sa ligne de mire. Ce n'était pas des guerriers. Ils en avaient la panoplie et les tics empruntés au cinéma, mais ils étaient aussi aguerris qu'une paire d'abonnés à une salle de musculation. Il fallait déblayer le terrain et organiser une séance d'interrogatoire.

Nathan avança en mitraillant le sol afin de les regrouper puis de les neutraliser d'un coup de pied droit retourné circulaire sur une mâchoire et d'un latéral gauche contre une carotide. Le premier mouvement entraîna une rotation fulgurante de la tête, le cerveau cogna contre la boîte crânienne, le système nerveux fit un clash. La seconde action écrasa l'artère carotide et entraîna une paralysie.

Nathan leur avait provisoirement éteint le cerveau.

58

Il n'y avait pas grand-chose à voler chez Rochelle Wesley. Sauf elle. Stan Steel avait eu le coup de foudre pour cette fille mariée qui avait perdu son mari, pilotait une Ducati ST2, portait un blouson de cuir sur un corps de liane et acceptait de l'héberger provisoirement.

Il s'était installé confortablement dans un fauteuil, une bouteille de Budweiser dans le poing, le regard rivé sur son hôtesse lovée dans un sofa. Elle s'était changée, avait enfilé une épaisse chemise en flanelle à peine boutonnée et un short élimé. Stan était à portée de bras de la paire de jambes nues qui le faisait fantasmer. Pourtant à la télé, Jack Bauer faisait de son mieux pour attirer l'attention.

– Tu sais qu'il y a des universités de droit qui ont inscrit *24 heures chrono* dans leur cursus ?

– Hein ?

– Lendemain de la diffusion de chaque épisode sur Fox, les cours portent sur les questions de droit soulevées par la série.

– Comment tu sais ça ?

– Ça t'étonne de la part d'une caissière ?

– Ce n'est pas ce que je voulais dire.

– Mais tu le pensais.

Des coups de feu firent converger leur regard vers le poste.

– Benjamin est avocat. C'est lui qui m'a dit ça. Il m'a raconté qu'un juge à la Cour suprême des États-Unis avait justifié l'usage de la torture en se fondant sur l'exemple de Jack Bauer.

– Excuse-moi Rochelle, je n'avais pas l'intention de te froisser…

– Relax, Stan, ça ne me pose aucun problème d'être prise pour une conne. Remarque j'ai de la chance, je n'ai pas de seins, signe qu'il me reste des neurones.

– Ben a de la chance.

– Tu diras ça quand on l'aura retrouvé.

– On le retrouvera, t'inquiète pas.

– Dommage pour toi, tu es assis dans son fauteuil.

Il noya dans la bière un « ouais » qui ne voulait rien dire et décolla ses yeux des cuisses de Rochelle pour les river sur celles de Bauer coursant un terroriste. Peu concentré sur l'affaire en cours, il ne réalisa pas tout de suite que le son ne correspondait plus à l'image. Il fixa sa bouteille de bière vide. Ce n'était pas cette pisse de vache qui risquait de lui flanquer une ivresse carabinée au point d'entendre des voix. À l'écran, Bauer clouait le fugitif au sol et l'appelait « Rochelle ».

– *Chérie ?*

Stan se tourna vers Rochelle pour vérifier si elle entendait la même chose que lui. À son expression, il comprit que c'était le cas.

– *Rochelle !*

La jeune femme se redressa sur le divan.

– *Rochelle, tu m'entends ?*

– C'est… c'est… la voix de Benjamin, balbutia-t-elle.

59

Nathan entassa les corps à l'arrière du van et se préoccupa de Carla. Elle n'avait pas bougé de l'endroit où il l'avait poussée sans ménagement. Ils regagnèrent en silence le seul véhicule encore capable de rouler. Nathan démarra en direction d'Osel Ling.

– Qu'est-ce que tu fous ? demanda-t-elle.

– Je transporte les blessés.

– Tu ne vas quand même pas amener ces criminels au monastère !

Nathan remonta le sentier piétonnier du domaine et fit irruption dans la cour tel un taureau dans l'arène. Tashi Namka vint à leur rencontre en faisant claquer ses sandales.

– Les véhicules n'ont pas le droit de venir jusqu'ici.

Nathan descendit. Le moine se figea devant ce qui avait tout l'air d'un corbillard. Malena Velasco apparut dans son dos.

– Qu'est-il arrivé ?

– Accident de la route.

– Ils sont morts ?

– Provisoirement. Il y a deux commotions cérébrales, deux KO cérébraux, un KO neurovégétatif et un KO vasculaire.

– Vous êtes médecin ?

– Non, mais je sais ce que je fais.

Sans relever, Malena s'approcha du van, les yeux rivés sur le tas de mercenaires inanimés.

– Que s'est-il passé ? demanda-t-elle à nouveau.

– La route était trop étroite.

– Ce sont des militaires ?

– Des mercenaires.

– Je vais appeler un médecin.

– Il faut seulement les laisser récupérer.

– Combien de temps ?

– Ils retrouveront leurs esprits dans l'heure qui vient.

– Et si ce n'est pas le cas ?

– S'ils ne se réveillent pas spontanément, une surveillance médicale s'imposera pour dépister d'éventuelles complications.

– Comme quoi ?

– Syndrome postcommotionnel, hématome dural, œdème cérébral…

– Vous êtes sûr que vous n'êtes pas médecin ?

– Pas plus que vous n'êtes psychanalyste.

Malena jeta un œil sur Carla qui ressemblait à un fantôme.

– Peut-on les installer dans un cabanon ? suggéra Nathan.

– Vous n'y pensez pas.

– Votre compassion a-t-elle des limites ?

Elle chercha de la duplicité dans les yeux de Nathan, trouva le mot *fuse* dans sa bouche. Premier précepte du bouddhisme zen, *fuse* est le don de soi, bien plus que matériel ou spirituel, puisé dans la connaissance de ce que nous sommes vraiment, pour s'harmoniser avec les autres. Malena hésita entre la charité dictée par sa philosophie et le rejet suscité par l'appréhension.

– Suivez-moi, finit-elle par dire.

Nathan reprit le volant jusqu'au cabanon le plus éloigné du centre. Il allongea les blessés à même le sol tandis qu'elle récupérait des couvertures.

– Je peux vous parler cinq minutes ? dit-elle en s'éloignant du cabanon.

Nathan referma la porte et marcha à ses côtés, prêt à l'écouter.

– Je vous laisse enfreindre les règles que nous nous sommes fixées ici.

– Sauf celle de la compassion.

– Ne m'interrompez pas ! Vous perpétrez des actions blessantes, vous mentez, vous faites irruption devant la salle de méditation au volant de votre fourgon, vous effrayez mes bonzes, vous m'imposez la présence de six personnes à moitié mortes. J'exige en retour la vérité.

– Vous la connaissez.

– J'aimerais l'entendre de votre bouche.

– Je suis à la recherche de mon père. Lew Wang peut me fournir des informations sur sa disparition. Je suis venu vous voir parce que vous êtes liée à Wang. Après que je vous ai quittée, ces hommes se sont dressés sur mon chemin pour m'éliminer. À vous de compléter les blancs.

– C'est vous qui les avez mis dans cet état ?

– Ils se le sont fait eux-mêmes en m'attaquant.

Elle le fixa sans savoir quoi dire.

– Ces hommes sont payés pour me supprimer. Ils ne vous feront aucun mal.

– Allez-vous-en maintenant.

– J'ai besoin de les interroger.

– Pas ici.

– J'ai besoin de vous.

– Je ne peux pas me rendre complice de tels actes.

– Fermer les yeux ou les ouvrir. C'est le choix que vous devez faire.

– Vous avez deux heures jusqu'à la fin du sesshin[1]. Quand nous aurons terminé, vous aurez disparu.

– Il me faudrait de la corde et la possibilité d'utiliser un autre cabanon.

– Vous en trouverez beaucoup de libres. Pour la corde, demandez à Tashi Namka.

– Merci Malena, dit-il en joignant ses mains.

Il retourna auprès des prisonniers. Elle le rappela. Il revint sur ses pas.

– Lew Wang travaille avec des militaires, confia-t-elle.

– Cette information me sera utile.

– J'espère que vous retrouverez votre père.

Elle voulait lui dire quelque chose, mais cela ne venait pas. Nathan se planta devant elle comme un micro. Malena était troublée. À cause de la décision qu'elle devait prendre et qui ressemblait à une trahison. À cause aussi de sa proximité avec Nathan.

– Vous ferez du mal à Lew ?

– Celui qui maîtrise l'art n'utilise pas d'arme et son adversaire devient la victime de sa propre attaque.

– Comme ces hommes qui gisent dans le cabanon ?

– Ils ont récolté le fruit de leurs mauvaises intentions.

– Vous maîtrisez l'art, si je vous suis bien.

– À l'instar des moines zen.

Nathan avait créé entre eux une intimité qu'elle ne cherchait pas à briser.

– Exercer un art martial, c'est méditer dans l'action.

1. Sesshin : période d'entraînement intensif au zazen.

Un silence plana, propice à la confidence.

– Lew a dit qu'il devait se rendre bientôt sur une île.

– Laquelle ?

– Je l'ignore. Il va se passer quelque chose de très important pour lui sur cette île.

– Qu'entendait-il par « bientôt » ?

– Sa notion du temps est particulière. Pour lui, « souvent » c'est trois fois par an et « longtemps » signifie l'éternité. On peut en déduire que « bientôt » se mesure en mois.

Nathan regarda cette femme qui venait de lui fournir une pièce supplémentaire du puzzle. Derrière le masque de pureté qu'elle essayait de façonner avec les outils d'un lama tibétain, Malena traînait un passé qui lui permettait de comprendre les choses de l'existence. Sous certains aspects, elle lui ressemblait.

– Adieu, Ombre Blanche.

Il laissa son demi-sourire se perdre au milieu des montagnes.

60

You know my name… you know my name…

La musique de *Casino Royale* retentissait près de ses fesses. Il plongea la main dans la poche de son pantalon et se retrouva avec un téléphone mobile contre l'oreille sans savoir qui il était, ni où il était.

– Ron ? fit une voix.

Il s'appelait Ron… Ron Frost, ça lui revenait.

– Qui est à l'appareil ?

– Stan Steel. Ça fait une plombe que j'essaye de te joindre. Il faut que tu viennes chez Rochelle. On est entrés en contact avec Ben.

Stan, Rochelle, Ben, cela faisait trop de noms d'un coup. Il devait d'abord s'occuper de sa langue en papier de verre assortie à sa gueule de bois. Il se leva d'un lit inconnu dans une chambre qu'il n'avait jamais vue et tituba vers une salle de bains attenante où il mettait les pieds pour la première fois. Il saisit le pommeau de douche et fit couler de l'eau froide sur son crâne.

– Ron, tu m'entends ?

Il confondit le pommeau avec son mobile, s'aspergea, pesta et ramena le téléphone vers le tympan qui n'était pas inondé.

– Ron, qu'est-ce que tu fous ?

– Je me suis gouré de téléphone.

– Où est-ce que tu es ?

– J'aimerais bien le savoir.

– Ron, je déconne pas, il faut que tu rappliques tout de suite. Rochelle est effondrée.

Il arrivait peu à peu à remettre de l'ordre dans sa mémoire dévastée. Il revit Marina Martin déboulant dans le décor miteux du Desert Tavern, Marina Martin posant son index sur le dossier de presse, Marina Martin répondant à ses questions, Marina Martin enfilant son manteau, Marina Martin faisant tomber son sac à main, Marina Martin lui serrant la main… C'était là que tout avait basculé. Son visage s'était déformé, flouté. Ron avait paniqué, renversé la table, couru après Marina Martin ou du moins ce qu'il en restait : une silhouette rouge évanescente. En traversant la rue à sa poursuite, il s'était fait renverser.

– Ron ?

Il se rappelait presque tout maintenant. Il restait à éclaircir les zones d'ombre. Qu'était-il arrivé à Marina Martin ? Où se trouvait-il ? Qui était Ben ?

– Qui est Ben ? demanda-t-il à Stan.

– Le mari de Rochelle Wesley, enlevé par les extraterrestres.

– J'arrive.

Stan lui communiqua l'adresse de Rochelle à Sandy et raccrocha. Ron entreprit de découvrir où il se trouvait. Il poussa la porte de la chambre, se retrouva dans un couloir obscur, sentit quelque chose lui frôler les pieds, entendit du rap, poussa une autre porte, pénétra dans un séjour enfumé.

… And I get these panic attacks
Pop a Xanax, relax
Try na stick my fuckin' dick inside a mannequin's ass

Trois types vautrés sur un divan se passaient un joint devant Eminem qui leur balançait des doigts d'honneur sur un écran de télé. Le trio se figea à l'apparition de Frost, ce qui ne changea pas grand-chose à leur allure.

– Oh ! *Man*, t'as récupéré tes neurones ? fit le plus maigre dont le poids devait être pour moitié constitué de piercings.

– On est où, ici ? demanda Frost.

– T'es chez nous, *man*.

– Dans l'état où t'étais, valait mieux te garder en observation, fit le gros en tirant sur le joint.

– Qu'est-ce qui m'est arrivé ?

– Tu t'es jeté sur notre caisse, *man*. T'as valdingué sur le capot comme un putain de cascadeur.

– Quand on t'a ramassé, tu délirais.

– Pourquoi m'avez-vous amené ici ?

– On voulait être sûr que t'avais pas un trauma, *man*.

– En fait, on n'a pas tous les papiers de la caisse. Donc, tu vois, on préférait rester entre nous.

– On est où, ici ?

– Salt Lake, *man*. Tu veux une bière ou une taffe ?

– Merci les gars, mais j'ai une course urgente à Sandy.

– On t'aurait bien déposé, mais là on n'est pas en état. Si la flicaille nous arrête, on est bon pour la zonzon.

Le journaliste évacua les lieux comme s'il y avait le feu. Il sortit la carte de visite sur laquelle Marina Martin avait laissé son numéro de portable. Boîte vocale. Il laissa un message pour qu'elle le rappelle. Puis il marcha en direction de sa voiture qu'il ne retrouva jamais, en se demandant à quelle créature il pouvait bien avoir téléphoné.

61

Nathan se référa au *Kubark Counterintelligence Interrogation*[1] qui avait été, à une époque beaucoup plus sombre de sa vie, un de ses livres de chevet. « La menace de la souffrance déclenche des peurs plus dévastatrices que la souffrance elle-même », précisait le manuel. Surtout avec ce genre de types, pensa Nathan en considérant les combattants ligotés à ses pieds. Peu familiers des coups durs, ces apprentis sous-estimaient leur capacité à supporter la douleur. Il fallait jouer là-dessus. L'un d'eux bougea en grommelant de l'espagnol entre deux quintes de toux. C'était celui qui avait reçu un *ba lang cuoc* dans la carotide. Au-dessus d'une gorge violacée, un collier de barbe lui mangeait son visage poupin. Nathan l'aida à se relever et le mena au cabanon voisin. Il l'installa sur une chaise.

– Un verre d'eau ?

– *Trucha !*

Nathan ne connaissait pas ce mot.

– Ça veut dire « oui » ou « non » ?

– *Que te follen !*

– Qu'est-ce que tu essayes de me dire ?

– *Cabron !*

1. Manuel de conduite d'interrogatoire de la CIA rédigé dans les années 1960. Kubark était le nom de code que s'était donné la CIA.

Toutes les insultes y passaient. Elles visaient à déclencher une réplique ou une réaction violente qui conforterait le mercenaire dans son déni. Ne pas entrer dans son jeu. Le laisser se vider. Ne pas suivre un schéma classique d'interrogatoire qui pousserait inexorablement Nathan vers la torture et les menaces de mort. Non que ces techniques le rebutaient mais, comme le précisait le *Kubark Counterintelligence Interrogation*, elles se révélaient souvent inefficaces.

Nathan se mit dans le dos de l'homme et posa sa main sur la carotide endolorie. Le prisonnier voulut se lever. Nathan le recolla à la chaise. Un cri de douleur se mêla à un nouveau juron. De la corde et quelques nœuds immobilisèrent le détenu.

Il gagna le bâtiment principal. Carla buvait du thé en compagnie de Tashi Namka, aux petits soins. Nathan demanda au moine l'origine du mot « *trucha* », mais ce dernier ignorait la signification de cette insulte. Il se proposa d'aller se renseigner.

Nathan retourna auprès des autres prisonniers. Deux d'entre eux avaient repris conscience. Il s'agissait de ceux qui avaient encaissé un *phuong duc* sur le crâne, ce qui fit penser à Nathan qu'il devrait travailler un peu plus sa technique de coudes. Le moins costaud fut renvoyé d'où il venait d'un crochet à la tempe. Nathan ôta les liens de l'autre et le traîna par une boucle d'oreille en argent jusqu'au cabanon réservé à l'interrogatoire.

Collier-de-barbe avait réussi à renverser sa chaise. Il se tortillait sur le sol. Nathan jeta Boucle-d'argent dans la salle de bains et remit son collègue sur ses quatre pieds en bois.

– Par qui je commence ?

Il sortit un couteau récupéré sur l'un des prisonniers et le fit tourner sur le sol. La lame se pointa vers la salle de bains. Nathan se planta devant Collier-de-barbe.

– Je t'interrogerai en second.

Lorsque Nathan ouvrit la porte, le poing de la montagne de muscles fusa en direction de sa mâchoire. Il contra l'obus charnu avec son bras gauche qui s'enroula comme un serpent sur le membre tendu et pivota en décochant au passage un coup de coude dans la mâchoire carrée. Boucle-d'argent s'écrasa au sol avec un craquement sec qui précéda un hurlement. Nathan plomba sa joue d'un coup de genou. Le malabar se mit à pleurer en crachant ses dents sur son articulation en miettes. Nathan lui remonta la manche et entailla du biceps jusqu'au poignet. Le cri qui gicla en même temps que le sang était bien moins dû à la coupure qu'à la fracture alliée à la vue de son bras dégoulinant. Nathan s'assit sur la cuvette des toilettes et attendit devant les geignements du mercenaire à terre. Boucle-d'argent était prisonnier de la douleur qui l'immobilisait et le sidérait. Nathan improvisa un garrot avec la ceinture du malabar, se badigeonna les mains et le visage d'hémoglobine, sortit en refermant la porte sur les gémissements, se planta devant Collier-de-barbe dont le visage poupin avait viré au gris pâle. Le type était tétanisé par les hurlements de son équipier et par le poing ensanglanté qui enserrait le couteau sous ses yeux.

Règle n° 2 : persuader l'interrogé que, dans son rôle froid et déterminé, l'interrogateur n'hésiterait pas à mettre sa menace à exécution face à un manque de coopération. Après ce qu'il croyait s'être passé dans la salle de bains, Collier-de-barbe était convaincu de la détermination de son tortionnaire.

– Dans quelle langue préfères-tu que je t'interroge ?

– Espagnol.

Il avait déjà accepté l'interrogatoire. Nathan continua sur un ton calme qui couvrait à peine les plaintes de Boucle-d'argent.

– Ton nom ?

– Diego Maria Sanchez.

– Qui commande le groupe ?

– Guillermo Velda.

– C'est le gros ?

– Tu l'as tué.

C'était le gros. Il n'avait pas encore émergé du coup de pied au plexus.

– Pas tout à fait. Il lui reste encore la parole.

– *Cabron.*

– Qui vous a demandé de m'éliminer ?

– C'est ça… Tu veux peut-être aussi que je te suce, *trucha* ?

– Pas maintenant.

On frappa à la porte. C'était Carla.

– « *Trucha* », ça veut dire pédé, dit Carla. D'après Tashi Namka, c'est une expression typique de Calañas, un village à l'ouest de Séville.

– Merci Carla.

– C'est du sang que tu as sur le visage ?

– Ce n'est pas le mien.

– Qui est-ce qui crie comme ça ?

– Il y en a un qui s'est blessé en me fonçant dessus. Appelle une ambulance.

Il lui referma la porte au nez.

– Excuse-moi, dit Nathan en revenant vers Diego Maria Sanchez. Où en étions-nous ? Ah oui ! Tu me proposais une fellation.

– *Que te follen, hijo de puta !*

– Je vais d'abord te découper comme ton copain. Il a tout déballé sans que je lui pose une seule question. Il m'a même raconté sa vie à Calañas.

Sanchez le regarda comme s'il venait de prononcer le nom de naissance de sa mère. Nathan avança le poignard effilé entre les jambes de Sanchez et fit sauter la braguette du pantalon. Il plaqua la lame froide contre la verge et l'artère fémorale.

– Attention, ça va gicler.

– Attends, qu'est-ce que tu veux ?

– C'est moi qui pose cette question.

– On doit t'éliminer.

– Qui a ordonné ça ?

– Je sais pas.

– Tu exécutes sans savoir ?

– Quand c'est payé, oui.

Le chapitre IX du manuel de la CIA, consacré à l'interrogatoire coercitif des sources d'informations résistantes, précisait qu'il ne suffisait pas de placer une telle source sous la tension de la menace et de la peur. Il fallait lui laisser entrevoir l'espoir de s'en tirer de façon acceptable. Nathan continua sur le même ton neutre, calme, distant.

– Tu n'as plus qu'à me donner un renseignement intéressant pour être libre. Jusqu'à présent, tu as pris les bonnes décisions. Plus qu'une seule et tu rentres chez toi.

– Quel renseignement tu veux ?

– Tu choisis. Je verrai si ce que tu me donnes mérite que je te libère ou que je te castre.

– Qu'est-ce qui me fait croire que tu ne vas pas me tuer, après ?

– Comme tu peux l'entendre, ton copain est toujours vivant.

– Pour combien de temps ?

– Te tuer ne fait pas partie de mes options. Pourquoi liquider un type qui m'est complètement indifférent ?

– Pour te débarrasser d'une menace.

– Quelle menace ?

Sanchez placarda un air absent sur son visage poupin. Il réfléchissait sur fond de mélopée disgracieuse gémie par son coéquipier.

– Dépêche-toi, j'ai un planning serré.

Nathan lui creusa l'aine jusqu'au sacrum. Le redoublement des sanglots derrière le mur joua en sa faveur.

– Le Major.

– Qui c'est ?

– Je sais pas. Il est entré en contact avec Guillermo à Calañas. Il nous a filé le fric et nous a dit qu'on devait éliminer un couple d'étrangers dans la sierra Nevada.

– Il vous a payés avant que vous exécutiez le contrat ?

– Il a dit qu'on n'entendrait plus parler de lui sauf si on foirait la mission.

Nathan ôta ses liens et le libéra.

– Je rentre comment ? grogna Sanchez.

– Tu veux peut-être que je t'appelle un taxi ?

– Et les autres ?

– Ils vont rentrer en ambulance.

Diego Maria Sanchez s'éloigna en courant. Nathan retouna au cabanon des prisonniers. Ils étaient tous revenus à eux. Ligotés, ils bougeaient comme des poissons jetés sur le pont d'un bateau de pêche. Nathan s'avança vers le gros, le détacha en lui infligeant une clef de bras douloureuse dans le dos et l'entraîna dehors.

– Écoute-moi bien, Guillermo. Tes copains m'ont tout raconté à propos de Calañas, la mission, l'argent, le Major. Tu me dis juste comment le Major t'a contacté et vous disparaissez d'ici. Bref, tu sauves tes hommes.

– Je n'ai vu ce type qu'une fois.

– Pourquoi est-il venu te voir ?

– Je suis connu à Calañas.

– Il ressemble à quoi ?

Guillermo Velda hésita.

– Tu as tout intérêt à ce que je retrouve le Major.

– Pourquoi ça ?

– Tu n'as pas rempli ta mission. Il va falloir que tu rendes des comptes au Major ainsi qu'à la police.

– Qu'est-ce que vous proposez ?

– Je retrouve le Major et tu es débarrassé de cette affaire.

– Gros, blond, taches de rousseur, l'air d'un nounours prêt à vous étriper. Il a débarqué un soir à La Habana, c'est un bar à Calañas. Il m'a flanqué le fric dans les mains et m'a dit ce qu'il fallait faire pour le garder. Ensuite j'ai recruté des gars pour faire le boulot.

– Ton van est garé à l'entrée du centre. Il roule encore. Embarque tes gars et ne refous plus les pieds ici, ni à Calañas, le temps que je m'occupe du Major.

Sous le commandement de Guillermo Velda, les mercenaires évacuèrent les lieux.

62

Quatre paires d'yeux fixaient l'écran de télévision bombardé de spots publicitaires bruyants. Encaissant l'agression, Shelly, Rochelle, Ron et Stan attendaient que Ben se manifeste à nouveau à travers le tube cathodique.

Ron avait tourné en rond sans retrouver sa Subaru. Après avoir vérifié que son épave n'avait pas été enlevée par la fourrière, il avait dû se faire à l'idée qu'elle avait été « déblayée », comme la moto de Stan. Il s'était rabattu chez Shelly, l'avait réveillée, puisque c'était de jour qu'elle faisait ses nuits, et lui avait accordé vingt minutes pour se laver, s'habiller, se maquiller. Prête en une demi-heure, un record, Shelly l'avait conduit chez Rochelle. Dans le salon du petit appartement des Wesley, ils avaient fait part de leurs expériences paranormales respectives. Ron avait raconté la métamorphose de Marina Martin en évanescence vermillon. Moins traumatisé, Stan avait narré le doublage surréaliste de *24 heures chrono* par le mari de Rochelle.

– Vous prenez quoi comme drogue ? demanda Shelly.

– Tu ne nous crois pas ?

– Si, mais ça ne signifie pas que vous dites la vérité.

– En fait, tu nous prends pour des cons, dit Ron.

– Ce que vous avez vu n'est peut-être pas la réalité.

– On serait trois à avoir la berlue ?

– Un jour, sur le trottoir, j'ai vu un mec qui cognait une fille. On s'est radinées à plusieurs copines par solidarité féminine pour arrêter le massacre. Eh bien, figurez-vous que la connasse, elle nous a dit d'aller nous faire niquer ailleurs.

– Peur des représailles.

– Tu parles, les représailles, elle était en train de les savourer. Faut pas toujours croire ce qu'on voit ou ce qu'on entend. Encore moins si ça passe à la télé.

– Des gens sans visage, des voix dans le téléviseur, t'expliques ça comment, alors ?

– C'est votre problème, les gars. Moi, la seule chose dont je suis sûre c'est que je bosse dans deux heures.

Un cri interrompit la démonstration de Shelly. Les regards se tournèrent vers Rochelle qui fixait le mur.

– Qu'est-ce que t'as ? demanda Stan.

– Il y a quelqu'un dans l'appartement.

– Quoi ?

– J'ai vu une ombre dans le couloir.

Un long grincement métallique déchira le silence de l'appartement.

– J'ai entendu ce bruit quand ils ont débarqué chez moi ! s'exclama Ron.

– C'est quoi ? demanda Shelly.

– Il n'y a qu'une façon d'en avoir le cœur net, dit Stan en se levant.

– Ils vont te tomber dessus.

– Tant mieux, j'en profiterai pour leur demander de me rendre ma bécane.

Ron le suivit à trois mètres de distance. Stan poussa la porte de la chambre. La pièce était grande, meublée d'un lit défait, d'un placard intégré tout en miroirs et d'un coffre surmonté d'une pile de linge. Quelques magazines traînaient par terre. La fenêtre était fermée, les rideaux immobiles.

– Personne, dit Stan.

– T'as regardé dans l'armoire ?

Ils s'approchèrent lentement, devant leur reflet qui les fixait dans la glace. Ils firent coulisser les portes, découvrirent des tiroirs, des penderies, des étagères remplies de linge. Ils s'enfoncèrent dans des robes et des costumes, en quête de ce qui aurait pu émettre un grincement, jetèrent un œil sous le lit et à la fenêtre qui donnait sur la rue deux étages plus bas. Ils revinrent bredouilles auprès de Rochelle.

– J'ai vu quelque chose, maintint-elle.

Elle avait les yeux rouges, un mouchoir en boule dans la main, les jambes repliées sous les fesses, dans un coin du sofa.

Un nouveau bruit, mélange de frottements et de grattements, émana de la chambre. Stan se précipita sans réfléchir. Les trois autres bondirent cette fois dans son sillage.

– Vous avez regardé dans le coffre ? demanda Rochelle.

Ron souleva le couvercle encombré de linge dans un grincement de charnières.

– Ce n'est pas ça qu'on a entendu tout à l'heure ? demanda Ron.

– On dirait, fit Stan.

Le coffre était vide.

– Je l'ai vidé hier pour le ranger, dit Rochelle.

Les grattements leur parvenaient toujours. Comme des petites mains griffues cherchant à se frayer un passage.

– Ça vient du placard, fit Stan.

– On a déjà regardé.

– Il y a un rat là-dedans, dit Shelly avec un pas en arrière.

Si les fantômes ne lui faisaient pas peur, elle craignait les rongeurs, bien réels eux, tout en pointes, du museau à la queue en passant par les dents, les moustaches et les pattes.

Le bruit devint beaucoup plus ample.

– C'est quoi ce vacarme ? bafouilla Shelly.

Stan fit coulisser le battant pour la deuxième fois.

63

À la radio, Fito y Fitipaldis chantait *Por la Boca vive el pez*. Les phares de la 207 inondaient les rues de Calañas qui était sur son 31. On était samedi soir, 23 h 30. L'heure à laquelle l'Andalousie se mettait à vivre, à vibrer, à vociférer. Les vieux s'asseyaient par trois sur les bancs ou devant leurs paliers pour discuter. Les rues se remplissaient de villageois en goguette, habillés comme des communiants, des raveurs ou des paroissiens, convergeant vers la place centrale, une scène, un bar. L'hiver clément favorisait la liesse.

La veille, Nathan avait quitté le centre tibétain de la sierra Nevada et échangé la Seat accidentée contre une 207 neuve auprès du loueur de voitures. Carla avait manifesté pour la première fois des doutes quant à la piste suivie. Lew Wang était introuvable et on n'était même pas sûr qu'il mènerait à Sam. Quant au Major, on ignorait tout de lui. Le seul élément que possédait Nathan, c'était le nom d'un village d'Andalousie où le Major avait recruté des hommes pour l'empêcher de remonter jusqu'à Wang.

Il gara son véhicule entre deux containers à ordures. Carla et lui continuèrent à pied, fendant la foule bruyante. Le centre de Calañas était envahi par les jeunes fêtards, nombrils percés, pantalons taille basse, ceintures clinquantes, chemises serrées, coiffures sculptées, corps embaumés. Cacophonie de musiques pop-rock, hip-hop, gipsy. La Habana était bondé de fêtards éméchés, enfumé par le tabac et les fumigènes en provenance de la scène où un groupe local reprenait un standard d'El Canto del loco.

Y eso es lo que quiero, besos.
Que todas las mañanas me despierten de esos
que sea por la tarde y siga habiendo besos.

Nathan pria Carla de l'attendre à la terrasse et se faufila jusqu'au comptoir où trois employés débordés servaient les assoiffés. Le nom du Major ne leur disait rien.

– Demandez à Miguel, hurla l'un d'eux.

– À quoi il ressemble ?

– Grand, baraqué, frisé, des lunettes de soleil même la nuit. Facile à repérer.

Nathan monta sur le zinc. Il ne distingua aucune paire de lunettes noires.

– S'il n'est pas là, c'est qu'il a organisé sa propre fiesta. Descendez de là, maintenant.

– Une fiesta ? Où ?

– Dans un champ.

Après s'être fait préciser l'endroit, Nathan récupéra Carla et marcha vers les champs d'oliviers à l'extérieur de la ville. Ils se laissèrent guider par les odeurs de barbecue et la musique de Pereza diffusée par des haut-parleurs aussi gros que des bottes de paille. Ils firent irruption dans une fête à ciel ouvert.

Si quieres bailamos, me pongo los zapatos
Y me llevas, y me llevas contigo
Por ese mundo oscuro y desconocido
Del compás, olvidarnos del tiempo perdido

La plupart des convives bourdonnaient autour d'une immense table dressée sur des tréteaux. Ils étaient déguisés comme pour le carnaval. Nathan interrogea un jeune vêtu de sacs-poubelle en train de photographier deux bimbos en costume de flamenca.

– Des Miguel, il y en a quarante-cinq ici. C'est lequel que tu cherches ?

– Celui qui organise la fête.

– C'est lui, là-bas.

Le photographe désigna un Bonhomme Michelin armé d'une gigantesque fourchette, qui faisait valser les saucisses sur un barbecue. Ils le rejoignirent après avoir accepté deux verres de Coca.

– *Hola*, fit Nathan.

L'Espagnol se retourna sur les deux étrangers. Il avait ajouté une touche personnelle à son costume de Bidendum : un sexe constitué de trois ballons orange. Une cigarette pendait au coin de sa bouche. On se demandait comment tout cela n'avait pas déjà éclaté. Le nom du Major ne lui évoquait rien, contrairement à la description physique que lui en fit Nathan. Miguel refila sa fourchette à un échalas déguisé en bouteille de bière Cruzcampo et se consacra aux deux visiteurs.

– Tu connais cet homme ? demanda Nathan.

– *Tio*, je l'ai vu qu'une fois dans ma vie.

– À quelle occasion ?

– Il cherchait des types.

– Pour quoi faire ?

– Il savait qu'il y avait des chorizos qui zonaient dans le coin.

– Des chorizos ?

– Des voleurs, des truands, des merdeux sans expérience prêt à descendre un gars pour quelques centaines d'euros.

– Tu lui as dit quoi ?

– Je lui ai dit que je connaissais la bande à Guillermo Velda et que c'était avec plaisir qu'il pouvait nous en débarrasser. *Tio*, j'ai cru qu'il était de la flicaille. Je lui ai indiqué l'endroit où ces types avaient l'habitude de se réunir. Il m'a dit « *gracias* » et il a disparu.

– Il avait un accent ?

– Non.

– Un signe particulier ?

– Il portait une veste en velours, un pull à col roulé, un jean, des chaussures pourries. Comme un flic.

– Pourquoi le Major t'a contacté ?

– *Tio*, pour la même raison que toi. Je connais la plupart des gens ici. Dès qu'on cherche quelqu'un, on te répond « Va voir Miguel ».

– On doit retrouver le Major, intervint Carla. C'est très important. Peux-tu nous aider ?

Bidendum réfléchit sans se rendre compte qu'il grattait ses attributs artificiels.

– Il faut remonter la piste que vous avez empruntée pour venir jusqu'à moi.

Miguel ne manquait pas de bon sens. Ni de chaleur humaine, comme souvent les Andalous. Il dégonfla une partie de son costume et les invita à le suivre. Ils montèrent dans une 106 qui démarra en trombe en martelant du rock. « *Puta !* » hurlait le chanteur.

– Tu es italienne ?

– Ça se voit tant que ça ?

– L'accent et la beauté, c'est ce qui se voit en premier.

– Merci.

– Je parle italien aussi.

– C'est une grande qualité.

– Je vais poser des questions à La Habana. On verra si ça mord.

Miguel slaloma entre les piétons, pila en triple file devant la terrasse du bar et laissa le frein à main baissé.

– Au cas où elle gênerait, expliqua-t-il.

Il plongea dans la marée humaine qui débordait sur le trottoir, chopa un verre de bière sur un plateau, apostropha des potes bourrés, embrassa plusieurs filles et leur glissa un mot à l'oreille, aussi à l'aise dans la foule qu'un poisson dans l'eau. Il revint avec un Andalou râblé.

– Alejandro lui a parlé, dit Miguel. Il était à La Habana.

– Où était-il assis ? demanda Nathan.

– Il y avait trop de monde. Il a commandé un truc au bar et s'est barré.

– Qui l'a servi ?

– Isabel.

– Fais-la venir aussi et accordez-moi quelques minutes. On va aller dans un endroit plus calme.

– C'est quoi l'embrouille ? fit Alejandro.

– Vous êtes trois personnes à avoir parlé au Major. Je vais essayer de voir à travers vous ce que vous n'avez pas vu.

64

Ils choisirent le Zapato, une taverne quasiment déserte. En Espagne comme ailleurs, le monde attire le monde et un établissement vide n'attire personne. Ils s'installèrent à la table du fond et commandèrent des Beefeater au Fanta Limón. Idéal pour délier les langues. Isabel travaillait derrière le zinc de La Habana depuis six mois.

Migucl et Alejandro étaient en troisième année de lettres à l'université de Séville où ils séjournaient durant la semaine. Leur description physique du Major correspondait à celle donnée par Guillermo Velda : blond, replet, avec des taches de rousseur.

– Il avait l'air cool, dit Isabel.

– Moi j'ai pas trouvé, dit Alejandro.

– Qu'est-ce qui te faisait penser qu'il était cool ? demanda Nathan.

– Il était comme les autres clients du bar, je veux dire.

– Pour toi, il n'avait donc rien d'un flic ou d'un malfrat.

– Il avait l'air de rien en fait.

– Et moi, tu trouves que j'ai l'air de quoi ? lui demanda Nathan.

– Tu as l'air… irréel.

Isabel semblait trouver Nathan à son goût.

– Tu… tu es de la police ?

– La police est bien trop réelle.

– Pour moi ce type ressemblait à un flic, intervint Miguel.

– Pas d'accord, dit Isabel. Ce surnom-là, le Major, ça ne lui va pas du tout.

– Pourquoi ? demanda Nathan.

– Un Major ne dit pas « *Miarma* ». C'est le mot qu'il a employé pour s'adresser à moi.

– Ça signifie quoi ?

– Rien, c'est juste pour attirer l'attention.

– C'est la contraction de « *mi alma* » qu'on emploie pour interpeller une personne qu'on ne connaît pas, expliqua Miguel. C'est amical, comme « *tio* ». Ça pourrait se traduire par « Écoute-moi, bébé ».

– C'est pour ça que je dis qu'il était cool, ajouta Isabel.

– Qu'est-ce qu'il a commandé ?

– Une bière et des olives.

– Qu'a-t-il dit ensuite ?

– Il m'a demandé où je pouvais trouver je sais plus trop qui.

– Guillermo Velda, compléta Miguel.

– Qu'as-tu répondu ?

– Que je connaissais personne de ce nom. Comme Alejandro était dans le coin, je lui ai demandé s'il avait l'info.

– Je ne connais pas non plus ce Velda, dit Alejandro. Alors je l'ai envoyé à Miguel qui connaît beaucoup de monde dans le coin.

– Pour toi, le Major avait l'air de quoi ?

– Contrairement à Isabel, je trouve qu'il détonnait. Sa veste en velours orange avec les coudes rapiécés, le futal en polyester, grave ringard.

– Te souviens-tu avec précision de ses propos ?

Alejandro fluidifia sa mémoire d'une rasade de Beefeater :

– Quand je lui ai dit d'aller voir Miguelito, il s'est énervé ; c'est pour ça que je ne suis pas sûr qu'il était si cool.

– Il faut dire qu'on n'arrêtait pas de le balader, dit Miguel.

– Où l'as-tu envoyé ? demanda Nathan.

– *Tio*, là où tu m'as trouvé.

– Qu'a-t-il dit exactement ?

– Un truc du genre « Comment je vais reconnaître un putain de Miguel dans une *botellona* ? »

– Une quoi ?

– Une *botellon*, c'est une réunion à l'extérieur. On amène des sacs pleins de glaçons, des verres en plastoc, des bouteilles d'alcool, des sodas, on fait des cocktails, on boit, on rigole, on allume un barbecue, on fait la fête.

– *Botellon* ou *botellona* ?

– C'est pareil, dit Miguel. À Séville, on dit plutôt *botellona*.

– Il est donc de Séville.

Les trois jeunes se regardèrent.

– Vous confirmez ? demanda Nathan.

– C'est vrai qu'il bouffait les mots, dit Miguel.

Le visage d'Isabel s'éclaira :

– Je me souviens qu'il a dit : « *Ponme una canita con unas olivas.* [1] » C'est typique sévillan.

– À quelle heure a-t-il quitté La Habana ?

– Vers minuit, dit Isabel.

– À quelle l'heure t'a-t-il parlé ? demanda Nathan à Miguel.

– Je dirais vers 1 heure du matin.

– Il a mis une heure pour parcourir quoi… moins de deux kilomètres ?

– Il a peut-être fait autre chose entre-temps.

– Est-ce qu'on parle du même homme ? demanda Nathan.

– Quoi ? Bien sûr qu'on parle du même.

– Quel était son parfum ?

– Tu nous en demandes trop, dit Miguel.

– Black Xs, dit Alejandro.

– Moi j'avais l'odeur du barbecue dans les narines, dit Miguel.

– Que portait-il sous sa veste ?

– Hey, tu vas nous demander la couleur de son calcif ?

– Sa veste était ouverte, non ?

– Il portait un pull beige à col roulé.

– Un pull noir, rectifia Miguel.

– Beige, dit Alejandro. Je m'en souviens, je me suis dit que ça faisait merdique avec sa veste orange.

– Noir, j'en suis certain.

1. Donne-moi une bière et des olives.

– Il s'est donc changé entre-temps, déduisit Nathan.

– Pourquoi il aurait fait ça ? s'étonna Isabel.

Le Major avait quitté Séville pour embaucher des hommes de main. Il ignorait combien de temps cela lui prendrait. Nathan continua de réfléchir à voix haute :

– Il avait une valise. Il a changé de pull avant de se présenter à Miguel.

– Il s'était taché, suggéra soudain Carla.

– En tout cas, il n'a pas renversé de bière sur lui, dit Alejandro. Il l'a bue d'un trait et s'est tiré dans la foulée.

Nathan se leva et traversa la salle jusqu'à l'entrée. Dans la rue, la circulation bouchonnait, les conducteurs essayaient de se frayer un passage entre les piétons et les doubles files. Il y avait même un cheval sur la chaussée. Tout cela se déroulait dans une bonhomie cacophonique. Nathan revint s'asseoir et formula son hypothèse :

– En voulant repartir de La Habana, le Major a été bloqué par une voiture. Il s'est énervé. Il y a eu une altercation. Le Major y a laissé son pull.

– Ça se tient, approuva Miguel.

– Pouvez-vous vérifier s'il y a eu récemment une bagarre devant La Habana aux environs de minuit ?

– Il y en a tout le temps avec les Gitans, dit Alejandro.

Miguel alla se renseigner. Nathan libéra les deux autres jeunes. Carla manifesta un signe de lassitude. Il plongea ses doigts dans ses boucles épaisses et lui massa le crâne.

– Visualise tes deux hémisphères et masse-les mentalement. Détends-toi, baisse tes épaules, décontracte tes muscles.

Manuel réapparut au bout de vingt minutes, en compagnie d'une fille.

– Tu as raison. La semaine dernière, un étranger s'est frité avec le proprio d'une bagnole qui l'empêchait de quitter sa place.

– C'est possible de parler à un témoin de la scène ?

– J'ai emmené Jennifer. Elle a tout vu.

L'efficacité de Miguel égalait sa serviabilité.

– On parle bien du même homme, la quarantaine, corpulent, veste en velours orange, cheveux blonds et parfum Black Xs ?

– Pour le parfum, j'en sais rien, dit Jennifer. Le type a menacé Fernando qui l'a attrapé par le col. Mais l'autre lui a donné un coup de tête. Fernando lui a déchiré le pull, ça a énervé le type. On les a séparés avant que Fernando se fasse massacrer.

– Que s'est-il passé ensuite ?

– L'étranger est monté dans sa voiture et a forcé le passage.

– Quelle voiture avait-il ?

– Un 4 × 4.

– La marque ?

– J'y connais rien en voitures.

– Parmi ceux qui étaient présents sur les lieux, qui s'y connaît en voitures ?

– Garcia.

Elle passa un coup de fil. Carla soupira, admirative devant la patience de Nathan. Sa ténacité finirait-elle par porter ses fruits ? Plus le temps passait, plus elle avait l'impression qu'ils s'éloignaient de leur objectif. Ils en étaient à chercher une personne qui avait cherché d'autres personnes pour empêcher Nathan de se renseigner sur une personne qui pourrait éventuellement leur donner une information qui les mènerait à Sam. De quoi décourager le plus obstiné des enquêteurs.

– Un Chevrolet Captiva Sport tout neuf, dit Jennifer, le téléphone collé à l'oreille.

La même marque que les véhicules conduits par ceux qui l'avaient agressé.

– Il n'a pas hésité à abîmer son véhicule ? s'étonna Nathan.

– Non. Il était résolu à sortir.

– Il a réussi ?

– Quelqu'un a poussé la voiture de Fernando pour que l'autre ne la défonce pas.

– Merci, dit Nathan. Vous pouvez retourner faire la fête.

– Si vous avez besoin d'autre chose, dit Miguel… sinon j'y retourne avant qu'ils aient bouffé toutes les saucisses.

Nathan remercia chaleureusement l'étudiant espagnol. Au cours de ses enquêtes, il lui arrivait de rencontrer des individus désintéressés qui l'aidaient à rester sur la bonne voie. Des êtres que la bonté rendait beaux, qui compensaient la laideur du monde dans laquelle il était obligé de patauger, qui lui donnaient envie de croire en l'humanité. Il se tourna vers Carla qui l'observait. Avaient-ils progressé ?

Le Major habitait Séville. Il aimait les Chevrolet. Il avait fourni deux modèles Suburban à la bande qu'il avait recrutée à Calañas et il en conduisait une neuve qu'il n'avait pas hésité à bousiller.

Prochaine étape : les concessionnaires Chevrolet à Séville.

65

La porte coulissa en crissant. Un caillou était coincé dans le rail. Stan le retira avec minutie et ouvrit la penderie. Une chemise blanche était animée par un corps invisible. Des vêtements tombèrent. Un pantalon dansa sous l'effet d'une force invisible.

FLAP ! FLAP ! FLAP ! FLAP ! FLAP ! FLAP !

Stan recula en flageolant.

– C'est quoi ce bordel ? s'exclama Ron.

– Il n'y a personne, constata Shelly.

FLAP ! FLAP ! FLAP ! FLAP ! FLAP ! FLAP !

Un battement d'ailes accompagné d'un tourbillon de cravates fit apparaître un pigeon ébouriffé. Le volatile s'évada lourdement de l'armoire et alla se percher sur une vasque lumineuse.

– Un pigeon ? Comment il est arrivé là ?

Stan ramassa un petit ruban rouge sur le sol de la penderie.

– On dirait ce truc contre le sida qu'on accroche à la boutonnière.

– Ce n'est pas à moi, dit Rochelle. Ni à Ben.

Son regard se porta sur le pigeon qui commençait à se griller les plumes au contact de la lampe halogène.

– On a un caillou, un ruban et un pigeon, résuma Ron.

Rochelle était sur le point de flancher.

– Ça me fait penser à un pigeon voyageur, dit Ron en examinant le morceau d'étoffe. Autrefois ils portaient des messages importants qui pouvaient être codés ou prendre la forme d'un ruban coloré.

– La fenêtre est fermée, constata Rochelle. Comment a-t-il pu entrer ?

– J'en sais rien, répondit Shelly, mais moi je ne vais pas tarder à y aller.

– J'appelle Nathan Love, dit Ron.

Le journaliste se concentra sur son téléphone et composa le numéro du portable dont Nathan avait fait l'acquisition à Grenade. Il tomba sur Carla. Nathan n'était pas avec elle. Ron lui expliqua la situation.

– Surtout ne le laissez pas s'échapper, conseilla Carla.

– Pourquoi ?

– Il peut nous apprendre des choses.

– Qu'est-ce qu'on fait ?
– Nathan vous rappelle dès qu'il revient.
Ron raccrocha, perplexe.
– Love va rappeler. Il nous dira comment tirer des renseignements de ce pigeon.
– Quoi ? s'exclama Stan.
– Love, c'est son nom ? demanda Shelly.
Rochelle… Rochelle… Chérie !
La voix provenait du salon. Du téléviseur.
– Ça recommence, fit Stan.
Ils retournèrent dans le living-room après avoir fermé la porte de la chambre derrière eux. À la télévision, le Dr Bishop de la série *Fringe* s'exprimait avec la voix de Ben. Il les exhortait à quitter l'appartement le plus vite possible.
Dépêche-toi… Ils arrivent… Pars, tu n'as plus beaucoup de temps.
Rochelle fixait l'écran, les deux mains sur la bouche. Ron inspecta l'arrière du téléviseur à la recherche d'une explication rationnelle. Stan regarda par la fenêtre, blêmit :
– Ils sont en bas !

66

L'agent spécial Connie B. Stanshaw avait réuni six agents dans son bureau trop petit pour contenir sa colère. Ils venaient de perdre dans San Francisco Engel Schrank, un psychopathe qui était censé les mener à un tueur encore plus dangereux, Timothy Rassner, mieux connu sous le nom du Bourreau et dont la tête avait été mise à prix vingt-cinq millions de dollars. Schrank avait manifesté son admiration pour lui et trahi un lien avec l'ennemi public n° 1. L'agent spécial Eddie Barton avait risqué gros en lâchant Engel Schrank dans la nature.

– Vous me mettez devant le fait accompli. Et j'ai horreur de ça.

– Je ne voulais pas vous mouiller, prétexta l'agent Barton. D'ailleurs, vous allez conserver votre place.

Eddie Barton avait l'allure d'un baroudeur. Il était le plus doué des agents mais avait une sainte horreur des procédures, de la hiérarchie et aussi de la langue de bois.

– Vous me remettrez votre démission aujourd'hui, agent Barton.

– Vous perdez votre meilleur élement.

– Ce qui est certain, c'est que je perds le plus arrogant.

– Je connais Engel Schrank mieux que quiconque. Sans moi, vous ne le coffrerez jamais.

– Sans vous, il ne serait pas en liberté. Agent Stampers, vous vous chargez de cette affaire.

– Bien Madame, fit ce dernier qui n'attendait que ça. Désolé Eddie.

– Vous prendrez la tête de l'équipe incompétente qui se tient à vos côtés. Retrouvez-moi ce tordu avant qu'il ne fasse une autre victime et appliquez ces satanées procédures ou bien vous irez pointer au chômage vous aussi. Pendant ce temps, je m'occupe de la hiérarchie qui ne va pas tarder à me tomber dessus.

Le téléphone sonna.

– Qu'est-ce que je vous disais !

Elle décrocha, changea d'expression et plaqua sa main sur le combiné.

– Vous êtes encore là ?

Le bureau se vida. À l'autre bout du fil, l'interlocuteur s'impatienta. Il n'avait que des reproches et des sermons à formuler, ce qui ne souffrait pas d'une mise en attente.

Connie B. Stanshaw déglutit avec difficulté. Elle n'avait pas prévu que la réaction vienne de si haut.

– J'ai repris les choses en main Monsieur, attaqua-t-elle, encore sous le choc d'avoir lâché un tueur en série dans les rues de San Francisco.

– De quoi parlez-vous, agent spécial Stanshaw ? demanda le procureur général des États-Unis.

– D'Engel Schrank.

– Croyez-vous que je vous appellerais personnellement pour ça ?

– Je… je ne comprends pas.

– Fuller veut vous virer.

Elle le laissa parler. Si le ministre de la Justice l'appelait, ce n'était pas pour entériner un licenciement signé par le patron du FBI.

– On m'a dit que vous enquêtez également sur cette affaire qui a été un peu hâtivement baptisée l'affaire *Snake Triangle*.

– En effet Monsieur.

– Où en êtes-vous ?

Connie B. Stanshaw se demanda quelle était la réponse appropriée.

– J'ai mis mes meilleurs éléments sur les traces du Bourreau, ce qui nous a un peu pénalisés sur cette enquête.

– Au vu de vos résultats, je n'ose imaginer à quoi ressemblent vos éléments les moins performants. Vous n'avez donc rien, n'est-ce pas ?

– Rien, Monsieur.

– Je me suis laissé dire qu'une nouvelle recrue s'était portée volontaire pour vous prêter main-forte sur cette affaire.

– On vous a mal renseigné, Monsieur.

– Un certain Nathan Love n'est pas venu vous voir ?

Connie se demanda comment le ministre de la Justice pouvait être au courant de la visite de Love dans son bureau.

– Si, Monsieur. Il est à la recherche de son père qui a disparu dans Snake Valley. Il voulait avoir accès au dossier. Étant donné qu'il ne fait plus partie du Bureau, je n'ai pas accédé à sa demande.

– Votre dossier étant vide, vous ne l'auriez pas beaucoup aidé quand bien même vous auriez accédé à sa demande.

– C'est exact, Monsieur.

– Love ne vous a pas offert ses services ?

– Compte tenu de ses antécédents, j'ai préféré décliner toute collaboration.

– Compte tenu de ses antécédents, il a plus de chance de dénouer cette affaire que tous vos meilleurs éléments réunis.

– Souhaitez-vous un rapprochement avec Nathan Love ?

– Un rapprochement, c'est le terme approprié.

– Je ne comprends pas, Monsieur.

– Bob Fuller m'a vanté votre perspicacité. Se serait-il trompé ?

– Il m'a demandé de me consacrer exclusivement à l'arrestation du Bourreau. J'en ai déduit que l'on pouvait mettre les disparitions de Snake Valley au placard.

– Vous avez lamentablement merdé dans l'affaire du Bourreau. Mais vous avez brillamment géré celle de Snake Valley. C'est pour cette raison que j'ai conseillé à Bob de déchirer votre lettre de licenciement.

Silence éloquent sur la ligne.

– Rapprochez-vous de Nathan Love. Essayez de savoir comment il progresse. Et tenez-moi au courant.

– C'est tout, Monsieur ?

– Votre perspicacité doit vous permettre de lire entre les lignes, comme vous l'avez si bien fait jusqu'ici. Je vous souhaite une bonne journée, agent spécial Stanshaw.

– Vous de même, Monsieur.

– Et serrez-moi au plus vite ce Engel Schrank qui traumatise la population de San Francisco !

67

Rochelle, Shelly, Stan et Ron dévalèrent les escaliers pendant que l'ascenseur montait.

– Merde, mon sac, s'exclama Shelly en faisant demi-tour.

– Laisse tomber, la retint Ron.

– Il y a toutes mes affaires dedans.

– Tu le récupéreras plus tard.

– Ron.

– Il est où ce sac, exactement ?

– Sur la table du salon.

– Rejoins les autres, j'y vais.

Il remonta les marches à une vitesse olympique et pénétra comme un forcené dans l'appartement. Il aperçut le sac sur le comptoir du bar, saisit la bride et quitta les lieux. L'ascenseur s'arrêta sur le palier. Ron plongea dans l'escalier au risque de se fracturer les vertèbres.

Shelly l'attendait dans le hall de l'immeuble. Elle le remercia d'un baiser. Les autres s'étaient réfugiés dehors. La nuit était tombée. Les halos des réverbères éclairaient des parkings déserts et des panneaux publicitaires. Ils suivaient Shelly en direction de sa voiture quand deux gigantesques silhouettes encagoulées surgirent de derrière une camionnette et foncèrent sur eux. Ils battirent en retraite dans la zone commerciale. Tout était fermé et désert, moche et menaçant. Les lumières blafardes inondaient les vitrines encombrées de produits bradés. Rochelle, qui connaissait le quartier, prit la tête des fuyards. Talonnés par des grognements, ils se faufilèrent à travers un grillage et entre des containers jusqu'à la porte d'un entrepôt dont l'ouverture avait été forcée. Une chaîne pendait, cisaillée.

Ron se retourna sur le parking du *mall* occupé par quelques véhicules abandonnés. Les deux colosses s'étaient volatilisés. Stan pénétra dans l'entrepôt qui ne semblait contenir que des ténèbres. Une odeur de pourriture aussi. Des bruits de verre brisés et de nouveaux grognements dans leur dos les groupèrent tous à l'intérieur. Ron alluma un briquet mais la flamme entama à peine l'épaisse obscurité qui les enveloppait. Un goutte-à-goutte occupait l'espace sonore. Le sol était trempé.

– Ça schlingue, dit Stan.

Ils se rassemblèrent sur un îlot de planches pour garder les pieds au sec.

– Qu'est-ce qu'on fout là ? fit Shelly.

Les grognements se rapprochèrent.

– Il y a un chien là-dedans, dit Stan.

– Même plusieurs, ajouta Ron.

Des pattes piétinèrent le sol mouillé en convergeant vers eux. Plusieurs paires d'yeux percèrent les ténèbres. L'une d'elles était à hauteur d'homme. Shelly hurla quand elle sentit une mâchoire se refermer sur son bras. Stan fracassa une planche sur la bête. Ron frappa à son tour, déclenchant un hurlement qui libéra Shelly.

– On se casse d'ici, hurla Rochelle.

Ils se ruèrent dehors. Stan referma la porte derrière eux et enroula l'extrémité de la chaîne à la poignée d'un container. De l'autre côté, des griffes lacéraient le battant ébranlé par des tambourinements. Il traversa le grillage en sens inverse et courut vers Rochelle qui l'attendait. Il ne put s'empêcher de se retourner vers le hangar. La porte allait céder sous les coups. Devant eux, Ron et Shelly avaient été interceptés par les encagoulés qui s'agitaient de façon désordonnée. Ron fit signe à Stan et à Rochelle de rappliquer. Ils réalisèrent qu'ils avaient affaire à deux clochards énervés. Shelly était blafarde, pliée sur sa blessure au bras.

– Qu'est-ce qu'ils nous veulent ? demanda Stan.

– Ils ont peur.

– Peur de quoi ?

– De ceux qui n'ont pas de visage, dit l'un des clochards dont la trogne était marquée par l'alcool, le froid et la terreur.

Des grognements du côté de l'entrepôt leur signifièrent qu'il était temps de se remettre à courir. Dans le bon sens cette fois.

Ils laissèrent les deux SDF en plan et filèrent en direction de la Datsun de Shelly. Ron prit le volant. Au contact, les enceintes firent jaillir *What a Wonderful World* chanté par Joey Ramone. Guidés par Rochelle, ils arrivèrent en cinq minutes aux urgences. Le bras de Shelly était presque sectionné. Elle fut immédiatement conduite au bloc.

68

Le téléphone sonna au moment où Ron se laissait hypnotiser par le filet de café qui coulait dans le gobelet d'un distributeur automatique. Rochelle et Stan sirotaient déjà le leur dans la salle d'attente de l'hôpital. Il prit l'appel et sa tasse en même temps. C'était Love. Ron lui résuma la situation.

– Qu'avez-vous fait du pigeon ?

– Il doit toujours être à l'appartement de Rochelle.

– Retournez là-bas et gardez-le précieusement.

– En quoi est-il précieux ?

– Il est probable qu'il ait un lien avec ceux qui sont après vous.

– Et alors ?

– Les pigeons possèdent un instinct qui les ramène à l'endroit où ils ont été domestiqués.

– Vous… vous voulez remonter leur piste… en filant le pigeon ?

– Vous avez autre chose ?

– Non.

– Servons-nous de ce que nous avons.

– Comment suivre un oiseau ?

– Lâchez-le dans le désert.

– Ça vole à quelle vitesse ?

– Je ne suis pas expert. En fonction des vents… entre 60 et 100 km/h.

– Merde, ça va vite.

– Ne le perdez pas de vue.

Ron raccrocha et rejoignit Rochelle et Stan.

– Il faut retourner à l'appartement. On a oublié le pigeon.

69

Après avoir parlé à Ron, Nathan posa le téléphone. Une main glissa sur lui pour apaiser sa tension.

– Tu devrais t'allonger un peu, dit Carla.

Il avait passé la matinée à faire le tour des concessionnaires Chevrolet de Séville. L'un d'eux avait récemment vendu trois Suburban et un 4 × 4 Captiva Sport à Seguridad Sevillana, une société de gardiennage. Le patron s'appelait Carlos Bento et les locaux de son agence étaient situés Avenida de la Paz. Nathan était repassé à son hôtel pour prévenir Carla qu'il allait se rendre sur place.

– Tu as le temps, dit-elle, les commerces n'ouvrent pas avant 16 heures ici.

Elle était nue et détendue, enroulée dans les draps, comme une invitation à se foutre de tout et profiter de l'instant présent. Elle était telle qu'il la voulait. Il ne put résister à l'envie de la toucher. Ils regardèrent la fin de *Coup de foudre à Notting Hill* avec Hugh Grant et Julia Roberts doublés en espagnol, se firent monter du poisson grillé et des fruits. Cela faisait partie de la thérapie. Caresser Carla, l'embrasser, prendre le temps de regarder un film romantique avec elle, déjeuner au lit, lui manifester de la tendresse, tout cela augmentait sa production d'ocytocine. Véritable antistress, cette hormone favorisait le calme, la douceur émotionnelle, le sentiment de sécurité et renforçait les défenses immunitaires.

– Je viens avec toi, dit-elle alors qu'il s'apprêtait à quitter l'hôtel.

– Ne perds pas les bienfaits de cette matinée.

– C'est de toi dont j'ai besoin.

Il fut tenté de céder. Mais il voulait la préserver, ne pas la polluer. Il la cloua sur le lit d'un long baiser et quitta l'hôtel avec la tête dans les nuages, ce qui était mauvais pour un enquêteur. Il fendit sans les voir un groupe de jeunes avachis comme des frites froides devant un McDonald's et se dirigea à pied vers l'avenida de la Paz. Séville avait une odeur d'olives, de sardines grillées, de bouse et d'eaux de toilette. La cité était bercée par la stridulation des lignes à haute tension imitant les cigales. Au-delà des patios aux sons cristallins, on entendait le tintamarre des véhicules de police et des ambulances. La sensation d'un vent chaud sur sa peau lui donna un regain d'énergie qui le propulsa jusqu'aux locaux de Seguridad Sevillana, aménagés dans un ancien entrepôt d'armes. Il fit irruption dans le secrétariat et s'adressa à une femme qui brandissait un pulvérisateur.

– M. Bento n'est pas là, l'informa-t-elle.

Elle vaporisait de l'eau sur des plantes vertes qui brillaient de santé et contrastaient avec le décor spartiate de l'entreprise.

– Je ne veux pas nécessairement le rencontrer ici.

– Excusez-moi, mais qui êtes-vous ?

– Un contrat.

Nathan laissa s'installer le malaise chez l'employée, espérant provoquer un bug dans son discours standardisé.

– Un contrat ? À quel sujet ?

– Moi.

– Comment ça ?

– Seguridad Sevillana est sur la sellette.

– Vous pouvez être plus précis ? demanda un collègue qui leva le nez d'une pile de paperasse pour entrer dans la conversation.

– Association de malfaiteurs, tentative de meurtre, licenciements…

– Quoi ?… Vous êtes de la police ?

– Pas plus que vous.

– Qui êtes-vous alors ?

– Un contrat commandité par le Major.

– On ne comprend rien à ce que vous dites.

– Qui est ce Major et de quel contrat parlez-vous ?

– Je pourrai répondre à ces questions lorsque j'aurai rencontré Carlos.

– M. Bento ne nous a pas dit où il se rendait.

– J'ai essayé de le joindre toute la matinée en vain, dit Nathan en allumant son téléphone. C'est inquiétant.

Veillant à être entendu par les deux employés, il appela sa propre boîte vocale et laissa un message : « Carlos, c'est encore moi. Rappelle-moi dès que tu peux. C'est urgent. L'avenir de Seguridad est en jeu. »

– Il est peut-être chez lui, avança l'employée.

– Vous croyez ?

– Il est passé à l'agence ce matin prendre des dossiers. Nathan devait lui extorquer l'adresse.

– Quand a-t-il quitté l'agence ?

– Vers midi.

– Il n'était pas chez lui à midi et demi. Pourtant, il est à cinq minutes d'ici en 4 × 4.

À force de dire n'importe quoi, il allait finir par soulever une vraie info.

– Comment savez-vous qu'il est venu en voiture ? demanda l'employée.

– Elle n'était pas sur son parking.

– D'habitude, il vient en moto. C'est plus pratique, avec les embouteillages.

– Et surtout dans les ruelles du centre-ville… Vous avez déjà essayé de vous garer autour de chez lui ?

– Je n'y suis allée qu'une fois pour lui apporter un document.

Nathan avait visé juste en parlant du centre-ville.

– Il faut vous garer au parking de Puerta La Carne, dit le collègue, content d'avoir enfin une réponse aux questions posées dans le bureau.

– Moi, maintenant je me gare directement dans sa rue, dit Nathan. Et tant pis pour les flics.

– Quoi, dans Conde de Ibarra ? s'exclama la femme.

Il avait le nom. À sa réaction, il comprit qu'il s'agissait d'une voie piétonnière.

– Combien de fois je m'y suis perdu. Les patios se ressemblent tous là-bas.

– Pourtant, celui de M. Bento est de loin le plus beau.

Il avait l'adresse complète.

70

Après avoir plongé les employés de Seguridad Sevillana dans la confusion, Nathan gagna à pied le quartier de Santa Cruz, labyrinthe de ruelles arpentées par les touristes qui mitraillaient entre les grilles en fer forgé pour numériser une fontaine, des arcades, des plantes en pot ornant de riches cours intérieures. Il erra dans Conde de Ibarra, compara les patios, repéra aisément celui qui était censé être le plus beau aux yeux de la secrétaire au pistolet à eau, et sonna. Personne. Il attendit. Trois quarts d'heure plus tard, une femme s'arrêta devant la grille et ouvrit. Allure guindée sur une paire de talons hauts. Nathan émergea de l'ombre.

– Madame Bento ?

Elle se retourna en sursautant, sans répondre. Elle avait la quarantaine et la sophistication procurée par les instituts de beauté, les salons de coiffure, les cabinets de chirurgie esthétique. Nathan demanda à voir Carlos.

– Mon mari est absent.

– Où puis-je le joindre ?

– À son bureau.

– J'en viens.

Elle se campa sur le seuil pour bien délimiter son territoire.

– Je suis désolée, je ne peux pas vous aider.

– Si.

– Pardon ?

– Appelez-le sur son portable.

– Qu'est-ce que vous voulez ?

– Le Major.

– Je ne connais personne de ce nom.

– C'est pourquoi je préfère m'entretenir avec votre mari plutôt qu'avec vous.

– Prenez rendez-vous auprès de sa secrétaire. Et maintenant, veuillez m'excuser.

– Je vais vous laisser en vie.

– Quoi ?

– Le Major a tenté de m'assassiner.

Il saisit une mèche de chevelure huilée pour la ramener sur le visage qui le fixait avec stupeur. Nathan n'aimait pas cette habitude qu'avaient la plupart des femmes de se servir de leurs oreilles comme barrettes.

– Je ne veux pas ruiner les efforts que vous avez déployés pour rester belle. Téléphonez au Major maintenant et vous verrez, tout se passera bien.

– Je vous répète que je ne connais personne de ce nom.

– Appelez votre mari et demandez-lui où vous pouvez le rejoindre.

Elle composa un numéro sur son téléphone mobile.

– Allô Carlos ?... Oui, je sais... Où es-tu ?... Pourquoi, tu es avec une autre femme ?... Non, j'ai juste besoin de te voir, mais si tu tiens à te cacher, tu dois avoir tes raisons...

Miss Bento usa de toute sa fourberie féminine pour soutirer le renseignement à son mari. Elle raccrocha après lui avoir fait comprendre que la jalousie n'était pas un sentiment à considérer à la légère.

– Plaza de Toros, dit-elle. Dans vingt minutes.

Le jeu de piste continuait.

71

Le soleil faisait briller les rouges et les ocres de la plaza de Toros qui dominait, au cœur de Séville, le paseo de Cristobal de Colon et le rio Guadalquivir. Une file de touristes attendait pour la visite guidée des arènes vides et du petit musée attenant. Nathan se fondit dans le groupe et foula le sol immaculé et mythique de la Maestranza. Son attention fut attirée par trois hommes dans les gradins. Il se détacha discrètement du groupe pour les rejoindre. Le plus costaud se leva et lui barra le passage entre deux rangs. Un *low-kick* puissant dans la cuisse entama sa stabilité, un coup de pied circulaire le déracina et le fit dégringoler quatre rangs plus bas. Nathan poursuivit son chemin vers les deux autres individus. Le plus gros avait eu le temps de se lever, de dégainer un pistolet et de tirer la culasse. Il fut propulsé en arrière sous l'impact d'un coup de pied sauté latéral qui fusa au-dessus du canon pour aller percuter sa poitrine. L'homme se cassa en deux sur la rambarde, fit un soleil et s'écrasa dans le couloir d'accès aux tribunes. Nathan posa la main sur l'épaule du troisième homme, un blond grassouillet au visage tacheté, pour le dissuader de prolonger le mouvement d'esquive qu'il avait amorcé.

– Qui es-tu ? demanda le rescapé.

– Allons, Major, un effort… vous avez été chargé de m'éliminer.

L'homme se raidit, pâlit, se mélangea les doigts. Nathan le sentit presque trembler.

– Ta femme t'a téléphoné il y a quelques minutes pour te rejoindre.

– Comment le sais-tu ?

– Je sais tout sur toi, tes conversations téléphoniques, tes déplacements, ton goût pour les Chevrolet 4 × 4.

– Alors tu devrais savoir que je ne suis pas le Major.

Nathan accusa la mauvaise nouvelle sans sourciller.

– Tu t'es fait passer pour lui à Calañas il y a deux semaines afin de recruter six hommes de main que tu as envoyés hier dans la sierra Nevada pour m'éliminer.

Carlos Bento glissa la main dans sa poche. Nathan lui bloqua le bras.

– Je veux juste une cigarette.

Nathan lui confisqua le paquet et continua l'interrogatoire.

– Tu fumeras quand tu auras répondu à deux questions.

– Tu crois que tu vas me faire parler en m'agitant ces clopes sous le nez comme une carotte ?

– Tu préfères le bâton ?

Bento jeta un œil sur le garde du corps gisant en contrebas.

– Tu étais en rendez-vous d'affaires ? demanda Nathan.

– Qu'est-ce que tu veux ?

– Qui est le Major ?

– Un ancien GI d'origine mexicaine. Il s'est installé à Las 3000 pour exercer ses activités.

– Las 3000 ?

– Las 3000 Viviendas. Un quartier au nord-est de Séville. Je te déconseille la visite. Même les flics et les pompiers ont la trouille d'y pénétrer.

– Le Major t'a demandé de me supprimer ?

– Je lui devais un service.

– Tu appelles ça un service ?

– J'avais pas le choix. Le Major, c'est comme la mafia. Un jour il se pointe chez toi alors que tu l'as oublié, il te rappelle que tu as une dette et que c'est le genre de type à qui tu ne dis non qu'une fois.

– Que t'a-t-il demandé exactement ?

– À ton avis ?

– Ne fais pas le malin, ça sonne faux.

– Il voulait que je trouve des gars pour maquiller un meurtre en accident.

– Pourquoi ne s'est-il pas chargé lui-même de ce travail ?

– Je peux fumer, maintenant ? Ça fait plus de deux questions.

– Après.

– Le Major pensait peut-être que le job pouvait être effectué par des amateurs. Il te prend sûrement pour un tocard.

– Pourquoi t'es-tu fait passer pour lui ?

– Il fallait convaincre la bande de Guillermo Velda. Ils avaient entendu parler du Major, pas de Carlos Bento.

– Où puis-je rencontrer ce monsieur ?

– Je te l'ai dit, à Las 3000.

– Ça manque de précisions.

– On dirait que le garde du corps de mon client est en train de se réveiller, dit Bento en désignant le colosse du menton.

– Donne-moi une adresse.

– Tu ne sais pas où tu fous les pieds.

– C'est pour ça que je te demande des détails.

– À Viviendas, tu ne trouveras que des palmiers desséchés, des immeubles délabrés, des poubelles au milieu de la rue et des chiens morts sur les trottoirs. Et la criminalité la plus haute d'Espagne. Voilà pour les détails. Là-bas, c'est le Major qui te trouve, pas le contraire. Si tu veux le rencontrer, vas-y en touriste. Un zonard te tombera forcément dessus. Et tous les zonards de Las 3000 connaissent le Major. En faisant jouer tes poings, tu auras une chance d'arriver vivant jusqu'à lui.

– C'est tout ce que tu as à me dire ?

– Je t'en ai déjà trop dit. Si le Major sait que j'ai parlé, je suis mort.

– La cigarette du condamné, se moqua Nathan en lui tendant son paquet.

Il quitta la Maestranza et fit un détour par l'hôtel Mozart avec la désagréable sensation d'être épié. Dans le hall, un pianiste américain jouait du Chopin au milieu d'une assemblée de vacanciers guindés. Nathan traversa le sanctuaire comme un soupir et prit l'ascenseur pour gagner sa chambre. Carla n'était pas là. Ses sous-vêtements étaient par terre et la clef sur la commode, posée sur une feuille de papier à lettre. Nathan le déplia en essayant de garder son calme. Sous l'en-tête de l'hôtel, quelques mots écrits à la main :

HÔTEL MOZART
UNE NOUVELLE FAÇON DE VOIR SÉVILLE

Plaza del Salvador 19 h 00
Si tu veux revoir la fille.

72

Rochelle pénétra dans l'immeuble. Ron et Stan la suivirent, ils marchaient sur des œufs et se méfiaient de leurs reflets sur les miroirs du hall. Dans l'ascenseur, Stan remarqua que Rochelle était blême.

– Ça va pas ?

– Si, non, enfin ouais.

– Tu as vu quelque chose ?

– Je ne suis pas sûre.

– Dis toujours.

– Je crois que j'ai vu quatre personnes dans les miroirs du hall d'entrée.

– C'était qui la quatrième ? demanda Ron.

– J'ai pas bien vu…

Lorsque les portes s'ouvrirent, ils s'engagèrent dans le couloir désert. Stan posa la main sur la poignée.

– Stop, chuchota Ron.

– Quoi ?

– La porte, elle est fermée.

– Et alors ?

– Quand je suis allé chercher le sac de Shelly, je l'ai laissée ouverte.

Rochelle recula par réflexe.

– On se casse, suggéra Ron.

– Et le pigeon ? fit Stan.

– On ne va pas risquer notre vie pour un volatile.

– J'y vais, dit Rochelle.

Elle entra d'un pas décidé.

– Montrez-vous, bande de gueules cassées !

Stan et Ron se regardèrent stupéfaits et la rejoignirent dans la chambre. Effrayé par l'intrusion, le pigeon gagna de la hauteur sur une vasque.

– Comment ça s'attrape ? demanda Ron.

Rochelle ramassa un sac de voyage au fond de sa penderie.

– On va le mettre là-dedans.

Stan retira le drap du lit et le jeta sur l'animal. Avec habileté, il ramena les angles autour de sa proie qu'il saisit à deux mains et enferma dans le sac.

– On dirait que t'as fait ça toute ta vie, commenta Ron.

– On ne s'éternise pas ici.

C'était la règle n° 1 du cambrioleur.

Rochelle se changea rapidement et fourra quelques affaires personnelles dans un sac à dos. Ron jeta un œil sur le palier.

– La voie est libre.

– Dépêche-toi, Rochelle, chuchota Stan.

– Putain, qu'est-ce qu'elle fout ?

– Je vais la chercher.

Stan toqua à la salle de bains, entra, se retrouva face à lui-même dans la glace. La chambre était vide également, à l'exception de son reflet qui ne le quittait pas des yeux. Rochelle n'était pas aux toilettes non plus. Il repassa devant Ron qui était au bord de la syncope et inspecta le salon vide.

– Rochelle !

– Quoi ?

La jeune femme était dans la cuisine en train de vider un pot de sucre.

– Qu'est-ce que tu fabriques ?

– Je prenais nos économies.

– Je te cherchais partout.

– C'est bon, on y va.

Ils rejoignirent Ron qui avait déjà un pied dans l'ascenseur. Rochelle allait verrouiller quand quelque chose heurta violemment la porte de l'intérieur. Elle cria. Stan revint sur ses pas. Elle tourna la clef dans la serrure.

– C'était quoi ? demanda-t-elle.

– Je ne veux pas le savoir. On file.

– Moi, je veux savoir. Je veux savoir ce qu'ils veulent et ce qu'ils ont fait à Ben.

– On les tient prisonniers, Rochelle. Il vaut mieux revenir avec des renforts.

– Et si c'était eux qui étaient en train de nous enfermer ?

– Magnez-vous ! hurla Ron pris en tenaille entre les portes de l'ascenseur.

– Rochelle, ne fais pas ça ! cria Stan.

Elle n'avait toujours pas retiré la clef de la serrure. Il suffisait d'un quart de tour pour ouvrir. La poignée bougea sous sa main, le battant vibra.

– Rochelle, si tu fais ça, on disparaît tous.

C'était peut-être ça qu'elle voulait, rejoindre son mari. Stan se rendit compte trop tard que l'argument risquait de se retourner contre lui. Le regard de la jeune femme oscilla entre Stan et la clef qu'elle serrait entre ses doigts. Stan fit travailler ses neurones englués dans l'adrénaline.

– Pense à ce que t'a dit Ben : « Dépêche-toi, chérie ! Ils vont venir te chercher. Pars, cours, tu n'as plus beaucoup de temps. »

Elle retira la clef et recula vers l'ascenseur.

– Merde, qu'est-ce que vous foutiez ! s'énerva Ron.

Dans un coin de la cabine, Rochelle avait les cheveux défaits, le visage en sueur, le regard baissé sur le sac qui bougeait à ses pieds.

73

Nathan fouilla la chambre en quête d'indices. Il releva des traces de pas et de lutte, des cheveux. Carla s'était défendue. Elle avait laissé derrière elle l'ADN de ses ravisseurs et sa boîte de médicaments. Son téléphone portable aussi, sous le lit. Allumé. Le numéro affiché était celui de Miguel. Nathan le colla à l'oreille.

– Miguel ?… Miguel, tu m'entends ?

Carla avait dû activer son numéro au moment de l'irruption des ravisseurs dans la chambre.

– … Nathan ?

Miguel était resté en contact. Il s'était tenu près de son mobile, prêt à répondre à la première personne qui débarquerait sur les lieux. Sa voix trahissait une forte émotion. Il raconta à Nathan que son téléphone avait sonné trois quarts d'heure auparavant. Il avait entendu la voix de Carla qui apostrophait des types en italien. À travers ses protestations, il avait vite compris qu'elle lui donnait des informations sur ses agresseurs. Miguel répéta à Nathan ce qu'elle avait crié. « Ils sont quatre… Des Gitans en costume noir, chemise violette… Un gros chevelu… Une cicatrice près de l'oreille… Un maigre à moustache… Un petit avec un gros nez… » Puis plus rien. On l'avait bâillonnée. Les ravisseurs n'avaient pas parlé assez fort pour que Miguel comprenne ce qu'ils disaient.

Le jeune Espagnol proposa à Nathan de quitter Calañas pour venir lui prêter main-forte à Séville. Nathan refusa. Miguel lui donna les coordonnées d'un pote sur place susceptible de l'aider.

– Il s'appelle Juan Ignacio. Il connaît la ville comme sa poche et mesure près de deux mètres. Tu peux compter sur lui comme sur moi. Je l'appelle tout de suite.

– Merci, Miguel.

– *De nada*. Carla m'a appelé au secours et je n'ai rien pu faire. La pauvre, elle se souvenait que je parlais italien. Je me sens comme un con.

– Tu m'as transmis son message. C'est ce qu'elle attendait de toi.

– Bonne chance, Nathan.

De la chance, il en avait besoin. Mais ce n'était pas là-dessus qu'il comptait pour sauver Carla.

74

La plaza del Salvador était bondée comme un jour de marché. Sur le parvis devant l'élégante façade rouge et blanche de l'église se dressaient de petites tables hautes autour desquelles une foule d'hommes d'affaires et de femmes distinguées s'étaient regroupés pour profiter du *happy hour*.

– C'est le rendez-vous quotidien des cols blancs, dit Juan Ignacio.

L'ami de Miguel s'était mis à la disposition de Nathan, bouleversant son planning d'étudiant en informatique chargé en fiestas et en séances de cinéma.

– À quoi il ressemble, ton type ?

– Je le saurai lorsque je le verrai.

Ils se séparèrent. Juan Ignacio squatta une table déjà occupée par un couple. Nathan se fondit dans le brouhaha et les effluves d'eau de toilette. Il s'efforçait de rester calme, malgré le rapt de Carla et la sensation désagréable qu'on l'épiait. Pour contrôler la situation, il devait la comprendre et l'anticiper. Ce qui nécessitait de la sérénité. L'horloge de l'église affichait 18 h 30. Il avait trente minutes d'avance. Il aborda quatre jeunes qui s'esclaffaient au-dessus d'un bouquet de cocktails multicolores. Ce qu'il leur demanda les inter-loqua. Au bout de cinq minutes, il avait flatté leur haine des Gitans, leur fibre aventureuse et leur âme secourable. Nathan s'immergea ensuite dans la foule dont il contrôlait déjà une fraction et ressentit les ondes de ceux qui la composaient. Il repéra un individu gominé à chemise violette planté devant une table haute. Un café fumait devant lui, une balafre descendait sous son oreille. C'était l'un des quatre ravisseurs décrits par Carla. Il y en avait un deuxième, une dizaine de mètres derrière, un guetteur moustachu efflanqué sous un oranger. Nathan s'avança vers le balafré qui glissa la main dans son manteau.

– Inutile de le sortir, je ne suis pas venu chercher la bagarre, mais Carla.

– Ainsi elle s'appelle Carla, dit l'homme en gardant sa main cachée. Elle n'a même pas voulu nous dire son nom, la garce. Par contre, elle nous a hurlé des insanités à nous vriller les tympans. Une vraie tigresse.

– Il est 19 heures, je suis plaza del Salvador et je ne la vois pas.

– Vous prenez quelque chose ?

– Juste Carla, merci.

– Quand on veut jouer les héros, il ne faut pas se trimballer avec sa poule.

– Est-ce que je suis obligé d'écouter votre baratin ?

– Ouais.

Nathan attendit donc la suite.

– Vous n'êtes pas venu seul, on dirait.

– Sur le mot que vous avez laissé dans la chambre d'hôtel, il n'était pas précisé que je devais l'être.

– Vous me suivrez dès que j'aurais fini mon café.

– Je ne bougerai pas d'ici tant que je n'aurai pas vu Carla.

– Vous n'êtes pas en position de dicter les règles.

– Celles que vous dictez, vous ne les respectez pas. Avec ça, on n'ira pas loin.

– Vous tenez à cette fille ou pas ?

– Autant que vous tenez à accomplir votre mission. Les deux ne sont compatibles que si nous respectons les règles. Vous relâchez Carla et je vous suis.

– Ce n'était pas ce qui était prévu.

Nathan fit signe aux quatre jeunes qu'il avait briefés. La bande rappliqua et encercla les deux hommes.

– Je veux voir Carla. Maintenant.

– Oh là, oh là, c'est quoi ce bordel ?

Le Gitan brisa le cercle pour passer une communication. Autour de Nathan, les jeunes jouaient le jeu à fond.

– Tu veux qu'on le bouscule un peu ? demanda le plus costaud.

– Ne le touchez pas. C'est juste pour l'impressionner.

À sa table, Juan Ignacio surveillait la scène. Le balafré revint vers eux. Il chercha à masquer son trouble derrière une cigarette.

– Le Major vous a donné de nouvelles consignes ? demanda Nathan.

– Elles sont simples et pas discutables. Tu renvoies tes copains à leurs devoirs et tu me suis. S'il y en a un qui n'obéit pas, il bouffe du 9 mm à l'apéro.

À l'appui de sa tirade, dont il parut très fier, il fit briller la crosse d'un pistolet dans l'échancrure de son manteau.

Il reprenait de l'assurance. Mais Nathan avait ce qu'il voulait, le numéro de téléphone du Major. Un premier poing fusa au-dessus de la table pour aller écraser la main et l'arme du Gitan contre son plexus. Dans son sillage, un direct en piqué et bien plus meurtrier bombarda l'artère carotide, paralysant la moitié droite du balafré violemment propulsé dans les bras de son complice qui s'était précipité en renfort. Le moustachu vit trop tard deux mains tranchantes lui sabrer le cou. Les deux Gitans s'effondrèrent.

Nathan régla la note pendant que les jeunes et Juan Ignacio les évacuaient comme des ivrognes dans une petite rue à l'arrière de l'église.

– Ils sont morts ?

– Sonnés. Merci les gars.

– C'est tout ?

– C'est beaucoup. Vous m'avez aidé à neutraliser deux hommes dangereux.

– Tu n'as plus besoin de nous ?

– Vous pouvez reprendre le cours normal de votre soirée.

Nathan préleva le téléphone mobile sur le balafré et sélectionna le dernier appel émis.

– Quoi encore Valdo ? demanda une voix grêle.

– Major ? tenta Nathan.

– Valdo ?

– La fille contre Nathan Love, ça tient toujours ?

– Qui est à l'appareil ?

Un étrange sifflement accompagnait la voix en bruit de fond.

– J'ai même un bonus pour vous.

– Qui est à l'appareil ?

– Je viens chercher Carla.

75

– Je n'ai pas compris la tactique.

Au volant, Juan Ignacio approchait de Las 3000 Viviendas. Le paysage se dégradait à vue d'œil.

– C'est parce qu'il n'y a pas de tactique.

– Il y a quoi alors ?

– Carla.

– Qu'est-ce qu'ils vous veulent, ces *gitanos* ?

– Me tuer.

– Et tu te livres ?

– Exact. Tu emmèneras Carla à l'abri.

– Il n'y a pas d'autre solution ?

– Carla contre deux Gitans et moi, ils perdent au change.

– Tu feras quoi là-bas ?

– J'improviserai.

Nathan sentait de l'appréhension chez l'Espagnol.

– Concentre-toi sur ce que tu vas faire. En parler ne fera qu'augmenter ton stress et réduire ton efficacité.

– L'ennui, c'est que j'ignore ce que je vais faire.

Ils s'enfoncèrent dans un quartier de tiers-monde, bandes d'immeubles abîmés, palmiers flétris dans le béton, rues défoncées, trottoirs éclairés par des braseros qui faisaient rougir des visages peu amènes.

– Je crois que je vais avoir peur, confia Juan Ignacio.

– On change de place.

Nathan prit le volant. Il roula deux cents mètres et s'arrêta au milieu d'un carrefour désert. Jailli de nulle part, un jeune Gitan passa devant eux.

– On est repérés, dit Nathan.

Le téléphone portable qu'il avait confisqué à Valdo ne tarda pas à sonner.

– Qui êtes-vous ? demanda la voix grêle accompagnée d'un sifflement.

– Je viens échanger Love contre la fille.

– Pourquoi Love acccpte-t-il de se livrer ?

– Parce que j'ai une arme braquée sur lui.

– Pourquoi faites-vous ça ?

– Pour la même raison que vous. C'est le principe de tout échange. Où dois-je me rendre ?

– Tournez à droite et roulez sur un kilomètre. Au rond-point, prenez à gauche, jusqu'à une porte de garage taguée *Sin Direccion*. Tournez à droite et roulez jusqu'à ce que vous tombiez sur un parking désert. Garez-vous au milieu et attendez.

Le Major raccrocha.

– Tu peux m'expliquer ? bredouilla Juan Ignacio.

– Tu vas procéder à l'échange. Tu me braqueras avec ça.

Il lui remit le pistolet soutiré au balafré.

– Tu n'auras aucun mot à prononcer. J'avancerai en même temps que Carla. Dès qu'elle est assise dans la voiture, tu démarres et tu ne t'arrêtes plus avant d'être chez toi. Elle a besoin de ses médicaments.

Il posa un sac en papier à côté de l'arme.

– Mais…

– Si tu fais ce que je dis, tu repars d'ici dans cinq minutes, sain et sauf, avec la plus belle femme du monde.

Les phares de la 207 illuminèrent le tag *Sin Direccion*. Deux minutes plus tard, Nathan s'engagea sur un parking parsemé de carcasses.

– Sympa le coin, dit Juan Ignacio qui se bouffait les ongles.

– Tu ne risques rien.

– Comment tu peux en être aussi sûr ?

– Le Major est le caïd du quartier. Personne ne va se hasarder à nous agresser alors qu'il est en train de procéder à un deal.

– Tu crois qu'il nous laissera repartir ?

– Tout ce qu'il veut, c'est moi.

– On est des témoins gênants.

– Qu'est-ce que tu aimes le plus ?

– Ma copine.

– Ok. Pense à tout ce que tu auras à lui raconter sur cette nuit. Qu'est-ce que tu aimes d'autre ?

– Le cinéma et la musique.

– Ton réalisateur préféré ?

– Michael Mann.

Nathan alluma la radio. Nena Daconte chantait *Tenia tanto que darte*.

– Ça te va ?

– Ouais.

– Bien. Maintenant, on attend en imaginant qu'on est dans un film de Michael Mann.

Au bout de quelques chansons de pop espagnole, les phares de deux véhicules inondèrent l'espace devant eux. Nathan alluma les siens.

– On y va.

Sous la menace feinte et fébrile de Juan Ignacio, il descendit de voiture et alla ouvrir le coffre. Il sortit les corps ina-nimés des deux Gitans et les allongea par terre. Puis il se plaça devant la 207, mains sur la tête. Trois portes s'ouvrirent à une vingtaine de mètres devant lui. Un gros à cheveux longs qui devait peser deux cents kilos émergea de la lumière. Une plaie suintait sur sa joue. Carla apparut, poussée par un individu qui resta planqué derrière les phares. Elle avait les mains ligotées et des marques sur le visage. Son pull était déchiré.

– Nathan, ne fais pas ça, s'exclama-t-elle.

– Une sauvage, ta copine, dit le malabar en se frottant la balafre toute fraîche.

– Ils sont trois, cria Carla.

– *Joder ! Que te follen !*

Le gros balança Carla sur Juan Ignacio et colla un flingue contre la tempe de Nathan.

– Avance, connard.

Nathan marcha vers les phares qui l'aveuglaient. On lui attacha les poignets dans le dos avec une bande adhésive, on couvrit son visage d'un sac en toile et on appuya sur son crâne pour qu'il entre à l'arrière d'un véhicule. L'habitacle empestait le sous-bois et le tabac. Le chauffeur démarra et multiplia les changements de direction. On cherchait à l'embrouiller. Nathan estima la durée du trajet à cinq minutes. Ils plongèrent dans un sous-sol. Crissements de pneus, virages en épingle à cheveux, freinage brusque. On l'arracha à la banquette sans ménagement pour le scotcher à une chaise. Lorsqu'il récupéra la vue, il constata qu'il avait échoué dans un parking souterrain. Face à lui, le chevelu ventru dégainait une arme. À ses côtés, un laquais à gros nez aussi laid que petit pointait un revolver qui paraissait énorme dans son poing.

– Et maintenant ? demanda Nathan.

– Tu attends et tu la fermes, fit l'obèse.

Le chauffeur descendit du véhicule en concluant une communication téléphonique. Son physique d'apollon était entaché par un zézaiement. Nathan l'imagina en train de prononcer « *muchachos* ».

– Il arrive, annonça le beau gosse.

Le nain frisait la crampe au bout de son gros calibre.

– Qui ça ?

Le chevelu pansu lui décocha un coup de poing qui culbuta la chaise.

– Ramassez-moi ce tas de merde, ordonna-t-il aux deux autres.

Nathan se retrouva sonné sur les quatre pieds de chaise, mais au fait de la hiérarchie du groupe.

– On t'a dit de la boucler, vociféra le gros.

Un van Chevrolet fit irruption dans le parking. Les portes arrière s'ouvrirent, deux rails jaillirent pour faire descendre un fauteuil roulant dans lequel était assis un être innommable au visage déformé, à moitié caché par une grosse paire de lunettes noires posées sur une sorte d'appendice nasal qui était relié par deux tuyaux à une bouteille d'oxygène. Son corps était tordu en forme de Z et prolongé par des membres boursouflés. Seul son bras droit paraissait normal. Le contraste était saisissant avec la femme qui le poussait, blonde et athlétique, moulée dans une combinaison lilas. Le monstre émit un long sifflement rauque et s'exprima de façon à peu près distincte.

– On va vous tuer, Monsieur Love.

– Pourquoi mettez-vous tout ce temps pour le faire ?

Un choc le renversa en arrière. Le beau gosse et le nabot ramenèrent à nouveau Nathan en position assise, face au fauteuil roulant. La frappe n'était pas venue du gros chevelu mais de la nurse qui maîtrisait à la perfection le coup de pied direct.

– Les questions, c'est moi qui les pose, Monsieur Love, dit le monstre.

– Je vous écoute, Major.

– Qu'est-ce qui justifie qu'on veuille votre peau ?

C'est l'identité de ce « on » que Nathan était venu chercher.

– À vous de me le dire.

La nurse décocha un coup de pied sauté. *Front-kick.* Nathan engrangeait les informations au compte-gouttes et au marteau-piqueur. Après avoir retrouvé sa position initiale, il proposa une autre réplique.

– Je cherche un scientifique nommé Lew Wang. Il semble que certaines personnes ne souhaitent pas que je le rencontre.

Le Major se gratta une protubérance qui avait poussé sur la masse de chair dégoulinant de la partie gauche de son faciès. Seul son profil droit était humain, couturé, probablement à la suite d'une opération chirurgicale compliquée.

– Pourquoi le recherchez-vous ?

Le Major était à la pêche aux infos.

– Il peut me fournir des renseignements sur l'enlèvement de mon père.

– Pourquoi votre père a-t-il été enlevé ?

– Il était sur les traces de personnes disparues dans le désert du Grand Lac Salé.

– Qui êtes-vous, Monsieur Love ?

– Je suis comme le miroir qui reflète le bien et le mal.

Le Major approcha et porta sa main difforme au cou de Nathan.

– Je déteste les miroirs. Donnez-moi une autre réponse.

– Je vis retiré sur une île que j'ai quittée pour retrouver mon père.

– Qu'avez-vous fait à mes hommes ?

– Je les ai débranchés, momentanément. Du moins j'espère.

– Comment ça, vous espérez ?

– Si l'un d'eux a du cholestérol, le choc lui a décollé de l'athérome.

– De la quoi ?

– Un dépôt de graisse sur la paroi interne de l'artère qui a pu partir dans la circulation sanguine et provoquer un accident vasculaire cérébral avec paralysie.

– Vous êtes en train de me dire qu'ils risquent de mourir ?

– C'est la première fois que je rencontre un caïd qui se préoccupe de la santé de ses hommes.

Nouveau coup de pied frontal teinté de violet. Nathan cracha du sang. Maintenant qu'il avait compris la technique de la nurse, il devait éviter les coups qui allaient finir par le plonger dans le coma. La blonde appuyait ses frappes mais elle avait encore de la marge.

– D'après ce que vous m'expliquez, vivant, vous ne m'êtes d'aucune utilité.

Deux revolvers se rapprochèrent. Son crâne était sur le point de voler en éclats sous un tir croisé. Nathan devait trouver dans la seconde quelque chose d'intéressant à dire. Si le Major avait décidé de ne pas le tuer tout de suite, c'était qu'il pensait que son prisonnier pouvait lui être utile. À quoi ? L'idée lui vint en considérant l'équipe hétéroclite et leur chef handicapé.

– Ok, dit-il. Je suis un ancien agent fédéral rompu aux techniques de combat et d'infiltration. J'ai dû tuer dans ma vie plus de personnes que vous tous réunis. Je constate que le personnel qualifié vous fait défaut et que les affaires ne sont pas prospères.

Les doigts des deux sbires se contractèrent sur la détente de leurs armes. Les percuteurs se levèrent.

– Attendez ! les arrêta le Major dans une quinte de toux qui fit trembler la masse de chair autour de lui.

Les percuteurs redescendirent lentement sur les pontets.

– Où voulez-vous en venir ?

– Je vous propose mes services.

Un rire gras secoua le gros chevelu.

– La ferme, Manuel !

– Patron, ce type cherche à nous entuber.

– Carlos Bento m'a raconté comment vous avez neutralisé six hommes dans la sierra Nevada. Il vient également de me dire comment vous avez séché un colosse armé sous ses yeux. Sans parler de mes deux meilleurs éléments que vous avez envoyés entre la vie et la mort. Vous êtes un adversaire redoutable, Monsieur Love. Qu'est-ce qui me prouve que vous n'allez pas tous nous tuer lorsqu'on va vous détacher ?

– Il peut toujours essayer, se vanta le chevelu en bombant le ventre.

– C'est le risque encouru quand on recrute du personnel qualifié. Si j'avais été un tocard, nous n'aurions pas cette conversation.

– Je le bute, patron ?

Le Major manifesta un signe d'agacement.

– Votre réponse ne me satisfait pas, Monsieur Love.

– Deux choses seulement m'importent, Major : Carla et l'identité de celui qui vous a demandé de m'éliminer. Je vous les laisse en gage.

– C'est-à-dire ?

– Je bosse pour vous sur un coup qui va vous permettre de vous refaire. Pendant ce temps, vous retenez Carla en otage. L'affaire terminée, vous la libérez et vous me donnez le nom de votre commanditaire.

– Cette Carla, c'est une furie, elle n'est pas facile à garder.

– Sauf si je lui demande de se tenir tranquille.

– Jusqu'à la fin de votre mission, Lilas ne vous quittera pas d'une semelle. Vous serez sous ses ordres.

La blonde s'appelait donc Lilas.

– Quelle mission ?

– Une mission que seul quelqu'un comme vous peut mener à bien.

Une douleur fulgurante et un voile sur les yeux mirent fin à l'entretien.

76

– Il ne va jamais se poser ?

Ron pestait, assis à la droite du pilote de l'hélicoptère, les yeux rivés sur le pigeon qui traçait sa trajectoire au-dessous d'eux.

– La balade va nous coûter une fortune, dit Stan.

– On a passé Terra City, annonça Rochelle, la carte dépliée sur les genoux.

Terra City : quatre rues et dix maisons éparpillées dans le néant.

– On fonce droit sur Dugway, avertit le pilote. Il va falloir virer de cap. On n'a pas le droit de survoler la base.

– Regardez sur la gauche ! cria Stan. On dirait un…

– Un *crop circle*, compléta Ron.

– Un rond parfait, commenta le pilote, 1 km de diamètre et du blé à foison, en plein désert. L'armée a réquisitionné le terrain pour l'étudier.

– J'ai perdu le pigeon, s'affola Ron.

– Là, fit le pilote concentré sur l'objectif.

– Fais gaffe, Ron, quand même, dit Stan.

– Il va falloir prendre une décision, insista le pilote.

– On colle au pigeon jusqu'à la limite, dit Ron.

– Et après ?

– On continue à la jumelle.

– Ça y est, ils nous ont repérés… Fox Delta 106 à Delta Papa Golf 03 bien reçu. Nous sortons de la zone…

Le pilote dévia pour contourner la base par le sud, tandis que le pigeon voyageur continuait sa course en ligne droite. Ron ajusta ses jumelles.

– Est-ce que vous pouvez stabiliser l'appareil ? Ça bouge trop.

– Je fais ce que je peux.

Le pigeon entra dans l'espace aérien de Dugway Proving Ground.

– On dégage, annonça le pilote. Ils nous ont envoyé un F-16.

– Merde, lâcha Ron. Ils ont abattu le pigeon.

77

Nathan reprit conscience. Une douleur au crâne lui rappela tout de suite comment il l'avait perdue. Sa vue était brouillée, ses membres paralysés. Quelque chose pesait sur sa poitrine. Il récupéra peu à peu sa vision pour constater qu'il était allongé sur un lit, bras et jambes attachés aux montants en acier. Il ramena son regard devant lui pour croiser celui de Lilas. Elle était nue comme lui, à califourchon sur son buste. Elle roulait des hanches, se frottait comme une chatte. Peau douce et regard dur. Corps souple et muscles tendus. Ongles courts et cheveux longs. Nathan ne dit rien. Toute question aurait été aussi ridicule que superflue. Et puis l'érection que Lilas avait fait naître valait toutes les réponses. Elle colla son pubis au menton de Nathan et ondula sur sa gorge.

– Goûte.

Ce fut le premier mot qu'il entendit d'elle.

– Donne-moi du plaisir si tu veux qu'on fasse affaire ensemble.

Accent slave qui se transforma en petits cris, en tremblements, jusqu'à ce qu'elle soit trempée. Elle recula pour s'asseoir sur son érection et fondre comme du beurre. Nathan explosa en elle lorsqu'elle cria sa jouissance, réglant son plaisir sur le sien. Il ne put s'empêcher de penser à Carla. Il sentit les muscles pelviens de Lilas se contracter puis se relâcher autour de son sexe. Elle desserra l'étreinte puissante de ses adducteurs, se retira en douceur, s'allongea sur lui, colla sa bouche sur la sienne.

– Pourquoi ? demanda Nathan.

– Il y a cinquante raisons. À toi de choisir celle qui te convient.

Elle bascula pour se retrouver debout, alluma une salle d'eau et se doucha. Ils semblaient se trouver dans une chambre d'hôtel. Catégorie zéro étoile. Deux cafards faisaient la course sur une tapisserie qui cloquait comme une peau malade. Le bruit intestinal de la tuyauterie s'arrêta, précédant la réapparition de la jeune femme enroulée dans une serviette. Elle enfila sa combinaison mauve sans un mot.

– Quand vas-tu me détacher ?

– C'est comme ça que je te préfère.

– Quand ?

– À ton réveil.

Une masse contondante s'abattit sur son crâne dans un éclair violet.

78

Ron paya le pilote de l'hélicoptère et lui demanda de garder le silence sur leur excursion. Il prit le volant de la Datsun de Shelly où l'attendaient Rochelle et Stan.

– Tu crois qu'il va cafter ? demanda Stan.

– Pour dire quoi ? Qu'il a embarqué un trio de barges qui voulaient filer un pigeon ?

– Je ne vois pas les choses comme ça.

– Tu les vois comment ?

– Le pilote de chasse qui a descendu le pigeon et nous a eus dans sa ligne de mire va faire un rapport qui va atterrir sur le bureau d'un militaire qui va tomber sur le dos du pilote de l'hélico qui va donner nos signalements.

– Ce pigeon, dit Rochelle, il s'est dirigé droit sur Dugway.

– C'est de là qu'il vient, déduisit Stan.

– Les pigeons sont perturbés par les ondes et les radiations. Or la base de DPG en est saturée.

– Depuis quand tu t'y connais en pigeons ? demanda Ron.

– Une fois Benjamin a intenté une action contre un opérateur de téléphonie mobile qui avait implanté une antenne-relais près d'une école maternelle. Parmi les cas de jurisprudence qu'il avait collectés, il y avait celui d'une centaine d'éleveurs de pigeons en Écosse qui se plaignaient que l'antenne-relais installée près de leur élevage émettait des ondes qui provoquaient des troubles et des disparitions chez leurs volatiles. Les radiations les désorientaient.

– Ce qui voudrait dire que le pigeon aurait dû éviter la base au lieu de foncer droit dessus.

– Sauf si la base était sa destination finale.

– Un pigeonnier sur la base de Dugway ? C'est n'importe quoi.

– J'ai vu des trucs plus aberrants aujourd'hui, dit Rochelle en allumant une cigarette.

– Pas dans la voiture. Ça me donne envie de gerber.

Rochelle ouvrit la portière et s'apprêta à sauter en marche.

– Qu'est-ce que tu fous ?

– Je me casse, faites chier.

Ron pila.

– Elle a raison, dit Stan en descendant à son tour.

Il la rejoignit en plein soleil dans un nuage de tabac.

– On est tous un peu à cran, lui dit Stan.

– J'ai peur. Je dois me raccrocher à quelque chose pour ne pas flancher. Et ce con n'arrête pas de me soûler.

– Tu peux te raccrocher à moi.

– Ouais.

– Merci pour l'enthousiasme.

– C'est pas ça.

– Je sais que je suis pas fréquentable et que je ne vaux pas Benjamin. Moi aussi j'ai peur. Mais ensemble, on peut faire face. Pourtant je sais bien que je ne récupérerai jamais ma VMAX.

– Pourquoi tu enquêtes alors ?

– Je m'en tape de cette enquête. Si je suis encore là, à faire le con au cul d'un pigeon, c'est parce que…

Elle souffla la fumée de côté et plissa son regard vert dans sa direction. La réponse s'affichait devant lui comme une évidence.

– Parce que… ? fit-elle.

– Parce que t'es là.

– Je cherche mon mari, Stan.

– Et je ferai tout pour t'aider à le retrouver.

– Ce n'est pas contradictoire comme attitude ?

– Pas plus que celle qui consiste à miser sur un club d'ufologues.

– Pourquoi dis-tu ça ?

– Ça ressemble à une attitude désespérée.

– Je vais te dire un truc.

– Quoi ?

– Quand tu te retrouves au milieu de gens qui voient des extraterrestres, tu finis par les voir toi-même. Et contrairement à ce que tu penses, ça donne de l'espoir.

79

Connie B. Stanshaw cliqua pour faire disparaître de l'écran le rapport de l'antenne du FBI à Madrid. Nathan Love avait été repéré en Andalousie grâce à un paiement par carte bancaire au nom de sa compagne Carla Braschi, auprès d'un loueur de voitures. S'il ne donnait pas de nouvelles, il ne cherchait pas non plus à se cacher. Restait à savoir ce qu'il fabriquait en Espagne. Elle téléphona au directeur du FBI pour lui transmettre l'information.

– Nous sommes au courant, dit Fuller. Love est à Séville en ce moment, à la recherche d'un scientifique qui aurait travaillé sur l'hydrogène métallique.

– Comment le savez-vous ?

– Nous avons un informateur sur place.

– Qui ?

– Quelqu'un dans son entourage.

– Pouvez-vous être plus précis ?

– Pour sa sécurité, il vaut mieux ne pas dévoiler son identité.

– Pourquoi surveiller Nathan Love ?

– Contentez-vous de faire votre travail, Stanshaw. Livrez-moi des renseignements que je n'ai pas déjà.

Son mobile vibra sur son bureau.

– J'appelle Love tout de suite.

– Le procureur général vous l'a dit, faites-vous-en un allié.

– Il est déjà notre allié.

– Alors laissez-le agir en gardant le contrôle sur lui. C'est clair ?

– Oui, Monsieur.

Il raccrocha. Connie prit l'appel sur son mobile.

– Maman ?

La voix de sa fille.

– Eliona ? Que se passe-t-il ?

– Maman, il y a un monsieur avec moi.

– Quel monsieur ? Chérie, où es-tu ?

– Je sais pas. Il fait tout noir.

– Eliona !

– Maman, j'ai peur.

– Chérie, qui est le monsieur avec toi ?

– Maman, il est méchant.

Connie B. Stanshaw s'appuya sur le bureau pour ne pas flancher.

– Eliona, passe-moi le monsieur.

– Il veut pas te parler.

Biiip !

80

À son réveil, Nathan était toujours attaché au lit, entre quatre murs cloqués. Il essaya de se dégager mais les liens adhésifs étaient en toile renforcée. Il appela. Le gros chevelu apparut avec un air goguenard, jouissant de l'ascendant que lui procuraient la nudité de Nathan et sa position inconfortable. Il retira les écouteurs d'un MP4 et téléphona pour signaler que le prisonnier était revenu à lui.

– Une journée décisive s'annonce pour toi, dit le gras-double.

– Détache-moi.

– Il faut attendre Lilas.

– C'est elle qui commande ?

– C'est elle qui transmet les ordres du Major.

– Toi tu t'appelles Manuel et tu diriges la bande de demeurés.

– Comment tu le sais ?

– Je suis doué, c'est pour ça que le Major m'a recruté.

– C'est vrai que pour passer de cible à nouvelle recrue en baisant Lilas au passage, faut être sacrément fortiche. N'empêche, je t'ai à l'œil…

Il lui passa une vidéo sur l'écran deux pouces de son MP4. On le voyait copuler avec Lilas.

– Les Russes, c'est de vraies chiennes au pieu, pas vrai ?

Lilas entra. Elle était donc russe. Combinaison mauve, cheveux défaits, visage fermé. Elle brandit un cutter et trancha les liens.

– On y va, dit-elle.

Elle lui jeta ses vêtements roulés en boule.

– Où ça ?

– Chercher ta copine. Tu as déjà oublié le marché que tu as passé ?

Cinq minutes plus tard, ils roulaient vers le centre de Séville, conduits par Santos, le beau gosse qui zozotait. Nathan occupait le siège passager. Lilas était sur la banquette arrière, armée comme une kunoichi.

– Je n'arrive pas à croire que tu acceptes de bosser pour nous en échange d'un renseignement, dit-elle.

– Un renseignement qui mène à mon père.

– Je ne te fais aucune confiance. Tu es en train de gagner du temps pour ne pas mourir. Au moindre signe suspect, je te descends.

Le refrain était connu. Elle colla quelque chose de pointu contre sa nuque pour ponctuer la menace.

– Je collaborerai sans que vous exerciez la moindre pression sur moi. Inutile de retenir Carla en otage ou de me faire chanter avec une vidéo qui me compromettrait à ses yeux.

– On préfère prendre quelques garanties.

– Dans son état, le Major peut résister à tous les interrogatoires de la planète. La douleur et la maladie qui le rongent depuis des années feraient passer une séance de torture pour une récréation. Ce deal est le seul moyen pour moi de le faire parler. C'est pour ça que vous n'avez pas besoin de Carla.

– Qu'est-ce qui t'a fait croire que le Mazor t'embausserait ? zézaya Santos.

– Il lui faut de l'argent pour financer ses opérations chirurgicales. Les truands n'ont pas de Sécurité sociale.

Un gros coup lui permettrait de se retirer et de se faire soigner. Le problème c'est que son personnel sous-qualifié est incapable de réaliser un coup pareil.

– Mais toi t'es qualifié, ducon, dit Lilas en lui cognant sur le crâne avec la crosse d'une arme à feu.

– Je vous aurais éliminés, s'il y avait une autre solution.

– Eh ben toi, tu doutes de rien ! s'exclama Santos.

Le reste du trajet se déroula dans le silence. Ils arrivèrent dans le quartier de Triana. Pagès del Corro était animée. Les bars déversaient leur surplus de clientèle sur les trottoirs, le fado et la pop couvraient à peine la rumeur des conversations animées. Ils tournèrent dans une petite rue perpendiculaire, plus calme.

– C'est là, dit Nathan.

– Attends-nous ici, ordonna Lilas au chauffeur.

Juan Ignacio habitait dans un appartement qu'il partageait avec d'autres colocataires. Il ouvrit la porte, surpris de voir Nathan, et jeta un œil méfiant sur celle qui l'accompagnait.

– Que s'est-il passé ?

Carla apparut dans le dos de l'Espagnol. Exsangue, les yeux cernés. Elle s'effondra dans les bras de Nathan.

– J'ai eu peur, murmura-t-elle.

– Carla, il faut que je te parle.

Elle leva les yeux sur lui, réalisa qu'il n'était pas seul.

– D'où elle sort ?

– Je te présente Lilas. Elle travaille pour le Major. J'ai passé un marché avec eux.

– Expédie les présentations, Love, on n'a pas la journée.

– Est-ce que je peux être seul avec Carla deux minutes ?

– Non.

Ta chi, dao son, da bua : trois coups de poing, latéral à la tempe, piston au plexus, marteau sur le crâne foudroyèrent Lilas. Nathan la tira à l'intérieur et referma la porte. Juan Ignacio était tétanisé par la soudaineté de l'attaque.

– Qu'est-ce qu'on va faire du corps ?

– Le réanimer.

– Quoi ?

– Elle est juste assommée. J'ai conclu un accord. J'aide le Major. En échange, il me donne le nom de celui qui veut m'éliminer.

– Tu vas repartir là-bas ? demanda Carla.

– Avec toi.

Elle était stupéfaite. Les mots lui manquèrent.

– Tu resteras avec eux, en gage, le temps que je règle leur affaire.

– Pas question de retourner chez ces types.

– Ils te traiteront bien, cette fois.

– Vous êtes malade ! intervint Juan Ignacio.

– C'est le seul moyen de suivre la piste qui mène à mon père.

Carla s'assit dans un fauteuil pour ne pas s'écrouler. Nathan s'accroupit à ses genoux.

– Carla, s'il y avait une autre solution, je t'épargnerais ça.

– Je sais.

– Soit j'abandonne, soit on continue dans ces conditions.

– Qu'est-ce que tu dois faire pour eux ?

– Moins tu en sauras, mieux ça vaudra.

– Je te suis les yeux fermés, c'est ça ?

– Oui. Pourtant, je les préfère ouverts.

– Tirons-nous, Nathan.

– Je te promets qu'il ne t'arrivera rien.

– Comment peux-tu promettre une telle chose ?

– S'il fallait choisir entre mon père et toi, c'est toi que je privilégierais. Je n'ai pas encore à faire ce choix. Je suis conscient que c'est dur. Mais tu as déjà vécu bien pire.

– Ce n'est pas une raison.

Elle le scruta intensément pour chercher dans son regard noir autre chose que cette froide détermination qu'il affichait lorsqu'il était en mission. En vain.

– La dernière fois que je t'ai vu ce regard, c'était en Macédoine.

Il ne répondit rien. Immobile. Comme un tigre qui a fixé sa proie.

– Je téléphone d'abord à Léa.

– Merci Carla.

Il se releva, jeta Lilas dans la baignoire et fit couler de l'eau froide sur son visage. Elle revint brusquement à elle.

– J'étais sûre que t'allais nous doubler, dit-elle, sonnée, trempée, furieuse.

– Debout. Le Major nous attend.

81

L'appartement de Rochelle était tel qu'ils l'avaient laissé. Aucune trace d'effraction ou de présence étrangère. Après l'avoir quitté en catastrophe, ils s'étaient attendus au pire. Stan et Ron sursautèrent en entendant un cri. Rochelle fixait une étagère sur laquelle était posée une fausse statuette précolombienne, le coffret DVD de la trilogie du *Seigneur des Anneaux* et une photo d'elle avec son mari.

– La photo… bafouilla-t-elle.

Stan l'avait déjà remarquée lors de sa première visite. C'était à ce moment-là qu'il avait réalisé n'avoir aucune chance à côté du jeune premier qui posait avec Rochelle devant les chutes du Niagara. En plus d'être avocat, Benjamin semblait sortir d'une publicité pour Hollywood chewing-gum. Un élément avait changé depuis, et expliquait l'expression d'effroi qui défigurait sa femme. Le visage de Benjamin était devenu flou.

À la demande de Rochelle, Stan accepta de passer la nuit sur place. Cela tombait bien, il n'avait nulle part où aller. Ron décida de regagner ses pénates.

– Tu es sûr que tu ne veux pas rester avec nous ? demanda Stan.

– Il faudra bien que je rentre chez moi un de ces jours. Et puis je dois passer voir Shelly à l'hôpital.

Rochelle se retira dans sa chambre, après que Stan et Ron en eurent inspecté chaque recoin. Les deux hommes laissèrent la jeune femme sombrer dans un sommeil artificiel et regagnèrent le salon.

– Qu'est-ce qu'on fait, Ron ?

– On garde le cap. On n'a pas d'autre option. Si on abandonne, on aura cédé devant Goliath. Rochelle n'aura pas retrouvé son mari, toi tu n'auras pas récupéré ta moto, et moi je n'aurai pas mon article pour le Pulitzer.

– À quoi bon ?

– C'est quoi ton problème ? C'est Rochelle qui bouffe ta motivation ?

– Je l'échangerais bien contre ma bécane.

– Tant qu'elle ne saura pas ce qui est arrivé à son mari, elle n'aura pas la tête à avoir une aventure avec toi.

– Qu'est-ce qu'on a comme éléments ?

– J'ai fait la liste : un cercle de 450 km^2 qui fait disparaître tout ce qui pénètre à l'intérieur, un *crop circle* fertile qui pousse sur une terre aride, des créatures sans visage qui s'invitent chez nous, des zetta-particules, une firme privée qui cherche à se débarrasser de tonnes de déchets nucléaires, une base militaire qui sert de spatioport à des extraterrestres et qui fait l'élevage de pigeons voyageurs.

– Sans oublier le F-16 qui a pulvérisé le piaf.

– C'est sûr, ça revient cher le tir aux pigeons. À ajouter sur la liste.

– Il faut trouver un lien entre tout ça. Nathan Love, où il en est ?

– Je n'arrive pas à le joindre.

– Il y a un autre élément dont on dispose.

Stan sortit de sa veste un ordinateur de poche.

– C'est quoi ça ?

– Un BlackBerry.

– D'où tu le sors ?

– De chez Dave Rosenfeld.

– C'est à lui ?

– Il y a des chances. Je l'ai trouvé sur son buffet, à côté d'un bouddha en résine. Entre les deux, j'ai préféré embarquer le BlackBerry.

– Qu'est-ce qui t'a pris ?

– Réflexe professionnel.

– T'es taré, mon vieux.

– Je me suis dit que l'ami Dave nous cachait peut-être des infos et qu'avec ça on pourrait en savoir plus sur Dugway et les aliens.

– Et tu as découvert quoi ?

– Pour l'instant, rien. La batterie est morte. Il faut que je dégotte un chargeur.

– Je ne veux pas être complice de ça. Tu te démerdes.

– Je m'en doutais. On se fait attaquer, mais faut rester dans la légalité.

– Bon, écoute, suis ta piste, moi je suis la mienne.

– Tu en as une ?

– Notre colonel.

82

L'ex-agent Eddie Barton fit exploser une boîte de Budweiser entre ses mains et s'affala devant un épisode de *The Shield*. Putains de séries télévisées, tellement bien écrites qu'elles étaient parfois plus instructives que les centres de formation de la police et du FBI. Au milieu du froissement métallique de sa canette déjà vide, il perçut la sonnerie de son mobile. C'était Connie B. Stanshaw.

– Où êtes-vous, Eddie ?

– Là où vous m'avez renvoyé, dans mon canapé.

– Je vous réintègre.

– En quel honneur ?

– J'ai besoin d'une personne fiable qui ne respecte pas les procédures.

– Je croyais que c'était pour ça que j'avais été viré.

– Exact.

– Que se passe-t-il ? L'agent Stampers ne convient plus ?

– Est-ce que vous pouvez passer à mon domicile ?

– Chez vous ?

– Ou ailleurs.

– Non, ça me va.

– Dans dix minutes ?

– J'arrive.

Eddie Barton éteignit son mobile et son téléviseur. Sa période de chômage avait été de courte durée.

83

Le Major était allongé, visage voilé par un pan d'obscurité. Il était alimenté par une sonde, un cathéter et un appareil respiratoire. Son bureau ressemblait à une chambre d'hôpital. Une odeur d'éther, de sudation et de pourriture empestait l'atmosphère. Entre deux respirations rauques qui n'avaient rien d'humain, il s'exprima avec la lucidité de ceux qui n'ont plus rien à perdre.

– Je mesure la valeur du renseignement que vous attendez de moi, Monsieur Love.

Le faciès monstrueux bougea dans la pénombre pour fixer Carla qui se tenait entre Nathan et Lilas.

– J'envie également l'amour que cette jeune personne vous porte au point d'accepter de se livrer à nous en gage de votre collaboration.

– Allez-vous me dire de quelle collaboration il s'agit ? demanda Nathan.

– Le braquage de la Banco de Andalucia.

– Quoi ? s'exclama Carla.

– Vous entrerez dans la banque avec Lilas, dix minutes avant la fermeture. Vous disposerez de ce laps de temps pour neutraliser le personnel, ouvrir le coffre et remplir quatre sacs-poubelle. Santos vous attendra garé devant la banque. La zone est piétonnière, il n'y aura pas de circulation.

– N'importe quoi, fit Nathan.

– C'est un plan dont la réussite repose sur vous, Love. Vous n'aurez aucune arme à part vous-même. Lilas vous secondera. Elle a de bonnes dispositions martiales, elle aussi. À l'intérieur, il y aura onze personnes. Santos en attirera une dehors et lui fera dire comment couper l'alarme. L'information vous sera immédiatement transmise par téléphone.

– N'écoute pas ce monstre, Nathan !

– Vous devrez à neutraliser cinq personnes chacun. Il vous manquera les codes d'ouverture du coffre. Vous les soutirerez au directeur.

– Refuse, dit Carla.

– Si M. Love décline ma proposition, j'en serai réduit à me contenter de la prime qui me sera versée pour sa mort.

– Ce n'est pas en prison que tu retrouveras ton père.

– La prison est pour les imbéciles qui se font prendre. Je crois que votre ami est plus malin que ça.

– Vous êtes un être ignoble, dans tous les sens du terme.

Une quinte de toux secoua le corps atrophié et boursouflé du Major. Il encaissait mal les rebuffades et les insultes de l'Italienne.

– Emmenez-la hors de ma vue.

Le gros et le nabot éloignèrent Carla de force. Nathan ne broncha pas.

– Vous me rapportez les quatre sacs pleins, je vous livre le nom de celui qui a mis un contrat sur votre tête et vous repartez avec votre insupportable compagne.

– Qu'est-ce qui vous fait penser que je ne vous dénoncerai pas à la police ?

– Ne jouez pas les candides. Gagnons du temps. Me dénoncer, c'est vous dénoncer. Vous n'avez nullement besoin de la police espagnole à vos trousses pour rechercher votre père.

– Les caméras de vidéosurveillance m'identifieront.

– Sauf si vous êtes grimé.

– Vous avez tout prévu.

– J'attends cela depuis deux ans. J'ai recruté et entraîné Lilas dans cet objectif. Ce qui me manquait, c'est quelqu'un comme vous. Vous êtes une arme ambulante, Monsieur Love, et je suis celui qui va l'actionner.

– Quand voulez-vous agir ?

– Aujourd'hui.

84

Ron Frost passa devant l'incinérateur d'armes chimiques en direction du quartier résidentiel de Tooele. C'était là qu'habitait le colonel Norris. Ron se gara devant une maison blanche à colonnades entourée par une vaste véranda et quelques eucalyptus. Une piscine gonflable encombrait le jardin, entre un massif de jeunes genévriers et un barbecue à gaz.

Quelques heures plus tôt, le journaliste était passé à l'hôpital voir Shelly. La prostituée ne pourrait plus exercer pendant un moment. Elle lui avait fourni des détails sur Norris qui permirent à Ron de trouver son adresse à Tooele. Elle lui avait aussi prêté sa voiture.

– Je ne sais pas ce que je ferais sans toi, avait-il lâché au moment de la quitter.

– Je t'ai déjà dit que les flatteries ne payaient pas le loyer !

– Si tu voulais, tu n'aurais plus besoin de le payer.

– Ça veut dire quoi ?

– Que tu peux vivre avec moi.

– Qu'est-ce qui te prend, Ron ?

– Je me déclare.

– Je ne veux pas de ta pitié.

– T'as le droit de refuser. Je sais que je suis trop gros, que j'aime boire et que je ne suis que pigiste.

– Et moi, tu crois que je suis la femme idéale ?

– Tu m'attendras ?

– Qu'est-ce que tu veux que je fasse d'autre, gros nigaud ?

– Je savais que tu me trouvais gros.

– Je t'attendrai, Ron.

Il l'avait embrassée comme on embrasse une amante et non une pute, en lui murmurant à l'oreille du Walt Whitman : *Une femme m'attend, elle contient tout, rien n'y manque, mais tout manquerait si le sexe n'y était pas.*

Ron descendit de la Datsun et avança jusqu'au porche au-dessus duquel flottait un drapeau américain. La porte s'ouvrit sur une blonde replète.

– Madame Norris ?

– C'est pourquoi ?

– Je voudrais parler au colonel Norris.

La porte lui claqua au nez et se rouvrit dix secondes plus tard sur le colonel.

– Vous ?

L'officier s'avança sur le palier et referma dans son dos.

– Qu'est-ce que vous venez foutre chez moi ?

– Vous ne nous avez pas tout dit.

– Barrez-vous.

– On se calme. Je suis venu ici sans l'intention de donner à votre épouse l'enregistrement de vos ébats extraconjugaux.

– Écoute-moi, fouille-merde, je sais pas ce que tu cherches, mais si tu dégages pas de chez moi tout de suite, tu vas regretter le déplacement.

À l'appui de sa réplique il avait posé un gros index poilu sur le plexus de Ron. Ce dernier s'avança malgré le doigt menaçant qui lui forait le thorax. Au culot. Il fallait inverser le rapport de force et l'embrouiller.

– Soyez plus coopératif, dans l'intérêt de votre famille.

La porte s'ouvrit sur Mme Norris qui se demandait ce qu'ils fabriquaient dehors.

– Vous ne voulez pas entrer ?

– Monsieur est pressé, chérie, dit le colonel. Il n'en a pas pour longtemps.

– Merci pour votre invitation, Madame Norris.

Lorsqu'ils se trouvèrent à nouveau seuls, le colonel somma Ron de partir.

– Pourquoi élève-t-on des pigeons voyageurs à DPG ?

– Quoi ?

– On a suivi un pigeon voyageur qui réintégrait la base de Dugway. Vous saviez qu'ils reviennent toujours là où ils ont été élevés ?

– Non, je l'ignorais.

– Comment expliquez-vous ça ?

– Ils doivent avoir un GPS naturel sur eux.

– C'est une explication sur l'élevage de pigeons à DPG que je veux, pas un cours d'histoire naturelle.

– Je vous dis que je n'en sais rien.

– Vous ne savez pas quoi ?

– Ce que fout un pigeonnier à Dugway Proving Ground.

– Donc vous confirmez qu'il y a un pigeonnier sur la base.

– C'est ce qu'on dit.

– Vous voulez me faire gober que vous vous rendez à la base tous les jours et que vous n'en savez pas plus ?

– La base est plus grande que le Rhodes Island et elle continue de s'agrandir. On y développe une technologie militaire qui dépasse tout ce qu'on peut imaginer. Alors qu'est-ce que j'en ai à foutre des pigeons ?

– Justement, ça fait tache au milieu de toute cette science.

– C'est toi ducon qui fais tache dans mon jardin.

Ron se décala du colonel pour éviter une nouvelle attaque digitale et appuya sur la sonnette.

– Qu'est-ce que tu fous, connard ?

– Ce n'est pas en m'insultant que vous allez résoudre votre problème.

– Quel problème, fouille-merde ?

– Matrimonial.

L'épouse ouvrit à nouveau.

– C'est toi qui t'amuses avec la sonnette, Gerald ?

– Euh… juste pour te prévenir que je ne vais pas tarder.
– C'est pour ça que tu me fais lever ?
– Deux minutes, chérie.
Elle referma, en colère.
– Je vous ai tout dit, affirma Norris.
Ron sortit de sa poche une carte mémoire.
– Donnez-moi le nom de quelqu'un qui en sache plus que vous. Et l'enregistrement est à vous.
– Je pourrais vous le prendre de force.
– Et m'enterrer sous la piscine gonflable ? Vous êtes quelqu'un de raisonnable, colonel. Pas du genre à regarder vos gosses barboter au-dessus d'un cadavre.
– Curtis Ash.
– Qui est Curtis Ash ?
– Un chercheur. Il est venu à Dugway donner une formation aux officiers. C'est un spécialiste de la sécurité nationale. Un de ses cours portait sur la transmission de messages stratégiques. Il faisait référence aux pigeons voyageurs qui avaient changé le cours de certaines campagnes militaires.
– Où puis-je trouver ce monsieur ?
– Hoover Institution, université de Stanford, Californie.

85

Lorsque Connie B. Stanshaw accueillit l'agent Barton sur le perron de sa villa perchée sur les hauteurs de San Francisco, elle portait un jean moulant et un pull échancré qui révélait une épaule.
– Jolie vue, dit-il sans préciser s'il s'agissait de la baie de San Francisco qui scintillait au pied de la colline ou de l'anatomie dévoilée.
– Entrez.

Barton la suivit jusqu'au salon où elle fit tinter quelques glaçons dans deux grands verres de whisky. Ils prirent place chacun dans un fauteuil. Stanshaw avait les yeux rouges. Elle avait pleuré.

– Vous pouvez m'expliquer ce qui se passe ?

Elle but la moitié de son verre pour répondre.

– J'ai besoin de vous, Eddie.

– Vous m'avez viré mais vous avez besoin de moi. Il faudrait m'en dire plus.

Elle pointa son nez dans le verre, hésita, but tout ce qui restait.

– C'est Eliona.

– Votre fille ? Que lui est-il arrivé ?

– Elle a été enlevée.

– Par qui ?

– Elle m'a appelée il y a deux heures pour me dire qu'elle était avec un « *monsieur méchant qui ne voulait pas me parler* » selon ses propres termes. J'ignore à qui elle faisait allusion. Elle a raccroché très vite.

– Quel âge a-t-elle ?

– Dix ans.

– Qui avez-vous mis sur le coup ?

– Personne.

– Quoi ?

– J'ai reçu un deuxième appel.

– Je vous écoute.

– « *Maman, ne change rien à ce que tu fais et je rentrerai à temps pour mon cours de musique.* » C'est tout ce qu'elle m'a dit. Mais ce n'est pas ce qui m'a le plus terrifié.

– Qu'est-ce qui vous a le plus terrifié ?

– Le timbre de sa voix avait radicalement changé entre les deux appels. Elle n'avait plus peur. Comme si elle me téléphonait de chez une copine.

– Votre ex-mari ?

– C’est ce que j’ai pensé d’abord. Stephen n’a jamais accepté que je le quitte, mais quel intérêt aurait-il à faire ça ?

– Quel est son job exactement ?

– Il est conseiller au ministère de la Défense depuis quelques semaines.

– Comment interprétez-vous « *Ne change rien à ce que tu fais* » ?

– J’ai récemment reçu la consigne de surveiller Nathan Love qui enquête à titre personnel sur l’affaire des disparitions de Snake Valley et de concentrer mes efforts sur la recherche d’Engel Schrank et du Bourreau.

– Nathan Love ? Pourquoi le surveiller ?

– On s’en méfie dans les hautes sphères. C’est un ancien agent qui a fait pas mal de vagues.

– Je le connais. D’où viennent les consignes ?

– D’en haut. Je ne peux pas vous en dire plus.

– Connie, si vous m’avez appelé, c’est que vous n’avez pas le choix. Y compris celui de tout me dire.

– James Mullray.

– Le procureur général ?

– Oui. Ces deux dossiers lui tiennent à cœur.

– On dirait que la pression vient de tous les côtés pour vous pousser à continuer ce que vous faites. Est-ce que vous aviez l’intention de changer quelque chose dans vos investigations ?

– Non.

– On a donc enlevé Eliona juste pour garantir que vous garderiez le cap.

– Mais c’est ridicule.

– Ce n’est pas le terme que j’emploierais. « Malin » est plus approprié.

– Pourquoi ?

– Parce qu’on ne peut pas relier les ravisseurs à l’une des enquêtes.

– Je ne comprends pas leur objectif.

– Manifestement, ils veulent vous voir échouer.

– Qu'est-ce qui vous permet de penser que je vais échouer ?

– Vous m'avez remplacé par un incompétent sur l'affaire Schrank et vous n'apportez aucun soutien à Love.

– Aidez-moi à retrouver Eliona.

– Son cours de musique, c'est quand ?

– Mercredi prochain.

– Vous devez donc ne rien changer à vos habitudes pendant cinq jours.

86

Lilas était méconnaissable. Coiffure sévère, maquillage sophistiqué, tailleur strict anthracite, parfum capiteux. Les chaussures sans talons indiquaient que la sortie allait être sportive. Elle jeta sur le lit un costume noir, une chemise blanche, une cravate et un attaché-case.

– Ta panoplie.

Il s'habilla.

– C'est quoi ton art martial ? demanda-t-elle.

– Tous et aucun.

– Tu as bien commencé par quelque chose.

– La Voie de la tactique.

– Miyamoto Musashi, hein ?

– Exact.

– *Traité des cinq roues*, théorie du vide et toutes ces foutaises, j'ai vite passé.

Contrairement à ce que pensait sa nouvelle partenaire, les enseignements de Musashi allaient être utiles, même s'ils n'avaient pas été conçus pour braquer une banque. Lancer un assaut, utiliser le corps comme une arme, combattre plusieurs adversaires simultanément, utiliser la topographie, faire perdre à l'ennemi son équilibre mental, autant de préceptes que Nathan allait devoir mettre en pratique.

Il camoufla ses cheveux longs sous une perruque bouclée et son regard derrière une fausse paire de lunettes de vue.

– Ton look est pas mal aussi, dit Lilas. T'as l'air du bon con qui vient confier ses économies à un enfoiré de banquier.

– Qu'est-ce qu'il y a dans l'attaché-case ?

– Des papelards sans valeur.

– Ton art, c'est le sambo ?

– Comment t'as deviné ?

– Ta nationalité, la façon dont tu cognes, l'économie des mouvements, ta décontraction… Le viol de la nuit dernière, aussi, qui ressemblait moins au kama sutra qu'à une suite d'immobilisations. Où as-tu appris ?

– Tu veux mon CV tant que tu y es ?

– Je veux savoir avec qui je vais attaquer une des plus grosses banques de Séville : ton nom, d'où tu viens, tes capacités réelles à mener à bien cette opération. Si je finis en prison, l'information que me donnera ton patron ne me servira à rien. Alors oui, tu vas me donner ton CV, sinon j'abandonne.

– Tu n'as pas le choix. Si tu refuses de collaborer, tu perds la vie, et ta copine ne ressortira jamais du trou dans lequel tu l'as envoyée.

– Très bien.

Il arracha sa perruque, balança ses fausses lunettes et se dirigea vers la porte. Elle voulut l'arrêter avec une sorte de *mae geri* au plexus. Nathan avait déjà anticipé, il bloqua le coup de pied avec son bras tout en lui bombardant un direct au foie. Lilas tomba KO. Il la souleva et l'allongea sur le lit. Elle recouvra ses esprits une vingtaine de secondes plus tard. Il mit les choses au point :

– J'ai encore plus intérêt que toi à ce que le braquage réussisse. Je veux donc mettre toutes les chances de mon côté. Pour cela je dois savoir quels sont tes points forts, tes points faibles. À l'intérieur de la banque, nous serons dans le même camp et nous ne pourrons compter que l'un sur l'autre. Une fois qu'on sera sortis et que le Major m'aura dit ce qu'il sait, tu feras ce que tu veux. Mais d'ici là, on va dans le même sens.

– Valentina.

– Pardon ?

– Valentina Lilaskovenchko. C'est mon nom.

– Je préfère à Lilas.

– Je ne pratique pas le sambo mais le systema.

– Le sambo Spetsnaz ?

– Oui, la forme enseignée aux Spetsnaz.

– Tu faisais partie des forces spéciales russes ?

– Les escadrons de la mort. J'étais particulièrement bien notée dans l'exercice qu'on appelle la *mass attack*, tout un groupe contre un seul combattant. J'ai participé à des opérations militaires en Tchétchénie : sabotage, élimination de chefs ennemis, prise d'objectifs stratégiques, interrogatoires. Ça te va comme profil ?

– Pourquoi as-tu intégré les Spetsnaz GRU ?

– À quoi ça va te servir de le savoir ?

– C'est peut-être l'information la plus importante.

– Mes parents et mon frère ont été tués par des rebelles tchétchènes. Ils avaient découvert que mon père était un officier de l'armée russe. Ils nous ont pris en otage, nous ont violées, ma mère et moi, avant de nous étrangler. Les forces spéciales m'ont trouvée à moitié morte sur un terrain vague. Quand je suis sortie du coma, mon avenir était tout tracé.

– Pourquoi en es-tu partie ?

– Parce que j'appliquais trop à la lettre ce qu'on m'avait enseigné. Au goût de l'état-major, beaucoup trop de Tchétchènes mouraient entre mes mains, y compris lors des interrogatoires.

– La notion de torture n'existe pas dans la législation de la Russie. Aucun article du code ne prévoit de responsabilité pénale pour son emploi.

– C'était à une époque où nous étions dans le collimateur de la Fédération internationale des ligues des droits de l'homme. Le pays avait besoin de redorer son image à l'ONU.

Elle grimaça en se frottant le ventre.

– Merde, tu m'as pas ratée.

– J'ai dosé la force.

– L'entretien d'embauche est terminé ?

– Oui, dit Nathan en remettant sa perruque.

87

La Banco de Andalucia ouvrait de 8 heures à 14 heures. Derrière son guichet, Antonio Cuervos regardait sa montre. Plus que dix minutes avant la fermeture et sa rencontre avec Lorenzo. Cela faisait trois mois qu'ils communiquaient sur un site de rencontres. Ils partageaient les mêmes goûts musicaux, littéraires, culinaires, les mêmes orientations sexuelles aussi. Lorenzo était resté discret sur son activité professionnelle. Mais pour Antonio ce n'était pas le plus important. Ils avaient fini par se donner rendez-vous. Aujourd'hui. Plaza de San Francisco. Son téléphone sonna.

– Ze suis passé te prendre.

– Lorenzo ?

– Ze suis devant la banque. Viens maintenant.

– Je dois rester encore dix minutes.

– Ze suis en voiture, dépesse-toi.

Antonio repoussa ses piles de reçus et se leva, ému et perplexe. C'était la première fois qu'ils se parlaient. Lorenzo zozotait. Il semblait pressé.

– Tu vas où ? demanda sa collègue Arantxa.

– Un rendez-vous urgent.

Antonio sortit en bousculant un couple qui se sépara devant les guichets. Il marcha vers une voiture stationnée dans Feliz y Gonzalez qui devenait piétonne devant la banque. Antonio reconnut le beau Lorenzo qui le fit monter.

Dans la banque, Arantxa pestait.

– C'est toujours pareil avec Antonio.

– Il avait un rencard, dit Enrique qui lorgnait la blonde.

– Ça pouvait pas attendre cinq minutes ?

– Occupe-toi de ton client au lieu de râler.

– Il ne va pas travailler longtemps ici, je le vois gros comme une maison.

Arantxa voyait tout « gros comme une maison ». La météo, la chute du marché boursier, la faillite du capitalisme, le divorce de son frère, l'implication d'Al-Qaïda dans les attentats de Madrid ou la courte carrière d'Antonio à la Banco de Andalucia. Son flair ne la trompait pas. Sauf cette fois, où elle ne vit pas les quatre phalanges de son client fuser vers son front.

Nathan, qui s'était présenté à elle avec un sourire et un poing meurtrier, sauta au-dessus du guichet pour atterrir à pieds joints sur Enrique qui bascula de son siège. Valentina s'était déchaussée et volait au-dessus d'un bureau en acajou. Elle atterrit sur le crâne d'un conseiller en patrimoine qui embrassa le sol sous ses semelles. Nathan se rabattit vers la porte d'entrée où le vigile venait à peine de comprendre ce qui s'était passé. Une violente torsion de la nuque éteignit momentanément ses fonctions cérébrales.

Valentina dégaina son téléphone qui entamait l'air de *Nochnoy Dozor* tout en percutant une femme en tailleur. À l'autre bout de la ligne, Santos lui communiqua le code qu'elle alla composer pour désactiver l'alarme. Simultanément, Nathan mettait hors de combat ceux qui occupaient l'espace avant même qu'ils n'aient l'idée de se défendre. Mobilisation de l'énergie, précision chirurgicale des mouvements, un seul impact. Il arrêtait toutefois ses frappes à quelques millimètres du point visé afin de ne pas entraîner la mort. Valentina, elle, ne s'embarrassait pas de telles considérations. Elle supprimait toute trace de vie autour d'elle. Économie des gestes, relâchement, improvisation à base de projections et de renversement. Une tornade en perpétuel mouvement qui appuyait chaque coup.

Nathan la laissa finir de dévaster la banque pour foncer chez le directeur. Alerté par l'attaque, celui-ci avait eu le temps de prévenir la police. Nathan sauta sur le socle du téléphone qui s'éparpilla dans la pièce et poussa un cri venu des profondeurs de son ventre. Le banquier recula terrifié dans son fauteuil à roulettes, se piégeant lui-même dans un coin de la pièce. Il décolla du siège, vola au-dessus de son bureau, s'écrasa contre une armoire en aluminium, fut catapulté en sens inverse sur l'ordinateur. Lorsqu'il rouvrit les yeux, il constata qu'il n'y avait qu'un seul assaillant dans la pièce. Ce fut la seule pensée libre que lui octroya le forcené qui lui ouvrit sa chemise pour y glisser l'extrémité d'un fil électrique arraché à la lampe. Les griffes de cuivre se mêlèrent aux poils de son torse pour cracher une décharge de 220 volts. Le banquier hurla. Son agresseur ne lui avait toujours pas adressé un mot, ni un regard derrière ses lunettes.

– Vous voulez quoi ?

Nouvelle décharge.

– La combinaison du coffre ?

Le directeur tuméfié et débraillé sentit qu'on l'éjectait dans le couloir. On le poussa vers l'énorme porte blindée cylindrique. Il composa le code d'ouverture sur un clavier minuscule et moulina la roue de verrouillage en développant un effort qui lui parut surhumain. Non seulement on avait anéanti sa capacité à réfléchir, mais on l'avait vidé de ses forces physiques. Les vérins en étoile se rétractèrent. Un verrou de sécurité coulissa. Une charnière plus grosse que la porte la descella du mur et donna accès au coffre. Valentina rejoignit Nathan pour remplir les sacs-poubelle. Nathan s'approcha du banquier et s'adressa à lui pour la première fois.

– Enlevez votre cravate, desserrez votre col, retirez votre ceinture, allongez-vous. Les secours vont arriver.

Valentina décanilla. Nathan ramassa ses deux sacs et croisa la Russe qui revenait dans sa direction.

– Les flics ! Ils sont déjà là.

– Ils sont combien ?

– Quatre… je crois.

– On y va.

– On est foutus !

– À côté de la Tchétchénie, sortir d'ici va ressembler à une promenade.

Elle était perdue. Comme si le traumatisme de ses exactions passées remontait à la surface pour la paralyser. Nathan savait ce que c'était. Il avait failli abandonner plusieurs missions à cause de ça.

– On peut passer. Fais exactement ce que je te dis.

Il courut au bout du couloir, lâcha les sacs et analysa les lieux. Devant lui, il y avait successivement un comptoir, quatre flics en protection, la vitrine blindée de la banque et une voiture de police. Le premier obstacle allait lui servir à abattre le deuxième, le deuxième à abattre le troisième et le quatrième à fuir.

– Suis-moi.

Il s'élança au-dessus des policiers accroupis derrière les guichets en prenant appui sur un tiroir ouvert et sur le comptoir. Il atterrit en roulade dans leur dos au moment où Valentina bondissait à son tour en l'air. Un coup de feu coupa sa trajectoire et écailla le plafond. Nathan faucha d'un coup de pied circulaire à la tête le policier qui s'apprêtait à tirer la seconde balle et enchaîna par un coup de pied arrière contre une cloison nasale. Valentina s'empara du pistolet qui pendait au bout d'une clef de bras qu'elle venait d'exécuter et le retourna contre son propriétaire. Il ne restait plus qu'un seul policier valide. Après une précieuse seconde perdue à choisir sa cible, il visa Valentina sur le point de tuer son collègue. Nathan avait déjà décidé de se jeter sur elle plutôt que sur celui qui allait l'abattre. Son corps en mouvement la heurta de plein fouet et la projeta à plusieurs mètres. Les deux balles tirées se croisèrent dans le vide. Le policier continua de faire feu sans semonce. Un éclat de sang arracha un cri à Valentina. Puis un deuxième. Nathan aligna son bras droit sur celui de la Russe étendue par terre, crocheta la détente sur l'index de sa complice qui n'avait pas lâché l'arme et fit feu à son tour. Le policier pivota sous l'impact à l'épaule, Nathan revint sur lui. Il lui fit perdre connaissance d'un crochet à la tempe, arracha ses clefs de voiture et ramassa deux pistolets. Il chargea vers la porte en canardant la façade de verre. Sa sortie provoqua la panique dans la foule qui recula. Il monta dans la Passat aux couleurs de la police et la lança en marche arrière contre la vitre qu'il venait de fissurer à coups de 9 mm. Le véhicule avala deux marches, décolla et fracassa la devanture de la Banco de Andalucia. L'explosion de verre s'acheva par le crépitement des pneus qui tentaient d'adhérer sur un tapis de milliers de bris. Une alarme, jusqu'à présent muette, se déclencha sur ce tintamarre tandis que Nathan s'éjectait du véhicule en essayant de garder l'équilibre sur les éclats de verre. Il balança les sacs dans le coffre et jeta la Russe blessée sur la banquette. Armés d'appareils photo et de téléphones, les badauds le mitraillaient. Ils furent chassés par les forces de l'ordre qui rappliquaient en masse pour organiser un siège. Une voix fusa d'un mégaphone. Au volant de la Passat, Nathan se retrouva dans la mire de tous les fusils d'assaut. L'option consistant à appuyer sur l'accélérateur était valable encore quelques secondes, ensuite la police aurait verrouillé leur dispositif. Trouver la brèche. Un panneau publicitaire affichait un tableau géant d'un artiste andalou. De part et d'autre s'alignaient les véhicules de police. Nathan visa la reproduction de l'œuvre d'art. La Passat patina sur des raclements et s'élança. Des tirs sporadiques tentèrent de l'arrêter malgré la présence de curieux qui n'avaient pas encore été évacués. Le véhicule défonça le panneau, éclaboussa la foule de plexiglas, pulvérisa une calèche, éparpilla une rangée de scooters sur la plaza de San Francisco, s'engagea dans Hernando et se perdit dans les ruelles de Santa Cruz. Au bout d'une centaine de mètres, Nathan réduisit sa vitesse pour ne pas faucher des passants distraits. Il se collait aux autres véhicules, bifurquait dans les allées vides qui se présentaient à lui dans ce quartier dédaléen, sans se préoccuper des sens de circulation, des tables en terrasse, des zones piétonnes. Les touristes s'écartaient en criant sur son passage, les serveurs valsaient avec leurs plateaux chargés de tapas, les chevaux ruaient en arrachant les cochers à leur siège, les devantures des magasins rectifiaient sa trajectoire dans les rues étroites. Les sirènes se répandirent dans son sillage. Sa course éperdue le mena dans la Juderia. Il s'engagea sur une artère plus large qui lui permit de gagner de la vitesse, traversa une avenue et fit décoller la Passat sur le pont de Demetrio de Los Rios.

– À cause de toi, j'ai pris deux balles.

Le reproche venait de la banquette arrière.

– Tu me remercieras plus tard.

– Qu'est-ce qui t'a pris de me plaquer au sol ?

– Je t'ai évité de tuer un policier.

– Qu'est-ce que j'en ai à foutre ?

– On débattra de ça une autre fois.

Nathan prit la mesure de la situation. Dans une voiture de police volée transportant des centaines de milliers d'euros et une tueuse blessée qui lui en voulait à mort, pourchassé par les forces de l'ordre de la ville et bientôt du pays, il roulait à tombeau ouvert en direction du quartier le plus dangereux de Séville où il avait laissé en caution la personne à laquelle il tenait le plus au monde. Tout ça pour un simple renseignement qui le mènerait peut-être à une impasse. Détaché de tout, il avait une fois de plus ôté la valeur à toute chose, au profit de la seule efficacité. Le courroux de Valentina n'était donc pas sa priorité.

– Tu me le paieras, dit-elle.

– Encore un mot et je te tue.

Il fut convaincant, le reste du trajet se déroula sans un mot.

88

Sous un ciel de nuages noirs, Ron Frost traversa le campus en direction de la tour Hoover coiffée de sa coupole pourpre. Le journaliste songea à un phallus encapuchonné et se débarrassa vite de cette idée. La comparaison n'était pas du meilleur goût pour ce haut lieu à forte densité d'esprits doctes. Bibliothèque de la prestigieuse université de Stanford qui comptait pas moins de douze prix Nobel parmi ses professeurs, centre de recherche scientifique au service de la politique américaine et centre de formation de l'élite républicaine, la Hoover Institution employait de nombreux chercheurs, experts et consultants. Ce *think tank*, financé par des mécènes aussi réputés que Exxon-Mobil, General Motors, J.P. Morgan, Merrill Lynch ou Boeing, donnait un vernis scientifique et une caution universitaire à des travaux qui portaient principalement sur des argumentaires politiques. Des groupes et des comités s'y constituaient pour former des présidents, des ministres, des congressistes. C'est ici que l'on avait produit Condoleeza Rice, James Baker, Dick Cheney, Donald Rumsfeld, Paul Wolfonitz ou Colin Powell. L'un de ces groupes, baptisé les Vulcains en référence au dieu grec forgeant les armes de l'Olympe, avait défini la politique étrangère de George Walker Bush.

Curtis Ash était l'un des membres résidents de ce temple qui présidait à la destinée du monde. À ce titre, un bureau lui avait été attribué. Son domaine d'expertise était l'histoire et la stratégie militaires. Parmi ses nombreuses publications, on trouvait une *Histoire de la colombophilie militaire*.

Au téléphone, Ash s'était montré réticent à une entrevue avec le journaliste, au prétexte d'un emploi du temps chargé et de déplacements à travers le pays. Frost avait fini par trouver l'argument : « De toute façon, je mentionnerai votre nom dans mon article, avec ou sans votre accord. »

Curtis Ash le reçut donc dans son antre qui sentait le tabac et le chèvrefeuille, véritable garde-savoir tapissé de diplômes, de récompenses et de rayonnages. Le sol était jonché d'ouvrages encyclopédiques que les étagères surchargées ne pouvaient pas supporter. À l'ère de l'informatisation des données, le décor revêtait un aspect désuet sur lequel la poussière n'avait pas le temps de se déposer. Au milieu de cet univers confiné, Ash était vêtu d'un costume à chevrons bleu nocturne et d'un nœud papillon à pois qui serrait un grand cou raide surmonté d'une pomme d'Adam saillante. Son nez busqué soutenait une grosse paire de lunettes, une vilaine frange de cheveux gris barrait un grand front qui protégeait plus de connaissances que n'en contenait la pièce. Le trombinoscope du site web de la Hoover Institution lui donnait 55 ans, mais il en paraissait dix de plus.

Le chercheur proposa un thé à son visiteur mais l'odeur de chèvrefeuille suffisait à Frost.

– Vous désirez peut-être boire autre chose ?

– Un whisky, vous avez ?

– Non, je n'ai que du thé.

Ça commençait mal.

– Je vais essayer de ne pas vous faire perdre de temps et aller droit au sujet : vos travaux sur les pigeons m'intéressent.

– Votre intérêt pour la colombophilie serait-il le prodrome d'une révolution heuristique dans les médias ?

– Pardon ?

– Êtes-vous journaliste, vraiment ?

– Vous voulez voir ma carte ?

– Pour quelle publication investiguez-vous ?

– Le *Provo Daily Herald.*

– Je n'en ai jamais eu vent.

– C'est le quotidien de Provo. Dans l'Utah.

– Par quel tropisme la colombophilie peut-elle pousser un pigiste de l'Utah à effectuer le trajet jusqu'en Californie ?

– Je ne vous ai pas dit que j'étais pigiste.

– Vous n'avez pas besoin de le dire.

Dominé par Curtis Ash, Frost tenta de contre-attaquer.

– Vous leur parlez comme ça, aux militaires à qui vous donnez des cours ?

hone sonna. Curtis Ash décrocha.

our, Monsieur… Oui, Monsieur… mais je tout de suite, Monsieur…

rlocuteur avait fait dégringoler Ash de son pié- Le professeur raccrocha avec l'expression d'un qu'il aurait bien été incapable de dissimuler.

dois partir, dit-il.

Quelle société ?

Pardon ?

Quelle société privée possède le colombier ?

Ne mettez pas les pieds là-dedans. C'est le meilleur nseil que je puisse vous donner.

– Donnez-moi juste un nom.

– Je suis désolé, on m'attend.

– Permettez-moi d'insister.

– Continuer à vous parler ne serait bon ni pour vous, ni pour moi.

– Qui était au téléphone ?

– Au revoir, Monsieur Frost.

89

Stan Steel se réveilla au son de la voix de Gabriella Cilmi. Elle chantait *Save the lies*. Une odeur de café précéda le déhanchement chaloupé de Rochelle. Elle essayait de maintenir deux tasses et des tartines en équilibre sur un plateau qu'elle posa sur la table basse du salon. Comme début de journée, Stan avait connu pire.

– Je suis au paradis ?

– Non, tu es sur mon canapé.

– Au purgatoire, alors.

– C'est gentil d'être resté cette nuit et d'avoir accepté de te contenter du divan.

– Et vous, adoptez-vous la même syntaxe dans vos écrits ?

Frost sortit du piège dans lequel l'enfermait le professeur en bifurquant vers l'objet de sa visite, tel qu'il l'avait annoncé en arrivant :

– Pourquoi a-t-on installé un pigeonnier à Dugway Proving Ground ?

– Pourquoi pas ?

– Parce que, aujourd'hui, on dispose de satellites, d'antennes relais et d'un réseau internet. Vous avez entendu parler d'Internet, non ?

– Vous ne m'avez pas lu.

– Je n'en ai pas eu le temps.

– Bâclez-vous vos articles ?

– Je préfère me renseigner à la source.

Curtis Ash posa les mains sur les accoudoirs, adoptant la pose du monarque sur son trône, et professa. La domestication du pigeon voyageur remontait à l'Antiquité. Elle fut pérennisée, malgré l'arrivée des nouveaux vecteurs de communication. De nos jours, les hôpitaux y avaient recours pour livrer des échantillons d'analyse aux laboratoires, la NASA et l'armée américaine possédaient des colombiers et des pigeonniers mobiles, l'US Navy avait même ouvert une école de pigeons à Hawaï. Le pigeon voyageur était un messager quasiment invisible et l'ennemi ne pouvait le neutraliser à moins de l'abattre. Plus véloce et plus économique que le bateau, la voiture ou l'avion, il était aussi le plus sûr : pas de risque de fuite de renseignements, ni de problème de hacking. Les secrets défense américains voyageaient de plus en plus aux pattes des pigeons. Ces oiseaux étaient une merveille de biotechnologie : un GPS dans le bec, une vue télescopique, des organes en triple exemplaire, la capacité de parcourir 800 km en une journée sans une goutte de carburant.

– Pourtant, ils ne sont pas très bien considérés dans nos villes, objecta Ron.

– Ils font partie du décor. Et la meilleure arme est celle qui ne se voit pas.

– Vous omettez de dire que vos pigeons ont un gros point faible.

– Qui n'en a pas ?

– Celui du pigeon est rédhibitoire : il n'a qu'une seule destination. Celle de son pigeonnier.

– Évidemment.

– Un véritable boomerang.

– Vous maîtrisez l'art de l'hyperbole.

– J'ai une question un peu particulière à ce sujet, d'ailleurs.

– Posez-la au lieu de tergiverser.

– Un pigeon a été retrouvé dans l'armoire d'une amie à Sandy dans l'Utah.

– Tant qu'il ne s'agit pas d'un amant.

Frost fut plus surpris qu'amusé. Il n'aurait pas cru Ash capable d'un trait humour.

– Le pigeon venait de Dugway.

– Comment le savez-vous ?

– Je l'ai suivi.

– Êtes-vous en train de vous payer ma tête ?

Frost en perdait son langage châtié.

– Non, c'est au-dessus de mes moyens.

– Comment avez-vous pu suivre un pigeon sur une telle distance ?

– En hélicoptère. À l'approche de la base, un F-16 a décollé et l'a l'abattu.

– Qu'est-ce qui vous a poussé à entreprendre la filature d'un pigeon ?

– Je voulais savoir qui avait lancé le boomerang.

– Tous les pigeons ne sont pas des pigeons voyageurs, loin de là.

– Des phénomènes étr
amie. Parmi ces phénom
pigeon dans son placard.
nous mener à leur origine.
que l'armée américaine fabriq

– Je l'ignore.

– Arrêtez de me raconter de
donné des cours sur la colomboph
ciers de la base.

– J'en donne aux quatre coins du p

– Vous me prenez pour une bille ?

– Vous maniez la litote avec à-propos.

Excédé par l'aplomb du professeur, Fr
posa ses mains sur le bureau :

– Je ne partirai pas d'ici sans que vous m'a
une réponse qui me convienne.

– Vos méthodes journalistiques sont singulière

– Je n'hésite pas à me retrousser les manches
obtenir des informations.

– Je n'évoquais pas vos procédés cavaliers mais
façon saugrenue de vous présenter à moi sans avoir pris la peine de vérifier le sens de vos questions.

Frost était déstabilisé. Il recula comme si les mots de Curtis Ash avaient eu la cogne d'un uppercut.

– Je ne vois pas ce que ma question a d'insensé ?

– Vous venez de me demander en des termes on en conviendra plus que triviaux à quels sombres desseins l'armée américaine à Dugway voue ses pigeons. Or l'US Army ne possède aucun colombier à Dugway Proving Ground.

– Mais de quoi parle-t-on depuis le début ?

– Il y a bien un colombier dans l'enceinte de la base, mais il n'appartient pas à l'armée.

– À qui alors ?

– À une société privée.

Elle s'assit à ses pieds et souffla sur son café. Il l'imita.

– Il est bon.

– Merci.

– J'aime bien cette chanson aussi.

– C'est la préférée de Benjamin. Personnellement, je préfère quand c'est plus rock.

– Du genre ?

– Prends les derniers Guns N'Roses, Motörhead, AC/DC, Metallica et t'auras une idée.

– C'est vrai qu'ils sont forts.

– Inoxydables.

– C'est le mot.

– Qu'est-ce qu'on fait aujourd'hui ?

– Là, tu vois, tel que je suis, avec toi assise à mes pieds à me parler rock autour d'un petit déj', je dirais que les projets c'est pas urgent.

– Tu veux pas faire un tour à bécane ?

– Ah ! Si tu me prends par les sentiments.

– Je vois qu'entre une Ducati ST2 et moi, t'hésites pas.

– Ce n'est pas ce que je voulais dire.

– Au saut du lit, l'inconscient fonctionne encore et c'est là qu'on chope le plus de vérités.

– Tu dois quand même avoir une petite idée de ce que je ressens pour toi, non ?

– Je te faisais marcher.

Ils finirent de déjeuner en écoutant de la musique.

– Il y a une chose que j'aimerais faire, dit Stan après une longue hésitation.

– Plus que de faire un tour à moto ?

Il lui parla du BlackBerry dérobé à Dave. Et de la nécessité de le recharger.

– T'es malade ? Pourquoi t'as fait ça ?

– J'ai l'impression que Rosenfeld nous cache des trucs.

– J'ai confiance en lui.

– Une confiance qui t'est inspirée par ton envie de retrouver Benjamin. Comme celle qu'on donne à un rebouteux après avoir essayé tous les traitements médicaux.

Elle se leva pour fumer une cigarette. Ça l'aidait à réfléchir.

– Qu'est-ce que ça nous coûte ? dit Stan. On regarde ce qu'il y a dessus et s'il n'y a rien d'intéressant, on s'arrange pour le lui restituer.

– T'es le genre à voir des complots partout, toi, hein ?

– Je cherche, c'est tout. Je te rappelle que, pour l'instant, on n'a rien. Ron suit la piste du colonel et Love ne donne aucune nouvelle.

– Je connais quelqu'un qui a un BlackBerry. Il nous passera son câble.

Ils se préparèrent, chacun son tour dans la salle de bains.

– Tu crois que Ron a réussi à faire parler le colonel ? demanda Stan en enfilant son blouson râpé.

– Il nous aurait appelés s'il avait quelque chose, dit Rochelle qui s'activait dans la chambre.

– Je suis obligé d'avouer qu'on ne lui est pas d'un grand secours.

– T'as confiance en lui, toi ?

– Pourquoi tu demandes ça ?

– T'as pas confiance en Dave. Pourquoi t'aurais plus confiance en Ron ?

– Je sais pas.

Elle apparut vêtue d'une combinaison en cuir Teknic gris métal, des bottes aux pieds et un casque intégral à la main.

– Ouaouh ! s'exclama Stan.

– Attrape.

Il réceptionna le casque. Elle en prit un autre pour elle.

La moto était garée dans le parking en sous-sol. Son réservoir rouge miroitait dans la pénombre entre deux pick-up poussiéreux. Stan avança vers la cylindrée italienne, s'agenouilla et caressa son flanc de carénage. Quasiment pas liftée depuis sa naissance, la Ducati ST2 jouait davantage sur les sensations fortes que sur la surenchère technologique. Au moment où Stan se releva, deux bras passèrent au-dessus de ses épaules. Rochelle lui agita les clefs sous le nez. Elle avait déjà enfilé son casque et le poussait à la tentation. Il enjamba la belle mécanique et mit le contact. Le twin 2 soupapes par cylindre entonna une cantate rauque et caverneuse. Stan recula l'engin et orienta le guidon vers la sortie. Il sentit un poids plume s'installer dans son dos. Rochelle se colla à lui. Avec la sensation d'être le maître du monde, Stan fit vrombir les 944 cm^3 qui le propulsèrent hors du parking, dérapa à angle droit et avala 500 m en moins de 15 secondes.

Le paysage défilait aussi rapidement que dans un jeu vidéo. Agréables vibrations entre les jambes. Fuir la ville, la civilisation et ses codes de conduite. Ron grilla un feu pour ne pas perdre l'ivresse qui le gagnait. À la sortie de Sandy, il profita de l'Interstate 15 bordée de désert pour augmenter le régime. L'aiguille du compteur bloquée sur 190 km/h, la Ducati pénétrait un panorama réduit à un angle de traînées cinétiques avec pour sommet la ligne de mire du bolide. À l'approche du lac qui inondait l'horizon, Rochelle lui fit signe de remonter vers le nord par la route 68, plus étroite mais plus déserte. Elle le serrait fort. De plus en plus fort, comme si elle avait peur. Elle l'entravait, lui écrasait les côtes, comprimait ses poumons. Il tenta de se dégager.

– Arrête de me serrer comme ça !

Elle ne l'entendait pas. Il s'adressa à son reflet dans le rétroviseur. Rochelle souleva sa visière.

Elle n'avait plus de visage.

Stan hurla. Il envoya son coude dans ce qu'il supposa être des côtes, sentit l'étreinte se relâcher, tourna la poignée de l'accélérateur. La roue avant décolla du sol à près de 150 km/h, le passager bascula en arrière, la moto louvoya. Stan tenta de redresser la trajectoire de la Ducati qui partait en travers, mais une main agrippée à son bras l'en empêcha. Il pila, dérapa, sortit de la route en exécutant une série de tonneaux dans un champ dont la terre venait d'être retournée. Sa dernière vision fut le haut vol d'une buse dans un ciel qui chavirait.

90

Eddie Barton arrêta sa Ford Gran Torino devant la guérite à l'entrée de l'Alameda County Psychiatric Hospital. À ses côtés, Connie B. Stanshaw tendit sa carte du FBI au gardien qui portait un écusson de la société PSS. La sécurité avait été renforcée depuis l'évasion du Bourreau qui avait exercé un droit de vie et de mort sur les autres patients de l'institution. Les malades mentaux les plus dangereux de l'État y étaient traités et leur concentration en un même lieu rendait la zone beaucoup plus risquée qu'une prison. Certains parlaient même d'expériences sur des patients, cobayes involontaires de psychiatres en quête d'un monde meilleur où l'on ne dépeçait pas les gens au rabot et où les filles n'étaient pas violées avec des battes de base-ball.

Eddie se gara dans le parking, coupa le ronronnement du V8 sous le capot et la voix de Norah Jones qui susurrait *Lonestar* dans l'autoradio.

– Vous êtes sûr que c'est la bonne solution, Eddie ?

Connie essayait de repousser le moment où ils auraient à affronter Gary Wolkovitch, le directeur de l'hôpital. La libération provisoire d'Engel Schrank, arrachée par Barton pour remonter jusqu'à son mentor, avait été un fiasco que Wolkovitch faisait peser sur leurs épaules. Le rendez-vous avait pu être décroché grâce à Connie qui lui avait personnellement téléphoné. Le psychiatre ne se doutait pas de ce que Barton s'apprêtait à lui demander.

– La bonne solution, non. La seule, oui, répondit Eddie.

– Il va nous foutre dehors.

– Il a un faible pour vous, Connie.

Elle scruta son regard. Elle aurait juré qu'il avait pensé cela à la première personne.

– Défaites un ou deux boutons de votre chemisier et laissez-moi parler.

– C'est la réflexion la plus sexiste que j'ai jamais entendue.

Ils descendirent de voiture et se dirigèrent vers le pavillon principal. Des vigiles armés de fusils à pompe gardaient les issues. Un véhicule de patrouille bloquait l'allée qui menait aux autres bâtiments.

– On se croirait au Pentagone, dit Connie.

– Ça ne va pas nous faciliter les choses.

Au rang des caractéristiques communes aux psychopathes meurtriers, on compte l'asociabilité, l'égocentrisme, l'incapacité d'endurer la frustration et un penchant pour les victimes faibles. Engel Schrank avait en plus une peur viscérale de l'inconnu et une vénération sans bornes pour le Bourreau. À partir de ces éléments, Barton avait imaginé un scénario qui leur permettrait de tendre un piège à Schrank. Mais il fallait l'accord de Wolkovitch.

Ce dernier ne prit pas la peine de se lever pour les recevoir. Il les invita à prendre place sans leur accorder un regard.

– Vous avez dix minutes, lâcha-t-il sèchement.

– Nous aurons au moins besoin du double pour vous convaincre d'accepter notre proposition, répliqua Barton.

– Quelle proposition ?

– Nous aider à retrouver Schrank. Nous connaissons tous les deux sa personnalité. En alliant nos compétences, on peut le manipuler.

– Nous avons vu ce que vos talents de manipulateur ont donné.

– Je viens réparer mon erreur.

– Ou bien l'aggraver.

– Monsieur Wolkovitch, nous voulons vous soumettre un plan, intervint Connie.

Elle avait dit ça avec un sourire enjôleur. Connie avait suivi les recommandations de Barton en apparaissant avec son chemisier ouvert jusqu'au soutien-gorge.

– Je vous écoute, dit Wolkovitch, soudain radouci.

Eddie reprit la parole :

– Nous allons créer chez Schrank une telle frustration qu'il ne pourra pas faire autrement que de réagir.

– Comment comptez-vous vous y prendre ?

– En diffusant un reportage consacré à votre établissement au journal télévisé de 19 heures sur Fox News. Schrank a l'habitude de regarder cette édition. On inclura votre interview.

Connie prit le relais car Wolkovitch s'apprêtait à regimber :

– Nous allons miser sur son égocentrisme, sur sa connaissance du microcosme constitué par l'hôpital et sur son besoin de prouver au Bourreau de quoi il est capable.

– Une interview, vous dites ?

– Il faudrait faire passer le message qu'un autre patient, bien plus redoutable que Schrank, a pris sa place sur le podium convoité des psychopathes les plus dangereux de l'Alameda County Psychiatric Hospital.

– Hors de ces murs, Schrank est redevenu un quidam, dit Barton.

– On veut le faire passer pour un nul auprès de son mentor, dit Stanshaw.

– Le défier.

– Le pousser à revenir ici pour tuer l'imposteur qui a pris sa place.

– Nous pensons à Ted Loomis pour incarner le rôle de l'imposteur. Il était sous l'emprise de Schrank et on peut très bien s'imaginer qu'il se soit émancipé depuis sa fuite.

– On fera courir le bruit que le Bourreau l'a reconnu comme son fils spirituel.

– Et vous croyez sincèrement que je vais marcher dans cette comédie ?

– Oui, parce que cela nous permettra de remettre la main sur Schrank.

– Il y a peu de chances qu'il remette les pieds ici. Et même s'il en manifestait le désir, nous faisons appel aux services d'une société de sécurité privée qui ne le laissera jamais se glisser dans l'enceinte de l'hôpital.

– Quand vous serez interviewé, vous déclarerez que vous avez résilié le contrat qui vous lie à cette société.

– En quel honneur ?

– Manque de budget.

– Vos dix minutes sont écoulées.

Connie se redressa sur son siège :

– Je pourrais ouvrir une enquête sur vos expérimentations.

– De quoi parlez-vous ?

– Des manipulations mentales sur des cobayes sélectionnés parmi vos pensionnaires. Des expériences sur la modification de l'humeur et du comportement par le biais d'ondes électriques, qui laissent aux sujets des brûlures au troisième degré et des lésions irréversibles.

– Je vous attaque en diffamation.

– Je vous mets au défi de le faire.

Wolkovitch décrocha son téléphone pour appeler la sécurité ou ses avocats. Connie bondit sur lui, flanqua le téléphone par terre et fit une croix sur la technique de séduction :

– Écoutez-moi bien, je suis à la tête de l'agence fédérale de San Francisco, mon père dirige la base militaire de Presidio, mon mari est conseiller à la Défense et je reçois les ordres directement du ministre de la Justice. J'ai plus de relations à San Francisco et à Washington que vous n'avez de malades dans votre maison de dingues. J'ai les moyens de transformer votre petite vie minable en enfer si vous ne collaborez pas.

Un court silence marqua la fin de la tirade qui avait autant surpris Barton que Wolkovitch. Mais pas pour la même raison. Le premier réalisait que sa patronne venait de tout miser sur son plan, le second que la menace ne provenait pas de là où il l'attendait. Le directeur adopta la contenance de celui qui ne va pas tarder à s'écraser.

– Je constate que votre proposition cache un chantage.

– Vous constatez bien, pour une fois.

Connie faisait fi de l'amour-propre et de la moralité. En quelques heures, elle avait requis les services d'un agent qu'elle venait de licencier et menacé le directeur de l'Alameda County Psychiatric Hospital. La vie de son enfant était en jeu et nourrissait sa détermination.

91

Nathan fonça sur la porte taguée *Sin Direccion* qui bascula à son approche. Le véhicule de police qu'il conduisait s'engouffra dans l'obscurité d'un garage en sous-sol. Les faisceaux de deux lampes torches puissantes convergèrent vers lui dès qu'il coupa le moteur.

– C'est quoi cette bagnole ?

Nathan reconnut la voix de Valdo, le balafré. Une source lumineuse située à sa mi-hauteur indiqua qu'il était flanqué du nabot.

– Santos ne nous a pas attendus, j'ai pris ce que j'ai trouvé.

– T'as le fric ?

– Lilas a reçu une balle. Il lui faut un médecin d'urgence.

– Où est le fric ?

– Dans le coffre.

Le nabot alla vérifier.

– Appelle un médecin, insista Nathan.

– Ne me dis pas ce que j'ai à faire.

La lampe était braquée sur le visage de Nathan. Le reste était dans le noir. Valdo ne le vit donc pas ouvrir la portière qui percuta ses genoux. Nathan sauta dans l'obscurité et balança son pied contre la deuxième source lumineuse. Un coup de feu fut tiré. Valdo canardait au hasard. Nathan ramassa la lampe du nain qui gisait à terre et la jeta dans un coin du garage pour créer une cible. Il fonça sur les détonations qui s'ensuivirent, faucha Valdo et le torpilla d'un direct.

Un escalier menait à un trait de lumière. Chargé des sacs, Nathan poussa une porte sur deux coups de feu. Les balles se perdirent dans les liasses de cash. Il continua d'avancer sur Manuel qu'il percuta violemment du coude.

Il se trouvait dans un vestibule dont le luxe contrastait avec l'extérieur et annonçait le faste de la résidence qu'il desservait. Il longea un couloir. Une odeur de putréfaction et d'éther l'attira dans un boudoir puis dans un salon décoré de meubles de style et de toiles de maîtres. Figé dans son fauteuil roulant, le Major écoutait un concerto pour clarinette de Mozart. Sa carcasse difforme était pénétrée par la plus belle musique du monde, loin de sa monstruosité, des vicissitudes du monde et de l'urgence du moment. Nathan le ramena à la réalité en jetant les sacs-poubelle à ses pieds aussi fourchus que les sabots de Belzébuth.

– J'ai rempli ma part du marché.

– Tout le génie de Mozart est concentré dans ce deuxième mouvement. Simplicité de la mélodie et pureté des timbres. Nous sommes des cloportes comparés à Mozart. Pour qui vous prenez-vous pour interrompre une telle illumination ?

– Où est Carla ?

Le Major laissa passer quelques mesures.

– Où est Carla ? répéta Nathan.

– Où sont mes hommes ?

– Hors service. À part votre moustachu que je n'ai pas croisé.

– Il n'a pas encore récupéré du coup que vous lui avez donné.

– Santos est en cavale. Ses nerfs ont lâché, il ne nous a pas attendus. Lilas a été blessée par balle. Il faut la faire soigner.

Le Major toussa. Il palpa le plaid qui recouvrait ses genoux et sortit un téléphone à la forme étrange qu'il colla contre une protubérance de chair. Il commanda à son médecin de rappliquer sur-le-champ.

– Je manque de personnel, dit-il. Il vous faudra donc me servir de nurse jusqu'à l'arrivée du toubib.

– Où est Carla ?

– Je vous y conduis, si vous daignez me pousser.

Un ascenseur les mena au deuxième sous-sol, beaucoup moins somptueux et plus humide que les étages supérieurs. Ils empruntèrent un corridor de béton qui distribuait des caves et sentait les égouts. Le Major demanda à s'arrêter devant une porte dans la serrure de laquelle il enfonça une grosse clef. Elle s'ouvrit sur un grincement et une geôle spartiate. Carla émergea des ténèbres et s'arrêta à hauteur de Nathan, sans le regarder.

– Comment te sens-tu ? demanda-t-il.

– Plus rassurée que furieuse.

– Je croyais que vous deviez garder Carla dans un endroit confortable, dit Nathan en se tournant vers le Major.

– Vous dites ça parce que vous n'avez pas vu les autres cellules.

– Donnez-moi le nom de celui qui a commandité mon assassinat.

– Remontez-moi d'abord à mes appartements.

Il fallut attendre l'arrivée du médecin au son d'un concerto de Mozart pour que le Major daigne remplir sa part du marché. Entre-temps, Nathan porta Valentina dans une chambre, Valdo reprit connaissance et Santos ne donna aucun signe de vie.

– Connaissez-vous Malte, Monsieur Love ? demanda le Major.

– Un peu.

– C'est là que se trouve celui que vous cherchez.

Nathan attendit silencieusement le complément d'information.

– Hunter Banks. Il possède un palais à Mdina. Le palazzo Gatto Murina. Vous trouverez facilement.

– Pourquoi veut-il m'abattre ?

– C'est à lui qu'il faut poser la question. Je ne demande jamais leur mobile à mes clients.

– Tu lui fais confiance ? intervint Carla. Il peut t'envoyer n'importe où.

– Ma jolie, votre ami n'a pas d'autre choix que de me faire confiance.

– Pourquoi vous lui donneriez le bon renseignement ?

– Parce que je me retire des affaires. Et pour ma tranquillité, il est bon de régler mes comptes et de ne pas avoir votre ami sur le dos.

Nathan ouvrit un sac et préleva une liasse de billets.

– Pour couvrir mes frais de déplacement. Vous déduirez ça de vos comptes.

– Adieu, Monsieur Love.

Carla et Nathan quittèrent l'odeur de mort qui flottait autour d'eux.

92

Stan Steel souleva la visière et les paupières. Il gisait sur une terre labourée. La lumière fora ses méninges douloureuses. Il bougea les membres pour vérifier qu'ils n'étaient pas cassés. Tout fonctionnait, à part son cerveau. Il retira lentement son casque. À une vingtaine de mètres, la Ducati s'était plantée après avoir tracé une sécante aux sillons. Un corps gisait sur l'accotement. Stan se redressa péniblement et tituba vers la route déserte. Il avait l'impression de flotter dans une irréalité qui n'appartient qu'aux rêves. Tous les bruits du monde étaient avalés par la lumière.

Il se pencha avec appréhension sur le corps sans visage qu'il avait désarçonné d'un coup d'accélérateur. Il reconnut Rochelle.

Bon sang, il devenait fou.

Il sentit son pouls. Elle était vivante. Il lui retira le casque en veillant à ne pas bouger les cervicales, improvisa un bouche-à-bouche et un massage cardiaque comme il l'avait vu faire à la télé. Rochelle reprit conscience.

– Qu'est-ce qui s'est passé ?

Il hésita entre la vérité et le bobard. Passer pour un branque ou pour un mariol.

– Tu vas pas me croire.

– Alors ne dis rien.

– Mon rapport au monde est compliqué, Rochelle. Je me suis soigné mais cette histoire a réveillé mes vieux délires.

La jeune femme se releva lentement. Elle avait mal au poignet.

– Putain, tu as failli nous tuer.

– C'était plus toi derrière moi… J'ai perdu le contrôle de la bécane…

– Si tu veux un conseil, mets-toi au vert. Prends du recul.

– Je vais où ? J'ai rien.

– T'as pas de la famille ou un pote qui peut te dépanner ?

Stan comprit qu'elle ne s'incluait pas dans ces derniers. Ron avait raison. Il n'avait aucune chance avec elle.

– T'inquiète pas pour moi.

Il alla inspecter la Ducati dont la fourche était pliée.

– Faut appeler un dépanneur.

– Bien vu, rétorqua-t-elle.

Elle fouilla son blouson.

– Merde, j'ai perdu mon téléphone.

– Qu'est-ce que tu vas faire ?

– Faire du stop sur cette route déserte, trouver une dépanneuse, faire réparer la bécane, retourner bosser.

Stan chercha le BlackBerry dans sa poche pour que Rochelle le restitue à Rosenfeld. Ce qu'il lui donna n'avait plus aucune valeur. La chute avait réduit le smartphone en miettes.

– Dave va avoir du mal à récupérer ses données, constata Rochelle.

– Je suis désolé.

– Change d'État, Stan. Rien ne te retient ici, sauf un paquet d'emmerdes qui grossit d'heure en heure. Tu as la chance de ne pas avoir de valise, ni d'adieux à faire.

Elle ouvrit son portefeuille et lui tendit trois billets de 20 dollars.

– Prends ça. C'est tout ce que j'ai sur moi.

Stan lui baissa le bras sans prendre l'argent.

– L'image de toi en train de me faire l'aumône n'est pas celle que j'ai envie d'emporter.

– Tu préfères prendre que recevoir, c'est ça ?

– Inutile d'être sarcastique, je me casse.

Il la regarda une dernière fois et emporta d'elle un souvenir qui tenait dans la poche de son jean.

93

Juan Ignacio déposa Carla et Nathan à l'aéroport de Séville. Ils avaient réservé deux places sur un vol de la Lufthansa qui arrivait à Malte à 23 h 05. Au téléphone, Nathan avait fait le point avec Ron Frost. L'objectif était de trouver un lien entre la société qui possédait un pigeonnier à DPG et Hunter Banks qui voulait l'empêcher de retrouver Lew Wang.

Ce fut au comptoir d'enregistrement qu'ils la virent. Difficile de ne pas la remarquer. Blonde, grande, athlétique, moulée dans une combinaison violette, elle tirait une valise à roulettes. Manifestement, Valentina Lilaskovenchko ne se souciait pas de passer inaperçue.

– Que faites-vous là ? s'exclama Carla.

– Vous êtes partis sans dire au revoir.

– Au revoir.

– J'ai pris un billet sur le même vol que vous.

Carla regarda Nathan pour vérifier qu'il n'était pas dans le coup. À son expression, elle comprit que la Russe avait pris la décision toute seule.

– Le Major se retire en Suisse pour aller se faire opérer, dit-elle. Je me suis donc mise en disponibilité. Pour m'acquitter de ma dette envers toi.

– J'avais compris le contraire.

– J'ai du mal à dire merci. À la place j'envoie chier.

– C'est bon à savoir, ironisa Carla.

– Je vous donne un coup de main à Malte. Après on sera quitte.

– Tu ne nous dois rien, dit Nathan.

– Si vous n'étiez pas passés par chez nous, je serais encore en train de pousser un monstre dans un fauteuil roulant. Et je n'oublierai pas que tu es revenu me chercher dans la banque.

– J'ignorais que tu avais de la probité.

Il se méfiait d'elle, surtout après ce qui s'était passé entre eux.

– J'en ai les moyens maintenant, dit-elle.

Elle désigna sa valise.

– Ma part du butin et quelques culottes.

– Tu vas embarquer avec tout ce fric ?

– Il est plus à l'abri dans la soute d'un avion que dans le coffre d'une voiture.

– Que vas-tu faire à Malte ?

– Je te l'ai dit.

– Je ne te crois pas.

– Parce que tu ne crois pas qu'on puisse agir de façon désintéressée.

– Seules quelques personnes en sont capables.

Il pensa à Juan Ignacio et à Miguel.

– Et tes blessures ?

– Superficielles.

– J'apprécie le geste, Valentina, mais on s'en sortira très bien sans toi.

– Quand on voit ce qu'on a vécu ensemble, c'est dommage d'entendre ça.

Son propos et son demi-sourire étaient pleins de sous-entendus.

– Si vous nous aidez à progresser plus vite, je suis d'accord, dit Carla.

– Alors, partenaires ? offrit Valentina en tendant la main.

– Pas question.

– Je peux te parler ? fit Carla.

Elle lui soutint en aparté que la Russe ne serait pas de trop. Il fallait avancer dans cette enquête. Il objecta qu'elle était une criminelle, une tortionnaire, violente et dangereuse, et qu'elle se baladait avec une valise pleine de fric provenant du braquage de la Banco del Andalucia. Carla lui fit remarquer que c'était exactement le genre de personne qu'il leur fallait. Elle le fixa de son grand regard noir légèrement terni par la maladie et la fatigue. Elle n'eut pas besoin d'en dire plus.

– Aucune fourberie, d'accord ? dit-il à Valentina.

– T'inquiète pas, Love, chuchota-t-elle. Notre partie de jambes en l'air restera notre petit secret.

Elle s'enregistra sur le vol et les rejoignit dans la salle d'embarquement.

– Le Major ne vous a pas tout dit.

– Qu'a-t-il oublié de dire ?

– Il a prévenu Hunter Banks de votre arrivée.

94

Stan Steel demanda au conducteur qui l'avait pris en stop de le déposer dans une station-service qui faisait également coffee shop. Il s'installa dans un box et se fit verser une tasse de café par une serveuse squelettique et maussade prénommée Tracy à en croire son badge. Il avait besoin de dresser un bilan et d'adopter une marche à suivre. Depuis que Love et Frost lui étaient tombés dessus, il collectionnait les emmerdes et évoluait dans une dimension schizoïde au-delà des pires moments que ses petites névroses lui avaient déjà fait endurer. La marginalité avait ceci de bon qu'il avait toute latitude pour envisager un nouveau départ. Il avait les cartes en main. Le désavantage était que personne ne l'attendait nulle part, avec un bon repas et un lit douillet. Il devait se contenter de Tracy qui le regardait avec un air mort derrière une promotion sur les lots de gobelets *Terminator*. Ils n'étaient que tous les deux dans le snack. Rochelle lui manquait atrocement. Il sentit une vibration dans son jean. C'était le Nokia qu'il lui avait dérobé. Le numéro du correspondant était masqué. Stan prit l'appel.

– Alicia ? fit une voix d'homme.

– Vous faites erreur.

– Qui êtes-vous ?

– Rochelle Wesley est actuellement indisponible. Si vous laissez un message ainsi que vos coordonnées, elle vous rappellera.

Ce fut tout ce qu'il trouva à dire. Stan posa le téléphone près de la tasse. Il fixa l'appareil silencieux qui ressemblait à un gros scarabée. Ce qu'il possédait se résumait à ça et à un billet de 20 dollars subtilisé dans le portefeuille de Ron.

Il appela Ron.

Le journaliste répondit comme par miracle. Stan lui déballa ses déboires :

– Il m'arrive des trucs dingues, j'étais en bécane avec Rochelle quand elle a perdu son visage dans mon dos, j'ai fait un putain de vol plané, elle m'en a voulu, et puis c'est aussi à cause du BlackBerry de l'autre con, j'aurais pas dû lui dire, elle m'a largué comme une merde, pourtant la journée avait bien commencé…

– Oh ! Oh ! Stan, calme-toi. Je comprends rien à ce que tu dis.

– T'es où, là ?

– Je te le dis si tu me laisses en placer une.

Ron enquêtait sur l'identité du propriétaire du pigeonnier. Il avait été refoulé par les militaires de Dugway qui n'avaient aucune envie de s'épancher. Peu enclin à recontacter Marina Martin, de Private Fuel Storage, il s'était rabattu sur Leon Wolfson, le chef des Indiens Goshute, en procès contre le ministère de l'Intérieur opposé au stockage de quarante mille tonnes de déchets nucléaires sur ses terres. Leon avait confirmé que Dugway était sur le point de prendre en charge le recyclage.

– C'est pour ça que le gouvernement rechignait à accorder l'autorisation aux Goshute ? s'exclama Stan. Il voulait refiler le marché à la base militaire.

– C'est pas tout à fait ça.

– C'est quoi, alors ?

– Attends, je suis en bagnole. Je me gare.

Stan avala une gorgée de café, réalisa qu'il tremblait, entendit à nouveau Ron. Sa voix avait brusquement changé.

– T'es où ? demanda Stan.

– Weiss Highway. Et toi ?

– Dans une station-service Flying Star au sud de Sandy.

– Je crois que je suis suivi.

– Par qui ?

– Une bagnole s'est arrêtée à une centaine de mètres derrière moi.

– Merde, c'est encore eux…

– Je t'explique en vitesse. Leon Wolfson m'a dit qu'une partie de la base de Dugway a été louée, sans que les médias en disent un mot.

– Louée à qui ?

– C'est un putain d'imbroglio militaro-scientifico-financier que j'essaye de démêler. Les termes du bail sont classés secret défense.

– Dans quoi on a fourré les pieds, Ron ?

Stan s'aperçut que Tracy le fixait bizarrement.

– J'en ai parlé à Love, dit Ron.

– T'as réussi à le joindre ?

– Il m'a appelé de l'aéroport de Séville. Il embarquait pour Malte.

– Qu'est-ce qu'il va foutre là-bas ?

– Il cherche, comme nous. Quand je lui ai parlé du souhait de la base d'acquérir des déchets nucléaires, il m'a dit que sur le site de Cadarache où a travaillé Lew Wang, il y a un réacteur pour étudier les phénomènes qui se produisent au sein des combustibles nucléaires fabriqués à partir d'un mélange d'oxydes de plutonium et d'uranium qu'on appelle Mox. Ça leur permet d'obtenir des informations sur les données nucléaires et de prédire le comportement d'un combustible en réacteur.

– Je ne comprends absolument rien à ce que tu racontes, Ron.

– Ne t'inquiète pas, moi non plus. Ce qu'il faut saisir dans l'histoire, c'est que le Mox, c'est du déchet nucléaire recyclé.

– Mox, ok d'accord, et alors… ?

– Ça signifie que si à DPG, ils veulent à tout prix récupérer les déchets nucléaires, ce n'est pas seulement pour la manne financière, mais aussi parce qu'ils possèdent un réacteur de recherche qui requiert l'utilisation de ces déchets.

– On a un réacteur de recherche et un pigeonnier. Du Mox et de la fiente ! Tu peux me dire où ça nous mène ?

– À un centre de recherche ultra-avancé au cœur d'une base militaire.

– Qu'est-ce qu'ils nous préparent ? La guerre des étoiles ?

– J'en sais rien. En tout cas, ils ont besoin de quantités d'énergie faramineuses.

Stan lorgna discrètement Tracy qui lui adressait un sourire jusqu'aux oreilles à s'en déformer le visage.

– Ils s'amènent, dit Ron à l'autre bout de la ligne.

– Qui ça ?

– La bagnole, derrière moi, elle se rapproche. Je te finis l'histoire. Dans les documents du procès que Leon Wolfson m'a permis de consulter, un code apparaît sur des factures et des baux : ws01. J'ai passé des coups de fil à Salt Lake City. ws01 est le nom d'un centre d'opérations de WhiteStone, une société militaire privée. Il semblerait que cette société loue une partie de la base de Dugway.

– Tu veux dire des mercenaires ?

Tracy avait disparu. Stan se retrouvait seul dans le coffee shop.

– WhiteStone, c'est plus une multinationale cotée en Bourse qu'une bande de mercenaires. Je fonce aux archives du journal pour essayer d'en savoir plus sur eux.

– Tu peux passer me prendre ? C'est sur ta route.

– Flying Star, t'as dit ?

– Ouais. Je t'attends au coffee shop.

– Désolé pour Rochelle, Stan, je t'avais dit…

– Je sais. L'essentiel, c'est qu'on progresse.

– La merde, c'est que plus on avance, plus il y a du monde dans notre dos.

Stan sursauta. Tracy se tenait devant lui. Son faux sourire lui coupait le visage en deux.

– Encore un peu de café ? demanda-t-elle, le broc brûlant à la main.

Sa voix était devenue celle d'un homme. Elle se pencha comme un automate pour lui remplir la tasse, sans le quitter du regard. Ses yeux s'étaient rétrécis au format tête d'épingle. Elle fit déborder le café qui coula sur la table et les genoux de Stan. Il voulut se lever mais il pesait une tonne. Tracy retroussa ses lèvres du menton jusqu'au front, changeant son visage en une bouche béante et un cri primal.

95

Ron Frost balança son mobile sur le siège passager et démarra en trombe, un œil dans le rétroviseur et l'autre en direction de l'est. L'Interstate 15 le mènerait plus vite à Salt Lake City. Le GMC qui le suivait n'était plus qu'à une vingtaine de mètres. Il ne cherchait plus à se cacher. Peu rompu à ce genre de situation, Ron ignorait si la filature durait depuis Skull Valley. Il sollicita toute la puissance de la Datsun de Shelly sans pouvoir décoller du SUV [1]. Au lieu de tourner à droite vers l'embranchement de l'Interstate, il bifurqua au dernier moment à gauche sur Lehi. Au bout de quelques miles, il constata qu'il était seul sur la route. Le GMC avait pris la direction de Spanish Fork. Ron continua sur la 68 en contournant le lac Utah par la gauche. Soulagé, il profita d'être au volant pour assimiler les dernières informations.

Les SMP ont connu un essor dans les années 1990 au cours de la « révolution des affaires militaires » aux États-Unis, changeant radicalement la nature de la guerre. La réduction massive des effectifs dans l'armée américaine, la politique de privatisations, le recours de plus en plus fréquent à la sous-traitance, la course aux armements

1. Sport Utility Vehicle (véhicule utilitaire sport) : véhicule possédant des capacités tout-terrain et de remorquage.

sophistiqués et à la haute technologie ont créé les conditions favorables à leur explosion. Devenues des multinationales florissantes, les SMP vendent de la guerre et de la sécurité. Leurs contrats sont classés secret défense et elles agissent hors de tout cadre légal. Elles interviennent dans les conflits armés partout dans le monde, sont sollicitées pour protéger des chefs d'État, des diplomates ou des installations sensibles, pour entraîner des troupes, mener des interrogatoires, lutter contre la piraterie ou le trafic de drogue, sécuriser des zones sinistrées. Le marché est évalué à cent milliards de dollars. Et ce n'est qu'un début. Les dizaines de milliers de *contractors*[1] recrutés par les SMP sont des ex-militaires de toutes nationalités attirés par des salaires cinq à vingt fois plus élevés que leur solde dans l'armée régulière.

Ron se demandait combien pesait WhiteStone par rapport à ses concurrentes comme Xe, DynCorp ou Northbridge, lorsqu'il distingua un véhicule garé sur le bord de la route. Ses réflexions se dissipèrent aussi vite qu'un nuage radioactif balayé par le chinook. En le dépassant, il crut reconnaître le GMC Yukon noir onyx qui le filait. Impossible.

Dans son rétroviseur, il vit le SUV démarrer. Il accéléra. La Datsun de Shelly vibrait comme un bourdon. Concentré sur sa conduite, il ne vit pas la voiture de police garée à l'ombre du seul arbre qui bordait la Westlake Road. Un gyrophare illumina de bleu son rétroviseur. Ron leva le pied et se rangea sur l'accotement. Pour une fois, il n'était pas mécontent de se faire arrêter par les flics. La Ford Crown Victoria se gara à quelques mètres, sa portière s'ouvrit sur un géant dont l'uniforme avait la couleur du désert. Ron fut frappé par sa démarche, comme si ses deux jambes étaient raides.

1. Mercenaires.

Il fut encore plus surpris par la disparition du GMC qui était à ses trousses. Il n'eut pas le temps d'étudier la question car un énorme ceinturon obscurcit son horizon. Il baissa sa vitre sur une voix nasillarde ponctuée de sons étranges :

– Vous savez à combien la vitesse est limitée, eerk ?

– 40 miles à l'heure, répondit Ron.

– Vous savez à combien vous rouliez ?

– Je reconnais que j'allais un peu vite…

– Puis-je voir votre permis de conduire ainsi que les papiers du véhicule, eerk ?

Ron avait oublié de demander ces derniers à Shelly. Il tendit son permis au géant dont il n'avait toujours pas vu le visage et ouvrit la boîte à gants. Elle contenait un fatras d'objets plus liés à la profession de Shelly qu'au fonctionnement du véhicule. Un canard se mit à vibrer.

– C'est la voiture d'une amie, dit Ron pour couvrir le bruit insolite.

Il referma en vitesse et se retourna sur le buste du flic qui occupait tout le cadre de la vitre : une grosse paire de lunettes aux verres fumés, une mâchoire démesurée qui ruminait de la gomme et deux épaules carrées écussonnées « Utah Highway Patrol ».

– Qu'est-ce que vous essayez de cacher, Monsieur ?

– Ça ?… non, c'est ce que je vous disais, la voiture appartient à une amie.

– Ouvrez, s'il vous plaît.

– Quoi ? La boîte à gants ?

– C'est ce que je vous demande, Monsieur.

Vibromasseurs, menottes, boîtes de préservatifs et lubrifiants dégringolèrent sur le tapis de sol.

– Vous êtes proxénète, eerk ?

– Non, journaliste. Ma voiture est en panne et mon amie a eu la gentillesse de me prêter la sienne.

– Est-ce que vous avez les papiers du véhicule, Monsieur ?

– C'est ce que j'étais en train de chercher, dit Ron en fouillant le vide-poches avec la désagréable sensation que c'était inutile.

– Comment s'appelle votre amie, Monsieur ?

– Shelly Conrad.

Le policier inspecta l'habitacle du regard et renifla pour détecter une éventuelle odeur de cannabis. Ron se demanda ce qu'il pouvait flairer avec les litres d'aftershave qu'il s'était versé sur sa grosse gueule. Plutôt que de s'enfoncer comme il était en train de le faire, il décida de jouer franc-jeu.

– Je suis poursuivi par un gros GMC depuis Skull Valley. J'ai eu peur, alors j'ai accéléré.

– Skull Valley, hein ?

– Je fais une enquête pour mon journal.

– Une enquête, eerk ? Vous avez perdu le sens des réalités ?

– Pardon ?

– Veuillez sortir de cette voiture, Monsieur.

Il s'était redressé, offrant à la vue de Ron sa grosse main posée sur la crosse du pistolet à impulsion électrique gainé à son ceinturon. Au même moment, Ron aperçut dans son rétroviseur un véhicule en approche, le premier depuis qu'il s'était arrêté. Le policier recula d'un pas pour le laisser descendre. Son intuition lui dictait de ne pas sortir. Mais la menace d'une décharge de cinquante mille volts le poussa à poser un pied sur l'asphalte moelleux.

– Placez-vous à l'arrière du véhicule, Monsieur.

Le policier le suivit et désigna d'un gros doigt poilu le phare arrière droit qui était cassé. Frost feignit la surprise. Un vrombissement interrompit la contemplation du délit. Ils se retournèrent sur un GMC noir onyx qui venait de s'arrêter à une cinquantaine de mètres derrière la Ford Crown Victoria blanche de l'Utah Highway Patrol.

– Monsieur l'agent, s'écria Ron, ce sont eux qui me filent !

– Donnez-moi les clefs du véhicule, Monsieur.

– Je vous en conjure, croyez-moi, ces types sont dangereux.

– Donnez-moi vos clefs, Monsieur.

Ron lui tendit le trousseau orné d'un phallus en peluche rose.

– Montez ! dit le patrouilleur en désignant la banquette arrière de sa Ford.

Ron obtempéra et s'assit sur des avis de recherche. Une grille de protection le séparait de l'avant. Le patrouilleur referma la portière sur lui et se dirigea vers le GMC. Il fit des petits moulinets avec son index pour signifier de baisser la vitre. Il se pencha au niveau du conducteur. Ron ne le quittait pas des yeux. Il l'imagina en train de renifler dans l'habitacle. Le géant ressortit la tête du GMC et la tourna vers Ron, se redressa lentement et revint vers lui, dodelinant sur ses jambes raides, la main à son ceinturon. Celle-ci ne se posa pas sur la crosse du Taser cette fois, mais sur celle du Glock 22. L'instinct de survie de Frost lui dicta de s'enfuir, de sortir du véhicule pour prendre le volant. Les clefs de contact étaient sur le tableau de bord. Ce fut seulement à cet instant qu'il réalisa qu'il n'y avait ni poignée, ni bouton pour ouvrir les portières ou les fenêtres à l'arrière. Comme dans toutes les bagnoles de flic.

96

La peur génère un stress qui peut enrayer le rythme cardiaque, priver le cerveau d'oxygène et entraîner une syncope. Cette période d'inconscience ne dure que quelques secondes au bout desquelles le cœur recommence à battre normalement. Le sujet se réveille sans séquelle, le danger provenant surtout de l'environnement. S'il est au volant ou en train de nager, le risque létal est grand.

Stan Steel, lui, était assis devant une tasse de café lorsque la peur lui fit perdre connaissance. Il se réveilla face contre table, le nez dans une flaque de café tiède. Il releva la tête et regarda autour de lui. Il n'y avait personne dans le snack. Il se sécha le visage et visa la sortie.

– Vous n'oubliez pas de payer ?

Tracy venait de jaillir des toilettes et finissait de s'essuyer les mains sur sa blouse. Elle avait récupéré une apparence normale.

– Je vous cherchais, bredouilla Stan.

– Ben voyons.

Son regard se porta sur la table inondée.

– George ! gueula-t-elle dans un micro près de la caisse.

– Qu'est-ce que vous faites ?

– Ça fait le troisième en deux jours… GEORGE !!!

– Vous êtes folle. Si j'avais voulu partir sans payer, je ne me serais pas contenté de commander un café.

– Et qui c'est qui va nettoyer ?

George apparut dans une salopette de garagiste.

– Qu'est-ce qui se passe, Tracy ?

– Il a renversé son café et il partait sans payer.

– C'est faux, se défendit Stan.

– Il m'a insultée aussi.

– N'importe quoi !

– Vous avez réglé ou pas ? demanda George.

– Pas encore. Elle était aux toilettes.

Il sortit une poignée de pièces qu'il versa sur le comptoir.

– Vous pouvez tout garder.

– Y a le compte ? demanda George à Tracy.

– Ça ira, dit-elle en empochant la différence.

George sortit en même temps que Stan qui lui parla de l'accident de moto. Le garagiste avait une dépanneuse, il proposa ses services. Stan sauta sur l'aubaine pour aller retrouver Rochelle. Ils montèrent dans une vieille Dodge bleu ciel surmontée d'un treuil rouillé, empestant la graisse et le tabac. Elle cracha ses pistons encrassés au démarrage.

– Alors comme ça, vous avez insulté Tracy ? ricana George.

– C'est elle qui s'est imaginé ça.

– Qu'est-ce qui s'est passé entre elle et vous ?

– Elle m'a fichu une sacrée trouille.

– Comment ça ?

– Elle avait une drôle… d'apparence.

– C'est sûr, c'est pas Pamela Anderson.

– Ce n'est pas ce que je veux dire.

Stan réalisa soudain qu'il avait été victime d'une hallucination schizoïde.

– Vous la connaissez bien ? demanda-t-il.

– Un peu, c'est ma femme.

– Oups, désolé.

– Pas de quoi. Je croyais que vous n'aviez rien dit de mal sur elle.

Stan préféra se taire car il avait l'impression de parler à contresens.

– Elle est où ? demanda George.

– Qui ça ?

– Votre motarde.

– On y est presque.

Quelques minutes plus tard, Stan reconnut le lieu de l'accident. Rochelle avait disparu, sa moto aussi.

– Elle s'est volatilisée.

– Dites donc, à quoi vous jouez ?

– Elle a dû trouver un autre dépanneur.

– Vous m'avez dit qu'elle n'avait pas de téléphone.

Stan descendit.

– Oh lààà ! fit George en le retenant par le bras. Qui c'est qui va payer le déplacement ?

– Je reviens.

Sous le regard suspicieux du garagiste, Stan inspecta la zone. Rien. Même la trace de son embardée dans le champ n'était plus là.

– Je suis largué, dit-il en remontant.

– À mon avis, vous vous êtes levé ce matin en vous disant que vous alliez faire chier tout le monde.

– Je crois que c'est l'inverse qui arrive.

– Je dois prendre ça comment ?

Il savait qu'il aurait dû se taire.

– J'ai un Andrew Jackson sur moi, ça ira ?

George empocha le billet de 20 dollars et démarra sa guimbarde. Il laissa passer un camion pressé et effectua son demi-tour.

– Vous avez vu à quelle vitesse il roulait, celui-là ?

Stan était perdu entre ses pensées et ses nausées, il ne contrôlait plus du tout son environnement. Du coin de l'œil, il épia le garagiste, redoutant de le voir se métamorphoser lui aussi. À la radio, *Buried Alive* de Motörhead ne fit rien pour le rassurer. La nausée lui remuait les tripes. Il pria George de s'arrêter et eut à peine le temps d'ouvrir la portière pour vomir sur le marchepied.

– Désolé, fit-il s'essuyant d'un revers de manche.

– Je savais que vous vous droguiez.

– J'ai dû bouffer une saloperie.

– Pas dans mon snack en tout cas.

Ça ne risquait pas, les barres chocolatées qu'il avait dérobées étaient encore dans sa poche.

– On peut y aller ? fit George.

Stan acquiesça. Le soleil cognant derrière la vitre et le rock dans les portières l'assommèrent.

Lorsqu'il émergea, il roulait encore, la nuit était tombée. Il se tourna vers George mais il n'y avait personne au volant. Il voulut descendre mais quelque chose l'en empêchait. L'habitacle avait changé. Il s'était rétréci. Dans son dos, une grille le séparait de la banquette arrière sur laquelle gisait un corps. Il distinguait mal ses traits à cause de l'obscurité. Il faisait si noir qu'il ne voyait pas la route devant lui. Sa vue s'acclimatant à l'obscurité, Stan finit par constater qu'il était à l'intérieur d'une voiture de police transportée dans un semi-remorque, en compagnie d'un cadavre. Et que le cadavre était celui de Ron Frost.

97

Prisonnier à l'arrière de la voiture de police, Ron avait vu le patrouilleur dégainer son Glock 22 et s'installer au volant.

– Qu'est-ce qu'ils ont dit ? avait demandé Ron.

Le policier s'était retourné et avait collé le pistolet contre la grille.

– Encore un mot et je te descends.

Il avait posé son Glock sur le tableau de bord, ses mains sur les cuisses et s'était immobilisé. Les minutes s'étaient écoulées sans que rien ne se passe, comme un arrêt temporel, en attendant la suite d'un scénario inachevé. Seul signe de vie, les crépitements de la radio reliée au poste de police.

Un poids lourd s'était profilé à l'horizon. Il roulait à vive allure. Ron s'était agité en espérant capter l'attention du routier. Le semi-remorque avait ralenti à l'approche des trois véhicules garés sur l'accotement. Ron avait gesticulé en criant. L'immense camion noir s'était rangé sur le bord de la route, devant la Datsun. Ron avait hurlé sa joie. Le patrouilleur s'était mis soudain à bouger pour descendre du véhicule et s'installer dans la voiture de Shelly. Le routier avait actionné l'ouverture du hayon de son camion et déployé une rampe hydraulique sur laquelle s'était engagée la Datsun. Le patrouilleur était réapparu pour aller ranger à son tour la Ford sur la plateforme.

– Qu'est-ce que vous foutez ? lui avait demandé Ron.

Il avait cogné sur la grille et les vitres incassables. Le hayon s'était refermé sur l'obscurité. Ron s'était demandé si le camion ne faisait pas partie du convoi qu'il avait aperçu avec les membres de l'UUFOO aux alentours de Dugway. Il avait hurlé et pilonné la grille de séparation. Le patrouilleur avait ouvert la portière arrière et fait pleuvoir sur Ron une série de coups qui s'était achevée sur un KO.

98

Lorsqu'il revint à lui, Ron entendit son nom prononcé par une voix familière. Stan était assis à l'avant sur le siège passager.

– Ron, j'ai cru que t'étais mort.

– Moi aussi.

– On est où ?

– À l'intérieur d'un putain de camion.

– C'est quoi ce plan ? On va où ?

– J'en sais rien.

– Rochelle, elle est là aussi ?

– Possible qu'ils l'aient ramassée.

– Rochelle ! cria Stan.

– Gueule pas comme ça, j'ai le crâne qui va exploser.

– Elle est peut-être dans ce camion.

– Tu devrais laisser tomber Rochelle pour de bon.

– Comment ça ?

– Là où on va, il y a tous ceux qu'on cherche, y compris son mari.

– De quoi tu parles ?

– De la mort.

Neuvième partie

Le tentacule bouge, la pieuvre immobile

99

Aéroport de La Valette. Minuit deux. Le commandant sortit de l'aérogare après avoir posé l'Airbus de la Lufthansa en provenance de Séville. Il était escorté par deux hôtesses, l'une brune, l'autre blonde, descendues du ciel dans leurs uniformes bleu marine. Ils montèrent tous les trois dans un taxi.

– Nous allons à Mdina.

– Vous ne restez pas à La Valette ? s'étonna le chauffeur.

– Un ami nous attend.

Le rétroviseur leur renvoya un regard suspicieux.

– Il habite où cet ami, exactement ?

– Palazzo Gatto Murina.

Le chauffeur lâcha un sifflement admiratif et lança sa Lancia.

– Vous connaissez ? demanda le commandant.

– Comment je connaîtrais pas ? C'est l'ancienne résidence d'été des grands maîtres de l'ordre de Saint-Jean. Elle a été rachetée et rénovée par un général américain.

Le taxi abandonna la cité fortifiée pour piquer vers l'intérieur, à travers la nuit tombée sur des champs de coton et d'agrumes. Les yeux du chauffeur quittaient parfois la route chichement éclairée pour jeter des regards furtifs sur les deux hôtesses de la Lufthansa.

– Vous restez longtemps ?

– On repart demain.

– Court séjour.

– Mais bien rempli.

Au loin, on distinguait les lumières de Mdina dominant la vallée sur son promontoire rocheux.

– La capitale médiévale de Malte, commenta le taxi. Les voitures ne sont pas autorisées…

Il fit soudain zigzaguer son véhicule en poussant un cri.

La Lancia laboura l'accotement, arracha un piquet de clôture et revint sur la chaussée avant de s'immobiliser.

– Qu'est-ce qui vous a pris ? demanda le commandant.

– Un chat a traversé. J'ai voulu l'éviter.

Le Maltais se gara sur le bord de la route et descendit.

Pneu crevé. Il se confondit en excuses. Le commandant retira sa veste et se retroussa les manches pour lui donner un coup de main. Alors qu'ils installaient le cric, un véhicule s'arrêta à une centaine de mètres derrière eux. La blonde alla à sa rencontre.

– Qu'est-ce qu'elle fait ? demanda le chauffeur courbé sur sa clef en croix.

Le véhicule recula devant la blonde qui revint sur ses pas.

– C'était qui ? lui demanda le taxi.

– J'aurais aimé le savoir, répondit-elle avec un accent slave.

Ils repartirent à l'assaut des remparts illuminés de Mdina sans que le mystérieux véhicule paraisse à nouveau dans leur sillage. Pour faire oublier son embardée et le retard occasionné par la crevaison, le Maltais leur présenta la ville. L'ancienne cité fortifiée, d'architecture médiévale et baroque, abritait les familles nobles de Malte descendant de maîtres normands, siciliens et espagnols qui s'installèrent ici à partir du XIIe siècle. D'où son surnom de Citta Notabile. Mais aujourd'hui, les Maltais lui en avaient donné un deuxième : la cité silencieuse. Les trois membres de la Lufthansa purent s'en rendre compte lorsqu'ils pénétrèrent dans Mdina.

Ce fut comme s'ils entraient dans une autre dimension, beaucoup trop calme. Ils s'engagèrent dans les ruelles étroites et désertes, bordées de palais, d'églises et de couvents. On n'entendait que leurs pas sur le sol cimenté. Avec parfois un écho suspect. Ils trouvèrent enfin le palazzo Gatto Murina et sa façade fardée de fer forgé, de balcons fleuris, de bougainvilliers, de câbles téléphoniques, de fils électriques et de caméras de surveillance. Une plaque à l'entrée signalait un système d'alarme.

– Qu'est-ce qu'on fait ? demanda Valentina.

Nathan ôta sa veste de pilote de ligne et inspira profondément. La nuit était tiède. Il y avait une petite chance pour que l'une des fenêtres soit ouverte.

– Il faut atteindre les étages, dit-il.

– Il y a des caméras, dit la Russe.

Elles étaient orientées sur la rue dans un périmètre restreint autour de l'entrée. Nathan examina l'édifice d'en face. Une lanterne finement ouvragée pendait au bout d'une potence scellée dans la pierre.

– On va passer par là, dit-il en se hissant.

Valentina balança ses escarpins, remonta sa jupe et empoigna les mailles de fer forgé de la fenêtre du rez-de-chaussée pour grimper à son tour. Nathan se balançait déjà à la potence du réverbère. Il s'éleva à la force des bras dans le halo jaune, s'agrippa à un câble puis au rebord de la fenêtre du deuxième. En bas, Carla faisait le guet dans un coin d'obscurité. Parvenu sur le toit du bâtiment, Nathan tendit la main à Valentina qui le suivait de près. En face, les fenêtres du palazzo étaient fermées. Aucune lumière n'était perceptible. Nathan glissa le long des câbles tirés au-dessus de la rue à quatre mètres de hauteur. Parvenu de l'autre côté, il se jeta sur l'un des balcons. À travers le double vitrage, il distingua une chambre plongée dans la pénombre. Il sentit sur sa nuque le souffle de la Russe qui venait de le rejoindre.

– Ensemble. À trois…

Ils se mirent en position, sautèrent sur une planche d'appel imaginaire et tendirent leur jambe droite. Les deux coups de pieds simultanés pulvérisèrent la porte vitrée. Une bourrasque de verre brisa le silence des lieux et s'abattit sur le lit. Debout sur les oreillers, Valentina et Nathan écrasèrent du talon la carotide des deux occupants de la couche.

– Général Hunter Banks ? demanda Nathan.

La porte de la chambre s'ouvrit sur un valet armé. Il avala le talon de Valentina servi sur un coup de pied arrière. Un craquement informa Nathan que le coup de coude qui suivit venait d'exploser la boîte crânienne de l'intrus. Il déplora la méthode mais il n'avait pas le temps de faire la leçon à sa partenaire, ni le culot puisqu'il allait se servir d'elle pour interroger Banks.

– Qui êtes-vous ? demanda l'homme sous son pied.

– Celui que vous cherchez à assassiner.

L'hôte trahissait plus la stupeur que la peur, davantage lisible sur le visage de la femme allongée près de lui. Nathan l'informa que le comité d'accueil qu'on lui avait réservé à La Valette devait être encore en train de les attendre… à moins qu'ils n'aient déjà découvert les trois membres d'équipage de la Lufthansa ligotés et en sous-vêtements dans les toilettes de l'aéroport.

– Mes hommes vont revenir très vite. Si vous repartez maintenant, vous avez une chance de vous en tirer, dit Banks.

– Tu te crois dans un jeu ? cracha Valentina.

Elle arracha la fille du lit et lui ordonna de se déshabiller. Celle-ci avait la moitié de l'âge de Banks et un physique de rêve. Comme elle ne s'exécutait pas, Valentina la cogna trois fois de suite au même endroit sur le visage, faisant gonfler instantanément sa pommette gauche. La femme s'évanouit. Banks voulut se redresser. Nathan lui prit le bras comme pour l'aider et termina son mouvement sur une luxation à l'épaule. Le général cria et encaissa un uppercut au le foie qui le cloua dans un coin de la pièce.

Valentina traîna la fille dans la salle de bains et lui fit retrouver ses esprits sous une douche froide.

– À poil ! ordonna la Russe.

La femme obéit. Valentina ramassa la chemise de nuit et la remplit des morceaux de verre qui jonchaient la moquette et lui blessaient les pieds sans que cela semblât l'affecter. Elle força la poule de Banks à s'agenouiller et lui entoura la tête avec le linge bourré d'éclats. La fille poussa des hurlements.

– Ta gueule ! cria Valentina en cognant sur le turban.

– Laissez-la, commanda Banks.

Valentina effectua deux pas chassés et plomba la figure du général d'un coup de pied latéral.

– Ton tour va venir, mais je dois d'abord m'occuper d'elle.

Elle se retourna vers la femme.

– Quel est ton nom ?

N'obtenant que des geignements, elle frappa le turban jusqu'à ce qu'un « Svetlana » étouffé jaillisse du tissu souillé de sang.

– T'es une pute ?

– Je… suis… son épouse… je vous en supplie.

Valentina Lilaskovenchko se remit à cogner. Alors qu'elle s'apprêtait à asséner le septième coup, son poing resta en l'air, stoppé par Nathan.

– Inutile de la tuer.

– Regarde la tête du général et dis-moi si c'est inutile.

Prostré dans son coin, Banks la fixait comme si elle était le diable.

– Laisse-moi m'occuper de lui, maintenant, dit-elle sèchement.

Valentina l'attacha aux coudes. Ce fut d'autant plus facile qu'il avait l'épaule disjointe et donc le bras plus souple. Il ne put réprimer un cri de douleur, comme si on venait de l'amputer. Elle retira la taie d'un oreiller, la truffa de morceaux de verre et l'enroula autour de la tête de Banks, comme elle l'avait fait pour Svetlana.

– Vous ne savez pas à qui vous vous attaquez, protesta l'homme.

– Es-tu prêt à coopérer ?

– Tu crois que je vais me laisser intimider par une blondasse ?

Nathan évacua Svetlana dans la salle de bains. Il déroula le linge dégoulinant et révéla son visage percé d'éclats de verre. Elle hurlait. Il lui fit avaler des antalgiques déni-chés dans l'armoire à pharmacie et la porta dans une chambre voisine. Pendant que Valentina préparait Hunter Banks à l'interrogatoire, il descendit ouvrir à Carla.

– Bon sang Nathan qu'est-ce que tu faisais ? J'ai cru…

Il la pria de se taire et de rester dans l'entrée pour surveiller l'arrivée des hommes du général.

– Qu'est-ce que vous fabriquez en haut ?

– On interroge Banks.

– Nathan, tu n'as pas l'air dans ton état normal.

– Reste en dehors de ça.

Il remonta auprès de Svetlana et retira les morceaux de verre incrustés dans sa peau. Par chance, les yeux n'avaient pas été touchés. Il nettoya son visage, qui nécessiterait de la chirurgie pour retrouver une apparence normale. Nathan constata qu'elle avait déjà subi des opérations. Silicone, rabotage, lifting. Assommée par la dose de médicaments qu'il lui avait fait avaler, Svetlana sombra. Il passa à côté. Banks était à genoux au milieu de la pièce, nu avec sur la tête la taie pleine de verre, fermée au niveau du cou par une corde de rideau.

– Tu as entendu parler des camps de filtration ? lui demanda Valentina.

– Tu vas peut-être m'apprendre mon métier, pétasse ?

– Je vais te faire réviser tes cours d'histoire. Pendant la première guerre de Tchétchénie, des milliers de personnes ont été détenues dans des camps de filtration où les forces armées russes torturaient les prisonniers. Filtrer la population pour démasquer les combattants qui s'y cachaient. Les civils étaient arrêtés sous divers prétextes et torturés jusqu'à ce qu'ils avouent être membres de bandes armées. Après quoi ils étaient revendus à leurs proches, morts ou vivants. As-tu des proches à qui l'on pourrait te revendre ?

– Je t'emmerde.

– Je suppose que t'en as rien à foutre de ta pute, sinon tu aurais déjà parlé. Mais est-ce que tu comptes un peu pour toi-même ?

– Je te tuerai.

Nouveaux coups. Par trois. Nouvelles taches. De sang.

– Tu as des proches ? demanda à nouveau Valentina.

Pas de réponse. Elle avait éteint sa morgue. C'était un progrès. Elle poursuivit :

– Je faisais partie de ceux qui interrogeaient les suspects. Maintenant que les présentations ont été faites, je vais te raconter une histoire qui s'est déroulée en Tchétchénie. Parce que ce sont les histoires qui fixent le mieux les idées. Tu m'écoutes, salope ?

Pas de réponse. Consentement.

– C'est l'histoire d'un gamin, Akhmed Gazalov, arrêté en avril 2000 avec dix autres habitants du village de

Gueldagan. Ceux qui ont survécu racontent dans un rapport de la FIDH[1] que les SOBR[2] leur ont entouré la tête avec leurs chemises et leurs t-shirts. Ils les ont entassés dans un camion et frappés sans s'arrêter pendant leur transfert au camp de filtration d'Ourous-Martan. Ils les ont attachés avec du fil de fer par les coudes. Ainsi ligoté, au bout d'une demi-heure, impossible de bouger, le corps ne répond plus. On peut faire ce qu'on veut de toi. On te pousse, tu tombes.

Elle poussa Banks. Il tomba.

– À Ourous-Martan, les OMON[3] étaient chargés des interrogatoires. J'y ai été spécialement dépêchée pour obtenir plus de résultats. C'est là que j'ai fait la connaissance d'Akhmed Gazalov. Je suis entrée dans une pièce sale, pire que des chiottes. Sur une chaise, il y avait le gamin. Au début, j'ai cru qu'il était noir. Mais sa couleur venait des coups qu'il avait reçus depuis son arrestation. Son t-shirt ne tenait sur lui que parce que le tissu avait fusionné avec les plaies. Akhmed avait le nez et la mâchoire cassés, les yeux dans le vague. Il ne voyait plus. Les OMON ont continué à le frapper devant moi, à coups de pieds et de poings. Ils étaient une quinzaine. Le gamin ne contrôlait plus son corps, ses intestins, sa vessie et son foie. Ses organes avaient explosé de l'intérieur. Il évacuait du sang, de la merde et de la pisse par tous les orifices. Akhmed Gazalov ne réagissait plus à la cogne, mais il n'avait pas perdu connaissance.

Valentina redressa Banks et vérifia qu'il était toujours conscient.

– Les OMON ont mis sa main sur la table. Ils lui ont cassé un doigt. Puis deux. Akhmed Gazalov ne criait

1. Fédération internationale des ligues des droits de l'homme.
2. Unités de réaction rapide du ministère de l'Intérieur russe.
3. Unités de forces spéciales du ministère de l'Intérieur russe.

presque pas. Il se balançait, comme s'il était devenu fou. À la fin je ne voyais plus ses yeux, enfouis dans son visage gonflé. Ensuite, ils l'ont traîné dehors et ils l'ont livré à d'autres policiers complètement ivres qui fêtaient l'anniversaire de l'un d'entre eux. Pour s'amuser, ils ont battu Akhmed Gazalov pendant une heure. Puis ils l'ont ramené pour continuer l'interrogatoire. Les OMON lui ont passé une corde au cou et ils ont commencé à l'étrangler en l'insultant. Ils relâchaient, ils serraient, ils relâchaient, ils serraient.

Valentina serra la corde de rideau autour du cou de Banks, relâcha, resserra.

– Ils l'ont laissé presque mort sur le sol couvert de merde. Ils revenaient de temps en temps pour le tabasser. Et tu veux savoir quoi ? Akhmed Gazalov a fini par parler. À ce stade, tout le monde parle, bien qu'il soit trop tard, car les coups ont déjà été donnés. Je vais t'avouer que j'ai eu pitié. Pitié des OMON aux phalanges meurtries par les frappes. Je leur ai conseillé d'envelopper les visages avec du verre pilé. Plus besoin de taper fort pour faire mal.

Valentina Lilaskovenchko se tourna vers Nathan.

– Tu peux commencer l'interrogatoire.

100

Nathan se força à penser à son père en train de lui montrer comment ressentir le rythme de la Terre, caresser le vent, voir avec les yeux de l'aigle. Il se força aussi à penser aux Navajo qui lui avaient confié la mission de retrouver trois des leurs. Car devant lui se tenait un homme nu, la tête enveloppée dans un linge gorgé de sang, les coudes ligotés dans le dos par du fil électrique.

Hunter Banks ressemblait à une grosse allumette prête à craquer.

– Quel est ton nom ? lui demanda Nathan.

Valentina laissa filer deux secondes de silence et cogna. Un, deux, trois, quatre, cinq coups. L'homme tomba à la renverse. Nathan l'assit sur une chaise et lui reposa la question.

– Vous le savez déjà, grogna le prisonnier.

– Quel est ton nom ?

– Hunter Banks !

– Quelle est ta fonction ?

– Général de l'armée américaine.

– Ta fonction actuelle.

Silence. Lilas lui saisit la main gauche, cassa le majeur et avertit : « À chaque seconde de silence que tu mettras dans tes réponses correspondra un doigt cassé. Tu bénéficies donc de dix secondes avant que je passe à autre chose ».

– Quelle est ta fonction actuelle ? répéta Nathan, dont l'esprit était celui de l'aigle volant à la verticale des hauts plateaux de l'Arizona.

– Je commande ws03… le centre d'opérations de White-Stone à Malte…

– WhiteStone ?

– Une société militaire privée.

– Qui dirige WhiteStone ?

Nathan entendit craquer un deuxième doigt. Banks hurla.

– Gabriel White et Andrew Stone.

– Pourquoi avez-vous cherché à m'éliminer ?

Valentina brisa trois doigts supplémentaires et arracha une réponse mêlée de cris de douleur étouffés.

– Laissez-moi respirer et je vous parle.

La Russe shoota dans la chaise en bois qui se brisa sous le poids du général. Elle ramassa l'un des quatre pieds qu'elle passa dans la corde au cou de Banks, serra comme un garrot et tira pour qu'il se remette à genoux.

– À chaque mauvaise réponse, je serre d'un cran. Le monsieur te demande pourquoi tu cherches à l'assassiner.

Elle fit jaillir une lame pour élargir l'ouverture de la taie au niveau de la bouche. Banks cracha du verre pilé et des bulles de sang. Il cherchait à gagner du temps en escomptant le retour imminent de ses hommes. C'était d'ailleurs étrange qu'ils n'aient pas déjà rappliqué. Nathan joua là-dessus pour ôter tout espoir au général :

– Tu n'attends pas tes hommes, quand même ? Parce que tu vas être déçu.

– Vous bluffez.

Valentina serra d'un cran tout en lui pilonnant le crâne.

– Les ordres sont venus… de WISE, suffoqua Banks.

– Que signifie WISE ?

Valentina lui broya encore deux doigts. Ce fut à ce moment-là que le général Banks devint prolixe. Il avait tenu moins longtemps qu'un milicien tchétchène.

– Worlwide Intelligence Service Enterprise… société de renseignements de WhiteStone… dirigée par Conrad Sterling, ancien directeur de la section contre-terrorisme de la CIA… WISE a su que vous étiez sur les traces de Lew Wang… ils ont voulu vous stopper.

– Comment WISE a su que j'étais à la recherche de Wang ?

– WhiteStone recrute ses cadres dans les ministères, l'armée, la police, la CIA, le FBI… Certains travaillent en secret pour WhiteStone sans quitter leur poste. Les fuites viennent de là… collectées par WISE… (il se mit à tousser)… je ne peux plus respirer…

Nathan fit un signe d'acquiescement à Valentina qui manifesta sa désapprobation d'une moue insolite. Elle desserra le garrot et les liens, ôta la taie. Au-dessus du cou, Hunter Banks avait perdu son apparence humaine. Sa tête boursouflée, bleue et noire, étincelait d'éclats de verre et ruisselait de sang. Banks resta à genoux, incapable de se lever. Nathan lui tendit un verre d'eau pour faire passer la toux.

– Où est mon père ?

– Je ne sais pas qui est votre père.

– Sam Love. Il est l'une des personnes disparues dans Snake Valley. Que s'est-il passé là-bas ?

– Je l'ignore.

Nathan dévia le pied de la Russe qui fusait vers l'entrejambe de Banks.

– Qui est Lew Wang ?

– Un physicien nucléaire… WhiteStone l'a embauché après qu'il a emporté avec lui les secrets scientifiques de plusieurs laboratoires qui l'employaient.

– Où est-il ?

– Il n'y a que Lew Wang qui sait où il se trouve.

– Quelqu'un m'a dit qu'il se trouvait sur une île.

– Alors cette personne en sait plus que moi… Aïïhrrgrr !

Valentina venait de lui écraser les doigts de pied.

– Sur quoi travaillait-il ?

– La fusion nucléaire, mais… pas seulement… Wang dirige le Defense Research Center.

– Qu'est-ce que c'est ?

– Le centre d'expérimentation militaire de WhiteStone.

– Qui se trouve ?

– À Dugway Proving Ground.

– Pourquoi vouloir m'empêcher de parler à Lew Wang ?

– Je suis un militaire. Mes ordres sont rarement justifiés. Celui-ci est venu de WISE, point.

– WS03, WISE, Defense Research Center, qu'est-ce que WhiteStone cache d'autre ?

– Tapez WhiteStone sur Google.

Nathan bloqua un nouveau coup de pied de la Russe.

– Débrouille-toi tout seul, râla-t-elle en prenant la porte.

– Ma partenaire veut vous massacrer, Banks. Mais je préfère vous écouter. Tant que vous parlez, elle n'a rien à faire ici.

– Vous faites faire le sale boulot par une femme ? railla le militaire.

– Et vous par les handicapés ?

Allusion au Major.

– Je ne voulais pas impliquer mes hommes dans une affaire qui pouvait être réglée par un… professionnel local… Ça a été mon erreur… J'aurais dû m'occuper de vous personnellement.

– ws03, c'est le nom du centre d'opérations à Malte. Quels sont les autres ?

– ws01 à Dugway et ws02 à Subic Bay aux Philippines… Ça, par contre, vous ne le trouverez pas sur Internet, nous avons passé des accords secrets avec l'armée américaine qui nous sous-loue les terrains et les installations… sauf à Malte où nous avons créé une base de toutes pièces sur l'île de Comino.

– Quel est le rapport entre WhiteStone et la disparition de mon père ?

– J'ai reçu l'ordre de vous éliminer parce que ws03 est le centre d'opérations le plus proche de l'endroit où vous vous trouviez, c'est tout ce que je sais… Votre père a peut-être disparu parce qu'il est venu chatouiller l'un des tentacules de la pieuvre… Votre problème c'est que vous ne cherchez pas sous le bon…

– Dites-moi où chercher.

– Adressez-vous à la tête. WhiteStone et WISE ont leur siège en Virginie. Mais il faut que vous sachiez deux choses : vous avez encore moins de chances de l'approcher que d'entrer au Pentagone avec des explosifs.

– Et la seconde chose ?

– Vous ne quitterez jamais Malte vivants.

101

Ils sortirent de la ville silencieuse dans une carapace de fer. Nathan conduisait le Hummer H3 de Hunter Banks, Carla manipulait son iPhone pour accéder à un site de réservation de vols. Le plan était de sauter dans le premier vol pour les USA et de gagner la Virginie. À l'arrière, Valentina faisait l'inventaire des documents et des effets de valeur qu'ils avaient retirés en hâte du coffre de Banks. Pour se donner une longueur d'avance, Nathan avait enfermé le général et sa compagne dans une cave du palais. Valentina avait suggéré de les achever par sécurité, mais il avait préféré les soigner. Banks possédait une trousse médicale d'urgence complète. Pendant que la Russe fouillait le palais, Carla et Nathan avaient nettoyé et désinfecté entailles et ecchymoses à coups de pansements hémostatiques. Étonnamment muette, Carla ne posa aucune question sur ce qui s'était passé.

– Il y a un vol pour Washington demain à 13 heures, dit-elle. United Airlines. Escale à Francfort. Arrivée à 19 h 40, heure locale. Il reste des places.

– On va se mettre à l'abri en attendant, conseilla Nathan.

– Je ne connais pas les États-Unis, dit Valentina.

– Tu as l'intention de venir avec nous ? s'étonna Carla.

– Je crois que je peux encore vous être utile.

Nathan s'éloigna des grands axes et roula vers les falaises de la côte sud, en contournant l'aéroport. Ne suivre aucune logique pour ne pas être retrouvé. Il vérifia dans le rétroviseur que personne ne les filait. Qu'étaient devenus les hommes de Banks ? Ils avaient largement eu le temps de s'apercevoir qu'ils avaient été dupés à l'aéroport et de revenir au palais où Nathan, selon Valentina, s'était trop éternisé.

Guidés par le GPS de l'iPhone, ils bifurquèrent dans un chemin pas plus large que le véhicule et tombèrent sur un hôtel à proximité de Hagar Qim. Il ne restait qu'une chambre. Valentina se proposa de commencer la nuit au bar de l'hôtel et de la finir dans le Hummer. Carla appela Léa qui dormait et s'écroula sur le lit double après s'être assurée que sa fille allait bien. Nathan l'aida à s'endormir en paix et se connecta à Internet sur l'iPhone. Il tapa « WhiteStone » sur Google.

Fondée par Gabriel White et Andy Stone, WhiteStone était située à White Falls, Virginie. La SMP devançait de loin ses concurrentes Xe, DynCorp, Triple Canopy et Northbridge avec lesquelles elle déployait plus de cent cinquante mille hommes dans vingt-deux pays. Non seulement WhiteStone était à la tête de l'armée de mercenaires la plus puissante au monde, mais elle possédait des armes ultra-sophistiquées, des centres de recherches, un hôpital, un lobby influent, deux compagnies aériennes, une cellule de renseignements, une société de sécurité, deux fondations, un groupe multimédia, trois chaînes de télévision ainsi qu'une avance technologique et informatique qui lui avait valu les contrats de gestion des données de la plupart des agences et ministères de l'État américain. WhiteStone avait également un accès illimité à tous les comptes bancaires de la planète grâce au système PROMIS.

Nathan s'intéressa ensuite à Malte. WhiteStone passait des contrats avec le gouvernement fédéral pour mener des interrogatoires musclés à bord de ses avions ou lors d'escales discrètes dans des pays qui offraient des lieux de détention secrets. La Pologne, la Roumanie et Malte faisaient partie de ces escales. WhiteStone avait fini par créer un centre d'opérations sur l'île méditerranéenne, dont la position stratégique avait déjà attisé la convoitise de Napoléon, Mussolini, Hitler, et permis aux Alliés de débarquer en Sicile.

Après être tombé sur la boîte vocale de Ron Frost, Nathan contacta Connie Stanshaw qui n'avait rien de nouveau à lui annoncer.

– Connaissez-vous WhiteStone ? lui demanda-t-il.

– La société militaire ?

– La plus grosse.

– Pourquoi me parlez-vous de WhiteStone ?

– Elle cherche à m'empêcher de trouver Lew Wang.

– Taisez-vous !

– Pardon ?

– Excusez-moi, je parlais à l'agent Barton à côté de moi.

– WhiteStone est impliquée dans les disparitions de Snake Valley.

Il lui résuma les péripéties qui l'avaient amené à Malte et les intermédiaires recrutés par Hunter Banks pour lui barrer la route. Il omit bien sûr de lui narrer l'attaque de la Banco de Andalucia.

– Pouvez-vous vous renseigner plus en détail sur cette société ?

– Écoutez Nathan, je n'ai pas trop le temps là, mais…

– Connie, c'est vous qui m'écoutez : une firme, probablement la plus puissante au monde, a émis l'ordre de me tuer.

– Je comprends, mais je préférerais que vous me rappeliez à mon bureau.

Connie B. Stanshaw ne pensait qu'à raccrocher. Elle était sous influence. Nathan devait être plus convaincant.

– Êtes-vous en train d'agir contre votre gré ?

– De quoi parlez-vous ?

– WhiteStone est une pieuvre gigantesque qui s'étale sur tous les continents. Depuis que je démange l'un de ses tentacules, ma vie est en danger. Il est probable qu'un autre tentacule soit en train de vous menacer.

– Je ne comprends rien à votre histoire de pieuvre.

– Depuis que nous nous sommes vus, il y a deux semaines, avez-vous pris une décision particulière dans l'affaire *Snake Circle* ?

– Non…

– Dans une autre affaire ?

– Euh…

Nathan entendit un son de portière. Connie sortait d'une voiture.

– J'ai viré mon meilleur agent, mais cela n'a rien à voir…

– Pourquoi l'avez-vous renvoyé ?

– L'agent Barton a laissé s'échapper Engel Schrank, un psychopathe qu'il avait fait sortir de l'asile, sans m'en informer, dans le but d'appâter Timothy Rassner, le Bourreau.

– C'est ce qui vous met ainsi sous pression, Connie ?

– J'ai réengagé cet agent pour retrouver Schrank.

– Vos actes sont-ils dictés par d'autres ?

– … On a enlevé ma fille…

– Que demandent les ravisseurs ?

– Que je ne change rien à ce que je fais.

– Et que faites-vous ?

– Rien d'efficace, je vous l'avoue.

– Pourtant, vous avez commis quelque chose qui a provoqué une réaction de taille : l'enlèvement de votre fille.

– L'agent Barton pense que c'est Schrank qui l'a enlevée. On est en train de lui tendre un piège.

– Dans quelle institution était-il enfermé ?

– À l'Alameda County Psychiatric Hospital.

– Il faut vérifier si cet établissement a un lien avec WhiteStone, à travers une participation financière, un membre du conseil d'administration…

– Une société de sécurité privée ?

– Quoi ?

– L'hôpital a signé un contrat avec PSS depuis l'évasion du Bourreau.

– PSS appartient à WhiteStone. On a trouvé le lien. Et le tentacule.

– Nathan, il y a quelque chose que je dois vous dire. James Mullray, le ministre de la Justice, m'a confié qu'une personne qui fait partie de votre entourage les informe sur vos agissements. J'ignore de qui il s'agit… Maintenant, je dois y aller.

– Envoyez sur ma boîte mail ce que vous possédez sur l'enlèvement de votre fille, profils, *mapping*, tout ce que vous avez.

– Je le ferai.

– Connie, l'agent qui est à vos côtés, il est possible qu'il soit à la solde de WhiteStone.

En se demandant si Connie avait entendu sa dernière phrase, Nathan éteignit l'iPhone et gagna le bar de l'hôtel pour rejoindre Valentina. Le comptoir était envahi par une faune de célibataires alcoolisés qui faisaient briller leurs coups de soleil sur le zinc. La Russe n'était plus là.

102

Valentina fumait, adossée au Hummer, en écoutant un opéra russe à la radio. Elle fixait un mur sur lequel était tagué « Blacks out », injonction xénophobe à l'attention des milliers de réfugiés africains qui recouraient au petit État européen pour entrer dans la Communauté. Elle n'entendit pas Nathan, mais elle le vit. Dans le rétroviseur du H3.

– Tchaïkovski ? fit Nathan.

– Rimski-Korsakov.

Il respecta son isolement et lui souhaita bonne nuit.

– Qu'est-ce que tu écoutes, toi ? lui demanda-t-elle en se retournant.

– Rien.

– Tu n'aimes pas la musique ?

– Je n'aime pas les émotions qu'elle procure.

– C'est sûr, ça ne facilite pas le détachement.

Elle tira sur sa cigarette et coupa le son. Elle voulait parler.

– Carla, qu'est-ce qu'elle a ?

– Le virus HIV.

– Merde…

– Il n'y a rien d'autre à dire.

– Tu sembles bien attaché à elle pour quelqu'un qui se refuse à éprouver des émotions.

– Ce que j'éprouve pour Carla s'apparente au sentiment que je ressens face à la beauté du monde.

– L'amour fragilise et désarme.

– C'est pour ça que je n'avance pas vite. Avant, j'étais comme toi.

– Je dois prendre ça comme un compliment ?

– Je viens d'avoir le FBI au téléphone.

– Je suppose qu'ils n'ont rien.

Il lui résuma sa conversation avec Connie Stanshaw, sans lui parler de l'existence d'une taupe dans son entourage.

– Cette Connie est une conne, conclut Valentina.

Elle recracha la fumée qui venait de brûler ses poumons et écrasa le mégot sous son talon.

– Elle va enquêter sur WhiteStone, dit Nathan. Elle a les contacts pour ça. Son père dirige la base de Presidio.

– Tu es entouré par trop de femmes, Nathan. L'une d'elles va finir par te posséder.

– On devrait aller dormir. Demain, il faudra quitter cette île vivants.

– *Spokoïnoï notchi*, souffla-t-elle en lui collant un baiser au goût de tabac et de sucre qui indiquait qu'elle avait promené ses lèvres sur les bords d'un verre de margarita.

– Tu es sûre que tu ne veux pas dormir avec nous dans la chambre ?

– Sûre. Ça ferait une femme de trop.

Il la laissa plantée près du Hummer en songeant à sa remarque et aux femmes qui l'entouraient.

103

Connie Stanshaw regagna la Ford Gran Torino dans laquelle Eddie Barton fulminait et Norah Jones chantait *I'll Be Your Baby Tonight*. Ils étaient en planque devant l'Alameda County Psychiatric Hospital, enfermés dans un véhicule qui puait le tabac et le pet. La veille, le journal télévisé avait consacré un reportage sur l'institution. Son directeur, Gary Wolkovitch, avait révélé que, parmi ses patients, le psychopathe Ted Loomis était bien plus malin qu'Engel Schrank. Il avait même reçu un message du Bourreau à ce sujet.

– Qu'est-ce qui vous prend de parler de cette affaire à n'importe qui ? s'excita Barton.

– Ce n'était pas n'importe qui.

– C'était qui ?

– Nathan Love.

– Qu'est-ce qu'il voulait ?

– Savoir si j'avais du nouveau sur les disparitions de Snake Valley.

– Si on veut que notre plan fonctionne, on doit rester discrets. D'après ce que j'en sais, ce Love, il faut s'en méfier. C'est le genre à voir midi à 14 heures. Il a la réputation d'un type qui tape du pied dans la fourmilière et disparaît sans serrer personne. J'ai même entendu dire qu'il a foutu un sacré bordel dans l'une de ses dernières enquêtes.

– On n'est pas là pour parler de Love.

– Ni pour parler à Love.

– Foutez-moi la paix, Eddie.

– Ce n'est pas ce que j'ai compris quand vous m'avez appelé au secours.

– À mon avis, on perd notre temps.

– C'est Love qui vous rend défaitiste ?

– Je n'arrive pas à croire que Schrank va se pointer ici pour éliminer Loomis.

– Nous avons conçu un scénario dans lequel Schrank a le premier rôle. Croyez-moi, il ne ratera pas cette occasion.

La dernière phrase de Love tournait en boucle dans la tête de Connie. Elle observait Barton, à l'affût d'un indice corroborant les soupçons d'un ex-profiler situé à des milliers de kilomètres de là, mais elle ne voyait qu'un agent sur la sellette, arguant du bien-fondé d'un plan qui lui ferait récupérer son badge :

– Lancer un shampoing, faire élire un homme politique, diriger une entreprise ou coincer un psychopathe, c'est pareil, la meilleure méthode c'est de raconter une histoire. Ici, on a le décor et les personnages. Schrank a passé quatorze ans à Alameda. C'est l'endroit au monde qu'il connaît le mieux. Il a communiqué avec le Bourreau pendant des années sans que ses gardiens s'en aperçoivent, il s'est fait quatre fois la malle juste pour aller boire un café dans un Starbucks ou manger des ailes de poulet au KFC du coin. Il est chez lui ici, et il ne va pas laisser sa place à un minable comme Loomis.

– Psychologiquement, votre analyse est hasardeuse.

– On a besoin du hasard, faute de mieux.

La pluie se mit à tomber, transformant l'habitacle en serre tapissée de buée. Les nuages noirs avaient fini par crever au-dessus du comté d'Alameda. Une ombre passa devant eux et tambourina contre la portière, côté passager. Connie cria. Le visage difforme et ruisselant d'un homme était collé à la vitre. Eddie dégaina son arme.

– Schrank ! Schrank ! gueulait l'homme.

Barton descendit et braqua l'individu avant de reconnaître l'un des infirmiers de l'hôpital, dissimulé sous un ciré blanc et un masque de terreur.

– Où est-il ? demanda Barton.

– Schrank ! continua à crier l'infirmier dans un gargouillement.

Connie sortit du véhicule et le saisit par les épaules. Il n'y avait pas que de l'eau qui ruisselait sur son ciré. Il y avait aussi beaucoup de sang. Sa gorge était ouverte comme un sourire sur la mort. Connie se tourna vers Barton qui courait vers l'entrée de l'asile. Elle lâcha le corps sans vie et se rua dans son sillage.

Scènes de cauchemar.

Le gardien dans la guérite avait perdu une partie de son faciès. Deux immenses taches squameuses remplaçaient sa bouche et sa chevelure.

Il avait été scalpé.

À l'intérieur, l'agent Barton tentait d'arracher ses derniers mots à l'hôtesse d'accueil qui gisait sur le carrelage, éventrée. Un infirmier était plié en deux, le visage encastré dans un angle de table. La vie quittait son corps de façon anarchique et spasmodique. Eddie se retourna sur Connie, tétanisée.

– Schrank est revenu, dit-il en relâchant l'hôtesse assassinée.

Ils suivirent des traînées de sang et des traces de pluie dans les longs couloirs blancs dévastés. Ils trouvèrent un chariot renversé, le cadavre d'un garde, un patient dans un état cataleptique, des portes ouvertes sur des cellules capitonnées vides. Où étaient-ils tous passés ?

Les deux agents fédéraux s'engouffrèrent dans un corridor qui s'incurvait vers une rumeur lointaine, des cris, des bruits de pas, des claquements de portes, des ombres géantes sur les murs. Un malade à moitié nu courut vers eux en hurlant et se fracassa le crâne contre un mur à quelques centimètres de Connie. Eddie fendit le chaos, cohue de fous et de gardiens débordés au milieu de laquelle s'excitait Wolkovitch. Une ecchymose au front et une pommette ouverte lui donnaient un air de boxeur. Il alpagua Barton.

– Regardez ce que vous avez fait !

Des morceaux de Ted Loomis avaient été jetés sur les parois de verre comme un crépi de chairs. Les restes de son corps déchiqueté jonchaient le sol barbouillé par les piétinements de l'émeute. Les forces d'assaut firent irruption dans le hall bombardé de fumigènes. Deux rangs serrés de treillis noirs portant masques à gaz et écussons PSS coupèrent les issues. Connie suivit Barton qui se faufilait vers une brèche. Elle brandit son badge et progressa les yeux fermés, sentit qu'on la bousculait, qu'on la repoussait, parvint à s'extraire du nuage lacrymogène pour échouer sous la pluie. Elle toussa, suffoqua, offrit son visage à l'averse pour laver ses yeux douloureux. À travers un brouillard opaque et humide, elle distingua Eddie Barton qui courait vers son véhicule.

104

Nathan abandonna la position zazen, se leva, s'étira, se doucha. Après quoi il posa un baiser sur la nuque de Carla endormie sur le ventre et retira le drap qui glissa sur le corps nu tacheté d'éruptions cutanées. Ses doigts se posèrent comme des mouches sur l'épiderme tiède avant de s'enfoncer dans la chair, liquéfiant les contractures, ouvrant les chakras, réveillant les centres nerveux, diffusant l'énergie. Il fit jaillir de l'oreiller un grognement de plaisir, traça de savants sillons sur les douleurs mus-culaires de la malade, lui mordilla les fesses pour qu'elle se retourne, malaxa, frotta, pressa, tapota. Il dissipa les troubles digestifs et termina le massage sur plusieurs points névralgiques.

– Debout, fainéante. On a un avion à prendre.

– Déjà ?

– Tu as bien dormi.

Nathan lui résuma ses découvertes sur Internet et la teneur de sa conversation téléphonique avec Stanshaw.

– Tu crois que ça finira bientôt ? demanda-t-elle en lui caressant les cheveux.

– Tant que ce n'est pas fini, ça signifie que nous sommes en vie.

– Léa me manque.

– Tu n'as pas besoin de sa présence pour la sentir proche. Léa remplit ton cœur même lorsqu'elle est loin.

– J'ai envie de la toucher, de l'embrasser, c'est mon bébé.

– Laisse ton bébé se transformer en tigresse.

Elle le fixa, en proie à un flot d'émotions.

– C'est toi qui encombres mon cœur.

– Encombres ?

Elle sourit.

– J'en perds mon vocabulaire. C'est l'un des effets secondaires de l'amour.

– Quels sont les autres ?

– D'après les Marx Brothers, il y a l'institut de beauté, la famille et le bicarbonate de soude.

Ils complétèrent la liste en se roulant dans les draps puis s'habillèrent. Valentina les attendait devant une tasse de café.

– Vous vous croyez en lune de miel ?

– On décolle dans trois heures, rappela Carla.

– En combien de temps comptes-tu éliminer ceux qui vont essayer de nous en empêcher ?

Ils avalèrent un petit déjeuner copieux et montèrent dans le Hummer. Profitant des capacités tout-terrain du véhicule, Nathan abandonna la route principale et engagea les 245 chevaux sur un sentier de terre qui contournait l'aéroport au milieu des champs d'oliviers, d'agrumes, de coton. Il quitta la plaine dans un nuage de senteurs et de flocons multicolores pour gagner le relief escarpé de Wied Qirda, affola un groupe de randonneurs et dévala le plateau le long d'une rivière asséchée.

– Accrochez-vous !

Le H3 décolla au-dessus d'une souche et déboula en travers d'une route : Triq Hal Farrug. Nathan redémarra pour éviter un taxi qui leur fonçait dessus, fila en contrebas et s'enfonça dans un bois.

– Plus qu'un grillage à franchir.

De là où il était, il distinguait la piste de l'aéroport international. Un avion d'Air Malta s'apprêtait à décoller.

Il attendit que l'appareil lève le nez pour écraser la pédale de l'accélérateur. Les cinq cylindres du H3 pompèrent ce qui restait d'essence pour propulser les deux tonnes contre la clôture. Le fracas de la calandre contre la grille fut couvert par les réacteurs de l'Airbus. Nathan se gara derrière le hangar réservé aux pompiers et aux véhicules de services de l'aéroport. Un peu chamboulées, les deux passagères le suivirent en rasant les murs du bâtiment. Il s'avança vers un employé qui avala un direct suivi d'un balayage et d'un coup de pied qui le fit rouler sous un véhicule. Il continua jusqu'à un camion-citerne en train de ronronner, ouvrit la portière, prit appui sur le marchepied et éjecta le chauffeur qui toucha le sol plus vite que sous le seul effet de la gravité. Nathan le débarrassa de son uniforme.

– Hey ! Qu'est-ce que vous faites ? héla un curieux.

Nathan enfila l'uniforme sans se soucier de l'intrus qui fut chassé de son champ de vision par une attaque latérale fulgurante de Valentina, surgie de derrière un véhicule d'assistance. Nathan fit monter Carla dans le camion-citerne, flanqua le chauffeur en sous-vêtements à ses pieds et prit le volant. Valentina les rejoignit, écrasant au passage le visage du pauvre type. Ils roulèrent en direction de l'aérogare. Selon leur otage, une porte de service était réservée au personnel technique. Il leur donna le code. Valentina sauta du camion pour aller vérifier. La porte s'ouvrit, elle leur leva un pouce victorieux. Nathan et Carla abandonnèrent le chauffeur ligoté et bâillonné.

Une fois à l'intérieur, Nathan ôta l'uniforme et Carla fila aux comptoirs d'United Airlines où elle aligna le cash en échange de trois billets. À l'enregistrement, la Russe regarda sa valise bourrée d'euros s'éloigner sur le tapis roulant. De l'autre côté des portiques de sécurité, la salle d'attente était à moitié pleine. La majorité des passagers avaient le nez sur leurs téléphones. Nathan avait laissé l'iPhone de Banks à l'hôtel, dans l'espoir que les moyens technologiques dont disposait WhiteStone permettraient de les attirer là-bas. L'embarquement commença vingt minutes après leur arrivée. Les trois fugitifs n'échangèrent aucun mot jusqu'à ce qu'ils soient assis. Carla ne put réprimer un soupir de soulagement. Nathan lui prit la main sur l'accoudoir. Tout s'était bien passé. Trop bien passé. Même l'avion était à l'heure. Depuis qu'ils avaient posé le pied à Malte, c'était comme si un ange gardien les avait protégés. Certes ils avaient pris des précautions, mais les hommes de Banks étaient demeurés étrangement invisibles.

105

Elle courait sous l'averse, dans le sillage de la Gran Torino qui venait de démarrer entre deux gerbes d'eau. Lorsque la voiture d'Eddie Barton se dilua dans la pluie, Connie s'immobilisa au milieu de la chaussée et des klaxons, ruisselante.

Ne change rien à ce que tu fais.

La phrase dictée par les ravisseurs et prononcée par Eliona résonnait dans son cerveau lessivé. Une autre phrase s'y superposait depuis peu :

Connie, l'agent qui est à vos côtés, il est possible qu'il soit à la solde de WhiteStone.

Pour Love, tout semblait lié, WhiteStone, Schrank, Barton, l'enlèvement d'Eliona. Il détenait plus d'éléments qu'elle. Il était le seul à pouvoir l'aider. Love n'arrêtait plus les criminels mais il sauvait des vies. Pouvait-il sauver celle d'Eliona ?

Un conducteur excédé la secoua en pleine rue.

– Faut pas rester ici… on va vous rouler dessus.

Connie reprit contact avec la réalité et regagna le trottoir. Au loin les sirènes affluaient vers l'asile, en renfort de PSS. Wolkovitch n'allait pas tarder à lui faire tomber le reste du ciel sur la tête. Jamais Connie n'avait été aussi perdue. Incapable de réagir, de savoir quelle décision prendre. Elle était redevenue une enfant apeurée dans un monde d'adultes. Et comme beaucoup d'enfants, ce fut vers son père qu'elle se tourna.

106

Le colonel Louis Stanshaw avait horreur du désordre. Même tiré de son lit en pleine nuit par un carillon intempestif, il avait eu le temps de se coiffer et d'enfiler une robe de chambre impeccable avant d'atteindre la porte. Quelles que soient les circonstances, il affichait une allure hiératique du haut de ses 1,92 m. Trente-huit ans d'armée avaient empesé son apparence, séché sa musculature, déshumanisé sa voix. Quand il s'adressait à quelqu'un, il semblait toujours imposer un rapport hiérarchique avec son inter-locuteur. Sauf avec sa fille. Il la fit entrer sans lui poser de questions et lui donna un peignoir. « C'est celui de ta mère. »

À la mort de son épouse, terrassée par un cancer l'année de la première guerre du Golfe, Louis avait affronté le deuil comme il aurait affronté un ennemi enturbanné. Avec fermeté et foi chrétienne. Il conservait dans sa grande villa vide les affaires de sa femme comme des reliques. Louis proposa à sa fille de le rejoindre dans la cuisine après un passage à la salle de bains. Il déprogramma la machine à café réglée à 6 h 00 pour la mettre en marche manuellement, sortit deux mugs, deux cuillères, le sucrier, arrosa une cactée qui fleurissait sur le bord de la fenêtre, essuya une goutte d'eau égarée sur le plan de travail. Puis il s'assit en attendant sa fille.

Elle apparut en peignoir.

– J'ai mis mes affaires dans le sèche-linge.

– Il faudra t'acheter un parapluie.

Le café avait coulé dans le broc. Louis servit le breuvage brûlant. Connie avait du mal à parler. Il lui mâcha le travail :

– Où est Eliona ?

Elle lui raconta ce qui lui était arrivé au cours des dernières semaines, depuis sa rencontre avec Love jusqu'au carnage perpétré par Schrank. Le colonel encaissa la disparition de sa petite-fille avec la raideur d'un condamné à mort devant le peloton d'exécution.

– Papa, je ne sais pas quoi faire… S'il arrive quoi que ce soit à Eliona, je n'y survivrai pas.

– Ne parle pas comme ça, s'il te plaît.

– Ma fille est peut-être entre les mains d'un psychopathe qui vient de massacrer dix personnes.

– Nathan Love est la pierre d'achoppement de cette affaire.

– Comment ça ?

– Il te l'a dit dans son jargon : il est en train de démanger un tentacule de la pieuvre. Sans lui, rien de tout cela ne serait arrivé.

– Tu connais Nathan Love ?

– La dernière fois que j'ai entendu parler de lui, c'était il y a plus de deux ans, quand il a réduit en cendres un village macédonien occupé par des forces nationalistes serbes. Si Love a WhiteStone dans le collimateur, leur réaction risque d'être proportionnelle à la menace qu'il représente pour eux.

– Est-ce que tu crois que l'enlèvement d'Eliona fait partie de cette… réaction ?

– WhiteStone a placé ses pions pour contrer Love. Reste à savoir si tous ces gens que tu as cités, Wang, Schrank, le Bourreau, Barton, Mullray ou même ton ex-mari sont ces pions.

– Stephen ?

– Il est conseiller à la Défense, non ?

– Il n'agirait pas contre sa fille.

– Non, mais contre son ex-femme à qui il reproche un divorce.

– Dans quel but ?

– J'en sais trop peu pour pouvoir te répondre.

– Mullray m'a dit qu'il y avait quelqu'un dans l'entourage de Love qui les renseignait. Ils se méfient de lui.

– Tu dois apporter ton soutien à Love. Si l'enlèvement d'Eliona est lié à son investigation, lui seul peut retrouver la petite.

107

Les trois îles maltaises devinrent trois points dans la Méditerranée. À sa droite, côté couloir, Valentina s'était endormie sous la poussée des réacteurs. Elle récupérait déjà de sa mauvaise nuit dans le Hummer. À sa gauche, Carla regardait le paysage bleuir. Elle se tourna vers lui et lui offrit l'étrange vision d'une Carla silencieuse. Nathan se pencha sur cet oxymore pour y poser un baiser. Il se figea.

Dans le hublot apparut un F-16 aux couleurs de la WSAF, la WhiteStone Air Force. Ses ailes dardaient six missiles air-air Sidewinder.

Le Boeing entama une courbe dans le ciel. Valentina rouvrit les yeux.

– On retourne à l'aéroport de Malte, dit Nathan.

– Ils n'ont pas le droit, s'exclama Carla.

– Les sociétés militaires privées agissent hors de tout cadre légal.

– Qu'est-ce qu'on peut faire ?

– Je l'ignore mais il faut le faire tout de suite. Valentina, tu sais piloter ?

– Non. Et toi ?

– Non.

– Il va donc falloir garder le pilote en vie.

Ils étaient sur la même longueur d'onde. Nathan ouvrit un magazine de la compagnie à la carte de Malte pendant que le Boeing achevait sa courbe. Les trois îles maltaises se présentaient désormais devant son nez. L'hôtesse annonça que l'appareil était obligé de se poser à cause d'un problème technique. Nathan arracha la page du magazine. Ils passèrent au-dessus de Luqa, puis de Mdina. À la verticale de Mellieha, au nord de l'île, Nathan constata qu'ils allaient atterrir sur l'île de Comino. Sur la base de WhiteStone.

Il détacha sa ceinture et se dirigea vers le cockpit. Une hôtesse s'interposa. Il lui tordit le bras et tourna la clef dans son dos pour la faire avancer jusqu'au poste de pilotage dont elle composa le code d'accès. Nathan la repoussa dans les bras de Valentina qui assurait ses arrières, pénétra dans le cockpit et referma.

– Un F-16 vous a ordonné de vous poser sur la base de WhiteStone, c'est ça ? demanda Nathan au pilote.

– Qui êtes-vous ?

– Faites ce qu'ils vous demandent. Simulez un plan d'approche sur Comino. Mais vous atterrirez sur Gozo.

– Il n'y a pas d'aéroport sur Gozo.

Nathan plaqua sur le tableau de bord la carte arrachée au magazine.

– Il y a une route qui se termine par une plage à Ramla Bay.

– Vous êtes fou !

Le copilote s'affala sur son manche, victime d'un double tranchant de la main au niveau de la nuque.

– Il est mort ?

Nathan dégagea le corps inerte pour prendre sa place.

– Entrez les données dans le calculateur pour changer de trajectoire. Sinon je le fais moi-même et je prends le manche.

– Quoi, vous savez piloter ?

Il avait devant lui un manche qui ressemblait à un joy-stick, des écrans de contrôle, des boutons pour modifier les paramètres de vol. Avec les progrès de l'électronique, le pilotage d'un avion de ligne ressemblait désormais à un jeu vidéo où l'on n'éprouvait plus de sensations à la commande. C'est ce qui aida Nathan à affirmer avec assurance :

– Un enfant de dix ans pourrait faire atterrir cet appareil.

Le pilote ressortit le train d'atterrissage. Devant eux se présentait la piste de ws03. On ne pouvait pas rêver meilleure vue d'ensemble. La base occupait les deux tiers de l'île. Cet ancien repaire de pirates était devenu un centre d'opérations militaires ultramoderne, hérissé de radars et occupé par une escadrille d'avions de chasse. Nathan distingua un B-2 Shelter System, hangar démontable pressurisé destiné à la maintenance des avions furtifs B-2. L'armée américaine n'était donc plus la seule à en posséder.

– Maintenant ! ordonna Nathan.

Le commandant tira sur la manette des gaz et sur le manche. Le Boeing leva le nez, réacteurs à pleins régimes, et regagna de la hauteur.

– Qu'est-ce que vous faites ? hurla le pilote du F-16 dans les écouteurs.

Suivant les consignes de Nathan, le commandant prétexta un incident technique et proposa une nouvelle tentative d'atterrissage, tandis qu'il poursuivait son cap au-dessus du bras de mer entre Comino et Gozo. Le F-16 vrilla et repiqua à la charge comme un taon sur un bœuf, menaçant de lancer un missile si le pilote n'obtempérait pas. Nathan se demanda jusqu'où WhiteStone était capable d'aller. L'armée américaine n'oserait jamais tirer sur un avion de ligne, même s'il comptait Ben Laden parmi les passagers. WhiteStone pouvait-elle inventer un scénario suffisamment tordu pour justifier un tel acte ? La réponse vint vite.

Une gigantesque explosion irradia le ciel devant eux. Le 727 traversa le nuage de feu, de tritonol et de câbles d'acier contenus dans la charge qui rôtirent la carlingue et criblèrent les ailes. Le F-16 avait reçu l'ordre de déclencher la mise à feu du missile avant contact.

– Dernier avertissement, fit la voix dans les écouteurs.

Ils passèrent au-dessus de Hondoq Bay.

– Quel est votre nom ? demanda Nathan au pilote du Boeing.

– Lee Waterford.

– Ils vont créer une avarie sur l'appareil pour nous obliger à atterrir en catastrophe.

– C'est de la folie.

– Vous allez y arriver, Lee.

Crispé sur son manche, le pilote tenta d'éviter la ville de Nadur.

– On va s'écraser !

– Non, on va se poser !

Il montra au pilote la longue route droite qu'il avait repérée sur la carte et qui débouchait sur une plage de sable rouge et une mer céruléenne. Le sol arrivait sur eux trop rapidement. L'angle d'approche était quatre fois supérieur à la limite. Douze degrés au lieu de trois. Waterford paramétra les calculateurs de bord qui commandèrent les pompes hydrauliques et la courbure des ailes de façon à augmenter la portance tout en réduisant la vitesse. La route défilait sous le train d'atterrissage. Il ne restait plus assez de distance pour se poser.

– Il faut reprendre de l'altitude pour faire une autre tentative, dit Waterford.

– Non, commanda Nathan.

L'angle descendit à quatre degrés. Les roues touchèrent l'asphalte à 350 km/h au lieu des 280 km/h préconisés. Le contact violent avec le sol secoua l'appareil qui trancha le bitume. Waterford actionna les freins et inversa les réacteurs. L'avion perdit de sa stabilité. L'aile gauche souleva une immense muraille de poussière, décapita tout sur son passage, panneaux de signalisation, poteaux électriques, antennes. Elle s'enfonça dans le sol, creusa une tranchée, se détacha du fuselage et virevolta comme un boomerang géant pour aller se planter dans un champ. Le Boeing bascula sur l'aile droite qui fut arrachée à son tour. Avant de perdre le train d'atterrissage, le pilote réussit à orienter l'appareil dans la bonne direction, celle de la mer. Le fuselage fila sur le ventre dans un vacarme épouvantable vers un paysage de carte postale. La carlingue fit une embardée sur son lit de flammes, traversa un panneau d'affichage qui annonçait la construction d'un complexe touristique, ouvrit en deux la plage désertée par les baigneurs qui avaient fui à l'approche du monstre vrombissant. Le Boeing acheva sa course, le nez dans la baie bleu ciel. Un silence de mort s'abattit sur le crash.

Lorsque Waterford releva la tête du manche qu'il serrait comme un crucifix, Love avait déjà disparu. Avec Carla et Valentina, il se fondit dans la masse hurlante et paniquée sous les guirlandes de masques à oxygène. La porte avant gauche s'éjecta, un toboggan se gonfla automatiquement pour permettre l'évacuation. Les passagers hystériques piétinèrent les hôtesses débordées et se jetèrent par paquets sur le toboggan qui menaçait de céder. Ils échouaient en vrac dans l'eau à une vingtaine de mètres de la plage. Trois d'entre eux bifurquèrent vers les falaises.

108

Le soleil léchait l'entrée de la grotte où séchaient les trois rescapés. Nathan réalisa l'énormité de ce qu'il avait provoqué. Comme chaque fois qu'il était dans le doute, il se référa à l'enseignement des anciens. Un samouraï doit posséder une ténacité démesurée. Excessive. Car un acte effectué avec modération peut être jugé insuffisant. Il faut « en faire trop » pour ne pas commettre d'erreur [1]. Suivant ce principe, Nathan était toujours dans la course qui devait le mener à son père, car telle était l'idée générale qu'il ne perdait pas de vue. Quitte à risquer la vie d'une centaine de passagers. Jusqu'où pouvait-on « en faire trop » ?

Carla grelottait. Nathan lui ôta son pull trempé et l'aida à retirer son jean qui lui collait à la peau. Il la frictionna, se déshabilla à son tour, s'emboîta dans son dos pour la réchauffer. Devant eux, Valentina ruisselait d'eau salée. Elle fixait l'épave du Boeing qui reniflait les vaguelettes. Les fourmis humaines couraient dans tous les sens sur la plage. Au loin, les secours arrivaient.

– Je vais y retourner, dit Valentina.

– Où ça ?

– Je dois récupérer mon sac.

– À ta place, j'oublierais.

– On a chacun nos priorités.

– L'argent ne doit pas en être une.

– C'est tout ce que je possède, ce fric. Toi, tu as autre chose.

– Tu vas risquer ta vie pour ça ?

– Tu as bien risqué celle de cent personnes pour retrouver ton père.

– La flamme cuit le riz, nous réchauffe, nous éclaire et nous brûle vifs.

1. Principe tiré du *Hagakuré* de Jocho Yamamoto.

– Laisse tomber les dictons.
– Laisse tomber l'argent.
– J'irai, de toute façon. Seule.
– Il vaut mieux attendre la nuit.
– Merci du conseil.
Elle disparut.
– Elle en pince pour toi, murmura Carla.
– Tu vas mieux ?
– Je suis bien dans cette position. Tu sais où on est ?
– À l'ouest de Ramla Bay.
– On est dans la grotte de Calypso, là où Ulysse a été retenu prisonnier pendant sept ans. Finalement, Zeus a eu pitié et a envoyé Hermès convaincre Calypso de le libérer. C'est comme ça qu'Ulysse a pu voguer à nouveau plein d'espoir vers sa chère patrie.
– Il nous faudrait une embarcation pour quitter cette île.
– Et voguer pleins d'espoir vers ma chère patrie, ajouta Carla.
Nathan réalisa qu'ils n'étaient qu'à quatre-vingts kilomètres de la Sicile.

109

Un bruit de pas. Carla dormait contre lui. Ils avaient enfilé leurs vêtements secs et s'étaient réfugiés pour la nuit au fond d'une caverne labyrinthique de Ramla Bay. Nathan se dégagea lentement et se colla à la paroi. Les pas se rapprochaient. Il distingua deux démarches. Deux intrus. Un silence indiqua qu'ils s'étaient arrêtés pour se repérer. Les pas reprirent, précédés par un cône de lumière. Nathan cueillit les inconnus au sommet du cône, prenant l'un comme bouclier et l'autre comme punching-ball. Son poing dévia en bout de trajectoire lorsqu'il reconnut Valentina. Il tourna le bouclier de face : un homme d'une cinquantaine d'années, courtaud, buriné.

– C'est un pêcheur, le rassura Valentina. Je l'ai trouvé près du crash parmi les badauds. Comme tous les pêcheurs, il a un bateau.

– Le radeau de Calypso, murmura Nathan en lâchant le Maltais.

– Quoi ?

– Tu as récupéré ton sac ?

– Ça a nécessité un peu de sport.

Un euphémisme, si l'on considérait l'entaille à son visage et le sang qui suintait le long de sa cuisse.

– Il y a des militaires de WhiteStone partout, dit-elle.

– Je peux vous emmener à Pozzallo, dit le pêcheur.

– J'ai déjà négocié le prix, précisa Valentina. Je vous présente Max.

– J'avais pas raison d'insister pour qu'elle vienne avec nous ? fit Carla.

Elle s'était réveillée. Ils pouvaient désormais embarquer pour la Sicile.

110

La tête entre les jambes de Valentina, ballotté par le tangage, Nathan aspirait les chairs mortes et la balle logée dans sa cuisse. La Russe mordait le bout de bois que Carla avait glissé entre ses dents. Nathan recracha le venin de métal sur le pont du bateau. L'un des soldats de WhiteStone, affecté à la surveillance de la soute du Boeing, avait tiré un coup de feu en s'effondrant face à la Russe. La blessure n'avait pas empêché celle-ci de récupérer sa valise et de partir à la recherche d'un moyen de transport pour quitter l'île.

Une coque de noix.

La mer était agitée et donnait une idée de ce qu'Ulysse avait dû endurer pendant son odyssée. Avec en plus le moteur qui hurlait au-dessus des vagues et refoulait une odeur de gasoil à vous filer la nausée. Nathan compressa la plaie et couvrit Valentina d'une bâche pour la protéger des embruns. L'extraction de la balle ne lui avait pas fait perdre connaissance. Sa résistance à la souffrance faisait partie de l'enseignement prodigué par les Spetsnaz GRU. Il resta auprès d'elle pour veiller à ce qu'elle ne passe pas par-dessus bord. Le bateau s'enfonça à la verticale dans un creux, comme s'il allait être englouti par la Méditerranée démontée, resta immergé le temps de relever la proue vers le ciel et d'affronter la nouvelle montagne d'eau salée qui se dressait devant eux. Au gouvernail, Max s'activait pour garder le bon cap et l'embarcation à flots. Cramponnée à un treuil, Carla vomissait son dîner de la veille. Nathan l'attira à lui et la serra dans ses bras pour l'empêcher de capituler face aux monstres des profondeurs qui tordaient ses entrailles et noyaient ses poumons. Il sentit Valentina s'agripper à lui. Quelques dizaines de milles les séparaient du rivage de la Sicile… ou des profondeurs.

Tout reposait sur Max.

111

Toc… Toc… Toc… Toc… Toc… Toc…

Ron Frost reprit conscience dans le noir. Une céphalée lui écrasait les tempes comme si on lui avait serré un cerclage autour du crâne. Il voulut bouger, mais ses mains restèrent soudées aux accoudoirs de la chaise inconfortable sur laquelle il était assis. Seuls, ses orteils répondaient aux ordres émis par son cerveau douloureux. Il dut attendre une minute que le trou de ses pupilles s'agrandisse pour permettre à la faible lumière de pénétrer jusqu'à la rétine et de lui accorder une vision nocturne rudimentaire. Sa chaise était surélevée. Il était ligoté comme une bobine avec de gros câbles électriques reliés à des machines muettes. Il tenta de se dégager de ces étranges attaches. Rien n'y fit. La pièce était habitée par un bruit régulier, comme celui d'une canne d'aveugle. Cette idée lui fit froid dans le dos, malgré la chaleur étouffante.

Le journaliste commença à distinguer les formes et les nuances. Une table avec des instruments métalliques, une paillasse de laboratoire, des placards qui émettaient un faible bourdonnement. Et ces tapements incessants.

Toc... Toc... Toc... Toc... Toc... Toc...

On bougea au fond de la geôle dont les dimensions avoisinaient celles d'un gymnase. Une petite forme arrondie, des cheveux ébouriffés, vêtue d'une robe blanche qui attirait le peu de lumière, raccordée à une sorte de mécanisme. Ron appela. Ce fut son erreur.

L'être qui s'abritait derrière la tignasse leva son visage. On aurait dit une fillette. Ron ne distinguait pas bien ses traits. Elle tapait sur le sol avec une baguette en bois, comme un automate privé de son tambour. C'était de là que venaient les frappes. Elle se leva brusquement comme si elle avait été commandée par les fils invisibles d'un marionnettiste fou. Elle courut vers Ron. Ses mouvements étaient disgracieux et saccadés, accompagnés d'un cliquetis. Elle brandissait le bâton au-dessus de sa tête, prête à cogner, la bouche ouverte sur des râles qui ne correspondaient pas à son petit corps désarticulé.

Ron ferma les yeux et cria en attendant les coups.

112

Le bateau accosta à l'écart de Pozzallo, en évitant les paquebots, les ferries, les rochers et les gardes-côtes chargés de repousser les immigrants clandestins venus d'Afrique en masse pour s'engouffrer dans cette brèche européenne. Max resta hors de portée des récifs contre lesquels les vagues puissantes cherchaient à les expédier. L'aube poignait et le soleil à l'horizontale allait mettre leur accostage en lumière.

Max leur vendit trois bouées de sauvetage.

– Le courant devrait vous porter jusqu'à la plage là-bas. À cette heure-ci et avec ce temps, il n'y aura personne, croyez-moi.

Ils sautèrent dans la mer agitée et nagèrent jusqu'à l'endroit indiqué par le pêcheur. Nathan se chargea de la valise de Valentina. À terre, ils se mirent à la recherche d'un hôtel. La Russe était dans un sale état.

Nathan courut vers un parking et se dirigea vers une Jaguar X-Type. Armé d'un pavé, il fit voler une vitre en éclats et sonner l'alarme. Il actionna l'ouverture du coffre, retira une trousse de secours et évacua les lieux avec ses coéquipières à qui il fit presser le pas jusqu'à un hôtel rongé par l'iode et battu par les vents. Le réceptionniste les regarda débarquer, l'air suspicieux.

– On s'est fait avoir par le mauvais temps, expliqua Carla. Notre trimaran s'est retourné.

– Il ne faut pas sortir en mer dans ces cas-là, dit-il. Ils l'avaient annoncé à la météo.

– Vous avez raison.

– Une seule chambre ?

– Une triple, s'il vous plaît.

Nathan désinfecta la plaie de Valentina et posa un pansement stérile. En attendant l'ouverture des pharmacies et des magasins de vêtements, ils se douchèrent et s'allon-gèrent sur leurs lits respectifs. Valentina sombra très vite après avoir déliré en russe. Carla fixait Nathan.

– Tu veux les revoir ? demanda-t-il.

– Comment sais-tu que j'allais te parler d'eux ?

Les parents et les deux frères de Carla habitaient la ferme familiale à quelques dizaines de kilomètres de là. Le hasard de ses pérégrinations l'avait ramenée sur sa terre natale. Il était facile de deviner où allaient ses pensées du moment. D'autant qu'elle n'avait pas revu les siens depuis plus de quatre ans. Carla et Nathan y avaient formulé le vœu de se marier juste avant que lui ne disparaisse à l'autre bout du monde. Un acte qui avait discrédité Carla aux yeux de sa famille coutumière d'un ostracisme envers une femme un peu trop libre et irrespectueuse des traditions siciliennes, des règles religieuses et des codes de l'*Onorata Societa*.

Nathan lui posa une nouvelle fois la question.

– Non. Mais on a besoin d'eux.

– Pourquoi ?

– On est devenus des terroristes recherchés par toute la planète. Il faut se planquer, reprendre des forces, mettre au point une stratégie.

– Tu fais un vrai petit soldat.

– Je fais de mon mieux pour que tu retrouves Sam et que je revoie ma fille le plus vite possible.

– Pourquoi ta famille accepterait-elle de nous aider ? Tu es une paria et je suis méprisable.

– Je leur ai écrit ce que tu avais accompli pour me récupérer.

– Est-ce qu'ils t'ont répondu ?

– Comment auraient-ils pu ? Ils ne savent même pas dans quelle partie du monde nous vivons.

– Ils sont reliés à Internet ?

– Ils ont l'eau et l'électricité aussi.

– Mmm.

– Mmm ?

Elle avait raison. Ils devaient faire les morts… et le point. Carla s'était révélée très efficace jusqu'ici, l'ayant même poussé à intégrer Valentina dans l'équipe. Pendant qu'il réfléchissait, Carla alluma le téléviseur. Un flash d'informations interrompait les programmes. Un journaliste commentait les images de la carcasse du Boeing d'United Airlines. Des passagers choqués étaient interrogés sur ce qu'ils avaient éprouvé lors du crash, un pompier faisait une déclaration sur l'état des recherches. Miraculeusement, on ne déplorait qu'un accident cardiaque et quelques blessés légers, grâce au sang-froid du pilote et à sa maîtrise de l'appareil. Lee Waterford apparut à l'écran pour confirmer modestement son exploit. Les services de renseignements de WhiteStone avaient alerté les autorités locales que trois pirates de l'air étaient montés à bord avec l'intention de détourner l'avion pour le projeter contre le siège du gouvernement maltais. Visaient-ils la politique d'immigration de Malte qui avait abandonné en mer une trentaine d'Africains accrochés aux filets d'un thonier ? Les terroristes n'avaient pas eu le temps de formuler leurs revendications. Avec l'accord du gouvernement, White-Stone avait envoyé un F-16 pour contraindre l'appareil à atterrir tant qu'il se trouvait dans l'espace aérien maltais. Après un tir de semonce, les pirates avaient tenté de se poser en catastrophe sur Gozo. Selon les témoins, les terroristes étaient un métis et deux femmes, l'une d'origine slave, l'autre probablement Italienne. Le crash était pour les médias l'occasion de remettre en lumière le trafic des êtres humains mis en place par les organisations criminelles internationales sur l'axe traversant la Libye, Malte et l'Italie. Un commerce qui drainait de façon juteuse les flux migratoires illégaux et asphyxiait le petit État déjà surpeuplé…

Carla éteignit après avoir traduit le principal à Nathan.

– On partira à Palazzolo Acreide dès que Valentina sera en état, dit-il.

113

Connie B. Stanshaw pénétra dans le domicile d'Eddie Barton, escortée par trois agents, dont Rick Stampers. Elle reconnut l'odeur caractéristique de Barton qu'elle avait dû supporter dans son véhicule. Elle promena son regard sur le désordre, songea à Nathan Love et regretta qu'il ne fût plus là pour réaliser un *mapping*. L'un des agents décortiqua les données de l'ordinateur, un autre éplucha des documents, Stampers fouilla les endroits susceptibles de receler les indices d'un lien entre Barton et Schrank. Ils ne trouvèrent rien à part une inclination à la saleté partagée par les deux hommes. Barton avait tout du flic solitaire, fréquentait des sites de rencontre, et des plateformes pornographiques, consommait des séries télévisées, lisait peu les journaux, mangeait italien et chinois. Il semblait avoir délaissé sa vie privée pour devenir un agent hors pair, jusqu'à aujourd'hui.

Le thème de *Slumdog Millionnaire* jaillit de la poche de Connie. Son cellulaire afficha un numéro caché.

– Allô ?

– Maman, tu m'aimes pas ?

– Chérie, c'est toi ?… Eliona ?

– Pourquoi tu m'aimes pas maman ?

– Eliona chérie, je t'aime plus que tout. Où es-tu ?

– Le monsieur ne t'aime pas.

– À quoi il ressemble ?

– Pourquoi t'as pas fait ce qu'il a dit ?

Elle entendit sa fille pleurer.

– Eliona chérie, tu n'as rien à craindre.
– C'est vrai, maman ?
– Je vais faire tout ce qu'ils disent.
– C'est vrai, maman ?
– Oui chérie, tu peux le dire au monsieur.
– Alors qu'est-ce que t'attends pour sortir de cette maison ?

114

Stan Steel bougea sur du mou. C'était moins confortable qu'un matelas, infiniment plus humide et pestilentiel. Il était soudé à quelque chose de brûlant qui lui avait fait reprendre conscience. Il comprit qu'il était couché sur le sol boueux d'une cave. La dernière fois qu'il avait été lucide, Stan était assis sur une chaise surélevée, entourée de câbles. On lui avait injecté un produit épais dans les veines, une perfusion atrocement douloureuse qui lui avait fait perdre connaissance. La souffrance l'avait poursuivi dans ses cauchemars avant de le rappeler à la réalité. Il lui semblait que son bras droit était en train de rôtir. Pourtant il n'y avait pas de feu dans ce cachot. Il faisait certes noir, mais ses yeux habitués à l'obscurité auraient dû distinguer des flammes ou des braises.

La chaleur provenait de l'intérieur de son bras.

Il se leva dans un gémissement, mais une chaîne le retint au mur. Il entendit une voix. Ne sachant si elle provenait de la cellule ou d'une hallucination auditive, il appela :

– Qui êtes-vous ?
– Margene…
– Margene Hinckley ?
– Oui…
– Où est-on ?

– En enfer…

Des pas lourds les poussèrent au silence. Un néon sale clignota au-dessus d'eux et illumina la geôle, ce qui permit à Steel de voir la femme à qui il avait parlé. Elle se tortillait dans un coin. Un corps gisait entre eux. L'odeur venait de là. Une odeur de putréfaction. De cadavre.

– Je m'appelle Stan, dit-il à sa codétenue couverte de crasse et de croûtes.

Elle se leva et le chercha. On aurait dit qu'elle était aveugle. Il lui fit signe en levant le bras. Margene Hinckley recula, effrayée, comme face à la plus terrible des apparitions de la géhenne.

115

Connie B. Stanshaw atterrit au Ronald Reagan Washington National Airport et fila en taxi jusqu'au Pentagone. Le siège du département de la Défense était situé juste à côté de l'aéroport, en bordure du Potomac qui matérialisait la frontière entre le district de Columbia et la Virginie.

Le cœur de Connie se mit à battre plus vite sur la Jefferson Davis Highway. En changeant ses habitudes, elle allait à l'encontre des exigences formulées par les ravisseurs d'Eliona et donc à l'encontre de la sécurité de sa fille. D'autre part, elle s'apprêtait à avouer à son ex-mari, récemment promu conseiller du secrétaire d'État à la Défense, que sa fille avait été kidnappée et qu'elle avait besoin de son aide.

C'était la première fois que Connie se rendait au Pentagone. À la sortie de l'aéroport, elle avait coutume de traverser le Potomac pour se rendre au J. Edgar Hoover FBI Building à Washington ou plus au sud, à la FBI Academy de Quantico, là où elle avait fait ses classes.

C'était la première fois aussi qu'elle allait revoir Stephen depuis leur divorce. Il n'avait pas du tout apprécié qu'elle se lassât de lui et faisait peser sur ses épaules la responsabilité de leur échec conjugal. Il s'était fait muter à Arlington pour s'éloigner de celle qu'il aimait encore, ce qui ne facilitait pas la garde d'Eliona, obligée d'effectuer la navette en avion entre San Francisco et Washington.

Connie pénétra à l'intérieur de l'un des cinq anneaux concentriques de béton renforcé correspondant à l'aile occidentale du Pentagone reconstruite après le crash du vol 77 d'American Airlines le 11 septembre 2001. Malgré son badge délivré à l'entrée du site, elle passa un nouveau contrôle de sécurité qui lui permit d'accéder à une salle spartiate équipée d'une table, de quelques chaises et d'une fontaine d'eau minérale. Le militaire qui l'accompagnait la laissa seule après l'avoir invitée à se désaltérer et à s'asseoir en attendant l'arrivée de Stephen Albright.

La porte se rouvrit une bonne vingtaine de minutes plus tard. Première vacherie de son mari.

– Excuse-moi, j'avais une urgence, dit-il.

Une entrée en matière destinée à souligner qu'elle n'était pas sa priorité.

– Bonjour, Stephen.

Il était grand, blond, cheveux ras, yeux bleus, bien entretenu. Beauté standard qui devait faire fantasmer ses secrétaires.

– Tu es de plus en plus belle. L'âge n'a aucune prise sur toi.

– On peut discuter en oubliant les rancœurs ?

Il marcha vers la fontaine d'eau et se versa un verre afin de se donner une contenance à peu près neutre, face à celle qui ne l'avait jamais laissé indifférent et qui débarquait sur son lieu de travail avec déjà des exigences.

– Je n'ai pas très bien compris ton coup de fil, ni la raison de ce rendez-vous.

– Si tu t'assois, je t'explique.

– Ça doit être important pour que tu aies fait tout ce chemin.

– Qu'est-ce qui est le plus important pour toi ?

– Viens-en au fait.

– Qu'est-ce qui est le plus important pour toi ?

– Je n'ai pas le temps de jouer aux devinettes.

– Eliona. C'est ce que j'aurais répondu sans hésiter une seconde.

– Ne cherche pas à me faire culpabiliser alors que tout est de ta faute.

– Tu ne crois pas si bien dire.

Il ne s'attendait pas à ce mea culpa qui balaya les arguments qu'il s'apprêtait à déverser sur elle comme on urine sur un mur, pour se soulager.

– Qu'est-ce que tu essayes de me dire ?

– Que j'ai besoin de ton aide pour retrouver Eliona.

– Quoi ? Qu'est-ce que t'as encore foutu ? Que… ?

– STOP ! cria-t-elle en tapant du poing sur la table, faisant valser le verre de son mari.

Il se figea, malgré l'eau qui ruisselait sur ses chaussures.

– Tu vas mettre ton amour-propre et tes ressentiments de côté pendant quelques minutes et m'écouter attentivement. Eliona a été enlevée et les ravisseurs exigent de moi la seule chose qu'il m'est impossible de leur accorder : l'inaction. Je suis donc venue te voir uniquement parce que je pense que ta fonction peut nous permettre de la retrouver saine et sauve.

Stephen Albright était aussi médusé que si un Boeing 757 venait à nouveau de percuter le Pentagone. Connie lui fit un résumé des évènements, des mystérieuses disparitions de Snake Valley en Utah jusqu'à l'enlèvement d'Eliona et ses coups de fil terrifiants au cours desquels elle se faisait l'interprète des ravisseurs, sommant Connie de ne rien changer à ses habitudes.

– Nom de Dieu, t'as pas pu te tenir tranquille ?

– Tranquille ? Tu voulais que je me tienne tranquille alors que ma fille est terrorisée par un psychopathe ? Je veux retrouver Eliona, Stephen.

– Comment je peux t'aider ?

– Que sais-tu de WhiteStone ?

– La société militaire ? Quel rapport ?

– Selon Nathan Love, WhiteStone serait le lien entre les disparitions de Snake Valley, l'évasion d'Engel Schrank et l'enlèvement d'Eliona. Ton poste à la Défense te donne accès à des informations sur les contrats passés avec les SMP. De son côté, le département de la Justice fait pression sur moi pour que je reste en retrait sur l'affaire des disparitions et que je les informe régulièrement des avancées de Love.

– Tu insinues que le gouvernement des États-Unis est impliqué dans l'enlèvement d'Eliona ?

– Tu en sais autant que moi. Trouve des informations utiles que je puisse communiquer à Nathan Love.

– Pourquoi lui ?

– Ça a l'air absurde, mais j'ai confiance en lui. Avant qu'il ne démissionne, il était le meilleur agent de San Francisco, pour ne pas dire du FBI. Il est la seule personne à pouvoir retrouver Eliona.

– Où est-il en ce moment ?

– Sur un vol en provenance de Malte. Il atterrit ce soir à Washington.

– Le vol United 933 ?

– Comment le sais-tu ?

– Tu n'es pas au courant ?

– Au courant de quoi ?

– Le vol United 933 s'est écrasé sur Malte.

116

La berline roulait à travers les champs de céréales, de caroubiers, d'oliviers, d'amandiers, de moutons. Au bout de la route s'élevait le massif calcaire des monts Hybléens. Il faisait déjà chaud à cette période de l'année en Sicile. Le véhicule quitta la lumière aveuglante pour s'engager dans la fraîcheur des ruelles de Palazzolo Acreide à l'heure de la sieste. Deux vieux assis en terrasse d'un café regardèrent la Saab se faufiler en direction de la rivière.

– C'était quoi, ça ? demanda l'un.

L'autre leva le nez de son marsala.

– Jamais vu un engin pareil.

– Les voitures, c'est plus ce que c'était.

– Elle allait où celle-là ?

– Chez les Leoni. Ou peut-être chez les Braschi.

– C'est l'un ou c'est l'autre.

– Pas les deux en tout cas.

Devant la Saab, le chemin se rétrécissait, se déformait, se creusait. Il servait deux fermes habitées par des familles qui se faisaient la guerre depuis des générations, sans plus savoir pourquoi.

– Qu'est-ce qu'on va leur dire ? s'inquiéta soudain Carla.

Elle était moins sûre d'elle à présent. Ils avaient quitté Pozzallo dans une voiture volée après avoir laissé son propriétaire sonné sur une plage. Valentina était allongée sur la banquette arrière.

– J'ai un peu peur. C'est ridicule, je sais…

– Tu n'as qu'à leur dire ce qu'ils ont envie d'entendre.

– Leur mentir ?

– Il y a plusieurs vérités, choisis celle qui leur plaira. Ils sont vieux, tu es adulte, tu n'as plus besoin de te braquer pour t'affirmer. Adapte-toi.

– Ce n'est pas mon genre de jouer les béni-oui-oui.

– Avoir du caractère, c'est faire preuve d'une incapacité à s'adapter.

La Saab entra lentement dans la cour de la ferme. Un chien aboya. Carla chercha Rocco, mais l'épagneul était absent. Un vieil homme apparut sur le perron, ses épais sourcils froncés : Matteo, le père de Carla. Il fixa sa fille qui marcha à sa rencontre. Elle l'embrassa sur la joue, il resta raide. C'était le seul homme au monde qu'un baiser de Carla pouvait laisser de marbre. Maria les rejoignit, pleine de joie.

– Ma fille, que le Seigneur soit loué.

– Laisse le Seigneur tranquille, dit Matteo.

– Je suis contente de vous voir, même si je sais que je ne suis pas la bienvenue.

– Ne dis pas de sottises, ma fille, rétorqua Maria.

– Comment devrait-on t'accueillir ? demanda Matteo.

– Je suis là. À vous de réagir comme vous le souhaitez.

– Matteo, fit la mère, tu ne vas pas commencer.

Le patriarche observait Nathan dans l'ombre de Carla.

– Vous êtes toujours ensemble ?

– Plus que jamais, dit Carla.

– Vous êtes mariés ?

– Pas encore.

– Qu'est-ce que t'attends ?

– Je ne suis pas pressée, je vis avec l'homme que j'aime.

– Des enfants ?

– Trois.

– Que faites-vous ici ?

L'interrogatoire en règle avait commencé. Il fut interrompu par l'ouverture de la portière arrière de la Saab et l'apparition d'une chevelure blonde. Une créature slave s'écroula dans les bras de Nathan qui avait anticipé la chute.

– Qui c'est ? demanda Matteo.

Présenter la vérité la plus adaptée, comme le lui avait dit Nathan.

– Un agent du FSB, papa, les services secrets russes.

– Une communiste ?

– Non. Elle nous aide à retrouver le père de Nathan.

– Vous êtes venu le chercher jusqu'ici ?

– Nous sommes seulement de passage.

– Qu'est-ce qu'elle a ? Elle est blessée ou elle est saoule ?

– Blessée.

– Par qui ?

– Moins je t'en dirai, mieux ça vaudra.

– Cesse de les embêter avec tes questions, fit Maria. Entrez, mes enfants.

Nathan, guidé par Maria, porta Valentina dans ses bras jusqu'à l'ancienne chambre de Carla transformée en bureau. Il repéra tout de suite un ordinateur connecté en ADSL. Matteo appela un médecin.

– Où est-ce qu'on est ? bafouilla Valentina.

– À l'abri.

Il sentit qu'elle lui empoignait le bras.

– Ne me laisse pas, Nathan.

– On s'occupe de toi.

Dans la cuisine qui sentait la soupe, le café et l'huile d'olive, Carla était déjà en train d'expliquer à ses parents qu'ils avaient besoin d'Internet, de Skype et de webcam.

– Ce sont tes frères qui s'occupent de ça, dit Matteo. Ils se sont équipés pour gérer la ferme. Moi, je n'y comprends rien. J'ai réussi à vivre sans cette merde toute ma vie, c'est pas aujourd'hui que ça va changer.

Maria disposa sur la table des tranches de pain, des olives, de la charcuterie, du fromage, des fruits, du vin. Le médecin arriva entre-temps pour soigner la blessée. Il désinfecta la plaie, la recousit à vif et prescrivit du repos. Ce qui dans le cas de Valentina Lilaskovenchko était à exclure.

117

– Qu'est-ce que tu fous ici ?

– C'est quoi ce foutoir ?

Les questions s'adressaient à Carla. La première émanait de Marco, sur le seuil de la chambre, la seconde de Luca, le cadet, un peu en retrait. Leur sœur surfait sur Internet avec Nathan, Valentina était couchée sur le lit. Commença alors une joute verbale en italien qui aurait dégénéré si Nathan n'avait pas entraîné Carla dehors pour lui faire reprendre son calme.

– Ils me font chier ces deux connards.

– Tu veux t'en aller ?

– On a besoin de rester. Je suis chez moi, *merda* !

– Eux aussi.

– Qu'ils aillent se faire enculer !

Des cris émanèrent de la cuisine. La venue de Carla avait déclenché la brouille chez les Braschi. Nathan la pria de l'attendre dans la cour.

– Qu'est-ce que tu vas faire ?

– Enlever la marmite du feu.

Elle se posa résignée sur une souche au milieu des canards. Nathan retourna dans la cuisine où il pria les Braschi de l'écouter. Ils s'assirent autour de la table, plus poussés par la curiosité que soumis à son autorité. Nathan resta debout, comme la jeune femme discrète et docile qui essayait de se rendre invisible dans un coin de la pièce.

– Quelque chose est pourri dans la famille Braschi, déclara-t-il.

– Tu peux le dire, cette chose s'appelle Carla, vociféra Luca.

– Le patriarche a perdu de sa sagesse et de sa bonté.

– Vous vous permettez de nous juger, ici, chez moi ?

– Au contraire, je vous invite à renoncer pendant quelques minutes à tout jugement. Ne pensez ni au bien, ni au mal.

– Qu'est-ce qu'il raconte ? fit Luca en se levant.

– Assis ! ordonna Nathan.

Luca le poussa contre l'évier.

– Tu me donnes des ordres, bâtard ?

Nathan se contenta de le fixer.

– Pose tes yeux ailleurs, tu vas me salir.

Il esquissa un demi-sourire et songea à tout ce qu'avait dû endurer Carla dans son enfance. Combien de traumatismes, de maltraitances physiques, psychologiques, émotionnelles ? Il avait envie de tous les anéantir, mais au lieu de cela il fit ce qu'il leur préconisait de faire, il se recentra sur son moi intérieur. D'où le demi-sourire que Luca prit pour de l'arrogance. Bourré de testostérone et de fierté, l'Italien balança son poing. Nathan encaissa le direct qu'il avait vu venir depuis le début. Une giclée de sang éclaboussa l'évier. Sa lèvre inférieure avait éclaté, son crâne sonna. Il ramena son visage vers Luca qui armait un crochet du gauche.

– Stop ! commanda Matteo.

Luca hésita.

– C'est ça, la terreur du FBI ? cracha-t-il.

Son crochet passa derrière la nuque de Nathan pour venir lui serrer le cou. L'ouverture qu'offrait Luca était une invitation à un coup de genou au foie, mais Nathan préféra suffoquer, laisser encore quelques secondes au vieux pour intervenir. Personne ne bougeait.

– Luca, retourne t'asseoir ! ordonna Matteo.

Nathan récupéra sa respiration et se passa de l'eau sur la lèvre. Dans son dos, le vieux admonestait le cadet. Lorsqu'il se retourna sur l'assistance passive, il fut pressé par Matteo de s'exprimer.

– Faites vite, je ne pourrai pas retenir longtemps mes fils.

Nathan essuya d'abord le sang qui coulait sur son menton.

– Tout, dans cette maison, est jugé en bien ou en mal. Cette catégorisation débouche sur l'intolérance, y compris à l'égard de votre propre fille, de votre unique sœur.

– Sans morale, le monde va à sa perte, dit Matteo.

– La vraie valeur est en nous et ne peut être altérée par les autres. Les agissements de Carla n'auraient pas dû altérer la magnanimité du patriarche, ni engendrer une haine fratricide.

– Carla s'est moquée de la religion, elle s'est fait engrosser par le premier venu, elle s'est mariée à un aventurier français qui la battait. Quand elle est revenue, ça a été pour nous annoncer qu'elle allait épouser un sang-mêlé qui a disparu juste avant le mariage. Est-ce le comportement d'une chrétienne ?

– Est-ce le comportement d'un père et d'une mère ?

– Laissez Maria en dehors de cette histoire.

– Pourquoi écarter Maria ? Que serait Jésus sans Marie ? Et que savez-vous de Carla ? Vous ne conservez d'elle que le souvenir d'un mal qu'elle vous aurait causé.

– Je connais Carla mieux que vous.

– Elle a été chassée de cette maison à dix-sept ans. Je crois qu'il vous manque des éléments pour vous faire une idée sur la véritable nature de la jeune femme qui attend en ce moment dans la cour.

– On a de quoi se faire une idée, croyez-moi.

– Permettez-moi d'en terminer avec trois questions.

– On a les bêtes à nourrir, dit Marco.

– Tais-toi, ordonna le vieux. Cet homme a la correction et l'honnêteté de plaider la cause de Carla. J'aimerais qu'un jour tu défendes Claudia comme cet homme est en train de le faire pour ta sœur. Laisse-le finir.

La femme effacée s'appelait donc Claudia, la compagne de Marco.

– Considérez ce que vous savez de Carla, dit Nathan. Est-ce le bien ou le mal qui prédomine chez elle ?

– Le mal.

– Elle couche avec n'importe qui, elle élève sa bâtarde dans des planques, ajouta Luca.

– Pauvre chérie, dit Maria en imaginant Léa livrée à elle-même.

– Comment avez-vous vérifié pendant seize ans les griefs que vous lui reprochez sans avoir bougé de cette ferme ?

– On la connaissait avant son départ, dit Matteo.

– Quelle utilité de la condamner ?

– Aucune, elle ne changera jamais.

– Elle a la tête dure, ajouta Marco.

– Où voulez-vous en venir, Monsieur ? demanda Matteo.

– Si ce que vous pensez d'elle n'est ni bien, ni vérifié, ni utile, pourquoi persister dans cette voie ?

Nathan s'engouffra dans le silence provoqué par sa question :

– Vous ne savez rien de Carla. Elle a tué pour sauver l'honneur de votre nom, elle a traversé l'enfer pour arracher sa fille aux griffes du mal, et là je parle d'un mal qui n'a jamais mis ses sabots dans cette ferme. Vous ignorez même qu'elle est gravement malade. Elle va mourir en vous léguant le remords de n'avoir pas su voir qui elle était vraiment.

– Carla est malade ? s'écria Maria.

– Tais-toi, Maria !

– Vous n'aimez pas Carla, mais elle vous aime. Et je l'aime.

– Pourquoi ne pas l'avoir épousée alors ?

– Le mariage n'est pas une preuve d'amour.

– Ah non ? s'offusqua Marco avec un regard sur Claudia.

– Le mariage n'est qu'un contrat. Les preuves viennent après, au quotidien, au fil des années, elles se lisent sur le visage de votre épouse.

– Que voulez-vous exactement ? s'énerva Marco.

– Que vous décidiez si c'est la dernière fois que vous voyez Carla.

118

Des effleurements. Petites pattes sur sa peau nue. Des reniflements aussi. Connie se réveilla en sursaut dans sa maison vide. Elle se frotta les bras, les seins, les cuisses pour faire disparaître les frôlements, alluma la lumière, bondit hors de son lit pour identifier les insectes qui l'attaquaient. Elle souleva les draps sur trois araignées en fuite. Elle les écrasa avec la première chose qui lui tomba sous la main, son arme de service. Elle reposa le Glock 22 et essaya de retrouver ses esprits sous une douche. La masse de calmants et de vin blanc qu'elle avait ingurgitée lui avait procuré un sommeil artificiel. Avait-elle été victime d'hallucinations ? Elle resta longtemps sous la douche pour se débarrasser des araignées qui semblaient courir encore sur elle.

Lorsqu'elle sortit de la salle de bains, elle sentit une présence dans la maison. Séquelles de son cauchemar aux barbituriques et à l'alcool ? Dans le doute, elle jeta sa serviette et se rabattit vers l'oreiller sur lequel elle avait laissé le Glock. Elle déverrouilla la sécurité et se colla au mur. Position réglementaire, même si la tenue ne l'était pas, arme au poing, pointée vers le plafond, respiration bloquée pour déceler l'origine du bruit.

Un reniflement.

Terrorisée par les araignées, elle en avait oublié les reniflements perçus dans son demi-sommeil. Elle rasa la cloison et fit irruption en silence dans le couloir qui desservait le premier étage, pistolet pointé vers l'obscurité muette. Une respiration lourde provenait du rez-de-chaussée. Elle descendit les marches sur la pointe des pieds, bras tendus, inclinés vers le bas. Connie traversa le hall en balayant l'espace avec le Glock et s'immobilisa. Au milieu du corridor qui menait au salon, il y avait une silhouette.

De petite taille.

Râblée.

Deux yeux noirs.

Un souffle court et bruyant.

Connie s'avança, le doigt sur la détente. Elle n'alla pas plus loin que l'entrée du couloir. À deux mètres de sa mire, un chien. L'animal à l'arrêt la fixait comme une proie. Connie recula lentement et remonta les marches sans détacher son regard du molosse. Le chien s'élança. Elle tira deux fois, brisa un vase et une vasque, gagna sa chambre et referma la porte sur la gueule de la bête. Ses pattes grattèrent, la poignée s'agita sous les crocs. Dans son dos, le téléphone sonna. C'était Nathan.

– Je peux vous rappeler dans cinq minutes ? Le temps de régler un problème.

– Connectez-vous sur Skype.

Connie raccrocha et fonça vers la porte. Arc-boutée contre le battant, elle colla le canon à quelques centimètres sous la poignée et tira jusqu'à ce qu'elle n'entende plus que le clic de la gâchette. Lorsqu'elle entrouvrit, la bête gisait sur le seuil et produisait son dernier reniflement. C'était un rottweiler. Il lui parut énorme. Comment était-il arrivé là ? Elle pouvait mettre les trois araignées sur le compte de l'hallucination, mais pas ça. Elle fit un tour d'inspection de la maison en quête d'un maître. Connie détestait les chiens. Elle n'aimait pas leur odeur, leur servilité, leur bêtise, leur agressivité. Eliona avait insisté plusieurs fois pour en avoir un. Connie s'y était toujours opposée.

Après avoir vérifié qu'il n'y avait pas d'autre intrus, elle enfila un peignoir, s'installa à son bureau et se connecta à Internet.

119

Carla orienta la webcam sur Nathan et lança Skype.

– Il faudra que tu me dises un jour ce qui s'est passé dans cette cuisine et ce qui les a fait changer d'attitude envers moi, murmura-t-elle.

Connie Stanshaw apparut dans la fenêtre numérique, le visage tiré.

– Des nouvelles d'Eliona ? demanda Nathan.

Elle raconta le massacre perpétré par Engel Schrank et la fuite de l'agent Barton.

– Vous aviez raison Nathan, Barton est mouillé dans cette histoire. Il se sert de Schrank. Son objectif me paraît encore obscur. J'ai la tête embrouillée…

– Connie, j'ai pris connaissance des éléments que vous m'avez communiqués. J'ai une piste.

Le visage en larmes de l'agent spécial s'éclaira. Le dossier qu'elle lui avait envoyé par e-mail contenait un *mapping* de la scène du rapt, devant le domicile du professeur de piano d'Eliona. Il y avait aussi les profils d'Engel Schrank, du Bourreau et d'Eliona. Mais il manquait un élément important pour que Nathan s'assure du bien-fondé de ce qu'il allait dire à Connie.

– Décrivez-moi le professeur de musique.

– Elle est clean, j'ai vérifié.

– Quel âge a-t-elle ? Comment est-elle habillée ? À quoi ressemble l'endroit où elle donne ses leçons de piano ?

– Emma Slocombe, elle a 64 ans, taille moyenne, mince, des vêtements souvent noirs et blancs. Elle est mariée à un industriel fabricant de pâtes alimentaires. Niveau aisé, résidant dans une grande maison victorienne de Pacific Heights, intérieur bourgeois, piano à queue. Eliona l'aime bien.

– Est-ce qu'elle sent bon ?

– Pardon ?

– Quand on apprend le piano, on est assis à côté de l'enseignant. Est-ce qu'Eliona a évoqué un désagrément causé par cette proximité ?

– Elle s'est plainte plusieurs fois de son eau de toilette, en effet.

– Lorsque Eliona vous a appelée, elle a décrit son ravisseur. Un monsieur méchant. Est-ce tout ?

– Oui.

– Vous êtes sûre ?

– Il faisait noir, comment voulez-vous qu'elle en dise plus ?

– Comment savez-vous qu'il faisait noir ?

– C'est elle qui me l'a dit.

– Vous avez oublié de le mentionner dans le dossier.

– C'est si important que ça ? s'énerva Connie, envahie par l'émotion.

– Eliona ne voyait rien, cela signifie qu'elle ne pouvait se fier qu'à ses autres sens, dont l'odorat. Le profil d'Engel Schrank précise qu'il ne se lavait pas. Eliona, qui est gênée par l'odeur d'une personne aussi raffinée qu'Emma Slocombe, n'aurait pas manqué de le faire remarquer. Elle aurait qualifié son ravisseur de « sale » au lieu de « méchant ». Ce n'était pas Schrank qui se tenait près d'elle.

– Un complice alors ?

– Si vous joignez un complice à Schrank, on n'a plus affaire à un tueur psychopathe mais à une organisation. Une organisation dont pourraient également faire partie Barton et le Bourreau.

– Une organisation qui aurait pour membres Engel Schrank et Timothy Rassner ? C'est du délire.

– Sauf si elle nourrit un dessein qui dépasse les préoccupations bassement perverses des deux psychopathes.

– Quel dessein ?

– Développer des services de protection et de sécurité.

– PSS est à l'honneur depuis l'assaut de l'Alameda County Psychiatric Hospital.

– L'insécurité et la guerre sont la raison sociale de WhiteStone.

– Et Eliona… ?

– Elle est séquestrée par PSS. Ordonnez une perquisition générale.

– Qu'allez-vous faire de votre côté ?

– Je reste ici.

– J'ai besoin de vous à San Francisco.

– Je suis un terroriste. Je ne peux pas me déplacer.

– J'ai sollicité l'aide de mon père et de Stephen pour vous obtenir des informations sur WhiteStone et sur son implication dans le crash du Boeing à Malte.

– Concentrez vos efforts sur PSS. Et prenez avec vous les agents en qui vous avez le plus confiance.

– Je risque la vie d'Eliona. Sans vous, je ne me sens pas de taille.

– Vous vous sous-estimez, Connie.
– Aidez-moi, je vous en prie.
– Il y a peut-être un moyen.
– Lequel ?
– Trouvez le pyjama d'Eliona.

120

Au volant de sa Chevrolet, Connie dispersa en douceur un groupe de rappeurs débordant sur la chaussée. Ils étaient réunis autour d'une partie d'échecs rythmée par *Warning* de The Notorious Big. Les Afro-Américains aux colliers clinquants se dandinèrent autour du véhicule banalisé.

– Hey ! Tu vas où, beauté ? fit l'un d'eux en caressant le capot.

– Y a que des fachos par-là ! beugla un comparse coiffé d'un bandana et de deux casquettes.

Connie continua son chemin sans répondre. Concentrée sur sa mission, elle traversa un décor de logements précaires et de chantiers navals à l'abandon, en direction du siège de PSS aménagé dans une ancienne centrale électrique. Sur la quarantaine de quartiers qui composait le damier urbain de San Francisco, la société de sécurité avait choisi de s'établir dans l'un des plus durs.

– Qu'est-ce qu'ils sont venus foutre ici ? maugréa l'agent Stampers.

– Ils ont investi sur l'avenir et l'image de marque. Le quartier est en pleine réhabilitation. Logements neufs, futurs stade, parc, université... PSS sera associé à ce renouveau de sécurité et de bien-vivre.

– Là où PSS passe, l'insécurité trépasse, fit Stampers.

– Vous auriez dû travailler dans la pub.

– Vous croyez que PSS a une responsabilité dans le massacre à l'asile ?

– On va bientôt le savoir, dit Connie qui ne pensait qu'à sa fille.

Les trois véhicules s'arrêtèrent devant des grilles surmontées de barbelés et de caméras. Un gardien musclé jaillit du poste de surveillance. Connie lui signifia qu'elle avait rendez-vous avec Lawrence Mastersmith, le directeur. Par prudence, elle préférait garder en réserve le mandat de perquisition arraché à un juge qui devait une faveur à son père. Le cerbère tiqua et réintégra sa guérite pour passer un coup de fil. Deux minutes plus tard, qui parurent une éternité à Connie, les grilles s'ouvrirent. Les trois Chevrolet pénétrèrent dans l'enceinte de la société et longèrent une allée bordée de pelouses fleuries jusqu'à un parking en demi-cercle. Connie Stanshaw et ses sept agents posèrent pied à terre en allumant leurs mini-caméras numériques et en se réglant sur la même fréquence. La main sur leur arme de service, ils se déployèrent. Connie atteignit l'entrée avec trois de ses hommes pendant que les autres balayaient chaque recoin de la zone, un doigt sur l'oreillette. Elle composa un numéro sur son iPhone et parla dans un deuxième micro translucide qui longeait discrètement sa joue droite : « Love… vous me recevez ? »

À des milliers de kilomètres, dans la ferme des Braschi, la webcam retransmettait en direct ce que voyait Connie. Nathan lui répondit par l'affirmative en découvrant les terrains d'entraînement aménagés autour du bâtiment. Au-delà de la double jetée qui faisait partie du complexe de PSS, un hors-bord simulait un arraisonnement dans un nuage de fumée.

Connie marcha vers la réception décorée de briques et d'acier, fut guidée avec ses trois acolytes vers l'ascenseur de métal qui les propulsa au sommet. Les bureaux occupaient la moitié de l'usine. Le reste était destiné aux entraînements, à la formation, aux tirs. Les portes de la direction s'ouvrirent sur une large pièce avec vue sur la baie. Derrière un bureau design en acier brossé était retranché un individu faussement radieux.

– Monsieur Mastersmith ?

– Andrew Lexmar, vice-président de PSS, répondit l'homme.

– C'est à votre patron que je veux parler.

– M. Mastersmith a été inopinément retenu à Washington. Je le remplace.

« *Il ment* », fit la voix dans l'oreille de Connie.

– Qu'est-ce qu'on fait ? demanda Connie.

– M. Mastersmith m'accorde toute confiance pour gérer ses affaires, répondit Lexmar qui croyait que la question lui était adressée.

« *Profitez de l'absence de Mastersmith pour prendre le contrôle.* »

Connie brandit le mandat de perquisition et commanda à ses agents de quadriller le bâtiment.

– Que signifie… ? s'alarma le vice-président.

– Où se trouvent les cellules ?

– Vous vous croyez dans un pénitencier ?

« *Ne discutez pas, ne demandez pas, ordonnez. Qu'il vous conduise à la brigade cynophile.* »

Connie répercuta les consignes. Lexmar fut arraché à son bureau par deux agents qui le reposèrent dans le couloir.

– Je ne vous permets pas. De quel droit ? J'appelle mon avocat.

Il dégaina son cellulaire.

« *Menottez-le.* »

Lexmar se retrouva les mains dans le dos et bousculé vers l'ascenseur. Un vigile voulut intervenir mais se ravisa en voyant étinceler les plaques fédérales et les pistolets-mitrailleurs MP-5. Le vice-président les mena dans une cour intérieure dominée par la cheminée de l'ancienne usine qui avait été conservée et sur laquelle avait poussé un bouquet d'antennes. Un maître-chien donnait l'ordre à son animal de lâcher le bras d'une cible jouée par un employé vêtu d'un épais gilet.

– FBI, on ne bouge plus ! hurla Connie.

« Servez-vous de ce chien. »

Stanshaw sortit le pyjama d'Eliona d'un sac stérilisé et le tendit au dresseur pour qu'il le fasse renifler par son Malinois.

– Que cherchez-vous ? demanda-t-il.

– Une fillette.

– Ici ?

– En vertu des pouvoirs qui me sont conférés, je recrute provisoirement cet animal.

Le maître-chien lâcha son malinois qui longea l'usine jusqu'à l'aile est. Le chien gratta la porte blindée qui en fermait l'accès.

– Qu'est-ce qu'il y a de l'autre côté ?

– C'est la partie de la centrale qui renfermait autrefois les turbines vapeur et l'alternateur, dit Lexmar.

– C'est devenu quoi aujourd'hui ?

– L'armurerie.

– Ouvrez.

Lexmar composa un code. Le malinois se rua au bout d'un corridor, buta contre le mur du fond, tournoya, aboya, courut vers eux, repartit dans l'autre sens. Il semblait déboussolé.

– Qu'est-ce qu'il y a au bout de ce couloir ? s'énerva Connie.

« Du calme, Connie, c'est vous qui maîtrisez la situation. »

– Rien, dit le vice-président.

Connie s'avança. Le chien flairait une piste qui se termi-nait sur un mur en pierres. Elle était aussi perdue que l'animal.

« Passez par l'armurerie », suggéra la voix dans son oreille.

Elle ordonna à Lexmar de lui donner accès à l'armurerie.

– Je n'ai pas le code.

« Il ment. Qu'il cesse de vous prendre pour une idiote. Allez-y en force. »

Connie fouetta l'air devant elle. Dans sa main, un Colt Springfield .45 rencontra le menton de Lexmar sur sa trajectoire. Le vice-président chancela. Stampers le rattrapa dans ses bras.

« Pas comme ça. »

– Faites sauter la porte ! ordonna-t-elle.

Les deux policiers du SWAT[1] qui l'accompagnaient plaquèrent du C2 au niveau des gonds et de la serrure, déclenchèrent l'explosion, s'engouffrèrent en menaçant l'armurier. Celui-ci laissa tomber le pistolet qu'il était en train de nettoyer. Lexmar était hébété.

– Ça va vous coûter très cher !

Les agents fédéraux balayèrent l'espace avec leur arme épaulée.

– Zone sécurisée !

– Amenez le chien ! commanda Connie.

Le malinois se rua au fond de la pièce.

« Mastersmith doit se servir de l'armurerie pour dissimuler l'accès aux cellules. Lexmar n'est peut-être même pas au courant de leur existence. »

Stampers demanda s'il y avait une autre issue ou un passage secret. Réponse négative. Le chien jappait devant le râtelier pour signifier le contraire.

1. Special Weapons and Tactics : unités d'élite de la police aux États-Unis.

– Il y a quelque chose derrière, dit Connie.

– On fait comment ?

Les agents examinèrent les contours du meuble en bois qui occupait toute la cloison. Le chien aboyait.

« Dans une armurerie, vous disposez de tout le matériel nécessaire pour ouvrir une brèche. »

Connie demanda aux deux hommes du SWAT de faire sauter le râtelier.

– Vous êtes folle ! s'écria l'armurier.

– Trop dangereux, dit l'un des hommes du SWAT. C'est plein d'explosifs et de munitions ici.

« Votre plus beau coup de bluff . »

– Faites ce que je vous dis !

Les policiers trouvèrent du C4, plus puissant que ce qu'ils avaient apporté avec eux, et le répartirent autour du râtelier sans prendre le temps d'en sortir les armes. Ils fixèrent les détonateurs et annoncèrent qu'ils étaient prêts à faire exploser la charge.

– À vos postes ! cria Connie en levant le bras.

– Attendez ! cria l'armurier.

Il s'avança vers Connie.

« On y est. »

– C'est de la pure folie de faire péter du C4 ici.

– Vous connaissez un autre moyen pour traverser ce mur ?

– Peut-être.

Il décrocha le téléphone. Connie posa le canon de son Colt sur l'appareil.

– Qui appelez-vous ?

– Une personne qui sait peut-être comment on traverse ce mur.

Connie B. Stanshaw retarda la mise à feu.

121

La chambre était bondée. Les yeux sur l'écran de l'ordinateur, Nathan dirigeait les opérations. Carla, Valentina, Matteo, Marco, Luca et Claudia étaient suspendus à ses consignes.

– Ça se passe en vrai ? demanda Matteo.

– Chut ! firent les autres.

Dans la fenêtre légendée « camera 1 » qui correspondait à ce que voyait l'agent Stanshaw, l'armurier semblait les regarder.

« *Qui appelez-vous ?* demandait Connie.

– Une personne qui sait peut-être comment on traverse ce mur.

– Soyez plus précis.

– M. Mastersmith.

– Vous pouvez le joindre sur son cellulaire ?

– Sur le numéro de code rouge.

– Le numéro de code rouge ?

– Celui sur lequel on peut le contacter en cas d'attaque. On stocke un véritable arsenal ici. De quoi réduire la ville de San Francisco à néant.

– Que se passe-t-il dans ce cas-là ?

– WhiteStone intervient militairement.

– Appelez-le et passez-le-moi. »

L'armurier composa un numéro, que Connie filma, il patienta, prononça des chiffres et des mots clés, accéda à une messagerie. Il raccrocha, expliqua que ça allait sonner. Ce qui arriva trente secondes plus tard.

« *Monsieur Mastersmith ?... C'est Gordon... Oui, non... je vous passe le* FBI. »

Connie s'empara du combiné et demanda au PDG ce qu'il y avait de l'autre côté du râtelier. Mastersmith menaça d'en référer aux autorités pour l'abus de pouvoir dont elle faisait preuve.

« On va tout faire sauter, menaça Stanshaw. »

– Il s'en moque, Connie, souffla Nathan dans son oreille. Il faut changer de discours. Répétez exactement ce que je vous dis : « Mastersmith, vous êtes du petit gibier, vous ne nous intéressez pas… nous avons lancé un mandat d'arrêt contre vos patrons Andrew Stone et Gabriel White… Le général Hunter Banks et l'agent spécial Eddie Barton ont été appréhendés… Ils ont parlé en échange d'une immunité… Rendez-moi ma fille et je vous laisse une longueur d'avance pour quitter le pays. »

Connie Stanshaw eut du mal à prononcer fermement la dernière phrase dictée par Nathan.

« Des garanties ? » s'exclama-t-elle à voix haute pour que Nathan comprenne ce que Mastersmith venait d'exiger au téléphone.

– Dites-lui ceci, Connie : « Mastersmith, nous sommes en train de parler de ma fille. Quand j'aurai raccroché, ce sera soit pour repartir d'ici avec elle, soit pour vous traquer dans tout le pays. À vous de choisir. »

Elle raccrocha. Nathan lui demanda quelle avait été sa réponse.

« Il faut taper 8207 sur le digicode qu'on utilise pour entrer dans l'armurerie. Ça ouvrira le panneau du fond. »

122

Connie Stanshaw composa les quatre chiffres. L'explosion de la porte n'avait pas endommagé le système électronique qui reliait le digicode au râtelier. Ils entendirent un déclic. Une partie du fond du rangement qui alignait les fusils automatiques bougea de quelques centimètres. Un agent fédéral poussa le panneau qui s'entrouvrit sur un trou noir. Le malinois s'y engouffra. Les agents suivirent, Connie en tête, lampes torches allumées. Les aboiements résonnaient dans le boyau obscur. Ils firent irruption dans une salle étroite. Deux turbines rouillées et silencieuses remplissaient l'espace. Vestiges de l'époque où l'usine thermique était en activité, elles ressemblaient aux poumons d'un gros fumeur qui aurait rendu l'âme. Ils trouvèrent le chien devant un puits encore plus noir que l'obscurité alentour. Des arceaux fixés à intervalles réguliers permettaient de descendre. Connie passa devant le chien et s'enfonça dans le puits.

– Qu'est-ce que vous faites ? s'exclama Stampers.

– Je vais chercher ma fille.

– Vous connaissiez cet endroit ? demanda Stampers à Lexmar sous le feu de sa lampe torche.

– Non, je le découvre en même temps que vous.

– Ben voyons. Tu ne savais pas non plus que ton patron séquestrait les gens.

– Je ne comprends rien à cette histoire. J'exige de parler à un avocat.

Stampers le colla à la moisissure qui bouffait le mur :

– Une fillette est retenue dans cet endroit merdique. Pour l'instant, on n'est sûrs que de deux choses. Un : t'auras pas levé le petit doigt pour collaborer. Deux : informer ton avocat est le dernier de nos soucis.

Connie s'arrêta sur le dernier échelon, au-dessus d'un liquide noirâtre et pestilentiel. Il y avait un passage. En fait, la galerie était interrompue par un dénivelé d'une vingtaine de mètres correspondant au puits. Elle leva la tête sur les faisceaux des lampes torches et les aboiements.

– Je continue, cria-t-elle.

Un agent descendit derrière elle en soutien. Connie avança courbée dans la deuxième partie du boyau, sentit qu'on lui effleurait les cheveux et qu'on lui courait entre les pieds, se concentra sur son objectif. Le couloir s'évasa pour se transformer en une salle circulaire aux murs en briques. Un escalier en colimaçon menait à une mezzanine en bois. Connie l'emprunta. Une main s'agrippa à son pied. Elle lâcha un cri. L'agent Adams l'avait rattrapée.

– Merde Adams, vous m'avez foutu une de ces trouilles !

– On est dans la cheminée de l'usine.

À l'étage, ils s'arrêtèrent devant une porte sans poignée à travers laquelle filtrait une odeur de pourriture. L'escalier continuait vers un niveau supérieur.

– Ils ont construit des cellules dans la cheminée !

Connie appela sa fille et ne récolta que les ricanements du prisonnier. Adams balança tout son poids sur la porte. Il réclama du renfort après trois tentatives qui meurtrirent son épaule. Connie monta aux étages supérieurs, de plus en plus étroits.

– Eliona ! cria-t-elle.

– Maman !

La voix de sa fille au-dessus d'elle.

Deuxième étage, nouvelle cellule. Verrouillée, elle aussi. Silencieuse.

– Eliona !

Elle poursuivit son ascension en appelant la fillette qui semblait se trouver au troisième niveau.

– Maman !

Derrière la porte.

– Chérie, tu vas bien ?

– J'ai mal au ventre.

– Je suis là, chérie.

Sous ses pieds, du bruit, de l'agitation. Adams lui envoya un artificier qui disposa du C2 autour du battant.

– Attention, chérie, avertit Connie. On va faire sauter la porte. Blottis-toi au fond de la pièce.

– Quelle pièce ?

– La pièce où tu es.

– Je suis pas dans une pièce.
– Qu'est-ce que ça veut dire ? fit l'artificier.
– Eliona, décris-moi l'endroit où tu te trouves.
– Je sais pas.
– Fais un effort, chérie. Dans… quoi es-tu ?
– Un placard.
– Un placard ?
– C'est petit.
– Tu peux te lever ?
– Je suis déjà debout.
– Tu peux t'asseoir ?
– Non.
– Tu es attachée ?
– Oui.

Elle interrogea du regard l'artificier qui avait collé l'oreille au mur.

– Elle est fixée à la porte, dit-il.
– Comment ça « fixée » ?
– Ils l'ont attachée au battant. Si on l'enfonce ou si on le fait sauter, on…
– C'est bon j'ai compris.
– La porte s'ouvre vers l'extérieur.
– On fait quoi ?
– On entre par le mur.

Ils firent monter une scie circulaire et entamèrent la paroi de la geôle. Un morceau de cloison tomba dans une pièce vide.

– Maman ?
– Bon sang, où est-elle ? fit l'artificier qui passa la tête dans l'antre.
– Eliona ! hurla Connie.
– Il y a quelque chose… une deuxième cloison…

Assisté par Connie qui lui tendait les outils appropriés, il sonda, perfora, rabota des lamelles de bois, arracha un panneau pour en découvrir un autre.

– C'est une sorte de… prison gigogne.

Il fit tomber les plaques une à une. En abattant la quatrième épaisseur, il vit Eliona. Elle était crucifiée sur la porte au moyen de sangles et d'anneaux. Il se tortilla vers elle, la détacha et la libéra enfin de sa boîte. Connie évacua les lieux en emmenant sa fille sans prendre le temps de vérifier son état. Les sirènes de police convergeaient vers l'usine comme un essaim d'abeilles sur un pot de miel.

« Félicitations, Connie », dit Nathan dans son oreille.

– Je ne sais pas comment vous remercier.

« Qui est l'autre prisonnier ? »

La réponse leur apparut sous les yeux lorsque Stampers et Adams sortirent à leur tour du bâtiment, encadrant un individu menotté, hirsute et sale.

– Engel Schrank.

123

– Elle dort, dit Connie en rejoignant son père dans le living-room.

L'agent spécial Stanshaw avait passé une partie de l'après-midi à l'hôpital où Eliona avait subi une série d'examens. Les médecins n'avaient décelé aucun traumatisme physique. Au terme d'un entretien avec la fillette, un psychologue avait conclu qu'elle avait été conditionnée par deux employés de PSS pour passer le deuxième ce coup fil « très directif » à sa mère. Un petit traumatisme dont les séquelles psycho-logiques s'effaceraient avec le temps.

Connie avait envoyé un rapport à Nathan à la suite de la perquisition chez PSS et de l'interrogatoire de Schrank. Le PDG de Protection & Security Service, Lawrence

Mastersmith, était introuvable. L'avance accordée en échange du code d'ouverture menant aux cellules semblait avoir été suffisante. La perquisition avait révélé que la cheminée de l'ancienne usine avait été réaménagée en quatre cellules superposées. Eliona et Schrank y avaient été conduits peu avant l'arrivée du FBI. Le reste du temps, ils séjournaient chacun dans une chambre située dans les locaux de la société. La médiatisation du Bourreau avait tellement bien fonctionné que Mastersmith avait eu recours à un deuxième psychopathe pour terroriser la population de San Francisco et pousser les autorités débordées à faire appel à ses services. PSS avait fait évader Schrank plusieurs fois et enlevé la fille de l'agent spécial Stanshaw avec la complicité d'Eddie Barton qui avait trouvé en son PDG un interlocuteur compréhensif. Mastersmith approuvait les méthodes de l'agent fédéral et les rémunérait généreusement. L'enlèvement d'Eliona devait permettre à Barton de récupérer son poste au FBI, de valoriser l'action de PSS et de contrôler Connie B. Stanshaw. Mais après la descente sanglante de Schrank à l'asile, Barton avait préféré disparaître.

Il était difficile de connaître les liens exacts que la filiale de WhiteStone entretenait avec le pouvoir en place et d'évaluer son niveau de corruption. Juste après son entretien téléphonique avec Connie, Mastersmith avait ordonné à son directeur informatique le lancement du système de destruction des principales données. Les techniciens du FBI y travaillaient, mais avec un faible pronostic de récupérer des informations compromettantes.

Connie ne comptait pas en rester là. Elle voulait mener une offensive contre WhiteStone conjointement avec Love.

– Qu'est-ce que je peux faire pour toi ? demanda son père.

– La même chose que j'ai demandée à Stephen : enquêter sur WhiteStone.

– Je ne parlais pas de ton enquête.

– Papa, que peux-tu faire d'autre ?

– T'aider à surmonter cette épreuve.

– Je préfère que tu aides Nathan Love à retrouver son père.

– Ce n'est plus ton problème. Tu devrais t'occuper de tes affaires. On a libéré Eliona, arrêté ses ravisseurs et on est sur le point de mettre la main sur leur chef. Eliona a besoin d'une mère qui prenne du repos et soit près d'elle.

– Papa, j'ai raté ma vie conjugale, j'exerce un métier qui ne me plaît pas, ma vie sociale est limitée à mes collègues de travail, je mange mal, je dors mal et je ne te parle pas des autres besoins primaires que je n'assouvis plus. La seule réussite dont je peux me targuer, c'est ma fille. Il y a trois jours, on me l'a enlevée. Aujourd'hui, grâce à Love, elle m'a été rendue saine et sauve. Cet homme me demanderait de me couper une main, je le ferais sans hésiter.

– Je n'aime pas la façon dont tu parles.

– À 41 ans, j'ai encore droit à une remontrance ?

– Je te trouve un peu excessive. Tu as raison, ce métier n'était pas fait pour toi. Je t'ai poussée dans cette voie parce que ton idée de devenir actrice n'était pas sérieuse. Mais considère les points positifs de ta position aujourd'hui.

– Je ne fréquente que des flics et des politiciens.

– Il y en a qui sont bien.

– Je n'en doute pas. Mais je préfère les comédiens qui les incarnent au cinéma.

– Cette discussion ne nous mènera à rien. Va te reposer.

– Papa, est-ce que tu vas m'aider à affronter WhiteStone ?

– On en reparlera demain.
– C'est non, alors ?
– N'insiste pas.
– Je n'insiste pas. Mais si tu quittes cette maison sans me promettre que tu vas t'impliquer, c'est la dernière fois que tu y mets les pieds.

124

La réunion se tenait sous haute sécurité et dans le plus grand secret au Ritz-Carlton Georgetown. L'hôtel, fréquenté par l'élite de Washington, occupait le site d'un ancien incinérateur. Lorsque Connie aperçut à travers la vitre de son taxi la cheminée qui s'élevait à une quarantaine de mètres au-dessus du palace, elle ne put s'empêcher de penser à celle du siège de PSS.

Elle avait secoué l'arbre du pouvoir en reliant WhiteStone aux activités criminelles de PSS. En étaient tombés le secrétaire d'État à la Défense, Randall Price, et son conseiller Stephen Albright, le procureur général des États-Unis, James Mullray, le directeur du FBI, Robert Fuller, et le directeur du contre-terrorisme à la CIA, Dalton Ezterraz. Le père de Connie avait contribué à réunir ces personnalités aussi vite que possible, avec le concours de Stephen qui avait mis de côté les ressentiments à l'égard de son ex-épouse depuis qu'elle avait récupéré Eliona saine et sauve.

Connie Stanshaw pénétra dans le hall rouge et or, tapissé de briques et de sourires cinq étoiles. Elle montra son badge et fut discrètement guidée vers un service de sécurité moins amène. Au terme d'une fouille au corps qui n'aurait pas laissé passer une épingle à cheveux, elle fut admise dans une salle feutrée avec une vue imprenable sur le Potomac qui donnait l'impression d'être sur une péniche. Elle remarqua ensuite deux sièges vides et les expressions amidonnées des cinq visages tournés vers elle. Les personnalités présentes n'avaient pas l'habitude d'attendre, encore moins un agent fédéral en jupon qui dirigeait l'antenne du FBI de San Francisco grâce aux appuis de son père.

– Je suis désolée, dit-elle. Mon avion a atterri avec deux heures de retard. Un problème de sécurité avec un des passagers…

– Tu nous as déjà expliqué ça au téléphone, la coupa Stephen. Essayons de rattraper le temps perdu, attaquons tout de suite.

– Un peu de courtoisie tout de même, fit son patron, Randall Price, en levant son mètre quatre-vingt-dix.

Mullray, Fuller et Ezterraz se sentirent obligés de l'imiter afin de ne pas passer pour des goujats.

– Félicitations pour votre coup d'éclat chez PSS, fit Mullray. Comment va votre fille ?

Le procureur général s'inclina devant elle, offrant successivement une vue sur sa calvitie naissante et un sourire tranché dans la couperose.

– Elle récupère vite. Eliona est forte.

– Comme sa mère, appuya Fuller.

Fuller était aussi sec que Mullray était adipeux. Jusqu'à aujourd'hui, le patron du FBI n'avait jamais vraiment apprécié Connie Stanshaw, mais elle avait des relations qui s'étaient révélées utiles dans le passé… et un récent succès à son actif. En tout état de cause, le charme de Connie opéra sur l'assemblée, sauf sur Ezterraz qui semblait s'ennuyer et sur Stephen qui bouillait.

– Est-ce qu'on peut commencer ? s'énerva ce dernier.

– Il manque Nathan Love, dit Connie.

– Vous avez convié Love à cette réunion ? s'étonna Fuller.

– C'est le plus concerné par cette affaire.

– Qui est Nathan Love ? demanda Price.

– Un emmerdeur, dit Ezterraz qui ouvrait la bouche pour la première fois.

– Un ancien profiler, précisa Fuller. L'un des meilleurs, pour ne pas dire le meilleur, que le FBI ait compté dans ses rangs. Il a cessé d'exercer à la mort de sa femme, il y a sept ans. Depuis, il se serait néanmoins impliqué dans deux affaires. L'une à la demande du FBI, l'autre à la demande de la police française. Il semblerait que, cette fois, il agisse pour son propre compte.

– Il est à la recherche de son père qui a disparu le mois dernier, dit Connie.

– Quel rapport avec notre affaire ? fit Randall Price.

– Selon Love, WhiteStone est mêlée à la disparition de son père.

– Il faudra m'expliquer comment.

– C'est pour cette raison que j'ai convié Love.

– Allons-nous l'attendre encore longtemps ?

– Il vient d'Europe. C'est un peu plus loin que l'autre côté du Potomac.

– Agent Stanshaw, mesurez vos propos, avertit Fuller.

– Des informations confidentielles vont être divulguées au cours de cette réunion, dit Mullray. Pouvons-nous avoir confiance en cet homme qui ne dépend plus d'aucune hiérarchie ?

– Plus qu'en chacun de nous.

– Qu'est-ce qui vous rend si confiante ?

– Contrairement à nous tous ici, ni le pouvoir ni l'argent n'ont de prise sur lui.

– Par contre, il vaut mieux ne pas se trouver en travers de son chemin, dit Ezterraz. Quelques-uns de mes agents se sont frottés à lui et ils en gardent un très mauvais souvenir. Donc, si vous avez l'intention de l'engager, veillez à ce qu'il soit du même côté que vous.

– On n'est pas là pour parler de Love, dit Stephen.

On frappa à la porte. Un des hommes de la sécurité passa le buste. Nathan venait d'arriver.

125

Nathan avait quitté la Sicile avec Carla, sans Valentina. La Russe leur avait financé le voyage avant de continuer sa route vers l'Est.

– Nous sommes quittes, Nathan, avait-elle déclaré en guise d'adieu.

– Qu'est-ce que tu vas faire ?

– Dépenser tout ce fric.

Il avait regardé cette femme peu commune s'éloigner avec sa valise à roulettes dans une rue de Palerme, en pensant qu'il perdait une associée efficace.

Une nuit passée dans l'avion avait permis à Nathan de se réveiller à Washington. Il portait un jean usé, un sweat-shirt à capuche froissé, une paire de Converse et avait rassemblé ses cheveux en catogan sur sa nuque.

Il détonait dans la salle du Ritz-Carlton.

Connie s'avança et l'accueillit d'une poignée de main affectueuse qui en disait moins long que son regard débordant de reconnaissance. Elle fit les présentations et proposa de commencer la réunion.

– Il serait préférable que M. Love nous dise d'abord ce qu'il sait sur WhiteStone, déclara Stephen qui croyait prendre la direction du débat.

Comme personne ne réagissait, il ajouta :

– Cela nous ferait gagner du temps en évitant les redites, non ?

Nathan l'observa en silence, jusqu'à ce qu'il détourne le regard et se rassoie. Stephen Albright avait des cheveux méchés couleur paille, des yeux bleus aux pattes d'oie effacées par la chirurgie, la mâchoire rasée de près, les dents blanches impeccablement alignées, le teint hâlé par les UV. L'homme avait dû passer à côté de beaucoup de choses dans sa vie. Nathan alla prendre place en tête de table. Instigateur de cette réunion avec Connie, il ne voulait pas être dans la posture du prévenu qu'on interroge. Il leur raconta comment il avait fait le lien entre WhiteStone et la disparition de la famille Hinckley, de son père et des deux *hataalii* dans Snake Valley. Comment il s'était lancé sur la piste de Lew Wang, seul scientifique à avoir pu produire de l'hydrogène métallique, dont des traces avaient été retrouvées à l'endroit des disparitions. Comment le général Hunter Banks, qui dirigeait le centre d'opérations WS03 à Malte, avait reçu l'ordre de l'empêcher de retrouver Lew Wang. Comment Connie avait subi de la part de ceux-là mêmes qui faisaient partie de cette assemblée des pressions pour ne pas coopérer avec lui. Comment le journaliste Ron Frost et le témoin Stan Steel s'étaient à leur tour mystérieusement volatilisés. Comment WhiteStone avait aménagé un centre d'expérimentations ultra-secret sur la base de Dugway. Comment un F-16 de WhiteStone n'avait pas hésité à intercepter le vol United 933 à bord duquel il se trouvait.

– Ce dernier fait me laisse perplexe, dit Price.

– Parce que vous sous-estimez le pouvoir de WhiteStone.

– Qu'est-ce qui vous fait penser que Lew Wang travaille pour WhiteStone ?

Nathan but le verre d'eau posé devant lui. Il profita de cette pause pour observer Price. Le secrétaire d'État à la Défense avait les yeux malicieux, les lèvres fines et fermées et sa grande carcasse était inclinée. Il était prêt à écouter et à comprendre ce que Nathan avait à dire :

– Lew Wang est un adepte de la fusion nucléaire. Ses travaux reposent sur la recherche d'une énergie très puissante. Une nouvelle bombe à hydrogène ou un nouveau moyen de propulsion comme la magnétohydrodynamique. Deux projets capitaux pour WhiteStone, qui consacre une bonne partie de son budget au développement d'armes sophistiquées et rêve de faire voler ses avions furtifs B-2 à la MHD. Lew Wang a dérobé des données à de prestigieux laboratoires aux USA et en France après s'être servi de leurs installations. Il ne peut donc être employé que par une société privée peu scrupuleuse et dotée d'une technologie de pointe. Pour mener ses recherches, Wang a besoin de machines à fusion par confinement magnétique comme les tokamaks. Cette technologie extrêmement avancée permet d'étudier les possibilités de production d'énergie par fusion nucléaire. WhiteStone utilise cette technologie à Dugway. Tous ces éléments m'amènent à penser que Wang a été recruté par WhiteStone pour œuvrer sur un projet ambitieux.

– Comment savez-vous qu'il y a un réacteur à fusion expérimental à ws01 ? demanda Price. Cette zone est inaccessible, même pour nous qui leur louons le terrain.

– Le site de Cadarache en France, où a exercé Wang, possède un réacteur de recherche qui permet d'étudier les phénomènes se produisant au sein des combustibles nucléaires fabriqués à partir d'un mélange d'oxydes de plutonium et d'uranium qu'on appelle Mox. Cela leur permet de prédire le comportement d'un combustible en réacteur.

– Quel rapport avec ma question ?

– Le chemin a été long avant d'arriver à la réponse. Prenez au moins le temps de l'écouter jusqu'au bout.

– Vous me réveillerez quand je serai concerné, dit Ezterraz.

– Le Mox, c'est du déchet nucléaire recyclé. Or, WhiteStone a usé de son influence auprès du gouverneur de l'Utah pour obtenir le marché de la récupération des déchets produits par les centrales américaines. Ce qui représente pour eux des bénéfices considérables mais surtout leur fournit du Mox à volonté. Et s'ils ont besoin de Mox, c'est forcément pour alimenter un ou plusieurs réacteurs de fusion expérimentale à Dugway.

– Que prépare WhiteStone, selon vous ?

– Je ne suis pas qualifié pour le dire. Mais une chose est sûre : ils veulent créer une énergie plus puissante que celle du soleil. Pour en faire quoi ? La réponse n'est pas ma priorité.

– Peut-on savoir quelle est votre priorité ? demanda Stephen qui n'aimait pas le regard que Connie posait sur Nathan.

– Retrouver mon père.

Un applaudissement attira l'attention sur James Mullray :

– Impressionnant, Monsieur Love. Vous avez réussi à vous seul et en quelques jours à saisir ce que nous essayons nous-mêmes d'établir depuis des mois.

Nathan fixa le procureur général. Deux petits yeux brillant d'intelligence perçaient son visage et faisaient tout de suite comprendre que malgré une bouille rose, hilare et ronde, on n'avait pas affaire à un clown.

– Vous voulez dire que vous n'en savez pas plus que moi ?

– Que voulez-vous savoir de plus ? demanda Mullray.

– Ce qu'est devenu mon père.

– Nous ignorons où se trouvent les personnes disparues. Nos soupçons se portent bien évidemment sur la base ws01, mais nous n'avons pas encore réussi à infiltrer la zone.

– Qui est votre agent sur place ?

– Comment ça ?

– Si vous essayez d'infiltrer la zone, c'est que vous avez un agent sur place. Ezterraz devrait pouvoir nous éclairer.

– Toujours au taquet, Love, hein ? fit le chef du contre-terrorisme en le visant avec son index, pouce levé, comme s'il tenait un flingue.

– Nathan a raison, intervint Connie.

Bob Fuller la fusilla du regard. Elle ne se laissa pas démonter :

– Vous m'avez dit que quelqu'un vous renseignait dans l'entourage de Nathan. De qui s'agit-il ?

Aucun son ne sortit de la bouche de Fuller, Ezterraz esquissa un rictus. Nathan en profita :

– Une zone désertique dans Snake Valley fait disparaître tout ce qui s'en approche. Des agroglyphes poussent aux abords de la base de Dugway. Des criminels aux visages indéfinissables rôdent dans les villes avoisinantes. L'activité qui règne sur la zone ws01 focalise l'attention d'un groupe d'ufologues qui prétend que WhiteStone entretient des liens avec les extraterrestres. Un de vos agents se fait passer pour quelqu'un d'autre auprès de moi. Pouvez-vous m'éclairer sur tout cela ?

Un silence pesa sur la salle, donnant le champ libre aux crépitements dans l'âtre de la cheminée qui avait été allumée pour donner un côté cosy à la réunion. Nathan fixa Ezterraz qui ricanait sous son nez crochu, avachi sur sa chaise, la tête posée sur une épaule, dégingandé comme un vilain pantin.

– Qui est votre agent, Ezterraz ?

– Le nom des agents est confidentiel, vous le savez mieux que moi.

– Dites-moi ce que je ne sais pas.

– Vous ne devriez pas prendre cette affaire à cœur. Votre père est sûrement mort à l'heure actuelle, tout comme les autres victimes qui ont posé le pied là où elles n'auraient jamais dû.

– Est-ce qu'on peut fumer ici sans se retrouver devant un tribunal ? lança Mullray qui sortit un cigare sans attendre de réponse.

– Cela ne me gêne pas, dit Connie.

– Seules six personnes dans ce pays peuvent vous l'interdire, dit Nathan. Malheureusement pour vous, l'une d'elles est présente.

– Exact, fit Price, situé au-dessus de Mullray dans la hiérarchie présidentielle. Mais vous avez de la chance, James, je vous autorise à fumer… (Puis s'adressant à Nathan) et vous, vous me plaisez.

Nathan se leva pour passer dans le dos d'Ezterraz qui chercha à se redresser sur son fauteuil. Deux mains l'en empêchèrent et lui paralysèrent le nerf sciatique. Au-dessus du directeur du contre-terrorisme, Nathan annonça :

– Je suis ici depuis une demi-heure et je n'ai appris que deux choses : il y a un agent de la CIA dans mon entourage et Dalton Ezterraz a un problème de sciatique. Est-ce qu'on peut m'éclaircir le premier point ?

– Ezterraz, vous vous sentez bien ? s'inquiéta Stephen.

Connie appela la réception de l'hôtel qui le fit évacuer d'urgence vers un hôpital.

– Qu'est-ce que vous lui avez fait ? demanda Bob Fuller.

– Rien, comparé à ce que je suis capable de faire pour obtenir des réponses.

– Love, ce n'est pas une méthode.

– Pour extraire une épine, il faut se servir d'une épine. Ezterraz était une épine dans cette réunion. Pour la dernière fois, qui est l'agent de la CIA ?

Price fixa Mullray :

– Vous le savez, James ?

Mullray regarda Fuller :

– Vous le savez, Bob ?

Fuller se tourna vers Nathan :

– Rochelle Wesley, cela vous dit sûrement quelque chose.

126

Il y avait un moment que le FBI et la CIA enquêtaient conjointement sur les activités secrètes de WhiteStone à Dugway. Pour exercer une surveillance *undercover* de la base, le Bureau et l'Agence avaient décidé d'infiltrer l'UUFOO qui occupait un poste d'observation privilégié. Un agent de la CIA jouant la veuve éplorée avait ainsi intégré l'association.

– Ce que Rochelle Wesley a découvert va à l'encontre de tout ce à quoi nous nous attendions, dit Fuller.

Le directeur du FBI se leva pour aller se positionner devant la baie vitrée. Les reflets du Potomac faisaient briller ses tempes argentées. Tout sur le visage de Fuller était grand et mou, le nez, les sourcils, les oreilles, le menton. Son expression était perturbée par un tic, une sorte de moue dubitative en accent circonflexe qui transformait son menton en patate ridée. Nathan s'assit à côté de Connie de façon que Fuller oriente son regard dans une seule direction, celle des deux personnes dans la pièce à ne pas connaître l'histoire. Celui-ci pourrait ainsi se concentrer sur son discours.

– Elle a découvert que les extraterrestres existaient ?

– Non, mais WhiteStone cherche à nous le faire croire.

– Dans quel but ? demanda Connie.

– Détourner l'attention.

– Accouchez, Fuller, pressa Randall Price. On n'a pas la journée. Vous pouvez tout dire à Love.

Fuller rapporta que la première découverte de Wesley concernait le président de l'UUFOO. Dave Rosenfeld était un ancien cadre supérieur d'International Network Corporation, société multimédia regroupant plusieurs chaînes de télévision et InBox Entertainment spécialisé dans la production de films, de séries, de jeux vidéo. InCorp était une filiale de WhiteStone.

– WhiteStone s'est servie de l'UUFOO comme d'un écran de fumée. Nous pensons que ce à quoi vous faites référence, Monsieur Love, comme les individus sans visage, les *crop circles* en plein désert ou les illuminations dans le ciel de l'Utah, sont autant d'histoires inventées et mises en scène par WhiteStone, colportées par l'UUFOO et par InCorp. Depuis quelques mois, on assiste même sur les chaînes du groupe à une recrudescence de séries et de films ayant pour thème les extraterrestres. On n'a jamais autant parlé d'ovnis sur InBox News.

Fuller regarda Price, espérant que celui-ci prendrait le relais. Le secrétaire d'État à la Défense se leva et posa une demi-fesse sur la table, face à Connie et Nathan.

– Nous vivons dans un univers saturé de fictions, au point que la fiction prend souvent le pas sur la réalité ou que les deux se confondent. Les personnalités politiques se comportent comme des acteurs et inversement. Les télévisions convertissent les faits réels en anecdotes. L'analyse laisse la place à la narration. Le gouvernement et l'armée ont assimilé ce changement culturel depuis longtemps. À la suite des attentats du 11 Septembre, le ministère de la Défense a convoqué des scénaristes et des réalisateurs hollywoodiens pour imaginer les ripostes que l'on pouvait apporter aux attaques terroristes. Le Pentagone, l'université de Californie et Hollywood coopèrent pour réduire la guerre à des *wargames*, tant sur le plan de la formation des soldats que sur la représentation qui en est faite au public. L'élection de Barak Obama a été écrite par un pool de scénaristes… Je peux vous prendre un cigare, James ?

– Ce sont des Millenium Blend Robusto, dit Mullray qui avait disparu dans une superbe fumée blanche et grise.

Price se leva pour planter un havane dans sa grande bouche. Il l'alluma en pouffant comme une locomotive à vapeur.

– Ne tirez pas trop fort, sinon vous allez percevoir des pointes d'acidité.

Le secrétaire d'État revint s'asseoir en face de Connie et de Nathan.

– Je vous ai infligé ce préambule pour vous faire comprendre que WhiteStone a reproduit à l'échelle privée ce que le Pentagone, UCLA, Hollywood et l'Institute for Creative Technologies ont réalisé jusqu'ici. WhiteStone s'est servi du *storytelling* pour nous mener en bateau et préparer quelque chose que nous ne sommes pas parvenus à cerner. Et quand on pense aux moyens qu'ils ont mis pour nous faire croire à leur histoire d'aliens, nous craignons le pire.

– Ne peut-on pas poser la question directement à Andy Stone et Gabriel White ? demanda Connie.

– Ils sont tellement difficiles à rencontrer que l'on se demande s'ils existent vraiment.

– Le seul moyen dont nous disposons, c'est le contrôle fiscal, précisa Mullray. Mais de ce côté-là, ça n'a rien donné. Leurs comptes sont irréprochables.

– Est-ce que nous vous avons éclairé ?

Nathan songeait à la célèbre phrase calligraphiée par les maîtres zen qui avaient tout compris bien avant le Pentagone et WhiteStone.

– *Makumozo*.

– Pardon ?

Ne pas tomber dans l'illusion, préconisaient les vieux maîtres. Ne pas se satisfaire de l'aspect commun des choses. Ne pas se faire avoir par les autres, ni par soi-même. Rester attentif. Être en éveil. En regard de la Haute Antiquité chinoise, l'Amérique avait seulement rendu l'illusion la plus réelle possible. Que faire à ça ? Suivre le zen qui attire l'attention sur la face cachée des choses, sur l'autre réalité qui n'apparaît pas directement et que l'on ne peut appréhender avec la seule pensée. Les maîtres utilisaient les *koan*[1] pour inciter la conscience à s'ouvrir à cette autre réalité. Mais Nathan ne se voyait pas proposer à ses interlocuteurs de méditer l'un d'eux. Alors, il livra cette réponse :

– WhiteStone crée sa propre réalité, tant pour nous leurrer que pour croître. Ils ne s'adaptent pas, ils imposent. La guerre est leur credo. Il leur faut donc créer de la guerre. Rien de plus facile. Ce qui est le plus difficile, c'est de vaincre. Si vous avez à l'esprit *L'Art de la guerre* de Sun Tzu, vous comprendrez que WhiteStone est confrontée à un problème inhérent à sa nature même et qui réduit ses chances de victoire. En tant que multinationale visant le profit, la SMP établit des plans qu'elle applique ensuite à la réalité en tant que stratège extérieur. Ce qui est contradictoire à l'art de la guerre qui préconise d'intervenir en fonction d'une situation dont le stratège fait lui-même partie. Chercher à forcer les choses par la seule volonté est une démarche d'imbécile ou de désespéré. Or, les dirigeants de WhiteStone ne sont ni des imbéciles et encore moins des désespérés.

– Analyse intéressante, dit Randall Price. Mais cela nous mène où ?

1. Principe de vérité éternelle transmis par un maître qui soulève souvent un problème contradictoire de l'existence.

– Selon Sun Tzu, les lois de la guerre obéissent à cinq facteurs immuables : l'idéologie, le climat, le terrain, le commandement et la discipline. WhiteStone est une société de mercenaires qui n'a aucune idéologie permettant de rendre ses soldats inébranlables face à la mort. Le climat et le terrain sont des paramètres aléatoires dont se moque éperdument la firme qui doit pouvoir déployer ses troupes 365 jours par an dans tous les pays du monde. Quant au commandement et à la discipline, ils sont assurés par des managers et des financiers, non par de grands guerriers. Il leur faut donc un miracle qui puisse remplacer les cinq principes auxquels Sun Tzu conditionnait la victoire. C'est ce miracle, à base d'hydrogène métallique, que Lew Wang est en train de mettre au point pour WhiteStone.

– Belle démonstration, dit Stephen, mais on n'est pas plus avancés.

– Méditez là-dessus et l'évidence finira par vous apparaître.

– Pouvez-vous méditer pour nous ? demanda Price. Jusqu'à présent, nous vous avions tenu à l'écart, par souci de ne pas compromettre la couverture de notre agent. Vous avez montré que vous étiez plus capable qu'elle de remplir cette mission. Vous avez carte blanche et bénéficiez cette fois de notre appui inconditionnel.

– Ma priorité est de retrouver mon père.

Connie posa sa main sur le bras de Nathan, un geste qui explosa à la figure de Stephen.

– C'est lié, Nathan, dit-elle.

– Je dois parler à Rochelle Wesley.

– Ramenez-nous Wang et nous vous apportons Rochelle sur un plateau.

– Lew Wang se trouve sur une île où il doit se passer quelque chose d'important, confia Nathan.

– Comment le savez-vous ?

– Une femme qu'il fréquente m'a donné cette information.

– Une île ? fit Stephen. C'est tout ?

– Fuller, ordonna Mullray, creusez-moi cette piste. Cherchez une île accueillant un évènement susceptible de concerner Lew Wang.

– Monsieur le procureur, intervint Stephen Albright, que fait-on pour les deux affaires dont on a parlé ?

– Ah oui ! Il est bien évident que si M. Love collabore avec nous, son nom disparaîtra des dossiers concernant le braquage de la Banco de Andalucia à Séville et le détournement du vol 933 à Malte.

127

Carla les attendait au K Café, près du Ritz-Carlton, devant un curaçao, un grand verre d'eau et un recueil de nouvelles de Woody Allen. Nathan lui présenta Connie.

– Tu ne devrais pas prendre d'alcool avec tes médicaments, dit-il.

– Je n'en ai bu qu'une gorgée.

– Vous êtes malade ? demanda Connie.

– Oui, dit-elle en se forçant à sourire. Comment va Eliona ?

– Bien, je vous remercie. Elle est avec son grand-père en ce moment.

– Tu as appelé Léa ? demanda Nathan.

– Oui. Elle me manque plus que je ne lui manque. Ce week-end, elle me remplace sur le catamaran et elle te fait un gros bisou de Bouddha. Ah oui, elle te demande aussi qu'est-ce qui est vert, qui pue et qui pourrit au fond d'un bois.

– Je sèche.

– Elle te donnera la réponse au prochain coup de fil.

– Maligne.

– Alors, cette réunion ?

– Je viens de trouver du travail.

– Tu vas bosser pour eux ?

– Ils me couvrent pour ce qui s'est passé en Espagne et à Malte et ils mettent tous leurs moyens à ma disposition.

– Pour retrouver ton père ?

– Pour retrouver Lew Wang qui sait où se trouve mon père.

Stephen apparut dans le café et se joignit à eux.

– Je n'ai pas eu le temps de te dire merci, Stephen, pour avoir organisé cette rencontre, dit Connie.

– Et moi de remercier Nathan pour avoir contribué à la libération d'Eliona.

– Rien sur Mastersmith ? demanda Nathan.

– Non, dit Connie. Il avait dû prévoir une sacrée porte de sortie. Quant à Schrank, il est en plein délire mystique.

– Avec ton père, dit Stephen, on a examiné les interventions de WhiteStone au cours des six derniers mois. On tient peut-être quelque chose.

– Pourquoi n'en as-tu pas parlé pendant la réunion ?

– Je serais passé pour un con auprès de Price et je préfère éviter.

– Tu préfères passer pour un con auprès de nous ?

– C'est ça. Vous vous souvenez de l'évasion des otages retenus par les FARC en Colombie, il y a trois mois ? C'était une opération menée par WhiteStone. La presse en a parlé à l'époque sans vraiment citer le nom de la firme. Il faut dire que le Pentagone et la CIA, qui avaient commandité l'opération, ont tiré la couverture à eux. Ce qui nous a intrigués avec ton père, c'est qu'InBox News n'en a pas fait des tonnes sur le sujet. En poursuivant mes recherches, je me suis aperçu que cette intervention venait juste après la polémique sur la mort de trois soldats de WhiteStone dans un attentat à Bagdad. Peut-être gardaient-ils profil bas pour éviter que les médias fassent ressurgir cette affaire.

– En quoi cette découverte te ferait passer pour un con ? demanda Connie.

– À leur libération en Colombie, les otages ont été entendus. Un rapport a été transmis à Washington et l'affaire a été classée. En creusant, je me suis aperçu que le rapport contenait huit témoignages. Or il y avait neuf otages.

– Tu as retrouvé celui qui manquait ?

– Ce matin, j'ai réussi à contacter le militaire qui avait recueilli la déposition du dernier otage. Il s'en souvenait très bien car il s'agissait de Jorge Padilla, un animateur d'une radio de Bogotá. Il était revenu sur sa déposition, qui a été transmise après les autres. C'est pour ça qu'on en avait perdu la trace.

– Pourquoi Padilla est-il revenu sur son premier témoignage ?

– Parce qu'il disait qu'il avait été libéré par… des fantômes.

– Quoi ?

– Il a vu des fantômes.

– C'est tout ?

– C'est tout ce dont le militaire colombien se souvient.

– Que savez-vous sur la mort des trois soldats de WhiteStone à Bagdad ? demanda Nathan.

– WhiteStone assurait la protection d'un homme d'affaires sunnite. Un kamikaze l'a fait sauter avec son fils et les trois gardes du corps. Une véritable contre-publicité pour WhiteStone.

– Des témoignages ?

– Non, pourquoi ?

– Comme vous l'avez pertinemment insinué, si WhiteStone ne s'est pas servie du coup d'éclat en Colombie pour effacer son revers à Bagdad, c'est que quelque chose d'inavouable relie ces deux évènements.

– Vous avez une idée ?

– Non, fit Carla qui savait ce que Nathan allait dire.

– Je dois me rendre sur place.

– En Irak ? s'étonna Stephen.

– À Bagdad et à Bogotá.

Dixième partie

Sans requins, pas de poissons

128

Cordillère orientale des Andes. Le Boeing d'Avianca se posa dans les nuages à 2 640 m d'altitude. Nathan sortit de l'aéroport international d'El Dorado avec la sensation que l'air était plus rare et plus frais. Il sauta dans un taxi qui démarra en diagonale comme un fou sur le damier urbain de Bogotá délimité par les *carreras* et les *calles*. La Vierge, le ballon de foot, le crucifix et le sapin parfumé qui pendaient au rétroviseur se balançaient comme en pleine tempête. Il demanda au chauffeur de lever le pied et de se régler sur Radioacktiva.

– *El planeta rock!* fit la boule de nerf en se calant sur 97,9 FM.

Il fit jaillir du son qui lui donna envie de rouler encore plus vite. *Adicto al dolor*. L'émission de Jorge Padilla avait commencé. L'animateur qui se faisait appeler Jorgy Boy reprit la parole pour un *Quiz Rock* coupé de pubs et de tubes qui le mena jusqu'au flash d'informations de 22 heures. Le Venezuela gelait un peu plus ses relations avec la Colombie. Chavez, incarnant bien « ces politiciens qui se comportaient comme des acteurs » selon la formule de Randall Price, avait rappelé son ambassadeur en poste à Bogotá. Il reprochait au président Santos de l'avoir accusé de fournir des armes aux FARC.

– Vous êtes d'où, *hombre* ?

– Colombie, répondit Nathan.

– Quoi, vous êtes colombien ?

– Je suis toujours du pays où je vais.

À la fin du flash infos, Jorge Padilla annonça The Mills. *Abran fuego* mit le feu dans l'habitacle, surtout du côté conducteur. Frisant la mort à chaque carrefour, Nathan le pria de s'arrêter devant la plaza de Bolivar. Il finirait le trajet à pied.

L'immense place était illuminée comme dans un conte de fées. Théâtre de messes grandioses, de fêtes somptueuses, de corridas endiablées, de procès retentissants, de marchés colorés, de pendaisons exemplaires, la plaza de Bolivar était chargée d'histoire. Tout l'esprit de l'Amérique latine planait sur ce lieu. Fondu dans la population locale, Nathan flâna dans les ruelles en direction des studios de Radioacktiva, fit même un détour par l'avenida Jimenez où les *esmeralderos* rangeaient leurs pierres vertes et brutes non écoulées.

Lorsqu'il se présenta à la station, il se fendit d'un sourire et d'une carte du FBI flambant neuve délivrée par Robert Fuller.

– Jorgy termine dans cinq minutes, si vous voulez bien patienter, dit l'hôtesse teinte en orange et maquillée comme pour monter sur scène.

Elle lui désigna un fauteuil de la même couleur que ses cheveux près d'un distributeur automatique de boissons. À travers les enceintes disposées dans le plafond, on entendit Jorgy annoncer le dernier morceau avant le flash de 23 heures. *Cyanide* de Metallica pour conclure en bruit et en beauté.

L'animateur apparut dix minutes plus tard, escorté par une fille sexy et peu frileuse. Jorge portait un sweat-shirt UCLA informe de couleur parme, un jean déchiré et une casquette de travers siglée MTV. La fille de l'accueil lui signala qu'il était attendu. Nathan s'avança pour lui demander s'il pouvait lui accorder quelques minutes.

– C'est au sujet de la prise d'otages ?

– De votre libération plutôt.

– J'ai déjà tout dit là-dessus.

– Trop dit, rectifia Nathan. On peut se trouver un endroit tranquille ? Vous pouvez emmener votre amie.

– À vous écouter, on dirait une invitation à une partouze.

– J'avais prévu autre chose.

– Moi aussi. Vous auriez dû prendre rendez-vous.

– Comme si j'avais quelque chose à vous vendre ?

– Vous êtes là pour me demander un truc, c'est pareil.

– Si j'ai fait cinq heures et demie d'avion, ce n'est pas pour vous demander quelque chose.

– C'est pour quoi alors ?

– Pour l'obtenir.

– Ben merde alors, il se croit où, lui ?

– Qu'aviez-vous prévu ce soir ?

– Un dîner romantique au Mr B's avec Mina.

L'animateur faisait passer le nom du lieu avant celui de son rencard.

– Allons-y, dit Nathan. Nous discuterons en chemin. Vous aurez peut-être répondu à mes trois questions avant d'arriver.

– Y a quelque chose à gagner ?

– Un tête-à-tête romantique avec Mina… (puis, à l'intention de la jeune femme) Si vous êtes Mina, ce cadeau a une grande valeur.

– Merci, fit-elle, séduite.

Ils sortirent du studio, montèrent dans une Renault 18 customisée et sonorisée comme une discothèque, traversèrent le quartier de la Candelaria au rythme d'une balade rock de Rata Blanca. *Mujer amante*. Sur la banquette arrière, Nathan menait son interrogatoire.

– Confirmez-vous que cinq mercenaires de White-Stone vous ont délivré du camp nº13 des FARC ?

– J'ai fait la même déclaration que les autres otages. Pourquoi vous venez me relancer là-dessus ?

– Vous n'avez pas répondu.

– Oui, je confirme.

– Quelle était la teneur de votre première déposition ?

– Des conneries. J'étais sous le choc de la libération après trois mois de captivité dans cette jungle de merde.

– Vous n'avez pas répondu.

– Je divaguais, en quoi ça peut vous intéresser ?

– Je suis profiler. Les divagations m'en disent plus sur un individu que ses raisonnements.

– Qu'est-ce que vous voulez savoir sur moi ?

– Vous n'avez pas répondu.

– Dis-lui, Jorgy, qu'est-ce que tu t'en fiches ? intervint Mina.

Jorge pila devant un flic qui arrêtait la circulation pour faire traverser un groupe de touristes.

– J'ai rien vu ! s'exclama Jorge.

– Jorgy, s'il te plaît, qu'on en finisse…

– J'ai rien vu, j'ai dit. Ceux qui nous ont délivrés n'étaient que des ombres. Des spectres. Voilà, c'est ce que j'avais déclaré, okay ?

– Des fantômes ? pouffa Mina.

– Je l'ai dit, que c'était des conneries.

– Qu'est-ce qui vous a fait penser à des spectres ?

– La pluie semblait ruisseler sur des formes invisibles… j'ai vu du sang et des éclairs jaillir de terre… Le militaire qui a consigné ma déclaration s'est foutu de moi. Avec l'esprit plus clair, j'ai réalisé que j'avais déliré. Alors j'ai rectifié ma déposition.

Jorge déboucha dans une rue diaprée de néons, envahie

de noctambules, d'automobiles en parade, de musiques endiablées et de parfums capiteux. L'animateur glissa un CD de Shakira dans le lecteur et poussa le volume à fond. *Objection*. Une sorte de tango disco.

Le Mr B's se distinguait par son enseigne en forme de lunettes noires et par le service d'ordre musclé qui filtrait les entrées.

– On est arrivé, fit Jorge. J'ai répondu à vos questions.

– À deux seulement.

L'animateur baissa le volume.

– Allez-y, balancez la troisième.

– Qui vous a demandé de revenir sur votre déposition ?

– Personne.

Dans un craquement de plastiques, le pied de Nathan fit disparaître l'autoradio et la voix de Shakira. Mina lâcha un cri, Jorge un juron. Nathan ramena sa jambe tendue entre les deux Colombiens.

– Vous croyez que je vais reprendre l'avion pour Washington et dire au patron du FBI : désolé chef, Jorgy n'a pas voulu coopérer ?

– C'est pas des méthodes, merde. Je suis journaliste, je vous préviens que vous n'allez pas vous en sortir comme ça.

L'enceinte arrière gauche implosa. Puis l'enceinte arrière droite.

– Arrêtez, c'est bon !

– Tourne à droite, ordonna Nathan.

Jorge quitta l'avenue principale, se gara en double file dans une rue perpendiculaire, ouvrit la portière, sauta du véhicule et s'arrêta net, retenu par la ceinture de sécurité que Nathan lui avait enroulée autour du cou. Ce dernier sortit à son tour, saisit l'animateur sous le bras et menaça de briser les phares de la R18 avec son crâne. Jorge hurlait dans le but d'alerter les passants. La plupart pressèrent le pas. L'un d'eux, catégorie poids lourds, s'approcha pour séparer les deux hommes.

– On se calme, dit le gros.

Sans lâcher Jorge, Nathan hésita entre sa carte du FBI et un coup de pied latéral à la carotide. Il opta pour la seconde solution. Le *ba lang cuoc* décolla avec la rapidité et la puissance d'un missile sol-air qui explosa sous le menton. Le choc dissuada deux autres témoins de jouer les modérateurs. Jorge échoua sur le siège passager à la place de sa copine qui avait fui. Nathan prit le volant et dégagea plus vite qu'un braqueur de banque.

– Je veux un nom !

– Je peux pas, pleura l'animateur.

Nathan visa un chantier de construction, traversa la palissade, pulvérisa un tas de gravats, fit valser une bétonnière, roula sur du treillis soudé, tira le frein à main. La R18 effectua une pirouette dans un nuage de poussière. Une main s'abattit sur Jorge avant qu'il ne réalise qu'ils étaient arrêtés. L'animateur fut éjecté selon une trajectoire convexe jusqu'à une palette de sacs de ciment. Nathan ramassa une cisaille.

– Tu es en train de tout perdre, ta copine, ta voiture, ta langue, ton boulot.

Nathan ouvrit les lames de l'outil qu'il rapprocha du visage de Jorge.

– Vous n'êtes pas du FBI.

– Non.

– Si je vous donne un nom, vous me laissez partir ?

Nathan fit mine d'hésiter.

– Tout dépend du nom.

– Juan Esteban.

– Ça ne me dit rien.

– Deux hommes sont venus me voir le lendemain de ma déposition. Ils m'ont dit d'aligner mon témoignage sur celui des autres, sinon Juan Esteban se chargerait de me tailler une cravate colombienne.

– Où est-ce que je peux trouver Esteban ?

Nathan rabattit violemment la cisaille sur un sac qui répandit un nuage de ciment sur Jorge.

– Il a une boîte sur la calle 42. El Tiburon.

129

Nathan déposa l'animateur chez lui avec des dollars pour acheter un nouvel autoradio et offrir un dîner romantique à Mina. À 1 heure du matin, il se présenta devant El Tiburon. Une tête de requin à la peinture écaillée surmontait l'entrée gardée par un Indien en costume. Ses mensurations dépassaient celles dont la nature dotait habituellement les peuples d'Amazonie. Il avait le crâne rasé, les sourcils épilés, deux grands anneaux aux oreilles.

– De quelle tribu es-tu ? lui demanda Nathan.

– Nukak. Et toi ?

– Navajo.

– Il en reste plus que des Nukak.

– Je ne connaissais pas ton ethnie.

– Normal, amigo. Notre peuple n'a été découvert qu'en 1988.

– C'est à partir de là que les ennuis ont commencé, je suppose.

– Les ethnologues, les journalistes et les colons ont apporté l'épidémie qui nous a décimés. Les rescapés ont été chassés par la guérilla et la guerre contre les narcotrafiquants. On n'est plus que cinq cents.

– Je suis en face d'un survivant.

– Les Esprits m'ont donné une santé solide.

– Mais pas à l'épreuve des balles.

– J'en ai pris deux dans le dos quand je me suis évadé du camp de Barrançon Bajo. On m'y avait déplacé de force.

– Depuis tu t'es inséré ?

– Il me restait le choix entre le suicide et la civilisation.

– Des regrets d'avoir choisi la deuxième option ?

– À part que je bosse pour un des narcos qui m'ont forcé à quitter la forêt, faut pas se plaindre. Et puis je suis toujours à temps de revenir sur mon choix.

Le videur fit entrer deux types louches et refusa l'accès à un Colombien en goguette. El Tiburon effectuait une drôle de sélection à l'entrée.

– Désolé amigo. Tu disais ?

– Ton patron, c'est Juan Esteban ?

– Ouais. Et toi, t'es qui ?

– Nathan. Je suis à la recherche de mon père.

– Ici, en Colombie ? Ça fait loin des États-Unis.

– C'est très compliqué. Je pense qu'Esteban peut me donner une piste.

– Je vois. Moi c'est Dugu. Ça signifie « nuit » en langue nukake. Mon père, lui, est mort d'une pneumonie que lui a transmise un ethnologue à la con.

– Désolé.

– Pas de quoi. On est dans la même galère des minorités ethniques, amigo.

– Esteban est là ce soir ?

– Il est arrivé il y a une heure.

– Je peux entrer ?

– Vas-y, si tu penses que tu peux avoir des réponses.

– Merci Dugu.

Le videur le héla alors qu'il franchissait le seuil.

– Nathan, si t'as besoin d'aide, tu sais où je suis.

– Je m'en souviendrai.

Il fallait descendre comme dans une cave. De la musique électronique faisait trembler les murs couverts de salpêtre et de sales gueules. Six néons éclairaient les photos sous-verre de gosses recrutés par Escobar, posant armés et fiers d'avoir tué pour cinquante dollars. En bas des escaliers, Nathan pénétra dans un couloir où une hôtesse le salua d'un *hola guapo*, le fouilla au corps, s'arrêta sur la poche de sa veste, sortit délicatement un livre avec une moue perplexe.

– Qu'est-ce que c'est ?

– *L'Art de la guerre*, répondit Nathan.

Elle lui rendit l'ouvrage en haussant les épaules et en lui demandant s'il désirait quelque chose en particulier.

– Juan Esteban.

À sa tête, il comprit qu'elle s'attendait à une autre requête, un fix, une fille, un flingue.

– Il n'est pas là ce soir.

Elle avait des consignes.

– Vous avez fait entrer deux clients, il y a cinq minutes. Pablo et Pedro. J'ai rendez-vous avec eux et M. Esteban. Si vous entravez cette négociation, ce ne sera pas mon problème mais le vôtre.

– Voyez avec son bras droit, Manolo. Il est chargé de la sécurité.

– Merci.

Elle appuya sur une sonnette. Un malabar ouvrit la porte. Il portait une veste blanche blindée. Nathan s'installa au bar pour repérer les lieux et commanda un Coca Sek, concurrent local de Coca-Cola. Énergisant. La moyenne d'âge de la clientèle qui piétinait la piste ou s'affalait dans des fauteuils design ne dépassait pas vingt ans. Ils étaient à l'affût d'un signe d'Esteban, d'un contrat pour aller tuer. Les serveuses quasiment à poil servaient à boire en attendant de se coltiner une lap dance ou plus si les moyens du client le permettaient, derrière l'une des cinq tentures sales au fond de la salle. La seule autre issue était les toilettes. Un véritable cul-de-sac.

– On a soif chéri ?

La fille qui s'inquiétait pour lui venait de grimper en haut d'un tabouret bancal et lorgnait sur sa poche intérieure légèrement bombée par le traité de Sun Tzu.

– Merci, je viens de boire un Coca tiède.

– Une petite danse ?

– Allez, soyons fous.

L'employée l'attira vers un rideau qu'elle écarta pour révéler une porte donnant sur une pièce insonorisée. Le décor se limitait à un fauteuil élimé, une table basse pour les consommations et une minichaîne sur un plancher crasseux. Nathan s'assit. Elle referma la porte et posa un ongle pailleté sur le bouton lecture. *Ayo Technology* interprété par 50 Cent et Justin Timberlake. La danseuse maigrichonne se déhancha en reculant vers lui sur ses talons hauts, vacillante et lascive, jusqu'à l'effleurer de ses fesses creuses. À moins que les toilettes ne mènent à son bureau, Esteban devait être derrière l'un des quatre autres rideaux, en pleine transaction avec le duo louche entré dix minutes auparavant. Il restait à trouver Manolo.

Nathan sentit des effluves de sueur sucrée, un épiderme suintant le frôler, des cheveux tomber sur son entrejambe, une haleine épicée sur son cou, sa joue, ses lèvres. La danseuse anonyme jouait les courants d'air parfumés. Elle se tortilla encore un peu, écarta les jambes et s'assit face à lui, sur ses genoux, les bras posés sur ses épaules, les yeux vides.

– Tu en veux plus ?

– Je n'ai pas de quoi payer.

– Et ça c'est quoi ? dit-elle en lui écartant le pan de sa veste.

– Un livre.

– Tu dois régler la danse.

– J'ai tout craqué dans mon Coca Sek.

Elle battit brusquement en retraite vers la porte dont elle libéra le loquet après avoir appuyé sur un bouton qui n'était pas celui de l'interrupteur.

– Il faut payer maintenant.

La porte s'ouvrit sur un type aux airs de second couteau. Il tenait un Taser. Les deux électrodes jaillirent du canon à la vitesse de 50 m/seconde. Nathan avait déjà quitté le fauteuil et évoluait en marge de l'axe matérialisé par le fil reliant le dard de volts au pistolet. Fléchi dans la position du cavalier, il frappa le foie d'un coup de coude, se redressa et balança son deuxième coude dans la mâchoire de l'agresseur. La fille cria. Nathan lui donna son compte en pesos et la pria de s'asseoir et de la boucler. Il déplia le type qui cherchait sa respiration :

– Manolo, c'est vous ?

Des sons incompréhensibles sortaient de sa bouche.

– Manolo ?

Il hocha la tête. Les présentations étaient faites.

130

– T'es mort, connard.

Il avait fallu une bonne minute à Manolo pour retrouver son élocution.

– Je veux voir Esteban d'abord.

– Et moi le pape.

Nathan lui planta les électrodes du Taser dans les gencives et appuya sur la détente. Manolo hurla en dégageant une odeur de brûlé.

– Dans quelle cabine se trouve Esteban ?

– Il est ochupé, 'ais che peux l'appe'er. 'Erde cha fait'al !

Il avait reperdu sa diction.

– Où est Esteban ?

– 'Euxième 'orte à 'roite en chortant.

Nathan l'assomma du tranchant de la main, suggéra à la danseuse de changer de métier, sortit de la cabine, souleva la deuxième tenture sur sa droite et examina le battant qu'il allait devoir enfoncer. Serrure à un point. Trois pas en arrière. Il s'élança, vrilla la hanche en vol, tendit une jambe qui le fit jaillir dans des éclats de bois et atterrir sur quatre types groupés autour d'un tas de cocaïne et de dollars. Il balança un direct sur l'un d'eux à l'atterrissage, se releva avec un uppercut dans la main gauche, fracassa une mâchoire grosse comme un vide-poches, dévia un bras armé en même temps que, d'un coup de pied arrière, il propulsait contre le mur un larron encore debout. Les flingues volèrent, ainsi que la poudre blanche et les billets verts, comme si quelqu'un venait d'ouvrir la fenêtre en plein vent. Parmi les gisants, Nathan reconnut le duo qu'il avait baptisé Pablo et Pedro, ignora celui qui devait être un garde du corps et s'intéressa au quatrième homme qui s'était écrasé, flasque et ventri-potent, au pied de la cloison. Nathan lui ligota les mains avec sa cravate, le ramena à la réalité avec quelques gifles et le mit debout. Il ramassa quelques liasses de dollars, un sac de cocaïne qu'il lui fourra dans la bouche et un Browning Hi-Power doté d'un chargeur rallongé de vingt balles qui n'avait pas servi.

Il traîna le caïd bâillonné dans la salle et tira trois coups de feu. L'un d'eux fit des étincelles du côté de la platine du DJ. Après avoir attiré l'attention, il jeta des dollars sur la piste de danse et annonça que le reste du butin se trouvait dans la pièce du fond. Nathan et son prisonnier fendirent l'émeute à contresens vers la sortie barrée par le malabar à veste blindée et biceps d'acier. La main droite du cerbère se contracta. Avant que les quatre gigantesques phalanges baguées ne parviennent à lui, Nathan avait poussé Esteban de côté et dévié le piston meurtrier. Blocage du bras gauche qui se transforma en coup de poing au visage. Par sécurité, il tira dans le genou à bout portant. Le géant bascula sous une explosion de fragments osseux et ligamentaires. La voie libérée, Nathan saisit Esteban par le col, poussa violemment la porte et l'hôtesse postée derrière.

Les choses se gâtèrent dans l'escalier. Les sbires d'Esteban occupaient tout l'espace en contre-plongée. La configuration des lieux était défavorable à Nathan. C'était comme s'il était allé voler de l'eau au fond d'un puits appartenant à une tribu ennemie. Ses deux atouts : il détenait le chef de la tribu et avait peut-être un allié dans le dos de ceux qui menaçaient de le renvoyer sous terre. Il calcula : une cage d'escalier étroite, six néons, seize balles, trente marches, cinq hommes hésitant à tirer sur leur employeur.

L'équation était simple.

Il se positionna derrière Esteban qui se dandinait nerveusement en roulant des yeux et visa les néons. Six détonations plongèrent la cage d'escalier dans le noir. Les cinq soudards reculèrent instinctivement et se regroupèrent. Ils se transformèrent en une cible aveugle. Nathan avait deux balles pour chacun d'eux. Il fit feu à en faire fondre la culasse. Les déflagrations perçaient les tympans d'Esteban qui mordait le sac de coke dans sa bouche. En même temps qu'il canardait, Nathan poussait le caïd comme un bouclier. Un cadavre dégringola. Un clair-obscur se dessina au-dessus d'eux. Les hommes d'Esteban battaient en retraite pour prendre position des deux côtés de l'entrée. Nathan enjamba un deuxième corps. Encore quelques marches. Il trébucha sur un troisième macchabée. Ses adversaires n'étaient plus que deux. Ils n'avaient pas encore tiré. Du tranchant de la main, il colla un KO à

Esteban pour s'occuper du macchabée qu'il releva et balança dehors après avoir prélevé son arme. Un feu nourri accueillit le mort devant Nathan qui sortit à son tour et liquida les deux derniers en croisant ses tirs ponctués par deux « clics ». Les chargeurs étaient vides.

– Où est Esteban ?

Il y avait un sixième homme. Maigre comme le budget de l'Éducation du pays, aussi laid et myope qu'Alfonso Cano [1]. Il braquait Nathan avec un fusil à pompe. À cette distance, il pouvait le tuer même sans ses lunettes. Sa seule erreur fut de vouloir s'assurer que la personne qui pourrait le récompenser généreusement pour un tel acte était encore en vie.

– Il vient de mourir, lui répondit Nathan.

– Comme toi, gringo.

La balle traversa son crâne qui explosa lorsqu'elle ressortit par l'os pariétal.

131

– Il ne faut pas rester là !

Nathan avait vu sa vie défiler.

– On doit dégager ! insista Dugu.

L'Indien se tenait devant lui, à la place du tueur qu'il avait descendu.

– Je viens de perdre mon boulot, mais j'ai pas envie de perdre la vie.

Nathan replongea dans la cage d'escalier moquettée de macchabées et remonta Juan Esteban. Devant El Tiburon, une foule bruyante de curieux s'amassait avec des sirènes en fond sonore.

1. Chef des FARC depuis mai 2008.

– Tu as un véhicule ? demanda Nathan.

– Tout ce que j'ai, je le porte sur moi.

Cela incluait un Browning que Nathan lui emprunta pour se frayer un chemin jusqu'à un taxi bloqué par la foule. Le pistolet l'aida aussi à convaincre le chauffeur de virer son client pour embarquer à sa place un *pistolero*, un Indien et un caïd.

– Ciudad Bolivar, indiqua Dugu.

– Je ne vais pas là-bas, dit le taxi.

Il démarra avec un canon sur la nuque et la consigne de ne pas ralentir. Ils roulèrent vers le sud de la ville, les quartiers miséreux et dangereux, bidonvilles délimités par des usines crachant tout ce qu'elles pouvaient de fumées pour éviter que le pays sombre totalement dans la crise économique.

Sous l'œil des noctambules qui erraient au milieu de baraques de bric et de broc, le taxi acheva d'user ses suspensions dans les ornières des artères défoncées de Ciudad Bolivar, favela de cinq cent mille habitants auxquels il fallait retrancher quotidiennement une centaine de morts violentes. Une bande d'adolescents surgit soudain devant eux avant de s'éparpiller dans les sombres venelles. Ils étaient pris en chasse par deux motos. Une camionnette blindée barra la route au taxi. Deux militaires armés de fusils-mitrailleurs sautèrent à terre.

– Les Balafreurs, commenta Dugu.

– C'est-à-dire ?

– Les paramilitaires. Ils sillonnent les bidonvilles la nuit pour traquer les jeunes. Ils les enlèvent, les tuent ou les enrôlent.

Milices des grands propriétaires terriens en lutte contre la guérilla, émanation ultra-sécuritaire de l'oligarchie colombienne méfiante à l'égard des enfants pauvres, les paramilitaires imposaient un couvre-feu dans Ciudad Bolivar, avec la bénédiction du gouvernement. Ils y orchestraient un nettoyage social.

Le ramassage des ordures.

Nathan retira le sac de cocaïne de la bouche d'Esteban et les clefs du contact. Il offrit au chauffeur le choix entre une balle dans la nuque ou un bon pourboire. Les deux militaires s'approchèrent du taxi, en tenaille.

– Qu'est-ce que vous faites ici ?

– Je ramène des clients, se justifia le chauffeur.

– Les taxis ne viennent jamais dans ce quartier.

– Vous avez raison, c'est la première fois.

– Vous savez que c'est dangereux ?

– Je peux pas me permettre de refuser des clients. J'ai besoin de vivre.

– Ce n'est pas ici qu'on vit le plus longtemps.

À leur droite, l'autre militaire fit signe à Dugu de baisser la vitre. Il avait une tête d'escadron de la mort à lui tout seul.

– Vous êtes qui ?

– On rentre chez nous, mentit Dugu.

– En taxi ?

– Mon ami a un peu forcé sur l'aguardiente, dit-il en désignant Esteban qui piquait du nez.

On leur demanda leurs papiers. Dugu se tourna vers Nathan qui, conscient qu'ils n'avaient plus le choix, avait ouvert la portière pour vomir sur la chaussée.

– Eh là ! fit le milicien qui examinait les papiers du taxi.

Nathan se redressa en chancelant, posa le pied gauche à droite du pied droit comme s'il allait tomber et se servit de cette position pour pivoter sur lui-même et placer un coup de pied circulaire. Le crâne du milicien alla rebondir contre la carrosserie pendant que Nathan fléchissait les genoux pour éviter la riposte de son acolyte qui le canardait en contournant le véhicule. Il glissa les jambes sous la portière qui lui servait de bouclier, lui crocheta un mollet et décocha un coup de pied juste au-dessus, dans le tibia. Il sentit un craquement, ramena les jambes pour les détendre contre la portière qui claqua contre son adversaire courbé sur sa fracture. Une détonation attira son attention sur Dugu en train de faire feu sur deux miliciens jaillis du fourgon. Un bruit de moteur leur annonça que l'un des deux motards était de retour. Il roulait tout en leur tirant dessus mais il allait devoir freiner s'il ne voulait pas percuter le taxi. Nathan attendit cet instant qui requérait l'utilisation des deux mains, s'élança, posa un pied sur le garde-boue, passa la jambe gauche au-dessus du casque et termina son mouvement par un ciseau qui éjecta le motard. La tête coincée entre les jambes croisées de Nathan, le Balafreur rata sa chute et se tordit les cervicales. Dugu toucha un milicien, l'autre réintégra le fourgon. Nathan poussa le chauffeur du taxi, démarra et enclencha la marche arrière jusqu'à un croisement. La camionnette blindée leur fonça dessus. La seconde moto surgit en arrière-plan. Nathan tira le frein à main, passa la première, pied au plancher. Le véhicule patina dans la boue et fila par un dédale de ruelles étroites et tordues. Dugu balança un coup de crosse sur le crâne d'Esteban qui reprenait connaissance et joua le copilote. Ils se faufilèrent en force dans les ruelles de tôles et de poussière. Derrière eux, le fourgon emportait tout ce qui dépassait, antennes, linge, murs. En quelques minutes, Nathan les sema.

– On s'arrête là, dit Dugu.

Ils étaient face à un mur lépreux sur lequel était écrit à la bombe « Los niños buenos se duermen a las 7h, los malos los mandamos a dormir a las 8h. »[1]

– Un slogan des paramilitaires, commenta Dugu. Pour eux, les jeunes des quartiers défavorisés sont des drogués,

1. « Les bons enfants vont dormir à 7 heures, les mauvais nous les envoyons dormir à 8 heures. »

des guérilleros ou des trafiquants de drogue. Alors, les *paracos* dictent leurs règles. Défense de sortir après 19 heures, interdiction de s'instruire, tâches ménagères et sexuelles pour les filles, enrôlement pour les garçons.

Nathan restitua sa place au chauffeur et lui paya la course doublée d'un pourboire.

– Comment je vais retrouver la sortie ? s'affola ce dernier.

– Prenez la direction du nord, dit Dugu.

Nathan arracha Esteban de la banquette et suivit Dugu dans un labyrinthe de tôles, de parpaings et de plastique jusqu'à une habitation qui donnait sur une petite place jonchée de détritus et de gravats.

– C'est là, dit-il devant une façade en briques avec deux ouvertures, une pour la porte et une pour la fenêtre.

Ils entrèrent dans la pièce principale qui faisait office de cuisine, salon, salle à manger, chambre à coucher. Un adolescent et une fillette dormaient tête-bêche sur une paillasse.

– Allons sur le toit, on sera plus tranquille.

La baraque de Dugu n'avait pas d'huisseries, mais c'était la seule construction alentour à posséder un toit en terrasse, accessible par une échelle, à l'instar des habitations hopi. Ils hissèrent Esteban qui pesait de plus en plus lourd et le flanquèrent dans un coin. Dugu proposa à Nathan de s'installer dans la chaise longue qui trônait sur le toit.

– Il faut interroger Esteban, dit Nathan.

– Je reste. À deux, c'est mieux.

– Tu n'es pas obligé.

– Tu crois que je fais ça parce que t'es indien comme moi ?

– Ce que je crois, c'est que tu n'aimes pas Juan Esteban.

– Comment vous appelez ça dans votre langue ?

– Un euphémisme.

Le caïd grogna. Dugu le renvoya dans sa syncope d'un coup de pied à la tête qui aurait volé à cent mètres si elle n'avait pas été accrochée au reste du corps. Il revint avec un commentaire.

– Des types comme Esteban sont venus un jour dans nos forêts. Ils ont pris nos feuilles de coca qui aident les chefs à communiquer avec les Esprits. Ils ont transformé cette feuille de pouvoir et de sagesse en poison mortel. Ensuite l'armée colombienne et les Américains se sont mis à nous bombarder pour combattre les trafiquants de drogue et les guérilleros qui font commerce de la coca.

– Pourquoi avoir travaillé pour lui ?

– Il y a deux enfants en dessous qui ont besoin d'un nouvel horizon. Esteban était le seul qui payait bien.

Nathan sortit de sa poche deux liasses dérobées sur la table d'El Tiburon et les jeta sur la chaise longue.

– Tiens, ton parachute doré.

Dugu jeta un œil sur le paquet de dollars, sans commenter.

– Tu veux jouer le gentil ou le méchant ?

– Le gentil, répondit Nathan.

Ils mirent au point une stratégie d'interrogatoire à laquelle Dugu eut du mal à souscrire. Au terme de leur conciliabule, Nathan donna quelques claques à Esteban qui reprit conscience avec une forte migraine. Il le traîna par les pieds jusqu'au bord du toit et le lança au-dessus d'un tas d'ordures. Le truand se serait fracassé sur un vilebrequin rouillé ou un étai si Nathan lui avait lâché les chevilles. Au lieu de cela, il le balança comme un gros poisson aux pieds de Dugu.

– Va falloir que je mette le paquet si je veux être le méchant, fit l'Indien.

Nathan s'accroupit près de son prisonnier désorienté.

– Pourquoi avoir demandé à Jorge Padilla de changer sa déposition ?

– T'es qui toi, petite merde ?

– Tu viens de le dire.

– Va te faire enculer, pédé.

– Pas maintenant.

– Toi, je te reconnais, dit-il en voyant Dugu. T'es le peigne-cul qui me sert de paillasson à l'entrée du club.

– Je te le laisse, Dugu. Travaille-le un peu, mais surtout ne le tue pas. Il doit me donner des réponses.

– Je lui demande quoi ?

– Rien. Il ne veut pas parler pour l'instant.

Nathan lui remit le sac de cocaïne dans la bouche et le laissa entre les mains de l'Indien.

132

Quatre grands yeux sur deux visages sales le regardaient dans la pénombre.

– Où est Dugu ? demanda la fillette.

Elle était assise sur le grabat qu'elle partageait avec un adolescent en train de se redresser dans un rayon de lune.

– Sur le toit, dit Nathan.

En écho à sa réponse, un cri étouffé traversa le plafond.

– Je m'appelle Nathan. Et toi, tu es Oneida ?

– Oui.

– Dugu m'a parlé de toi et de Bayan.

Elle portait une jupe à fleurs fanées. Ses mains crasseuses serraient une poupée Barbie en vêtements de princesse.

– Quel âge as-tu ?

– Neuf ans.

– Dugu, qu'est-ce qu'il fait sur le toit ? demanda le garçon à moitié endormi.

– Il va bientôt redescendre.

Pour Nathan, trois traits distinguaient l'être humain des autres organismes vivants : la bêtise, l'humour et la cruauté. Lorsqu'il travaillait pour le FBI, il avait pu mesurer l'étendue de la troisième. La sauvagerie était tapie en chaque individu, domestiquée par des siècles de civilisation, mais pouvant ressurgir à tout moment, sans distinction de race, de couche sociale, de culture ou d'âge, chez le père de famille ou la femme enceinte, l'instituteur ou le médecin, le curé ou l'imam, le mafioso ou le gourou, le voisin sans histoire ou le collègue de travail, le militaire ou le policier, l'enfant ou le vieillard, le tueur en série ou la baby-sitter. Il existait une catégorie de personnes qui excellait en matière de cruauté, au-delà du paroxysme atteint par la tristement célèbre Gestapo. C'était les narcotrafiquants. Capables de transporter de la drogue dans le cadavre d'un bébé vidé comme un poulet, d'éplucher la peau d'un traître comme une banane, d'interroger un suspect à la tronçonneuse ou de payer une poignée de dollars des gosses de dix ans pour aller tuer, ils étaient des génies de la barbarie. Leurs victimes, violées, castrées, dépecées, démembrées, décapitées dans leur sillage, anéantissaient toute velléité de réaction chez les populations. La terreur qu'ils répandaient brisait la moindre tentative d'organisation sociale. Les narcotrafiquants colombiens régnaient ainsi en maîtres sur les quatre millions d'hectares qu'ils avaient extorqués à leur pays, soit 10 % des terres les plus fertiles de la Colombie. Juan Esteban était l'un d'eux. Le torturer pour le faire parler, c'était l'amener en terrain familier et risquer de passer pour un amateur. L'entreprise était donc vouée à l'échec. Il fallait sortir Esteban du cadre de violence qui était son quotidien. Le confronter à une situation inhabituelle, susceptible de le déstabiliser. C'était dans cet esprit que Nathan et Dugu avaient échafaudé leur plan.

– Qui êtes-vous ? lui demanda l'adolescent.

Il portait un jean qui n'avait plus de couleur et un t-shirt déchiré à l'encolure. Un MP3 flambant neuf lui envoyait de la musique dans les oreilles.

– Un ami de Dugu. Excuse-moi de t'avoir réveillé, Bayan.

Un bruit énorme les fit sursauter. Esteban venait de les rejoindre au rez-de-chaussée sans prendre l'échelle, la tête la première. Dugu apparut quelques secondes plus tard. Il s'était peint une parure faciale avec le sang d'Esteban. L'Indien tira un peu plus sur les liens du mafioso, le jeta contre un mur et lui retira le sac de coke de la bouche, libérant un flot d'intimidations :

– Toi et les tiens, vous allez tous crever à coups de machette. Ta mère, tes gosses, ton chien, tes amis, tes voisins…

Dugu serra les deux enfants terrorisés. Nathan s'assit à côté d'Esteban et posa la main sur sa clavicule cassée, presque amicalement.

– Je te présente Oneida et Bayan. Deux gosses ramassés par Dugu ici, à Ciudad Bolivar. Malgré la crasse et les blessures, leur beauté te donne une idée de ce que pourrait être ce pays, sans les gens de ton espèce. Tes menaces sont vaines, Esteban, il y a longtemps que Dugu n'a plus de famille ou d'amis. À part ces deux petits.

– Je me chargerai d'eux personnellement.

La fillette était blottie contre Dugu. Le gamin toisait le caïd, comme pour le défier de mettre ses menaces à exécutions. Nathan continua :

– La société colombienne est régie par des valeurs patriarcales et racistes. Les enfants y sont peu considérés.

Encore moins les petites filles. Et encore moins les petites filles indiennes.

– Qu'est-ce que tu m'emmerdes, pédé, avec ces conneries ?

– Ah oui ! J'oubliais les valeurs homophobes aussi.

Briefé par Dugu, Nathan présenta la fillette :

– Oneida avait quatre ans lorsque ses parents ont été massacrés, avec tous les habitants de son village, par les milices des narcotrafiquants. Un prêtre l'a trouvée dans la jungle où elle s'était réfugiée. Il l'a prise sous son aile mais il a été décapité peu de temps après par les paramilitaires pour avoir monté une association d'aide aux familles des victimes, ce qui était assimilé à un acte de guérilla. La fillette a été sauvée par un programme d'aide aux enfants les plus pauvres, financé par la chanteuse Shakira, qui lui a permis d'être soignée, d'intégrer une école de la fondation Pies Descalzos et de manger à sa faim pendant quelques mois.

– Belle histoire, mais qu'est-ce que j'en ai à foutre ?

– Tais-toi, crétin, dit Dugu. Écoute l'histoire d'Oneida, c'est celle de ton pays.

– Traite-moi encore de crétin, macaque, et je te promets que tu regretteras d'être né.

Nathan poursuivit, imperturbable :

– À sept ans, Oneida a été enlevée par les FARC, associés aux narcotrafiquants. On l'a relâchée quelques mois plus tard dans la nature, faute de pouvoir en tirer une rançon. Trop jeune pour être enrôlée dans le personnel de confort des paramilitaires, elle a erré à la périphérie de Bogotá.

– Dis donc, enculé, ça va être long ton baratin ?

– Non, ça va être court. Oneida n'a que neuf ans.

– Putain, je rêve !

– À huit ans, elle est devenue recycleuse d'ordures, elle passait ses journées dans les poubelles à trier le plastique, les papiers et les cartons. Là, elle a découvert l'intégrisme de l'oligarchie colombienne imposé à coups de machette par les Balafreurs, interdisant par exemple les jupes courtes sous peine de scarifications.

Le regard d'Esteban se porta sur les jambes de la fillette, couvertes de cicatrices.

– C'est à Ciudad Bolivar qu'elle a rencontré Dugu, recycleur d'ordures lui aussi. Il l'a adoptée, il a décidé de lui offrir un avenir et pour ça il s'est forcé à travailler pour toi. À sa première paye, il lui a acheté la poupée, là.

Au terme de son récit, Nathan lui tapota la cuisse :

– Un peu grâce à toi, finalement.

– T'es en train de te payer ma tête, trou du cul ?

– Je te présente également Bayan.

– Putain, j'en ai rien à foutre de ces merdeux ! Venez-en au fait !

Il en réclamait presque sa séance de torture.

– Tu sais quel était le rêve de Bayan ?

– Non et je m'en cogne !

– Bayan voulait être le nouveau César Rincón[1].

Esteban s'esclaffa. Dugu serra le bras contracté de Bayan. Nathan continua.

– Tu imagines ? Tu aurais payé pour aller l'acclamer. Tu te serais incliné devant lui et les cent millions de pesos qu'il aurait encaissés par corrida.

– On gagne plus à tuer des taureaux que des hommes, lança soudain Bayan.

– C'est qu'il a le sens de la réplique le *novillero*, railla Esteban.

– Bayan a commencé à toréer avec un vieux chiffon en guise de muleta et un bâton pour épée. Il enchaînait les passes au milieu des ordures, il a planté ses premières

1. Le plus grand matador colombien, né à Bogotá en 1965.

banderilles dans le dos d'un cochon. Chaque matin, il allait apprendre à la plaza de toros Santamaria.

– Putain, tu vas me faire la bio du gosse, maintenant ?

– Attends, c'est là que tu interviens. La famille de Bayan se résumait à un grand frère qui l'aidait à payer ses entraînements grâce aux services qu'il rendait à la mafia. Un jour il a décidé d'arrêter parce qu'il avait trouvé un travail dans une menuiserie. Les narcos lui ont coupé une jambe pour lui redonner goût à rendre service. Il a été mal soigné, le moignon s'est infecté, il est mort dans les pires souffrances.

– C'est pas mon problème. C'est le système qui fonctionne comme ça. T'arrêtes pas aussi facilement de bosser pour la mafia.

Pour la première fois, Esteban ne jurait pas, n'insultait pas. Il se justifiait. Nathan sentit qu'il était sur la bonne voie. Il posa la main sur le bras du tueur, pour le rassurer.

– Le frère de Bayan n'a peut-être pas été mutilé par tes hommes. Le problème n'est pas là. Sans son grand frère, le petit Bayan a dû mettre les bouchées doubles pour s'entraîner et réussir à combattre des taureaux d'une demi-tonne. Le matin il s'exerçait, l'après-midi il lavait des pare-brise aux feux rouges, la nuit il vendait des cigarettes. À treize ans, un taurillon lui a démoli un bras et cassé une clavicule. Le médecin lui a demandé de s'arrêter six mois. Mais six semaines après l'accident, Bayan est retourné dans l'arène. Le *novillo* de 350 kg en face de lui ne lui faisait pas peur. Mais son bras raide n'a pas suivi. Le taureau lui a perforé la poitrine. Bayan l'a tué mais il s'est retrouvé à nouveau hospitalisé. On lui a enlevé la moitié d'un poumon et son bras est condamné à rester raide jusqu'à la fin de sa vie. Il lui a fallu deux années de soins et de rééducation. Aujourd'hui, il veut retourner dans l'arène et Dugu passe son temps à lui expliquer que ce serait un suicide.

– On gagne plus à tuer des taureaux que des hommes, hein ? persifla Esteban.

– Ouais ! Je vais te montrer, bondit l'adolescent.

Nathan le renvoya sans ménagement sur le grabat.

– Pas besoin de me défendre, dit Esteban à Nathan. Même sans les mains, je lui flanque une volée, à ce merdeux.

– Tu n'es pas là pour coller des fessées, Esteban, mais pour faire une bonne action. Je suis sûr que c'est inédit pour toi.

– De quoi tu parles, tapette ?

– Tu peux donner un avenir à ces deux enfants.

– Tu me prends pour mère Teresa ?

– Non, pour un narcotrafiquant. Ce que je te demande, ça t'est aussi difficile que si je demandais à mère Teresa de flinguer deux gosses à bout portant.

– C'est quoi ton problème ?

– Qui t'a engagé pour faire pression sur Jorge Padilla ?

– Putain, t'es encore avec ça ?

– Toujours.

– Quel rapport avec les deux merdeux ?

– Tu me donnes un nom et tu rentres chez toi. Moi je livre le nom au gouvernement américain en échange d'une carte verte pour Oneida et Bayan.

– Tu vas ramener ces mioches aux États-Unis ?

– Là où tu écoules ta marchandise.

– J'y gagne quoi ?

– Tu deviens le bienfaiteur de ces deux enfants.

– Je comprends rien.

– Un nom, une bonne action, deux enfants sauvés et quelques-uns de tes péchés pardonnés. Tu crois en Dieu, non ?

Esteban resta coi. Son regard oscillait entre les visages qui lui faisaient face, éclairés par la grosse bougie que Dugu avait allumée. La lueur de la flamme léchait la joue d'Oneida, dansait sur les peintures faciales de Dugu, brillait dans les yeux noirs de Bayan. Étrange atmosphère dans cette pièce miséreuse ouverte aux odeurs et aux bruits.

– Tu crois en Dieu ? redemanda Nathan.

– Détache-moi.

Il lui ôta les liens qui entaillaient sa chair.

– Tu crois en Dieu, Esteban ?

– Je suis catholique, comme tous les Colombiens.

– Tu as déjà fait le bien ?

– Plus que ça ! Je finance une fondation caritative.

– Je te parle de faire le bien, pas de blanchir tes narcodollars.

Esteban se leva, contempla la pièce en frottant les entailles à ses poignets dans lesquelles Dugu avait plongé les doigts pour se peindre. Nathan le laissa gagner le seuil.

– Alors, c'est ça ? Vous me laissez partir ? Après tout ce que vous avez fait pour m'amener ici ?

– Je te donne l'occasion d'accomplir quelque chose de beau, Esteban. Pour une fois dans ta vie. Te torturer ne t'aurait pas fait parler de toute façon.

– J'ai jamais rencontré pareilles tantouzes de toute ma vie, putain !

– L'avenir d'Oneida et de Bayan dépend de toi.

Esteban posa sa main sur le chambranle, le regard fuyant vers l'obscurité de la ville. Sans se retourner, il murmura :

– Stephen Albright.

Puis il disparut dans la nuit de Ciudad Bolivar.

133

Carla et Connie B. Stanshaw sortirent de l'aéroport international de Los Angeles et montèrent dans un taxi en direction de Venice Beach. Malgré le smog qui recouvrait la ville, il faisait bon et la circulation était exceptionnellement fluide.

Les deux femmes avaient épluché le dossier sur WhiteStone constitué par Stephen Albright et Louis Stanshaw. Elles avaient décortiqué la savante structure de la firme tentaculaire et navigué entre les sigles abscons. La filiale multimédia InCorp possédait six chaînes de télévision, dont trois d'information, ainsi que la société InBox Entertainment qui produisait des films de cinéma, des séries télévisées et des jeux vidéo majoritairement de guerre. Le cerveau créatif d'InCorp et d'InBox était le Master Institute for New Datas, un *think tank* créé par WhiteStone sur le modèle de l'Institute for Creative Technologies. La multinationale avait débauché à prix d'or les meilleurs scénaristes, réalisateurs, concepteurs, ingénieurs en intelligence artificielle, designers, graphistes d'Hollywood et doté MinD d'un budget de cent millions de dollars.

MinD avait conçu la série *Mad Baghdad*. Le pilote avait fait un carton sur l'une des chaînes d'InBox. L'action était centrée sur la vie quotidienne d'une unité de GI basée à Bagdad. Vingt-quatre épisodes en tournage sur place. Un vrai défi au niveau de la sécurité. Le département marketing d'InBox avait lancé *Mad Baghdad* avec l'argument que certains attentats que l'on verrait dans la série seraient bien réels. Cela avait déclenché une polémique promotionnelle.

Le taxi traça dans Venice Boulevard en direction de l'océan. La Venise d'Amérique était réputée pour ses canaux et ses plages, ses résidents célèbres comme Julia

Roberts ou Nicolas Cage, son décor qui avait servi aux séries *Alerte à Malibu* ou *24 Heures* et à des films comme *Speed*, *Strange Days*, *The Big Lebowski*, *American History* ou *Million Dollar Baby*.

Au bout de Venice Boulevard, le taxi tourna sur la gauche et roula lentement au milieu des body-builders, des surfers et des skaters, pour atteindre un building que l'on remarquait de loin. Les façades en plasma diffusaient des images produites par InBox et imaginées par MinD. Sur la face nord, un hélicoptère Blackhawk crachait un déluge de feu au-dessus d'une zone urbaine tenue par des rebelles armés.

– Vous me laissez parler, avertit Connie.

Elle s'apprêtait à interroger Mike Stevenson, Director of Technology, superviseur des projets de MinD et donc employé n° 1 de la société. Carla ne répondit pas. Son regard était attiré par les figures d'un skater.

– Carla ?

– Oui ?

– C'est moi qui pose les questions à Stevenson, d'accord ?

– Ne vous inquiétez pas. Je suis consciente que je suis là contre votre gré.

– Je disais ça parce que j'ai plus l'habitude que vous, même si vous assistez Nathan depuis le début de cette enquête.

– Une nuit avec un sage est plus profitable que dix ans d'études.

– On sent son influence, là.

– Pour faire parler un salaud, Nathan est capable de lui préparer du thé comme de lui casser les articulations. Alors, ne comptez pas sur moi pour faire ce boulot. Je vous le laisse volontiers.

– Je ne crois pas que je servirai du thé à Stevenson, et encore moins que je lui briserai les jambes.

– Vous n'apprendrez pas grand-chose, alors.
– J'ai quelques compétences en la matière.
– Vous savez à quoi se mesure la compétence ?
– À beaucoup de choses.
– Non, à une seule.
– Laquelle selon vous ?
– À ce que les gens sont capables de vous offrir en échange. Le secrétaire d'État à la défense et le procureur général ont donné tous les pouvoirs à Nathan, y compris celui de braquer une banque, de détourner un avion ou de vous imposer ma présence.
– Vous l'admirez, n'est-ce pas ?
– Non, je l'aime.

Les deux femmes descendirent du véhicule stationné devant le MinD Building et pénétrèrent dans le hall du polygone pixelisé. Le décor ressemblait à celui d'un *war-game* peuplé de soldats en résine grandeur nature et harnachés comme pour une guerre futuriste.

– L'immeuble a été décoré par Hideo Kojima, le créateur de la série de jeux *Metal Gear*. Il a révolutionné le genre par l'hyperréalisme de ses graphismes et de ses scénarios.

Connie préparait ses interrogatoires à fond. C'était ce qui lui permettait d'affirmer qu'elle avait des compétences en la matière. Un staff de *GI Jane* en battle-dress accueillit les deux visiteuses. Le badge du FBI leur fit ravaler leurs sourires stupides. On leur désigna l'ascenseur qui les propulsa vers le sommet de l'édifice au rythme de *War Machine* de AC/DC.

– Votre collier est superbe, dit Connie.
– Il représente beaucoup de choses.

Les portes s'ouvrirent sur la statue en bronze d'un soldat du futur qui braquait le visiteur avec un fusil-mitrailleur sophistiqué. Derrière lui, tout était en verre à l'exception de la secrétaire et de la cloison de métal marquée par des impacts de balles qui la séparait du big boss. Miss Channing, comme l'indiquait la plaque posée devant son buste de play mate, signala leur arrivée à Stevenson. Elle les fit s'installer dans une salle d'attente équipée d'écrans et de consoles de jeu.

– Vous pouvez jouer à ce que vous voulez, claironna-t-elle sur un ton assorti à son débardeur pailleté.

Le cellulaire de Carla vibra. Nathan l'appelait de l'aéroport de Bogotá avant d'embarquer pour Bagdad. Carla évoqua son état de santé qui s'était stabilisé et annonça qu'elle était sur le point de rencontrer le patron de MinD Corporation. Puis elle écouta longuement. Connie eut la sensation qu'elle faisait l'objet de la conversation.

– Qu'est-ce qu'il a dit ? demanda-t-elle au terme de l'entretien.

– Il s'envole pour l'Irak.

– Qu'a-t-il découvert à Bogotá ?

– Il est sur une piste, mais il préfère se rendre à Bagdad avant d'en parler.

– Vous mentez.

– Il m'a aussi donné des conseils pour tirer les vers du nez de Stevenson.

– Lesquels ?

Miss Channing réapparut et les guida jusqu'à l'antre du Director of Technology. Elles pénétrèrent dans un vaisseau spatial ténébreux, déshumanisé, circulaire, tapissé de câbles et de tubulures noires et mates, d'écrans et d'instruments de bord, factices pour la plupart. Un léger vrombissement donnait l'impression du mouvement. Au milieu de ce décor de science-fiction trônait un petit homme d'une cinquantaine d'années. Il aurait pu ressembler au Père Noël s'il avait eu plus de cheveux sur son crâne rose et une barbe sous son sourire amical. De gros sourcils blancs surlignaient deux petits yeux bleus qui brillaient comme ceux d'un enfant. Stevenson portait un polo rayé froissé, un jean pas très net et une Patek Philippe.

– Installez-vous, Mesdames, dit-il en leur désignant deux sièges d'aéronef.

– Drôle de bureau, commenta Connie.

– C'est l'un des designers du Nostromo qui l'a dessiné pour moi.

– Ce n'est pas angoissant de travailler dans un tel décor ?

– Ah ! La force du décor ! Avez-vous vu *Alien* ?

– Cela fait quelques années.

– Rappelez-vous, le film débute par l'intérieur du Nostromo. Il ne se passe rien, il n'y a personne, juste un décor. Chambre des machines, caverneuse, déserte…

Stevenson accompagnait son propos de grands gestes comme s'il était en train de mettre en scène.

– Poste de pilotage, instruments éteints, fauteuils vides… Niveau C, long couloir obscur, murs graisseux. Aucun mouvement, juste le bourdonnement des turbos… Couloir niveau A, même chose. Il ne se passe rien et pourtant tout est posé grâce au décor. Dès les premières minutes, le spectateur est conditionné pour avoir peur.

– Vous cherchez à effrayer vos visiteurs ? demanda Carla.

– Nous venons vous interroger sur des évènements survenus en Utah, attaqua Connie.

Stevenson leur proposa à boire. Connie déclina l'offre et enchaîna :

– En tant que Director of Technology, vous supervisez tous les projets de MinD, n'est-ce pas ?

– Affirmatif, répondit Stevenson sur un ton martial.

– Cela inclut les êtres virtuels, les mondes fictifs, les immersions, les simulations.

– Nous travaillons pour le cinéma, la télévision, les fabricants de jeux vidéo…

– Pour WhiteStone.

– WhiteStone n'est pas notre seul client. Dernièrement, nous avons travaillé sur les effets spéciaux de *Fringe* et d'*Avatar*.

– Nous nous intéressons à ce que WhiteStone vous a demandé.

– Nous développons pour eux un jeu de simulation d'une guerre urbaine en Iran. Encore plus abouti que le *Full Spectrum Warrior* d'ICT ! Il servira d'outil d'entraînement dans les centres d'opérations de WhiteStone.

– Je prendrais bien un thé, fit soudain Carla.

Stevenson décrocha son téléphone, appela Miss Channing et demanda à Connie si elle ne voulait toujours rien.

– Non, merci. Pour en revenir aux évènements qui se sont déroulés en Utah, avez-vous développé un scénario portant sur une coopération entre la base militaire de Dugway et des extraterrestres ?

– Euh… Oui, m'dame.

– Peut-on avoir un exemplaire du scénario ?

– Non… C'est confidentiel.

– Sous quelle forme doit être adapté ce scénario ?

– Je ne peux pas vous le dire.

– Il va falloir que vous fassiez preuve de plus de coopération, Monsieur Stevenson.

– Je ne peux que me retrancher derrière nos avocats. Adressez-vous au cabinet Weller, Stanwick, Geffen & Collins à Washington. Je n'ai pas d'autre choix. Vous remettre une copie du scénario, ce serait me retrouver au chômage et être poursuivi par le plus gros cabinet d'avocats du pays. Si vous n'avez plus de questions…

Il allait se lever lorsque Miss Channing entra pour servir du thé à Carla.

– Est-ce que votre scénario parle de disparitions ? tenta Connie.

– Je ne peux répondre à cette question.

– D'une organisation d'observateurs d'ovnis ?

Stevenson nia de la tête.

– Vous travaillez avec quelle agence de comédiens ?

– Sun Agency. Eux aussi, ils sont liés par une clause de confidentialité.

Carla trempa ses lèvres purpurines dans la tasse de thé. Elle sortit des cachets qu'elle avala.

– J'ai le sida, dit-elle. Ces médicaments que j'avale quotidiennement me permettent de retarder ma dégradation physique.

– Je suis désolé.

– Mike ? Je peux vous appeler Mike ?

– Je vous en prie.

– Cessez d'être désolé, Mike. Depuis que je sais que je vais bientôt mourir, j'ai cessé de l'être car c'est une perte de temps.

– Ça va aller ? s'inquiéta Connie qui apprenait la maladie de Carla en même temps que Stevenson.

– Connaissez-vous Nathan Love ? demanda Carla.

– Euh… qui ?

– Vous devriez vous en inspirer pour vos jeux vidéo. Il est expert en combat et en interrogatoires musclés. Actuellement, il est à la recherche de son père qui a disparu dans l'Utah. Vous avez des enfants ?

– Euh… quel rapport ?

Les « euh » chez Stevenson trahissaient une affirmation refoulée.

– Vous les aimez ?

– Bien sûr, pourquoi… ?

– Vous feriez passer votre travail avant eux ?

– Qu'est-ce que vous voulez que je vous dise ?

– Quel âge ont-ils ?

– Dix et douze ans.

– Quels sont leurs prénoms ? À moins que ce ne soit confidentiel, ça aussi.

– Serena et Ethan.

– Ils sont ce qui compte le plus pour vous ?

– Oui.

– Vous feriez tout pour eux, pas vrai ?

– Évidemment.

– Y compris vous retrouver au chômage et être poursuivi par le plus gros cabinet d'avocats du pays ?

– Êtes-vous en train de menacer ma famille ?

– Moi, non. Je n'ai plus de questions à vous poser, Mike.

Elle se leva, imitée de peu par Connie furieuse et coite. Les deux femmes quittèrent le bureau et se retrouvèrent devant l'ascenseur.

– Qu'est-ce qui vous a pris ?

– J'avais besoin de prendre mes médicaments.

– Je vous avais dit de ne pas intervenir.

– Vous pataugiez.

Au moment où les portes s'ouvrirent sur *Heroes* de Motörhead, Miss Channing les appela. Stevenson les priait de revenir. Elles suivirent à nouveau le déhanchement de la secrétaire jusqu'au bureau du boss.

– Qui êtes-vous ? demanda ce dernier à Carla.

– J'interviens lorsque l'agent spécial Stanshaw n'obtient pas de réponses.

– Vous travaillez pour le FBI ?

– Pour Nathan Love. Les techniques coercitives du FBI en matière d'interrogatoire sont très limitées en territoire américain. Comme nous n'avons pas le temps de vous faire monter dans un avion pour vous tirer les vers du nez au-dessus d'un pays moins regardant sur les droits de l'homme, nous avons choisi une autre méthode. Je transmettrai vos réponses à Love qui agira en conséquence.

– Vous… vous êtes…

– Peu importe qui je suis, vous ne me reverrez plus.
– Que voulez-vous savoir exactement ?
– L'agent spécial Stanshaw vous l'a dit.
– Vous n'avez pas le droit de menacer les gens.
– La loi ne s'applique pas plus à moi qu'à vous. Au revoir, Mike.
– Attendez.
– Vous me faites perdre mon temps. Et comme vous le savez, il ne m'en reste plus beaucoup.
– Je ne dispose pas du scénario. Après le développement, il a été communiqué à WhiteStone et effacé de nos ordinateurs.
– Pas de copie de sauvegarde ?
– On ne garde aucune trace des Red Files.
– Les Red Files ?
– Les projets exclusivement destinés à WhiteStone.
– Vous devez quand même vous rappeler son titre.
– *The Last Frontier*.
– Comment se le procurer ?
– Quand WhiteStone nous demande de corriger un scénario, ils communiquent un code d'accès au fichier.
– Vous a-t-on demandé de retravailler sur *The Last Frontier* ?
– Euh…
– Vous avez donc un code d'accès. Qui est votre interlocuteur chez WhiteStone ?
– Un *media contact*. Mais son nom change tout le temps.
– Dans quel sens avez-vous corrigé le script de *The Last Frontier* ?
– On nous a demandé d'ajouter un personnage.
– Lequel ?
– Celui de… Nathan Love.

134

Stevenson s'activa au-dessus du clavier qui commandait le poste de contrôle de son « aéronef ». Deux écrans s'allu-mèrent au milieu des instruments factices. Le système d'exploitation informatique se mit en marche simultanément sur les deux moniteurs. Le directeur de MinD composa une série de mots de passe et pénétra sur le réseau interne de WhiteStone. Connie se pencha vers Carla et chuchota :

– Je croyais que vous n'aviez aucun talent pour faire parler les gens.

– Au téléphone, Nathan m'a conseillé de prendre un thé.

– C'est tout ?

– Il m'a dit de citer son nom et d'improviser… déstabilisation, intimidation.

– Vous êtes redoutable.

– Non, fatiguée. J'ai envie de rentrer chez moi.

Mike Stevenson ouvrit enfin le Red File intitulé *The Last Frontier*.

– Peut-on en avoir un exemplaire ?

– Désolé, le fichier est protégé contre la copie et l'impression.

– Est-ce que ça nous empêche de le lire ?

– Non.

Carla et Connie s'installèrent et lurent un traitement d'une vingtaine de pages. L'histoire narrait l'établissement d'accords secrets entre plusieurs races d'extraterrestres et WhiteStone. La SMP avait bâti un astroport sur sa base de Dugway, destiné à accueillir des êtres du système stellaire Rigel situé dans la constellation d'Orion. WhiteStone avait contracté avec les Rigeliens un transfert de technologie et l'évacuation des déchets nucléaires sur Jupiter. Lors de ces voyages interplanétaires, les

Rigeliens rapportaient de l'hydrogène métallique constituant la plus grosse partie de la planète.

– Cette forme d'hydrogène ne peut être maintenue en dehors des conditions extrêmes de pression et de température qui règnent sur Jupiter, dit Carla.

– Je vois que vous connaissez le sujet.

– J'ai bénéficié d'un cours de Cherryl Fox, au Livermore Lawrence National Laboratory.

– Nous ne sommes que des scénaristes, pas des scientifiques. Accordez-nous un peu de marge avec la vraisemblance. Je suis néanmoins étonné que vous mettiez en doute une formule chimique plutôt que l'existence des Rigeliens ou de leur improbable accord avec une SMP.

– J'ignore si les extraterrestres existent. En revanche, je sais que l'hydrogène métallique n'existe pas sur Terre.

– Les Rigeliens ont trouvé un moyen de conserver l'hydrogène sous cette forme. Ça fait partie du transfert de technologie.

Carla poursuivit sa lecture. Une organisation nommée l'UUFOO, composée d'observateurs d'ovnis, surveillait l'activité régnant autour de la base de Dugway Proving Ground… Ses membres étaient convaincus qu'un contact secret avait été établi entre DPG et des êtres venus d'ailleurs, qu'ils étaient impliqués dans la disparition de témoins, y compris de leur famille et de leurs biens… Le FBI ne trouvait aucun indice… Un journaliste et un témoin qui enquêtaient se retrouvaient traqués par des créatures aux visages flous… communiquant sur Terre avec des pigeons voyageurs… Les deux enquêteurs étaient enlevés à leur tour…

– Ce qui est écrit là-dedans, c'est ce qu'on essaie de nous faire croire depuis le début ! s'exclama Connie.

– Ce n'est qu'une histoire, imaginée et écrite par nos scénaristes.

– Quand l'avez-vous écrite ?

– Il y a trois ans environ.

– Tout ça s'est déroulé au cours des deux derniers mois.

– Pure coïncidence.

– Vous avez créé de la réalité, Monsieur Stevenson. Vous brossez une vision du monde que WhiteStone cherche à imposer aux gens.

– Vous délirez.

– Quel était le cahier des charges imposé par WhiteStone ?

– Il y avait peu de contraintes. Nous devions intégrer dans le script l'importation d'hydrogène métallique sur Terre via la base de Dugway.

– Savez-vous que l'UUFOO existe vraiment ?

– Peut-être que l'un des scénaristes en a entendu parler et qu'il s'en est servi.

– Ça m'étonnerait. L'UUFOO existe depuis moins de deux ans.

– Notre rôle se borne à créer des *wargames* fondés sur l'immersion des soldats dans des mondes virtuels qui reproduisent avec le plus d'exactitude possible les conditions réelles de combat sur le terrain. On y associe le récit d'une histoire vécue par des personnages. Ça peut se passer en Irak, en Afghanistan ou au fin fond de l'Afrique. Ça ressemble à la réalité, mais ça n'en est pas. C'est ce qu'on appelle des théâtres virtuels de guerre. Vous pouvez aller chez ICT ou DMT, ils font la même chose que nous.

– On appelle aussi ça de la réalité augmentée.

– Je me borne à faire mon boulot.

– Et vous le faites bien.

– Mike, intervint Carla, vous me faites penser à ces scientifiques qui ont créé l'arme nucléaire avant de dire « Oups ! » Vous êtes complice des politiciens et des militaires qui vous passent commande.

– Vous ne vous êtes jamais interrogé sur le sens de ce que vous faites ? demanda Connie.

– Qu'est-ce qui vous permet de juger ? Nos *wargames* forment des soldats plus résistants. Vous savez ce que c'est que de faire la guerre en Irak ?

– On ne vous parle pas de ça. Vous manipulez l'opinion. Pourquoi ?

Le patron de MinD s'enfonça dans son fauteuil.

– WhiteStone nous fournit des canevas à partir desquels on développe des scripts destinés à du théâtre virtuel. Dans le cas de *The Last Frontier*, il s'agissait d'aller un peu plus loin, en créant de la réalité palpable. Après accord sur le scénario, nous avons engagé des acteurs, créé les maquillages, mis au point des effets spéciaux, placés des émetteurs-récepteurs en décor naturel pour altérer l'environnement sonore et électronique.

Carla se souvint des évènements étranges survenus dans sa chambre de motel à Provo.

– L'objectif était d'embrouiller les personnes qui posaient trop de questions sur Dugway, de les aiguiller sur d'autres pistes, leur faire peur, les décrédibiliser, jusqu'à leur faire prendre des hallucinogènes à leur insu, pour augmenter les effets. C'est tout ce que je sais.

– Qu'a demandé WhiteStone au sujet de Nathan Love ?

– Il y a trois semaines, ils m'ont demandé d'ajouter ce personnage au script.

– Sous quel prétexte ?

– Dynamiser l'action.

– Comment est-il caractérisé ?

– Love s'implique car son père fait partie des disparus. Il doit être dépeint comme un ex-profiler du FBI, un guerrier redoutable prêt à tout pour retrouver son père.

Carla comprit pourquoi Stevenson avait été troublé lorsqu'elle avait mentionné le nom de Nathan et évoqué des représailles.

– Va-t-il réussir sa mission ?

– Nos scénaristes l'ont envoyé en Colombie et en Irak. C'est là que la technologie transmise par les Rigeliens à WhiteStone a servi pour la première fois. C'est là aussi que se déroule le dénouement.

– Quel dénouement ?

– L'élimination de Nathan Love.

135

Entre Bogotá et Bagdad, Nathan fit escale à Washington, le temps d'un débriefing à l'aéroport international. Carla l'attendait dans le hall des arrivées. Sa bouche avait la saveur des excipients.

– Tu n'as pas pris tous tes cachets, dit-il au terme du baiser.

– Comment le sais-tu ?

– Je n'ai pas senti celui qui a un goût de framboise.

– Tu n'as pas bien fait attention. Goûte bien.

Elle l'embrassa jusqu'à ce qu'il décèle l'arôme fruité de l'antirétroviral.

– WhiteStone a demandé à MinD d'écrire ton assassinat.

– Stevenson t'a donné des détails ?

– Ses scénaristes planchent dessus actuellement.

– Ça me laisse donc un peu de temps.

– Ne va pas à Bagdad.

– La dernière pièce du puzzle se trouve là-bas.

– Tu vas dire à Connie que son ex-mari est un pion de WhiteStone ?

– Je préfère d'abord l'interroger.

Une navette les mena au Hilton Washington Dulles. La réunion se tenait dans un *lounge* VIP de l'hôtel. Connie B.

Stanshaw, Stephen Albright et Robert Fuller étaient présents. Dalton Ezterraz avait décliné l'invitation. Ils s'assirent autour de boissons fraîches et chaudes. Nathan rapporta comment WhiteStone avait tissé des liens avec la pègre locale pour faire pression sur Jorge Padilla. Il omit de préciser que l'ordre venait de la personne en face de lui, qui jouait nerveusement avec son stylo. De son côté, Connie confirma que MinD avait écrit le scénario des évènements liés aux disparitions de Snake Valley afin de masquer le véritable dessein de WhiteStone. La firme avait demandé à MinD d'y intégrer la mort de Nathan Love.

Un silence plana le temps de digérer ces informations. Nathan s'absenta pour aller aux toilettes. Deux minutes plus tard, un employé de l'hôtel vint annoncer à Stephen Albright que quelqu'un l'attendait dans le hall pour lui transmettre une information importante. Le conseiller s'excusa et quitta la pièce à son tour. Il croisa Love, se fendit d'un sourire forcé et ressentit une violente douleur au foie. Nathan le récupéra dans ses bras et l'aida à gagner les toilettes. Sans avoir repris son souffle, Stephen se retrouva le nez au fond d'une cuvette de W.C. sous un flot de chasse d'eau.

– Ça va mieux ? demanda Nathan en lui relevant la tête.

Albright cherchait toujours sa respiration. Il venait d'être précipité dans un monde de violence qu'il n'avait connu qu'à travers des écrans ou des rapports. Il perdit donc rapidement pied et se raccrocha aux questions comme à un détendeur de bouteille d'oxygène.

– Quel est ton nom ?

– Albright… Stephen Albright.

– Profession.

– Conseiller à la Défense.

– Tu es aussi un agent de WhiteStone en cheville avec le cartel de Juan Esteban. Où est mon père ?

– J'en sais rien.

Albright alla lécher une nouvelle fois le fond de la cuvette.

– Donne-moi un indice, Albright, et je te lâche.

Au bord de l'asphyxie, il crachait de l'eau.

– Tu me mets sur la voie, tu te refais le brushing avec le sèche-mains et tu nous rejoins comme si de rien n'était. Même Connie n'en saura rien.

– Stewart Randolph, finit-il par articuler entre deux éructations.

– Qui est-ce ?

– Le vice-président de WhiteStone. C'est lui qui donne les consignes.

– Je me fiche de ton vice-président. Ce qui m'intéresse, c'est ce qui s'est passé à Bagdad. Qu'est-ce que WhiteStone cherche à cacher ?

– Vous le savez déjà. Trois soldats de WhiteStone employés à la protection d'un homme d'affaires ont été tués par une attaque terroriste.

– Il n'y a aucune déposition ?

– L'explosion a tué tout le monde. Qui voulez-vous interroger ?

– Des témoins comme Jorge Padilla.

– Il n'y en avait pas à Bagdad.

– Les rapports sur les opérations en Colombie et en Irak sont passés entre vos mains. Vous nous les avez mis sous les yeux après en avoir corrigé les grandes lignes.

– Je ne suis pas intervenu sur le procès-verbal de l'attentat à Bagdad.

– Qui, alors ?

– La police irakienne a dirigé l'enquête en collaboration avec le FBI.

Albright éternua du liquide.

– Séchez-vous et rajustez votre cravate.

Nathan regagna le *lounge* où on l'attendait avec une certaine inquiétude.

– Excusez-moi, dit-il. La nourriture de l'avion.

Fuller regarda sa montre et annonça le programme.

– On vous a soigné, Monsieur Love. Vous allez profiter d'un vol spécial affrété par l'ONU et le département d'État, aux côtés d'une passagère de marque.

– Angelina Jolie, compléta Carla.

– Elle est en mission à Bagdad pour le Haut-Commissariat aux réfugiés.

– Vous serez pris en charge par le lieutenant-colonel Hartman qui vous accueillera à l'aéroport. Une équipe vous accompagnera dans vos déplacements.

– Ce ne sera pas très discret.

– Vous allez dans le coin le plus dangereux de la planète. De toute façon, les militaires sont partout, ils n'attirent pas plus l'attention qu'un mendiant à Calcutta.

– Rendez-vous dans deux jours, dit Nathan.

– Cela vous suffira ?

– J'ai déjà trop traîné.

Ils croisèrent Albright en sortant. Ses cheveux étaient mouillés.

– Stephen, ça va ? demanda Connie.

– C'est pas le moment !

– Que s'est-il passé ? demanda-t-elle à Nathan.

– Esprit compliqué, environnement compliqué.

Elle le retint par le bras. L'explication ne la satisfaisait pas. Il lui chuchota quelques mots et se volatilisa, laissant derrière lui Connie, perplexe, dans le hall du Hilton. Carla le rattrapa dans la navette et l'accompagna jusqu'au salon des premières classes assiégé par une horde de paparazzi.

– N'en profite pas, hein, dit-elle.

Il aurait voulu faire de l'humour, mais la situation ne s'y prêtait guère.

– Je ne serai pas long.

Ils s'embrassèrent au milieu des flashs, puis il disparut dans la cohue.

136

Elle était aussi belle que Carla avant sa maladie. Racée et fine, pleine de grâce et d'énergie. De grands yeux de chat, une immense bouche de fraise écrasée sur un sourire apaisant, un nez et un menton volontaires, une chevelure d'Indienne, des coordonnées géographiques tatouées sur le bras gauche. Angelina Jolie voyageait seule. Ou plutôt, elle s'était isolée des deux personnes qui l'accompagnaient, reléguées deux rangs derrière. Ambassadrice de bonne volonté à l'UNHCR, elle se rendait une nouvelle fois en Irak pour offrir son soutien, son aide et son aura médiatique aux Irakiens forcés de fuir leur foyer pour des camps de miséreux dans la banlieue de Bagdad. Nathan aurait été incapable de citer l'un de ses films, mais il savait que l'actrice reversait le tiers de ses cachets astronomiques au HCR. Il l'avait appris au cours de sa précédente enquête impliquant les puissants de ce monde dont elle faisait partie. Elle allait revoir quatre familles qu'elle avait aidées au cours de son dernier voyage. Sous son impulsion, le HCR et le gouvernement irakien leur avaient obtenu un lopin de terre, donné accès aux études et aux soins. Elle était une bénédiction pour eux, mais elle préférait être considérée comme une amie de la famille.

Shakira en Colombie, Jolie en Irak, déesses du troisième millénaire.

La déesse en question le questionna sur l'objet de son voyage.

– Je cherche mon père.

– En Irak ?

– Il a disparu en Utah, mais des évènements qui se sont déroulés à Bagdad sont peut-être liés à sa disparition.

Une hôtesse leur servit du champagne. Angelina fixa son verre comme si elle cherchait à quoi le lever.

– Vous retrouverez votre père.

– Qu'est-ce qui vous fait dire ça ?

– Vous êtes fort.

– Cela se voit tant que ça ?

– Si vous êtes assis là, c'est que vous l'êtes. La secrétaire d'État m'a demandé à la dernière minute de vous accorder cette place.

– Merci d'avoir accepté.

– Aux *happy ends*, dit-elle en guise de toast.

Ils trinquèrent.

– Hillary Clinton m'a confié qu'on avait des points communs et que mon voyage à vos côtés n'en serait que plus agréable.

– J'ai bien peur de vous décevoir. Ma compagnie n'est pas très plaisante.

– On a quelques heures devant nous pour vérifier ça.

Ils partageaient leurs origines mêlées et le sang indien qui coulait dans leurs veines. L'importance de leur tribu aussi :

– Vous avez des enfants ? demanda-t-elle.

– Trois. Et vous ?

– Six. Battu.

Ils étaient des globe-trotters, des citoyens du monde, traversant des pays pas forcément les plus touristiques.

– Je veux que mes enfants se sentent à l'aise partout, dit-elle, aussi bien à Los Angeles qu'à Addis-Abeba. Je veux leur raconter des histoires avec des princesses noires, des héroïnes aux yeux bridés.

– Des histoires de vieux moines zen aveugles aussi ?

– Vous en connaissez une ?

– Oui. Il s'appelait Kodo et vivait dans une masure du faubourg d'Edo. Un soir du Nouvel An, il se rendit au centre-ville pour y écouter la musique, ressentir la liesse et la chaleur des lampions, toucher les passants en goguette et les vitrines illuminées, humer les effluves de saké et les mets des ripailleurs. Un inconnu le remarqua au milieu des fêtards, eut pitié de lui et lui proposa sa lanterne de bambou. « Prends-la, vieil homme, lui dit-il, la nuit est très noire pour rentrer chez toi. » Kodo le rabroua. « Je n'ai pas besoin de lanterne. » Malgré le mauvais caractère du moine, l'inconnu insista, car les passants risquaient de le bousculer s'ils ne le voyaient pas. L'aveugle saisit la lanterne à contrecœur et s'en alla. Sur le chemin du retour, Kodo fut violemment heurté par un noceur pressé. « Tu es aveugle ou maladroit ? s'emporta Kodo. Regarde donc où tu marches ! Tu ne vois pas ma lanterne ? – Ta lanterne est éteinte, vieux moine, comment veux-tu que je la voie ? » dit le noceur.

– Belle histoire. Je la raconterai à mes enfants.

Ils traversèrent une zone de turbulences. Après que l'avion eut retrouvé de la stabilité, elle détacha sa ceinture, bomba son buste de madone et déplia ses jambes dans le couloir.

– Vous savez, Nathan, il m'a fallu du temps pour comprendre que je n'étais pas le centre du monde. C'est beaucoup moins facile et beaucoup plus risqué de défendre des causes que d'être rebelle dans son coin. J'ai connu les deux périodes et je peux comparer… Mon existence est désormais un chaos continu.

L'hôtesse annonça qu'un attentat suicide venait d'être

commis aux abords de l'aéroport. L'atterrissage était repoussé d'une demi-heure.

– La mort a quelque chose de rassurant, vous ne trouvez pas ?

Il fut étonné par sa remarque. Bluffait-elle pour se convaincre de ne pas avoir peur ? Il lui donna la première réponse qui lui vint à l'esprit.

– Celui qui sait qu'il va mourir n'a pas peur de la mort.

– Et profite de la vie dès aujourd'hui.

Il apprécia sa logique.

– Si vous avez besoin d'un coup de main à Bagdad, n'hésitez pas à m'appeler, dit-elle.

Elle lui donna son numéro. Il se demanda comment elle pouvait l'aider.

– Je me suis fait quelques relations en Irak.

En plus, elle avait le don de télépathie. Il faillit dire quelque chose, mais elle le désarma d'un sourire qui lui fit comprendre son pouvoir.

137

Aéroport International de Bagdad. Mandaté par Randall Price pour assurer sa sécurité, le lieutenant-colonel Hartman accueillit Nathan à sa sortie d'avion. Angelina Jolie fut happée de son côté par une garde rapprochée digne du président des États-Unis.

– Le voyage s'est bien passé ? demanda le lieutenant-colonel avec un sourire en coin.

– Comme un rêve.

– Retour à la réalité, fiston. C'est le bordel ici. Z'avez pas de bagages ?

– Le séjour sera court.

– Faites gaffe qu'il ne soit pas plus court que prévu.

Nathan monta à ses côtés dans un Hummer blindé.

– Je plaisante, fiston.

Bien qu'il fût à peine plus âgé que lui, Hartman se plaisait à l'appeler fiston. Il démarra le Humvee équipé de la clim et d'un lecteur de CD qui fit jaillir *Don't Bother Me* des Beatles.

– Version remastérisée, précisa Hartman.

Le lieutenant-colonel était caréné comme un Abrams. Aussi trapu, même front buté. Il ne lui manquait que la tourelle au-dessus de la casquette pour se confondre avec un char d'assaut.

– En dehors du fait que votre mission doit être sacrément importante, vu les huiles qui vous envoient, vous m'avez été chaudement recommandé par cette canaille de Stanshaw qui m'a demandé d'être aux petits soins avec vous. Louis est un sacré bonhomme. Il m'a sauvé la vie pendant la première guerre du Golfe.

Sur leur gauche s'élevaient deux colonnes de fumée noire autour desquelles tournoyaient deux hélicoptères Apache.

– Trois sayids se sont fait sauter près du tarmac pendant que vous batifoliez à dix mille pieds. Une sacrée putain de charge ! L'explosion a creusé une brèche dans le mur d'enceinte. On a failli annuler l'atterrissage et vous détourner sur Amman. Mais les Jordaniens ont cuisiné un sayid qui leur a avoué que c'était justement l'objectif. Ils voulaient s'en prendre à votre avion à l'aéroport d'Amman qui est beaucoup moins sécurisé qu'ici.

– Des sayids, vous dites ?

– Comme ça que j'appelle les bougnoules. Dans ce sacré putain de pays, on ne sait jamais si on a affaire à un milicien chiite armé par l'Iran, un djihadiste formé à l'université d'Al-Qaïda ou un sunnite fidèle à Saddam. Mais ce qui est sûr, c'est que c'est un sayid qui veut vous faire sauter la gueule.

– Pas de problème pour se rendre à Bagdad ?

– Je vous avais prévu le transfert en hélico. Mais ici, il vaut mieux ne jamais faire ce qui est prévu. Par sécurité. Donc on va y aller par la route.

Il s'arrêta à un poste de contrôle et montra son badge, sans cesser de parler :

– La route jusqu'à la Zone Verte est sous haute sécurité. Miss Jolie l'empruntera aussi pour rencontrer le commandant des troupes américaines en Irak et le Premier ministre en personne. On profitera du dispositif renforcé qui a été mis en place.

Le lieutenant-colonel franchit un deuxième checkpoint à l'entrée de Camp Victory et s'arrêta devant le Green Beans où l'on servait d'excellents cafés. Nathan prit un thé. Hartman releva ses Ray-Ban sur son crâne lisse, plissa les yeux dans la lumière aveuglante et souffla sur son gobelet qui était aussi chaud que l'air.

– Une sacrée putain de tempête de sable nous est tombée dessus hier. Y a du sable de partout jusque dans les calcifs. À part ça, bienvenue au pays des mille et une nuits.

– Merci.

– Vous venez faire quoi, sans indiscrétion ? On ne m'a rien précisé.

– Interroger des témoins.

– Des témoins de quoi ?

– Si je le savais, je n'aurais pas besoin de les interroger.

– Bon d'accord, fiston. Mais à un moment donné, il faudra partager les infos si vous voulez qu'on soit opérationnels.

Il échangea son gobelet contre le volant du Humvee et démarra en trombe jusqu'à un bunker climatisé et aseptisé où œuvrait une fourmilière humaine. Le lieutenant-colonel présenta son équipe : Jawal, interprète irakien, ainsi que les soldats Sullivan et Vallejo chargés de sa protection. Le premier était anglais, le second péruvien.

– Deux *contructors*, confirma Hartman.

– Quelle société ?

– WhiteStone… Ça pose un problème ?

– Aucun. Je parle anglais et espagnol.

Au terme des présentations, Nathan dut s'acquitter de multiples formalités, empreintes digitales et oculaires, photos sous tous les angles, multiples questionnaires, qui lui permirent d'obtenir un badge biométrique.

– On se dépêche, claironna Hartman. Le convoi de Miss Jolie est en train de quitter la base. Ils sont à la bourre à cause du retard de l'avion.

Les quatre hommes montèrent dans le véhicule.

– Je vous ai pris un gilet pare-éclats, dit Hartman.

Un convoi de quatre blindés sortait du camp. Le lieutenant-colonel se faufila dans leur sillage, présenta son ordre de mission au poste de contrôle et s'engagea sur l'axe qui reliait Camp Victory à la Zone Verte.

– *Highway of Death !*

L'autoroute de la mort, comme on la surnommait. Sur *Any Time At All*, Hartman rattrapa le convoi qui filait à vive allure.

– Avant, il fallait rouler en zigzag pour ne pas être une cible trop facile. Aujourd'hui, on a sécurisé le parcours.

Entendre par là le nettoyage des quartiers aux abords, l'évacuation des habitations, le rasage de la végétation et la construction d'un mur de 12 km.

– Mais on n'est pas à l'abri d'un tir de mortier, ajouta Hartman.

Le trajet se déroula comme une course, en moins de dix minutes.

– Little America, annonça-t-il à l'approche de la Zone Verte.

10 km^2 carrés d'Amérique dans le centre de Bagdad,

tracés dans un des méandres du Tigre, entourés de hauts murs de béton armé antiblast et de barbelés. Le convoi coupa la file d'attente au point d'entrée et pénétra dans le camp retranché en direction de l'ambassade américaine. Au milieu des bâtiments officiels et des jardins luxuriants avaient fleuri des supermarchés, des pizzerias, des vidéoclubs, des bars karaokés. Les rues étaient encombrées de 4 × 4, de joggers et de femmes légèrement vêtues. Quelques échoppes et marchés colorés rappelaient qu'on était encore au Moyen-Orient. Le cortège pressé zigzagua entre les chicanes et les check-points avant de s'engouffrer derrière les grilles de l'imposante ambassade. Hartman se détacha brusquement des quatre autres véhicules et continua tout droit avant de bifurquer en direction de l'hôtel Palestine.

– On vous a réservé une chambre confortable au Al Mansour, mais vous allez discrètement loger au Palestine. Si vous voulez vous reposer un peu.

– Inutile.

– Je vois, vous êtes du genre pressé. Où est-ce que vous voulez aller ?

– À l'antenne locale du FBI.

Ils roulèrent jusqu'à un énorme bâtiment qui ressemblait au sarcophage de Tchernobyl.

– C'est l'ancien Conseil du commandement de la révolution. Le FBI y a installé ses bureaux.

Ils franchirent le check-point, passèrent au détecteur de métaux et se présentèrent au cinquième étage devant un militaire dont le travail était d'être suspicieux, surtout à l'égard d'un métis indien muni d'un document officiel signé par le président des États-Unis. Nathan déclara vouloir s'entretenir avec les agents qui avaient enquêté sur la mort des trois *contractors* de WhiteStone et de l'homme d'affaires Omar Al-Sawaf. Invité à passer dans le bureau de l'agent spécial Turner, il pria Hartman de l'attendre.

Turner avait la quarantaine, une belle gueule, une silhouette athlétique, un costume impeccable, une eau de toilette raffinée, pas d'alliance, une chevalière en or à l'auriculaire et une montre Breitling. Il y avait sur lui de quoi financer l'ouverture d'une école en Irak.

– Les agents Mercer et Donnelly, qui se sont occupés de l'enquête à laquelle vous faites référence, ont été rapatriés.

– Pourquoi ?

– La vie à Bagdad n'est pas de tout repos. Il y a un fort taux de roulement dans nos effectifs.

– Vous êtes là depuis quand ?

– Un an et demi.

– Votre place semble être stable, en revanche.

– Qu'insinuez-vous ?

– Visez-vous un poste de vice-président chez WhiteStone ?

Turner se dressa sur son siège. Nathan enchaîna :

– Je me moque de la façon dont vous menez votre carrière. Je suis là uniquement pour savoir ce qui s'est passé lors de l'attentat contre Al-Sawaf.

– Vous n'avez pas lu le rapport ?

– Qu'est-ce qui n'est pas dans le rapport ?

– Omar Al-Sawaf était un entrepreneur sunnite prospère, propriétaire d'une société d'eau minérale. Il traitait ses affaires depuis sa maison. Un de ses fils a été enlevé et assassiné malgré le versement d'une rançon de soixante-dix mille dollars. Al-Sawaf a payé une milice chiite pour assurer sa protection, ce qui n'a pas empêché son deuxième fils, Ilham, de se faire kidnapper à son tour par la milice de Moqtada Al-Sadr. Ilham a été libéré sain et sauf contre une rançon de cent mille dollars. Al-Sawaf a alors décidé de faire appel à des agents de sécurité privés pour assurer la protection de sa famille et de sa villa. Vous connaissez la suite…

– Ce n'est pas Al-Sawaf qui m'intéresse, ce sont ses gardes du corps.

– En quoi vous intéressent-ils ?

– Si c'était eux qui étaient visés ?

– Ce serait le monde à l'envers.

– À l'envers de quoi ? Tout a une réalité, une chose et son contraire. Regardez-vous, on croirait que vous travaillez pour le FBI.

Turner décrocha le téléphone qui vola contre le mur.

– Vous êtes fou ?

Nathan passa derrière lui comme un courant d'air et lui saisit le crâne avec les bras, une clef sur un écrou.

– Attendez, fit Turner qui s'agrippait aux avant-bras de Nathan.

Sa tête se dévissa d'un quart de tour.

– Il y a une chose qu'on n'a pas jugé utile de garder dans le rapport… Un détail qui de toute façon ne menait à rien.

– Je prends quand même.

– On a trouvé une empreinte de pied près du corps d'un *contractor*.

– C'est tout ?

– Il y avait un témoin et ce témoin chaussait du 37.

Nathan desserra son étreinte, quitta le bureau et récupéra Hartman.

– Je dois me rendre dans le quartier de Salhiya.

– C'est en dehors de la Zone Verte.

– J'irai sans personnel de protection.

– Vous voulez vous suicider ?

– Je vous ai dit ce que je voulais.

– Je ne vous laisserai jamais prendre ce risque.

– Sullivan et Vallejo resteront en faction devant l'hôtel. Vous leur direz que j'ai besoin de repos. J'irai avec Jawal dans Salhiya.

138

Alicia Gunthrie, alias Rochelle Wesley, était accompagnée par le directeur du contre-terrorisme à la CIA lorsqu'elle pénétra dans le building du FBI à Washington. Ils furent directement conduits dans la salle de réunion contiguë au bureau du directeur. Robert Fuller les présenta à Stephen Albright qui transpirait à grosses gouttes malgré la climatisation.

– Le secrétaire d'État à la Défense et le procureur général seront en direct avec nous, précisa Fuller en désignant deux écrans de visioconférence. L'agent spécial Connie Stanshaw ne va pas tarder à nous rejoindre.

– Tant que Love ne participe pas, tout me va, commenta Dalton Ezterraz.

– Il est en mission à Bagdad pour l'instant.

– Qu'il y reste.

Alicia Gunthrie n'avait pas encore prononcé un mot. Elle avait troqué son cuir contre une jupe et une veste bleu marine sur un débardeur blanc. Fuller chercha à entrer en communication avec les départements de la Défense et de la Justice. Randall Price et James Mullray apparurent sur les écrans en s'excusant de n'avoir pu se déplacer jusqu'à eux.

– Nous sommes en pleine commission budgétaire et le président ne nous lâche pas, avoua Price.

– Nous serons brefs, dit Fuller.

Connie Stanshaw entra dans le bureau, essoufflée.

– Juste à temps, commenta sèchement Fuller.

Ezterraz fit le bilan du travail de l'agent Gunthrie qui avait infiltré l'UUFOO. Elle avait percé à jour les artifices déployés par WhiteStone pour désinformer la population. Cela allait de la création d'une association d'observateurs d'ovnis à l'envoi de semi-remorques chargés d'acteurs et d'électronique accédant à Dugway par une rampe d'accès souterraine camouflée dans le désert. Elle n'avait pas réussi à découvrir ce que cachait WhiteStone dans les coulisses de ce théâtre virtuel. L'intervention de Ron Frost et de Stan Steel compliquant sa tâche, elle avait dû user des mêmes subterfuges que la SMP pour les éloigner.

– De quels subterfuges parlez-vous ? demanda Connie.

– Leur faire croire que mon mari m'appelait au secours sur des ondes télé, que des forces surnaturelles hantaient mon appartement. Ils sont tombés dans le panneau, surtout Steel qui est psychotique. Je m'en suis débarrassé pour de bon en lui faisant avaler du 2-CB.

– Du quoi ? fit Mullray.

– Un hallucinogène de synthèse.

– Vous avez fait le jeu de WhiteStone en utilisant leurs méthodes, reprocha Connie.

– On ne se bat pas contre Hannibal Lecter, railla Ezterraz, mais contre une armée entière.

– Que sont devenus Frost et Steel ?

– Ils ont trouvé chez moi un pigeon voyageur que j'étais parvenue à capturer et ils en ont déduit que WhiteStone possédait un pigeonnier à Dugway. Frost est allé vérifier pourquoi. Je n'ai plus eu de nouvelles depuis.

– Un pigeonnier ? s'étonna Fuller.

– WhiteStone a un centre de recherches à Dugway. La transmission d'informations par pigeons voyageùrs fait partie de ces recherches.

– Et Stan Steel ?

– Il était plus collant. Je lui avais tapé dans l'œil.

Ezterraz se marra.

– Ça vous fait rire ? demanda Connie.

– Tout me faire rire dans cette gigantesque pantalonnade.

– Faites quand même attention à votre sciatique.

– Moi je ferais attention à ce que je dis si j'étais vous, fit Ezterraz vexé.

– Stan Steel, expliqua Alicia, a eu des hallucinations peu après avoir avalé du 2-CB. Il nous a plantés en moto, ça m'a donné un prétexte pour rompre toute relation avec lui.

– On perd du temps, coupa Randall Price. Qu'avez-vous à nous apprendre ?

– Stan Steel avait dérobé le BlackBerry de Dave Rosenfeld. Il l'a endommagé au cours de l'accident de moto, ce crétin, mais nous avons pu récupérer quelques données.

Alicia Gunthrie se tourna vers son chef pour lui laisser le plaisir d'annoncer le scoop. Ezterraz se releva négligemment de sa chaise, esquissa un rictus à l'intention de Connie et s'exprima en mâchonnant un chewing-gum.

– WhiteStone vient de déménager une grosse partie de ses activités Recherche et Développement. Ce n'est donc pas la peine de débarquer à Dugway avec un mandat de perquisition qui va nous sauter à la figure.

– Où ont-ils transféré leurs activités ? demanda Randall Price.

– Comme vous l'a dit l'agent Gunthrie, le BlackBerry est en pièces. Les techniciens de la CIA sont dessus. Pour l'instant, nous savons que leur nouveau centre de recherches est situé hors du territoire américain et que Rosenfeld a baptisé « Danger » le dossier le concernant.

À la fin de la réunion, deux décisions furent prises : l'agent Gunthrie continuerait d'incarner Rochelle Wesley pour soutirer des informations à Rosenfeld, et tous les services de renseignements seraient mobilisés afin de découvrir où WhiteStone avait déménagé son laboratoire, Lew Wang et ses secrets. Les deux ministres retournèrent à leur commission et Fuller renvoya tout le monde au travail.

– Pourquoi t'étais en retard ? demanda Stephen à Connie en quittant la salle.

– J'étais à l'hôpital.

– Eliona ?

– Non, elle va bien. Merci de t'en soucier.

– Alors quoi, t'as un problème de santé ?

– Carla a été admise aux urgences. Une méningite à pneumocoques.

– Merde, c'est grave ?

– Est-ce que c'est grave de mourir ?

– T'es pas obligée de jouer les nurses. On a du pain sur la planche.

– Eliona est saine et sauve grâce à Nathan. Alors si je dois rester au chevet de sa compagne, je le ferai, que cela te plaise ou non.

– Tu fais ce que tu veux après tout.

– C'est ça, bonne journée.

Elle le laissa planté au milieu du couloir, avec un petit sourire qui s'élargissait en même temps que Connie s'éloignait. Stephen Albright venait de trouver un moyen de faire pression sur Nathan Love.

139

– Prêt ?

Hartman sursauta. Il ne l'avait pas vu venir. Pourtant, il s'était posté en haut de l'immense toboggan de béton qui menait au dôme du monument au soldat inconnu. Le lieutenant-colonel mit plusieurs secondes à reconnaître celui qui l'avait interpellé, ce qui était bon signe. Nathan enfonça un peu plus son bonnet acheté dans une boutique locale.

Au-dessus d'eux, le dôme ressemblait à une gigantesque antenne satellite. Une flèche en forme de serpentin se dressait sur le toit du monument tout en courbes et en dents de scie. L'ensemble avait l'air d'un vaisseau spatial qui se serait posé dans l'alignement de l'allée des sabres. De ce promontoire, Bagdad était révélée, immensément plate. Au-delà de la Zone Verte, la Zone Rouge. Vision apocalyptique d'une ville balayée par des tempêtes de sable et d'obus. Jadis Croissant fertile entre le Tigre et l'Euphrate, berceau de l'écriture et de l'agriculture, enfermant dans son sous-sol le dixième des réserves mondiales de pétrole, l'Irak d'aujourd'hui était un pays désintégré, au peuple misérable, à cause d'un dictateur sanguinaire, d'un embargo inique et d'une religion qui s'était disputé la succession du prophète Mahomet.

Jawal les rejoignit avec dix minutes de retard. Problème avec les contrôles. Les trois hommes descendirent dans l'ancien musée sous le monument. Ils traversèrent une salle capitonnée, poussèrent d'immenses portes sur une salle plongée dans l'obscurité. Leurs pas résonnaient.

– Autrefois, c'était rempli de trésors archéologiques, mais tout a été pillé, commenta Hartman en allumant sa lampe torche.

Il arrosa de lumière une porte blindée et composa un code.

– Inutile de regarder par-dessus mon épaule, le mot de passe change tous les jours.

Ils pénétrèrent dans une pièce étrange en forme d'étoile dont chaque branche donnait accès à un tunnel.

– Ici, c'est le point de départ d'un réseau incroyable de galeries souterraines élaboré au cours du règne de Saddam Hussein. Elles mènent aux endroits stratégiques de la capitale. Il y en a même une qui va jusqu'à l'aéroport, pour les bons marcheurs. Saddam avait tout prévu.

– Je croyais que le réseau avait été inondé, dit Nathan.

– Ça fait partie de la désinformation. D'après les plans dont on dispose, l'une des galeries vous conduira directement à Salhiya. Saddam avait attribué certaines villas du quartier à des officiers qui préféraient se rendre incognito chez eux.

Il leur indiqua la direction et confia une lampe torche à Nathan.

– Vous en avez pour une bonne demi-heure à pied. Mais au moins, vous ne risquerez pas de vous faire enlever ou découper en chemin.

– Merci, Hartman.

– Bonne chance, Love.

140

Stephen Albright contemplait la jeune femme intubée en sommeil artificiel dans la salle de réanimation. Les médecins venaient de lui confirmer la gravité de son état. Son organisme fragilisé avait contracté une pneumonie qui avait dégénéré en méningite à pneumocoques. Il se glissa discrètement hors de la chambre et appela l'autre bout de la planète.

– Allô, Turner ?

– C'est vous, Albright ? Que se passe-t-il ?

– La compagne de Love est à l'hôpital en train de compter les jours qui lui restent à vivre. Quand il se pointera, annoncez-lui la nouvelle. Ça lui mettra du plomb dans l'aile.

– Il vient de me rendre visite.

– Merde.

– Mais d'où il sort, ce type, bon sang ?

– De la même boîte que vous. À part qu'il n'a pas fait carrière. Est-ce qu'il vous a fait parler ?

– Je l'ai embrouillé, mais il ne va pas en rester là.

– Rappelez-le à son hôtel, dites-lui que ça femme agonise à l'hosto et qu'il doit rentrer fissa, okay ?

– Et s'il n'est pas à son hôtel ?

– Démerdez-vous ! Alertez Hartman ou le général Petraeus s'il le faut. Mais Love doit absolument quitter le pays.

– S'il refuse ?

– Turner, vous habitez un pays dangereux, non ?

– Oui, et alors ?

– C'est l'endroit idéal pour se débarrasser de quelqu'un.

Silence à l'autre bout de la ligne.

– WhiteStone appréciera votre implication.

– Je vous tiens au courant.

– Pensez à votre carrière, Turner.

Albright raccrocha, fier de son autorité et de sa prise de décision. Il croisa son ex-femme qui sortait de l'ascenseur.

– Qu'est-ce que tu fous là ? demanda Connie.

– Et toi ?

– Tu ne m'as pas répondu.

– Suis-moi.

Il la mena à la chambre de Carla et poussa la porte.

– Pourquoi tu rôdes autour d'elle ?

– Ce n'est pas moi qui rôde autour d'elle, dit-il. Regarde les murs.

Ils étaient couverts de profondes éraflures comme si un fou les avait griffés.

– Je ne comprends pas. Qu'est-ce que ça signifie ?

– Je t'offre un verre ?

141

Nathan et Jawal actionnèrent l'ouverture grâce à un levier dissimulé dans la roche. Trois quarts d'heure qu'ils déambulaient dans des galeries rongées par l'humidité et les rats. Ils montèrent des escaliers pentus, butèrent contre une dalle, firent pivoter quatre larges loquets et soulevèrent la plaque de béton.

– On est dans le mihrab d'une mosquée, chuchota Jawal.

Ils se glissèrent hors de la niche, quittèrent l'obscurité de la salle de prières pour l'ombre des portiques, croisèrent quelques fidèles qui les remarquèrent à peine. Lorsqu'il sortit dans la rue, encore animée à moins d'une heure du couvre-feu, Nathan se retrouva les deux pieds en Irak. Cantonné jusqu'ici à l'aéroport ultra-sécurisé, à la base américaine, à Little America et aux tunnels de Saddam, il entrait enfin en contact avec le pays. Les sensations affluèrent. Le plus frappant était le bruit. Bagdad était une ville assourdissante, un concentré de déflagrations, intonations, klaxons, tirs, crépitements, sirènes, vrombissements.

Les deux hommes longèrent la rue défoncée et encombrée où se répandait l'odeur des dattes, de la poussière, des abbayas noires, du diesel, des égouts. « La paix s'installe peu à peu », confia Jawal à Nathan, prenant pour preuve la fourmilière humaine, les embouteillages, les terrasses de cafés, les commerces ouverts. Une paix qui pouvait être troublée à tout moment par un missile Tomahawk ou un kamikaze corseté.

– Il est plus long d'enfanter que de tuer, énonça Nathan.

– Je vois ce que tu veux dire, mon ami.

L'histoire de Jawal symbolisait celle du peuple irakien. Avant d'être un interprète collabo, il exerçait un métier dangereux, celui de barbier coiffeur. Avec son ami Salman, d'origine kurde, il avait ouvert un salon dans le quartier sunnite d'Adhamiyeh. Un couple d'homosexuels chiite et kurde à la tête d'un institut de beauté, c'était une provocation en Irak. Salman rejoignit la liste des cent quatre-vingt mille victimes gazées par le régime baassiste, le salon fut brûlé par les milices chiites et Jawal traqué par les islamistes honnissant les mâles coquets. Il mit le peu d'espoir qui lui restait dans l'intervention des troupes yankees. À coups de canons, l'Amérique exporta la liberté, les élections, une nouvelle Constitution. Les pouvoirs étaient désormais partagés, les femmes pouvaient voter et les Kurdes respirer autre chose que des gaz toxiques. Le bellicisme et la haine islamiques faisaient dire aux observateurs occidentaux confortablement installés dans leurs démocraties séculaires, gagnées elles aussi dans le sang et la terreur, libérées elles aussi par les troupes yankees, que ce système importé n'était pas adapté à un pays comme l'Irak. Ce qui heurtait profondément la sensibilité de Jawal.

L'appel du muezzin leur indiqua qu'il était 18 h 30. Bientôt le couvre-feu. Jawal guida Nathan vers une large avenue déserte, bordée de palmiers jaunis et de villas poussiéreuses. La plupart des habitations de cet ancien quartier résidentiel avaient été désertées, leurs propriétaires effrayés par les menaces de mort des milices chiites, les pillages de la police, les enlèvements des criminels organisés. Derrière les clôtures maçonnées, on devinait les façades sculptées et les vastes jardins à l'abandon, une splendeur passée. Jawal s'arrêta devant l'une de ces propriétés et vérifia sur son plan qu'il s'agissait bien de celle des Al-Sawaf. Le portail arraché avait été remplacé par une chaîne. Les abords étaient calcinés. Les derniers des Al-Sawaf avaient fui pour Dubaï.

– On y est, mon ami.

Nathan examina l'environnement. Au-dessus de sa tête, le ciel crépusculaire était devenu sale et menaçant. Le vent brûlait. Les palmiers crissaient. L'avenue avait dû ressembler à celle d'une banlieue américaine, large ruban d'asphalte, trottoirs ombragés, ribambelle de pelouses et de gros pavillons cossus. Un silence précaire prenait possession des lieux. La sonnerie d'un téléphone portable parasita ce semblant de paix. Jawal s'éloigna pour prendre la communication.

– Ça fait une heure que j'essaye de vous joindre ! gueula l'agent Turner.

– Comment avez-vous eu mon numéro ?

– Hartman me l'a donné. Je veux parler à Love.

– Il est concentré.

– Concentré ? J'en ai rien à foutre. C'est urgent.

Jawal regarda Nathan qui s'imprégnait de la scène de l'attentat. Il hésita.

– Je peux lui transmettre un message ?

– Tu te prends pour sa secrétaire ? Passe-moi Love.

Nathan posait sa paume sur le sol.

– Je ne peux pas.

– Je vais en référer à Hartman.

Dans le téléphone, Turner s'excitait : « *Sa femme est en train de crever à Washington. Il doit rentrer tout de suite s'il veut pas embrasser un cadavre à son retour.* » Le Bagdadien évalua les ondes négatives émises par l'agent Turner, puis jaugea l'agent Love absorbé par son *mapping*. Relier les deux, c'était provoquer un court-circuit. Jawal éteignit son mobile et laissa faire les choses.

L'attentat avait eu lieu quelques minutes avant le couvre-feu. Les extrémités de l'avenue étaient barrées par des check-points. Le kamikaze avait forcé celui de l'ouest, le plus proche de la villa des Al-Sawaf. Deux cent cinquante mètres à parcourir sous les tirs des militaires. Comment avait-il fait ? Pourquoi ici ? Pourquoi à cette heure-là ? Pourquoi de cette manière ? Pourquoi cette victime ? Les questions affluaient, s'enchaînaient dans l'esprit de Nathan, comme chaque fois qu'il arrivait sur une scène de crime. Les vieux réflexes revenaient. Se glisser dans la peau de l'agresseur. Cerner son moteur. Rebondir sur chaque question pour dégager une vision globale. Mais cette fois-ci, l'une d'elles l'obsédait plus que toutes les autres : « Qui était le témoin ? »

Le tueur était un kamikaze. Son identité figurait dans le rapport, mais Nathan ne s'y était pas attaché. La psycho-logie de l'assassin suicidaire se borne à un radicalisme de perdant. On avait affaire à un être faible, manipulé par des intégristes, cultivant des obsessions et attendant son heure pour agir dans une gloire posthume. Sa susceptibilité d'individu soumis était exacerbée, instrumentalisée par des imams dévoyés, croissant à chaque progrès qui était profitable aux autres. Sa cible, il l'avait trouvée parmi celles qu'on lui avait désignées sous le nom d'Étranger, Occupant, Américain, Infidèle, Juif, Croisé… les noms ne manquaient pas pour qualifier le Mal. L'assassin islamisé ne connaît aucun frein à son énergie destructrice. Rien ne peut le faire revenir en arrière. Il ne cherche pas à améliorer le sort de ses congénères, ni à apporter des solutions au dilemme du peuple arabe, ni à remplir une mission. Au contraire, plus son dessein est voué au fiasco plus il le poursuit. Ce qui compte, c'est qu'il se fasse sauter. Parce que, dans son existence sans horizon, le kamikaze préfère la mort à la vie, le suicide de sa civilisation à son essor. Le tueur avait choisi la voie de l'échec. Peu lui importait d'atteindre sa cible. Il avait agi à l'heure du couvre-feu, quand les rues sont vidées et les militaires vigilants, sans hésiter à affronter les barrages et les chars Bradley en vadrouille. Sa course sur plusieurs kilomètres avait coïncidé, à la seconde près, avec l'arrivée d'Al-Sawaf chez lui.

Selon le rapport des militaires, la voiture du kamikaze avait forcé deux check-points, évité un Hummer et une patrouille irakienne. Si le tueur avait voulu atteindre Al-Sawaf, pourquoi l'avait-il fait là où c'était le plus difficile ? Al-Sawaf était-il la cible ? Le kamikaze avait-il été empêché d'en atteindre une autre ?

Pour reconstituer l'approche, Nathan marcha en direction du quartier de Keeylani. De larges artères et des carrefours difficiles à contrôler. Il traversa un pont. Un pêcheur dans une petite barque tanguant sur le Tigre attendait que son dîner morde au bout d'une canne. Des enfants jouaient à cache-cache dans les roseaux qui envahissaient les berges. La scène lui rappela les bords du Nil, paysage serein et pérenne remontant aux temps bibliques.

De l'autre côté du fleuve, il se retourna. À cet instant précis, il réalisa l'évidence. La vraie cible du kamikaze se dressait au bout de la longue avenue qu'il venait d'emprunter et qui prolongeait le pont : l'entrée est de la Zone Verte. Détourné par le check-point, le terroriste s'était perdu dans le quartier de Salhiya, à la poursuite de son échec annoncé, à l'affût d'un objectif à inclure dans le périmètre de sa propre autodestruction. Ali Al-Sawaf s'était trouvé au mauvais endroit au mauvais moment.

Mais si le tueur visait la Zone Verte, pourquoi s'y prendre à la dernière minute avant le couvre-feu, à l'heure où son véhicule rempli d'explosifs, lancé à vive allure sur un pont et une avenue déserte, se repérerait comme une pin-up dans les rues de Kaboul ? Parce qu'il avait été longuement retardé sur son parcours. Quel problème pouvait-il avoir rencontré ? Nathan n'envisagea qu'une seule hypothèse.

La panne mécanique.

Il y avait donc une petite chance pour que la dernière personne à avoir vu le kamikaze fût un garagiste.

142

Elle était oppressée comme si quelqu'un était assis à califourchon sur son thorax. Quelqu'un de flou. Une quinte de toux déclencha une douleur qui lui déchira les poumons et fit sauter le spectre sur ses seins. De longs sifflements rythmaient ses tentatives de grappiller l'air nécessaire à sa survie. Elle tendit le bras pour saisir la télécommande qui la reliait au monde réel capable de soulager chimiquement sa souffrance et de lui insuffler l'oxygène qu'elle ne parvenait pas à se procurer seule. Ses doigts tapotèrent le drap sans rencontrer le bouton d'appel. Elle voulut crier, mais pour cela il fallait de l'air. Carla bougea sur le côté pour désar-çonner l'ectoplasme, ouvrit grand la bouche, ne happa que du vide, se cabra, se cyanosa. Des frissons de fièvre et d'effroi l'empêchaient de trouver la sérénité propice à la respiration. Elle serra le drap dans ses poings, se crispa, muscles contractés par l'asphyxie. Sur le point de se raidir dans la mort, elle se raccrocha à un enseignement de Nathan. Oublier l'inspiration qui affaiblit l'organisme et privilégier l'expiration qui permet d'engranger la véritable énergie. « Meugle, lui disait-il, comme la vache qui évacue sa fatigue à travers un cri venu des profondeurs. » Carla se força à imaginer un horizon plein de lumière, le soleil pénétrant en elle par le front, se diffusant dans son corps, vrillant, tourbillonnant, malaxant ses organes de la tête aux pieds, remontant au niveau du ventre, boule de feu qu'elle expectora dans un spasme. Une expiration ténue jaillit au milieu des postillons de sang. Au bout du soupir, une amorce d'inspiration alimenta ses alvéoles pulmonaires encrassées. Carla cracha à nouveau, pompa un peu plus d'air dans un équilibre naturellement indéfectible.

Elle recommença plusieurs fois, douloureusement, repoussant le mystérieux poids qui l'entravait. Le souffle gonfla enfin sa poitrine et enflamma sa gorge rugueuse. Elle se dressa sur sa couche pour faire descendre les sécrétions, vit la télécommande posée sur le chariot, loin de sa table de chevet. On l'avait mise là, hors d'atteinte.

Elle posa un pied à terre en balayant du regard la pénombre. Le spectre s'était retranché dans un angle de la chambre. Elle réalisa alors que ce qu'elle avait pris pour un fantôme n'en était pas un.

143

– Avec le couvre-feu, les garages sont fermés, mon ami.

Les deux hommes déambulaient dans les rues désertes du quartier de Keeylani. La population, enfants crasseux, jeunes oisifs, vieux survivants, retranchée derrière les murs précaires, débordait sur les terrasses et aux fenêtres. Nathan était le pôle d'attraction. Certains le filmaient avec un téléphone portable.

– N'importe quel cellulaire peut déclencher un détonateur, lui dit Jawal.

– Tu veux rentrer chez toi ?

– Et toi mon ami ?

– Quand j'aurai trouvé ce que je suis venu chercher.

– Tu as une femme qui t'attend ?

Jawal hésitait à informer Nathan de l'appel de l'agent Turner.

– Oui.

– Tu as de la chance.

– Un proverbe chinois dit que la chance est avec nous lorsque nous rencontrons un ami, et contre nous lorsque nous rencontrons une jolie femme.

– Ta femme est jolie ?

– Non, elle est belle.

– Je suis sûr qu'il te tarde de rentrer la retrouver.

– C'est pourquoi je ne dois pas penser à elle et me concentrer sur ce qui m'a poussé à venir ici.

– Je suis désolé.

– Ne le sois pas. J'ai de la chance car aujourd'hui j'ai rencontré un ami.

Une déflagration au centre-ville les fit sursauter.

– Tu habites dans la Zone Verte ? demanda Nathan.

– Oui, dans Kindy Street, au-dessus d'un bar karaoké.

– Si tu préfères rentrer, je ne t'en voudrai pas.

– Je n'ai pas peur. Un Irakien ignore ce qu'est une vie sans violence.

Des ombres glissaient sur les murs, des odeurs de grillade se mêlaient à celles de la poussière.

– Que cherche-t-on exactement, mon ami ?

– Le garagiste qui a dépanné le kamikaze.

– Comment peut-il savoir qu'il a dépanné un kamikaze ?

– Parce qu'il l'a suivi.

Jawal marqua son étonnement. Par respect pour son guide interprète, Nathan lui expliqua comment il en était arrivé à cette conclusion. Un kamikaze est gonflé d'énergie accumulée, cerné de boucs émissaires, dénué de tout sens des réalités et des responsabilités, empli d'une virilité grossière et d'un sentiment de supériorité. Un tel individu se remarque.

– Le garagiste qui l'a dépanné s'est douté qu'il avait affaire à un terroriste sur le point de passer à l'acte.

– Il aurait voulu en avoir le cœur net en lui courant après ?

– Il est arrivé sur les lieux avant que les *contractors* de WhiteStone ne les nettoient. Il a vu quelque chose qu'il n'aurait pas dû voir.

Nathan scrutait les façades des petites maisons ocre, carrées, rongées par la mitraille, amputées par les obus, jaunies par le sable. Quelques enseignes indiquaient des commerces, mais pas de garage. Deux silhouettes en djellaba marchaient dans leur direction. Jawal allait leur demander de les renseigner lorsque les deux hommes se séparèrent comme pour les prendre en étau, tracèrent de leur index un trait en travers de la gorge et disparurent dans les ruelles adjacentes.

– C'est un avertissement, dit Jawal. Ils t'ont repéré, mon ami. Ils ont prévu de te tuer, au mieux de t'enlever.

Nathan étudia le paysage urbain miséreux sur lequel le calme s'était abattu. Un mur effondré au pied d'un palmier agonisant constituait une issue.

– On continue ? demanda Jawal avec appréhension.

– Il faut trouver ce garage.

– Pour cela, il faut rester en vie.

Un Hummer blindé fit irruption au bout de la rue. Nathan entraîna Jawal dans la brèche qu'il avait repérée. Tapis dans les gravats, ils regardèrent le convoi passer au ralenti en direction du pont.

– On y va, dit Nathan.

Le guide suivit. Derrière la vitrine sale et fendue d'une boutique vide, une femme s'affairait. Jawal toqua en veillant à ne pas briser la devanture fissurée. La commerçante ouvrit la porte de son local qui devait faire office de boulangerie et leur annonça qu'il n'y avait plus de pain.

– Dis-lui qu'on cherche le garage le plus proche.

Jawal se fit l'interprète. D'après la boulangère, il y avait celui du vieux Salman à deux rues d'ici, mais il n'exerçait plus depuis qu'une bombe l'avait rendu paraplégique. Nathan décida de s'y rendre.

– On devrait rentrer, conseilla Jawal. C'est trop dangereux.

– Ce sont les miliciens que tu crains ?

– Si tu poses la question, c'est que tu ne les connais pas.

– Au contraire, je me mets à leur place. Ces criminels devraient avoir plus peur que nous. Ils transgressent les lois, prennent des risques, doivent se cacher. Ils sont la proie des autres miliciens, des soldats américains, de la police irakienne et des résidants qui en auront assez un jour. Ils sont seuls et encerclés. Nous, nous sommes du côté des assaillants. Ce sont des faisans, nous sommes les faucons.

– En attendant, ils font régner la terreur.

– Parce qu'ils misent sur notre ignorance. Le gibier ne fait régner la terreur que sur les petits animaux.

– Comment comptes-tu t'en sortir vivant, mon ami ?

– *Faire bouger les ombres*, a dit Musashi. Pour cerner leur nombre et leurs intentions. Peux-tu m'apprendre une chanson irakienne ?

Jawal entonna une chanson de Kazem el Saher en scandant les mots pour permettre à Nathan de répéter :

Enni oani enni amoto enni hotam
Hashaki omri ani mofakera benteqam
Enni laki kalbon wa hobon wahtiram [1]

Ils chantèrent aussi faux que deux ivrognes. Comme l'avait écrit le célèbre samouraï cinq siècles plus tôt, les ombres autour d'eux se mirent à bouger. Une, deux, trois, quatre. Un bruit de moteur dans une rue perpendiculaire.

– Et maintenant ? balbutia Jawal.

1. *Bien que je sois en train de souffrir, ruiné et mort/Ne pense pas qu'un jour je voudrai me venger/Je peux offrir seulement mon cœur, mon amour et mon respect.*

– Conduis-moi dans un passage qu'une voiture ne peut pas emprunter.

Jawal ausculta son plan avec fébrilité et pointa son doigt sur une allée qui coupait un pâté de maisons.

– Il faut revenir sur nos pas.

Nathan le suivit dans la trouée en passant ses mains sur les murs puis sur son visage qui se confondit peu à peu avec la nuit. À mi-traverse, il colla Jawal dans un renfoncement.

Le couvre-feu permettait de percevoir le moindre son, un téléviseur, des cris d'enfants, des bruits de vaisselle, des trottinements désordonnés et des cliquetis de kalachnikovs. Nathan visualisait la scène mentalement à l'aide de son ouïe. Il s'élança soudain dans l'allée tel un projectile dans un canon. Face à lui, trois individus enturbannés et armés se figèrent en file indienne. Ils analysèrent la situation inattendue, changèrent leurs plans, épaulèrent leurs fusils en se perdant dans des engueulades censées les mettre d'accord. Ces instants permirent à Nathan de parcourir la distance qui le séparait d'eux. Le premier tira au moment où il fut projeté contre celui qui était derrière lui, bousculant à son tour celui qui fermait la marche. Nathan shoota dans les têtes qui se relevaient, ramassa les AK-47 et retourna auprès de Jawal pétrifié. Il lui tendit une arme.

– Même si tu ne t'en sers pas, garde-la avec toi.

Ils coururent le plus vite possible vers l'autre extrémité de la ruelle. Un pick-up en bloquait l'issue. Jawal recula, Nathan plongea sous la camionnette, ressortit de l'autre côté et mitrailla la portière du conducteur. Dans la benne, un chiite n'eut pas le temps de le caler dans sa ligne de mire, son crâne explosa sous le tir d'un sniper. Cela ne pouvait pas être Jawal, qui tenait sa kalachnikov le long de la jambe.

Ils évacuèrent les lieux aussi vite que possible, même si les crépitations d'armes automatiques étaient banales à

Bagdad. Nathan jeta un dernier regard en arrière. Il n'y avait personne, à part le tireur invisible qui venait de lui sauver la vie. Ils se débarrassèrent de leurs fusils et se rendirent à l'adresse indiquée par la boulangère.

144

Le garage était fermé. De l'huile de moteur avait dégouliné sur le trottoir, des traces de pneus étaient visibles devant l'atelier et une batterie automobile à peine poussiéreuse était posée au pied du volet de fer. Signes que le fonds était en activité. La pellicule de sable qui se déposait partout signalait les empreintes récentes. En se penchant, on pouvait reconstituer l'activité du garage au cours des dernières heures, avant qu'une nouvelle tempête ne recouvre tout. Nathan s'intéressa aux deux lignes parallèles entre lesquelles on distinguait des traces de chaussures dont la pointure avoisinait le 37. Elles se dirigeaient vers l'entrée de la bâtisse. Jawal frappa à la porte. Aucune réponse.

– Il n'y a personne, dit-il. Le garagiste vit probablement ailleurs.

– Il est en chaise roulante. Il n'y a pas d'ailleurs pour lui.

– Il a peut-être revendu son fonds.

– À qui ? Ça ne vaut rien.

Au-dessus du garage, il y avait une fenêtre. La façade était lardée de câbles électriques, Nathan s'y accrocha. Il se hissa avec les bras, les deux pieds dans le vide, posa les genoux sur le rebord, frotta un carreau et se retrouva face à un regard noir. Surpris, il perdit l'équilibre, se retint par le coude et planta la pointe du pied dans une fissure. Il se positionna à nouveau sur l'appui de fenêtre.

Le regard noir avait disparu. Nathan raidit les bras, plia les genoux et ramena les pieds devant lui en traversant la vitre. Il atterrit dans des éclats de verre et une odeur de friture. Le regard noir s'était retranché dans un coin de la pièce, recroquevillé dans un fauteuil roulant. Il n'était pas armé. Ses seules munitions étaient ses paroles qu'il expédiait en rafale contre l'intrus. Nathan chercha un escalier, dévala les marches dans l'obscurité et ouvrit à Jawal.

– Le garagiste est en haut, il faut que tu me traduises.

– Il n'y a que lui ?

– Il n'a pas pu monter tout seul.

Ils se précipitèrent au premier et coupèrent le gaz sous la poêle qui contenait deux poissons. Puis ils interrogèrent le vieillard qui refusa de leur répondre. La douceur de Jawal contrastait avec la rudesse de ses compatriotes en armes et pouvait fendre la carapace d'interlocuteurs peu habitués à la délicatesse. Nathan le laissa donc diriger l'interrogatoire qui finit par donner quelque chose :

– Il dit qu'il a une fille.

– Où est-elle ?

Le vieillard déclara qu'elle venait de temps en temps lui apporter à manger et l'aider au garage. Nathan ne le crut pas et prétendit qu'elle se cachait. Il ne lui voulait pas de mal, juste lui poser quelques questions.

– Les deux poissons sont pour vous ? demanda Jawal au Bagdadien récalcitrant.

– J'ai un gros appétit.

Le vieux garagiste mentait mal. Il avait peur. Pas pour lui, car son sort était scellé, mais pour sa fille. Il se mura dans le silence.

Nathan sonda les lieux. Au rez-de-chaussée, une cour intérieure, un petit bureau et l'atelier de mécanique. Il régnait une odeur de cambouis et le sol était glissant même dans l'entrée. Le patio était envahi de pièces automobiles entassées en vrac sous un carré de ciel opaque et gris. Le bureau servait de débarras pour tout ce qui était paperasses et cartons. L'atelier abritait un fauteuil roulant artisanal, des outils et deux voitures en fin de course dont on essayait de prolonger la vie. Nathan s'assit en lotus sur le toit de l'une d'elles afin de prendre un peu de hauteur. Il s'immobilisa, se focalisa sur les sons. Il occulta la présence à l'étage de Jawal et du garagiste pour tenter d'en déceler une autre, plus ténue. Le vrombissement lointain d'un hélicoptère et le ronronnement d'un générateur diesel étaient les seuls bruits amenés par l'extérieur. Le couvre-feu étouffait le tintamarre de Bagdad et servait la concentration de Nathan. Les petits bruits redevenaient perceptibles : la vibration du compteur électrique, un goutte-à-goutte, le grattement d'un rat, le craquement chaud de l'acier, le gémissement d'une poutre, le léger frottement d'une semelle sur des grains de sable. Nathan canalisa son attention sur ce dernier bruit. Son regard remonta l'onde sonore qui s'accompagnait d'une énergie très faible, dépourvue d'agressivité. Ses yeux butèrent sur une pile de pneus, puis sur le second véhicule surélevé par quatre piles de parpaings. Le raclement s'était échappé de là. Quelque chose de vivant se cachait en dessous, dans la fente d'obscurité. Nathan sauta à terre et se mit à plat ventre. Il tendit le bras sous le bas de caisse, tâtonna. Le contact était froid et lisse. Ses doigts devinèrent une plaque de métal couvrant probablement une fosse aménagée pour intervenir sous le véhicule. Quelqu'un de mince aurait pu s'y glisser. Une fille chaussant du 37. Nathan déplaça la plaque qui révéla un trou noir.

– *Enni laki kalbon wa hobon wahtiram*, dit-il.

Il ne connaissait de l'arabe que les paroles de la chanson enseignée par Jawal. Elles ne signifiaient pas grand-chose dans la situation présente, mais elles lui permettaient d'établir un contact pacifique. Nathan répéta ces mots en s'appliquant. Une paire d'yeux brilla dans l'obscurité. Les frottements se multiplièrent, une forme humaine rampa sous le véhicule pour se déplier devant lui. Il s'agissait d'une jeune femme, armée d'une clé à molette plus grosse que son bras. Elle s'adressa à lui avec une voix éraillée et tremblante. Il lui demanda si elle parlait anglais. Elle secoua la tête, une belle frimousse d'une vingtaine d'années, crasseuse et apeurée, enfouie sous une cascade de cheveux noirs. Nathan réalisa qu'il s'était noirci le visage. Cela devait contribuer à l'effrayer. Il désigna le plafond avec son index et lui fit signe de le suivre.

Selon Jawal, la jeune fille avait 17 ans et se prénommait Oum. Elle travaillait au garage depuis que son père avait été victime d'un attentat. Elle le descendait le matin et le remontait le soir en le portant sur le dos. Le vieillard était le boulet qui la retenait ici, au risque d'être identifiée par les services de renseignements de WhiteStone qui la recherchaient activement.

– Elle veut savoir comment on l'a trouvée avant les *contractors*.

– Dis-lui que l'eau de la rivière avance plus vite que le feu.

Elle se contenta de cette réponse. Sans se démunir de sa grosse clé anglaise, elle demanda à Nathan ce qu'il voulait. À travers la bouche de Jawal, il choisit de lui exposer la vérité : il y avait un lien entre ce qu'elle avait vu sur la scène de l'attentat à Bagdad et la disparition de son père en Utah.

Oum s'agenouilla aux pieds du vieux Salman et lâcha enfin son outil avant de fondre en larmes. Le vieillard affirma que sa fille n'avait rien raconté, même à lui. Tout ce qu'il savait, c'était que depuis qu'elle avait couru après cette voiture, Oum avait changé. Il n'avait jamais su ce qui s'était passé. Sa fille était revenue une heure plus tard, essoufflée, décomposée, anxieuse, muette. Au fil des jours, elle avait repris la parole pour lui faire jurer de ne plus parler de cet incident.

Les visages des trois hommes convergèrent vers la jolie frimousse. Elle renifla et s'adressa à Jawal, qui profitait de ses hésitations pour placer sa traduction :

– J'ai couru derrière cet homme… Il n'avait pas l'air normal, comme s'il préparait un mauvais coup… J'ai compris trop tard que c'était un kamikaze… J'ai essayé de le rattraper, comme si j'avais eu le pouvoir de l'arrêter… Je ne sais pas pourquoi j'ai fait ça…

Nathan s'approcha d'elle et s'accroupit pour se mettre à son niveau.

– Parce que ce pays ne sera pas seulement détruit par ceux qui font le mal, mais par tous ceux qui les regardent sans rien faire. Vous ne faites pas partie de ces gens-là, manifestement.

Pendant que Jawal traduisait, Nathan essuya du pouce une larme qui stagnait sur une des pommettes d'Oum et posa la main sur les siennes. Elle ne tremblait plus. Le téléphone portable vibra dans le pantalon de Jawal. Hartman. Il rempocha le mobile et se concentra sur ce qui se disait. Oum était sur le point de révéler à Nathan ce qu'il était venu chercher à Bagdad. L'Américain pourrait bientôt reprendre l'avion pour rejoindre son épouse.

– … la voiture ne roulait pas vite, elle dégageait beaucoup de fumée… J'ai pu la suivre facilement… Quand je suis arrivée de l'autre côté du pont, j'ai entendu des tirs… J'ai compris que mon intuition était bonne… J'ai vu la Lada tourner dans Salhiya… Et puis c'est là que j'ai entendu l'explosion… J'ai coupé par les petites rues et je suis arrivée la première… C'était horrible… Les corps brûlaient… en morceaux… Les arbres en feu… J'ai reconnu la plaque de la Lada… Je ne savais pas quoi faire… Il n'y avait qu'un survivant, accroupi dans un coin… Son uniforme était brûlé… De la fumée s'échappait de ses épaules et de ses bras… Il était de dos… Je n'ai pas compris ce qu'il faisait… Il avait l'air de prier… Je me suis approchée pour l'aider… Quand il m'a entendue, il s'est retourné…

Elle marqua une longue pause.

– Je n'ai pas les mots pour décrire ce que j'ai vu…

Jawal était suspendu à ses lèvres. Le vieux garagiste était plus pétrifié que jamais. Nathan avait le regard chevillé à celui d'Oum. Dans un petit coin de son champ de vision, il guettait la réaction du père. Il pria la jeune femme de dire le plus simplement possible ce qu'elle avait vu, sans interpréter, sans se soucier de la cohérence, comme s'il s'agissait de raconter un rêve.

– Quand il s'est retourné, l'homme n'avait que la moitié du visage… L'autre partie avait été… effacée…

– Effacée ? demanda Nathan.

– Elle a dit « effacée », confirma Jawal.

Oum ajouta quelque chose. Jawal se remit à traduire :

– J'étais sûre que personne ne me croirait… Pourtant c'est la vérité… Ce soldat avait la moitié du visage emporté et il m'a souri… Il m'a souri avec sa demi-bouche… Il s'est levé… J'ai eu peur et j'ai fui… Les secours arrivaient… Je ne voulais pas qu'on me trouve là… On aurait pu me croire complice… Je ne suis pas rentrée tout de suite chez moi, j'avais peur d'être suivie…

Le poing du vieux s'abattit sur elle mais fut dévié par celui de Nathan qui avait anticipé le geste. Salman ramena sa main douloureuse en vociférant et postillonna sur sa fille qui s'écarta du fauteuil roulant.

– Il lui reproche de leur avoir fait courir des risques, dit Jawal. Il lui dit que tout est de sa faute, qu'elle aurait dû l'écouter et fermer le garage ce soir-là. Il est en train de l'insulter, là… menteuse… traîtresse…

– Dis-lui de la fermer, sinon je lui retourne le poing qu'il destinait à sa fille.

Jawal transmit l'information. Le vieux foudroya Nathan du regard et se tut. Oum se dirigea machinalement vers la gazinière pour réchauffer les deux poissons, apaiser la colère du vieux en lui servant son dîner. Elle se tourna vers Nathan et s'adressa à lui en arabe comme si Jawal n'existait pas. Ce dernier s'accrocha au texte :

– Elle demande si elle a raison de penser que WhiteStone la recherche, pas parce qu'elle est soupçonnée de complicité, mais parce qu'elle a vu ce soldat.

– Dis-lui qu'elle pense bien. Mais qu'elle se rassure. Les services de renseignements ne connaissent que la taille de ses chaussures.

– Elle demande aussi si son témoignage va t'aider à retrouver ton père.

Nathan n'avait pas encore eu le temps d'ajouter cet élément à ceux qu'il assemblait depuis cinq semaines.

– Réponds-lui que cela m'aide beaucoup et que je vais faire en sorte que ceux qui la cherchent ne la trouvent jamais.

Il tendit une liasse de dollars à Jawal.

– Explique-lui que c'est pour la réparation de la fenêtre. Remercie-la et dis-lui qu'on ne va pas la déranger plus longtemps.

– Tout ça pour une fenêtre ? fit Jawal.

– Tu es vitrier ?

– Non.

– Bon.

Nathan quitta la pièce. Une main saisit son bras. Oum le retenait avec une bonne poigne et deux grands yeux qui le suppliaient.

– Elle ne veut pas qu'on parte, traduisit Jawal. Elle ne veut pas non plus de l'argent.

145

– Du masgouf, dit-il à Nathan.

Jawal fixait son assiette en se demandant quand il allait l'informer que sa femme était à l'hôpital. Aucun avion ne partait avant le lendemain matin. Inutile donc de lui gâcher sa nuit.

– Des carpes pêchées dans le Tigre, expliqua-t-il. C'est le plat typique de Bagdad.

Nathan et Jawal avaient balayé les éclats de verre répandus sur le sol, et Oum partagé en quatre ses deux poissons grillés qu'elle avait servis avec du riz, des concombres, des tomates et des tranches d'oignons, accompagnés d'un pichet d'eau. Elle orchestrait le dîner en essayant de masquer sa peur. Le vieux fulminait de voir sa part réduite de moitié, sa fille inviter des étrangers, cet inconnu l'empêcher de corriger celle qui avait manigancé dans son dos. Nathan en vint à se demander si Oum craignait plus son père que les *contractors* de WhiteStone. Elle lançait à Nathan des regards anxieux qui le retenaient en otage et le perturbaient dans sa tentative de procéder à une exploitation rationnelle de son témoignage. Elle monopolisait la parole, avec celle de Jawal en écho. Autant la violence faisait partie de la vie du guide interprète, autant la peur minait celle de la jeune femme. Oum était née à Bagdad. Ses parents avaient fui leur village d'Ad-Dujayl, à soixante kilomètres au nord de la capitale irakienne. Élevée selon le code familial de la charia, Oum avait connu la peur dès sa naissance. Peur des cris, des coups, des châtiments. Parce qu'elle était une fille et que le Coran n'aimait pas les filles. « *Admonestez les femmes dont vous craignez la rébellion, reléguez-les dans les dortoirs, battez-les* », elle connaissait par cœur et par expérience chaque mot de cette sourate. Elle n'avait pas connu son premier grand frère, chair à canon dans l'armée au début de la guerre contre l'Iran, comme tous les chiites et les Kurdes mobilisés du jour au lendemain. Il avait péri au cours d'un assaut ennemi. En 1982, un attentat du parti Dawa opposé à la guerre avait été perpétré contre Saddam Hussein en visite à Ad-Dujayl. En réaction, le dictateur avait ordonné l'arrestation et la torture de mille cinq cents villageois. Les parents d'Oum avaient quitté ce village maudit pour Bagdad, eu un autre fils et bien plus tard, une fille. Oum avait huit ans lorsque son deuxième frère avait rejoint l'armée du Mahdi de Moqtada Al-Sadr qui s'opposait à la présence américaine en Irak et commettait les pires exactions contre les sunnites. Elle ne l'avait jamais revu. En 2007, sur un marché, l'explosion d'une voiture piégée avait ôté la vie à sa mère et les jambes à son père. Elle avait survécu miraculeusement pour devenir, à 15 ans, domestique, infirmière et mécanicienne.

À la fin du repas et de son histoire, elle se leva pour débarrasser la table. Son père s'était enfermé dans un mutisme d'opposition. Nathan voulut aider la jeune fille, mais elle le pria de rester assis. Transgressant la tradition, il insista pour faire la vaisselle, sous le regard incrédule du père qui marmonnait en citant Allah.

Nathan remercia Oum pour son hospitalité. Elle secoua la tête et se rua sur lui pour le ligoter de ses bras délicats et forts.

– *La*... *La*... *La*... *Afwan*... supplia-t-elle.

– « *La* », ça veut dire « non » et « *afwan* » signifie « je vous en prie », dit Jawal. Elle veut que tu restes, mon ami.

– Dis-lui que je dois partir à la recherche de mon père.

Oum leva ses yeux humides sur Nathan. Son père sortit de l'aphasie pour l'invectiver. Jawal dit :

– Elle veut que tu restes jusqu'à demain matin. Je t'épargne la traduction de ce que braille son père.

– Pourquoi ?

– Ce ne sont que des insultes machistes.

– Non, pourquoi veut-elle que je reste ?

– Elle est effrayée.

– Par quoi ?

– Les forces du mal… Je ne comprends pas de quoi elle parle.

– Demande-lui des explications.

Oum craignait les murs qui l'entouraient, la retenaient prisonnière de son père, lui barraient l'horizon, et derrière lesquels pouvaient surgir à tout moment la police et l'armée. Nathan proposa à Jawal de rentrer chez lui.

– Qu'est-ce que tu vas faire, mon ami ? s'inquiéta l'interprète.

– Je reste jusqu'à l'aube.

– Je repasserai dès le lever du couvre-feu.

Vêtu d'habits sombres, l'interprète s'éloigna en rasant les murs et se fondit dans la nuit. Oum adressa un « *Shukran* » à son hôte et lui fit comprendre par signes qu'elle allait coucher son père. Nathan s'installa sur un tapis face à la fenêtre. Il avait besoin de structurer ses pensées. La nuit s'installait sur Bagdad. La température avait baissé de quelques degrés, mais il faisait encore chaud. Il entendit ses hôtes se disputer dans la chambre. En position zazen, il se concentra sur l'opalescence d'un rayon de lune qui fusait du ciel opaque. Son esprit n'avait pas cessé de travailler au cours de la soirée. Quelques minutes seulement lui furent nécessaires pour assembler mentalement toutes les pièces du puzzle.

146

WhiteStone avait recruté Lew Wang dans le but de développer une source d'énergie aussi puissante que le soleil à partir de l'hydrogène métallique. La société militaire privée était en quête d'un « sixième facteur » menant à la victoire aussi sûrement qu'un plan prévisionnel en période de croissance. Un facteur plus déterminant que les cinq autres réunis par Sun Tzu dans *L'Art de la guerre*. Dans un premier temps, Nathan avait cru que Wang œuvrait à la conception d'une hyper-bombe à hydrogène. Qu'aurait fait WhiteStone d'une telle arme ? Les missions de terrain attribuées à la firme requéraient moins un engin nucléaire que des employés invincibles. Mettre le soleil en boîte ne devait pas servir à raser un pays, mais à créer une nouvelle race de soldats. Un projet fou, que la SMP s'était employée à dissimuler en détournant l'attention des autorités et des médias sur une réalité écrite par sa filiale MinD et baptisée *The Last Frontier*. S'il était impératif de garder le secret de ce « sixième facteur », cela signifiait que son efficacité reposait sur sa furtivité. Le contraire d'une arme dissuasive en quelque sorte.

Des prototypes d'une nouvelle race de soldats existaient. Ils avaient été testés au cours de deux missions, en Irak et en Colombie. Peut-être ailleurs, mais il n'y avait pas eu de témoin pour en attester. Oum s'était trouvée nez à nez avec un soldat à moitié « effacé ». Un avatar probablement moins élaboré que ceux envoyés pour libérer les otages des FARC, décrits par Jorge Padilla comme des « spectres ».

Pouvait-on affirmer que Lew Wang avait percé les secrets de l'invisibilité ? Des expériences avaient été menées à Dugway Proving Ground. L'une d'elles aurait mal tourné et entraîné des effets désastreux sur l'environnement et sur les habitants de Snake Valley.

La famille Hinckley, Billy Bear, Lillie Swan et Sam auraient eu affaire aux employés de WhiteStone chargés de maquiller le site. Ron Frost et Stan Steel avaient à leur tour disparu. Qu'étaient-ils tous devenus ? Nathan devait continuer à traquer Wang qui détenait beaucoup de réponses. Son laboratoire avait été déplacé et classé « danger » selon Rochelle Wesley. Wang devait se rendre sur une île où quelque chose d'important allait arriver. Il fallait relier ces deux éléments : une île et un danger.

Une présence dans son dos et une odeur de menthe indiquèrent à Nathan qu'Oum le rejoignait. Elle posa devant lui un plateau en étain sur lequel tintaient deux verres et une théière. Elle traça avec agilité deux hauts filets d'eau bouillante aromatisée, faisant naître entre eux un écran de fumée chaude. Elle avait changé sa salopette trop grande contre un jean et un débardeur probablement achetés à l'insu de son père qui ne la voyait qu'en bleu ou en abbaya. Ses cheveux étaient coiffés, du khôl soulignait ses yeux. Elle s'assit en silence sur le même tapis que Nathan et le regarda s'extraire lentement de sa méditation, l'accueillant dans la réalité avec un sourire désarmant.

– *Shukran*, dit-elle.

– Merci, répondit Nathan pour lui donner la traduction.

– Imagine qu'il n'y a pas de paradis.

– Tu parles ma langue ?

Elle le regarda en inclinant la tête.

– Essaye, c'est facile.

– Tu veux que j'essaye quoi ?

– Pas d'enfer sous nos pieds, juste le ciel au-dessus de nous.

Déstabilisé par ce qu'elle lui déclarait dans un anglais qu'elle semblait soudain maîtriser, Nathan l'écouta :

– Imagine tous les gens, vivant pour le présent.

Il comprit enfin et dit :

– Imagine qu'il n'y a pas de pays, ce n'est pas difficile.

– Ni tuer, ni mourir pour quelque chose.

– Pas de religion non plus.
– Imagine tous les gens vivant en paix.
Ils fredonnèrent ensemble la suite des paroles de l'une des rares chansons que Nathan connaissait :

Imagine no possessions
I wonder if you can
No need for greed or hunger
A brotherhood of man
Imagine all the people
Sharing all the world

You may say I'm a dreamer
But I'm not the only one
I hope some day you'll join us
And the world will live as one

Ils éclatèrent de rire. Elle se rapprocha de lui et déposa un baiser sur sa joue. Oum connut la joie et la tendresse pour la première fois en dix-sept ans, quelques secondes avant qu'un missile ne souffle sa maison.

147

Les nuits blanches, le rapt d'Eliona, la trahison d'Eddie Barton, le massacre d'Engel Schrank avaient englouti l'énergie de Connie B. Stanshaw. Les révélations de Stephen autour d'un Perrier l'anéantirent un peu plus. Son ex-mari lui affirma que le scénario de MinD n'était pas totalement une invention. « Rien n'est plus crédible qu'un mensonge qui s'appuie sur une vérité », argua-t-il. WhiteStone avait bien détecté une présence extraterrestre sur Terre. La différence avec la version développée par MinD, c'était qu'elle n'avait rien de commercial, ni de scientifique. Selon les services de renseignements de WhiteStone, une créature avait franchi la frontière terrestre pour perpétrer une série de crimes. « Une sorte d'Engel Schrank venu d'une autre planète », précisa Stephen. WhiteStone était sur ses traces. Pour ne pas terroriser la population, la SMP s'était employée à nettoyer les scènes des crimes, marquées par des griffures gigantesques. Lorsque Connie, incrédule, lui demanda comment il était au courant de tout ça, Stephen avoua avoir un contact chez WhiteStone. Selon ce dernier, Love était devenu la menace la plus sérieuse pour la créature qui risquait de s'en prendre à ses proches. Cela expliquait les traces dans la chambre de Carla.

– Tu en as parlé à Randall Price ?

– Si je le fais, il aura la même réaction que toi. Mais lui, il me virera. Donc pour l'instant je n'en parle qu'à toi.

– Excuse-moi, mon temps est précieux.

Elle se leva, vacilla, se rattrapa au bord de la table.

– Ça va ? demanda Stephen.

– Ce n'est rien.

– Il faudra que tu ralentisses sur le Perrier.

– Ton sens de l'humour, c'est ça qui me manque le plus.

– Tu veux que je te ramène chez toi ?

– Non, j'ai quelque chose à faire d'abord.

Connie regagna la chambre de Carla en songeant à la mise en garde que Nathan lui avait chuchotée avant de partir pour Bagdad. « Méfiez-vous d'un esprit compliqué. » Et d'un environnement compliqué. Saisie par l'appréhension, elle demanda à l'accueil qu'un membre de la sécurité la rejoigne le plus vite possible. Le lit de Carla était défait, vide, tiède. Ses vêtements étaient encore là. Son collier aussi. Des médicaments étaient éparpillés sur le sol au milieu d'une giclée de sang. La fenêtre était ouverte, l'épais rideau flottait comme une langue fourchue sur une bouche noire. Connie se précipita, s'empêtra dans le rideau, passa la tête dehors. La porte claqua dans son dos, elle se retourna. Des formes onguiculées déchirèrent les murs blancs et la pénombre. Quelque chose l'agrippa, elle se débattit. Puis ce fut le trou noir.

148

Face à la fenêtre, Nathan vit un scintillement fendre le faisceau de lune. Interférences ordinaires de métal et de lumière à Bagdad. À l'affût depuis qu'il avait mis les pieds dans la Zone Rouge, il n'attendit pas que le scintillement se transformât en explosion. Il se jeta sur Oum qui fredonnait *Imagine* et la serra contre lui pour ne faire qu'un seul corps roulant en direction du chambranle. Déflagration, secousse tellurique. Nathan se cramponna sous l'embrasure en espérant que le linteau tiendrait. Tout s'écroula autour d'eux dans un vacarme de fin du monde. Les cloisons se volatilisèrent, les fondations vacillèrent, le toit se souleva avant de pleuvoir sous forme de gravats, le plancher s'affaissa. En moins de dix secondes qui durèrent une éternité, la maison fut balayée comme un château de cartes en plein vent. L'air était saturé de particules qui brûlaient les poumons, de projectiles qui piquaient les chairs, de blocs de béton qui creusaient le sol. Un nuage de poussière grise et noire s'éleva au-dessus de l'apocalypse et se déposa comme un linceul.

Nathan redressa la tête et se frotta les yeux. Sous sa poitrine, il sentit Oum desserrer son étreinte et se mettre à bouger. Ils étaient perchés à trois mètres du sol, couverts de plâtre et de ciment. Le rez-de-chaussée était réduit à deux façades branlantes. Du premier étage qu'ils occupaient encore, il ne restait qu'un pan déchiqueté dans lequel était creusé le chambranle où ils avaient trouvé refuge. Des voisins s'approchèrent en criant, les mains sur la tête, arpentant déjà les lieux du massacre à la recherche des victimes.

Nathan se débarrassa des débris sous lesquels il gisait. Une douleur inquiétante au crâne et à la colonne vertébrale le fit grimacer. En équilibre sur le mur instable, il aida Oum à sauter sur un éboulis qui maintenait la façade encore debout. Ils dégringolèrent le monticule de pierres, de plastiques, de ferrailles, de poutres, de tôles, de papiers, d'ordures, se frayèrent un chemin au milieu des décombres fumants et des acclamations des premiers arrivants. Oum se détacha de Nathan, inquiète du sort de son père. Les sirènes des ambulances convergeaient vers le lieu de l'attentat. Nathan tituba dans la rue, étourdi. Ses oreilles sifflaient. Son dos était lardé de contusions. Il vit le ciel basculer, sentit des mains palper son corps, l'obscurité tomber d'un coup.

Il reprit connaissance lorsque deux brancardiers l'allon-gèrent dans une ambulance cabossée. Oum était à ses côtés. Elle ne le lâchait pas. Ses yeux étaient remplis de larmes qui dessinaient des arabesques sur son masque de poussière. Les secours dégageaient un corps vers une deuxième ambulance. Nathan devina qu'il s'agissait du vieux garagiste. Oum hocha la tête pour lui signifier que son père n'avait pas survécu. Il vit le corps disloqué de Salman qui avait fondu avec une partie de sa chaise. Oum serra la main de Nathan. Elle préférait rester dans le camp des vivants, aux côtés de celui qui lui avait sauvé la vie.

On ferma les portes sur eux. Le véhicule prit la tête du convoi en hurlant. Dans leur sillage, la deuxième ambulance se souleva sous une boule de feu qui vint lécher les vitres de celle d'Oum et de Nathan. Ils traversèrent une gerbe de flammes générée par une nouvelle roquette lancée contre une maison sur leur droite. Derrière eux, la carcasse calcinée contenant le cadavre de Salman retomba sur le flan. Leur conducteur louvoyait entre les tirs. Les balles sifflaient dans l'habitacle transformé en passoire. Nathan bascula le brancard pour s'en servir de bouclier. Le pare-brise éclata. Une tornade de verre, de chair et d'acier s'engouffra. L'épaule ouverte, courbé sur son volant, le conducteur filait en direction du pont, les yeux plissés par la vitesse et rivés sur l'hôpital le plus proche. Mauvais choix, ils allaient devenir une cible facile à atteindre. Sauter de ce corbillard relevait de l'exploit à cette allure. Un hélicoptère Apache apparut au-dessus d'eux. Nathan plongea sur le volant et provoqua une embardée. Au même instant, il aperçut de la fumée au bout d'un aileron de l'hélicoptère. Missile air-sol. Le Hellfire frappa l'asphalte et souleva l'arrière de l'ambulance qui tournoya sur un phare avant d'aller ricocher sur le Tigre comme un gros galet. Ils coulèrent lentement dans l'eau polluée. La moitié de l'ambulancier était restée collée sur le bitume en fusion, le reste flottait devant Nathan. Les flammes de l'explosion éclairèrent pendant quelques secondes le cloaque au-dessus de lui. Oum se débattait face à sa propre panique. Nathan la ferra par le cou et parvint à s'extraire de l'épave éventrée. Il nagea en direction de la lumière et émergea dans un brasier qui avait transformé l'endroit en paysage dantesque. WhiteStone lui avait déclaré une guerre totale. Les berges étaient en feu ainsi que le fleuve qui charriait des nappes de pétrole. Des tirs d'armes automatiques les accueillirent à la surface. Nathan replongea en entraînant Oum. Impossible de s'orienter dans les eaux sales. Il nagea le long de la rive jusqu'aux roseaux, en cassa un, tendit une extrémité à la jeune femme qui referma la bouche dessus en s'immergeant. Il en prit un pour lui, s'enfonça avec son tuba de fortune, chercha Oum, trouva sa main qu'il ne lâcha plus. Ils progressèrent au fond du fleuve, dans le sens du courant. Les grondements, les bourdonnements, les crépitements traversaient les mètres cubes de liquide jusqu'à leurs oreilles. Avec un goût d'hydrocarbure dans la bouche, ils puisaient l'air dans les nuages de poussière et d'uranium appauvri au-dessus de leurs têtes. Leurs pieds s'engluaient dans la vase qui les ralentissait. Aveugles, ils rencontraient des objets non identifiés, mous et durs, filandreux et massifs, oblongs et tranchants. Nathan se fit mordre au bras, Oum fut piquée à la cuisse. Ils tinrent bon jusqu'aux limites de l'endurance de la jeune Bagdadienne qui finit par s'étouffer. Elle lâcha son roseau et voulut remonter à la surface. Au-dessus d'eux, Nathan distingua le puissant projecteur d'un Apache et son bruit de gros bourdon prêt à décocher les dards qu'il portait sous ses ailerons. Il attrapa la cheville d'Oum pour la ramener à lui, la fit expectorer sous l'eau, souffla dans sa bouche, lui céda son roseau et continua sa progression en tétant régulièrement sur la longue tige qu'ils se partageaient désormais.

Lorsque les bruits et les lumières s'éloignèrent, ils se hissèrent sur la berge, rampèrent sur plusieurs mètres jusqu'à une paire de bottes. Nathan leva le roseau qui se transforma en *Bo* et piqua la gorge du soldat. Un jet de sang arrosa une salve hurlante de 7,62 mm. Il se courba sous le tir circulaire qui faucha les roseaux autour d'eux. Des voix lui permirent de localiser un autre homme qui venait dans leur direction. Il visa le cou. Le soldat bascula en arrière. Ancré au sol, Nathan fit glisser le *Bo* dans ses mains jusqu'à l'extrémité et le fit tournoyer en hauteur. Il percuta une tête à sa droite et fit voler un fusil à sa gauche, bondit sur l'homme désarmé et lui fendit le crâne. Le roseau explosa à l'impact, le *Bo* devint *Jo*. Suffisant pour venir à bout du troisième homme qu'il avait touché au visage et qui se relevait en triturant son arme enrayée. Deux coups de bâton court, vertical sur le crâne et oblique contre la veine jugulaire, le renvoyèrent à terre.

Oum était à genoux, proche de la catalepsie. Il la leva et lui saisit le bras. Il fallait s'éloigner. Où ? Le doute obscurcissait l'esprit de Nathan. Depuis qu'il avait quitté la Zone Verte, il avait été attaqué trois fois de façon massive. Il était américain, en savait trop sur WhiteStone et protégeait un témoin compromettant. Trois raisons pour en faire l'ennemi n° 1 dans ce pays où le meurtre était un acte banal et les massacres quotidiens. Gagner la Zone Verte était du suicide. Rester en Zone Rouge l'était encore plus.

149

Nathan retrouva la direction de la mosquée de Salhiya. Oum lui serrait la main comme si elle la retenait au-dessus du vide. Son débardeur et son jean ruisselant d'eau sale collaient à ses formes qu'elle devait dissimuler au plus vite. Ils s'éloignèrent du Tigre, traversèrent Hayfa Street pour gagner les petites rues où on les remarquerait moins. Il était presque minuit. Le couvre-feu avait vidé la ville, mais la police, la milice, les escadrons de la mort, les djihadistes rôdaient. Un pick-up hérissé d'AK-47 les força à se réfugier dans un renfoncement obscur. Oum grelottait. De froid, de peur. Nathan la frictionna. Une voix le fit se retourner sur un fusil-mitrailleur braqué sur eux. Ses deux poings jaillirent dans l'axe, l'un pour dévier le fusil, l'autre pour percuter le menton de l'homme qui le tenait. Il pivota, son bras droit s'enroula autour de celui de son ennemi, son coude gauche lui éclata la tempe. Nathan récupéra la djellaba et les bottes, déshabilla Oum et la vêtit comme l'homme.

– Ok ?

– Ok, répondit-elle.

Un milicien en moto qui les avait repérés fonçait sur eux. Nathan poussa Oum sur un tas d'ordures, prit appel sur son pied droit et tendit sa jambe comme un javelot. Son talon percuta le milicien et le plia en deux dans le sens opposé à sa moto qui continua tout droit. Il lui arracha son casque et le passa à Oum qui rabattit sa capuche par-dessus.

Les murs d'enceinte de la mosquée étaient hauts, mais rongés par la guerre et donc faciles à escalader. Deux miliciens enturbannés comme des ninjas jaillirent de l'ombre et s'interposèrent. Nathan lâcha Oum pour contre-attaquer, mais pas comme ils s'y attendaient. Il glissa aux pieds de l'un des hommes en soulevant un nuage de poussière et le transforma brusquement en cible potentielle. Des balles crépitèrent, certaines se logèrent dans le milicien avec lequel Nathan avait fusionné en se relevant dans son dos. Il empoigna la kalachnikov du mort et pressa la détente jusqu'à ce que l'autre ennemi s'écroule. Oum cria, l'éclair d'une lame sous sa gorge. Il y avait un troisième milicien. Avant qu'elle ne s'effondre devant ses yeux, Nathan bombarda au-dessus d'elle un coup de pied sauté destiné à tuer. La violence de la frappe expulsa l'agresseur et fit exploser son crâne. Nathan retomba derrière Oum qui ôtait son casque marqué par une profonde entaille. Ils se hâtèrent de passer de l'autre côté du mur de la mosquée avant que d'autres tueurs arrivent. La cour était déserte. Ils filèrent sous les portiques, traversèrent la salle des prières et gagnèrent enfin le mihrab.

Ils soulevèrent la dalle de béton, s'enfoncèrent dans le sol et avancèrent en sécurité dans les galeries jusqu'au monument au soldat inconnu. Personne ne les attendait à l'autre bout. Cela signifiait que le secret de l'entrée des tunnels du Raïs était bien gardé et que Hartman n'était pas à la solde de WhiteStone. En revanche, l'hôtel dans lequel on lui avait réservé une chambre était sûrement un secret de polichinelle. La seule adresse qu'il connaissait était celle de Jawal. Kindy Street. Oum situait. En quittant l'enceinte du monument, ils furent surpris par deux *contractors*. L'un était paraguayen, l'autre anglais. Nathan leur tendit son badge du FBI.

– D'où vous sortez comme ça ?

– J'ai glissé dans le Tigre. Je rentre à mon hôtel.

– Elle, c'est qui ?

– Une amie.

L'Anglais esquissa un sourire entendu et souleva la capuche du bout de son arme. Avant qu'il ait le temps de voir qui se cachait en dessous, son plexus fut torpillé par un direct foudroyant. Les deux phalanges saillantes prolongèrent leur course à angle droit pour aller percuter le Paraguayen qui ne vit pas venir le revers. Nathan pivota pour achever d'un coup de poing piston l'Anglais qui se trouvait encore dans son axe. Il tira Oum par la main en laissant les deux *contractors* sur le carreau. Ils traversèrent l'allée des sabres et gagnèrent Kindy Street en se faisant aussi discrets que possible. Les lumières du bar karaoké se repéraient facilement dans la sinistre avenue. Des lumignons multicolores incitaient à se réfugier à l'intérieur pour ne pas sombrer dans le désespoir. Au-dessus de l'enseigne s'élevait un immeuble de cinq étages dont la façade avait essuyé un tir d'obus. Un soldat éméché jaillit brusquement du bar et atterrit dans les bras de Nathan. Il échoua dans un container à ordures. Oum consulta les boîtes aux lettres et fit signe à Nathan que

Jawal habitait au troisième. Lorsqu'il leur ouvrit, l'interprète n'en croyait pas ses yeux.

– Nathan, qu'est-ce que… ?

– On peut entrer ?

L'appartement de Jawal était décoré avec goût. Dans cet immeuble décrépit, il avait aménagé un lieu de vie confortable. Il baissa la musique.

– Accrasicauda, dit-il. Le seul groupe de metal irakien.

Nathan lui résuma les dernières heures et présenta le planning de celles qui allaient suivre : prendre une douche, se changer, quitter le pays. Jawal invita Oum à passer dans la salle de bains. Il lui donna un sweat-shirt et un pantalon de jogging un peu trop grands. Après s'être lavé à son tour, Nathan enfila une chemise et un jean qui appartenaient à l'ami de Jawal. Ce dernier les avait gardés en souvenir de son compagnon. Lorsque Nathan regagna le petit salon, Oum et son hôte discutaient en arabe autour d'un thé et d'une assiette de gâteaux :

– Des makroud, dit Jawal. Ils sont très bons.

Nathan s'assit sur le canapé. À côté de lui, Oum reniflait dans ses longues manches qui avaient avalé ses mains. Il demanda à Jawal si elle pouvait s'allonger quelque part pour dormir. Le Bagdadien formula sa proposition en arabe. Oum se contenta de se blottir contre Nathan, les yeux fermés.

– Elle a subi beaucoup de chocs, expliqua Nathan.

– Je lui ai proposé ma chambre.

– Ça ira. Merci pour les risques que tu prends en nous hébergeant.

– Il n'y a pas de quoi, mon ami, tu es ici chez toi.

Son portable sonna. Il s'excusa et sortit de la pièce pour pouvoir converser. Oum se redressa et pointa son index sur Jawal en fronçant les sourcils. Elle désigna ensuite Nathan en tournant son poing au-dessus de sa tête, montra la chambre dans laquelle Jawal s'était isolé, recroquevilla ses doigts sur un objet invisible qu'elle porta à son oreille tout en faisant aller son index entre l'objet et Nathan. Il comprit que, pendant qu'il prenait sa douche, Oum avait surpris Jawal en train de téléphoner à son sujet.

Jawal réapparut rapidement et s'étonna de voir Oum debout. Elle demanda à aller aux toilettes.

– C'était un ami que je n'ai pas vu depuis longtemps, s'excusa Jawal.

– Est-ce que je peux appeler Hartman ?

Jawal hésita quelques secondes et lui tendit son portable. Au lieu de composer le numéro du lieutenant-colonel, Nathan afficha les appels récents. Le dernier, reçu, et l'avant-dernier, émis, étaient identifiés par trois lettres : SGS. Nathan entra en communication avec ce mystérieux correspondant.

– *Je t'écoute*, fit la voix en anglais.

Nathan garda le silence, espérant en entendre plus.

– *Jawal ?... Tu m'entends ?... Allô !... Et merde ! Putain de réseau...*

L'inconnu raccrocha. Nathan aussi, devant son hôte décontenancé.

– Qui est SGS ?

Le guide interprète fit mine d'ignorer de quoi il parlait.

– Ton contact téléphonique, dit Nathan en lui mettant l'appareil sous le nez.

– Ah !... ça ! C'est Strategic Global Services.

– Quel genre de services ?

– Ils gèrent la Zone Verte et l'aéroport de Bagdad.

– Rien que ça.

On entendit une chasse d'eau. Oum se faufila dans la pièce sous le regard noir de Jawal et se pelotonna contre Nathan.

– Pourquoi appeler SGS à 2 heures du matin ?

– Mais… je… il faut que tu saches quelque chose.

– Quoi ?

– L'agent Turner, du FBI, il cherchait à te joindre. Comme tu n'as pas de cellulaire, il a appelé le lieutenant-colonel Hartman qui lui a donné mon numéro.

Jawal cherchait à l'embrouiller pour gagner du temps.

– Qu'est-ce qu'il voulait ?

– Dire que ta femme était à l'hôpital.

– Carla ?

– Elle a contracté une pneumonie.

– Quand t'a-t-il appelé ?

– Hier soir, pendant que tu cherchais ton témoin.

– Pourquoi n'as-tu rien dit ?

– Pour ne pas perturber tes recherches. De toute façon, tu ne pouvais rien faire de plus puisque tu ne peux pas quitter le pays avant le matin.

– Pourquoi appeler SGS à cette heure ? redemanda Nathan.

Sa froideur déstabilisait Jawal.

– Ils… ils m'ont proposé de l'argent et garanti ma sécurité si je les tenais au courant de… de tes faits et gestes. Ce n'était même pas une proposition… en vérité, je n'avais pas le choix. Tu devrais te rendre, mon ami, ils sont capables de tout pour mettre la main sur cette fille. C'est pour t'éviter de mourir que je les ai appelés…

– Ils veulent nous éliminer.

– Négocie avec eux. Tu ne peux pas les affronter seul, mon ami.

– Cesse de m'appeler « mon ami ».

Nathan téléphona à Hartman.

Un grognement d'ours jaillit de l'écouteur en guise de « Allô. »

– J'ai besoin d'aide, tout de suite.

– Où êtes-vous ?

Nathan chercha un endroit proche de Kindy Street où il pourrait l'attendre en sécurité.

– À l'entrée d'Al-Zawra Park.

– J'y suis dans dix minutes, fiston.

Nathan raccrocha.

– Trop tard, dit Jawal. Ils sont déjà là.

150

La porte d'entrée vola comme une feuille de papier pour aller se coller contre la cloison du salon. Une onde métallique, poussiéreuse et humaine s'engouffra dans l'appartement. Jawal leva les bras au-devant des mercenaires en tressautant sous les balles. Au même moment, Nathan se jetait par la fenêtre en emportant Oum avec lui.

Ils retombèrent deux mètres plus bas sur le toit de l'immeuble contigu, leur chute amortie par le sable accumulé au fil des tempêtes. Ils roulèrent jusqu'à un parapet derrière lequel ils s'abritèrent. Au-dessus de leur tête, le muret s'effrita sous les salves des M16. Nathan ne pouvait pas continuer avec la jeune femme. Il la plaqua au sol en lui faisant signe de ne plus bouger, rampa vers une brèche et bascula dans le vide pour passer à travers une ouverture dans la façade. Le local avait été bombardé et déserté depuis longtemps. Le sable recouvrait un vieux frigo et des meubles abandonnés. Nathan fonça vers la porte d'entrée et dévala l'escalier de l'immeuble. Dans le hall s'abritaient deux Bagdadiens surpris par les tirs. Leurs crânes s'entrechoquèrent sans qu'ils aient vu Nathan fondre sur eux. Il endossa une djellaba et sortit dans la rue.

Deux Hummer bloquaient Kindy Street. Un char Abrams avait pris position à mi-distance, le canon pointé sur le troisième étage. Les clients du bar étaient évacués sans ménagement par quatre *contractors* de WhiteStone. Deux autres assuraient le guet. Nathan plongea la main dans la poubelle où il avait balancé le soldat éméché et ressortit un M-9 Beretta chargé. L'un des factionnaires le héla au milieu des cris et des ordres qui fusaient autour du pâté de maisons. Nathan montra les sacs amoncelés d'où émergeait le bras du soûlard. Le soldat très nerveux lui ordonna de s'écarter tandis qu'il appelait l'autre guetteur en renfort pour inspecter le tas d'ordures. Au-dessus d'eux, les tirs redoublaient d'intensité. Un pan de mur s'émietta sur les *contractors*, une seconde de distraction qui permit à Nathan de leur coller une balle chacun et de récupérer leurs fusils d'assaut. Le canon de 120 mm bougea pour se caler dans la direction d'Oum. Nathan fit feu sur le viseur thermique, attirant sur lui l'attention du chef de char et le déluge de sa mitrailleuse de 12,7 mm. Il courut vers l'entrée de l'immeuble. La devanture du bar et un pan de mur volèrent en éclats. Les autres mercenaires se positionnèrent derrière leurs véhicules pour se joindre à la fusillade. Nathan gagna le premier étage. L'équipe d'assaut avait été prévenue, trois hommes descendaient en mitraillant la cage d'escalier. Deux grenades dégringolèrent à ses pieds, l'obligeant à défoncer la porte la plus proche. Il fit irruption devant une famille regroupée sur un canapé trop petit. La double explosion sur le palier dévasta une partie de l'appartement et souleva un épais nuage gris. L'air était devenu irrespirable, mais favorable à Nathan qui progressait à ras du sol pour éviter les tirs aveugles. Le doigt recroquevillé sur la détente du M16, il déchiqueta une paire de rangers qui allaient le piétiner et deux silhouettes noires courbées dans l'opacité. Il troqua sa djellaba contre un gilet pare-balles et un casque prélevés sur un cadavre, puis continua son ascension. Un *contractor* l'interpella au deuxième étage. Nathan ponctua sa réponse par du 7,62 mm et gravit les dernières marches en direction du troisième. Il pénétra dans l'appartement de Jawal en abattant l'homme qui avait pris position devant la fenêtre. Où étaient les autres ? Il entendait encore des détonations. Dehors, il ne restait presque plus rien du parapet qui protégeait Oum. Les tirs provenaient du dessus. Nathan monta au quatrième, trébucha sur les cadavres des occupants de l'appartement et cribla les deux *contractors*. Sans ralentir sa course, il fonça vers la fenêtre en saisissant au passage l'un des deux mercenaires en train de s'écrouler. Il sauta dans le vide, accroché au macchabée qui s'écrasa sous lui quatre mètres plus bas dans un craquement atroce. Nathan gagna le muret, ramassa Oum, la chargea sur son dos, courut sur le toit de l'édifice qui vibrait et grondait sous ses semelles. Parvenu à l'autre bout du toit, il accéléra et sauta dans le vide. Au même moment, le bâtiment s'effondra, pulvérisé par les tirs d'obus. En plein vol plané, Oum serra très fort Nathan et ferma les yeux.

La collision avec le palmier fut plus violente qu'il ne l'avait prévu. Le gilet pare-balles et le casque qui lui servaient de carapace n'empêchèrent pas les pétioles aux épines acérées de lui écorcher les membres. Chargé de son fardeau de 45 kilos, il se laissa glisser jusqu'au bout d'une palme qu'il lâcha pour enlacer le tronc et poursuivre sa descente chaotique. En touchant terre, ils roulèrent chacun de leur côté. Nathan se releva en sang, désorienté.

– Al-Zawra Park ? demanda-t-il à Oum pétrifiée.

Tout en retirant les protections qui l'étouffaient, il répéta jusqu'à ce qu'elle comprenne. Elle tendit sa main qu'il happa pour l'entraîner dans la rue parallèle à Kindy Street. Dans leur dos, les déflagrations et les éboulements se multipliaient. Le char Abrams rasait le quartier. Demain, aux infos, on mettrait ça sur le dos des terroristes. Le surlendemain, l'assaut serait rangé dans les statistiques sordides.

Al-Zawra Park était plongé dans l'obscurité. L'éclairage public n'était pas la priorité à Bagdad. Aucun signe d'Hartman. Oum dit quelque chose que Nathan ne sut traduire. Elle entreprit de lui nettoyer le visage et les plaies avec un bout de t-shirt.

– *Anâ bi-khair... Shukran... Nathan...*

L'esprit de Nathan était ailleurs. Il attira Oum à l'abri d'un palmier dattier et réfléchit à la destination qu'il allait devoir donner à Hartman.

Il évalua les différentes forces lancées à ses trousses. En dehors des terroristes qui en voulaient à sa nationalité ou à sa valeur marchande, il en compta trois. La première était l'agent fédéral Turner qui avait cherché par tous les moyens à lui communiquer l'état de santé de Carla, comme pour le détourner de sa mission. La deuxième était SGS qui avait soudoyé Jawal pour l'espionner et déployé un arsenal pour le détruire après qu'il eut trouvé Oum. La troisième était le sniper qui lui avait sauvé la vie en tuant l'un des miliciens dans Keeylani. Ces trois composantes, parfois contradictoires, s'accordaient sur un point : le manipuler.

Nathan passa rapidement aux conclusions. Turner, SGS et le mystérieux sniper étaient trois tentacules, pas toujours sur la même longueur d'onde, de la pieuvre WhiteStone. La deuxième certitude était que Carla allait mal.

Le Hummer de Hartman déboula comme un stock-car dans l'avenue devant eux. Plus que quelques secondes pour choisir une destination.

151

– Je vous l'avais dit, de pas vous aventurer dans la Zone Rouge, balança Hartman en lui ouvrant la portière.

Les Beatles remastérisés criaient *Help* dans l'habitacle occupé à l'arrière par les deux *contractors*.

– Oui, mais vous ne m'aviez pas dit que votre guide travaillait pour SGS, rétorqua Nathan en prenant place sur le siège passager.

– Putain, qu'est-ce qui vous est arrivé, fiston ?

Oum se colla à Nathan.

– La poupée, c'est qui ?

– Mon témoin.

– Où est Jawal ?

– Vous saviez qu'il était à la solde de Strategic Global Services ?

– Une personne sur deux ici bosse pour SGS. Ils emploient plus de mille personnes rien qu'à Bagdad.

– Que savez-vous d'autre sur eux ?

– C'est un cabinet d'affaires publiques basé à Londres et dirigé par Gabriel Stone. D'ailleurs, ici, on l'appelle Stone Global Services. Ce que je sais, c'est qu'ils font de la communication, du marketing politique, des études de marché, de la gestion de centres stratégiques. Putain, ça canarde là-bas !

– Il faut qu'on dégage.

– À votre hôtel ?

– Faites d'abord descendre les passagers de l'arrière.

– Oh là ! Pas d'affolement, c'est notre assurance-vie, ces deux gus.

Nathan se retourna et braqua son Beretta sur les deux hommes.

– Descendez.

Ils regardèrent Hartman.

– C'est vous le patron, Love. Désolé les gars, vous rentrez à pied.

Ils obéirent. L'un d'eux souligna sa gorge avec l'index en fixant Nathan.

– Où je vous dépose ?

– Démarrez et roulez.

Hartman s'exécuta sur les chapeaux de roues.

– Je vous donne la destination dans deux minutes.

Nathan composa un numéro sur le portable du lieutenant-colonel.

– Vous réveillez qui, là ?

– Une amie.

152

Hartman conduisait vite, contournait les check-points, grillait les priorités et les feux rouges sans trop de risques puisqu'il était quasiment seul à rouler à cette heure de la nuit. Il pila devant le hall de l'hôtel Ishtar avec *I'm the Walrus* dans les enceintes. Il tendit la main à Nathan.

– Bonne chance, fiston. Peut-être qu'on se reverra au pays.

– Je compte sur vous pour trimballer mon fantôme toute la journée et faire croire à tout le monde que je suis encore à Bagdad.

– Ne tombez pas dans la parano. Un jour ou l'autre on est bien forcé de croiser quelqu'un d'intègre.

– C'est fait, lieutenant-colonel Hartman.

Nathan présenta son badge et son passeport détrempé au poste de contrôle et traversa le hall dominé par la déesse Ishtar. Deux femmes de ménage lessivaient le sol avec l'eau sale et mousseuse du bassin qui entourait la statue de marbre.

– J'ai rendez-vous avec Christina Lowell, dit-il au réceptionniste.

Le regard de l'employé oscilla entre Nathan et la fille qui l'accompagnait, puis se porta sur la femme qui descendait les escaliers. Miss Lowell avait enfilé un jean et un pull d'été pour venir les accueillir. Elle leur serra la main et les précéda dans l'escalier jusqu'au cinquième étage.

– Il vaut mieux éviter l'ascenseur, fit-elle avec un sourire forcé.

Nathan faillit ajouter qu'il aurait été préférable d'éviter les étages élevés dans cet hôtel qui était le bâtiment le plus haut de Bagdad, une cible facile pour les terroristes.

Miss Lowell s'arrêta devant une chambre gardée par deux vigiles. Elle ouvrit la porte grâce à une clef magnétique qu'elle confia à Nathan.

– Nous avons réservé trois chambres côte à côte. Celle-ci est attenante à celle d'Angelina. Elle vous verra à son réveil. Cela vous donne le temps de vous reposer un peu… et de faire un brin de toilette. Bonne nuit.

Elle tourna les talons, Nathan la retint par l'épaule, ce qui laissa une trace blanchâtre sur son pull.

– Je peux vous demander quelque chose, en privé ?

Elle chercha autour d'elle pour essayer de savoir ce qu'il entendait par privé. Nathan l'attira dans la chambre.

– Les vigiles que vous employez appartiennent à quelle société de sécurité ?

– Wincorp. Ils sont assez efficaces.

Nathan espérait seulement que Wincorp n'appartenait pas à WhiteStone.

153

Oum s'endormit en grelottant contre lui, terrassée par la fièvre et la fatigue, dans un lit immense et moelleux. Nathan avait fait tomber sa température en l'immergeant dans un bain froid, l'avait frictionnée et massée pour lui redonner de l'énergie, abaisser sa tension nerveuse, rééquilibrer la circulation du sang. Il lui avait procuré toute la chaleur de son corps serré contre elle. Elle l'avait retenu pour qu'il n'aille pas dormir sur le lit d'appoint. La peur la faisait frissonner si elle ne sentait pas son odeur. Elle s'était endormie à peu près apaisée pour rejoindre des cauchemars. Malgré l'épuisement, Nathan trouva difficilement le sommeil. Les blessures et les contusions qu'il avait nettoyées à l'eau et au savon étaient douloureuses, mais surtout la pensée que Carla allait mal le tourmentait. Connie Stanshaw ne répondait pas à ses appels et les hôpitaux de Washington qu'il avait contactés n'avaient aucun patient enregistré au nom de Carla Braschi. Il laissa un message lapidaire sur la boîte vocale de Connie. « Occupez-vous de Carla. » Puis il sombra.

Le valet de chambre les réveilla quand il rapporta leurs vêtements, nettoyés dans la nuit. Peu de temps après, on frappa à la porte de communication entre les deux chambres. Nathan ouvrit sur un sourire qui illuminait de grands yeux clairs. Après ce qu'il avait vécu au cours de la nuit, Angelina lui apparut comme un ange, presque irréelle. Pourtant, elle était habillée simplement, pantalon en toile et t-shirt aux couleurs du Haut-Commissariat aux réfugiés de l'ONU, queue-de-cheval et maquillage sobre.

– Comme on se retrouve, dit-elle.

– Merci de m'avoir cédé l'une de vos chambres.

– Avez-vous trouvé votre père ?

– J'ai progressé.

Elle jeta un œil au-dessus de l'épaule de Nathan.

– Comment va-t-elle ?

– Elle récupère. Comme je vous l'ai dit au téléphone, elle doit quitter le pays au plus vite.

Angelina l'invita à passer dans sa suite où le petit déjeuner était servi.

– Je rencontre tout à l'heure le Premier ministre irakien et l'ambassadeur américain. Je devrais pouvoir obtenir les papiers nécessaires.

Les magazines classaient cette femme comme la personnalité la plus influente d'Hollywood et donc du monde. Ils ne se trompaient pas.

– Que va-t-elle devenir ?

– Je crois que je vais la garder un moment avec moi. Elle est terrorisée.

– Vous m'avez l'air d'être un agent de terrain aussi pitoyable que moi.

– Pardon ?

– La première fois que je me suis rendue dans un camp de réfugiés, j'ai failli arrêter le cinéma pour me dévouer entièrement à l'humanitaire. Mais j'ai vite pris conscience de mes limites. Je voulais adopter tout le monde. Alors j'ai adopté Maddox, Pax et Zahara, j'ai mis au monde Shilah, Knox et Vivienne, concilié ma vie d'actrice et celle de mère de famille, joué les ambassadrices de bonne volonté et fait don d'une partie de mes revenus à ceux qui étaient plus efficaces que moi pour combattre la misère.

– Pas mal pour un agent de terrain pitoyable.

– Il faut être sans pitié pour être efficace. L'êtes-vous ?

– Au cours de ces dernières années, j'ai récupéré trois enfants moi aussi. Peut-être quatre.

– Cela signifie que vous n'êtes plus aussi performant qu'à vos débuts.

– Vous croyez ?

– Ce que je crois, c'est qu'il faut toujours suivre ce que l'on croit bon, sinon on se perd.

Onzième partie

La lumière n'est que l'envers de l'ombre

154

« Si je meurs, ce n'est pas important. Si je survis, cela ne fera aucune différence. J'ai vécu jusqu'à l'âge de 34 ans. Abandonner maintenant, ici, vite, cette pourriture qu'est mon corps souffrant est une bonne chose… La délivrance de cette vie. »

Carla ruminait ces mots comme un mantra, inspirés du *Roankyô* que Nathan lui avait fait lire. Elle s'y référait chaque fois que la maladie menaçait de l'emporter. Mourir n'était finalement pas si grave. Vivre vingt ou trente ans de plus ne changerait rien à l'affaire. Mourir sans retard pour ne pas avoir à supporter ce corps en décomposition. Qu'importe ce que l'on deviendra ici ou audelà. Nos désirs nous guident dans l'obscurité du possible comme des bougies brandies dans le vent causal qui nous pousse vers l'avant. Ne doit rester que la semence, témoin de notre passage.

Léa.

Carla réalisa qu'elle ne voulait pas partir sans revoir sa fille. Qu'importe le *Roankyô*. Son esprit la ramena dans la réalité dont elle s'était détachée. Elle était secouée dans un récipient exigu et en mouvement. Un coffre de voiture. Ses mains étaient ligotées, ses poumons perforés, ses jambes pliées, sa tête coincée contre un bidon d'huile qui fuyait et une couverture qui sentait le chien. La nausée lui tordait les boyaux. Elle transpirait, se mit à vomir le repas qu'on lui avait servi à l'hôpital. Son corps ne cessait de lui lancer des signes pour qu'elle revienne au *Roankyô* qui la délivrerait. Son esprit lui disait que c'était possible. Mais son cœur de mère, dont les affres et les besoins étaient méconnus de Suzuki Shôsan, lui dictait le contraire.

Il restait une bougie allumée dans le vent.

Au terme de soubresauts et de balancements qui la firent rouler dans son vomi et se cogner aux parois du coffre, le véhicule ralentit, s'immobilisa, se tut. Elle n'avait plus beaucoup de marge pour survivre. Mais elle savait s'en donner les moyens. Peu de gens avaient subi autant de mauvais traitements, de calvaires, de supplices, repoussant chaque fois un peu plus loin leur capacité à faire face.

Elle se recroquevilla pour faire passer ses mains menottées au-dessus d'elle, saisit l'encolure de la chemise de nuit qu'elle portait à l'hôpital, tira comme une forcenée pour la déchirer, se tortilla pour la mettre en pièces et se retrouver nue. Une portière claqua. Puis une deuxième. Carla s'empara du bidon qui lui servait d'oreiller, dévissa le bouchon, se couvrit d'huile de moteur et porta le goulot à ses lèvres.

Des pas, des éclats de voix, l'ouverture du coffre, une lumière forte en plein visage. Maintenant. Elle pulvérisa le contenu de sa bouche en direction de la lampe torche tout en détendant ses jambes en direction du deuxième type. Elle se redressa trop vite, percuta le hayon de la tête et sauta à terre entre ses deux ravisseurs. Le premier faisait des effets de lumière avec la lampe qu'il agitait en s'essuyant le visage. L'autre avait déjà récupéré. Il voulut ceinturer Carla qui rua dans son bas-ventre et lui glissa entre les mains comme une savonnette. Elle s'élança entre les arbres et dans la nuit. La peur la chassait comme une feuille d'automne dans une rafale. Les pierres roulaient sous ses pieds, les broussailles lacéraient ses jambes, les branches crochues entaillaient ses côtes. Tous les éléments de la forêt, chênes, pins, tulipiers, mousses, ronces, semblaient la retenir. Gibier traqué, elle bondissait, se courbait, louvoyait sans direction précise.

Elle courait.

Chaque foulée la rapprochait un peu plus de la nature sauvage. Nathan lui avait appris à ne pas craindre la forêt, plus sombre mais moins dangereuse que la ville. Son esprit était dans nos gènes et si l'on abstrayait les sons étranges qui l'habitaient, le vent qui l'animait, l'obscurité qui déformait, son absence d'humanité qui nous renvoyait à nous-mêmes, il était possible de s'en faire une alliée. Un râle rauque et sifflant planait au-dessus de Carla. Une bête invisible. Son souffle. Dans sa fuite éperdue, elle était rattrapée par ses poumons encrassés et le manque d'air qui allait la terrasser.

Elle courait.

Ses poursuivants légèrement distancés tirèrent dans l'obs-curité qui enveloppait la fuyarde. Dépassée par les balles, Carla fut éclaboussée par une gerbe d'écorce à quelques centimètres de sa joue. Son cœur tambourinait dans sa poitrine brûlante plus fort qu'un moteur à explosion. L'essoufflement devenait souffrance. Elle n'était pas encore tombée, comme dans un mauvais film. Elle volait au-dessus des fougères et des troncs d'arbres morts.

Elle courait.

La terre trembla sur sa droite. Une puissante masse noire lui coupa le chemin, drainant une nuée de ramures dont Carla ne sut si elles faisaient partie de l'animal ou des frondaisons. Un terrifiant râle fit converger sur la bête des salves meurtrières qui indiquaient que les tueurs étaient proches. Elle bifurqua sur la droite pour s'en éloigner. Le sol devint gluant et froid, sa respiration de plus en plus courte, sa foulée moins ample. L'écart se resserrait.

Elle courait.

Un faisceau de lumière arrosa l'espace devant elle et lui fit perdre ses repères comme un lapin pris dans les phares d'une voiture.

Elle ne courait plus.

Carla effectua quelques pas de côté, recula, ramassa une branche qu'elle brandit, prête à la briser sur le crâne du premier qui s'approcherait. Une forme humaine surgit de la lumière en braquant sur elle une arme qui cracha du feu, du bruit et du métal. Les balles effleurèrent Carla qui profita de sa miraculeuse invincibilité pour se ruer sur son adversaire. Sa massue resta figée lorsqu'elle reconnut Connie devant elle, jambes écartées, concentrée sur son tir.

– À terre, Carla !

Elle plongea sous les détonations qui n'en finissaient pas. Au terme de la fusillade, Carla sentit la main de Connie passer sous son aisselle et l'entraîner vers sa voiture tous phares allumés.

155

– Vous allez tenir le coup ? demanda Connie qui conduisait tambour battant.

Elle obtint une quinte de toux en guise de réponse. Sa passagère se roula en boule sous un plaid. Elle puait l'huile de moteur.

– Je vous emmène à l'hôpital.

– Où est Nathan ?

Un individu couvert de sang apparut dans les phares. Connie contourna l'obstacle en freinant, accéléra, dérapa sur la route humide. Immobilisée au milieu de la chaussée, elle resta contractée quelques secondes sur le volant, les yeux rivés sur le rétroviseur qui ne lui renvoyait que la nuit. Carla crachait ses tripes et ses poumons. Le pare-brise éclata. Connie se baissa, enclencha la position « Drive » et écrasa de la main la pédale d'accélérateur. Le véhicule percuta le tireur, dévia de sa trajectoire, patina sur le bas-côté, bondit à nouveau sur l'asphalte dans une explosion de boue et un tête-à-queue. Connie s'essuya les yeux d'un revers de manche, dégaina son arme et se coucha sur le capot en essayant de saisir une cible dans le phare de son véhicule borgne. Des silhouettes furtives se déplaçaient autour du faisceau sans y pénétrer. Les marais fourmillaient. Connie fit feu en direction d'un raclement métallique, entraînant aussitôt une réplique.

– Vous avez une autre arme ? grelotta Carla.

– Dans la boîte à gants.

Elle sortit un Smith & Wesson Model 60.

– Vous avez cinq balles, dit Connie.

– Il faut dégager.

Un bruit sur le toit du véhicule.

Carla fit feu dans le plafonnier pendant que Connie enclenchait la marche arrière, faisant basculer sur le capot l'assaillant au-dessus d'elles. Carla lui tira dessus à bout portant. Un coup de frein à main chassa le cadavre et imprima un cercle sur le bitume. Les pieds dans son vomi, les mains serrées sur l'acier, elle vit la terre tourner à 180 degrés et fut prise de vertiges. Elle vida le barillet sur des cibles invisibles avant d'évacuer son estomac, la tête entre ses jambes. Connie se concentrait sur sa conduite qui arrachait au véhicule des grincements et des rugissements, filant sans pare-brise vers le nord en direction de Fredericksburg. Au bout d'une trentaine de kilomètres, elle dut se résoudre à s'arrêter car le moteur fumait et elle roulait sur une jante.

– Il nous faut de l'aide, dit-elle.

– Et des médicaments.

– L'hôpital de Fredericksburg est à quatre-vingts kilomètres.

– Où est-ce qu'on est ?

– En Virginie. Pas loin de White Falls, la ville de White-Stone. C'est là que je suis venue vous chercher. Bon sang, qu'est-ce qui vous est arrivé ?

– J'ai survécu.

– C'est un bon résumé.

– J'ai perdu connaissance aux urgences et je me suis réveillée dans un coffre de voiture.

– Stephen a essayé de m'embrouiller en traçant sur les murs de votre chambre des sortes de griffures. Il m'a baratinée, m'a même droguée et agressée quand je suis venue vous voir. J'ai perdu connaissance quelques secondes. La sécurité de l'hôpital l'a fait fuir. Nathan m'avait mise en garde à son sujet même s'il n'a pas accusé directement mon ex-mari de duplicité.

– Il vaut mieux découvrir ça par soi-même.

– Stephen n'est qu'un pion de WhiteStone, dépassé par les évènements. Il a été contraint de lever le voile sur la piste de la Colombie et de l'Irak à cause de mon père qui menait les recherches avec lui. Mais tous les deux ignoraient que WhiteStone ne demandait pas mieux que d'envoyer Nathan là-bas pour le tuer. Stephen a d'ailleurs cherché à l'en éloigner, comme il a cherché à m'écarter de cette affaire en me baratinant.

– C'est compliqué, votre histoire.

– « Esprit compliqué, environnement compliqué. » Après sa mise en scène à l'hôpital je me suis rendue chez Stephen et c'est là que je l'ai forcé à m'avouer la vérité.

– Forcé ?

– J'étais furieuse et armée. Je l'ai interrogé de façon… musclée.

– Certaines personnes ne parlent que dans ces conditions.

– Il a lâché le nom de White Falls et décrit le cabanon situé dans les marais où vous emmenaient vos ravisseurs. C'est comme ça que je vous ai retrouvée.

– Qu'est-ce qu'ils me voulaient, ces types ?

– Probablement se doter d'un moyen pression au cas où ils ne parviendraient pas à éliminer Nathan à Bagdad. Désolée d'avoir à vous dire ça.

– Ils ont déjà son père.

– Ce n'est peut-être pas suffisant.

– Où est Nathan ?

– Il m'a laissé un message sur mon cellulaire pour me demander de m'occuper de vous. C'est tout ce que je sais.

Connie sortit d'une poche de son manteau le collier navajo qu'elle avait rapporté de l'hôpital.

– Tenez. Vous m'avez dit qu'il représentait beaucoup pour vous…

Une lueur traversa le regard de Carla qui passa le bijou autour du cou.

– Merci.

Un véhicule arrivait derrière elles.

– On a besoin de cette voiture, dit Connie en descendant.

Elle visa, tira sur un pneu, marcha vers l'embardée et braqua son arme sur le conducteur terrorisé.

– Qui êtes-vous ? demanda-t-elle.

– Fenimore Hanson, je… suis chanteur.

– Rangez-vous derrière le véhicule que vous voyez là-bas.

L'homme obtempéra avec un pneu à plat.

– Qu'est-ce que vous faites dans le coin à 3 heures du matin ? demanda Connie.

– J'étais en concert à Warsaw… un mariage… notre groupe anime…

– On doit se rendre d'urgence à l'hôpital de Fredericksburg.

– Vous m'avez explosé une roue.

– Vous allez la changer le plus vite possible.

Carla les rejoignit. Hanson fixait les deux femmes, éberlué.

– Vous avez fumé ? lui demanda Connie.

– Qui ça moi ? Non pourquoi ?

– Vos pupilles sont dilatées.

– Je… non, c'est…

– Problème d'élocution aussi.

– Quoi ?

– Changez la roue, vite.

Connie lui colla sa plaque sous le nez. Il sortit le cric du coffre de la Buick.

– Vous ne pouviez pas me faire signe de stopper sans me tirer dessus ?

Fenimore Hanson desserra les boulons de la jante. Connie finit de les dévisser à la main.

– Qu'est-ce que vous chantez ?

– Country music.

– J'en étais sûre.

– À quoi vous voyez ça ?

– La voiture. La chemise à franges aussi. Prêtez-la à mon amie.

Il jeta un œil sur Carla courbée sur une quinte de toux.

– Qu'est-ce qu'elle fiche à poil ?

Des phares au loin.

– Ne leur dites pas que vous nous avez vues, sinon vous êtes mort.

Elle rejoignit Carla qui avait déjà pris position dans l'herbe.

– À mon signal on tire, chuchota Connie.

– On tire sur quoi ?

– Sur ces hommes, ce sont peut-être eux.

– Eux ?

– Ceux qui vous ont kidnappée. Carla, ça va ?

Ses grands yeux noirs étaient éteints, elle perdait pied.

Un gros SUV ralentit à l'approche des deux véhicules stationnés sur le bas-côté. Un deuxième SUV suivait à distance. Le premier freina à hauteur de Hanson qui vissait les boulons de sa roue de secours. Le passager, doté d'une grosse moustache, lui demanda où était le conducteur de l'autre véhicule. Connie n'entendit pas la réponse de Hanson. Le moustachu promena sur le paysage nocturne un regard suspicieux. Carla était absente, le regard vague posé sur le Smith & Wesson comme s'il venait d'atterrir dans son poing. Une portière claqua. Un treillis noir surmonté d'un crâne rasé descendit du second 4 × 4 et marcha en direction des deux femmes. Le moustachu posa à son tour le pied à terre.

– Maintenant ! chuchota Connie.

Elle abattit le moustachu sans sommation. Seulement vêtue d'un collier, Carla se leva comme un zombie et tira sur le chauve qui riposta avant de tomber. Une balle écorcha son épaule gauche. Imperturbable, elle fit feu sur le conducteur qui l'avait prise pour cible. Son visage gicla sur la vitre comme une capsule de paintball. Un clic signala à Carla que le barillet était vide. Embusquée dans son dos, Connie canarda le véhicule de tête et troua la tôle. Un type à l'arrière répliqua dans sa direction, souleva de l'herbe et de la boue. Fenimore Hanson s'était retranché derrière sa Buick sans avoir eu le temps d'ôter le cric. Dans un état second, Carla se baissa pour ramasser le pistolet du cadavre en battle-dress qui gisait à ses pieds. Elle leva le bras comme un automate en direction des tirs et appuya sur la détente, déclenchant une rafale infernale. Le Glock vibra durant moins d'une seconde dans sa main, comme si elle avait reçu une décharge électrique. Une trentaine de projectiles avait transpercé le SUV et ses deux occupants. Connie alla vérifier qu'il n'y avait plus de danger.

– Carla, ça va ?

Nue, sale, hagarde, les bras ballants, le pistolet encore à la main, l'épaule en sang.

– C'était quoi ça ? demanda-t-elle en se foutant de la réponse.

– Glock 18 C à tir automatique, l'un des plus petits pistolets-mitrailleurs sur le marché, avec compensateur de relèvement, cadence de 1100 coups/minute, chargeur de 33 cartouches, calibre 9 mm Parabellum. Vous allez bien, Carla ?

– Les aliens ont-ils une âme ?

– Pardon ?

– Il faut tuer leur âme aussi.

Carla ramassa un autre pistolet et tira en l'air.

– Les âmes s'échappent !

Elle divaguait. Connie la désarma.

– Carla, c'est fini. Ils sont tous morts.

– Je crois…

Connie alla ramasser la couverture dans le fossé. Hanson se signa au-dessus de sa clef en croix qu'il gardait contre la poitrine.

– … que j'ai besoin…

– Hanson, votre chemise, s'il vous plaît, cria Connie.

Il ôta sa chemise et la tendit à l'agent fédéral.

– … de m'évanouir…

Carla s'écroula.

156

La salle d'attente de l'hôpital de Fredericksburg était déserte. Assis sur une chaise inconfortable, face à la machine à café, Fenimore Hanson fixait en silence le contenu brûlant de son gobelet. À ses côtés, l'agent spécial Stanshaw passait des coups de fil. Elle avait réveillé les pontes du FBI à Washington pour qu'ils envoient des renforts. Il s'agissait de ramasser sept cadavres au total, dont les deux ravisseurs qu'elle avait abattus dans la forêt. Robert Fuller avait chargé l'agent spécial Joel Wood de diriger l'opération.

Connie avait écouté sa boîte vocale. Nathan l'avait appelée de l'avion qui le ramenait de Bagdad. Il insistait pour qu'elle veille sur Carla et déclarait qu'il savait où était Wang. Il la rappellerait à l'atterrissage, prévu à 7 h 50.

Elle composa le numéro de Wood. Il était en route pour les marais de White Falls. Deux agents fédéraux seulement l'accompagnaient. Il avait fait appel à la police locale pour intervenir plus rapidement et passer le secteur au peigne fin. Connie soumit l'idée de pousser les investigations jusqu'à la Forteresse. C'était le nom donné au siège social de WhiteStone, au cœur des marais. Wood lui dit que rien ne justifiait une telle démarche tant qu'on n'aurait pas établi un lien entre les kidnappeurs et la firme. Le fait que White-Stone possédât la ville de White Falls et la moitié des marécages environnants n'était pas suffisant. Il proposa à Connie de passer la voir à l'hôpital quand il aurait fini. Elle raccrocha et composa le numéro de Fuller en fulminant.

– Vous allez exploser votre forfait, commenta Hanson.

Le chanteur avait conduit Connie et Carla au Mary Washington Hospital dans sa Buick épargnée par la fusillade. Il n'avait jamais roulé aussi vite de sa vie sur

Tell Me I Was Dreaming de Travis Tritt. Carla avait été admise en urgence, inconsciente, maculée d'huile et de sang, sous les yeux ébahis du personnel médical. Connie avait coupé court aux questions en sortant sa plaque et requis l'anonymat de la patiente pour des raisons de sécurité.

– Vous pouvez rentrer chez vous, dit-elle à Hanson en raccrochant.

Fuller ne répondait plus. Il s'était recouché après avoir envoyé une équipe de trois gars pour enquêter sur une affaire qui avait des répercussions jusqu'au sommet de l'État.

– Fais de beaux rêves, crétin.

– Quoi ?

– Je m'adressais à mon patron. Il ne veut plus me parler.

– Je vous propose un autre café ?

– Non, merci.

– Ça va aller, agent Connie ?

– J'ai connu des nuits plus calmes.

– Et moi des soirées plus banales.

Elle se tourna vers lui, l'imagina avec un chapeau de cow-boy, aima son regard apaisant.

– Je peux vous raccompagner chez vous, si vous voulez.

– Je dois rester auprès de Carla.

– Ce doit être quelqu'un d'important.

– Surtout pour la personne qui m'a demandé de la protéger.

Le chirurgien réapparut avec un bilan. La blessure à l'épaule de Carla était sans gravité. En revanche, la pneumonie qui la rongeait était inquiétante. Son système immunitaire déficient avait été sérieusement délabré au cours des dernières heures.

– Qu'est-il arrivé à cette femme ? demanda-t-il.

– Elle va s'en sortir, docteur ?

Il adopta le masque de circonstance qu'il avait dû maintes fois offrir aux familles de ses patients les moins chanceux.

– Je ne suis pas très optimiste.

– Elle a repris connaissance ?

– Pas encore.

– Je vais rester auprès d'elle.

– Elle est encore en salle d'opération. Une infirmière viendra vous prévenir dès qu'elle sera transférée dans une chambre.

Le chirurgien esquissa un sourire crispé et se délita dans un long couloir blanc. Connie constata que ses yeux se fermaient.

– Finalement, je vais le boire, ce café.

Fenimore se leva et revint avec un gobelet plein.

– Merci. Vous êtes sympa.

– Et vous, vous êtes très belle…

Elle releva le nez, surprise par sa remarque. Il lui retira un petit morceau de pare-brise incrusté dans sa coiffure.

– … avec ces paillettes dans les cheveux.

Si elle avait eu la peau blanche, elle aurait rougi. Fenimore Hanson était un gars bien qu'elle avait pris pour un plouc. Il s'était révélé prévenant et très gentleman. Malgré ce qu'elle lui avait fait endurer, il ne s'était jamais plaint. En y regardant de plus près, elle le trouvait séduisant. Le genre Kenny Rogers, sans les rides ni la barbe.

– Vous ne m'en voulez pas trop, alors, de vous avoir crevé un pneu ?

– Depuis que je vous ai rencontrée avec votre copine borderline, j'ai éprouvé un sacré lot de sensations.

– Je dois prendre ça comment ?

– Comme une chanson.

« Drôle de gars », pensa-t-elle. Un homme défiguré par les soucis entra dans la salle d'attente et s'installa sur une chaise en se mouchant.

– J'ai eu la peur de ma vie, confia Fenimore. Tant qu'on n'a pas été réellement confronté à la violence, avec de vraies balles et de vrais tueurs, on n'a aucune idée de ce que c'est. C'est comme…

– C'est comme ?

– Non, rien.

– Laissez-vous aller, c'est le moment et l'endroit.

– Un hôpital, la nuit, pour se mettre à nu et ouvrir son cœur ?

– C'est un peu ça.

Ce fut au tour de Hanson de fixer Connie. Beauté noire traquant les ombres dans les ténèbres. Il avait déjà en tête le premier couplet de sa chanson.

– Vous dites que vous avez éprouvé beaucoup de sensations cette nuit.

– La peur, l'angoisse, la stupéfaction…

– C'est un peu la même chose.

– Il y a vous aussi. Difficile de nier que vous ne m'êtes pas indifférente.

Fenimore lui sourit. Connie eut une impression étrange. Elle lui avait tiré dessus et elle avait abattu sous yeux un homme de sang-froid, Carla luttait entre la vie et la mort dans la pièce voisine, le type en face d'elle était en train de pleurer. L'air racoleur de Hanson et ses yeux doux lui parurent déplacés. Elle douta soudain de ses intentions. Depuis quelques jours, rien ni personne n'était ce qu'il paraissait être. Le téléphone vibra entre ses mains. C'était l'agent Wood.

La police n'avait trouvé aucun cadavre.

157

– Un problème ? demanda Hanson lorsque Connie raccrocha, contrariée.

– Aucun, tout va comme sur des roulettes depuis hier soir.

– Si je peux vous aider en quoi que ce soit.

– En témoignant de ce que vous avez vu, vous me rendrez un grand service.

– Qu'est-ce que je suis censé dire ?

– La vérité, tout simplement.

– La vérité ? Vous êtes sûre ?

– Ça vous pose un problème ?

– Ben… c'est par rapport à vous.

– Comment ça ?

– Vous avez quand même abattu cinq personnes à vous deux.

– Ils nous tiraient dessus !

– C'est ce que vous me demandez de témoigner ?

– Pourquoi, vous avez été témoin d'autre chose ?

Il la regarda en plissant les sourcils. Son expression s'était durcie.

– À quoi jouez-vous ? demanda Hanson.

– Ce serait plutôt à moi de vous poser la question.

– Moi je ne suis que votre otage frappé du syndrome de Stockholm[1].

– Qu'est-ce que vous racontez ? Vous n'êtes l'otage de personne.

– Vous essayez de me faire croire que si j'avais refusé de vous conduire à l'hôpital, vous et la folle qui vous accompagne, vous m'auriez épargné ?

1. Le syndrome de Stockholm est un trouble psychique, caractérisé par la confiance, la sympathie voire l'attachement développés par un otage envers ses ravisseurs.

Une sueur froide parcourut le dos de Connie. Elle réprima un tremblement de la jambe et du bras, éprouva une envie de fumer pour calmer ses nerfs.

– Vous avez une cigarette ?

Ils sortirent pour allumer deux Marlboro. Connie retira le filtre, aspira toute la nicotine, toussa, questionna.

– Sincèrement, que s'est-il passé selon vous ?

– À quel moment ?

– À partir de celui où je vous ai arrêté sur la route.

– En vérité ?

– Oui.

– Eh bien, je rentrais d'un concert quand vous m'avez tiré dessus. Un pneu a éclaté, mais j'ai réussi à ne pas m'envoyer dans le décor. Vous m'avez menacé avec une arme pour que je me range sur le côté et que je change la roue. Entre-temps, des automobilistes se sont arrêtés. Vous les avez tous tués. Puis je vous ai conduites jusqu'à cet hôpital.

Connie avait tout entendu dans sa carrière en matière de témoignage. Certaines personnes arrivaient à décrire, comme s'ils les avaient vus, des faits colportés par une tierce personne. Mais celui qu'elle venait d'entendre lui fit l'effet d'une claque.

– Je ne vous retiens pas, Monsieur Hanson, car vous n'êtes pas mon otage.

– Je peux témoigner ce que vous voulez.

– Barrez-vous !

– Je vous laisse ma carte. Si vous avez besoin de quoi que ce soit. Je n'habite pas loin.

Elle prit sa carte et lui demanda pourquoi il faisait ça.

– Vous m'avez flingué une jante et tapé dans l'œil. J'ai eu le coup de foudre pour vous, agent Connie. Ce genre d'émotion ne se décide pas. J'ai déjà presque composé une chanson à vos côtés et je suis prêt à raconter que j'ai vu des extraterrestres vous attaquer, si vous me le demandez.

– Qui vous a parlé d'extraterrestres ?

– C'est une image.

– Disparaissez.

Elle le regarda prendre le volant de sa Buick et s'éloigner dans la nuit comme dans une chanson de Dolly Parton. Un vide immense s'était emparé d'elle. Elle posa une main contre le mur du bâtiment pour éviter que le vertige la fasse choir. Elle n'avait pas fumé depuis onze ans et la cigarette qu'elle avait pompée comme une névrosée avait chamboulé ses mécanismes neuronaux. Dehors, la ville était calme. Pas une sirène pour troubler le sommeil des habitants. Ce fut à cet instant qu'elle sentit quelque chose d'indéfinissable, de gigantesque, de noir, de menaçant, emplir peu à peu le vide en elle. Quelque chose qu'elle ne sut définir, mais qui, de cela elle était sûre, annonçait la fin.

158

Connie se réveilla en sursaut. Des bruits de pas dans le couloir. Quelques secondes lui furent nécessaires pour retrouver ses repères. Elle s'était assoupie au chevet de Carla qui dormait sous respirateur artificiel. Sa montre indiquait 8 h 08. Son cellulaire affichait cinq appels en absence et son poing droit était contracté sur le Glock chargé de quatre balles. Elle se leva en direction du remue-ménage après avoir vérifié que la sécurité du pistolet était ôtée. Elle allait déverrouiller lorsque la porte trembla.

– FBI, ouvrez !

Elle recula devant l'agression.

– Agent spécial Stanshaw, ouvrez !

– Agent Wood, c'est vous ?

Elle tenta de s'éclaircir les idées. Depuis que Stephen avait versé un hallucinogène dans son Perrier et qu'il l'avait mystifiée à l'hôpital, elle avait du mal à faire la part du réel. Elle était attaquée par des spectres griffus, tirait sur tout ce qui bougeait, sentait qu'un gouffre s'ouvrait sous elle. Les effets secondaires du 2-CB persistaient et brouillaient sa raison. Hanson avait-il raison ? Avait-elle tué des automobilistes innocents ? Il eût fallu que Carla fût droguée elle aussi, ce qui n'était pas le cas selon le médecin.

– Stanshaw, ouvrez ou on enfonce la porte !

Le battant vibra sous les coups de Wood.

– Avez-vous trouvé les corps ou pas ?

– Écoutez, on ne va pas continuer à se parler à travers cette porte.

– Avez-vous trouvé les corps ?

– Ouvrez, bordel !

– Avez-vous trouvé les corps ?

– Oui !

Elle attendit qu'il développe mais le silence s'installa. Elle s'approcha en tendant l'oreille. Un grand « bang » contre le battant la fit reculer.

– J'ai une arme pointée sur la porte. Le premier qui entre, je le fume.

C'était la première fois qu'elle utilisait cette expression.

– Agent Stanshaw, vous aggravez votre cas.

Il y avait donc un « Cas Stanshaw ». Qu'avaient-ils trouvé là-bas ?

– Connie, ne faites pas entrave à l'enquête. Laissez-moi entrer, qu'on discute.

L'agent Wood était un mauvais négociateur. L'utilisation des négations, le recours au prénom pour instaurer un rapport amical… il s'y prenait comme un pied. Elle regarda sa montre. Quatre-vingts kilomètres séparaient Washington de Fredericksburg. En voiture, il fallait cinquante minutes si on ne dépassait pas la limitation de vitesse. Love était censé avoir atterri depuis une heure et demie. Il avait sûrement appelé. Lire les messages. Il y en avait cinq. Elle s'apprêtait à les consulter lorsque la porte valdingua hors de ses gonds pour laisser entrer un flot d'hommes en armes. Un grand gaillard brun aux cheveux ras était en plein dans sa ligne de mire.

– Posez votre arme ! ordonna-t-il en la braquant lui aussi, encadré par deux policiers prêts à tirer.

Carla bougea. Connie détourna le regard sur elle, sentit une douleur atroce lui vriller le bras et la violence du sol contre sa joue. On lui menotta les mains pendant que l'agent Wood lui signifiait qu'elle était en état d'arrestation et qu'elle avait le droit de garder le silence. Ce qu'elle ne fit pas.

– Qu'est-ce qui vous prend, Wood, vous êtes fou ?

– Je crois que c'est vous qui avez besoin d'un psy.

– Qu'est-ce que vous racontez ?

– Stephen Albright nous a déclaré que vous l'aviez torturé.

– C'est mon ex-mari. Il raconterait n'importe quoi pour me foutre dans la merde.

– Vous l'avez torturé, répéta Wood.

– Il travaille pour WhiteStone.

– Vous parlez du conseiller du secrétaire d'État à la Défense.

– C'est un pion de WhiteStone, je vous dis.

– Vous dites beaucoup de choses et leur contraire ! Vous l'avez torturé pour lui faire avouer où était transférée Carla Braschi.

– Ce n'était pas un transfert mais un enlèvement.

– Carla Braschi était transférée du George Washington Hospital vers un établissement plus discret parce que vous rôdiez autour d'elle.

– C'est faux, j'assurais sa protection.

– En la kidnappant ?

– C'est Stephen qui a manigancé son enlèvement pour le compte de WhiteStone. Carla a tenté de leur échapper. Je suis intervenue à ce moment-là.

– En tirant sur cinq automobilistes ?

– Ils sont à la solde de WhiteStone, crétin. Vous n'aurez qu'à interroger Carla quand elle reprendra connaissance.

– Nous le ferons, évidemment. Quoi qu'il en soit, nous avons identifié les victimes. Ils sont tous membres de la Fredericksburg Curling Team et revenaient d'une rencontre amicale contre l'équipe de Tappahannock. Aucun d'eux n'est employé chez WhiteStone.

Le sol froid se mit à tanguer. L'haleine tiède et aillée de Wood lui donna la nausée. La combinaison des deux lui déclencha des spasmes. Wood lui enfonça le genou dans les reins pour l'immobiliser. Connie se cabra. Il perdit l'équilibre. Les fédéraux tombèrent sur elle. Un médecin voulut intervenir mais deux policiers lui interdirent l'accès à la chambre. L'échange d'invectives dégénéra en échauffourée.

– Laissez-moi passer ! insista le médecin. Cette femme est très contagieuse.

Il écarta sans ménagement les agents fédéraux qui maintenaient Connie au sol et s'agenouilla pour l'examiner. Elle sentit des doigts lui écarter les paupières. Son estomac était une lessiveuse, son crâne dans la tempête, son épaule luxée, son dos brisé, mais elle oublia tout ça quand elle reconnut le visage de Nathan au-dessus d'elle. Il portait des lunettes de vue.

– Syndrome de sevrage, diagnostiqua-t-il.

Il passa le bras derrière sa nuque et lui chuchota de simuler une crise convulsive. En confiance, elle s'exécuta.

– Il faut lui administrer des soins en urgence. Elle fait une crise !

Il la souleva dans ses bras et la porta dans le couloir jusqu'à un brancard en lui demandant de perdre connaissance.

– Emmenez-la en réanimation cardio-pulmonaire, dit-il à une infirmière.

Celle-ci hésita devant ce médecin qu'elle rencontrait pour la première fois.

– Qu'est-ce que vous attendez, bordel ? cria l'agent Wood. Manquerait plus qu'elle nous claque entre les mains.

L'infirmière poussa le brancard en direction du service de réanimation, aidée par Nathan et Wood. Ils franchirent des doubles portes automatiques et empruntèrent un couloir interminable. L'infirmière appuya sur un bouton rouge qui déclencha l'ouverture d'un panneau coulissant. Elle signifia à Wood qu'il ne pouvait pas aller plus loin.

– Attendez-nous là, dit Nathan. Si vous nous laissez faire notre travail, vous pourrez bientôt l'interroger.

– Pas d'entourloupe, vu ?

Nathan rattrapa l'infirmière qui poussait le lit dans la salle d'opération. Il ferma derrière lui, se débarrassa des lunettes qui lui faisaient mal aux yeux et autorisa Connie à se lever.

– Qu'est-ce que vous faites ? s'étonna l'infirmière.

– Quel diagnostic pour Carla ? demanda Nathan à Connie.

– Méningite à pneumocoques.

– Que faut-il lui donner ? demanda-t-il à l'infirmière.

– Des… des antibiotiques… mais… ?

– Pendant combien de temps ?

– Quinze jours.

– Trouvez-en, tout de suite. Et des antirétroviraux, du chloroforme, une serviette stérile et un scalpel.

– Mais qui êtes-vous ?

– Cherchez plutôt à savoir comment vous allez ressortir vivante de ce bloc opératoire. Allez, dépêchez-vous !

Il la suivit dans la salle de préparation chirurgicale, empocha les antibiotiques et l'AZT et se colla au dos de l'infirmière.

– Quand vous vous réveillerez, votre existence sera redevenue normale, dit-il en plaquant le chloroforme sur son nez.

Connie étudia le plan d'évacuation. On pouvait gagner la sortie de secours par le couloir et la salle de réveil. Un chirurgien jaillit des soins intensifs. Un scalpel plaqué contre sa veine jugulaire, il expliqua comment on accédait aux ambulances par l'extérieur et perdit connaissance avec une douleur aux cervicales. Connie et Nathan poussèrent la porte d'incendie et se retrouvèrent dehors. Ils contournèrent les bâtiments par les plates-bandes, ralentirent leur course à la vue d'un groupe de fumeurs à qui Nathan demanda une cigarette, reprirent leur allure soutenue. Une ambulance était en train de manœuvrer. Nathan pria Connie de l'attendre là en fumant et en distrayant les brancardiers.

Il retourna à l'intérieur.

Dans le hall, un vieillard relié à une perfusion végétait dans un fauteuil roulant. Nathan le poussa jusqu'à la chambre de Carla en lui racontant qu'on lui avait trouvé un lit. Un agent était en faction devant la porte fracturée.

– Il y a un problème, lui dit Nathan. Venez voir.

Il alla lui ouvrir le cabinet de toilette de la chambre. L'agent s'appêtait à lui demander ce qui clochait le lorsqu'il sentit une secousse dans le crâne et une douleur au plexus. La respiration coupée, il s'affala dans la douche. Nathan lui soutira son arme, donna le lit au vieillard et libéra Carla du respirateur artificiel. Elle toussa, ouvrit les yeux, serra son collier. Il l'installa dans le fauteuil roulant et la poussa vers la sortie. Connie s'entretenait avec un ambulancier. Elle lui demanda d'aider Nathan à allonger Carla dans l'ambulance. L'homme hésita, elle argumenta, Nathan lui demanda les clefs. Il avait déjà installé Carla et il braquait l'ambulancier qui n'hésita plus. Ils montèrent et filèrent sans la sirène.

159

Nathan quitta la Route 1 pour s'engager sur un sentier non balisé. Depuis vingt minutes qu'ils s'étaient échappés de l'hôpital, Connie allait mal. Les hallucinations, l'interrogatoire musclé de Stephen, le sauvetage de Carla, la tuerie sur la route de Fredericksburg, les propos de Fenimore Hanson, son arrestation par Wood avaient fini de la plonger dans un désarroi immense et glauque, à l'image des marais environnants. Nathan s'arrêta sur une surface molle entre deux arbres et pria Connie de descendre. Ils s'éloignèrent de l'ambulance en effilochant les brumes filandreuses qui habillaient les ténèbres marécageuses de la Virginie.

– Que se passe-t-il ? demanda-t-elle.

Il lui prit les mains. Elle tremblait.

– Ce que j'ai de plus précieux au monde est à l'arrière de cette ambulance. Grâce à vous. Vous avez laissé votre fille, vous avez torturé votre ex-mari, vous avez risqué votre vie pour la protéger. Parce que je vous l'ai demandé. J'ignore si j'arriverai à me montrer à la hauteur d'un tel cadeau, mais je sais que ce que vous avez fait cette nuit est la plus belle chose qu'on m'ait donnée. Alors pleurez, Connie, videz le stress qui vous envahit mais n'émettez aucun doute sur votre santé mentale et soyez fière.

Elle eut un élan que Nathan accueillit dans ses bras.

– Vous vous êtes déjà montré à la hauteur, renifla-t-elle dans son épaule. Allons-y, maintenant.

Il la serra pour l'empêcher de bouger. Un bruit suspect se rapprochait.

– Regardez comme c'est beau.

Un cerf passa près d'eux. Sa silhouette sombre surmontée de bois tortueux et nimbée de vapeur était aussi fascinante qu'effrayante. L'animal continua son chemin en les ignorant. Connie se détacha de Nathan, lui écrasa un baiser sur la bouche et retourna à l'ambulance.

Carla toussait. Nathan passa sa main sur son front fiévreux. Elle l'appela en s'agrippant à lui, comme si elle le cherchait dans son cauchemar. Il écarta ses cheveux désordonnés collés à son visage blême et embrassa ses lèvres brûlantes. Malgré la maladie qui rongeait Carla, Connie ne put s'empêcher d'éprouver une pointe de jalousie à l'égard de la fusion entre ces deux êtres qui la renvoyait à l'échec de son mariage. Nathan prit le volant et manœuvra pour prendre le sentier en sens inverse.

– Elle n'a pas besoin d'un respirateur artificiel ? demanda Connie.

– Elle doit prendre des antibiotiques contre la méningite et des antirétroviraux pour récupérer des lymphocytes. Se reposer, aussi.

– Au fait, ça vous va bien la blouse blanche.

Ils reprirent la Route 1 pendant dix minutes puis bifurquèrent sur une petite voie carrossable tracée à travers bois jusqu'à un motel sinistre. Nathan se gara devant la chambre la plus éloignée, à côté d'une Chevrolet Impala.

– C'est votre voiture ?

– Je l'ai louée à l'aéroport.

Nathan l'informa qu'il était revenu de Bagdad avec le témoin de l'attentat contre Al-Sawaf. Son témoignage et celui de Jorge Padilla soulevaient un pan du voile jeté sur le projet expérimental de Lew Wang. Lorsque Connie pénétra dans la chambre, elle se retrouva face à une adolescente aux cheveux noirs. Nathan oublia les présentations et alla préparer un bain à Carla. Pendant que l'eau coulait, il donna un coup dans la moustiquaire scellée dans l'encadrement de la petite fenêtre. La toile métallique se tordit au bout de son poing avant d'être éjectée. Carla le regardait les bras ballants. Il lui retira la chemise de nuit de l'hôpital, se déshabilla et s'immergea avec elle dans le bain.

– C'est froid, dit-elle.

Il se colla contre son dos.

– Il faut faire tomber la fièvre.

– Pourquoi as-tu cassé la fenêtre ?

– Sortie de secours.

– Où est-ce qu'on est ?

Il lui expliqua tandis qu'il la savonnait, sans cesser d'exercer des pressions sur les différentes parties de son corps. Sous ses doigts, il commença à sentir la chaleur circuler, la fièvre tomber, les muscles se détendre. Il se serra un peu plus contre elle et embrassa le creux de son épaule qui moussait de vanille.

– On va bientôt rentrer, dit-il sans en croire un mot.

– J'ai envie de voir Léa.

– Dès que tu es rétablie, tu prends l'avion pour Port-Louis.

– Pas sans toi.

Nathan sortit du bain car, dans la chambre, Connie brûlait de lui parler.

– Les huiles qui nous gouvernent nous ont étrangement lâchés. J'ai essayé de joindre Fuller, Price et

Mullray sur leurs lignes directes. Le premier m'a envoyé un agent qui m'accuse d'avoir assassiné cinq innocents et les deux autres sont aux abonnés absents.

– L'homme qui vous a arrêtée n'était pas du FBI, dit Nathan. Son allure, sa façon de s'exprimer n'étaient pas celles d'un agent spécial diplômé de quatre années d'études supérieures. Renseignez-vous sur l'agent Wood.

– Dans l'un de vos messages, vous dites que vous savez où est Lew Wang.

Nathan s'assit sur le bord du lit, près d'Oum, hypnotisée par le montage épileptique d'un clip vidéo à la télévision. Il lui fit un résumé. WhiteStone cherchait à réduire le taux de mortalité chez ses employés. Lew Wang leur promit l'invisibilité. Cela nécessitait un centre expérimental à la hauteur d'une telle ambition. Ce fut ws01 à Dugway. Un accident au cours d'un essai provoqua une altération de l'environnement. Les Hinckley en furent témoins. Tourmentés par un fantôme, ils firent appel à deux sorciers navajo pour le chasser. « Des fantômes » fut le terme utilisé par Jorge Padilla en parlant des *contractors* de WhiteStone qui l'avaient libéré des FARC. Selon Oum, l'un des mercenaires affectés à la protection d'Al-Sawaf avait été en partie « effacé ». Lew Wang semblait avoir réussi à créer des prototypes, testés en Irak et en Colombie. La technique de l'invisibilité n'était pas encore au point, mais en attendant qu'elle le soit, WhiteStone avait fait disparaître les témoins susceptibles de révéler le projet et de dénoncer les moyens utilisés pour le mener à bien.

– Les moyens ? demanda Connie.

– Le recours à des cobayes humains.

– Votre père… vous croyez… ?

– Faute de volontaires, on prend les cobayes chez l'ennemi.

– Où est Lew Wang ?

– À la suite de l'accident, WhiteStone a déménagé son centre d'essais. Ce transfert a été classé « Danger ». Wang avait confié à son amie qu'il se rendrait sur une île pour y faire quelque chose d'important. Ces deux éléments sont liés.

Carla apparut sur le seuil de la chambre, roulée dans une serviette éponge.

– Salut Connie.

– Comment allez-vous, Carla ?

– Mieux. Grâce à vous.

Elle s'enroula dans les draps. Oum ne bougeait pas, fascinée par MTV. Connie attendait la fin de l'histoire de Nathan :

– J'ai étudié les implantations de WhiteStone, son siège social et ses centres d'opérations en Virginie, en Utah, à Malte, aux Philippines. Des sites stratégiques, calqués sur ceux de l'armée américaine. Il leur manquait un lieu comme Diego Garcia, idéalement situé au centre de l'océan Indien, à égale distance du continent africain, de l'Australie, du détroit indonésien et du golfe Persique.

– Ils n'ont pas racheté Diego Garcia quand même !

– L'archipel des Chagos est composé de sept atolls comprenant plus de cinquante îles. Les deux tiers sont des réserves naturelles. Aucune n'est habitée à part Diego Garcia. Mais l'une d'elles se nomme Danger Island. Une île plate et longue, couverte de cocotiers, qui tire son nom de la difficulté d'y accoster.

– Danger est donc le nom d'une île.

– C'est là que se trouve l'homme qui sait ce qui est arrivé à mon père.

– Quel est le plan, Nathan ?

– Aller à Danger Island.

– Autant aborder un porte-avions de l'US Navy en pleine mer.

– C'est pour ça qu'il faut d'abord rendre une visite au siège de WhiteStone.

160

Connie fut levée la première. Lorsque Nathan la rejoignit à la cafétéria de l'hôtel, elle avait déjà passé ses coups de fil.

– Eliona va bien ?

– Très bien. Elle est chez son grand-père.

Ses doigts jouaient avec une carte de visite.

– Et sa maman ?

– Elle peut assurer, je crois.

Elle essaya de soutenir son regard incroyablement doux et son demi-sourire apaisant.

– Excusez-moi pour hier soir.

– À propos de quoi ?

– Du baiser. Ça m'a échappé.

– J'ai eu l'air de faire la grimace ?

– Non… mais…

– C'est le souvenir que je préférerai garder de vous.

– Merci.

– Qu'est-ce qui vous empêche de dormir, Connie ?

– J'ai dormi.

– Vos cernes témoignent du contraire.

– Bon d'accord, je n'ai pas dormi.

– Pourquoi ?

– Je ne sais pas.

– Vous le savez, mais vous ne parvenez pas à mettre un nom dessus.

– J'ai l'impression que je vais être engloutie par une gigantesque masse d'obscurité et de froid. Comme un abysse dont la pression m'écraserait en quelques secondes. Vous pouvez mettre un nom là-dessus ?

– WhiteStone.

– J'ai téléphoné au FBI à Washington. Vous aviez raison. L'agent Wood a bien été envoyé en mission cette nuit, mais il est aussi noir que moi. Entre le moment où il a quitté l'agence et celui où il a défoncé la porte de la chambre d'hôpital, il a changé de couleur. Fuller ne comprend pas ce qui s'est passé.

– WhiteStone a court-circuité la hiérarchie du FBI. Peut-être même que Fuller leur est acquis.

– En tout cas, il a appris que vous étiez rentré au pays avec le témoin de l'attentat de Bagdad. Il veut l'interroger.

– Des nouvelles de Randall Price et James Mullray ?

– J'ai enfin réussi à les joindre. Des responsables de WhiteStone leur ont affirmé que Lew Wang s'apprêterait à se présenter devant la justice américaine. Je dois donc cesser toute investigation sur WhiteStone.

– Que leur avez-vous dit ?

– Que je n'avais plus de batterie.

La serveuse leur versa du café.

– J'ai quand même une bonne nouvelle.

Elle attendit que l'employée s'éloigne.

– J'ai téléphoné au siège de WhiteStone. Impossible d'obtenir une entrevue. Alors j'ai appelé le vice-président, Stewart Randolph, sur sa ligne directe. Son numéro était enregistré sur le cellulaire de Stephen.

– C'est son téléphone que vous utilisez ?

– Depuis ce matin, oui. Randolph a d'abord paru surpris. Je l'ai vite rassuré en lui disant que Stephen et moi n'avions pas de secret l'un pour l'autre et qu'une perspective de carrière chez WhiteStone pourrait m'inciter à passer dans leur camp.

– Vous avez obtenu un rendez-vous ?

Elle regarda sa montre.

– Dans une heure.

161

White Falls était une ville sortie des marais en quelques années, ensemble de villas blanches cernées de jardins avec piscines et habitées exclusivement par les cadres de White-Stone. Chaque centimètre carré, chaque goutte de sueur appartenait à la SMP de Gabriel White et Andy Stone, comme tout ce qui se présentait à la vue entre White Falls et le siège de la firme, au milieu des marais.

Après avoir traversé la ville, la Chevrolet Impala suivit le ruban de macadam qui coupait en deux un paysage végétal sombre et mou. Au fil des kilomètres, la lumière se délitait dans les lambeaux de brume, se transformait en obscurité de plus en plus opaque, repoussait le jour comme un ennemi, dissuadant ceux qui étaient venus jusqu'ici de faire une halte ou de s'aventurer hors de l'asphalte. Connie essayait de repérer des panneaux. Nathan conduisait.

– On ne peut pas se tromper, dit-il. Il n'y a qu'une route.

– On est bientôt arrivés.

– Comment le sais-tu ?

– Je le sens.

– Une masse gigantesque, obscure et froide.

Ils fonçaient droit sur cette masse noire. Elle remplissait l'horizon et s'élevait au-delà de la canopée. Les phares s'écrasèrent brutalement sur une surface lisse et brillante qui barrait la route et renvoyait leur reflet. Nathan effectua un freinage acrobatique.

– Le rempart de la Forteresse, commenta-t-il.

– Où est l'entrée ?

En guise de réponse, un véhicule blindé s'arrêta derrière eux en les inondant d'une lumière blanche. Deux *contractors* remontèrent les flancs de l'Impala. Nathan baissa la vitre. Connie tendit sa plaque et déclara qu'elle avait rendez-vous avec Stewart Randolph. Le soldat retourna dans son véhicule. Pendant ce temps, son collègue examina l'habitacle et le coffre qui ne contenait rien.

– M. Randolph n'attendait qu'une personne, déclara le mercenaire après vérification.

– Dites-lui qu'en signe de ma bonne volonté je suis accompagnée par le témoin de Bagdad. Il comprendra.

Le soldat jeta un œil sur le conducteur, alla rappeler Stewart Randolph et concéda un « Suivez le chemin jusqu'au bout. » Le mur devant eux s'ouvrit en deux. Nathan redémarra.

– Bienvenue en WhiteStonie, dit Connie.

Le chemin en question serpentait à travers une forêt domestiquée, parsemée de fontaines et de statues en marbre blanc. Les arbres se transformèrent peu à peu en colonnes et en miradors hérissés de puissants projecteurs qui bombardaient la Forteresse. Les piliers ouvragés convergeaient vers la façade en pierres blanches sur le modèle de la place Saint-Pierre du Vatican, à la différence que l'édifice aurait pu contenir une dizaine de basiliques. Il était sculpté de bas-reliefs, gravé de calligraphies, dénué de fenêtres.

– On est passés dans une autre dimension, commenta Connie.

Elle essaya de se débarrasser de la désagréable impression de s'être jetée dans la gueule du loup. Devant, l'immensité menaçait de les avaler. Derrière, les ténèbres se refermaient sur eux. Nathan se gara sur le parking visiteurs qui se résumait à trois places vides. Deux *contractors* les cueillirent à leur descente du véhicule et les escortèrent jusqu'à l'entrée monumentale. Les bas-reliefs représentaient les récents conflits dans le monde, de la guerre du Golfe à celle des cartels de la drogue en Amérique latine. Nathan reconnut des extraits de *L'Art de la guerre* calligraphiés en chinois sur les façades : *Attaquer et vaincre doivent être une seule et même chose... Être victorieux tout en augmentant sa puissance... Attaquer judicieusement ouvre la voie de la victoire...* La notion de victoire était dans presque tous les préceptes gravés sur le frontispice, mais une inscription retint particulièrement son attention : *Savoir tromper l'ennemi, être le maître des pièges et des duperies*. Un enseignement de Sun Tzu que WhiteStone avait mis à profit avec *The Last Frontier*. Nathan n'eut pas le temps d'en lire plus car il fut canalisé vers l'accueil équipé d'un portique de détection des métaux. Ils déposèrent leurs armes dans une corbeille.

– Elles vous seront restituées à votre sortie, dit le responsable de la fouille.

Un soldat les guida vers ce qui constituait le véritable vestibule du bâtiment, aussi vaste que vide. Les murs blancs étaient truffés de caméras. Étrangement, Nathan n'en avait décelé aucune à l'extérieur. Au centre s'élevait un escalier en marbre serpentant autour d'un ascenseur vitré qui les propulsa vers les étages supérieurs au son d'une musique de Philip Glass. Nathan était troublé par l'architecture qui jouait sur d'immenses espaces inoccupés, lisses et exempts d'angles morts. Une souris y aurait été aussi voyante qu'un éléphant dans un boudoir. Sans avoir rencontré personne, ils furent introduits dans le bureau de Stewart Randolph.

Il était 10 heures du matin.

Un quinquagénaire aux tempes grisonnantes et aux épaules carrées se leva à leur rencontre, muni d'un sourire carnassier et d'une main de terrassier. Il était vêtu d'un costume noir qui tranchait avec la clarté du décor. Randolph fronça les sourcils au terme des présentations.

– À ma connaissance, il n'y a que deux témoins de nos prototypes : Jorge Padilla et Oum Shahajeera.

– Je suis le troisième témoin, dit Nathan.

– J'ai hâte d'écouter ce que vous avez à me raconter.

Le vice-président fit signe au garde qu'il pouvait disposer, c'est-à-dire rester en faction à l'entrée du bureau. Randolph invita ses hôtes à passer dans un coin de la pièce aménagé en salon et décoré d'une immense toile blanche de Robert Ryman quasiment invisible. Des fauteuils en cuir blanc étaient disposés autour d'une table basse en verre sur laquelle se trouvait un deuxième téléphone qui épargnait à Randolph de faire vingt mètres pour aller décrocher. Il sortit un cigare qu'il alluma devant eux.

– Un Millenium Blend Robusto ? demanda Nathan en lorgnant sur Connie.

Elle comprit l'allusion. Le vice-président de White-Stone fumait les mêmes cigares que le procureur général des États-Unis, James Mullray.

– J'ai affaire à un connaisseur, dit Randolph. Je peux vous en offrir un ?

– Non, merci.

Randolph se pencha légèrement en arrière, pompa sur son Robusto.

– Il y a des jours où on a l'impression que c'est Noël avant l'heure. Aujourd'hui, c'est ce qui m'arrive. La directrice de l'agence du FBI de San Francisco m'offre ses services et un témoin qui pourrait divulguer nos secrets scientifiques se livre à nous. Pincez-moi, s'il vous plaît.

Fier de sa tirade, Randolph arrondit sa bouche autour du cigare et se tourna vers Nathan avec une expression qui n'avait plus rien d'avenant.

– Qui êtes-vous ?

Nathan se pencha vers lui en évitant le nuage toxique.

– Mon père fait partie des victimes des expériences de Lew Wang.

Randolph esquissa un sourire qui arriva bien trop vite pour laisser penser qu'il ne s'attendait pas à cette réponse. Nathan chercha en vain autour de lui ce qui lui garantissait une telle sérénité.

– S'il est passé entre les mains de Lew Wang, vous ne le reverrez plus.

Bien qu'il sût que ce n'était pas la bonne solution, Nathan fonça tête baissée. Il cloua d'un direct le cigare dans le sourire narquois, passa dans le dos de Randolph et lui serra le crâne avec son bras pour l'immobiliser et l'empêcher de recracher le havane. Après s'être agité, le vice-président suffoqua. Nathan s'approcha de son oreille.

– Je vais te poser une question. Si tu réponds oui, je te laisse respirer. Est-ce que tu as entendu parler de Danger Island ?

Il relâcha son étreinte. Randolph cracha de la fumée, des cendres, des feuilles de tabac, de la bave, son petit déjeuner et un « oui » à peine distinct.

– Est-ce que Wang s'y trouve ?

– Oui. Putain qu'est-ce que vous foutez ?

Nathan s'aperçut trop tard que la question ne s'adressait pas à lui. Connie était figée et regardait dans sa direction. Derrière lui.

– Lâche-le, Nathan, dit une voix familière.

L'assurance-vie de Randolph était dans son dos. Il ne l'avait pas vue et pourtant il la connaissait bien.

162

– Lâche-le.

Sa beauté presque irréelle était écornée par une cicatrice au menton. Elle avait troqué son rôle de femme fatale contre celui de guerrière, ses cheveux longs contre une coupe réglementaire, son air angélique contre une mine belliqueuse. Métamorphosée. Mais reconnaissable.

Analyn McLeen.

Dressée depuis sa naissance pour faire le bien, elle s'était rebellée à 24 ans contre ceux qui l'avaient conditionnée. Elle avait combattu aux côtés de Nathan. Aujourd'hui, elle le braquait avec un modèle de pistolet qu'il n'avait jamais vu de sa vie.

– Lyn Lee... Ne me dis pas que tu t'es mise au service de WhiteStone.

– Vous vous connaissez ? s'étonna Connie.

– Entre lui et moi, c'est une vieille histoire.

– Tu étais là depuis le début ?

– De quel début tu parles, Nathan ? Du jour où l'on s'est rencontrés, il y a deux ans à Paris ? Du moment où j'ai appris que tu t'en prenais à WhiteStone et où j'ai dû assurer tes arrières ? Ou bien de la seconde où tu es entré dans ce bureau ?

Son ange gardien à Malte et à Bagdad était devant lui.

– Pourquoi m'as-tu aidé si tu travailles pour WhiteStone ?

– Je leur ai dit que tu étais le meilleur, qu'il fallait te faire confiance pour retrouver ce témoin à Bagdad. J'ai eu raison, non ? Même s'il a fallu te donner un coup de pouce de temps en temps.

– Ensuite, tu as cédé la place à l'artillerie.

– Pour éliminer quelqu'un comme toi, il fallait au moins ça. Et puis à Bagdad, un massacre est plus discret qu'un assassinat.

Titubant sur ses deux jambes, Randolph pointa un doigt menaçant sur elle.

– Qu'est-ce que vous attendiez pour intervenir ?

Un coup de feu. Fragments d'os et de cervelle sur le cuir, le marbre, le verre, la pierre. Randolph s'écrasa au sol comme un insecte sur un pare-brise, membres écartés.

Le soldat en faction rappliqua. Lyn Lee lui commanda de prévenir les autres. Le cerbère baragouina des consignes dans un micro qui lui descendait jusqu'au menton et mit les deux prisonniers en joue.

– Voilà le topo, annonça Lyn Lee. Vous êtes en état d'arrestation pour l'assassinat du vice-président de WhiteStone. La garde prétorienne va débouler ici dans moins de dix secondes.

Elle leva son arme et abattit le *contractor*.

– Si vous souhaitez filer, il vous reste cinq secondes.

Ils n'avaient nulle part où se réfugier, se cacher, fuir. Aucune fenêtre par laquelle sauter. Aucune porte dérobée. Que du blanc et de l'espace. Nathan se demandait encore d'où avait surgi Lyn Lee. Il s'avança pour capter son attention et accorder un sursis à sa partenaire.

Un coup de feu.

Nathan fut aspergé par des éclats de Connie. Il la vit à terre, une partie du visage arrachée. L'immensité ténébreuse qu'elle redoutait tant l'avait engloutie. Nathan comprit l'architecture de la Forteresse. Elle était conçue pour qu'on y entre, pas pour qu'on en sorte. Cet endroit avait été pensé comme un mausolée. Les visiteurs invités à y pénétrer étaient destinés à y reposer. Une horde de *contractors* fit irruption dans la pièce. Simultanément, Nathan entendit la balle exploser dans son crâne.

163

Carla avala ses médicaments en face d'Oum qui n'en revenait pas de la quantité de chimie qu'elle introduisait dans son organisme. Elle se sentait mieux que la veille, propre, massée, reposée, soignée, habillée. Nathan lui avait dégotté une salopette trop grande assortie aux reflets turquoise de son collier, des baskets, un tee-shirt à manches longues et une chemise en flanelle, probablement arrachés à une corde à linge. Au réveil, elle avait trouvé Oum scotchée à MTV et un mot de Nathan. Elles étaient allées toutes les deux déjeuner vers 11 heures. Le cuisinier, un Indien Séminole aussi large que haut, leur avait préparé un festin.

Carla se força à manger, Oum dévora. Trois œufs cernés de hashbrown croustillant, une pile de pancakes tièdes au sirop d'érable et un demi-litre de jus d'orange mousseux rassasièrent à peine la jeune Irakienne. Elle découvrait la nourriture américaine avec les yeux d'un enfant qui entre dans un magasin de jouets.

– Nathan ? demanda-t-elle en s'essuyant la bouche.

Carla mima qu'il allait revenir bientôt. En attendant, il fallait ne pas se faire remarquer. Entreprise difficile, car le seul autre client du motel, un barbu aux yeux d'acier coiffé d'une casquette Chevrolet, était assis à une table voisine et lorgnait sur elles comme sur une Corvette.

– Je me sens mieux, je me sens bien, je me sens à merveille, dit Oum.

Elle apprenait les rudiments de la langue avec MTV, répétait des extraits de chansons après en avoir deviné le sens. Carla comprit d'où était tirée la phrase d'Oum et imita Prince en fredonnant *Feel better, feel good, feel wonderful.* Ce qui ne joua pas en faveur de la discrétion. Elles regagnèrent leur chambre et se plantèrent devant la télévision pour continuer la leçon.

On frappa à la porte.

Carla s'empara de l'arme que Nathan lui avait laissée, baissa le son, poussa Oum dans la salle de bains et jeta un œil par la fenêtre. Le barbu à la casquette se tenait devant la porte. L'homme insista en cognant plus fort. Carla attendit que le silence revienne, écarta deux lattes du store, se trouva face au barbu. L'homme tapa contre la vitre.

– Qu'est-ce que vous voulez ? demanda Carla.
– Vous avez oublié vos médicaments.

Elle glissa l'arme dans sa salopette et ouvrit en bafouillant une excuse. L'homme lui tendit un petit sac.

– Vous vous sentez bien ?
– Pourquoi je ne me sentirais pas bien ?
– Avec tous ces médicaments…

Elle lui arracha le sac et le remercia. Il jeta un œil curieux dans la chambre.

– Vous n'avez pas de voiture ? demanda-t-il en désignant de la tête l'emplacement de parking vide devant son perron.
– Mon mari est parti faire une course.
– Votre mari, hein ?
– Oui, pourquoi ?
– Vous n'avez pas d'alliance.
– Et vous, vous avez une plaque de police ?
– Je ne suis pas flic.
– Alors on va en rester de là. Merci pour les cachets.
– Si vous avez besoin de quoi que ce soit…
– Je ferai appel à vous.
– Chambre 12. Là où il y a le pick-up Chevrolet.
– C'est noté.
– Je m'appelle Barney…

Elle lui referma la porte au nez et verrouilla.

– Tu peux sortir, lança-t-elle.

Habituée à enseigner les langues à sa fille, Carla avait le réflexe d'associer aux gestes de la vie quotidienne leur traduction en version anglaise, française ou italienne. On frappa à nouveau.

– Quoi encore ?
– Room service.

Carla allait ouvrir lorsqu'elle se ravisa et regarda par la fenêtre. Le room service se composait de trois malabars en treillis noirs et fusils d'assaut. Elle dégaina son arme, rafla son sac de cachets, bondit au-dessus de son lit et repoussa Oum dans la salle de bains. Elle l'aida à se faufiler par la petite fenêtre. Dans un vacarme, les assaillants investirent la chambre. Carla regarda la jeune Irakienne qui l'attendait dehors, reposa le pied à terre et tira au jugé dans la chambre, misant sur la probabilité de toucher l'un des trois costauds. Le but était de grappiller les secondes qui lui manquaient pour se hisser à la fenêtre. Quand elle referma la porte, le mur vola en éclats. Les balles le traversèrent comme s'il avait été en papier. Le miroir et le lavabo explosèrent en une volée de verre et de céramique bleu pastel. Carla sauta sur les gravats et passa la tête à l'extérieur. Les *contractors* la harponnèrent. Elle jeta son sac de médicaments à Oum, s'accrocha aux rebords, battit des jambes, sentit une douleur à la cuisse, céda. De nouveau à l'intérieur, elle tira à bout portant sur le visage de celui qui la tenait. Le soldat recula en titubant, sans son front. Deux autres, un blond avec un bouc et un brun avec une casquette noire, lui ôtèrent le flingue avant de la plaquer au fond de la baignoire.

– Où est la bougnoule ?

– Quoi ?

Le blond ouvrit le robinet au-dessus de Carla.

– La fille, elle est où ?

L'eau cognait comme un torrent sur son visage.

– Loin.

Le blond la cloua d'un poing en pleine figure. Carla perdit connaissance. L'eau froide la ramena à la réalité. Le brun à casquette expliquait qu'il ne fallait pas la frapper, sinon elle ne pourrait pas parler.

– On va la travailler un peu.

– On devrait laisser faire le Bourreau.

– T'as vu ce que ça a donné ? Ce taré s'en est pris à tout le monde sauf à elle, il est ingérable.

– Ce bordel, putain.

– T'inquiète ! Cochran se charge de lui, et nous d'elle.
– Ouais.
– Si ça merde, on mettra tout sur le dos du Bourreau.
– Okay, on commence par quoi ?
– On la baise en attendant que l'eau monte. Ensuite, on la noie.
– Ça te laisse quelques minutes pour décider de parler ! s'excita le blond en tirant les cheveux de Carla.

Ils passèrent tous les deux dans la baignoire. Le blond lui écrasa les bras avec ses rangers pendant que l'autre lui retirait sa salopette. Nathan lui avait dit que les *contractors* étaient des employés, pas des guerriers. Leur accoutrement et leur artillerie, leurs tatouages et leurs lunettes noires, leurs boucs et leurs gros biceps n'étaient souvent destinés qu'à impressionner l'ennemi. Elle se défendit donc avec une lueur d'espoir. Choisir d'abord le moment où ils seraient le plus vulnérables, c'est-à-dire la queue à l'air et sans cette flotte qui lui tombait dessus. Ils la retournèrent pour la prendre en levrette. Le blond s'assit sur son dos et regarda le brun baisser son pantalon. Sur fond de rires gras, la tête immergée et les fesses à l'air, Carla régla le mitigeur sur l'eau chaude, saisit le pommeau de douche et tira sur le levier de distribution. Lorsqu'elle sentit la chair inconnue entre ses fesses, elle arrosa d'eau brûlante la face du blond qui s'éjecta de la baignoire en hurlant. Carla fit volte-face et fracassa le pommeau contre la tempe du brun qui bascula sur le tapis de bain. Elle frappa si fort qu'elle se retrouva avec un bout de flexible bouillant entre les mains. Elle attrapa le M16 posé sur le porte-serviettes et écrasa la détente. Le fusil automatique trépida entre ses mains comme un marteau-piqueur et déchiqueta l'espace. Les deux *contractors* convulsèrent jusqu'au « clic ! » Carla jeta l'arme, remonta sa salopette, ramassa un pistolet sur un tas de débris et évacua la chambre. Elle se retrouva sur le perron face à Oum. L'Irakienne avait un flingue contre la tempe et un militaire dans son dos qui faisait deux fois son volume.

– Jette ton arme, dit l'homme.

En réponse, la balle traversa son œil gauche et fit exploser l'arrière de son crâne. Oum s'écarta en hurlant. Le pistolet encore fumant, Carla regarda autour d'elle. Barney gisait devant sa chambre. Sur le parking, il y avait les cadavres du Séminole qui leur avait préparé le petit déjeuner et d'une femme en blouse verte. Que s'était-il passé ? Elle essaierait de répondre à cette question plus tard. Il fallait trouver un moyen de fuir au plus vite.

Carla pénétra dans la chambre de Barney où elle dénicha les clefs de son pick-up. Elle déroba son portefeuille, son cellulaire et un sac à dos à moitié vide dans lequel elle jeta tout ce qu'elle récupérait. Barney était mort, il ne pourrait pas lui en tenir rigueur.

Les deux filles sautèrent dans le pick-up Chevrolet qui effectua un arc de cercle devant le Motel 1 et fonça en direction de la Route 1.

Le sentier était barré par des Hummer. Un homme épaula. Carla braqua à l'instant où les premières balles perforaient la carrosserie. Le véhicule décolla sur une butte, moteur rugissant, les deux portières ouvertes comme les ailes d'un papillon trop lourd, et termina son vol en s'enfonçant dans le marécage.

164

Archibald Crumley écoutait Cotton Eye Joe au volant de sa Lincoln lorsqu'il vit deux créatures jaillir des marais. Il fit un écart sur la route pour ne pas les percuter, freina et regarda dans son rétroviseur. Les créatures étaient en réalité deux filles couvertes de boue. L'une d'elles plaqua ses deux paumes gluantes contre sa vitre.

– Aidez-nous, je vous en prie !

Il tira le frein à main, éteignit sa radio et descendit de son véhicule.

– Nom d'une catin syphilitique !

Puis il reprit son sang-froid.

– Qu'est-ce qui vous est arrivé ?

– Un accident. Vous pouvez nous emmener à la ville la plus proche ?

– La ville la plus proche, c'est White Falls.

Archibald ouvrit son coffre et sortit une toile en plastique pour protéger sa banquette arrière. Il autorisa ensuite les deux auto-stoppeuses à monter.

– Vous m'avez fichu une sacrée trouille.

Carla vérifia qu'elle n'avait rien de cassé et serra le sac à dos de Barney dont elle ne s'était pas séparée. Oum semblait indemne, elle aussi. L'Irakienne calquait son comportement sur celui de Carla, courait dans la même direction, montait dans les mêmes voitures, sautait au même moment d'une Chevrolet en vol plané.

Archibald Crumley entra dans White Falls. Il ralentit à un carrefour, tourna à droite dans une avenue bordée de larges trottoirs et de belles pelouses, se rangea devant le garage d'une villa toute neuve.

– C'est chez moi. Si vous voulez téléphoner ou vous laver un peu.

– Est-ce qu'il y a un poste de police dans le coin ? demanda Carla.

– Pour quoi faire ? Il n'y a aucune délinquance à White Falls. WhiteStone garantit non seulement nos emplois, mais aussi notre sécurité.

– Les choses ont changé depuis peu, alors.

– Que voulez-vous dire ?

– Vous connaissez le Motel 1 ?

– Oui, bien sûr.

– Il y a sept cadavres là-bas.

Le visage de Crumley s'assombrit, teinté d'incrédulité. Carla était mal à l'aise. Plus que leur hôte, c'était sa maison qui la troublait.

– Que s'est-il passé ? demanda-t-il.

– Nous sommes les deux rescapées du massacre du Motel 1. On a tenté de fuir, mais notre pick-up a fait une embardée.

– Votre pick-up ?

– Enfin, celui de notre voisin de chambre qui a été assassiné.

– Vous lui avez volé son véhicule ?

– Ce n'est pas le plus important.

– Qui êtes-vous ? Je me demande si je n'ai pas eu tort de vous aider. Je vous préviens que je n'ai pas d'argent.

Il recula, sur la défensive.

– Que faisiez-vous sur la Route 1 ? l'attaqua Carla.

– J'allais chez un fournisseur de WhiteStone lorsque vous avez surgi en travers de mon chemin. Pourquoi me demandez-vous ça ?

– Pouvez-vous téléphoner à Stewart Randolph ?

– Vous connaissez Stewart Randolph ?

– Mon mari est avec lui en ce moment.

– Je ne comprends rien à votre histoire…

– Pouvez-vous l'appeler ?

– Je peux essayer. Comment s'appelle votre mari ?

– Nathan Love.

Crumley composa un numéro sur son cellulaire et demanda à parler au vice-président. Il passa plusieurs intermédiaires en s'excusant chaque fois. Pour Carla, cet homme diligent planté dans ce décor impeccable sonnait faux.

– Allô, Monsieur Randolph ? Oui… excusez-moi… Je sais, votre secrétaire m'a expliqué, mais j'ai devant moi une femme qui me dit que son mari se trouve dans votre bureau actuellement, elle a besoin de lui parler de toute urgence… Je confirme que la situation est grave… Love, c'est ça… Il vient de repartir ? C'est très aimable de votre part, Monsieur Randolph… Oui, chez moi directement, je crois que c'est le mieux… Je vous remercie, Monsieur Randolph, excusez-moi encore.

Tant d'obséquiosité donna la nausée à Carla.

– Votre mari vient de partir. M. Randolph a eu l'amabilité de le faire prévenir à sa sortie du domaine que vous l'attendiez chez moi.

– Ça ne vous dérange pas ?

– Pas du tout. Puis-je vous proposer quelque chose à boire ?

– Un thé ?

– J'ai ça, dit-il en se dirigeant vers la cuisine.

– Monsieur Crumley ?

– Oui ?

– Est-ce qu'on ne s'est pas déjà rencontrés ?

– C'est marrant que vous me demandiez ça, j'ai eu la même impression en vous voyant. Mais votre nom ne me dit rien.

– En fait, Nathan Love n'est pas mon mari.

Crumley eut un mouvement de surprise. De la crainte se lut sur son visage.

– C'est juste qu'on n'est pas encore mariés. Je m'appelle Carla Braschi.

– J'avoue que ce nom ne me dit rien non plus.

– Est-ce qu'on peut se laver ?

Il leur indiqua la salle de bains au bout du couloir. Carla prit le temps de jeter un œil dans les pièces qu'il desservait. Oum passa sous la douche. Carla ouvrit l'armoire à pharmacie, la poubelle, le meuble sous le lavabo, comprit enfin ce qui la dérangeait dans cette maison.

Elle n'était pas habitée.

165

La seule erreur d'Analyn McLeen fut d'avoir choisi d'abattre Nathan en second. Surcroît d'assurance ou reliquat de sentimentalité qui accorda à son adversaire la fraction de temps nécessaire pour réagir. Il s'accroupit sous le deuxième tir qui ébranla ses tympans, obligeant Lyn Lee à baisser son bras pour faire mouche. En flexion, il prit appel sur la table basse qui explosa sous l'impact de la troisième balle puis sur le dossier du fauteuil le séparant de la tueuse, vola au-dessus de la trajectoire de la quatrième balle jusqu'au canon qui hoquetait, frappa du pied entre les deux yeux. Lyn Lee bascula en arrière. Nathan atterrit contre la toile de Ryman qui révéla une niche dans le mur. Sans issue, il fallait affronter la garde. Il releva Lyn Lee, se colla dans son dos et lui enfonça son arme dans la bouche. Elle allait lui servir de bouclier.

Ils sortirent. Face à eux, la garde harnachée de casques, de gilets pare-balles et de gros calibres s'était muée en barrage silencieux. Cela signifiait que son otage avait un grade élevé. L'ordre de tirer devait suivre la voie hiérarchique. Tout dépendait d'Analyn qui n'avait qu'à commander son exécution. Ce qu'elle ne pouvait faire tant qu'elle avait la bouche occupée par un canon. Nathan profita de l'hésitation générale pour prendre l'initiative. Il poussa la tueuse vers la cage d'escalier en hurlant un *kiaï* venu du ventre. Les gardes s'écartèrent, Lyn Lee résista en raidissant ses jambes, Nathan ôta le revolver de sa gorge pour tirer une balle dans son genou et dans la porte vitrée de l'ascenseur. Elle hurla en commandant de faire feu. Les *contractors*, désormais dans leur dos, s'exécutèrent. Nathan passa devant Lyn Lee qui aimanta la salve. Il se jeta contre la vitre qu'il venait de fissurer, passa à travers. Au moment où il appuya sur le bouton « 0 », Lyn s'écroula sous la fusillade qui se mit à cribler l'ascenseur.

Nathan se retrouva dans l'œil d'un cyclone de verre qui l'emportait au rez-de-chaussée. Il s'en éjecta bien avant d'arriver pour échapper à la pluie de métal qui s'abattait sur lui et rouler entre les ricochets sur le marbre. Braqué par les caméras de surveillance, inutile de se cacher. La tentation était grande de quitter le bâtiment et de sauter dans l'Impala. Pourtant, il décida de remonter les escaliers. Au-dessus de lui, les cliquetis des fusils indiquaient que l'on dévalait les marches. Il s'arrêta au premier étage et pénétra au hasard dans un bureau en soufflant la mort sur un *contractor* qui avait rassemblé les employés médusés. Nathan colla le personnel face au mur et endossa l'uniforme du soldat, battle-dress noir, rangers, gilet pare-balles, casque avec récepteur et micro, fusil-mitrailleur chargé. Lorsqu'il ressortit du bureau, les gardes s'étaient regroupés en bas. À l'abri de la rambarde, Nathan en abattit deux avant de hurler dans l'émetteur « Il est au deuxième ! » Il ponctua son annonce d'une rafale en direction d'une cible imaginaire. Les *contractors* le rejoignirent.

– Allez-y, je vous couvre.

Six hommes passèrent devant sa mire pour gagner l'étage supérieur. Un septième resta à ses côtés et ressentit une douleur à la nuque avant de s'effondrer. Nathan alla chercher un employé dans le bureau et lui ordonna de courir prévenir la sécurité à l'entrée. Il lui emboîta le pas et abattit le mercenaire resté en faction dans le hall. « Il est là ! » cria-t-il dans son émetteur en poursuivant l'employé qui se ruait tête baissée vers l'entrée. Les deux gardes plantés près du portique avaient dégainé leur arme. À la vue de l'homme fuyant devant un des leurs, ils hésitèrent sur la cible, puis embrassèrent le sol, fauchés par le M16 de Nathan. L'employé s'immobilisa devant les deux cadavres et se retourna.

– Qu'est-ce que vous avez fait ?

– « J'ai un suspect à l'entrée », s'écria Nathan au micro.

Nathan donna à son appât pétrifié une motivation pour bouger :

– Tu les as tués, fuis, sinon je t'abats.

Il lui tendit les clefs de l'Impala.

– Je te donne une minute d'avance.

L'homme détala et démarra la Chevrolet en projetant du gravier. Rejoint par trois *contractors*, Nathan tira une salve au-dessus du véhicule.

– Il a réussi à s'échapper.

– Pas pour longtemps, dit l'un des militaires.

Ils sautèrent tous les quatre dans le Hummer le plus proche et s'élancèrent à la poursuite de l'Impala. L'un d'eux avertit les gardes à l'entrée pour qu'ils l'interceptent. Lorsqu'ils atteignirent le mur d'enceinte, ils virent l'Impala écrasée contre un arbre. Deux *contractors* essayaient d'en extraire le conducteur. Sur la radio du Hummer, un ordre crépita. Ils devaient se rendre d'urgence à White Falls.

Oum Shahajeera avait été localisée.

166

Un bruit de clef dans la serrure. Carla se jeta trop tard sur la porte qui résista. Archibald Crumley venait de les enfermer dans la salle de bains… d'une maison témoin. Oum fondit en larmes, prononça le nom de Nathan. Carla essaya de réfléchir. Son regard tomba sur le sac à dos de Barney qu'elle avait jeté au pied de la baignoire.

Elle l'ouvrit.

À l'intérieur, il y avait ses médicaments, le téléphone cellulaire qui ne lui servait à rien sans le code PIN pour l'activer. Sa main toucha quelque chose d'humide, au fond. Des sous-vêtements féminins.

Elle les sortit.

Ils étaient couverts de sang. Elle répandit sur le sol le contenu du sac : un couteau dentelé, un scalpel chirurgical, des ciseaux, des pinces, un hachoir, un couteau suisse, une scie, enveloppés dans des culottes et des soutiens-gorge souillés. Oum cessa de pleurer, stupéfaite. Carla chercha le portefeuille de Barney qu'elle avait glissé dans une poche extérieure du sac, le déplia, fit tomber des cartes de crédit, un permis de conduire, Barney s'appelait Timothy Rassner.

Barney était le Bourreau.

Elle réprima en bloc un frisson, une nausée, une violente poussée migraineuse, ce n'était pas le moment de flancher. Carla imagina ce qui s'était passé au motel. Les hommes de WhiteStone avaient emmené avec eux le Bourreau pour la cuisiner, mais celui-ci n'avait pas réagi comme prévu. Il ne l'avait pas agressée, au contraire. Sa folie meurtrière s'était portée sur la femme de chambre et le cuisinier. Timothy Rassner, alias le Bourreau, alias Barney, avait été abattu par le *contractor* resté en faction dehors. Le tueur psychopathe endosserait à lui tout seul la responsabilité du massacre perpétré au motel. Il avait servi les intérêts de WhiteStone jusqu'à sa mort.

Carla ramassa le scalpel et le glissa dans la serrure sans parvenir à déverrouiller. Oum se proposa d'essayer. Elle tordit le bout de la lame et força. Quelque chose cassa à l'intérieur. Elle s'excusa mais Carla était déjà passée au plan B. Elle lui demanda de s'écarter, souleva le hachoir au-dessus de la tête en s'efforçant de ne pas penser à quoi Rassner l'employait et entailla le battant, un peu au-dessus de la poignée. Le contreplaqué se creusa sous les coups. L'intérieur de la porte était en carton. Carla enfonça la scie pour agrandir le trou. Sans attendre qu'il soit suffisamment large, elle força le passage avec son poing, s'arracha la peau, tâtonna jusqu'à ce qu'elle sente la clef et déverrouilla.

Personne dans le couloir. Le boucan n'avait pas fait réagir Crumley. Carla ramassa ses médicaments et le hachoir. Oum saisit le couteau dentelé. Elles progressèrent en rasant la cloison. De là où elle était, Carla pouvait voir à travers la baie vitrée du salon. La Lincoln d'Archibald Crumley n'était plus là. Elle fit signe à Oum de se cacher dans une chambre et s'aventura en direction du vestibule. Au moment où elle posa la main sur la poignée de la porte d'entrée, elle perçut un bruit familier. La culasse d'un fusil. Elle fit volte-face en lançant le hachoir qui se planta dans la poitrine d'un mercenaire casqué. Ils étaient deux, fusils dardant un laser rouge sur son visage. Le *contractor* retira le couperet de son gilet renforcé.

– Où est la fille ? demanda un troisième homme qui sortit de l'obscurité.

– Derrière toi, connard.

Il se retourna. Dommage qu'elle ne possédât pas d'arme pour exploiter cet instant. Ce crétin l'avait crue. La porte d'entrée s'ouvrit. Un quatrième *contractor* entra, se plaqua dans son dos et l'immobilisa en lui serrant le cou avec un avant-bras en acier. Le crétin crédule en profita pour s'avancer et flanquer une claque à Carla.

– Tu te fous de ma gueule ?

– Oui.

Nouvelle claque. Le militaire derrière elle serra plus fort pour la maintenir tranquille.

– Pour la dernière fois, où est l'Irakienne ?

– En Irak.

Cette fois, la main prit plus d'élan et se referma en un poing qui fusa dans un mouvement circulaire. L'autre *contractor* bascula Carla en arrière, convertissant le crochet en courant d'air.

– Qu'est-ce que tu fous duc… ? s'énerva le crétin.

La fin de sa phrase fut couverte par une détonation qui transforma l'intérieur de son casque en boule de sang. Simultanément, Carla fut écrasée au sol par l'homme qui la retenait. Elle le vit décoller au-dessus d'elle et culbuter les deux mercenaires d'un double coup de pied. Deux balles les rivèrent au carrelage. Le *contractor* ôta son casque et sa cagoule.

Lorsqu'elle reconnut Nathan, Carla bondit sur lui. Elle le poussa contre le mur, arracha son harnachement, s'agrippa à lui, croisa les jambes autour de sa taille. Comme si le combat continuait entre les deux survivants incapables de se détacher. Ils se dévorèrent contre la cloison. « Mon guerrier parfait », murmura-t-elle quand elle reposa les pieds à terre.

Ils cherchèrent Oum, blottie au fond d'un placard vide, et quittèrent la maison en enjambant deux cadavres sur le palier. Quand Nathan démarra le Humvee, Carla jeta un dernier regard sur la villa blanche en se demandant où elle avait déjà croisé Archibald Crumley. Elle raconta à Nathan sa rencontre avec le Bourreau. Il lui apprit la mort tragique de Connie, lui expliqua comment il s'était mêlé aux *contractors* de WhiteStone appelés pour intervenir. Crumley les avait alertés, mais comment ? Celui-ci n'avait pas pu parler à Stewart Randolph qui était déjà mort à ce moment-là. Il avait fait semblant de lui téléphoner devant Carla et avait raconté n'importe quoi pour la retenir. Ce n'est qu'après qu'il avait alerté la garde de WhiteStone. Qui avait-il contacté ? Et qui était ce mystérieux Crumley ? L'essentiel pour Nathan c'était qu'il savait où chercher son père.

Il s'arrêta faire le plein dans une station-service.

La route était encore longue.

Douzième partie

L'homme n'invente pas, il triche

167

Le vol cargo militaire USAF 387, transportant un contingent de militaires et de civils américains sous contrat avec la base militaire de Diego Garcia, piqua en approche de l'archipel des Chagos, au milieu de l'océan Indien. C'est-à-dire au milieu de nulle part. Aucune couche de nuages à traverser. Ciel aussi limpide que l'océan.

Bleu.

Nathan regarda à travers le hublot. Cinquante-cinq perles serties dans la couronne britannique. La plus grande réserve naturelle de l'océan Indien. Toute présence humaine en était exclue, à l'exception de la partie occidentale de Diego Garcia, sanctuaire idéal pour une retraite méditative ou un complexe aéronaval ultramoderne. En 1966, les USA avaient signé un bail de cinquante ans à la Grande-Bretagne, renouvelable vingt ans. Les 1400 autochtones avaient été expulsés vers Maurice et remplacés par 1700 militaires et 1500 civils américains, sri-lankais, mauriciens et philippins sous contrat.

Assis à côté de Nathan, le capitaine Markus Styles écoutait du metal industriel dans son iPod. Fils d'un pilote de l'US Air Force et d'une universitaire allemande, Markus avait vu le jour en Rhénanie-Palatinat. Il avait hérité des gènes militaires de son père et des neurones de sa mère. Après s'être engagé dans l'US Air Force, il était devenu agent spécial de la Criminal Investigation Division de Kaiserslautern chargée de mener des investigations criminelles allant de la fraude au meurtre, à l'intérieur ou à l'extérieur des institutions militaires. Blond, trente-cinq ans, beau gosse, le capitaine Styles avait une qualité essentielle : il était le filleul de Louis Stanshaw, grand ami de son père.

À son retour de White Falls et après avoir conduit Carla et Oum auprès de sa mère, Nathan s'était rendu chez le général. Il avait rétabli la vérité sur la mort de Connie qui, selon la version officielle, était sous l'emprise de substances psychoactives lorsqu'elle avait tiré sur cinq automobilistes avant d'être abattue par les forces de sécurité de White Falls. La foi chrétienne du général se fissura, ses fibres guerrière et paternelle lui commandèrent de pourfendre l'hydre WhiteStone qui avait assassiné sa fille avec la complicité de quelques ministres du gouvernement fédéral. « Je ne connais pas personnellement le président mais je peux réveiller quelques généraux », avait-il déclaré avec une solennité vacillante. Il pria Nathan d'incarner son bras armé et ordonna une mission ad hoc : se rendre dans l'archipel des Chagos pour y interroger le scientifique Lew Wang au sujet de secrets militaires dérobés.

Nathan avait fait escale à Kaiserslautern pour embarquer avec lui le capitaine Styles, que Louis Stanshaw avait eu l'idée de lui adjoindre. En plus d'être son filleul, l'agent spécial de la CID avait déjà mené une enquête à Diego Garcia impliquant un officier qui divulguait des données militaires à l'Inde. Il avait également enquêté sur un physicien du Lawrence Livermore National Laboratory qui avait vendu à la Chine des informations classées secret défense. Markus Styles était donc l'homme de la situation.

Le B 747 atterrit sur la piste de Diego Garcia en passant devant une rangée de B-52 et de Kc-135s. Les passagers sortirent dans la fournaise du tarmac et furent canalisés vers la climatisation de l'aérogare. Styles et Love montrèrent leur passeport et leur ordre de mission signé par le général Stanshaw, commandant en chef de la base militaire de Presidio. Le caporal William Brennegan, une jeune recrue bronzée, les accueillit d'un salut militaire qui ressemblait à un coup de karaté.

– Je suis votre guide à l'intérieur de la base.

– Et à l'extérieur ? demanda Styles.

– L'extérieur est une réserve naturelle protégée strictement interdite d'accès.

– Comme Danger Island ?

L'agent spécial Markus Styles était direct. Brennegan bafouilla, il n'avait pas été formé pour répondre à une telle requête.

– Danger Island ?... C'est...

– À environ 89 milles nautiques d'ici. Vous pouvez nous y emmener ?

– C'est une zone privée.

– Nous devons y interroger un suspect.

Pris de court, le caporal leur proposa de les conduire à leurs quartiers pour poser leurs valises. Manœuvre dilatoire sans effet, les deux hommes voyageaient sans bagages.

– Vous voulez vous remettre du jet lag peut-être ?

– J'ai dormi dans l'avion.

– On peut donc se mettre au boulot, dit Styles.

Le caporal téléphona à son supérieur et raccrocha avec l'air embarrassé.

– Le lieutenant Zebrinski va s'occuper de vous.

Il les invita à attendre au bar du terminal. Nathan essaya de lui tirer quelques informations en attaquant avec une question très ouverte :

– Que savez-vous de Danger Island ?

– On ne sait pas grand-chose sur cette île.

– Faites-moi part de ce « pas grand-chose ».

Le caporal tourna les yeux vers la gauche, signe qu'il cherchait dans sa mémoire, donc à dire la vérité. Signe aussi que Danger Island n'était pas le principal sujet de conversation ici.

– Une société militaire privée aurait installé un centre d'opérations et un dépôt logistique.

– WhiteStone ?

– Affirmatif. Danger Island est un site stratégique pour WhiteStone, au même titre que Diego Garcia pour l'armée américaine. Ils nous auraient même dépassés du point de vue technologique.

– C'est-à-dire ?

– Je ne sais rien de sûr, seulement des rumeurs.

– Dites toujours.

– Ils posséderaient un bombardier furtif B-2 et une station d'interception des communications privées et publiques à l'échelle mondiale bien plus élaborée que notre réseau Echelon et…

Le caporal cessa de braquer ses yeux sur la gauche et chercha un endroit où poser son regard. Il opta pour le verre de Coca de Nathan.

– Et… ? fit ce dernier pour lui arracher la fin de sa phrase.

Brennegan regarda sa montre, se tortilla sur sa chaise et baissa le ton :

– Ce n'est qu'une rumeur.

– On a bien compris.

– Ils auraient un centre de détention et d'interrogatoire des prisonniers dont personne ne veut, des terroristes d'Al-Qaïda ou des taulards de Guantanamo.

Le lieutenant Zebrinski se pointa, au grand soulagement de Brennegan. Il faisait deux fois son poids et son âge, avait un salut nonchalant et une grande gueule.

– C'est quoi cette histoire de Danger Island ?

Le capitaine Styles lui mit sous le nez un papier officiel au bas duquel s'alignaient les signatures de plusieurs généraux.

– Qui est Lew Wang ? demanda-t-il.

– Tout est marqué sur ce document, dit Styles. Nous comptons sur votre coopération et surtout sur votre discrétion. Inutile de convoquer toute la hiérarchie de Diego Garcia dans ce bar avant qu'on puisse aller interroger le suspect.

– J'ai un Kiowa prêt à décoller.

– Qu'est-ce qu'on attend, alors ?

Ils gagnèrent l'héliport en Jeep. « Ce qui se passe là-bas ne nous concerne pas », précisa Zebrinski, respectueux de la propriété privée et pourtant prêt à lâcher des bombes sur l'Afghanistan. Love et Styles décollèrent quelques minutes plus tard. Diego Garcia se transforma vite en fer à cheval puis en tache brune dans l'océan. Le pilote demanda confirmation de la destination comme si on lui avait demandé de filer droit sur le Triangle des Bermudes.

– C'est la première fois que je vais me poser sur une autre île de cet archipel.

– Vous avez déjà survolé Danger Island ?

– C'est impossible.

– Pourquoi ?

– L'île est protégée par un bouclier antiradar et antimissile. Elle est invisible sur nos écrans et invincible en cas d'attaque. C'est le projet IDS[1] à petite échelle. Vous savez, on rogne chaque année dans le budget de la Défense pendant que des sociétés militaires multiplient leurs bénéfices par cent.

1. L'Initiative de défense stratégique, appelée aussi « Guerre des étoiles », est un programme de bouclier spatial initié par Ronald Reagan en 1983 et abandonné par Bill Clinton en 1993, qui avait pour but d'identifier et de détruire tout missile lancé contre le territoire américain.

– Comment ont-ils obtenu l'autorisation d'installer une base dans une réserve naturelle ?

– C'est SGS qui a négocié.

Stratégic Global Services, la société de services de WhiteStone qui gérait l'aéroport de Bagdad et la Zone Verte, était aussi chargée de Danger Island. Basée à Londres, SGS était bien placée pour s'offrir une des perles de la couronne. L'île n'ayant jamais été habitée, il n'y avait pas eu de population à déplacer.

– Pour obtenir le bail de Diego, ajouta le pilote, Oncle Sam avait refilé aux Anglais quelques secrets militaires. À mon avis, WhiteStone a dû faire pareil.

Il pointa son doigt sur une île longue et plate.

– Danger Island !

Si Diego Garcia était surnommée « Super porte-avions », Danger Island aurait pu s'appeler « Super destroyer ». Avec son profil furtif et ses boucliers, elle s'apparentait à un navire de guerre ancré dans l'océan Indien. Le pilote demanda la permission d'atterrir au nom du gouvernement américain représenté par deux de ses agents. Après quelques cafouillages et l'intervention sur les ondes d'interlocuteurs de plus en plus gradés, ils obtinrent une autorisation.

L'île était frangée de plages paradisiaques et de cocotiers, parsemée de hangars hyper-modernes.

– Putain, fit Styles.

– Quoi ?

– Des B-2SS, des abris pour bombardiers furtifs B-2… Ils en ont quatre.

– Comment se fait-il qu'on ne voie aucun baraquement ? demanda Nathan.

– Leurs installations sont souterraines. Ils n'ont laissé à l'air libre que ce qui ne pouvait pas être enfoui, comme ces demi-sphères qui abritent leur système d'interception des communications.

Lorsque l'hélicoptère se posa, quatre véhicules l'encerclèrent. Des *contractors* jaillirent des blindages et braquèrent Styles et Love qui mettaient un pied à terre.

– Bienvenue à Danger Island, dit Markus en levant les mains.

168

Nathan et Markus patientèrent une heure sous la lumière artificielle d'un blockhaus semi-enterré. Puis ils furent invités à passer dans le bureau du directeur de la base. Vêtu d'un costume blanc taillé pour les tropiques, T.J. Mackenzie les accueillit avec une batterie de tics propres aux menteurs, papillonnage des paupières, haussements d'épaules, oscillation du bras gauche, bouche en accent circonflexe. Il manifesta de l'étonnement face à la requête des deux agents. Lew Wang faisait preuve d'une grande probité et son CV avait été passé au crible.

– Nous respectons le soutien que vous apportez à vos employés, mais nous aimerions poser des questions à M. Wang, dit Styles.

– Vous l'avez manqué de peu. Il a quitté l'île hier après-midi.

Haussement d'épaules.

– Pour aller où ?

– Il a pris quelques jours de congé. En Espagne je crois.

Froncement du menton.

– Que signifie « J » dans T.J. ? demanda Nathan.

– Joseph. Pourquoi ?

– Pour voir votre tête quand vous dites la vérité.

– Qu'est-ce que ça signifie ?

– Que Wang est ici.

Le directeur de Danger Island se frotta le visage, hésita, abandonna ses tics de menteur pour en adopter d'autres, posa les coudes sur le bureau. En stratège militaire, il régla son comportement sur son adversaire, passa de la duperie à l'offensive.

– On est en guerre !

– Nous ne sommes pas venus pour vous écouter, coupa Styles.

– Parler à Wang requiert pourtant cette précaution.

– Nous n'avons pas à nous plier à vos conditions pour interroger un suspect. Nous sommes mandatés par le gouvernement des États-Unis.

– Dont nous contrôlons la moitié du staff.

Nathan posa sa main sur le bras de Styles pour l'inciter à écouter.

– L'Amérique est enlisée dans deux guerres car elle n'a pas su s'adapter. Aujourd'hui, l'ennemi est déstructuré, dilué, planétaire, à l'image d'une épidémie. Vous détruisez une cellule terroriste, une autre apparaît un peu plus loin. L'Irak et l'Afghanistan sont des noms de maladie, Al-Qaïda celui d'un virus.

– Et WhiteStone est le nouveau vaccin, railla Styles.

– Nous formons nos hommes sur des théâtres virtuels de guerre qui reproduisent les conditions réelles de combat sur le terrain.

– Vous n'avez rien inventé. Le Pentagone a recours depuis des années au Distribution Mission Training où les soldats sont reliés à des simulateurs dans des environnements de synthèse.

– WhiteStone se sert de ces techniques d'une manière beaucoup plus intensive. Nous avons créé une race de soldats possédant des facultés de concentration et de réaction exceptionnelles, dressés pour tuer sans état d'âme avec une efficacité redoutable. Avant, il fallait en moyenne trois cent mille cartouches tirées pour tuer un seul ennemi. WhiteStone a fait tomber ce nombre à deux cents.

– Vous avez baissé les coûts de revient de la guerre.

– Pas seulement. Lorsqu'ils rentrent du front, la plupart de nos employés sont épargnés par le stress post-traumatique. Ils ne se suicident plus, ne rêvent plus qu'ils se font bouffer par des cafards géants, ne pleurent plus entre les seins de leurs femmes… Il ne restait plus qu'un problème à surmonter : nous subissions encore trop de pertes sur le terrain.

– Où cela nous mène ? demanda Nathan.

– À la consécration d'une longue série de projets baptisés successivement Rainbow, Philadelphia, Phoenix, Montauk et aujourd'hui Phantom.

Nathan et Markus avaient entendu parler de ces programmes scientifiques considérés comme fantaisistes à cause, ou plutôt grâce à l'amalgame entre la réalité et la science-fiction entretenu par le gouvernement américain et l'US Navy, avec la complicité des scientifiques et des médias. Hollywood tira même un film sur l'expérience de Philadelphie. T.J. Mackenzie leur donna sa version débarrassée de la fiction.

Tout commença en 1931. À l'initiative de l'US Navy et sous la direction du doyen de l'université de Chicago, une poignée d'universitaires et de physiciens, dont Albert Einstein et Nikola Tesla, avait œuvré en secret sur le projet Rainbow portant sur l'invisibilité. En 1940, un premier essai se traduisit par un succès avec la disparition d'un navire vide. Pour Tesla, les radiations électromagnétiques émanant des bobines de Gauss nécessaires à l'expérience risquaient de gravement affecter les humains à bord. Mais en période de guerre, la Marine ordonna quand même de faire le test avec un équipage. Tesla sabota la deuxième expérience et démissionna. Le projet fut gelé puis remis à l'ordre du jour en 1943 sous le nom de Philadelphia Experiment. Un troisième test fut alors réalisé sur le destroyer USS *Eldridge* et sur son équipage. Le navire disparut du quai de Philadelphie pendant quatre heures mais l'expérience fut un désastre pour les hommes à bord. Beaucoup furent retrouvés morts, quelques-uns fusionnèrent avec l'acier du navire. Des observateurs situés à proximité des génératrices magnétiques furent plongés dans la confusion mentale. La Marine interrompit le projet qu'elle décrédibilisa en répandant la rumeur d'une collaboration avec des extraterrestres et en mêlant l'invisibilité au voyage temporel. Le poisson fut noyé et les résultats du troisième test restèrent secrets. L'US Navy laissa passer quatre ans avant de les exploiter. Deux enseignements importants en furent tirés : l'expérience avait provoqué un champ sphérique d'invisibilité d'une centaine de mètres autour du contre-torpilleur, faisant apparaître la dépression causée par le bateau dans l'eau. Le deuxième phénomène, inattendu, fut le développement stupéfiant des capacités psychiques chez certains matelots qui n'avaient pas succombé aux radiations.

En 1947, le projet Philadelphie fut réactivé sous le nom de projet Phoenix, avec pour objectif de travailler sur l'invisibilité radar et de comprendre ce qui s'était passé avec l'équipage de l'USS *Eldridge*. Cela donna naissance à la technologie furtive. Les travaux continuèrent sous la direction du Pr von Neumann au Brook Heaven National Laboratory. Dans les années 1950, les ovnis étaient en vogue et l'armée impliqua dans ce projet toutes sortes de visiteurs imaginaires venus d'ailleurs. Une fois de plus, elle décrédibilisa ce programme vis-à-vis du public, des journalistes et du Congrès qui ne se douta pas des progrès accomplis dans les domaines de l'invisibilité luminaire comme des manipulations mentales. L'équipe scientifique de von Neumann parvint à créer des champs magnétiques courbant l'espace. La lumière contournait l'objet qui ne devenait plus visible. La difficulté résidait toujours dans l'invisibilité humaine. L'armée mit à la disposition du groupe de scientifiques la base désaffectée de Montauk à Long Island ainsi qu'un générateur de forte puissance et des cobayes volontaires. Le projet fut rebaptisé Montauk. À partir de 1971, une série d'expérimentations réalisées avec « la chaise de Montauk » eut des effets désastreux. Les puissants champs magnétiques provoquaient des brûlures sur le corps et des lésions au cerveau. Des tests furent menés à leur insu sur les habitants de Long Island afin de déterminer le rayon d'action des radiations. En 1987, la base de Montauk fut fermée et les expériences arrêtées. Leurs résultats furent rachetés par WhiteStone en 1994. L'équipe de von Neumann avait réussi à reproduire des formes de pensée et à rendre partiellement invisibles des cobayes humains. À partir de ces résultats fut initié le projet Phantom, sous la direction du Pr Wang.

– Peut-on enfin lui parler ?

– Vous en savez désormais assez pour ne pas lui faire perdre son temps avec des questions inutiles.

– On en sait même beaucoup trop. Vous n'avez plus peur d'ébruiter vos secrets ?

– Peur ? Nous sommes en train de sécuriser la planète et vous croyez que deux agents peuvent venir nous menacer ici, sur notre terrain ?

169

Love et Styles montèrent dans la Jeep conduite par T.J. Mackenzie. Ils longèrent la mer jusqu'à un champ clôturé, de la taille d'un terrain de base-ball.

– Le laboratoire.

– Souterrain lui aussi ? demanda Styles.

– Il est devant vous.

– Vous voulez dire… qu'il est invisible ?

Ils regardèrent le terrain plat puis l'air goguenard de Mackenzie.

– Qui a dit que les militaires n'avaient pas le sens de l'humour ? Mais ça ne veut pas dire qu'on n'arrivera pas un jour à créer un labo imperceptible à l'œil nu. En attendant, le Pr Wang vit comme une taupe.

Il stoppa devant une grille, ôta un cadenas rouillé et roula jusqu'au centre du terrain matérialisé par trois tiges plantées dans le sol. Il descendit pour rouler une large plaque de faux gazon et révéler une porte circulaire en acier avec un hublot sans tain. Il ouvrit un boîtier et composa un code. Au terme d'un long chuintement, le vantail se souleva sur une échelle qui descendait dans un coduit.

– Moi je ne vais pas plus loin, dit Mackenzie.

– Vous vous foutez de nous ? fit Styles.

– C'est l'espace du Pr Wang. Même moi, je ne suis pas le bienvenu.

– Et nous ?

– Vous n'êtes pas venus boire le thé à ce que je sache.

Nathan examina l'intérieur. L'échelle menait à un sas dix mètres plus bas.

– C'est comme un sous-marin, dit Mackenzie. Vous avez la barre de plongée qui permet l'accès à bord et les trois tiges, là-bas, s'apparentent au périscope, au schnorchel et à l'antenne. La grosse différence, c'est que le labo de Wang a les dimensions de ce terrain et qu'il contient beaucoup plus de réacteurs nucléaires que l'USS *Maine*.

– Wang sait donc que nous sommes là, déduisit Styles.

– Il y a peu de choses que le Pr Wang ne sait pas.

C'était tout ce que voulait entendre Nathan.

170

Le vantail se referma au-dessus d'eux. Parvenus en bas de l'échelle, ils posèrent le pied dans une pièce lumineuse, blanche, vide, cœur d'un faisceau de six couloirs étincelants au point qu'on ne pouvait distinguer le sol des murs.

– Il n'y a personne pour nous accueillir ? s'étonna Styles.

– Nous ne sommes pas attendus.

– On prend quel couloir ?

Nathan réclama le silence et entra dans une grande concentration. Markus le laissa faire, pensant qu'il avait peut-être un truc comme ces Indiens qui jadis écoutaient le sol pour savoir si la cavalerie arrivait. Nathan pénétra dans l'un des corridors.

– Il y a une grosse activité électrique de ce côté-là.

– Vous croyez que les autres couloirs sont des leurres ?

Ils butèrent sur une porte en acier.

– On se croirait dans un vaisseau spatial, fit Styles.

– Ou dans un sous-marin.

– Comment on entre ?

– Souriez.

Markus suivit le regard de Nathan qui fixait une caméra. La porte se détacha dans un bruit de vérins pneumatiques. Son épaisseur dépassait le mètre.

– Comment avez-vous fait pour percevoir des ondes électriques à travers ça ?

– C'est une question de non-accoutumance.

Nathan avança sur une passerelle qui dominait un gigantesque laboratoire à l'agencement complexe. D'un côté trônait un blockhaus en verre à l'intérieur duquel des hommes en blouse blanche étaient penchés sur des pupitres truffés de diodes et d'écrans. À l'autre extrémité de la salle, soit à une distance de cent cinquante mètres environ, se trouvait une chaise vide. Elle était reliée à d'énormes câbles qui disparaissaient dans les murs couverts de fines tubulures.

– Nous ne faisons pas de visite guidée.

Ils se retournèrent sur l'homme qui s'était adressé à eux : un Chinois d'une cinquantaine d'années, élégamment vêtu, portant des gants blancs et un sourire de façade.

– Lew Wang ? fit Nathan.

– Presque.

– Comment ça « presque » ? s'exclama Styles.

– Je ne suis que le double du Pr Wang.

– Qu'est-ce que c'est encore que ce charabia ?

– J'assiste et remplace le Pr Wang en de nombreuses occasions, car son temps est très pris et sa vie trop précieuse. D'ailleurs, tout le monde pense que je suis le Pr Wang.

– Sans vous offusquer, on préférerait parler à l'original.

– Mackenzie nous a mis dans le secret, précisa Nathan qui se demandait encore pourquoi.

Le Chinois les invita à le suivre dans le couloir qu'ils avaient emprunté, puis dans un autre qui les mena à un laboratoire plus petit. Un homme était assis de dos et tapait sur un clavier d'ordinateur au son d'une musique zen.

– Professeur ? fit son double, courbé en signe de respect.

Wang se retourna. Il ressemblait à une version brûlée du Chinois qui les avait accueillis.

171

Le visage de Wang était couturé. Des morceaux de peau avaient été récupérés pour rapiécer son épiderme brûlé, ses mains étaient gantées comme celles de son sosie.

– Vous êtes ?

– Nathan Love.

– C'est donc vous.

– Moi ?

– Malena m'a parlé de cet homme étrange lancé à ma recherche. Que de chemin parcouru pour me rencontrer.

– Vous ne m'intéressez pas.

– Je vous demande pardon ?

– C'est mon père que je veux voir.

– Love *xiān sheng*, j'admire votre intelligence. Vous êtes la première personne, en dehors de mon équipe, à avoir réussi à mettre les pieds dans mon laboratoire. Mais cela ne vous donne aucun droit, surtout pas d'employer ce ton.

– Ce n'est pas une question d'intelligence, c'est seulement que je reste sur les problèmes plus longtemps que les autres.

– Vous paraphrasez Albert Einstein.

– Un des précurseurs du projet Phantom.

– C'était quelqu'un comme vous et moi qui s'aventurait au-delà du possible.

– Où est mon père, Professeur Wang ?

– Qui est votre père ?

– Il a disparu dans Snake Valley il y a un mois et demi. Il recherchait deux Navajo partis délivrer une famille du fantôme d'une fillette.

– Qui est cette personne qui vous accompagne ?

– Agent Markus Styles du CID, déclara l'intéressé en avançant d'un pas.

– Que faites-vous ici ?

– Vous êtes en état d'arrestation pour vol de secrets scientifiques et militaires. Tout ce que vous pourrez dire…

– Balivernes ! Je suis à l'origine de ces secrets. Ils m'appartiennent !

Lew Wang était passé de l'impassibilité à la colère aussi violemment qu'une réaction chimique, ce qui poussa Styles à se justifier.

– Ces travaux ont été financés par le gouvernement fédéral américain dans le cadre d'institutions militaires. Leurs résultats sont donc sa propriété.

– Savez-vous au moins de quoi vous parlez ?

Markus sécha et se tourna vers Nathan.

– Nous parlons du projet Phantom, de la création d'une énergie colossale et de puissants champs magnétiques créés à partir d'hydrogène métallique.

– Qu'est-ce que le projet Phantom pour vous ?

– Un programme de recherches sur l'invisibilité.

– Financé par qui ?

– Par WhiteStone.

– Vous allez donc me déférer devant un juge fédéral de Californie, les cadres de WhiteStone feront appel aux meilleurs avocats du pays, MM. White et Stone appelleront vos patrons respectifs au plus haut de la hiérarchie de la Défense et de la Justice, vous serez mutés dans le Nebraska et j'aurai perdu une semaine de recherches.

– Vous avez une vision très personnelle de la justice, dit Styles.

– Disons pragmatique.

– Pourquoi vous cacher si vous ne risquez rien ?

– Pour ne pas être dérangé dans mes travaux. Je ne peux rien pour vous. Maintenant, si vous n'avez plus rien à ajouter, veuillez vous retirer.

Nathan exploita la fierté du scientifique figurée par son menton relevé :

– Avez-vous au moins percé les secrets de l'invisibilité ?

– Les secrets sont autour de nous. Un arbre c'est une table en devenir, une nappe de pétrole ce sont des milliards de cadavres d'insectes, une rivière c'est de l'électricité. Pour percer les secrets de l'Univers, il suffit d'avoir des yeux, un peu d'imagination et une étincelle de génie. L'invisibilité existe comme le reste. À condition de poser ses yeux un peu plus loin.

– Un peu plus loin ?

– Dans les astres.

– Comme Jupiter ?

– L'invisibilité peut en effet être créée en puisant dans les réserves de Jupiter.

– Où dois-je chercher mon père, Professeur ?

– Sincèrement, j'ignore ce que sont devenus vos Navajo. Je ne peux vous éclairer que sur le fantôme de la fillette.

– C'est un début.

– C'était un accident.

– Celui qui poursuit un cerf ne tue pas par hasard.

– Si je vous révèle ce qui s'est passé, sachez que votre vie ne sera plus jamais la même.

– Je prends le risque.

172

– Connaissez-vous l'expérience de Philadelphie ?

– Mackenzie nous a donné un cours d'histoire, dit Styles.

– Nous avons procédé à un quatrième test, plus de soixante ans après. Avec une radiation électromagnétique un million de fois supérieure.

– À Dugway Proving Ground ?

– C'est là que le projet *Phantom* a vu le jour. Un tel programme nécessitait beaucoup de moyens et de place. WhiteStone les avait.

– De la place comme les trois quarts de la base de Dugway ?

– L'énergie produite pendant les tests requiert un périmètre de sécurité d'environ 2 000 km^2. Il s'agit de courber l'espace autour du sujet pour dévier la lumière. Cela ne se fait pas avec une pile.

– Vous parliez du quatrième test, intervint Nathan.

– Les expériences en laboratoire sur l'invisibilité avaient été satisfaisantes. Après être parvenus à stabiliser temporairement l'hydrogène métallique pour créer une quantité d'énergie suffisante, nous avons réussi à rendre des rats et des pigeons invisibles.

– Ce que vous aviez déjà tenté à Cadarache, en France.

– Qui vous l'a dit ?

Nathan se souvint de ses visions dans la chambre d'hôtel de Wang. Un sac de sport contenant la charogne d'un cobaye invisible n'ayant pas survécu aux tests.

– André Fleuris avait voulu mettre un terme à ces expériences, n'est-ce pas ?

– Il vous a parlé ?

– WhiteStone l'en a empêché.

– Fleuris n'avait aucune imagination.

– Vous en étiez à rendre les pigeons invisibles. Ensuite ?

– WhiteStone a très vite autorisé un essai sur un soldat volontaire. Ça a été un demi-succès.

– Comment ça ?

– Le périmètre de sécurité était insuffisant, les ondes électriques ont brûlé plusieurs opérateurs. Le cobaye, lui, portait deux combinaisons spéciales. Il s'en est sorti avec des brûlures superficielles et une invisibilité alternative. Pour les cadres de WhiteStone, l'expérience était une réussite totale. Ils ont envoyé le soldat irradié sur le terrain pour protéger un gros investisseur de WhiteStone en Irak. Malheureusement, un attentat suicide a détruit le prototype. Ce revers s'ajoutait aux déboires que la firme connaissait depuis plusieurs mois et qui risquaient de compromettre les gros contrats en cours de négociation avec l'Administration américaine.

– Il leur fallait un coup d'éclat, dit Nathan.

– Ils étaient pressés de procéder à de nouveaux tests, à plus grande échelle. Ce qui a été fait quelques mois plus tard sur un détachement de dix volontaires. Pour des raisons de sécurité, nous avons opéré cette fois dans le désert du Grand Lac Salé qui nous offrait plus de 10 000 km^2. L'expérience a été un parfait succès. Les dix soldats n'étaient plus visibles à l'œil nu.

– Pratique pour libérer les otages en Colombie, commenta Styles.

– Cette mission a redoré le blason de WhiteStone.

– Revenons-en au test, à l'accident, à la petite fille, dit Nathan.

– Les vents du désert ont propagé les radiations électromagnétiques au-delà du site sécurisé.

– Sur Snake Valley.

– Oui. Deux familles de mormons ont été irradiées. Il leur est arrivé à peu près la même chose qu'aux matelots de l'USS *Eldridge*. On a retrouvé des cadavres de femmes calcinées, des corps qui avaient fusionné avec la tôle des mobile homes ou des voitures. Les survivants avaient subi des lésions cérébrales irréversibles.

– Que sont-ils devenus ?

– Leur invisibilité alternative a empêché WhiteStone de les retrouver. Sauf une fillette, il y a quelques semaines, dans Snake Valley. Les radiations avaient agrégé son organisme et son vélo. Son esprit dérangé et son corps amalgamé à de la matière environnante, combinés avec des phases intempestives d'invisibilité, ont pu la faire passer aux yeux de ceux auprès de qui elle cherchait de l'aide pour une sorte de monstre fantomatique. La décision a été prise de l'euthanasier. De toute façon, elle n'aurait pas survécu longtemps.

– Et vous racontez ça tranquillement, comme si vous disséquiez des putains de grenouilles ! s'énerva Styles.

– Gardez votre colère pour nos ennemis, agent Styles. Car c'est en eux que l'abjection prend sa source. Qu'ils se nomment FARC, Sentier lumineux ou Al-Qaïda, ils sont les ferments du mal absolu dissimulés derrière une idéologie marxiste frelatée ou une religion intégriste débile. Ces adversaires quasiment invisibles mettent en échec toutes les armées du monde. C'est pourquoi WhiteStone a développé une arme à leur mesure et a remporté l'appel d'offres de l'administration américaine pour la réhabilitation et le réaménagement de l'Amérique latine et du Moyen-Orient.

– On dirait que vous parlez d'une entreprise de travaux publics.

– La guerre est un chantier où les ouvriers ne peuvent pas se contenter de porter des gilets fluorescents pour rester en vie. Il s'agirait même plutôt du contraire.

– Jusqu'au jour où l'ennemi réussira à son tour à devenir invisible et où il faudra trouver autre chose, dit Nathan.

– Je serai là.

– WhiteStone a nettoyé la zone après l'accident. Ils ont embarqué ce qui était encore visible dans des semi-remorques ou des hélicoptères et dessiné au tracto-pelle un agroglyphe de 75 km de circonférence en guise de leurre. Que sont devenus ceux qui ont franchi ce cercle ?

– Ils ont été capturés et envoyés comme le reste à Dugway.

– Mon père est à Dugway ?

– C'est plus compliqué que ça. Nous manquions de volontaires.

– Vous vous en êtes servis comme cobayes ?

– Si l'expérience était une réussite, dit Styles, cela aurait dû attirer des volontaires.

– Nous ne parvenons pas encore à inverser sans dégâts le processus d'invisibilité. Et les radiations réduisent l'espérance de vie des sujets.

– À combien de temps ?

– À quelques semaines.

– Avez-vous assis mon père sur votre chaise ? demanda Nathan.

– L'accident dans le désert du Grand Lac Salé et la pagaille que vous avez semée ont obligé WhiteStone à interrompre le programme Phantom et à le délocaliser plus tôt que prévu. Le laboratoire que vous avez vu n'est pas encore opérationnel.

– Avez-vous transféré les cobayes en même temps que les données ?

– Cela prend plus de temps, ils ne sont pas encore arrivés.

– Arrêtez de tourner autour du pot, Prof ! fit Styles. Ça fait une heure que vous nous baladez. Ils sont où exactement, ces prisonniers ?

– En plein océan.

Nathan avança sur Wang et stoppa net en émettant un son creux. Markus se précipita à ses côtés.

– Inutile d'essayer d'aller plus loin, dit Nathan.

– Love *xiãn sheng* a raison. Un mur d'ondes nous sépare. Impossible à traverser. Une de mes petites inventions pour ma sécurité.

– Sur quel bateau se trouve mon père ?

– S'il fait partie de ceux qui sont entrés dans le cercle de Snake Valley, il est à bord d'un navire dont je ne connais pas le nom et qui croise quelque part entre le Pacifique et l'océan Indien.

– À côté de vous, Joseph Mengele était un saint, cracha Styles.

– Mengele n'était qu'un sot qui s'amusait à changer la couleur des yeux de ses patients. Ses travaux étaient dignes d'un simplet. Et un total gâchis compte tenu de la quantité de cobayes mis à sa disposition dans les camps.

Styles bondit contre le mur invisible. Le choc le renvoya au sol. Wang ricana. Il en avait terminé.

173

– Sale enfoiré ! grogna Styles.

– Il a utilisé votre colère pour vous mettre à terre.

Le sosie de Wang les guida jusqu'à la sortie. Une unité de *contractors* répartis dans six véhicules blindés les attendait autour du couvercle métallique pour les ramener auprès de T.J. Mackenzie. Le directeur de la base finissait de s'entretenir avec un groupe de mercenaires. L'un d'eux resta à ses côtés. Il fit passer Nathan et Styles dans une salle de réunion équipée d'un écran plat qui diffusait les images de leur hélicoptère s'écrasant en mer.

– Nous n'avons pas encore enregistré le commentaire, mais ça donnera quelque chose comme « Un hélicoptère de l'US Navy s'est écrasé au large de Diego Garcia avec à son bord deux agents fédéraux qui effectuaient une mission de reconnaissance. Seul le pilote a survécu au crash. L'accident serait dû à une défaillance mécanique de l'appareil, bla… bla… bla… ».

– Vous voulez dire que nous sommes morts ? s'exclama Styles.

– C'est à vous de décider.

– Et le pilote ?

– Il a choisi de survivre et de se mettre à notre service comme beaucoup, conscients qu'une collaboration avec WhiteStone offre de nombreux avantages, que l'on soit patrouilleur d'autoroute ou secrétaire à la Défense.

Styles épiait Nathan qui ne manifestait aucune réaction.

– Deux options s'offrent à vous. Soit nous donnons ces images à InBox News et on organise vos funérailles à Washington, soit vous travaillez pour nous.

– Quel genre de travail ? demanda Nathan qui comprit enfin pourquoi Mackenzie les avait tant briefés.

– Monsieur Love, vous êtes un guerrier redoutable. Vous nous l'avez encore prouvé en parvenant jusqu'ici. Nos services de renseignements m'ont communiqué votre parcours. Le FBI a fait une erreur en vous laissant partir. Après quelques errements méditatifs, vous vous êtes retiré non loin d'ici sur l'île Maurice, entouré d'un clan familial, votre sœur et son mari, votre compagne Carla et sa fille Léa, ainsi que deux enfants adoptés illégalement à la suite de l'une de vos missions. On dirait que c'est une manie chez vous, de recueillir les âmes en peine.

Mackenzie se pencha sur un rapport qui servait de support à son discours.

– Récemment vous avez initié une demande d'asile pour un Indien Makake…

Il resta suspendu à une rectification de Nathan. L'impassibilité de ce dernier l'obligea à se référer au dossier pour se corriger.

– … Nukak… c'est ça. La demande concerne aussi deux enfants colombiens et une jeune Irakienne… Je me trompe ?

Nathan resta muet.

– Bref, WhiteStone est impressionnée par vos facultés. Si vous acceptez de les mettre à notre service, nous satisferons à vos demandes, y compris celles de visas ou de cartes vertes. Nous connaissons les bonnes personnes qui accéléreront les formalités pesantes. Vous agrandirez votre clan, sans quitter l'océan Indien.

– Depuis quand avez-vous décidé de me recruter ?

– Depuis longtemps. Mais je vous avoue que la mort d'Analyn McLeen a été déterminante. Il fallait la remplacer. Nous avons donc facilité, à son insu, les démarches du général Stanshaw pour vous envoyer sur Danger Island.

– Je suis venu pour ramener mon père, Lillie Swan et Billy Bear.

– Nous pouvons faire un geste dans ce sens. Ce sera tout ?

– Que ferez-vous des autres prisonniers ?

– Le Pr Wang ne vous a rien dit à ce sujet ?

– Le discours de Wang est un écran de fumée.

– Le projet Phantom, vous appelez ça un écran de fumée ?

– Son extravagance détourne l'attention de votre véritable dessein.

– De quel dessein parlez-vous ?

– J'ai eu l'occasion de rencontrer quelques mandarins tout-puissants. Ils m'ont éclairé sur l'instauration du nouvel ordre mondial : l'accumulation de profits, la prise du pouvoir sur les États, la conservation de ce pouvoir. Je sais désormais qu'avec WhiteStone, la troisième étape est assurée.

– Vous intégrez une entreprise en plein essor…

– Qui utilise des otages comme cobayes.

– Il ne vous a pas échappé que les conditions de votre embauche sont un peu particulières.

– Et en ce qui me concerne ? demanda Styles.

– Il manque une personne de valeur au sein de la Criminal Investigation Division en Europe qui puisse servir nos intérêts.

– Vous pensez sérieusement que je vais bosser pour la boîte qui a tué la fille du meilleur ami de mon père ?

– La personne responsable de sa mort ne fait plus partie de WhiteStone. Mais je prends bonne note de votre décision.

– Qu'est-ce qui vous rend si sûr qu'une fois de retour en Allemagne, je vous servirai la soupe ?

– Votre intérêt, votre instinct de survie, votre ambition de rendre le monde plus sûr.

– Vous êtes pires que la mafia.

– Dans le nouvel ordre planétaire évoqué par M. Love, la mafia sera une ancienne maladie que l'on aura éradiquée comme la peste.

Markus Styles lorgna sur son équipier pour quérir une réponse. La capitulation ou le baroud d'honneur, une décision difficile à prendre seul. Nathan se leva :

– Si vous êtes coincé sur un terrain qui ne laisse pas d'autre échappatoire que la mort, combattez jusqu'au bout en utilisant la force du désespoir.

– *L'Art de la guerre*, n'est-ce pas ?

– Comme vous le savez, une armée désespérée est redoutable.

– Vous vous comparez à une armée ?

– Vous ne m'avez offert aucun espoir.

Mackenzie accusa ce refus avec les traits de la défaite. Nathan ajouta :

– Je vais m'employer à vous détruire.

174

T.J. Mackenzie secoua la tête pour désapprouver le choix de Nathan. Styles essayait de refouler l'idée qu'il allait mourir aujourd'hui.

– Je suis avec vous Nathan, dit-il en se levant à son tour. On va leur botter le cul.

Mackenzie ignora la morgue du jeune Allemand et tenta de convaincre une dernière fois Nathan.

– Vous n'êtes pas du genre à moraliser le monde ni à faire justice vous-même. Mais le reste de l'humanité n'est pas comme vous. Les hommes veulent un monde meilleur, et pas celui qui semble vous convenir. White-Stone va dans leur sens.

– Le monde est parfait tel qu'il est.

– Vous n'êtes pas difficile.

– Il contient tout.

– Dans cette humanité qui rêve de lendemains meilleurs, j'inclus votre père, vos amis, tous ceux qui ont placé de l'espoir en vous…

Mackenzie souleva un sourcil au-dessus du dossier et développa :

– Oum… Oneida… Bayan… Thomas… Jessica… Léa…

– Quel est le caractère qui rend un général facile à tuer ?

L'attention de Mackenzie fut attirée sur le garde du corps qui venait de s'effondrer. Nathan avait pris sa place.

– Son excès de témérité.

Markus ramassa l'arme du garde et contourna la table.

– Attendez ! dit Mackenzie en brandissant la télécommande qui semblait être son arme de prédilection. Regardez d'abord ceci.

Il sélectionna un film d'assez mauvaise qualité. Nathan reconnut l'allée qui menait à la maison de ses parents. Il se douta qu'il aurait du mal à supporter la suite. Il balança un coup de pied dans l'écran qui se plia comme deux ailes noires et saisit le téléphone qu'il tendit à Mackenzie :

– Qu'un hélicoptère soit prêt à décoller.

– Vous n'avez aucune chance.

– Ne jouez pas au héros, vous n'avez pas été formé pour ça.

Mackenzie passa le coup de fil. Nathan prit le pistolet à Styles et lui demanda de se poster derrière la porte, armé de la carabine M4 que le garde du corps avait encore en bandoulière.

– L'hélicoptère sera prêt dans dix minutes, dit Mackenzie en raccrochant.

La porte céda sous l'offensive d'une section de *contractors*. Styles et Nathan les laissèrent s'engouffrer pour en contenir le plus possible. D'un puissant coup de pied latéral, Mackenzie fut catapulté sur ses hommes qui le réceptionnèrent à l'autre bout de la table. Styles mit en joue les assaillants qui lui tournaient le dos. Le plus proche de lui s'écroula sous un coup de crosse. Deux autres perdirent connaissance sous les coups de Nathan qui avait suivi la trajectoire de Mackenzie. Trois soldats encore debout sur le seuil et tenus en respect par Styles servaient de rempart contre l'autre moitié de la section embusquée dans le couloir. Nathan ramassa Mackenzie et lui fit sucer le canon de son arme.

– Tu vas obéir ?

Il opina de la tête. Son vol plané lui avait fendu deux côtes. Nathan lui empoigna la cravate et arma le pistolet qui cognait contre sa glotte.

– Recule en suivant le mouvement.

Nathan fit signe à Styles de rester collé dans son dos pour protéger ses arrières et poussa Mackenzie sur les trois *contractors* qui s'écartèrent. Ils sortirent dans le couloir tapissé de treillis noirs.

– Posez vos armes si vous voulez continuer à toucher vos salaires, ordonna Nathan.

Styles lâcha une rafale au plafond pour donner plus de poids à la consigne. La poussière de plâtre enfarina les battle-dress. Les employés s'exécutèrent au ralenti. Nathan poussa leur patron vers la sortie du bunker sous la surveillance des caméras.

Dehors, plusieurs centaines de *contractors* étaient en position, doigt sur la détente. La base était mobilisée. Les deux cibles montèrent dans une Jeep avec l'otage. Nathan retira l'arme baveuse du gosier de Mackenzie et lui mit le volant entre les mains. Sans cesser de le braquer, il prit place à ses côtés en s'enfonçant dans le siège pour ne pas tenter un tireur d'élite. Styles se tapit à l'arrière avec deux fusils automatiques pointés sur les *contractors* à l'affût du faux pas. La Jeep démarra. Les blindés s'écartèrent pour ouvrir la voie jusqu'à l'héliport.

– Votre mère va mourir, dit Mackenzie.

– Vous aussi.

– Vous seul pouvez empêcher ça.

Le pare-brise de la Jeep se fissura en étoile autour d'un impact. Mackenzie, surpris, évita une embardée. Le tir était passé au-dessus de la tête de Nathan. Styles répliqua par une rafale en direction d'un mirador.

– Les gars sont nerveux, dit Mackenzie.

– Ce ne sont pas de vrais soldats.

– Renoncez, Love. Vous ne décollerez jamais de Danger Island.

Un hélicoptère était sur le tarmac. Mackenzie roula jusqu'au pilote qui les attendait sous les pales. Un dispositif militaire encercla la piste.

– Qu'est-ce qui se passe ? demanda le pilote. C'est un exercice ?

– Faites ce qu'on vous dit, commanda Mackenzie.

Ils descendirent de la Jeep. Une balle perfora la cuisse de Styles au moment où il posa le pied à terre. L'agent de la CID chancela sur sa jambe en grimaçant. Un deuxième coup de feu le fit pirouetter et s'écrouler. Nathan hissa Mackenzie sur le capot de la Jeep et lui ordonna de faire arrêter ça.

– Ne tirez pas !

Styles se traîna jusqu'à l'hélicoptère sur un tapis de sang. Le rotor se mit à tourner. Mackenzie regagna le sol pour ne pas se faire décapiter. Nathan le poussa aux côtés de Styles et monta à son tour.

– Où est-ce qu'on va ? demanda le pilote.

– Diego Garcia.

Les *contractors* s'étaient rapprochés au plus près de l'hélicoptère. Des dizaines de canons étaient prêts à faire feu sur l'habitacle, au premier signe de Mackenzie. Son téléphone sonna.

– C'est le colonel Simons. Il dirige la section qui nous tient en joue.

– Dites-lui de ne rien tenter, avisa Nathan.

Le rotor prit de la vitesse.

– Prêt au décollage, dit le pilote.

Style se garrottait la cuisse avec sa ceinture.

– Vous allez tenir le coup, Markus ?

– Je ne pensais pas qu'on y arriverait.

Ils s'élevèrent au-dessus des troupes de WhiteStone.

– Stop ! ordonna Mackenzie.

Il affichait un air victorieux.

– Simons vient de m'informer que WhiteStone détient votre compagne Carla. Elle a été interceptée à la sortie d'un hôpital de San Francisco.

Nathan se concentra sur la détente du pistolet qu'il braquait sur Mackenzie.

– Vous bluffez.

– Vous prenez le risque ?

– Qu'est-ce que je fais ? demanda le pilote.

– Vous redescendez, fit Mackenzie.

– Non, contra Nathan.

– Je vais vous dire ce qui va se passer, Love. Nous allons interroger votre compagne pour savoir où elle a planqué Oum Shahajeera. Compte tenu de l'expérience de WhiteStone en matière d'interrogatoires, elle va tout nous raconter, je vous le garantis.

Nathan ne lut rien dans l'expression ou la voix de Mackenzie qui trahissait de la duplicité. En revanche ce dernier décela du trouble chez Nathan. Enfin.

– Ainsi votre talon d'Achille, c'est cette femme.

Nathan appuya sur la pomme d'Adam du directeur qui ravala son sourire pour essayer de faire entrer de l'air.

– C'est Carla que vous êtes en train de brutaliser, suffoqua Mackenzie.

Nathan relâcha la pression. Le chef de Danger Island ordonna au pilote de se poser, sans opposition cette fois. L'appareil toucha le sol.

– Qu'est-ce que vous voulez faire ? demanda Nathan à Styles.

– Vous avez un toubib sur cette île ? questionna l'Allemand.

– On a une unité de chirurgie qui va vous retaper en un rien de temps.

Styles retint un cri de douleur. Son sang dégoulinait sur le siège.

– Si vous restez, je reste, dit-il à Nathan. Je ne me vois pas affronter WhiteStone tout seul. Dans cet état, je ne suis même pas sûr d'arriver vivant à Diego Garcia.

– Vous acceptez d'être des nôtres ? demanda Mackenzie à Nathan.

– À mes conditions.

– Lesquelles ?

– Vous relâchez Carla immédiatement.

– Marché conclu.

Nathan serra la main de Mackenzie pour sceller l'accord.

Treizième partie

Derrière un poing, il y a un bras tendu

175

Le croiseur *ws 142* entra dans le port aménagé sur la partie Est de Danger Island. Du quai, Nathan le regarda manœuvrer. Près de lui, T.J. Mackenzie veillait à l'exécution de sa part du marché. Malgré ses deux côtes cassées et des ecchymoses, il ne nourrissait aucune animosité envers la nouvelle recrue qui l'avait mis dans cet état. Au contraire, il se félicitait d'avoir fait passer dans le camp de WhiteStone un agent que le FBI n'avait jamais réussi à récupérer depuis la mort de son épouse. Cela avait valu à Mackenzie de recevoir les félicitations de Gabriel White en personne au téléphone et une augmentation salariale substantielle.

Une douzaine de prisonniers apparurent sur le pont et furent canalisés vers la passerelle par une poignée de *contractors*.

Cela faisait trois jours que l'accord avait été négocié. Nathan avait refusé d'entraîner les troupes de la firme. Outre le fait qu'il n'avait pas une vocation de sergent instructeur, il avait argué que les arts martiaux enseignés par les grands maîtres du bushido ne pouvaient pas être transmis à des mercenaires. L'essence de l'art martial était la non-violence. Elle reposait sur le principe de la non-résistance et du laisser-faire, conduisant l'attaquant à devenir la victime de sa propre attaque. L'âme du samouraï était incompatible avec celle du *contractor* et le bushido contraire à la raison sociale de WhiteStone.

Nathan avait donc été enrôlé avec le statut d'agent spécial, au même titre qu'Analyn McLeen, affecté aux missions délicates d'infiltration. Jusqu'à nouvel ordre, son affectation était Danger Island. Un bungalow lui avait été attribué parmi ceux construits hors sol au nord de l'île et réservés aux cadres de la SMP. Carla et sa fille l'y rejoindraient bientôt. Léa avait la possibilité de suivre les cours prodigués aux enfants des cinq cents employés sous contrats.

– Il y a une chose qui me titille depuis le début, dit Mackenzie.

Nathan plissa les yeux sous le soleil pour essayer de distinguer son père parmi les passagers qui marchaient au rythme imposé par leurs gardes-chiourmes. Ce qui titillait Mackenzie était secondaire. Déjà rompu au mutisme de son nouvel employé, le directeur de Danger Island poursuivit :

– Vous étiez prêt à sacrifier tout le monde, vos parents, vos amis, mais cette Carla, à qui il ne reste plus beaucoup de temps à vivre, vous a fait reculer dès que vous avez su qu'elle était entre nos mains. Pourquoi ?

– Vous êtes-vous déjà allongé sous un cerisier en fleurs ?

– Il n'y a que des cocotiers ici.

Nathan reconnut son père et alla à sa rencontre.

– Vous n'avez pas répondu à ma question.

– Vous l'avez fait sans vous en rendre compte.

– Hey, Love ! appela Mackenzie. Quand vous me remettrez des rapports, il faudra que ce soit un peu plus clair.

Nathan marchait au-devant de Sam qui pressa le pas. Ils s'embrassèrent longuement. Sam demanda des nouvelles de Kyoko.

– Elle t'attend à la maison, papa.

– Tu as fini par quitter ton île.

– Comment vas-tu ?

– Comme un homme libre.

Dans le dos de Sam, Nathan reconnut Lillie Swan et Billy Bear malgré leurs teints cendrés et la lueur artificielle dans leurs yeux.

– Le fils de Sam ! s'exclama Lillie.

– Vous serez bientôt chez vous, leur annonça-t-il.

– J'espère qu'on ne repart pas en bateau, dit Stan Steel.

Il ne cessait de se gratter le bras et se flétrissait à vue d'œil dans l'ombre de l'immense carcasse de Billy Bear.

– Il a vomi pendant toute la traversée, pesta Ron Frost. Ça fait plaisir de vous revoir, Nathan. Je suppose qu'on vous doit une fière chandelle.

Nathan fixait derrière le journaliste fébrile un couple avec des airs hagards et deux enfants apeurés dont l'un tétait une capsule de Ventoline.

– Où sommes-nous ? bredouilla l'homme.

– Les Hinckley, dit Ron en présentant la petite famille.

– Sur l'archipel des Chagos, répondit Nathan.

– Vous allez tous rentrer au pays par avion, déclara T.J. Mackenzie.

Le directeur avait décidé d'intervenir pour éviter que les chaleureuses retrouvailles se transforment en explications.

– Qui est-ce ? demanda Ron.

– Notre nouveau patron, dit Nathan.

– Je me présente, T.J. Mackenzie, directeur de la base de Danger Island.

– Le centre d'opérations ws04, dit Ron.

– Vous êtes un bon analyste, monsieur Frost.

– Si vous pouviez répéter ça au rédacteur en chef du *Daily Herald*.

– Je peux même le répéter au directeur du *Washington Post* si ça vous chante, à condition de ne pas parler de WhiteStone en mal.

– Alors laissez tomber.

– Je ne crois pas que je vais laisser tomber.

En queue de cortège, une femme, un homme et une jeune fille attendaient, les bras ballants. Perdus, désorientés, drogués. Ils furent emmenés par deux médecins.

– Des rescapés de l'accident ? demanda Nathan.

Mackenzie s'écarta sans répondre et s'adressa au groupe.

– Vous êtes conviés à vous rafraîchir et à écouter un petit discours. Ensuite, vous serez pris en charge par une cellule médicale et psychologique.

M4 en bandoulière, les *contractors* les canalisèrent vers un fourgon qui les attendait sur le quai.

176

Nathan posa l'index sur la bouche de Carla. Seize mille kilomètres les séparaient. Ils se donnèrent rendez-vous au lendemain et coupèrent la communication Internet. Nathan rejoignit son père qui s'entretenait avec Billy autour d'une bière sri-lankaise, sur la terrasse face à la plage. Les deux Navajo avaient repris des couleurs. Comme Lillie, Ron, Stan et les Hinckley, ils devraient suivre un traitement pharmacologique pendant quelques semaines pour éliminer les séquelles des différents tests subis dans le laboratoire de Wang. Cela prendrait plus de temps pour soigner les trois victimes irradiées dans l'accident de Snake Valley.

– Bon sang, j'ignore ce que tu leur as promis, à ces peaux de cadavre, dit Sam.

– Vous avez été mis en quarantaine à la suite d'un accident survenu à Dugway, décontaminés, indemnisés et acheminés jusqu'ici pour subir une dernière série d'examens. Au cours de mes investigations, j'ai rencontré Mackenzie qui m'a proposé de travailler pour WhiteStone comme consultant. Il vous a tout expliqué. Tu dois t'en tenir à cette version, papa.

– Quelle est ta version, *White Shadow* ?

– White Shadow, WhiteStone, ça va bien ensemble.

– Dis-moi la vérité, fils.

– La vérité est dans la nature, pas dans les êtres humains.

– Tu as trop parlé aux rochers et aux arbres, toi.

– Ceux de ton clan se sont mobilisés pour te retrouver, c'est ça la vérité.

– J'espère qu'ils ne se sont pas saignés.

– Ils ont mis de la beauté au cou de Carla.

– Ils t'ont donné le collier du clan ?

– Apprécie ce moment de vérité, papa.

Nathan leva son Coca. Ils burent en harmonie et reposèrent leurs bouteilles.

– Carla te rejoint quand ? demanda Sam.

– Elle décolle de San Francisco demain.

Oum ferait également partie du voyage.

– Et Léa ?

– On la retrouvera bientôt.

– Ça ira pour elle de vivre ici ?

– Elle a une grande capacité d'adaptation.

– Elle a de qui tenir.

– Ce sera plus difficile pour Jessy et Tommy.

– Tu ne peux pas les faire venir ? Avec le salaire astronomique qu'ils te versent, tu peux te payer une plus grande maison, non ?

– Cela ne dépend que de Tommy. Le changement de cadre n'est pas compatible avec l'autisme. Cela dépend aussi de Shannen.

– Tu pourras toujours compter sur ta sœur. C'est une grande richesse.

– Je sais, papa.

– Tu n'as pas l'impression que WhiteStone te possède depuis le début ?

– Je te rappelle que c'est toi qui m'as embringué là-dedans.

– Je sais, fils, c'est de ma faute, tout comme je reste persuadé que WhiteStone t'a attiré dans ses filets.

– Ce ne serait pas la première fois qu'on me manipulerait.

– Sa mère lui a ôté toute fierté, déplora Sam à l'attention de Billy.

– Laisse ton fils tranquille, Sammy.

Nathan les abandonna pour se rendre à l'hôpital semi-enterré.

Styles était en train de draguer une infirmière d'origine indienne.

– Désolé de vous déranger, dit Nathan.

L'infirmière se retira avec du rouge sur ses jolies pommettes.

– Plutôt canon, fit Styles.

– Tu n'es pas en état.

– Je récupère vite.

– Je vois.

– Trop vite.

– Pourquoi dis-tu ça ?

– Jouer l'agent double pour WhiteStone, c'est pas mon truc.

– Tu apprendras.

– Peut-être, mais je ne me vois pas dire au général Stanshaw que je bosse pour ceux qui ont abattu sa fille.

– Moi non plus, je ne te vois pas dire ça.

– Ouais, s'en tenir à la nouvelle version officielle. Connie a été droguée et abattue par un agent chinois du nom de Lyn Lee infiltré chez WhiteStone pour compromettre la SMP, qui menace de déstabiliser la dictature chinoise au Tibet et en Birmanie. Je me répète ça tous les jours, mais j'ai du mal à me convaincre…

– La vérité, tout le monde court après.

– Pas toi ?

– Tu es en vie, Markus, tu as l'avenir devant toi et le monde est rempli de jolies femmes. N'est-ce pas une vérité bonne à prendre ?

– C'est une façon de voir les choses. Tu crois qu'on sera amenés à bosser ensemble ?

– Pourquoi pas ?

Nathan sortit dans le couloir et tomba sur T.J. Mackenzie.

– Je vous cherchais, Love.

– Une mission, déjà ?

– Je ne vais pas vous faire l'affront de vous envoyer au charbon avant que vous ne retrouviez Carla.

– Et qu'elle ne soit là en gage de ma bonne volonté.

– Oubliez le mauvais esprit, Love.

– C'était une plaisanterie.

– Je sais que ce n'est pas votre fort.

– Que voulez-vous ?

– Vous faire part d'un insigne honneur. À la fin de la semaine, vous allez pouvoir rencontrer Gabriel White et Andrew Stone.

177

Le *jet* qui volait vers l'île Maurice transportait les prisonniers de WhiteStone dont Nathan avait obtenu la libération.

– Quand je pense que je me suis tapé toute cette distance dans la soute d'un bateau, dit Ron.

– Vive l'avion, s'exclama Stan en levant son verre.

– Bienvenue dans une nouvelle vie, ajouta Ron en vidant le sien.

Le journaliste, pas plus que les autres passagers, n'avait eu besoin de signer un accord de confidentialité les engageant à ne rien divulguer sur la SMP. Ils avaient mis le doigt dans l'engrenage de la machine WhiteStone qui n'hésiterait pas à les broyer s'ils cherchaient à s'affranchir. La firme les laisserait vivre, et bien vivre, tant qu'ils respecteraient quelques règles. Frost avait accepté un poste de grand reporter pour InBox News. Cela lui permettrait de payer aisément le loyer qui souciait tant Shelly et de la faire décrocher du trottoir. Ils s'étaient parlé au téléphone, elle était sortie de l'hôpital, elle l'attendait toujours.

Stan Steel, lui, avait réalisé que ses hallucinations et ses délires paranoïaques n'étaient que les effets de la désinformation déployée depuis des années dans sa région par WhiteStone. La multinationale avait compensé financièrement ces années de psychose et promis de lui restituer sa VMAX élinguée avec sa cabane par un gigantesque hélicoptère de transport Chinook qu'il avait pris pour un vaisseau spatial. Le point noir dans l'histoire de Stan était Rochelle Wesley. Depuis qu'il avait appris sa véritable identité, il se soignait au Jack Daniel's.

Derrière eux, Lillie et Billy luttaient contre le mal de l'air en mélangeant cachets et champagne.

Lew Wang, lui, méditait.

Au fond de l'appareil, la famille Hinckley et les trois victimes des radiations étaient dans un état léthargique. Un psychologue avait essayé de les convaincre que le meilleur de leur vie était à venir grâce aux indemnités versées par WhiteStone.

À l'avant, Sam dormait. Tout comme Carla. Depuis des jours elle était trimballée par WhiteStone. Lorsque les *contractors* avaient débarqué chez Kyoko, elle avait fui avec Oum pour se planquer dans un motel au nord de San Francisco. Trahie par sa maladie qui avait permis aux agents de WhiteStone de la cueillir à la sortie d'un hôpital, elle avait été emmenée dans un hangar de la banlieue d'Oakland pour être interrogée. On lui avait alors passé Nathan au téléphone. Il lui avait demandé de collaborer et de révéler où était Oum. Des mercenaires plus polis que des VRP l'avaient ensuite escortée avec la jeune Irakienne jusqu'à Danger Island, via Manille et Le Caire. Nathan avait attendu Carla sur le tarmac comme la promesse d'un dénouement heureux. Elle lui avait demandé des explications le soir de son arrivée quand ils s'étaient retrouvés tous les deux, dans la lumière de l'océan projetée sur les murs de leur chambre.

– J'aimerais comprendre, l'avait-elle attaqué.

– Comprendre ou savoir ?

– Je pense que je comprendrai plus facilement que Louis Stanshaw.

– J'ai tué l'assassin de sa fille.

– Tu travailles aujourd'hui pour ceux qui l'employaient.

– Ton jugement est affaire de morale.

– Il n'y a que toi à pouvoir faire abstraction de la morale.

– La tienne a été construite à partir d'un dogme judéo-chrétien qui a fait couler le sang et qui collabore avec WhiteStone.

Nathan était poussé à se justifier de diverses manières pour ne pas lui avouer qu'elle était son véritable mobile.

– Ça ne te dérange pas de travailler pour eux ?

– Non.

– Dis-moi la vérité. Pourquoi as-tu accepté ce job ?

– C'est bien payé.

– Ne te fous pas de moi.

Il l'avait contemplée, ciselée dans l'argent et les ténèbres, beauté d'icône pour laquelle il s'était sacrifié et au pied de laquelle il se plaisait à se jeter tous les soirs, en totale infraction avec le zen.

– Parle-moi, Nathan.

– Étienne Chaumont.

– Quoi ?

– Je ne t'ai jamais demandé de me dire la vérité sur la mort accidentelle de ton mari. Cela fait partie des zones d'ombre qui ne méritent pas d'être éclairées.

– Quel rapport avec ton emploi chez WhiteStone ?

– Les apparences sont parfois plus saines que ce qui se joue en coulisses.

Elle n'avait pas insisté.

Bercée par le ronronnement du *jet*, Carla bougea sur son siège pour trouver une position plus confortable. Depuis l'allusion aux circonstances de la mort d'Étienne, elle n'avait plus abordé le sujet. Ils traversèrent une zone de turbulences assorties aux pensées de Nathan qui chercha aussitôt à les évacuer. Il songea à ceux qui ne faisaient pas partie du voyage. À Markus qui achevait sa convalescence sur l'île et dont le départ pour l'Allemagne était prévu dans deux semaines. À Oum qui n'avait rien laissé derrière elle en Irak pour échouer au milieu de nulle part, sur Danger Island. Markus avait promis de veiller sur elle en attendant le retour de Nathan, parti récupérer les siens. Une âme de plus dans sa tribu, arrachée comme Jessy, Tommy et Léa, à une humanité qui ne savait pas se tenir devant ses enfants.

Nathan pensa aussi à Dugu, Oneida et Bayan. Ils avaient fait partie de la négociation avec Mackenzie qui cédait à toutes ses requêtes comme s'il était le Bon Dieu.

Les trois Colombiens étaient peut-être déjà en train de voler vers la Californie.

Nathan réfléchit au pouvoir de WhiteStone et à celui qu'on lui accordait.

178

Le *jet* aux couleurs de WSA se posa sur le Sir Seewoosagur Ramgoolam International Airport et alla se ranger entre deux Falcon. L'escale technique de trois heures sur l'île Maurice allait permettre de débarquer les passagers qui s'envoleraient plus tard pour Salt Lake City ou San Francisco. Nathan, lui, poursuivrait son voyage vers une destination encore inconnue, en compagnie de Mackenzie et de Wang. Carla l'attendrait avec Léa pour retourner avec lui sur Danger Island.

Entourés des enfants, Shannen et Shivaji les accueillirent à leur arrivée. Les effusions perturbèrent le dandinement mécanique de Tommy. Tous à part lui savaient que ce retour n'était que provisoire. Shivaji manifesta le premier sa désapprobation :

– On va manquer de personnel.

– Vous allez nous manquer aussi, rétorqua Carla.

– Je savais que tu reviendrais pour avoir la réponse à ma devinette, lança Léa à Nathan.

Deux cordons blancs reliés à un iPod diffusant du Radiohead faisaient deux mèches claires dans ses cheveux plus noirs que son bronzage.

– Une grenouille écrasée ? tenta-t-il.

– Non, un scout mort.

– Je ne me ferai jamais à tes blagues, dit Carla.

– Quand est-ce qu'on part ?

– Au retour de Nathan.

– Tu vas où ?

– Il faut demander au monsieur là-bas.

Il lui désigna Mackenzie qui s'entretenait avec un Wang presque aussi invisible que ses cobayes.

– Je n'irai plus à l'école ? fit Léa qui avait décidé de les bombarder de questions.

– Si.

Mackenzie s'avança pour confirmer que Danger Island disposait des meilleurs enseignants au monde, sans soupçonner que Léa se moquait de cette précision.

Ils envahirent le bar de l'aéroport. Mackenzie paya une tournée générale en surveillant sa montre. Il s'assit à côté de Nathan :

– Pourquoi n'emmèneriez-vous pas Carla ?

– Où ?

– Bien joué, mais vous ne me ferez pas dire le nom de notre destination avant que nous ne soyons arrivés.

– Pourquoi emmener Carla ?

– Parce que là où nous allons, il existe des gens qui peuvent la guérir.

– Vous cherchez des cobayes ?

– Les personnes dont je vous parle ont fait leurs preuves et n'ont plus besoin d'expérimentations depuis longtemps.

Nathan le fixa d'un air dubitatif.

– Disons que là où nous nous rendons, beaucoup de choses sont possibles.

– Ce sont les seuls arguments que vous avez ?

– La promesse d'une guérison de Carla n'est-elle pas suffisante ?

– Il faut que vous m'en disiez un peu plus pour justifier de l'arracher à sa fille qu'elle vient à peine de retrouver.

– Là où je vous emmène, vous comprendrez le pouvoir du Maître de l'Univers.

– Vous parlez de White ou de Stone ?

– Gabriel White et Andrew Stone ne sont que leurs incarnations terrestres.

– Je vais transmettre votre proposition à Carla.

– Nous décollons dans deux heures.

179

Nathan découvrit sa destination lorsque le *jet* perdit de l'altitude à l'approche de Madagascar. Près de lui, Mackenzie jetait un œil concupiscent sur Carla qui somnolait sous l'effet des médicaments.

– Sacré bout de femme, dit-il. Je comprends que vous soyez prêt à tout pour elle. Je vous envie.

– Vous envisagez d'avoir recours à un *ombiasy*[1] pour la soigner ?

– Nous avons développé une technique de soin qui mêle le pouvoir des *ombiasy* à celui de la médecine moderne. Une fusion parfaite entre la sorcellerie et la science. La méthode est aussi spectaculaire que le résultat.

– Et secrète.

– Vous comprenez pourquoi.

– Ce serait la ruine des laboratoires pharmaceutiques.

– Nous limitons cette pratique à un très petit cercle.

– Celui auquel vous m'invitez.

– Connaissez-vous le Bohemian Club, Nathan ?

– La colonie de vacances des maîtres du monde ?

– Qui rassemble les deux mille cinq cents personnes les plus riches, les plus puissantes et les plus influentes de la planète.

– Je croyais qu'ils se réunissaient du côté de San Francisco.

1. Sorcier guérisseur de Madagascar.

– À Bohemian Grove, en effet. Je vois que je n'ai rien à vous apprendre, je vais donc aller droit au but. Gabriel White et Andy Stone ont fondé un club à Zanahary Grove, sur le même principe que le Bohemian Club, destiné à réunir des membres très particuliers.

– Comme qui ?

– Des gens comme vous et moi.

– J'ignorais que nous partagions certaines valeurs.

– Nous partageons au moins celles de WhiteStone.

– Un club très restreint alors.

– Le nombre de membres du Zanahary Club est limité à cent. Il se compose de l'élite des pouvoirs politique, religieux, économique, militaire, judiciaire, scientifique et médiatique. Vous y retrouverez d'anciennes connaissances.

– Carla et moi appartenons à l'élite de quel pouvoir ?

– Militaire, bien sûr.

– De qui prenons-nous la place ?

– Je vous demande pardon ?

– Vous avez dit que le quota d'admissions ne doit pas dépasser cent.

– Vous remplacez feu Stewart Randolph et Analyn McLeen dont les disparitions prématurées ne vous sont pas étrangères.

– Qu'est-ce que vous organisez à Zanahary Grove ?

– Des conférences, des pique-niques, des rencontres, des alliances, des projets. Mais les Cents viennent surtout assister à la cérémonie rituelle.

Le pilote annonça l'atterrissage imminent.

– J'ai oublié de vous dire, Nathan, « Zanahary » c'est le nom que les Malgaches donnent au Maître de l'Univers.

180

Trois 4×4 aux vitres fumées quittèrent l'aéroport d'Antananarivo-Ivato au crépuscule en direction du nord. Carla, Nathan et Mackenzie étaient montés dans celui de tête, conduit par un Français prénommé Gérard. Lew Wang et un *contractor* occupaient le deuxième véhicule. Le troisième ne transportait personne. La climatisation des GMC tenait les passagers à l'écart des parfums pollués et de la chaleur tropicale. Seul le bruit des klaxons leur parvenait. Le convoi traversa plusieurs quartiers de la capitale malgache, s'enfonça dans des ruelles tortueuses pavées de nids-de-poule et bordées des cases rouillées. Ils durent ralentir pour ne pas briser les essieux ou faucher un piéton.

– Nous allons nous arrêter un instant, dit Mackenzie.

Les GMC se garèrent le long d'un terrain vague éclairé par deux lampions déglingués.

– Pour votre sécurité, ne sortez pas du véhicule, dit-il en faisant le contraire de ce qu'il préconisait.

– Où est-ce qu'il va ? demanda Carla.

– Prendre quelqu'un qui va monter dans le troisième 4 ×4, dit Nathan faute d'obtenir une réponse de la part du chauffeur.

Le quartier était désert, les maisons à l'abandon et Carla curieuse.

– Où est-ce qu'on est ?

– Vous allez vite le savoir, dit Gérard.

On entendit des cris. Le Français alluma la radio qui diffusait du salegy-rock. Carla cria. Elle fixait un angle de rue.

– J'ai vu un homme. Il était courbé. Sur son dos, il y avait…

Un visage de boue s'écrasa contre sa vitre. Un choc au-dessus de leur tête les fit sursauter. Gérard leur conseilla de rester calmes.

Une femme nue aux cheveux ébouriffés, barbouillée d'huile et de boue, sauta sur le capot. Elle s'accroupit face à eux en criant et en tirant une langue énorme. Le chauffeur sortit un sachet de la boîte à gants et parsema de pois noirs le tableau de bord. Il actionna les essuie-glaces pour chasser la femme qui s'éloigna en sautillant.

– Bienvenue dans le quartier des sorcières.

La radio crépita avant de s'éteindre. Une autre sorcière s'approcha d'eux avec des gestes mécaniques défiant les lois de la physique. Elle se colla au véhicule qui se mit à vibrer, fit crisser ses ongles tordus sur la carrosserie, grimpa sur le capot pour déféquer et sauta sur les épaules d'un Malgache qui s'enfuit en criant.

– Ces saloperies vous chevauchent comme un canasson, dit Gérard. Elles sortent le soir pour vous terroriser, vous envoûter, vous tuer parfois. Elles sont capables d'immobiliser votre bagnole toute la nuit, rien que pour vous emmerder. Le lendemain, la vie reprend son cours, votre moteur redémarre et les sorcières redeviennent des jeunes femmes normales qui ne se souviennent de rien.

– C'est une sorcière qu'on est venu chercher dans ce quartier ? demanda Nathan.

– Trois sorcières et un citharède pour une cérémonie de guérison à Zanahary Grove.

– Vous voulez dire que ce sont ces créatures qui vont me guérir ? s'exclama Carla.

Mackenzie remonta dans le véhicule. Le chauffeur tourna la clef de contact. Le moteur resta muet. Ils patientèrent en silence, réessayèrent plusieurs fois.

– Putain de quartier, bougonna Mackenzie. C'est toujours le même cirque.

Le moteur tressauta enfin, le GMC démarra en rugissant. Derrière eux, les deux autres 4 × 4 l'imitèrent.

181

Ils roulèrent toute la nuit sur des ornières qui martyrisèrent leurs lombaires. L'expédition fut entrecoupée de pauses dans des villages reculés aux petites maisons couleur de terre construites au milieu des bananiers, des palmiers et des rizières. Les sorcières étaient sous sédatif. « On serait allé plus vite en hélicoptère, mais on ne pouvait pas prendre le risque que l'une d'elles déclenche une panne de rotor en plein vol », avait précisé Mackenzie.

Au cours d'une halte, ils firent la connaissance de Radjera, le citharède qui avait embarqué en même temps que les sorcières. Le musicien partageait le véhicule de Lew Wang. Mackenzie le présenta comme un virtuose de la *valiha*, sorte de cithare tubulaire malgache. « Radjera sera l'un des acteurs principaux des cérémonies de Zanahary Grove. »

À l'aube, le convoi poussiéreux s'immobilisa sur la berge d'une rivière qui serpentait dans une forêt tropicale. Deux pirogues à moteur attendaient. Les passagers contusionnés descendirent des 4 × 4 en s'étirant sous le regard placide des deux piroguiers en train de mâcher du qat et d'un couple de lémuriens accrochés à la branche d'un flamboyant. Le silence des moteurs avait laissé place au murmure de la forêt dominé par les chants d'oiseaux.

Les sorcières groggy furent tirées hors de leur véhicule. Le chauffeur ôta les chaînes qui entravaient leurs membres. Elles avaient gardé de leur nuit agitée les peintures de boue et de graisse ainsi que leurs cheveux ébouriffés. L'une d'elles, plus éveillée que les autres, demanda où elle était. Mackenzie lui fit comprendre qu'elle avait intérêt à ne pas poser de questions. Les trois jeunes femmes montèrent dans une embarcation en compagnie de Radjera. Carla, Nathan, Wang et Mackenzie montèrent dans l'autre.

Les pirogues glissèrent sur l'eau orange à travers une jungle de plus en plus dense. Au bout de quelques heures, Mackenzie sortit de sa torpeur pour pointer le doigt en direction d'une montagne qui se dressait au-dessus de l'horizon.

– Maromokotro, le sommet le plus haut et le plus difficile d'accès de l'île.

– On raconte que les esprits viennent y errer après la mort, dit Lew Wang.

Il venait de rejoindre Nathan à la proue. Ce dernier admira la vue féerique enveloppée de brume et perçut les intentions du Chinois.

– Comment va Khado Sangmo ? lui demanda-t-il.

Le visage de Wang se décomposa. Le nom tibétain de son amie lui avait fait perdre son assurance.

– Qu'avez-vous dit ?

– C'est la question que vous avez envie de me poser.

– Comment le savez-vous ?

– C'est mon métier.

– De lire les pensées ?

– L'empathie.

Wang suivit du regard un sillon tracé par quelque chose qui filait sous l'eau marron.

– Comment va-t-elle ? demanda le Chinois.

– Comme un demi-sourire au milieu des montagnes.

– Quoi, c'est tout ?

– Je vous la décris telle que je l'ai quittée.

– Elle vous a parlé de moi ?

– C'est une femme éprise.

Nathan se souvint que Malena Velasco avait cité Madagascar parmi les endroits du monde fréquentés par Wang. Elle avait aussi déclaré qu'il devait se rendre sur une île pour y accomplir une chose importante. Parlait-elle de Danger Island ou de Madagascar ?

– Que vous a-t-elle dit à mon sujet ?

– Que vous n'aimiez pas votre pays de naissance.

Wang regarda le mont Maromokotro comme pour y chercher une réplique un peu plus riche que celles qu'il servait à Nathan depuis quelques minutes.

– Si le projet Phantom permet de libérer les Tibétains, je serai comblé, dit Nathan.

Ébahi, Wang écoutait ses pensées sortir de la bouche de son interlocuteur.

– C'est la plus belle preuve d'amour pour une femme qui a embrassé le bouddhisme, continua Nathan.

– Impressionnant votre don, bafouilla le scientifique.

– Le pouvoir de l'esprit, celui que l'homme possédait avant l'arrivée de la technologie qui a inhibé ses facultés naturelles.

Attaqué sur son terrain, Wang se défendit :

– La technologie a remplacé les déficiences de l'être humain qui, dans sa médiocrité, n'est plus digne de confiance, même pour réparer un lavabo qui fuit.

– Vous êtes en train d'inventer l'invisibilité alors que les ninjas la maîtrisent depuis des siècles.

– C'est pourquoi vous avez été choisi. Parce que vous avez porté à son plus haut niveau ce qui fait la spécificité de l'être humain et qu'aucun animal ni aucune machine ne pourra jamais avoir.

– Vous faites erreur, je n'ai pas d'humour.

– L'humour est l'arme des faibles. Vous n'en avez donc pas besoin et WhiteStone encore moins. Je pensais à deux caractéristiques plus importantes : l'empathie et l'amour.

– À quoi l'amour peut-il servir à WhiteStone ?

– À vous contrôler.

– On arrive, annonça Mackenzie.

182

Les deux pirogues butèrent contre la jetée surveillée par deux hommes affublés d'oreillettes. L'agent spécial Eddie Barton se présenta pour superviser les formalités d'accueil et vérifier l'identité des invités.

– Monsieur Love, j'ai beaucoup entendu parler de vous.

– Connie Stanshaw m'avait aussi parlé de vous.

– J'ai appris la triste nouvelle.

– Depuis quand travaillez-vous pour WhiteStone ?

– Depuis plus longtemps que vous.

Nathan ne releva pas. Le décor happa son attention. Une allée de baobabs menait à un cratère volcanique transformé en lac au fil du temps. Le site avait pour écrin une forêt vierge. On se serait cru dans un conte. « Cet endroit abrite une flore et une faune endémiques qui le rendent inestimable en termes de biodiversité », commenta Mackenzie en chemin. Ils débouchèrent sur une aire de pique-nique qui bordait le lac. Des tables étaient dressées aux pieds des baobabs et orientées face à une estrade. Certains invités achevaient de prendre leur petit déjeuner.

– MM. Gabriel White et Andrew Stone arriveront pour le déjeuner, dit Mackenzie. Quelques membres sont déjà là. Tout le monde a prévu de venir, à l'exception du général Hunter Banks qui s'est excusé pour les raisons que vous connaissez. Et voici M. Curtis Ash, membre permanent de la très honorable Hoover Institution.

Un petit individu flirtant avec la soixantaine se dirigeait vers eux dans un costume à chevrons et un nœud papillon qui semblait l'étrangler.

– Monsieur Mackenzie, je partage le même bungalow que M. Rosenfeld et je n'ai pas fermé l'œil de la nuit.

– Dave Rosenfeld, le président de l'UUFOO ? fit Nathan.

Le petit homme le fixa derrière ses grosses lunettes avec l'air de penser « De quoi se mêle-t-il celui-là ? » et posa un regard lubrique sur Carla.

– Que se passe-t-il avec M. Rosenfeld ? demanda Mackenzie.

– Il ronfle.

– Comptez les pigeons pour vous endormir, conseilla Carla qui se rappelait qu'Ash était un spécialiste.

– Je peux vous mettre avec Lawrence Mastersmith.

C'était donc à Zanahary Grove que le directeur de PSS s'était réfugié.

– Je suppose que Randall Price et James Mullray font partie des invités, dit Nathan à Mackenzie.

– Je vous l'ai dit, nous sommes entre nous.

Presque tous les protagonistes de l'affaire du *Snake Circle* étaient membres du Zanahary Club. Nathan comprit que tout avait été calculé et scénarisé. Tout n'était qu'illusion.

183

Carla et Nathan passèrent la fin de la matinée dans leur bungalow de luxe. Construit et meublé avec des matériaux locaux, raphia, palissandre, ébénier, il était divisé comme tous les autres en deux suites. Ils avaient pour voisins Lew Wang et un caméléon panthère multicolore qui les épiait avec ses yeux coniques. Mackenzie leur avait recommandé de se reposer de leur long périple. La journée et celles qui allaient suivre seraient éprouvantes pour Carla. Une cérémonie de guérison pouvait durer quinze jours pour un patient qui n'avait pas d'ancêtre sur l'île.

Ils rejoignirent les invités vers midi. L'esplanade s'était remplie de monde. Une main se posa sur l'épaule de Nathan qui reconnut le procureur général des États-Unis. James Mullray ôta le havane planté dans un sourire complice pour déposer un baisemain à Carla.

– Alors, Love, on se résout à sauver le monde ?

– Sommes-nous au bon endroit pour ça ?

– Il n'y en a pas de meilleur. Si vous voulez décrocher la lune ou vous acheter un pays, c'est ici qu'il faut formuler votre demande. Un cigare ?

– Je ne fume toujours pas.

– Il y a un début à tout, n'est-ce pas ?

– Robert Fuller aussi est présent ?

– Le directeur du FBI ne fait pas partie du club. En revanche, les patrons de la CIA et de la NSA sont là.

Nathan prit congé du ministre et chercha à mettre un nom sur les invités, personnalités influentes venues comploter au milieu des lémuriens. Conrad Sterling, directeur de WISE, l'agence de renseignements de WhiteStone, se présenta à lui et le félicita pour son parcours. Un visage familier lui apparut au milieu de la foule. Nathan reconnut les yeux inquisiteurs et la fine bouche concentrés autour d'un nez en bec d'aigle saillant entre deux larges bajoues. Claudio Dragotti. Quelques années auparavant, il l'avait affronté au Vatican, à l'époque où il était à la tête de la Congrégation pour la doctrine de la foi. Depuis, sa robe de cardinal était devenue papale malgré toutes les casseroles qu'il traînait, de son passage dans les Jeunesses hitlériennes aux récentes affaires de pédophilie dans l'Église.

– Monsieur Nathan Love, cela fait combien de temps ?

– Assez pour que nos chemins se croisent à nouveau.

– Cette fois, nous voici dans le même camp.

Il salua Carla et félicita le couple d'être toujours ensemble.

– Ce serait un honneur pour moi de célébrer votre mariage.

Face à tant d'aplomb, Nathan demeura de marbre. Un brouhaha signala que Gabriel White et Andrew Stone venaient de monter sur l'estrade. Les deux hommes ressemblaient à un tandem sorti d'une série télévisée. Étonnamment jeunes, les cheveux courts, blonds pour White, bruns pour Stone. Sourires de star. Malgré la chaleur humide, ils étaient vêtus de costumes sombres. Ils se courbèrent sous les applaudissements qui crépitaient en même temps que les flashs. Le brun s'avança vers le micro.

– Mes amis, je vous ferai grâce d'un discours et laisserai cet honneur à Gabriel. Je pense que les actes valent mieux que les mots, sinon j'aurais été diplomate au lieu de diriger une société militaire. Nous avons cependant quelques belles nouvelles à vous annoncer aujourd'hui. Merci à vous d'être présents dans ce lieu remarquable.

Stone céda la place à White sous un tonnerre d'applaudissements.

– Bonjour chers Zanahariens !

Nouveaux applaudissements.

Aux côtés de Nathan, Carla blêmissait.

– Je connais ce type, murmura-t-elle.

184

« Nous sommes là aujourd'hui car un lien nous unit. Ce lien, c'est la volonté et le pouvoir de changer les choses pour le bien de l'humanité, pour le bien de la planète, pour notre bien. Les chefs d'État sont réduits à des rôles de représentation, je dirais même de figuration au vu de leurs mandats éphémères. Il incombe donc à ceux qui ont le premier rôle d'agir ! »

Une pause d'applaudissements permit à White de donner tout son sens à sa dernière phrase. Carla ne le quittait pas des yeux, elle essayait de mettre un autre nom sur son visage.

« Avant de passer aux bonnes nouvelles, je voudrais saluer deux de nos membres qui nous ont quittés prématurément. Stewart Randolph, vice-président de WhiteStone, qui vient de succomber à un accident vasculaire. Et l'agent Analyn McLeen, abattue en mission. Il a été difficile de les remplacer à temps pour cette réunion du Zanahary Club. Accueillons chaleureusement nos deux nouveaux membres, un couple très spécial, Carla Braschi et Nathan Love. »

Les visages se tournèrent vers eux au milieu des applaudissements.

– Je n'arrive pas à me souvenir où je l'ai déjà vu.

– Il te reste encore un peu de temps pour le découvrir, dit Nathan.

« Je rendrai enfin hommage à une troisième personne, un ancien membre du Zanahary Club disparu en 2003 et dont l'œuvre n'aura jamais été aussi actuelle. Diplômé de Yale, linguiste renommé, immense écrivain, j'ai nommé Charles Berlitz. Ses ouvrages parmi lesquels je citerai *Le Triangle des Bermudes*, *L'Incident de Roswell*, *L'Existence de L'Atlantide* ont imprimé dans l'inconscient collectif les vies extraterrestres et phénomènes paranormaux. Ce travail de mise en fiction du réel fit de Charles Berlitz le plus grand *storyteller* de tous les temps, il permit de mystifier l'opinion sur les travaux menés à Dugway Proving Ground en leur associant des sauts dans le temps et une collaboration avec des extraterrestres. Derrière ces légendes en trompe-l'œil, les expériences sur l'invisibilité ont pu être poursuivies sans entrave sous la direction du Pr Lew Wang, génial artisan du projet Phantom que je vous demande d'applaudir. »

Gabriel White chercha le savant. Il se tenait à l'écart sous un baobab en compagnie d'un vieil homme aux longs cheveux blancs, Alexandre Shulgin, chimiste de génie, inventeur de plus de deux cents substances psychoactives hallucinogènes dont le fameux 2-CB.

« Je me souviens de mon enfance quand je jouais à la guerre avec mes frères. Je savais déjà une chose : la guerre est naturelle chez l'homme. Lorsque, plus tard, Andy et moi avons combattu dans les SEALS[1] de l'US Navy, nous avons compris, à l'instar du stratège prussien Clausewitz, que dans une affaire aussi dangereuse que la guerre, les pires erreurs sont causées par la bonté. Quelques années plus tard, nous avons créé notre petite société militaire dans les marécages de Virginie, à partir d'une troisième règle fondamentale formulée par le général français Clemenceau : la guerre est une affaire trop sérieuse pour être confiée à des militaires. Enfin, lorsque nous avons signé notre premier contrat de cinq millions de dollars avec le département d'État pour envoyer vingt hommes à Kaboul, nous avons constaté que la guerre, c'est aussi un sacré paquet d'argent. »

Rires et applaudissements.

« À partir de ces quatre règles fondamentales, WhiteStone s'est développée plus rapidement qu'aucune autre firme dans toute l'histoire du capitalisme. Ensemble, nous avons créé une multinationale mariant les opérations militaires, le renseignement, la sécurité, le lobbying, l'humanitaire, les médias, le cinéma, les jeux vidéo, le transport aérien et bien sûr la recherche. Autour de WhiteStone gravitent les institutions financières, les gestionnaires de matières premières, les industriels de l'armement, de l'informatique, de la haute technologie et de l'espace. Nous garantissons la protection, l'expansion et la pérennité de ce cartel dont l'objectif ultime est de gérer les

1. United States Navy Seals (Sea, Air and Land) : commandos de marine américains.

ressources de la planète et ses habitants. WhiteStone est devenue le bras armé mais aussi le cerveau de ce cartel voué au grand dessein qui a présidé à la création de ce club : remettre de l'ordre et de la beauté sur Terre. »

Applaudissements.

« En premier lieu, il nous faut gagner la guerre mondiale contre l'islamisme. WhiteStone s'est nourrie de cette guerre au point de pouvoir aujourd'hui y mettre un terme. Fidèle à l'histoire qui a vu naître les plus grandes inventions dans les laboratoires de recherche militaire, WhiteStone est fière aujourd'hui de vous annoncer que le projet Phantom est un succès. La frontière entre le monde visible et invisible a été franchie au profit de nos soldats qui deviendront invincibles sur les champs de bataille. »

Applaudissements.

« Nous venons de lancer deux offensives, l'une en Iran, l'autre à la frontière pakistanaise en utilisant cette nouvelle technologie. Pendant que WhiteStone travaille pour vous et vous protège, je suis heureux de réunir notre grande famille au nom d'une coutume inspirée du *famadihana*[1] que nous avons initiée à la création du Zanahary Club. Je vous souhaite à tous de passer une journée mémorable. »

– Ça y est, je sais qui c'est ! s'exclama Carla.

185

Connu également sous le nom de Zulfiqar ou de Hakimullah, Jamshed Mehsud sortit de son bunker en sirotant un verre de thé au lait, les yeux plissés par la vapeur chaude et la lumière du jour. Il salua les deux gardes accroupis près d'un feu. Tout autour de son terrier

1. Festivités autour du *retournement* des morts à Madagascar.

bétonné s'élevaient les montagnes boisées du Waziristan, dans le nord-est du Pakistan, à la frontière de l'Afghanistan. Le paysage était redevenu silencieux depuis peu. Cela faisait des semaines que l'armée pakistanaise pilonnait la région. Le déluge de feu avait entraîné la mort de deux Pashtounes et de quelques brebis. Un embrasement qui n'en valait pas la chandelle, comme l'avait reconnu à la télévision un général pakistanais dont les trente mille hommes étaient revenus bredouilles de l'assaut lancé contre le repaire des terroristes talibans. L'ISI[1] avait envoyé des agents infiltrés pour récolter des informations auprès des villageois ou des indices dans les montagnes qui auraient pu mener à Hakimullah Mehsud, chef du groupe terroriste Tehrik-e-Taliban Pakistan. Leur dernier fait d'armes, l'explosion d'une camionnette piégée sur un marché de Peshawar, avait causé la mort de 182 personnes et blessé des centaines d'innocents. Le gouvernement pakistanais avait doublé la prime pour la capture ou la mort de Mehsud et de ses deux lieutenants. Celle-ci se montait désormais à cinq cents millions de roupies, soit six cent mille dollars.

Le chef taliban posa son verre et sortit une pâte brune de sa poche qu'il renifla. Odeur lourde et puissante. Il dégaina un couteau pour couper dans la boule de haschisch un petit morceau de la taille d'une crotte de rat. Il demanda un deuxième couteau à l'un de ses hommes et fit chauffer les deux lames sur les braises.

– C'est calme, ce matin.

Les deux autres acquiescèrent. Ils l'auraient fait même si leur chef avait dit qu'il neigeait. Hakimullah Mehsud ne souffrait pas la contradiction et assouvissait sa cruauté sur ceux qui ignoraient ce trait de caractère. Il retira les

1. ISI : *Inter-Services Intelligence* (services de renseignements pakistanais).

deux lames rougies, pinça entre elles le morceau de hasch et aspira longuement l'épaisse fumée qui s'en dégagea. La montée le fit sursauter. Il se frotta le nez, saisit la kalachnikov de l'un des gardes et épaula. Une salve déchira le silence et déchiqueta un lièvre en cavale. Mehsud contempla l'arme :

– La plus belle invention des Russes avec la guerre en Tchétchénie qui a gonflé nos rangs.

Les deux talibans acquiescèrent à nouveau. Mehsud leur commanda d'éteindre le feu pour ne pas attirer l'attention des satellites et réintégra son bunker. L'abri communiquait par des tunnels vers des caches d'armes et des cellules. Le chef du TTP crut voir des éclairs et entendre des grésillements dans la pénombre des galeries. Pourtant, il n'y avait pas d'électricité dans ce vaste labyrinthe creusé dans la montagne. Les parois lui semblèrent floues. Il se frotta les yeux et attribua ses sensations étranges au hash. Les vaisseaux sanguins gonflés et le rythme cardiaque à son maximum, il poussa la porte d'une geôle qui n'était pas verrouillée. Un homme bardé d'explosifs était agenouillé entre deux talibans. Ils finissaient de relier des fils électriques à un téléphone portable glissé dans la poche du prisonnier, sous la surveillance de Qari Hussein Mehsud, l'un des lieutenants de Hakimullah. Le deuxième lieutenant ne tarda pas à les rejoindre dans la cellule. La dynastie Mehsud était au complet.

– Le 4 × 4 est prêt, dit Waliur Rheman Mehsud. On a placé les charges.

– Il ne reste plus qu'à installer ce porc dans son véhicule, dit Qari Hussein.

Hakimullah s'approcha du prisonnier et lui colla sous la gorge la lame encore tiède de son couteau.

– Ton heure est venue, Shafqat. Quand la police va te retrouver au volant en plein cœur de Peshawar, ils vont avoir une sacrée surprise.

Le TTP tenait entre ses mains le directeur de la Bomb Disposal Squad, brigade de déminage de la police de Peshawar. Le très médiatique Shafqat Malik était aussi l'un des meilleurs démineurs au monde. Il avait déjoué le plus gros attentat jamais ourdi par le TTP au Pakistan. À la suite de ce revers, Mehsud avait orchestré l'enlèvement du policier. Il s'en était suivi l'assaut débridé de l'armée pakistanaise appuyée par la CIA qui soupçonnait également le terroriste de savoir où se terrait Oussama Ben Laden.

– Va en enfer, grommela Shafqat Malik.

Hakimullah pressa sur la lame et fit couler le sang. Simultanément, un angle de la pièce bétonnée parut bouger. Il perdit l'équilibre.

– Qu'est-ce qui se passe ? s'inquiéta Qari Hussein.

Les étincelles et les grésillements réapparurent. Qari Hussein fit un bond de côté. Waliur Rheman se cambra anormalement. Hakimullah fouetta l'air devant lui avec son couteau. Ses lieutenants s'effondrèrent subitement, la gorge ouverte. Le chef du TTP se sentit happé vers l'arrière. Une piqûre dans la nuque lui déclencha une migraine fulgurante. Avant de perdre connaissance, il vit les deux talibans se faire écraser contre le mur par une force mystérieuse et Shafqat Malik s'élever en lévitation.

186

Carla fendit le groupe d'invités pour se diriger vers Gabriel White.

– Fenimore Hanson ?

White interrompit sa conversation avec Gary Wolkovitch pour se tourner vers la femme qui l'interpellait.

– Ou bien dois-je vous appeler Archibald Crumley ?

White s'excusa auprès du directeur de l'Alameda County Psychiatric Hospital pour se consacrer à Carla. Elle l'avait rencontré deux fois. La première, c'était sur une route de Virginie, au volant d'une Buick que Connie Stanshaw avait stoppée de façon cavalière. Ce qui leur était apparu comme le fruit du hasard avait été fomenté par le patron de WhiteStone déguisé en chanteur de Country. Elle l'avait croisé une seconde fois lors de sa fuite du Motel 1 aux côtés d'Oum. Baptisé cette fois Archibald Crumley, il les avait emmenées dans une villa témoin de White Falls qui s'était révélée être un piège.

– Appelez-moi Gabriel.

– À quoi jouez-vous ?

– J'aime me mêler aux gens et partager leurs émotions. Quand on acquiert le pouvoir qui est le mien, on a besoin d'être créatif pour éprouver des sensations.

Nathan les rejoignit. White lui serra fermement la main. Le PDG avait été dans les forces spéciales de l'US Navy, cela se sentait dans sa poigne.

– Savez-vous que vous êtes le seul couple du Zanahary Club ?

– Il faudra que vous m'expliquiez pourquoi vous m'avez cooptée, dit Carla.

– Excusez-moi d'être aussi direct, mais votre beauté est saisissante. J'ajouterai que votre présence aux côtés de Nathan est un gage de son équilibre et de son zèle. Cela vous donne beaucoup de valeur à nos yeux.

– Qu'est-ce que la beauté vient faire dans cette histoire ?

– La beauté c'est tout. Elle est inscrite dans la devise du Zanahary Club. La beauté ne vous appartient pas. Si la nature vous en a fait don, vous devez en faire profiter ceux qui n'ont pas eu cette chance. La beauté est également liée à la guérison, c'est ce que disent les Navajo, n'est-ce pas Nathan ?

– Les peintures médicinales n'ont pas guéri Carla. Le déséquilibre qui a engendré la maladie était trop grand.

– Pas trop grand pour nous.

– Quelles sont les deux opérations militaires que vous avez évoquées dans votre discours ?

– Elles sont secrètes. Je ne peux donc rien vous révéler pour l'instant, sauf que de leur succès dépendra une troisième opération sur laquelle vous serez pleinement informé puisque c'est vous qui serez chargé de la diriger.

– Vous dites n'importe quoi ! s'exclama Carla.

Des invités tournèrent la tête dans leur direction. White haussa un sourcil.

– Vous nous racontez que vous êtes pressé de mettre un terme à une guerre qui vous nourrit, que le projet Phantom est un succès alors que Wang crame ses cobayes, que je vous suis indispensable et que Nathan va partir à la guerre pour votre compte… Vous vous foutez de qui ?

– J'ai l'impression que j'ai pris des risques en vous plaçant à ma table, dit White sans se départir de son sourire.

– Les choses ne sont pas toujours ce que l'on croit et vont plus vite qu'on ne le pense.

Cette déclaration, qui n'émanait pas d'un grand orateur, avait été formulée dans le dos de Carla. Elle se retourna sur l'alter ego de White.

– Enchanté, dit Andrew Stone.

Il lui saisit le bout des doigts et se courba sur un baisemain, coutume apparemment répandue à Zanahary Grove.

– Une beauté épineuse, ajouta Stone qui semblait avoir écouté leur conversation.

– Arrêtez avec ça ! s'énerva Carla.

Stone contourna sa colère en répondant à ses doléances :

– La misère est le fléau qui déclenchera la cinquième guerre mondiale, plus meurtrière que la somme des quatre précédents conflits respectivement causés par le patriotisme, le nazisme, le communisme et l'islamisme.

WhiteStone doit donc se renforcer dans la guerre, à la manière d'une hydre, pour être prête. Mais il faut en finir une avant d'en commencer une autre, éviter de se battre sur deux fronts simultanément. Quand l'islamisme sera anéanti, WhiteStone sera suffisamment puissante pour assurer notre sécurité.

– « Notre » ? s'étonna Nathan.

– Celle des Cent.

– Allez-vous guérir Carla ?

– Est-ce que les sorciers guérisseurs existent ?

– Nous sommes à Zanahary Grove où tout est possible, ajouta White.

– Même faire revenir les morts, dit Stone.

– Pour cela, il faut avoir un ancêtre sur l'île, non ? interrogea Nathan.

– C'est pourquoi, depuis quelques années, nous transférons ici les corps de certains anciens.

– Qui ?

– La dépouille de celui que nous allons « retourner » aujourd'hui est celle d'un président américain. Sachant qu'il faut attendre environ sept ans pour exhumer le corps et l'envelopper dans un *lamba* en tissu précieux, il vous est facile de deviner son identité.

187

On entendit le son léger de la *valiha* de Radjera. Puis les accords perçants de la *sodina*[1]. Zanahary Grove vibra pendant quelques minutes au rythme de la cithare et de la flûte rejointes peu à peu par les tambours, les accordéons, les clarinettes, les trompettes, les violons.

1. Flûte.

La cérémonie venait de commencer.

Cernés par la musique, les invités marchèrent vers le sanctuaire relié à l'aire de pique-nique par une allée de latérite bordée d'arbres du voyageur qui la rendaient majestueuse. White et Stone guidaient le cortège. Les invités envoûtés se groupèrent autour du tombeau collectif des ancêtres sur lequel était dressée une statue de cowboy. Le caveau venait d'être ouvert par deux officiants malgaches en guenilles et coiffés de chapeaux de paille. Gabriel White et Andrew Stone entrèrent dans la sépulture. Ils ressortirent en portant un cadavre enroulé dans un linceul. Une cinquantaine de chanteurs, danseurs, musiciens et acteurs se matérialisèrent à travers les ravenalas et les raphias, se répandirent dans le cimetière transformé en gigantesque scène bruyante et colorée. La troupe de *hira gasy*[1] jouait des airs de liesse qui firent vibrer la forêt, mêlant rythmes africains et latino-américains, airs de ragtime et de dixieland. Galvanisés par la musique, la promiscuité, les odeurs, la chaleur et tout ce qu'ils avaient consommé, les convives convoquèrent les ancêtres dans une transe commune. Nathan assistait à la transformation des maîtres du monde en disciples débridés d'une secte païenne. Les officiants emballèrent les restes du défunt dans de nouveaux *lambamena*. L'ancien président fut brandi au-dessus des têtes et trimballé à bout de bras. La procession fit sept fois le tour du tombeau et retourna à l'aire de pique-nique. On déposa la dépouille sur un autel. Les convives dansaient, hurlaient, chantaient, battaient des mains, soulevaient une poussière rouge qui les unissait en une seule entité. Ils étaient redevenus des êtres primitifs glorifiant l'un de leurs ancêtres

1. Opéra traditionnel malgache interprété par une troupe, les *mpihira gasy*, et présenté par le *kabary*.

qui avait présidé au sort du monde quelques décennies auparavant.

L'apparition d'une batterie de serveurs annonça le début du banquet. Les convives exaltés gagnèrent leurs places nominatives. Carla et Nathan furent invités à s'asseoir à la table de Gabriel White où se trouvaient déjà quelques présidents de banques et de multinationales. Carla s'assit à gauche de White.

– Sur cette route de Virginie, vous n'étiez pas là par hasard ? demanda-t-elle.

– Je vous testais, Carla.

– Quoi ?

– Nous avions présélectionné Connie Stanshaw et Nathan pour intégrer le Zanahary Club. Mais j'ai été impressionné par votre performance cette nuit-là, plus que par celle de l'agent spécial Stanshaw.

– Alors, vous m'avez testée une seconde fois à White Falls.

– Vous ne m'avez pas déçu.

– Je m'en suis sortie grâce à Nathan.

– Vous formez l'équipe parfaite.

Après avoir été retenu par Randall Price qui tenait à le saluer, Nathan alla s'asseoir en face de White et de Marina Martin, officiant comme media contact pour WhiteStone. Elle s'employait à rendre la firme la plus discrète possible auprès des médias, quand elle ne s'amusait pas à mettre du 2-CB dans le verre de Ron Frost en se faisant passer pour l'attachée de presse de Private Fuel Storage, comme finit par l'apprendre Nathan au cours du repas. Celui-ci avait également pour voisines de table la présidente de l'American Deposit Insurance Corporation et celle du directoire de Coreva, leader mondial de l'énergie nucléaire. « Elles sont classées dans le top ten des femmes les plus puissantes du monde », lui chuchota White.

L'orchestre se tut pour laisser la parole à l'un des *mpihira gasy*. Le *kabary* scanda une sorte de rap. La troupe de *hira gasy* se remit à jouer et à danser entre les tables et les serveurs, acrobatique et animale, près du sol. Des plats parfumés, à base de riz, de poisson, de fruits de mer et de zébu, furent servis en abondance, accompagnés de bredes et de sakay pour enflammer les palais, de rhum pour les noyer. Le festin acheva de balayer les dernières marques de mondanité pour ressembler à une débauche panthéiste. À la droite de Nathan, la femme avait perdu ses manières et la bretelle de sa robe de soirée. Sa voisine de gauche, qui sentait la poussière, la sueur et le Chanel, riait à gorge déployée en secouant son verre à cocktail. En face de lui, Gabriel White croquait un samoussa à pleines dents.

– Vous ne mangez pas, Nathan ?

Il était déjà repu de sons, d'images et d'odeurs.

– Sacrée ambiance, n'est-ce pas ? dit White pour l'inciter à parler.

Nathan but une gorgée de Coca-Cola et demanda pourquoi avoir choisi le pays le plus pauvre du monde pour organiser une orgie pour milliardaires.

– Si je ne vous connaissais pas, je vous soupçonnerais d'être en train de me juger.

– Cet endroit m'intrigue.

– Madagascar fait plus de quatre fois la superficie de l'Angleterre pour trois fois moins d'habitants, son sous-sol regorge d'or, de pierres précieuses, d'uranium, de graphite, de bauxite, de nickel, de fer, de plomb. Ses reliefs sont couverts de rizières et de vanilliers généreusement arrosés par les moussons. Les réserves de pétrole on shore et offshore sont prodigieuses. La mer grouille de poissons et de crustacés, les 5 000 km de plages sont paradisiaques. Ce pays est un Eldorado et une arche de Noé à la biodiversité incroyable. Comment peut-on être aussi pauvre dans un endroit aussi riche, me demanderez-vous ? À cause de deux fléaux qui se sont succédé dans son histoire : la colonisation et le marxisme. Cette misère, qui relègue Madagascar au rang des pays les plus pauvres de la planète, protège ses secrets millénaires. Il suffit de voir la difficulté de parvenir jusqu'ici. Ce sont ces secrets que nous avons appris, qui nous rendent plus forts et nous protègent. Et, pour répondre à la question que vous m'avez posée plusieurs fois aujourd'hui, ce sont ces secrets qui vont sauver Carla.

188

Deux jeunes filles au visage peint la déshabillèrent. Légèrement droguée, Carla se rendit compte de ce qui lui arrivait lorsqu'elle se retrouva nue sur l'estrade face aux convives. La nuit était tombée. Zanahary Grove s'était transformé en un gigantesque lupanar éclairé par des photophores multicolores éclos dans les arbres et les plantes. L'ancêtre des Zanahariens avait été ramené à sa sépulture et à nouveau inhumé au coucher du soleil. La foule continuait à fêter le *famadihana* en dansant, en buvant, en fumant, en forniquant au rythme endiablé de l'orchestre du *hira gasy*. Carla avait perdu Nathan de vue, mais ce qu'on lui avait fait boire empêchait toute inquiétude de naître. Elle se sentait détendue sous les caresses des deux Malgaches qui l'enduisaient abondamment d'huile et polissaient son corps. Elles la guidèrent jusqu'à un trône en bambous dressé sur l'estrade.

Les *mpihira gasy* firent silence. Gabriel White monta sur scène et prit le micro pour annoncer le début de la cérémonie du *bilo*, signifiant en malgache « en grand danger ». Le rituel devait délivrer l'un d'eux, rongé par le mal et habité par un esprit malfaisant. White encouragea les membres du club à prolonger la fête en hommage aux ancêtres bienveillants, à poursuivre les chants et les battements de mains pour appeler les esprits, à forniquer pour braver la mort. Il termina par un mantra répété en chœur par l'assistance :

« Nous sommes les étrangers, nous sommes les *vazahas*[1], nous sommes les vampires, nous sommes les *mpakafo*[2], nous sommes les Zanahariens connectés avec les morts protecteurs, esprits au suprême pouvoir, intermédiaires entre Dieu et les vivants. »

Les applaudissements accompagnèrent le retrait de White. Radjera s'avança dans un coin de l'estrade et fit sonner les cordes de sa *valiha*. Dans le coin opposé s'installa un musicien avec son tambour. Des chants de femmes s'élevèrent autour d'eux. La troupe de *hira gasy* défila lentement devant le trône en déposant des offrandes, des fleurs, des paniers de fruits, des savons, des épices, des huiles essentielles, des étoffes, des pierres précieuses. Ils se prosternèrent devant Carla et improvisèrent une chorégraphie qui fit gronder l'estrade pendant plusieurs minutes. Puis ils cédèrent la place aux trois sorcières. Nues elles aussi et enduites de graisse, elles se contorsionnèrent face au trône avec bien moins de grâce que les danseurs du *hira gasy*, hurlèrent dans un dialecte qui n'était connu que d'elles et des esprits qu'elles invoquaient. L'une d'elles rapporta un bol contenant un breuvage épais qu'elle tendit à Carla. L'odeur nauséabonde la fit hésiter. Les trois sorcières aussi agiles que des singes sautèrent sur le trône et poussèrent des glapissements d'intimidation. Carla ferma les yeux et bascula le bol vers ses lèvres. Quand elle ramena le récipient vide devant

1. Les *Blancs* en malgache.
2. Les *voleurs de cœur* en malgache.

elle, les sorcières bondirent sur la scène en lançant des jappements d'allégresse. Deux *mpihira gasy* masqués et athlétiques invitèrent la malade à danser et se frottèrent à elle. Carla sentit une étrange chaleur l'envahir. Son corps se détacha de son esprit, ses pieds s'enfoncèrent dans le sol, ses cheveux se dressèrent vers les étoiles, sa poitrine et ses fesses furent attirées vers ses deux cavaliers. Elle ondula en réponse aux vibrations sonores qui remontaient le long de ses jambes, aux percussions qui traversaient sa chair, aux accords de cithare qui faisaient tomber sur elle des notes de pluie, aux octaves de la *sodina* qui soufflait une brise envoûtante sur son épiderme luisant, au chœur qui engendrait dans sa tête des voix qu'elle n'avait jamais entendues et qui sortaient de sa bouche.

On apporta une statue noire veinée de brun que l'on installa sur une caisse au milieu de l'esplanade en liesse. La sculpture représentait Carla. Les trois sorcières gesticulèrent autour de l'idole en scandant des mantras et en soulevant la poussière qui les habillait d'ocre.

Carla décolla du sol entre les deux danseurs exaltés. Une pulsion primitive commandée par un afflux de testostérone leur ouvrit la voie en elle. Des décharges électriques lézardèrent son cerveau et ses entrailles. Ses deux partenaires en sueur s'écartèrent brusquement pour sauter de l'estrade et déverser leur semence sur la statue. Carla chancela. Des servantes malgaches se ruèrent auprès d'elle. On la transporta jusqu'à sa couche, dans son bungalow.

Le lendemain on la réveilla pour lui faire boire une mixture émétique, on la lava, on la parfuma, on l'enduisit d'huile, on la fit danser, on la vénéra, on l'écouta reproduire des sons, on l'honora, on la fit marcher sur des pétales de fleurs dans des endroits inconnus, on lui fit avaler des philtres amers et âpres, des nectars doux et fruités, on la porta au-dessus d'une foule bigarrée, on badigeonna des inscriptions sur son ventre, on la fit vomir. La cérémonie était rythmée par la musique dont les instruments se relayaient en fonction des rituels. Plus tard, Carla sut que le *bilo* avait duré cinq jours et cinq nuits, que personne n'avait quitté les lieux malgré les emplois du temps chargés des convives. Radjera, les *hira gasy* et les trois sorcières avaient orchestré le rituel avec une énergie surhumaine. Carla fut élevée au rang de princesse, descendante des ancêtres qui l'avaient accueillie en leur sein. Son mal fut transféré sur la statue sculptée à son image. Le dernier jour, un zébu fut sacrifié aux ancêtres. Le foie de l'animal fut cuit et offert à Carla qui en mangea une partie et distribua le reste aux membres de sa nouvelle famille rassemblée à ses pieds. On fit enfin basculer la statue dans la rivière qui emporta l'icône infectée vers la mer.

Carla sut que c'était fini lorsqu'elle vit Nathan à son chevet. Elle l'attira à elle comme si elle le retrouvait après une longue absence, ignorant qu'il ne l'avait pas quittée une seconde pendant tout ce temps.

189

Rassasié, Ali marchait d'un pas décidé vers la piscine creusée dans les jardins luxuriants de sa demeure impériale au nord de Téhéran. Il effectua quelques mouvements de bras qui firent craquer ses articulations et tendre l'oreille aux gardes discrètement répartis sur les pelouses. Sans ralentir, Ali retira son turban noir et son cafetan aussitôt ramassés par une nuée de domestiques en djellabas. À la fin de sa course, il se retrouva en maillot de bain et monta sur le plongeoir, torse bombé. Ali s'estimait bien conservé pour son âge. À plus de 70 ans, il était plus vieux que le Prophète lorsqu'il fut emporté par la maladie. Et plus puissant depuis ce matin, car il possédait l'arme nucléaire. Aujourd'hui était un grand jour. Mais pour rien au monde il n'aurait fait une entorse aux deux heures d'exercice quotidiennes qui assuraient sa longévité. L'ayatollah lumineux, sayid immortel, Rahbar-e enqelāb intransigeant, guide de la révolution, rota sur une digestion qui venait de commencer, ajusta ses lunettes de piscine qui pendaient à son cou, fléchit les genoux sur la planche et plongea.

190

Mahmoud entra dans son bureau du palais présidentiel de Téhéran. Il était en retard. Sa barbe noire cachait à peine ses traits tirés par une nuit blanche et son teint ivoirin. Ses conseillers Hojjatieh Mahdavieh[1] l'attendaient en s'invectivant entre eux. « Si nous n'accélérons pas le programme nucléaire, le régime des mollahs sera balayé avant que nous ne puissions envoyer la première bombe ! » s'énervait Halabi. Le président s'installa derrière son bureau sans que sa présence ait incité ses hôtes à la tempérance. Il regarda la photo de Khomeini, son mentor, son génie, son guide, puis se tourna vers les cinq barbus qui se chamaillaient sur la manière de précipiter le monde le plus rapidement possible dans le chaos et hâter ainsi la venue du Mahdi[2]. « Nous avons la bombe », dit soudain Mahmoud qui, cette fois, imposa un silence total.

1. Secte intégriste proche du pouvoir, fondée en 1953 pour lutter contre le bahaïsme, encourageant le vice et le chaos pour accélérer la venue du douzième imam.

2. Le Messie, sauveur de l'islam, devant apparaître à la fin des temps.

191

Le général Mohammad Ali Jaafari, connu également sous le nom d'Aziz Jafari, mais surtout comme commandant du corps des gardiens de la révolution en Iran nommé par Ali Khamenei, pénétra au volant de son 4 × 4 blindé sur la base aérienne de Doshan Tappeh qui abritait le quartier général des GRI. Le pays était en alerte rouge. La bombe allait être lâchée sur Israël. Il fallait parer à toute réplique. Mobiliser l'armée régulière, les trois cent mille pasdarans[1] et les millions de bassidjis[2].

192

Ali effectua une longueur de 50 m à la brasse, toucha la mosaïque du bout des doigts et repartit en sens inverse, en crawl cette fois, ce qui lui imposait de mettre la tête sous l'eau. Il s'arrêta au milieu du bassin car ses lunettes étaient embuées. Il les nettoya et se remit à nager. L'eau lui apparut encore floue. Ou plus exactement « tachée de flou », ce qui ne voulait rien dire. Comme si sa piscine était polluée par endroits. Deux souillures opalescentes de la taille d'un homme s'approchèrent de lui. Il sentit ses jambes devenir lourdes et l'eau pénétrer ses narines. Ses poumons tentèrent vainement d'expirer un appel au secours. Lorsque l'un des gardes sauta dans l'eau, il était trop tard. Ali Khamenei venait de se noyer à l'âge de 71 ans.

1. Garde prétorienne.
2. Force paramilitaire fondée par Khomeini.

193

Les lumières du bureau présidentiel clignotèrent comme cela arrivait parfois. Il fallait refaire entièrement l'installation électrique du palais.

– La révolution islamique cherche en priorité à achever un pouvoir mondial, déclara Mahmoud face à ses conseillers qui le poussaient à déclencher l'apocalypse.

– La priorité est la venue du douzième imam, couina Halabi.

– Le douzième imam ne réapparaîtra qu'à la condition que le monde soit rempli d'oppression et de tyrannie, ajouta le jeune hojjatieh assis à la droite d'Halabi.

– J'ai toujours dit que la mission principale de notre révolution est de préparer sa venue, se justifia Mahmoud.

– Nous devons donc déclencher le chaos de façon à faciliter le retour du Mahdi, dit Halabi.

– C'est pourquoi nous allons lancer la bombe, conclut le président.

Les appliques lumineuses grésillèrent, le sous-verre de Khomeini se décrocha du mur et éclata sur le plancher. « Un tremblement de terre », s'écria l'un des hojjatieh. Son voisin dodelina de la tête, la gorge ouverte. Halabi fut éjecté de son fauteuil et trouva la mort avant de toucher le sol. Mahmoud Ahmadinejad vit tous ses conseillers s'effondrer en même temps dans leur sang. Il tendit le bras vers le bouton qui déclenchait l'alerte, sa main roula sur le bureau. Le président hurla avant de ressentir la douleur de l'amputation et avala une langue de métal longue et tranchante qui le réduisit au silence.

194

Aziz décrocha son téléphone. L'appel provenait de Mohammad, l'un des six religieux nommés au conseil des gardiens de la Constitution.

– Le guide suprême est mort, le président a été assassiné, les étudiants ont envahi le Parlement…

Aziz le coupa pour ne pas entendre la suite des catastrophes :

– Je croyais que le pays était en alerte rouge parce qu'on allait lancer la bombe.

– L'ennemi nous a pris de court.

– Quel ennemi ?

– On l'ignore.

Aziz se mit à douter de la santé mentale du religieux. Il sentit une respiration dans sa nuque, se retourna et ne vit que le portrait d'Ali Khameini accroché au mur derrière lui.

– Il faut envoyer vos pasdarans au plus vite, mon général, dit Mohammad. Ici, c'est la folie. Les bassidjis sont mis en déroute par une force incontrôlable. Allah est devenu fou…

Lorsque le religieux se mit à blasphémer, le chef du corps des GRI comprit qu'il fallait réagir. Il appela le Conseil suprême de la sécurité nationale qui lui confirma la gravité de la situation. Aziz convoqua son état-major sur-le-champ en salle de briefing.

– Messieurs, notre pays est attaqué par une force non identifiée…

Des crépitations anormales, l'implosion d'un ordinateur et une série de détonations surprirent les officiers. À la fin du vacarme, ils gisaient sans vie sur leurs chaises. Aziz avait perdu la moitié du visage. Il lui restait un œil écarquillé sur la vision de ses hommes fauchés par une mort venue de nulle part. Sa dernière pensée, de courte durée, fut pour son âme. Qu'allait-elle devenir si Allah était devenu fou ?

195

Sur une île de rêve au nom peu accueillant, un homme à qui il arrivait d'oublier le sien était assis sur le sable blanc dans la position du lotus. Il contemplait un fruit doré, lourd en main, ferme au toucher. Un concentré de vitamines protégé par une peau écailleuse et des feuilles dentelées.

Il saisit un couteau et tailla en forme de bâtonnet la couronne verte et luisante.

Il coupa la base, délivrant des effluves sucrés qui se répandirent dans l'air iodé.

Il incisa le sommet sur toute la circonférence.

Il éplucha méticuleusement le fruit en bandes régulières. Les pelures alvéolées atterrirent dans le sable sur les parcelles du plumet qu'il avait sculpté.

Il savoura du regard l'ananas nu et charnu. La chair juteuse et jaune brillait dans la lumière en exhalant son parfum capiteux. Une douzaine d'yeux étaient encore rivés dans la pulpe.

Il creusa au couteau un sillon en spirale qui rendit le fruit aveugle et lisse.

Il avait vu faire les vendeuses mauriciennes.

À la fin, Nathan tenait le fruit comme une grosse glace. Devant lui, Carla sortit de l'eau. Elle s'essora les cheveux et l'aspergea de gouttes d'eau salée. Elle se colla dans son dos pour régler leurs deux corps à la même température.

Nathan coupa le fruit en deux dans le sens de la longueur.

Oum et Léa sortirent de l'océan à leur tour.

Il coupa chaque moitié en deux.

Derrière lui, il entendit Jessica appeler Tommy.

– Les voraces attaquent ! murmura Carla.

– Une grande famille pour un petit dessert.

– Si grande que ça ?

Nathan se tourna vers son visage hâlé qui lui rappelait chaque jour qu'il avait fait le bon choix. Ses traits expressifs facilitaient la lecture de ses pensées. Ce qu'elle avait en tête à ce moment-là était pour lui aussi clair qu'une affiche publicitaire. Et elle le savait.

– Plus rien ne l'empêche, allégua-t-elle.

– Non, plus rien.

Il la fit mordre dans un quartier d'ananas qu'il tendit ensuite à Léa.

– Pas celle-là, maman en a déjà mangé un bout.

– Tu préfères que je la donne à Oum ?

– Ça va, c'est bon, grogna Léa en raflant sa part.

Nathan distribua les trois autres portions à Oum, Jessica et Tommy.

– Hier soir, Tommy a vu une énorme tortue marine, déclara Jessy.

– Où ça ? demanda Carla.

– Là-bas, dans le sable, elle était en train de pondre.

Les enfants s'éloignèrent vers le nid en emportant leur exubérance. Tommy essaya de les rattraper de sa démarche pataude. Le couple se retrouva en paix.

– Tiens, j'ai gardé le meilleur pour toi, dit Carla.

Elle l'embrassa en répandant dans sa bouche un goût de bonbon acidulé.

Ils roulèrent dans le sable farineux et se baignèrent au milieu des poissons. En sortant de l'eau, il détecta une perturbation dans son environnement. Elle prit la forme d'une silhouette humaine, celle de T.J. Mackenzie qui marchait vers eux.

– Comment allez-vous ? demanda le directeur de Danger Island.

– Jusqu'à maintenant, on allait bien, répondit Carla.

– Votre première mission vient d'être ordonnée par l'état-major.

Carla serra la main de Nathan comme si Mackenzie s'apprêtait à leur annoncer une terrible nouvelle.

– On a retrouvé la trace d'Oussama Ben Laden.

You're just like an angel
Your skin makes me cry
You float like a feather
In a beautiful world
And I wish I was special
You're so fuckin' special
But I'm a creep, I'm a weirdo.
What the hell am I doing here ?
I don't belong here.

Radiohead, *Creep*

Table

RÉALISATION : IGS-CP À L'ISLE-D'ESPAGNAC
CPI BRODARD ET TAUPIN À LA FLÈCHE
DÉPÔT LÉGAL : SEPTEMBRE 2011. N° 103931-2 (66608)
IMPRIMÉ EN FRANCE